兄弟船

傅崇俭 著

甘肃文化出版社

甘肃·兰州

图书在版编目（CIP）数据

兄弟船 / 傅崇俭著. -- 兰州 : 甘肃文化出版社,
2024.2
　ISBN 978-7-5490-2693-7

　Ⅰ. ①兄… Ⅱ. ①傅… Ⅲ. ①长篇小说－中国－当代
Ⅳ. ①I247.5

　中国国家版本馆CIP数据核字(2023)第205671号

兄弟船
XIONGDI CHUAN

傅崇俭 | 著

责任编辑 | 张莎莎　丁庆康
封面设计 | 郇　海

出版发行 | 甘肃文化出版社
网　　址 | http://www.gswenhua.cn
投稿邮箱 | gswenhuapress@163.com
地　　址 | 甘肃省兰州市城关区曹家巷 1 号 | 730030 (邮编)

营销中心 | 贾　莉　王　俊
电　　话 | 0931-2131306

印　　刷 | 永清县金鑫印刷有限公司
开　　本 | 787 毫米 ×1092 毫米　1/16
字　　数 | 580 千
印　　张 | 34.75
版　　次 | 2024 年 2 月第 1 版
印　　次 | 2025 年 3 月第 1 次
书　　号 | ISBN 978-7-5490-2693-7
定　　价 | 98.00 元

兄弟船，放光芒，
里面坐着读书郎。
你划船，我划船，
看谁最先上金榜。

兄弟船，挂红妆，
给你送个胖新娘。
拉红绸，羞答答，
一扭一扭进洞房。

——陇东童谣

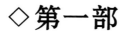

◇第一部

第 一 章

石狮子嘴里的宝珠亮了。

民国十九年孟夏的一天傍晚，芦承贤回到芦家大院门口，看见那头雄性石头狮子的阔嘴巴里突然喷出一道红光，顿时惊得他嘴巴大张，双目圆睁，好像中了齐天大圣施出的定身法，只有眼珠能转，身子僵硬得像被绳索捆住一般无法动弹。

那颗石珠平日里看起来就是一个普普通通、没有光泽的暗红色的圆石头。可在那一天的夕阳晚照中，石珠竟像反光的玻璃镜片一样射出红彤彤的光芒，映得石头狮子的大嘴巴像是在往外喷火。身后的芦牛儿惊叫一声，一个猴蹦蹿上大院门前的台阶，闯进院子里大喊起来："快看呀，狮子嘴里的宝珠亮啦！"大院里响起嘈杂的人声，人们闹哄哄地从门洞里涌了出来。

石狮嘴里的红光生气似的爆亮一下倏然而灭，宝珠又恢复以往的模样。跑出来的护院家丁、长工和厨娘们围拢在石狮子跟前，因为没有看到狮子口中的异象，便你一言我一语地议论起来。

"真的亮啦，咋看不见啊？"

"就你那挤巴挤巴的黑豆眼，能看见啥？给你个银圆你都当洋铁片片哩！"

"就是就是，这好事情只有少爷才有福气看见。"

"还是少爷有福啊！"

众人随声附和，纷纷把讨好的目光投向芦承贤。

一股恼怒冲上头来，他尖声尖气地大喊："你们出来干啥？宝珠上的光，都叫你们给冲跑啦！牛儿，谁叫你去喊人啦？"

众人面面相觑。芦牛儿更是一脸委屈。

"走啊!"他涨红了脸,"还想要赏钱吗?"

人们讪讪散去。芦牛儿也被他的父亲芦武奎抓着后脖领子操进了大院。

芦承贤仰起脸,凝视着狮子硕大威严的头颅,希望能看到神奇的红光再次闪耀。可那尊身形威猛的雄性石狮仍像往常一样傲然卓立在基座上,再没有出现丝缕的异常。他好奇,疑惑,甚至怀疑是不是看错了,刚才那石珠真像传说中的那样放射出了奇异的光芒?

他不止一次地听说过关于宝珠的传说。三百多年前芦家那位官至巡抚的先祖告老还乡,在翻修扩建芦家大院的同时,从关山深处采来上好的石料,厚礼请到闻名遐迩的石雕大师"神凿张",请他打造两尊辟邪镇宅的石头狮子。大师手艺好脾气怪,他接的活从来都是未完工前秘不示人,就连事主都不能涉足他的工棚。见多识广的芦大人不恼反乐,他说高人之所以是高人,必有不同于常人之处。"神凿张"和徒弟用工棚圈出一方与世隔绝的地方,里面时而凿声如雨,时而数日悄寂无声。足足花费半年时间,才雕成两尊外形威猛的石狮。工棚拆去的那天,芦大人看到雕刻完成的石头狮子,顿时眉开眼笑,连连夸赞。他一手背在身后,一手把玩着一块黄玉,围绕石狮踱步,兴致勃勃地仔细察看。当看到雄狮头部的时候神色忽变,厉声喝问:"张师傅!狮嘴里为何不见宝珠?"无人回答,"神凿张"失踪了!就连他带来的两个徒弟也像土遁似的踪影全无。这消息跑得比风还快,第二天知县战战兢兢跪在芦大人面前,是派捕快捉拿还是文告通缉,听凭大人吩咐。芦大人沉吟良久,拈须一笑道:"大人请回,老朽已猜出一二。"然后吩咐家人:"从今往后,不得再妄议此事。"疑问被埋进众人心里。芦大人叫家丁用草席把两尊石狮苫住,再也不去管它们。一个夏天过去,顺着关山淌来的秋风里已有丝缕寒意。"神凿张"和徒弟回来了,只见他们面目黧黑,衣着褴褛,好似跨州越县、风餐露宿的流放囚徒。"神凿张"全然不顾芦氏族人和围观工匠们的讥讽和笑骂,从裤裆里抱出一块红石头。这回他不再搭建工棚,就在石狮旁边举锤开凿。在一片密实的叮当声中,他手下腾起一片片的红霞。一连几天,"神凿张"不沾荤腥,先雕琢成一个石球,再捧到河里用糙石蘸水搓洗,最后用浸油的细砂研磨。当一个浑圆的亮光闪闪的红色宝珠呈现在众人眼前时,"神凿张"躺在石狮旁边那片铺满红霞的土地上睡着了。睡醒后第一句话就是请芦大人赏饭。那顿饭他吃掉一托盘牛腱子肉，啃光一只烧鸡，喝干一坛烧酒。酒足饭饱，他让徒弟请珠归位。人们把石狮围得水泄不通，可在众人注视下，两个徒弟汗流浃背也无法将宝珠请入狮口。"神凿张"上前接过宝珠，看看狮嘴，拿起铁锤"咣咣"敲击两下，再将宝珠举起，只听"咣当"一声，宝珠被石狮吸入嘴里。"神凿张"伸手一拨，那红得鲜亮的石珠竟然滴溜溜地旋转起来，映得狮嘴里都吐出了红艳艳的祥瑞之气。芦大人哈哈大笑，令家人奉上工钱和赏银。"神凿张"双膝跪地，声若洪钟："芦大人，草民早有耳闻，你为官数十年，上忠朝廷，下恤百姓，是个好官！就为大人这名声，草民愿尽平生所学，为大人献艺。"说罢，他"咚咚咚"叩了三个响头，起身取过工钱，看也不看赏银一眼，带着徒弟扬长而去。这时再看芦大人，脸上已是老泪纵横。芦家大院扩建竣工，大院坐南朝北，广梁大门三进院，后面还有一座七八分地大小的私家花园和一排后房。大院两侧配以月门偏院，再加上大门前的一对威武雄壮雕工精湛的镇邪石狮，让这座方圆百里无出其右的建筑显得既庄重又气派。后来传闻"神凿张"的徒弟在一次同别人喝酒时夸耀，为打造芦家雄狮口中的宝珠，"神凿张"说非得一块能够连接天兆地韵的上古灵石不可。他们师徒踏遍关山，历经千辛万苦，终于在"娘娘谷"（传说女娲娘娘在那里采过补天的五色石），找到那块雕凿宝珠的红石头。那徒弟扬言，师父说啦，芦家那对石狮子，因为有了那颗宝珠而天下无双。

　传说总是越传越神。有一次他和芦牛儿玩耍回来，芦牛儿就指着雄狮嘴巴说："人家都说狮子嘴里的红石头是个宝珠，会报喜哩！"芦家大院有个传统仪式，逢年过节都要用软布蘸清水给石头狮子净身，还要清理狮嘴里的灰尘，把石头珠子擦洗得像抹上油似的闪闪发光。宝珠真的能报喜？他缠着管家芦伯非要问出个究竟。芦伯说出的事情让他也觉得奇怪，芦家大院落成以后的三百多年里，那宝珠也曾有灵光闪现，每次变红发光，芦家就有喜事临门。不是生意兴隆又有大笔银两进账，就是皇恩浩荡再出官员光宗耀祖，所以七邻八乡的人们都知道"宝珠亮，显喜兆"的传说。最近的一次宝珠亮是啥时候？那是清朝皇上被赶下龙庭以后，县府随员鸣锣传令："民国啦！民国啦！女人不缠足，男人剪辫子啦！"当人们还在猜想改朝换代与女人的三寸金莲和男人的辫子有啥关系的时候，石狮子嘴里的宝珠亮了。那一次是富隆粮栈的大掌柜芦福成亲眼所见，石头珠子红得就像刚从熊熊烈火的铁匠炉里烧出来的一样。当年夏天的一个黄道吉日，一顶八抬大轿把身着凤冠霞帔的大奶奶送到张灯结彩的芦家大院门前。听到芦伯说出大奶奶这几个字，一股冷风灌进芦承贤的衣领，身体不由自主地打个寒战。他实在想不通，有关宝珠的美好传说怎么会与大奶奶有关联？在芦家大院里，他最惧怕的就是大奶奶那张白纸一样的脸。

就是因为那天大奶奶又在后院晾晒裹脚布，他才缠着父亲，恳求让他和芦牛儿去外面玩一个下午。他甚至都谋划好了一个恶作剧，去河边抓只活蛤蟆悄悄扔到芦铁匠的女儿芦花花身上，看那小丫头会吓成个啥模样。父亲同意后，他叫上芦牛儿，兴高采烈地跑出大门。可当他们来到村边的芦家水磨坊时，愉快的心情却被眼前的景象驱赶得荡然无存。磨坊底下的水槽里空洞萧瑟，以前在水瀑冲击下一边旋转一边吱呀唱歌的大木轮都干得变了形状。磨坊旁边，昔日流水淙淙的欢乐小河而今干涸得像条僵硬的大蟒，死气沉沉地趴在大地上。河里干透的泥土都裂开宽宽的口子，好似一张张痛苦的嘴巴向着苍天哭号。再看河那边的田野，土地龟裂，空无人影。目力所及的干坯原野上，只有阵阵的烟尘在嚣张地招摇。芦牛儿看到他的恶作剧已经无法得逞，撇嘴一笑："少爷，河都干啦，还能有活蛤蟆？"他瞪了芦牛儿一眼："闭嘴，我又不是傻瓜。"说完感到兴致全无，便气鼓鼓地返身回村。偶然回首，瞥见芦武奎远远尾随着，他知道那是父亲派来的保镖。

路过芦铁匠家，两间低矮的房屋门窗紧闭，门上挂着一把大铁锁。走进门前的铁匠棚，烧铁炉子上的落灰厚如铜钱。炉子旁的风箱早已拆走，取代它的是一盘硕大的蛛网。芦承贤这才想起来已经很久没有听到叮叮当当的打铁声了。离开铁匠铺，向村里望去，这座位于甘（肃）陕（西）交界、名为芦家营的有着上百户人家的村落里一片死寂。转过身子，他又发现村边的几棵榆树上的树叶全都不见了，就连树身上的皮都被剥个精光，像白森森的骨头。他惊恐地叫道："树……树叶和树皮咋不见了？"芦牛儿气哼哼地说："这都不知道，人吃了！"他追问道："啥，人吃树叶树皮？"芦牛儿呼呼喘着粗气不回答。他再问："你说，为啥呀？"芦牛儿像只发怒的小公羊似的盯着他，"老天爷不下雨，人不吃，等着饿死啊？"

这时候芦武奎已经赶到他们跟前，先训斥芦牛儿几句，然后小心翼翼地给芦承贤解释。这两年旱魔肆虐，火一样的干旱从田野上烧过，烧得河水断流，烧得庄稼颗粒无收。现在改朝换代都快有二十年了，见到的民国长官和清朝老爷像是一个人，只是换个衣服剪个辫子，头上不戴红顶子咧！给咱老百姓训话还是跟清朝一模一样，张嘴就是认捐呀、缴税呀。庄户人家本来就没有多少存粮，再遇上这场两年没有下过一回透雨的大旱，谁能撑得住啊！这方圆几十里，也就咱芦家营有老爷的粮库救命，其他村子早就有人饿死了。前一两年，冯玉祥号令抗旱赈灾，还能见到西北军官兵和县府随员在乡下活动，动员灾民打井修渠。谁能想到战事又起，冯将军率领几十万西北军杀向中原。大官干的都是管国家管百姓的大事情，他们一跺脚，土地都震得冒烟；草民喊破嗓子，谁能听见咱心里的苦楚？没人管的饥民变成大地上的蝼蚁，疯狂地寻找着一切能够填进嘴里的东西：虫子、老鼠、野菜、草根、树叶、树皮、观音土……

耳边像有炮仗爆炸，震得耳膜嗡嗡作响。芦承贤什么都听不见了，也不想再听下去了。他看见芦武奎翕动的嘴巴里飘出来的不是语言，而是一块块厚重的黑色布幔，飞过来缠在身上，勒得他几乎窒息。他挣扎着举起手臂摇晃几下，芦武奎担惊受怕地问："少爷，少爷，吓着你了吗？"他直愣愣地看着远方的天空，陷入一种愁苦的迷惘之中。"少爷，该回了吧？"芦牛儿闷声闷气地提醒。芦承贤的神智这才又回到让人沮丧的现实中。出来玩耍的愉快心情早已荡然无存，再看到日头西沉，便无精打采地和芦牛儿一道回家。走到家门口，就被宝珠发出的红光惊呆了。当他回过神来，头脑中产生出一个想法："宝珠亮，老天爷是不是要下雨了？"抬头仰望，天空依然干旱，悬在西山顶上的冷漠夕阳在天空染不出一丝霞色。老天不下雨，地里就不长庄稼，不长庄稼哪来的粮食啊？

他知道这两年几乎每天都有人上门借粮。多则几斗，少则几升，父亲尽量不让人家空手而归。管家芦伯说光借据和抵押换粮的地契都快有一人高了。他问芦伯家里的粮库怎么会有那么多粮食。芦伯不无钦佩地说出一件事，前年旱象初露，芦老爷去关山里的三清观住了三天，回家一壶茶没喝完，又马不停蹄地赶往县城，让"福隆粮栈"的芦大掌柜立即停止销售，转而四处购粮。芦伯说："那时候旁人都笑话咱家老爷是人参燕窝吃多了，把脑子都烧糊涂了。可现在看……呵呵呵。"这事实在离奇，他又去问父亲，是不是三清观的武真人说了什么，才作出那个决定的？芦仁乾告诉他，道观里的武真人只是说这些年天下动荡，天地之气阴暗浑浊——人体经脉受阻就会得病，天地气息不畅必生灾殃。芦仁乾问武真人："这一次天旱……"武真人摇头打断问话，只回复一句："天机不可泄！"

天机？什么是天机？

宝珠亮了，也是天机吗？

黑洞洞的偏院柴房，芦牛儿躺在散发出土腥味的柴草堆中呼呼地喘着粗气。就因为顶撞少爷，乱喊乱叫，不但屁股上挨了父亲几巴掌，还被关在这黑牢一般的柴房里。满心的委屈像一头狂野的小鹿，在胸腔里胡跳乱撞。身处黑暗中的时候，往往会不由自主地回想起很多往事。他想起以前的家，那是一座离芦家大院不远，不论围墙还是房舍都显得十分普通陈旧的农家小院。院子里最引人注目的东西是父亲用来练功的石锁、木桩和沙袋。他闭上眼睛，好像又回到小院中，又看见低矮围墙上的斑驳青苔和山墙顶上烟囱冒出的袅袅炊烟，尽管那小院里没有猪也没有羊，尽管大雨袭来房顶也会四处漏雨，尽管每天的饭菜里不见油星星，可那是一座光芒四射的宫殿啊！放射出的是没有禁锢、没有压抑的自由之光——有自由才会有快乐啊！但自由会被人抢走。几年前父亲护送老爷和二奶奶去四川，在崎岖蜀道上遇见几个蟊贼拦路抢劫。为首的一个手提大刀，指着二奶奶，叫嚣要钱也要人。吓得二奶奶花容失色，身如筛糠，差点从骡背上掉下来。骑在马上的老爷亮出镜面匣子，准备开枪赶跑他们。父亲说对付这等蟊贼不用老爷出手，闪身跃入匪群中间，只听惨叫一声接一声响起。等强盗头子回过神来，同伙已经横七竖八地倒在地上。吓得他跪在地上连连磕头，嘴里爷爷奶奶地请求饶命……从四川回来，老爷命人将中院一间厢房打扫干净，让父亲和家人搬入芦家大院。从那时候开始，所有关于童年的快乐之歌戛然而止，各种规矩像绳索自天而降。自由呢？无拘无束的快乐呢？他们没有翅膀，飞越不过芦家大院的丈八青砖高墙。

他不怕被关进柴房，愤然的是那些所谓规矩拧成的鞭子，为什么总是抽打在自己身上？他懵懵懂懂的意识里浮现出一个疑问：人和人为啥不一样啊？人的命天注定，这是村里那个脑勺后面有条老鼠辫子的老汉芦十八说的话。都民国十几年了芦十八还不剪辫子，他说民国和清朝差不多。民国甚至比清朝还要乱，清朝好歹就一个皇上，民国咋隔三岔五换主子啊！再说光剪个辫子是啥本事啊，能给老百姓土地，让老百姓过上好日子，那才叫本事。辫梢上永远晃荡着不满情绪的芦十八经常给村里的孩子们讲故事，什么大闹天宫呀，哪吒闹海呀，沉香救母呀……有一天在村口的大槐树下，他给一伙小孩儿讲女娲娘娘造人。说女娲娘娘看到大地上空旷寂寞，就照着自己的模样用黄土捏出些小泥人。刚把小泥人放在地上他们就有了生命，一个接一个活蹦乱跳地跑了，这些人就成为贵人、英雄和伟人。女娲捏累了，扯过一根藤条蘸满泥水往空中一甩，甩出来无数的泥点子，那些泥点子落在地上也变成了人，不过都是些下等人。她甩啊甩啊，甩出来满天下的平头百姓，从此世界上便有了人类。但她亲手捏出来的人少啊，甩出来泥点子多啊！所以，世上的贵人、英雄和伟人少，平头百姓多得数也数不清啊。听完故事，芦花花手指芦承贤说："你是女娲娘娘捏的。"然后指着其他孩子："咱都是泥点子变的呀！"芦牛儿不满地扫了芦花花一眼，因为他不喜欢这个故事。

女娲娘娘的圣手把人分成三六九等，还让这个等级观念随同千年传说钻进人脑深处，变成控制人们心智的妖怪——上等人聪明高贵就该享福，下等人愚昧卑贱理应受罪。泥点子，这个词里藏有马蜂尾巴上的毒针，扎在心上，让人感到刺痛……但他的脑海里还有一点幻想，如果真像故事所说，英雄是上等人，那自己的父亲一定是女娲娘娘捏出来的那些人中间的一个，因为在他的心目中，父亲就是英雄。

十里八乡，谁不知道大名鼎鼎的芦武奎啊！祖传下来的芦氏霹雳掌，已被父亲那双大手演绎成能裂石断金、威猛无比的传奇。有一年正月十五，老爷和二奶奶带着少爷，乘坐装有暖棚的毛驴车去县城看社火。但凡老爷出门，不论远近必由父亲护送。刚进城门少爷就嚷叫着要吃悦宾楼的糖包子。驴车拐进东大街，远远望见悦宾楼悬挂的硕大酒幡在熙熙攘攘的人流上方飘摇，忽听一阵鞭炮声冲天而起，间或夹杂有震耳的"嗵嗵"巨响，紧接着有人惊喊："快跑，快跑哇！马疯啦！"惊慌失措的人们赶紧往街两边的商铺里钻。人流散开，只见十几丈开外，一匹空鞍疯马顺着街道狂奔而来，已有人来不及躲避被马撞翻。车夫见势不妙，心急火燎地一边"驾驾"地吆喝，一边使劲鞭打毛驴，想让驴车脱离危险。可套在辕里的那头犟驴被打得使起性子，反倒不肯挪动一步。在一片惊呼中，父亲冲向惊马，猎豹扑食般一跃而起，照准马头一掌劈下去。那真是惊天动地的一掌啊！有人说那一掌把马的眼珠都打出来了，还有人说听到马头碎裂的声音……惊马訇然扑倒，又随着强劲的冲力向前滑出几丈远，躺倒在驴车跟前不停地抽搐。疯马是号称本县首富李财主的坐骑，年前刚从塞外买回来。那马儿浑身漆黑油亮，唯有四蹄覆盖着白毛，如新雪般耀眼，所以人称宝马为"雪上飞"。李财主钱多气派大，传说他本事大得能买通官府贩鸦片倒私盐，还开办窑子，光从西安、洛阳和开封府窑子里淌出来的钱都能把县城的街道铺满。李财主爱钱爱马爱女人——钱和女人永远藏在云雾里，但宝马良驹则可以展示。所以在正月十五这一天，李财主要让"雪上飞"在众多赞叹和羡慕的目光里飞一回。既然飞，理所当然地不能绕过自家的悦宾楼。悦宾楼的齐大掌柜深刻地领会主人在一年中最热闹的一天放飞"雪上飞"的愉快心情，早早地在门前摆放好几十串千响鞭和十几个小臂粗细的炮仗，要让主人的"雪上飞"飞得惊天动地。不料好心却办成坏事，习惯于在宁静草原上纵情驰骋的"雪上飞"本已被噼里啪啦的鞭炮骚扰得焦躁不安，正在这时，那些个炮仗终于有了献身的机会，遵从齐掌柜的美意发出凝聚毕生力量的震天轰响。"雪上飞"崩溃地嘶叫一声，突然直立起来，把李财主从马鞍上掀飞出去，又踏着鞭炮的火光，挟裹着硝烟狂奔而去……肉团一样的李财主气喘如牛，一瘸一拐地来了。他眼睛红得像要喷血，蹲下身子抚摸着已经断气的"雪上飞"。齐掌柜扑通跪在死马旁，忙不迭地请求李财主宽恕。李财主扬手一巴掌扇在齐掌柜脸上，齐掌柜的半拉脸肿成了馒头，上面还凸起几根清晰的紫色指痕。李财主起身，恶狼一样盯住站立在驴车旁的父亲。还没等他说话，芦老爷先爆发了，伸手指着李财主，"混蛋！你……要让马撞死我们一家吗？"李财主哪里受过这般训斥，不甘示弱地说："你看清楚，马疯了，它想撞谁就撞谁。没撞上你家的破驴车，算你运气！"芦老爷强压火气，轻蔑地一笑，示意车夫赶车离开。"这不是你芦家营，想来就来想走就走。"李财主的话音未落，齐掌柜已扑上前去双手抱住驴笼头嚷嚷："就是就是，你们得赔马。"说话间，闻讯赶来的李家人已将驴车团团围住。平日里那些皮影一样在老百姓头上摇来晃去的黑皮，看到本县两位名声显赫的大人物口角间碰撞出的刀光剑影，早已混入人群中不见了踪影。突然，一群人手持棍棒沿街呐喊而来，原来是"福隆粮栈"的大掌柜芦福成带着伙计赶来了。这些人还没站定，芦家大车店的芦二大掌柜率领的一拨小伙子冲开人群，严密地护住驴车和老爷。紧跟着，芦家洋布店、杂货店、当铺、客栈，甚至连肉铺的掌柜和伙计也提着斧头砍刀赶来了。形势逆转，齐掌柜紧握驴笼头的手已经松开。芦老爷冷笑一声说："武奎，走，去悦宾楼！"李财主一怔。人群让出一条通道。父亲后来说那时候他看到在李家的人群里，有一个精壮小伙悄悄向他竖起了大拇指。悦宾楼上也不平静。李财主气哼哼地要求赔马，那可是万里挑一的宝马啊！你们是没见过，那马跑起来……不是跑，是在地面上飞呀！芦老爷神情坦然，笑而不语。闻讯赶来的县长大人、警察局长和驻守陇山县的西北军的郑团长了解事端起因后，郑团长一马鞭敲在桌子上，严肃地判定是李财主的过失。李财主你玩马多年，怎能让没有受过军事训练的马进入炮仗乱响的大街上呢？不错，"雪上飞"是一匹罕见宝马，但宝马也是马，是马就会惊，所以有错在先。县长大人哼哈几声后也指出芦家之过。芦武奎既然能一掌毙马，也就能一掌将马推倒，推倒不是什么事情都没有了吗？这事怎么解决呢？县长和警察局长像山羊打架一样低着头嘀咕了几分钟，两颗脑袋碰撞出一个颇有点娱乐色彩的办法：芦家有芦武奎祖传的霹雳铁掌，李家有来自嵩山少林寺的护院武士，两家比武赌输赢。李家赢，芦家按照马的购价全额赔偿；芦家赢，李家此后不得再提赔偿之事。李财主爽快地表示同意。芦老爷不好驳县府长官的面子，但提出一个条件，不论比武输赢，李财主必须负责医治那些被马撞伤的无辜乡亲。李财主狡辩，那些人没长眼睛吗，有眼睛就不会往马身上撞。芦老爷不屑与他争执，只是坚持不答应这一条件就不同意比武。郑团长又一次出手裁决，疯马伤人，作为马主，你李宝财理应承担责任。李财主眼见县长再不吭声，知趣地一拍大腿表态道："行行行，也就几根马尾巴的钱，我出了。"既然双方都已同意，那比武地点设在何处？警察局长提议就设在广场戏台上吧。这可是关系到李芦两家豪绅的大事，是大事就没有理由耽误。于是，正在戏台上表演秦腔《劈山救母》的西安易俗社的著名艺人们，被一群黑皮从天上的神话里硬生生地拽回人间。正月十五的县城广场变成一块磁铁，一下子把街道上流动的人吸引来了。比武定为三场：一比拳术，二比器械，三比硬功。县长大人自然不能放过这等既亲民又露脸的天赐良机，当仁不让地担负起裁判的工作。他走上戏台手持一把亮晃晃的洋铁皮大喇叭喊话，没想到这一举动直接损害了他的光辉形象。在台下无数百姓的眼里，戏台上的父母官大人是个人身喇叭头的怪物。由于这些年县长走马灯似的更换，老百姓实在记不住县长的尊姓大名，便有人乱起绰号，但由于形象不鲜明，绰号没有得到普及。而这个长着喇叭头的县长太形象化了，此后这个县的县长就有了一个让人印象深刻的绰号"喇叭头"（"喇叭头"换了多任，直到二十多年后这个绰号才随着一个时代一同消失了）。"喇叭头"的声音敲击着人们的耳膜："李芦两家的比武，现在开始！李家武士和芦家壮丁上场。"芦武奎上台后，发现对手竟是那个在李家人群里伸大拇指的精壮小伙。后来得知他姓陈名超，自幼在河南少林寺习武，是武僧守备云松、桓林的带发弟子。李财主钱多对头也多，总觉得有杀手在周围盘桓，为保命专程前往嵩山少林寺请武林高手常护左右。他在众多武僧中一眼相中陈超，又拜见寺院主持，声泪俱下地说在家乡因行善惹恼地方土豪劣绅，几次险遭暗算。同时虔诚地捐出一笔香火钱，这才如愿请得陈超返乡。他以为有钱能使鬼推磨，钱也能让陈超变成护主的猛犬。见陈超登台，李财主从怀里摸出几块银圆，扔骨头一般扔上戏台，扯着嗓子喊："陈超，给老子好好打，赢了，一个银圆换十个，统统归你啦！"但陈超视若无睹，反而含笑抱拳向芦武奎行礼，朗声道："芦兄，久仰大名。本想登门求教，切磋武艺，看来此愿只能留待他日了。"说罢捡起地上的银圆，走到台前奋力掷出，只见几道亮光戳入李财主脚旁。陈超面对台下黑压压的人群，拱手致礼后开口说话，话语听起来不甚响亮，但站在广场最后面的人也能听得清清楚楚："父老乡亲，李宝财炫富伤人，我若助纣为虐，一来有辱我少林门风，二来必被众乡亲不齿。芦家兄弟，仗义出手，武德武功，令人钦佩！今日比武，我愿服输！"鸦雀无声的广场上突然响起汹涌如潮的掌声和叫好声。陈超转身抱拳，对芦武奎说："芦兄保重，后会有期！"然后纵身跃下戏台潇洒离去。郑团长一马鞭拍在自己的皮靴上，冲着陈超的背影大喊："义士，义士啊！""喇叭头"和警察局长愣成一对不会说话的傻子。李财主瘫坐在地上，有气无力地叫齐掌柜，赶快把钻到地下去的银圆抠出来。现实一幕比古装戏剧精彩，有秦腔艺人憋不住地哈哈大笑……少爷带回来几笼糖包子，一边手舞足蹈地讲述，一边催促芦牛儿吃糖包子，甜啊香啊，想吃多少吃多少。他拿起一个包子，刚咬一口，不但没吃出甜味，反倒有一丝说不清道不明的伤感涌上心头，惹得他呜呜地哭了起来……

至今他也没想明白那年正月十五为什么哭。更让他想不明白的是武艺高强的父亲，英雄一样的父亲，为什么在手无缚鸡之力的老爷面前就成为低声下气、点头哈腰的驼背？难道父亲也是女娲娘娘甩出的泥点子吗？

柴房里已经黑得伸手不见五指了。他突然恨起了夜的黑暗。家里的油灯就是个样子货，菜油灯的灯捻子都干成了直立的柴棍，可老爷的客厅、饭堂里却经常灯火通明。黑暗就该缠住、裹住、压住泥点子吗？肚子里也咕噜咕噜地叫个不停，从晌午到现在，没吃没喝，干瘪的胃里像有许多小手在挠，这种难受感让他不由得想起每天从厨房端出来的饭菜。那些饭菜里也藏着古老的偏见，给泥点子的饭总是缺盐少油、清汤寡水。

"嘭嘭嘭"，芦承贤在外面边敲门边轻声喊："牛儿，饿不饿？我给你拿了两个白面馍，快来取。"门下的缝隙中塞进来两个用纸包住的馒头。不吃白不吃，正饿得心慌呢！芦牛儿手拿馒头大口大口地吃起来。"咦，这娃连个谢谢都不说。"芦承贤隔着门说，"怪不得我大说不读书就不知礼，他要给咱们请先生哩！"芦牛儿咽下嘴里的食物，赌气似的说："请来的先生又不教我。"芦承贤说："我大说这一回在家里开个塾堂，咱们一块儿学。这两天就让人去请先生。"芦牛儿的话音里透出喜悦："真的吗？嘿嘿，少爷，谢谢你给我送馍。"

芦老爷放话请先生的消息不胫而走。几天后的一个中午，一辆装饰华丽的驴车把一位年近七旬的塾师送到芦家大院门前。让人意想不到的是送老先生上门的竟是那位县城首富李宝财。他骑着一匹蔫骡子跟在驴车后面，当看到芦家大院高高在上的广梁大门时，脸色阴沉得像姨太太跟人跑了一样。他的祖上虽然有钱，但在县城修建李府的时候也不敢逾规越制，只能循规蹈矩地修了一道蛮子门。与广梁大门相比，自有云龙井蛙之别。门第落差刺得他两腮的胖肉不停地抽搐，但看到有人从芦家大院出来，他汗津津的胖脸上立刻堆满笑容，从骡子上下来嘴里就"啧啧"个不停："这石头狮子……啧啧……比真狮子还威风。这大门修得……啧啧……比以前的县衙还气派。哎呀！台阶用的这石料……啧啧……不管是拉到西安还是兰州都能当桌面……啧啧啧。"

芦承贤和芦牛儿站在大门洞里看热闹。他俩都感到奇怪，这个和芦家有过节的李财主怎么嘴巴甜得像抹上了蜜？他为什么会觍着脸送先生来芦家营？还是芦牛儿脑子转得快："他怕是有啥事情要求老爷哩！"芦承贤斜眼瞅着李宝财，鼻腔里哼了一声说："你信不信？就是有事，我大也不管。"

事出意外，芦仁乾一见老先生竟然大喜过望，恭敬地搀扶他在客厅落座，沏好香片双手奉上，又拿来香巾请先生擦脸，还把芦承贤叫进去拜见。同时，他让芦伯赶快在中院准备卧房。不出片刻，房间已经收拾停当。芦仁乾亲自送先生进房歇息，寒暄一会，这才回到客厅向李财主致谢。几句客套后，芦仁乾问："李兄出城，为何不骑你的宝马良驹？"李财主口吐闷气："唉！我的那些马……让军队征走啦！"芦仁乾同情地安抚几句，话锋一转直奔主题："炎炎夏日，李兄不辞劳苦光临寒舍，想必不全是为送许先生吧？"李财主伸出大拇指。"芦兄真是高人，啥都瞒不过你呀！"他擦了把汗，终于说出来意："芦兄爽快，那我也就不绕弯子了，我这次来是想和芦兄做一笔生意。"

尽管芦承贤极想知道那是一笔什么样的生意，但历来视生意场为战场的芦仁乾显然不愿意让儿子过早地嗅到战场上的硝烟，挥手让他离开客厅。他无所事事地游荡到大门口，一眼看到石狮子，脑海里突然翻起波澜，宝珠亮，难道是在预示有一笔送上门来的买卖？

大概是生意场上的战火过于猛烈，芦伯几次差人把用凉水浸过拧干的面巾送入客厅，拿出来的面巾竟然又像刚从水里捞出来的一样。大约一个时辰后，芦仁乾和李财主走出客厅。李财主脑袋耷拉在胸前，像只斗败的公鸡。芦仁乾面露微笑，气定神闲。

翌日，在一队黑皮护送下，李财主还是骑着那匹蔫头耷耳的骡子，抱着一只小皮箱带着两辆马车，再次来到芦家营。芦仁乾将他迎入客厅关门密谈。神秘的生意结出果实，芦仁乾收下小皮箱，请李财主和马夫、黑皮在大门外等候，然后让芦伯打开后罩房几间屋子的门锁，一股粮食的芳香扑面而来。天哪，库房里装满粮食的粗毛口袋一层摞一层，几乎挨着房顶。芦承贤只知道他家的粮库在紧邻大院的一座可容马车进出的院子里，那里也是厚门高墙，一天到晚都有人看守。中原大战前夕西北军征收粮草，一位中校军官率一队荷枪实弹的士兵，赶着一队马车来到芦家粮库门前，说是奉长官命令前来借粮，留下借据待得胜回营后立即偿还——库房存粮几乎全被借光。他没想到在大院的后罩房里竟暗藏着粮食。

芦家大院真是个神奇的聚宝盆。李财主眼瞅着从广梁大门里扛出来的一口袋一口袋的粮食，脸色一会儿红一会儿白，靠在石头狮子的基座上呼哧呼哧地直喘粗气。一连五天，由黑皮护卫的两辆马车上午来到芦家营，有时装满就走，有时等到天快黑时才启程。据说在李财主的精心设计下，这五天的马车没有走过一条完全相同的路线。

芦承贤脑袋里浮动着一个巨大的谜团：李财主抱来的那个小皮箱里究竟有啥宝贝？

世上没有不透风的墙。芦福成回来给芦仁乾报信，这些天县城疯传一件事，李财主今年三次派人赴外地购粮，前两次半途遇军队，费尽周折买回的粮食被强行充作军粮，不但没要回粮款，甚至都没搞清楚是谁的部队。第三次李财主买通军队，动用军车，不承想在距家不到百里的地方又遭灾民哄抢，还差点闹出人命。平日里趾高气扬、动不动就扬言"咱家啥都没有，有的就是钱"的李财主，这回总不能让家人啃现大洋吧？眼瞅几十号家人即将断炊，走投无路的李财主只好厚着脸皮来求老爷卖给他些救命粮。县城人说老爷因"雪上飞"的事，断然不肯。李财主说给钱给地，给悦宾楼，给票号股份，给塞外宝马江浙美女，老爷都不为所动。李财主没辙了，又装出可怜兮兮的模样，夸老爷仁慈心善名声贯耳，求老爷救苦救难……最后老爷只问了一句，听说李财主从冯玉祥的一个军长手里得到一件东西……县城人都说李财主活该丢人现眼，这也是他自己吹出去的啊。"咱家有钱！别说凤凰毛，就是买个麒麟角也不是啥难事。"芦福成一脸老实相地问："老爷，这回你真拿粮食换凤凰毛啦？"

"哈哈哈，"芦仁乾擦掉笑出来的眼泪说，"信则有，不信则无。大掌柜，换来什么东西不重要。"他神情忽变，凛然道："但是，对李宝财那种视万物唯钱财重者，我决不做亏本生意！"

送走芦大掌柜，芦承贤一路蹦跳着回到父亲身边，乐滋滋地问："怪不得人家说，宝珠亮显喜兆，这回咱家得着啥宝贝啦？"芦仁乾板起脸说："不该你操心的事少问，好好念你的书去。"

一句话把他从喜悦的峰巅打入沮丧的深渊，念书——念书——记忆里父亲说得最多就是这两个字。芦仁乾以前请过两位先生，让他从六岁开始接受家塾教育。但因忙于生意，顾不上对他严加管教。二奶奶管不住，其他人不敢管。两位先生没有一位能顺利教完《三字经》《百家姓》《千字文》，就觉得芦家的束脩上长满芒刺，只好请辞离开。

大凡监督的刀剪失去锋芒，生长之树上的怪枝必然疯长。他上树掏鸟，下河捉鱼，抓毛毛虫吓女娃……除了不敢扯大奶奶的裹脚布，再没啥能挡住他兴趣之箭的飞行路线。有一阵子芦家大院怪事频发。墙角的扫帚莫名其妙地着火了，绳子上刚晾干的床单飘起青烟，长工新编的草鞋上出现了焦黑的花朵。做饭的妇人从偏院柴房抱出柴草，刚拐进前院，腋下的柴草突然冒出火苗……大院里的人慌了，不知得罪了哪路神仙，才会出这等怪事。老爷不在家，二奶奶赶忙差人去三清观请道士下山。武真人派来两位道士在大院里巡视一圈，竟说芦家大院神调气和，无神灵显迹，更无妖气隐匿，吩咐好生防备便是。正当大家瞪大眼睛，不分昼夜严防死守之际，村头打谷场上的麦草垛冒起股股浓烟。人们赶到打谷场，只见芦少爷兴奋地对着大火又跳又叫，说有个神仙踏云而来，手指一弹，一串火焰飞入草垛……芦老爷回家得知此事，大发雷霆。几板子抽在少爷屁股上，把"神仙"打回原形，跪在地上边抽噎边交代："呜呜……不怪我怪洋火呀！呜呜……所有的火都是洋火点的呀！"芦老爷想出一个办法，把监督的棍棒交给书籍。每次外出必留几册书，一天读一页书是必做功课，"回来是要检查的哦！你看没看，书会告诉我。"亲身体验告诉他，看书总比挨板子好，从此再也不敢当神仙，也不敢出去疯玩。好在二奶奶也能识文断字，在她帮助下总算保证了屁股的安然无恙。孩子有进步，家长自然要奖赏。芦老爷每次检查，只要能达到基本满意的程度，就会奖励洋糖、干果和点心。有一次还奖给他一双锃亮的皮鞋，穿出去照得村里小孩子眼睛都花了。但芦老爷更多的是口头鼓励："黑发不知勤学早，白首方悔读书迟。""书中自有黄金屋，书中自有颜如玉。"可书里也有瞌睡虫，翻开看一会，书页上密密麻麻的瞌睡虫就会跳将上来，咬住眼皮使劲往下拽。

　　这一次，瞌睡虫遇上了鞭子。

　　李财主把粮食全部运走后，芦仁乾让芦伯告示全村，凡是自愿奉上束脩的芦氏子弟，均可为他在家塾中留一席之地。于是，家塾里有蒙童五名，芦承贤、芦牛儿、芦伯之孙芦启智、芦富成之孙芦满囤和芦二之子芦拴宝。课堂设在中院，紧邻许先生卧房。塾堂开讲那天，芦仁乾身着崭新灰布长衫，恭敬地搀扶着许先生入室坐定，向众学童介绍许先生。这位年逾古稀、面庞清癯、身材瘦小的老头，就是县里最为著名的塾师许润林。他出身寒门，自幼好学，刚二十出头便乡试中举。他也曾雄心勃勃地赴京赶考，但三进贡院，均名落孙山。最后一次落榜回乡，大病一场，他遂明白此生已无缘仕途，便立志做门馆先生。几十年辛勤耕耘，在他引以为傲的满园桃李中，有一个进士，七八个举人，十多个秀才。民国废科举，他自办私塾，年过花甲方才挂鞭。

此次李财主别有用心地请先生出山，为芦氏子弟讲授纲常。因许先生当年曾与芦老太爷同窗，几度进京赶考，幸得芦家慷慨资助方得以成行。回溯以往，时常嗟叹无缘回报。而今天赐良机，便欣然前来再执教鞭。正如扩建芦家大院的那位芦大人所言，高人之所以是高人，必有不同于常人之处。许先生从不坐在太师椅上照本宣科，而是踱来踱去地给学童们讲授书本里的知识。每天授课，他总是手执一杆约有三尺长的竹竿皮鞭，以震慑调皮捣蛋的学子。开课第一天他就明言相告："老夫这鞭子，当年抽过你家老爷，对尔等亦绝不手下留情。"天哪，他手里拿的是六亲不认的法器呀！那鞭杆里不知浸润了多少岁月，竟渗出古朴的琥珀色。拴在鞭头上的那根细软的鞭子也不知是用什么皮做的，黑黢黢地泛着油光。

芦承贤第一个尝到鞭子的厉害。开讲第一天上午，许先生从《三字经》里摘出十二个字："曰仁义，礼智信。此五常，不容紊。"一番解读，然后告诉他们"仁义礼智信"这五个字不但要会念会写，还要刻在脑子里。下午才从头开讲《三字经》。听讲的时候，芦承贤不由回忆起以前的两位先生也给他口诵过"人之初，性本善。性相近，习相远。……"眼睛虽然盯着书本，神思却恍惚起来。书里的瞌睡虫醒了，像往常一样自由地跳出书本爬上眼皮，书中的字迹渐渐模糊……"啪"，耳根处一声脆响，惊得瞌睡虫纷纷外逃。他抬起眼帘茫然四顾。"啪"，头顶上又是一声爆炸，瞌睡虫吓得四散而逃。许先生扫过来的目光像巴掌，扇在脸上火辣辣地烫，他赶忙站起等候先生责罚。"坐下，听讲！"许先生严厉地说，"下一次打手！再下次，打脸！"

瞌睡虫也怕"蛇"，不知钻到哪个角落去了。日子一天天过去，尽管挂在鞭头上的"小黑蛇"时常在头顶上飞来飞去，可"蛇"的尾巴一次也没有碰到几个学童稚嫩的脸。时间长了他们发现许先生确有过人之处，且不说像《三字经》《弟子规》这类的简单读本他能倒背如流，就是讲《大学》《论语》《诗经》，手里不拿书本也照讲不误。他那颗瘦小的头颅里仿佛藏着一座书库。有一次，调皮的芦启智想试探下先生，装作很无知的样子问："昨天回家，我爷问我们学没学《庄子》里的大宗师？先生，大宗师是谁呀？"许先生微微一笑，眯缝着眼睛边踱步边背诵:"何谓真人?古之真人,不逆寡,不成雄,不谟士。若然者,过而弗悔,当而不自得也。"他停在芦启智身后几步远处,突然提高声调:"启智倾耳,大宗师乃得道之真人也!"他猛然睁眼,双目如炬。手臂一挥,"小蛇"飞蹿过来"啪"的一声抽在芦启智身上。"大胆顽童,竟敢以此雕虫小技试探老夫。"那"蛇"盘旋一圈,又在众学童头顶抖出一声爆响,"天地之道,绝非小人可悟。栋梁之材,必纳日月精华。尔等切记,小肚鸡肠,行之不远。"几个学童被训斥得面露愧色,此后再也不敢让自以为是的小聪明登堂入室。他们开始从心眼里敬重这位学识渊博又不苟言笑的先生,也真心惧怕那条时不时就会飞起来的细长黑蛇。那"蛇"飞得很有智慧。山里的狐狸修炼多年能成精,变成美女爱上书生。那条"蛇"在许先生的多年调教下似乎也有了生命也成了精,但它变不成妖娆的美女,只能以"蛇"的形象在他们的头顶上盘旋。不管谁松懈走神东张西望,它就会飞过来咬一口,让跑偏的思想马儿重回正道。而且随着他们表现的优劣,"蛇"的舞动力度也会变得丰富。朗读或背诵得流利正确,那"蛇"会优哉游哉地飘至耳畔,尾巴一晃发出"叭"的一声轻响,像赞赏,也像鼓励。要是连续背错或结结巴巴卡壳,那"蛇"会毫无声息地飞至头顶,又"唰啦"一声飞走,像提醒,也像责备。要是张冠李戴或词义颠倒,那蛇就会挟闪电而来,爆出一声尖厉的炸响,像批评,更像训斥……瞌睡虫被"蛇"吓得一去不返,它们再也不敢拉扯眼皮让人昏昏欲睡啦!

瞌睡虫是不见了,可闷热的天气让人感到身上像捂着一床厚重的棉被。以前每逢酷暑,不是二奶奶就是女佣为芦承贤摇扇,那习习凉风拂在身上是多么舒服呀!但现在身边有"蛇",专咬一切与读书无关的声音,几个学童谁都不敢造次,更别说拿书为自己扇风了。但也有例外,一天下午,学童们忽然听到院子里有人喧哗(这是芦老爷在孩子们上课时决不允许出现的事情),不由得扭脸看向窗外。外面天色已经变暗,还能隐约听到从远处传来的轰隆隆的声音。那是久违的雷声吗?许先生也发现天象有变,脸上闪过一丝喜色,第一次提前放学。

久旱盼甘霖啊!芦家大院的人们全都到大门外察看天空的变化。就连平日里难得一见的大奶奶也挪动三寸金莲,在女佣搀扶下走出大门。大团大团的云朵从北方的天空飘过来,又匆忙地飘向南方。云彩的颜色也在人们殷切的注视中发生变化,浅灰变深灰,再变得乌黑……那是雨水的台阶吗?起风了,凉爽的风中竟有潮湿的气息。芦仁乾高兴地对芦伯说:"云往南,水上潭。这一次真的要下雨啦!"芦伯笑吟吟地点头称是。远处浓密的乌云里亮起一道耀眼的闪电,轰轰隆隆的雷声滚滚而来。不到一袋烟的工夫,黑云压顶,电闪雷鸣。浓云中射出无数条亮闪闪的箭矢,噼里啪啦地落下来,干渴的大地上冒出一层又一层茂密的水花。放眼望去,久违的宽阔雨幕,像千万道风帆掠过村庄田野,在天地间自由地航行。

大地喝饱了,一夜之间焦黄的土地上已有绿草萌生。就连许久不见的喜鹊,也在村口的大槐树上喳喳地叫个不停。芦家大院门前人声鼎沸,前来借粮种的乡亲们像村边又注满水的小河一样,一波接一波涌来。大地不再寂寞,已有人在田间地头忙碌。又过些日子,荞麦苗、燕麦苗、豌豆苗、洋芋苗……田野铺满绿毯,夜晚都能听到庄稼滋滋生长的声响。

"叮当,叮当……"久违的打铁声又回荡在芦家营上空。芦承贤和几个小伙伴跑去铁匠铺看热闹,不料却被一个发现惊得魂飞魄散,芦铁匠的一条腿不见了!全靠腋下的两根木拐支撑身体。只见他面色阴郁地从火炉上取下一根烧红的铁条,放在铁砧上举锤狠砸。沉重悲愤的声音控诉般敲打着天空。天上没有回声,只有冷漠的风卷起几片草叶,忽上忽下地戏弄一阵再把它抛弃。后来从芦花花的哭诉中获知,芦铁匠被西北军征去为战马钉掌。大战爆发,随同西北军的旗帜消失的不但有成千上万士兵的生命,还有芦铁匠的一条腿。这是芦承贤和芦牛儿第一次间接地领略到战争的残酷,但让他们不解的是,老实巴交的芦铁匠怎么就会身陷战火,又为谁献出了一条腿?问芦老爷,回答是一声沉重的叹息。问许先生,先生的回答更让他们堕入雾海:"神仙斗法,百姓遭殃。"神仙不是都在天上飞来飞去吗,他们打架为啥要殃及可怜的百姓呢?孩子们的大脑无法厘清神界与人间的关系,思来想去只有一个答案——芦铁匠的命不好。

灾荒过后是丰年。民国二十年,风调雨顺,田野里一片金黄。秋收过后芦家粮库门前一片嘈杂,归还的粮食和地租堆满了粮库,可还是有人来交粮,芦家只好连夜加盖库房。一天芦伯和大院里的下人们在一起吃饭,大家七嘴八舌地议论,怪不得石狮子嘴里宝珠亮,这一回芦家可发财啦!有人问芦伯,是不是这样啊?芦伯笑得眼睛眯成了一条缝:"光看见粮食啦,实话告诉你们,老爷家还多了几百垧上等良田哩！"

李财主骑着高头大马来芦家营，来回跑了好几趟。先用银圆后用金条，要赎回上一次换粮食的那个宝贝。尽管他赔着笑脸软缠硬磨，但都无功而返。最后他悻悻离去时，阴阳怪气地对芦老爷说："芦兄啊，今年粮食多得都卖不出去了，你囤这么多，当心发霉啊！"

芦老爷不怕发霉，反而趁市价下跌又购回一批粮食。正当人们纷纷猜测芦老爷的脑子是不是又让人参燕窝给烧糊涂了的时候，芦家酒坊开张了。距芦家关山牧场不远的一座山下有一眼神泉，相传那是夸父西行逐日时用拐杖在那里杵了一下，就有了那眼永不干涸的神泉。那泉夏涌清冽甘甜，冬喷白雾缭绕。芦老爷在神泉旁买地建酒坊，又从四川请来酿酒师傅，酿出的酒如泉水一样清澈，嗅起来醇香扑鼻，品一口回味绵长。佳酿得有名字啊，芦老爷给酒起名为"陇山春"。有一次"喇叭头"路过芦家客栈，走到门口抽抽鼻子，竟被一股异香吸引进来。"陇山春……我怎么没听过？来一壶让我尝一下。"一盅入口，不由一愣。两盅入口，眼珠放光。三盅下肚，连呼好酒。此后隔三岔五有县乡税官上门找芦老爷征税，税种繁杂且名正言顺。芦家的农田要征青苗税，芦家营村道上有马粪驴粪牛粪要征卫生税，芦家的羊群走官道要收交通税，芦家的田地里发现几只死兔子要收防疫税……面对官员的理直气壮芦老爷一概点头称是，反正税官不要银子，这些特种税全部可用"陇山春"抵顶。后来芦老爷嫌烦，干脆让芦福成定期送酒给"喇叭头"，税官们这才省下脑汁和鞋底子。装在酒坛里的税送进县府，"喇叭头"不但自己品尝税的味道，还把品尝的结果传送到邻近几县官员的耳中。遗憾的是耳朵不识酒味，为证实"喇叭头"所言不虚，邻县的父母官们也要鉴定鉴定。结果是这酒口感确实不错，是好酒。大凡被官员认可的东西，一般都不愁销路。于是，"陇山春"走俏得让芦老爷意外，也让李财主懊悔得磨牙，怎么就没想到粮食还能喝呢？

酒真是个好东西啊！"喇叭头"曾对专程送酒的芦福成大讲心得，"陇山春"已经让他上瘾啦！而且他还炫耀，美酒里泡着官场的精髓。上峰视察，觥筹交错，酒香使得上峰满面红光、心满意足。同僚聚会，猜拳行令，酒焰烧得大家情绪高涨、隔阂顿消。官员往来，推杯换盏，酒味勾出兄弟情感，难舍难分。

有一天芦福成在老爷面前抱怨："'喇叭头'喝咱家的酒，从来不给钱。"

芦老爷一边把玩着手里的古玉一边问："你以为他喝的是酒啊？"

"老爷，这话咋说？"

"县城的人怎么说他？"芦老爷反问。

"都说他是个酒鬼。"

"是官还是鬼，百姓眼睛不可欺啊！你再想想他喝的是啥？"

"哎呀，老爷！你说他喝的是名节？民心？"

"比这个大。"

芦福成一脸不解："比民心还大，那是天……地……江山？"

"哈哈哈。"芦老爷仰脸大笑。

芦武奎把这些见闻在心里发酵一番后酿出了精华，语重心长地告诫芦牛儿："老爷念的书多，念书多的人聪明，就比别人想得多看得远。牛儿，你可要好好念书啊！"

第 二 章

芦牛儿体会不到大人们的心理活动引发的触痛，但作为私塾学生的自主意识已经不再像幼童信手涂鸦般紊乱，有一种破解难题的欲望强烈地叩击着心灵之门——泥点子真的就天生愚笨？

行动是打开疑问的钥匙。他是芦家大院起得最早的人。鸡叫三遍，已把父亲要求练习的武艺套路认真做完。他总是第一个走进塾堂，那条"蛇"送给他的全是赞赏和鼓励。许先生以他施教多年的职业眼光，发现在这个勤奋刻苦的孩子身上有一种可堪大任的潜质。璞玉成器需要精雕细凿，许先生丰富的教学经验早就成为一把锋利的雕刻刀。有一天默写《弟子规》，许先生背手踱步，挨个察看学童们的默写情况。最后停在芦牛儿桌旁说："读书最忌囫囵吞枣，无论早晚，若有疑问，尽可找我求解。"那天晚上，芦牛儿恭敬地叩响先生住房的木门。先生不仅耐心地解答他提出的问题，还允许他以后每晚可来卧房夜读。

简直是瞌睡遇上枕头，在这个大院里，除了老爷一家人，只有许先生可享用洋油灯。与菜油灯的光亮相比，那就是星星和月亮的差距。从那一晚上开始，在一片黑暗的芦家大院里，唯有许先生卧房的窗户透出不知疲倦的金色光芒。勤奋使人自信，苦读结出硕果。在一个大雪飘飞的冬日，许先生让几个孩子背诵《千字文》。芦承贤被第一个叫起来，结果是背了不到一半就忘了下文。"蛇"飞起来了，他急忙抱头缩脑，肩膀上已被'蛇'狠咬了一口。其他几个的窘态更是惨不忍睹，不是背不下去，就是舌头拌蒜。许先生被他们气得脸色铁青。最后轮到芦牛儿起身背诵："天地玄黄，宇宙洪荒。日月盈昃，辰宿列张。……"其他几个孩子相互挤眉弄眼，吐舌窃笑。"……性静情逸，心动神疲。守真志满，逐物意移。……"芦承贤如坐针毡，仿佛不认识芦牛儿似的，诧异地上下打量着他。芦启智、芦满囤和芦拴宝紧盯书本，聚精会神地寻找着芦牛儿的破绽。"……束带矜庄，徘徊瞻眺。孤陋寡闻，愚蒙等诮。谓语助者，焉哉乎也。"芦牛儿的声音犹如峡谷里自由的山风一样流泻顺畅。随着《千字文》最后一个字音消失，塾堂里一片安静，只有火盆里的炭火在呼呼地嬉笑。芦承贤他们羞愧地勾着头，等待着那条'蛇'的责罚。没有听到'蛇'飞舞的响声，反倒是许先生吟出的一句诗像炉火烤红了几个孩子的脸："宝剑锋从磨砺出，梅花香自苦寒来。"

　　放学回家，芦牛儿把塾堂里发生的一切原原本本地告诉父母。自从搬进芦家大院，他第一次体会到扬眉吐气的快乐，也第一次为超越他人而感到自豪。但这种喜悦并没有持续多久，便被芦武奎的一声怒喝吓得风流云散。芦武奎粗暴地把他揪到屋子深处，黑着脸压低嗓音斥责道："你咋敢比少爷背得好哩？你才念了几天书，咋就敢跑到少爷前头？你个不知天高地厚的东西！"雷霆突降般的恶骂把芦牛儿击懵了。芦武奎接下来的话更是让他跌入冰窟："你给我记住，以后少爷背一段，你就背半段。少爷背半段，你就背一半的一半！"从那天开始，他变得更加寡言少语。每一句话都要在脑子里转几个圈才说出口，每一件事都要想一想才付诸行动，他的言行已经把年龄远远地甩在身后。芦老爷夸他："牛儿真懂事，像个小大人。"他看见芦老爷说这句话时，立在一旁的父亲脊背更驼了。他也遵循父亲的叮嘱，凡是和芦少爷同在一起时，少爷总是占据第一的位置。但他是孤独的，时常独自一人坐在芦家水磨坊旁边，木然地看着不停转动的大木轮。驱动木轮的河水喧哗着奔向远方，大木轮却和日子一起一圈接一圈地在原地旋转。

　　他的变化躲不过许先生的眼睛。白天塾屋里，先生一如既往对学童们一视同仁；夜晚卧房中，一老一少的对话已不局限于白天所学的书本。先生肚子里的故事多得像关山里茂密的树木，从盘古开天辟地到黄帝一统中原，从战国七雄争霸到三国吴蜀魏计定天下，从霍去病马踏西域到左宗棠抬棺出征……芦牛儿从未听人讲过这些在历史长河中闪光的故事。尤其是故事里的那些英雄豪杰，剑挑风云，笔定江山，那是何等的快意人生啊！有些事情必须过去多年才能悟出其中所包含的道理，当芦牛儿真正明白许先生给他讲这些故事的良苦用心时，已经是多年以后了。

　　文字开启智慧，认识的字越多，脑袋瓜子就愈加活泛。许先生教的那些东西重得像石头，孩子们都想看点轻松的文字。芦少爷从老爷的书房里拿来一些线装书，《封神榜》《隋唐演义》《三侠五义》《水浒传》……真是奇怪，许先生要求铭记在心的四书五经章节，背诵十遍八遍还记不住，可妲己、纣王、姜子牙、李元霸、罗成、展昭、白玉堂，看过一遍就印在脑子里抹也抹不掉。少爷最喜欢《三侠五义》，自诩为风流倜傥、武艺高强的南侠展昭。芦牛儿对神仙精怪和大侠不感兴趣，还是《水浒传》里那些绿林好汉杀得过瘾。少爷和其他几个孩子受到书中人物的感染，仿佛自己也变成英雄好汉，就想找机会比试一番。但上课有那条'蛇'极其认真地盯着，放学又各回各家，各路英雄凑不到一块，只能作罢。一天因先生身染小恙给他们放假，这等机会岂能错失——是英雄是狗熊打谷场上见。众英雄一路大呼小叫地来到村头打谷场。芦牛儿本不愿参加这一游戏，但又不能扫了少爷高昂的兴致，只好尾随而来。少爷当仁不让地制定英雄的标准，摔跤比武，胜者从今往后愿当李元霸、秦琼、罗成随你挑，输者从此与英雄无缘，以后只能当马夫、小二和泼皮。芦牛儿认为这等英雄标准实在无趣，随口说了句："比别的吧，你们又不会摔跤。"这个长得最为瘦小的芦牛儿竟敢小瞧众英雄，不行，一定得比。芦牛儿低头说："比就比。就是……咱们是玩耍，输赢都不生气啊！"正在兴头上的芦承贤哪里在意这些，只是催促各路英雄快快报上名来。每个人心目中都有心仪的英雄，但又得不到大家的认同，吵嚷半天也无法为英雄冠名，真是英雄多了也麻烦。"别吵吵啦，听我的。"芦承贤干脆挨个指定："我——南侠展昭，芦启智——北侠欧阳春，芦满囤芦拴宝，你俩——王朝马汉。牛儿你咋半天不吭声，你是谁？"芦牛儿胸脯一挺："我——打虎武松！"芦承贤摆摆手说："不行不行，没有武大郎，就不能有武二郎。你——黑旋风李逵！"芦牛儿心说李逵就李逵，那也是水泊梁山一条响当当的好汉。打谷场里的英雄们终于亮招了，"王朝马汉"不是"李逵"的对手，刚一接触就人仰马翻。"北侠欧阳春"上来就一个饿虎扑食，食没扑到，"李逵"已经闪到他身后。"北侠"觉得脚下一绊，人已扑倒在地。这个"李逵"不好对付，得小心周旋。"南侠展昭"猫腰上前，闪电般伸手抓住"李逵"的肩膀。两人双臂交错，互抓双肩，头顶着头，像牛打架一样相互角力。你顶过来我顶回去，来来往往几个回合谁都无法占得上风。过了一会，"李逵"好像支撑不住了，开始后退。"北侠"和"王朝马汉"看到"展昭"有望取胜,在一旁大喊助威:"撂倒'李逵'!撂倒'李逵'!"不料"李逵"退到一堆麦草跟前,突然发力,转身一个大背,"展昭"从他背上飞出去一头扎进草堆里……打不过"李逵",让各位英雄备感落寞。这时候听到有人在一旁吃吃地笑,原来是芦花花听到吵嚷声,好奇地过来观看。见他们被芦牛儿一个个摔倒在地上,不由得笑出了声。"南侠展昭"爬出草堆,突然一乐:"芦花花,你敢不敢和牛儿比试比试?"芦花花走过来问:"我不会武艺,咋比呀?""王朝马汉"开始起哄,不看武艺,看谁把谁撂倒。芦花花,上啊!芦花花脖子一拧,"比就比!牛儿,来呀!""李逵"慌得连忙后退,却被众英雄抓住强行搡到芦花花跟前。"李逵"边挣扎边嚷嚷:"好男不跟女斗。"一听这话芦花花来气了,双手叉腰叫道:"好哇,芦牛儿,我今个天偏要和你斗一场。""李逵"被逼无奈只好同意。芦花花出手了,她可不讲什么路数,抡着两只胳臂抢上前来。那抡圆的胳臂像快速风车一样在"李逵"眼前呼呼地旋转,"李逵"左躲右闪,寻找出手时机。没想到胡打乱撞的芦花花动作比他快,风车里旋出一只拳头,"嗵"的一声砸在脑门上。砸得"李逵"眼冒金星,还没容他反应过来,风车转变方向,脖子上又挨了重重一击,身体不争气地跌倒了。哈哈哈,"李逵"也有被打蒙的时候,"南侠""北侠""王朝马汉"高兴得胡蹦乱跳。芦花花挑战似的指着他们:"谁还比,来呀!""南侠展昭"大叫:"风紧,扯呼!"几个英雄落荒而逃。

书中的大侠们风一样飘来又飘走了,芦少爷又有新的发现。他给芦牛儿一张印满字的纸,让他拿回家去看。这是他第一次知道世上还有"报纸"这么个东西。这个东西和他们学的书不一样,记载的是当今发生的事情。那张报纸上有一篇文章写的是中原大战结束,冯玉祥的西北军土崩瓦解(这让他想起芦铁匠失去的那条腿)。第二天少爷夸耀在老爷的书房里有几大摞这样的报纸。想不想看啊?当然想,孩子的眼睛里最亮的就是好奇之光。几天后少爷兴冲冲地对他说,老爷已同意他进书房看报。书房在后院,他跟着少爷跨进院门,看到后院的绳子上又晾晒着芦大奶奶的几十条黑色裹脚布,蛇一样垂在半空中。那长长的黑布条俨然是这个院子的主人,阳光也被它切割得支离破碎。偶尔有风吹过,它们像活了一样放肆地摇摆起来,使整个院子显得诡秘而阴沉。以前他问过芦武奎才知道,芦大奶奶是邻县大户范家的小姐,过门后也和芦老爷过了八九年夫唱妇随、相敬如宾的日子。可不知为什么,就是不见她的肚子鼓起来。看郎中吃补药，甚至去崆峒山，在香火旺盛有求必应的送子娘娘像前叩拜许愿，她的肚子仍旧没有任何动静。为续芦家香火，芦仁乾迎娶了二奶奶。十月怀胎，芦承贤呱呱坠地。在百日喜宴上，平日滴酒不沾的大奶奶喝了几杯酒，头晕腿软感到瞌睡，回到房里整整睡了一天一夜。睡醒起身，她的三寸金莲上飘出一种奇怪的味道。最初，有点像沤麻池里的绿水散发出的植物腐烂的气味。几年过去，脚上的味道更重了，像夏日里发酵冒泡的泔水，散发出刺鼻的恶臭。找郎中无济于事，往鞋里撒香料也掩盖不住，只得勤洗脚勤换裹脚布。日子久了，晾晒裹脚布已成后院的日常景观。院子里随风摆动的黑布条让芦牛儿不寒而栗，赶紧跟着少爷跑进厢房。书房角落果然有几摞报纸，少爷抱过来一厚沓，放在地上让他随便翻阅。报纸上的文字全然不似古文深奥，说的事情很是新奇引人。此后他俩一有空闲就跑入书房，那一张张报纸拼成一幅辽阔而动荡的蓝天红地的图画，连绵不绝地在他们眼前铺展开来。

图画中浮现出一方格一方格或耳熟能详或前所未闻的地方，西安洛阳成都北平天津上海南京广州，每一个地方都有蚂蚁群般的文字涌动。那个叫作北平的方格里飞出蜜蜂一般嗡嗡作响的文字，蜂群在图画上空飞舞。闪亮的翅膀排成"民主科学"的字样。顿时，许多小格子里响起山间回声般的呼喊："德先生！赛先生！"

还是那个方格里忽然沸腾了，隐隐传来愤怒的呐喊，"废除二十一条！外争国权，内惩国贼！"喊声涟漪般一圈圈扩散，已有许多地方应声而起，声浪排空。

图画外的地方是夜晚吗？一对对绿莹莹的凶恶光点从四周包围过来，每一对光点上也有字迹跳跃，日本德国英国美国法国，后面还有迫不及待的小绿点从远处挤来。每一对绿点里喷出的贪婪之光变成青筋暴起的爪子，红艳艳的图上已经有被它们抠出的伤口，汩汩地往下流血。

伤口未愈，图中又有一块一块的乌云滚动。每块乌云都气势汹汹地抢夺着图上的方格，每块乌云中都有战旗在喧嚣，北洋直系皖系奉系桂系晋系滇系……在他们相撞的地方，火光冲天，硝烟弥漫，无数冤魂在枪林弹雨间哀号。

…………

尽管芦承贤和芦牛儿还不理解晴天满地红图中的乱象意味着什么，但他们已从报纸的字里行间看到外面的世界早已风雷激荡，而他们生活的芦家营还淹

没在千年不变的死水之下。芦牛儿拿起一份已经残破发黄的报纸。从那份名为
《启明日报》的报纸中跳出的文字，竟让他的心脏怦怦狂蹦。"社会黑暗，启明出
现。正义人道，光明灿烂。……"报纸上的呐喊引发思想的共鸣，他暗暗钦佩能
在报纸上写出这等气贯长虹的文字的人——要是自己也能成为在报纸上写字的
人该多好啊！

"少爷，报纸上这些字都是别人写的，咱们能写吗？"

"别人能写，咱为啥不能？"

"你家有钱，你想干啥都可以。可我……"

"咦！你也是咱芦家人……反正我以后干啥，都要把你拉上。"

"那……等咱们长大了，都给报纸上写字去。"

"好呀！到那时候我先要把'喇叭头'和李财主写到报纸上，让多多的人看看
他们的嘴脸。"

报纸上的文字在芦承贤脑袋里转悠一阵子之后不可避免地转变成想象。有
一天，趁许先生晚到一会的工夫，他脑袋里的想象之光开始在众学童眼前闪耀：
"你们知道吗？有两个先生可比许先生厉害多了，他们一个叫德先生，一个叫赛
先生。许先生就咱们县里的人知道，德先生和赛先生的名气都传遍全中国啦！
你们想想他们的学生有多少？那可是多得数都数不过来……他们的鞭子有多
长？芦拴宝你脑子让驴踢啦？笨！给成百上千人上课，鞭子招呼得过来吗？"

嬉笑被脚步声打断，不苟言笑的许先生执鞭进屋，目光巡视一圈后停在芦承
贤身上。

"方才听你说先生，有何指教？"

"我们在说德先生和赛先生，您认识他们吗？"芦承贤问。

许先生蹙眉不语。

芦承贤又问："报纸上说，德先生和赛先生能让国家变得强大，您真没听说
过？"

"哦，偶有所闻。"

"许先生，有个事儿，我咋想都想不明白，能请先生指点指点吗？"

"愿闻其详。"

"我看报纸上说，德国要把在山东抢的地盘转给日本。这个德国是大人国、

小人国还是穿心国呀？"

"《镜花缘》所述，不足为凭。德国……乃海外蕞尔小国，蛮夷之邦耳。"

"那……英国法国俄国美国日本，也是蛮夷吗？报纸上咋说它们是强盗，要瓜分咱中国呢？"

塾堂里的安静压得人透不过气来。众学童提心吊胆地偷瞄伏在鞭子上的"蛇"。这一次，"蛇"罕见地睡着了，紧缠在鞭杆上一动也不动。良久，许先生长呼口气，一言不发地起身出去了……那天下午几个孩子异常自觉地温习功课，竟无一人开口讲话。芦承贤更是一改往日的顽皮习性，老老实实地埋头抄写《尚书》。整整一个下午，许先生再没露面。到放学时间，芦伯进来通知大家回家。芦承贤拽住芦伯的衣裳，怯生生地问："许先生……咋没来？"芦伯诧异地瞅着他，"许先生说他身子不太舒服，哦，你们顶撞许先生啦？"芦承贤像是被烫着了似的缩回手，"没有没有，我们哪敢啊！"

一夜之间，许先生原来直挺如笔杆的腰板竟变得有些佝偻，往日神采奕奕的面孔罩有一层黯淡的倦容。他好像一宿未眠，双眼网满血丝，讲话的声音也有些沙哑。就连鞭杆上的那条"蛇"，也像是被抽掉筋骨，全然不见昔日潇洒飞舞的神韵，软绵绵地垂挂在鞭头上……芦牛儿和芦承贤不由得相互对视一眼，芦承贤逃避似的赶紧转过头去。看着许先生疲惫的模样，芦牛儿心中一阵刺痛，暗暗自责，昨晚因听说先生身体不适，就没去他的房间夜读。晚上放下饭碗便跑进许先生的卧房，解释说少爷绝不是有意为难先生，实在是报纸上叙述的事件超越了他们的认知范围，因无人解疑释惑才导致少爷的鲁莽之举。许先生听完解释，脸上露出慈祥的微笑，说出的话犹如清爽的风儿般拂去芦牛儿脸上的焦灼。

"尔等幼学，以观天下，老夫甚慰。牛儿，可曾耳闻梁启超先生的《少年中国说》？"

> 少年智则国智，少年富则国富，少年强则国强，少年独立则国独立，少年自由则国自由，少年进步则国进步，少年胜于欧洲，则国胜于欧洲，少年雄于地球，则国雄于地球。

"牛儿，金玉良言应铭刻于心啊！"

"嗯！"芦牛儿紧抿嘴唇用力点点头。

第二天放学以后，芦承贤和芦牛儿又来到书房，报纸上文字的亮光跃入眼帘，让他们再次想起将来要在报纸上写字的事情。芦承贤说："我大说能给报纸上写字的人有一个共同的名字，叫记者。"芦牛儿挠挠头感到迷茫："可是……给报纸上写字的人名字不一样啊！"芦承贤放下手中的报纸，走过去坐在宽大书桌后面的红木椅子上，摇头晃脑地说："他们都是记者。记者，乃专门职业也！从业者众，白天……转四方，晚上……写文章，专门为报纸写字的人是也。"芦牛儿明白了："当上记者，就能给报纸上写字啦！"芦承贤双手一拍，继续摇头晃脑道："然也，然……也！"芦牛儿急切地说："等咱们长大了，就去游四方，当记者！"芦承贤故作老成，拖长声调说："然也！然……也！"

国家的命运，民主和科学的精神力量，这些字眼太重太笼统，十岁的孩子怎么能完全消化，但报纸上的呐喊如春雷滚过荒野，在他们孤陋寡闻、见识微薄的大脑里引发了一场前所未有的震荡。文字拓展认知的视域，原来在他们生活的这片土地外面还有一个辽阔的世界。将来如果能成为走遍五湖四海的给报纸上写字的记者，而不像父辈们终生只与亘古不变的黄土山野为伴，那将是一件多么令人欣喜若狂的事啊！日有所思，夜有所梦。就在芦牛儿第一次听说"记者"这个词的那天夜里，梦见大地是一张空白的报纸，他手持毛笔在上面尽情地书写。写啊写啊，那些字仿佛有了生命，纷纷从报纸上站立起来，排列成整齐的方队，一队接一队缓慢而坚定地移向远方。每个字上面都有一个圆圆的泥点子，迸放出金子一样的光泽，给移动的方队染上金黄的颜色。金色方队持续前进，排头的队伍已经跃上远处的山岭，把天际渲染得一片绚烂……

许先生要走了。

孩子们对外部世界的向往之心引起芦仁乾的注意——沿袭千年的私塾教育会不会成为孩子们思想的羁绊？但孩子不能不念书啊！古训不可违，"万般皆下品，唯有读书高。"于是，他平生第一次为孩子上学的事，专程前往西安实地考察，回来后把许先生请入客厅长谈。那次谈话的结果改变了芦承贤他们求学的途径，芦仁乾和许先生都认为孩子们应该走出家门接受现代教育，去县城上新式学堂。芦仁乾立即派人去县城叫回芦福成和芦二，加上芦伯和芦武奎，说是商议——更像是宣布，为了让孩子们将来不要成为新时代的瞎子傻子，他们都应该去县城上学。"此事许先生已首肯。"芦仁乾说，"孩儿们以后上学与否，你们自定。"这事来得太突然，没有一点思想准备的几个家长还在暗自琢磨，又听见芦老爷说："过些天我要答谢许先生，你们都要来。"

立冬过后的一天傍晚，芦仁乾在芦家大院举办谢师宴。芦武奎、芦伯、芦富成和芦二带领孩子们提前进入饭堂恭候。几个炭火正旺的火盆烘得屋里温暖如春。四周墙壁上罩有玻璃壳儿的壁灯（不见冒烟一定烧的是洋油）放射出的光芒填满整个厅堂——灯光很威严，大人小孩全都沉默不语。

谢师宴开始，许先生被请上尊座。芦仁乾先率大人们向先生鞠躬致谢，随后是孩子们恭恭敬敬地行三跪九叩大礼。许先生看见除芦承贤之外，其他几个孩子都显得十分拘谨，便对芦仁乾说："承蒙芦老爷与诸位厚待，老夫已享三节两寿之礼。几度春秋，与公子论教，乃老夫晚年之幸也！今夜盛宴话别，其乐融融，依老夫之见，不必拘泥于礼数。"芦仁乾略感诧异，扫视一圈，便明白许先生的用意。"不敢不敢，"他起身把许先生面前的酒杯斟满，接着说道，"一日为师，终身为父，西宾门下，不敢僭越。"他先给许先生敬酒三杯，第一杯谢先生麈尾之诲，第二杯谢先生栽培之恩，第三杯祝先生福寿康宁，海屋筹添。随后，几个孩子依次手捧酒碟上前以谢师恩。许先生均是浅抿一口，便将酒杯放回酒碟。最后轮到芦牛儿，他小心地把碟子里的三只酒杯倒满，捧着酒碟来到许先生面前。双膝跪地，把酒碟高高举过头顶，刚说了句："先生，牛儿谢先生教诲之恩！"话音未落，面颊上已有泪痕。许先生略一思忖，接过碟子，三杯酒喝得杯杯见底。孩子敬完家长敬，几个轮次过去，平日滴酒不沾的许先生看样子是喝多了，一改往日严厉刻板的形象，面露笑容，推心置腹的话越来越多了："……望子成龙，乃父辈之心愿。然则观其人生，或如蛟龙跃海，或如浮萍随波，唯有学识可定前程。孙敬绳系头，悬屋梁，后为当世大儒。车胤囊萤夜读，学识与日俱增，方为吏部尚书。古往今来，凡成大器者，必好学也！""说得好！晚辈再敬您一杯。"芦仁乾和许先生碰杯后，豪爽地一饮而尽，笑吟吟地提出一个众家长都十分关心的问题："先生您看……这几个孩子将来可否有出息？"许先生谦逊地为自己设立一道防线："芦老爷鉴谅，老夫实非伯乐也。"芦仁乾大度地一笑，说："上热菜、上热菜，边吃边聊。"但事情的进展往往出乎人们的意料，随着一道道热菜上桌，酒宴上的气氛也不断升温。吃菜啊敬酒啊，在众人殷勤的攻势下，许先生的心理防线终于被烧酒冲出一道缺口。"少爷天资聪颖，若加以学，前程不可估量。牛儿憨厚忠诚，勤奋刻苦，若有……若有贵人相助，亦可堪大任。启智调皮机灵，满囤内向敏感，拴宝耿直倔强……汝等谨记，'业精于勤荒于嬉；行成于思毁于随'，立鸿鹄之志，习苏秦刺股、萧锋学书……呵呵呵……理其璞而现宝焉。"许先生说得兴起，自顾自地拿起酒杯一口喝干，说书一般清了清嗓子，神情已经变得严肃。"人生一世，草木一秋。日后汝等倘若武比岳鹏举，文超李太白，老夫自当引以为荣。若愿与秦桧之流为邻，或随严嵩朋党求高官厚禄，则莫提老夫，更不可言出自老夫门下！再者，汝等为老夫关门弟子，别离之际，有一字相赠，此字即'明'也！眼明可识道路险阻，心明则辨善恶忠奸。世事混沌，欲直身健行，必……明天道、明人道、明世态、明兴衰、明正邪、明进退……来日方长，望汝等参悟。"一个"明"字，竟然让酒宴上礼节性的嘈杂消失得无影无踪。芦仁乾开口了，像是自言自语，又像给众人们解说："好一个'明'字，道尽人生处世立身之根本。"他起身向许先生拱手深揖，回到座位上又说："晚辈早有心为书斋取名刻匾，惭愧才疏学浅未能如愿。今可否借先生所言之'明'字，为书斋取名为'明心堂'？若先生首肯，请为明心堂题匾。"呵呵呵，许先生开心地答应了。"老爷，菜都快凉了。"芦伯不失时机地提醒。大概是"明心堂"这个书斋名甚合芦仁乾心意，他笑容满面地又端起酒杯。

　　芦武奎喝多了，宴席散后摇摇晃晃地回到家倒头就睡。漆黑的夜里，芦牛儿听见父亲呼呼地喘着粗气，时不时含糊地念叨出几个字。他屏气凝神，竖起耳朵仔细捕捉，终于听清楚了，父亲念叨的是："贵人……贵……贵……贵人……呼……"黑夜过去，一缕晨光爬上窗户。芦武奎咳嗽几声起身穿衣。芦牛儿睡眼惺忪地嘟囔："你念叨了一夜的贵人，跟咱有啥关系啊？"芦武奎一把掀开被子，一股浓浓的酒气冲进芦牛儿的鼻腔："穿衣裳，出去练武。"

　　拉开房门，院子里一片皆白。那年冬天的第一场雪下得出乎所有人的意料，雪花断断续续地飘了三天三夜。下雪的第一天，刚送走许先生，芦承贤就叫出芦牛儿满村乱跑，吵吵着雪再厚点就可以堆雪人打雪仗啦，还谋划着捏雪团偷偷塞进芦花花的衣领里去。眼见大雪下个不停，芦承贤的所有计划也被雪深埋起来，他也猫在后院里不露面了。大雪反倒激起了芦武奎的兴致，他每天都严厉地督促芦牛儿练武，而且是早中晚各练一个时辰（以前只需晨练即可）。芦牛儿不明白父亲的意图，再加上他本来就不喜欢那些每天重复的单调动作，什么扎马步、举石锁、捶沙袋，对着空气出拳、踢旋风腿……整天做这些真是无聊至极。他不想成为大人手里摆弄的皮影。"我不想练武，想去上学念书。"但遭到芦武奎的斥责："不练好武艺还想上学，哪来这么美的事？好好练！"练武与上学有关系吗？芦牛儿糊涂了。

一天三练，天天如此，这种刻苦的行为引起芦老爷的注意。芦伯送来一大碗炖羊肉，说是芦老爷看他们父子练得辛苦，送点肉补补身子。老爷特意叮嘱，牛儿还小，练武不能练伤身子。芦武奎点头称是，立即当着芦伯的面改一日三练为一日两练。也许是练武的劳累影响了味觉，芦牛儿觉得吃进嘴里的羊肉好像没有放调料和盐一样寡淡无味。一连几天，每到吃饭的时候，芦伯就会按时送来煮熟的羊肉。"没见杀羊啊，哪来的羊肉？"芦武奎一脸疑惑。芦伯长叹一声说："大雪封山，狼把老爷养在关山里的羊咬死了好几只。"芦牛儿如梦初醒，原来这几天吃的肉都是狼吃剩下的。胃里一阵翻江倒海，他强忍着恶心跑出大院，对着白雪皑皑的荒野"哇"的一口喷了出去，眼前腾起一团红雾，雪地天空一片血色。他觉得自己吐的是羊血，是狼没啃干净的血块在他肚子里融化了……

天空时阴时晴，阴的时候不是朔风怒号就是大雪纷飞，晴的时候严寒彻骨滴水成冰。明亮的阳光没有一点温度，天空都冻硬了，像一整块无边无沿的蓝玻璃。天虽然冷得出奇，但该做的事不能耽搁。许先生题写的"明心堂"匾额已经由县城"鲁氏木坊"制作完成。芦二亲自赶着马车将匾送回芦家营。说起匾，芦二很兴奋："先生的字好，做匾用的料好，啥料？紫檀木啊！"匾送回来了，挂匾的日子却迟迟未定……芦老爷的老寒腿又发作了，而且比往年发作得更厉害，关节僵硬，痛得无法着地。

老爷贵体欠安，这可是件大事。县城里几个有点名气的郎中被先后请进芦家大院，但这些郎中赶不走芦老爷腿上的疼痛。芦伯又差人去七八十里外的邻县"保和堂"请著名郎中"圣手皇"。"保和堂"回复十分客气，天寒地冻，加之"圣手皇"年岁已高，自入冬以来只坐堂不出诊，望芦老爷多多见谅。可芦老爷的腿疾不见好，照样折腾得他白天不思茶饭，夜晚难以入眠。平日很少发号施令的二奶奶生气了，几句川音脱口而出："莫得请不到的神仙，芦伯，只要请得到郎中，管你想啥子办法！"二奶奶的言辞里透出不可抗拒的力量，芦伯不敢抗命，和芦武奎两人顶着刺骨风雪直奔邻县"保和堂"。心诚则灵，金石为开，芦家人的诚心诚意终于打动"圣手皇"，几天后一顶四人抬的暖轿把他送进芦家大院。

"圣手皇"是魏晋名医皇甫谧的后代，自幼随父学医，后来名气竟超过父亲及前辈，尤其是针灸技艺更是超群。他曾用五寸银针，由头顶扎入脑子深处治疗头痛顽疾。更让人交口相传的是，一次有个病人送进"保和堂"时已经脉象全无，他几针扎下去，那人竟然有了气息。一根银针除去众多病人身体中的疾苦，人们便送他一个"圣手皇甫"的美誉。可这美誉有点拗口，在传播过程中便有人把他复姓皇甫的后一个字省去，"圣手皇"叫起来既上口，又含有圣手皇帝的意思，很快便被人们认同。可是"圣手皇"能治好老爷的病吗？大院里的人嘴上不说心里却在犯嘀咕，老爷为治疗老寒腿，进过西安、成都的大医院，还让蓝眼睛大鼻子的洋人给瞧过。听说洋人蓝莹莹的眼珠子能看穿人的五脏六腑。芦老爷是在天气热的时候让洋人瞧的，而引发老寒腿痛的湿毒天冷时才从骨头里出来（县城的郎中是这么说的），洋人的蓝眼睛看不着中国人骨头里的湿毒，只给了一些五颜六色的药片。其中有一种药，名叫"啊死屁灵"。芦老爷嫌这药名晦气，走出洋人医院就把那些药片全扔进垃圾堆，不高兴地说："啊死屁灵？屁能灵得排出湿毒？再说药里咋能有死字？呸呸。"陪同他的二奶奶也觉得有趣，掩住嘴咯咯咯地笑个不停。芦老爷又说："人家洋人是黄头发蓝眼睛，咱是黑头发黑眼睛，洋药能治洋人的病，不一定就能治咱的病。"芦老爷坚信中国人的病只有中国的郎中才能治愈，自己的老寒腿逢冬发作，是因为没有机缘遇到扁鹊华佗那样的神医。

这一次请动"圣手皇"，盘桓在芦老爷脸上的阴云散去了。"圣手皇"自带百草箱。问过病情把过脉，从百草箱里配出一副草药，让芦伯拿去用砂锅熬制，并特意吩咐药熬好后必须同砂锅一起端来。芦承贤抿嘴瞅着"圣手皇"，这个圣手老头要砂锅干什么？……"圣手皇"旁若无人地拿出一杆约有三尺长的烟锅，装满烟叶后把红珊瑚烟嘴噙在嘴里。芦承贤赶忙擦着洋火给他点烟。"圣手皇"毫无表示地闭上眼睛，自顾自地吸了起来。两袋烟吸完，芦伯端着放有砂锅的托盘进来。原来"圣手皇"要的不是砂锅而是药渣。先把热气腾腾的药渣敷在芦老爷裸露的双膝上，再让他喝下药汁。拿出针袋打开，每只脚掌上各扎一针，又在脚踝处各施两针。双手同时捻动一会，取掉已经凉下来的药渣，在每只膝盖处再扎入两针。这次不再捻动，而是从百草箱里取出一种絮草一样的药材，搓成拇指般大小的圆球戳在银针顶端，用洋火一个一个点燃。房间里飘起一股奇异的香味，随着香味越来越浓郁，芦仁乾的额头上有汗水渗出。药球燃尽，芦仁乾已是大汗淋漓。"真是奇了怪了，"那天一直在场的芦伯说，"活了一把年纪，头一回见扎针还能扎出水来。""圣手皇"开始收针。只见他双手捏住扎在脚掌上的两根针，轻轻捻动一阵将针拔出，针眼处竟然出现了两个浑浊的水珠。眼见水珠越长越大，芦伯的嘴巴张得能塞进去一只拳头。银针全部取出。"圣手皇"又拿出一只药罐，用手指挑出褐色药膏敷在芦仁乾的双膝和脚踝上，再用草纸和棉布裹好，这才跟着芦伯去客房吃饭歇息。

一夜过去，芦伯一大早就去后院探望芦老爷。出来后一路小跑进入厨房，吩咐厨子的声音响亮得刺穿了棉布门帘："老爷的腿可以活动啦。赶快赶快，炖个鸡，老爷胃口开啦！"

"圣手皇"果然名不虚传，几天过去，在他的医治下，把芦老爷折腾得痛苦不堪的老寒腿症状大为缓解，竟然可以下炕走路了……可时不时地还能感觉到膝盖处仍有针刺一般的痛感。"圣手皇"解释说尽管芦老爷体内的湿毒已排出不少，但遇寒气入侵，残留的湿毒就会像小虫子一样蠕动，就会感觉到痛。芦伯央求道："那就请圣手把老爷身上的湿毒给排干净吧。""圣手皇"摇摇头，表示他已尽其所能。芦老爷明白，要想根治老寒腿，绝非易事，"圣手皇"能做到这一步，已经非常感谢了！

芦家人的感谢不会只挂在嘴上。送别之前，酒宴是一定要摆的。这一次的宴席上只有芦承贤一个孩子。"圣手皇"反复叮嘱，芦老爷一定要注意保暖，留下的那罐祖传的秘制膏药一定要按时敷，春天到来天气转暖更要当心寒气入侵……叮嘱完他又说出一件家传往事。吴璘——就是那个在南宋抗金时保卫秦陇，屏障巴蜀，被孝宗皇帝封为新安郡王的陇上名将。常年征战，饱经风霜，身染"老寒腿"，发作时足不能踏镫。绍兴三十二年，他在陇抗金，先祖有幸为将军驱寒。一番医治，腿疾好转，将军跃马而去。临别之时，先祖赠将军一条寒冬猎杀的黑狼皮做成的皮护腿。数年后，将军遣人送书信一封，贴身佩戴玉牌一块及银两若干，信中提及那条黑狼皮护腿陪他征战沙场，老寒腿竟未再犯……"圣手皇"继续说，他为医治老寒腿这种顽疾，屡试各种兽皮。羊皮、鹿皮、狼皮、豹皮，乃至虎皮，虽可抵御寒气，但终不能像黑狼皮一样显出奇效。他寻思，莫非在黑狼皮里蕴藏着一种玄妙气场，可外御酷寒内驱湿毒？芦老爷如能寻得在三九寒天猎取的黑狼皮，制成护腿，或可解忧。

芦仁乾说："黑狼皮这东西可遇不可求，再说晚辈哪有吴璘将军的福气啊！"他看了一眼"圣手皇"面前的酒杯，又说："武奎，给先生斟酒。"坐在下首的芦武奎勾着头，一副心事重重的样子。芦仁乾又叫他一声，他这才应声而起，赶快给"圣手皇"的酒杯里添酒。

已是耄耋老人的"圣手皇"竟把一小坛白酒喝了个精光。芦武奎喝了两坛。芦仁乾、芦伯和其他几个作陪的人也都尽其所能——夜晚被快乐的酒水淹没了。

可芦老爷没高兴多久，他的脸又被阴云覆盖。老爷不高兴，大院里安静得让人感到压抑。芦牛儿从父亲口中获知，原来是关山里那些神出鬼没的狼们又惹得老爷心烦啦！

山里的雪下得更大，几丈深的沟壑被风雪填平，灌木丛堆成高大的雪包，就连树林子里也竖起一道道迷宫般的雪墙。在这铺天盖地的大雪中，以前偷偷摸摸在山林沟壑中流窜的狼群变为明火执仗的强盗。芦家关山牧场的一个羊圈遭狼群突袭。不仅把羊叼走，还咬死几只（芦牛儿吃的就是那几只羊）。羊倌芦土娃——芦十八的孙子，用爬犁拉着死羊胆战心惊地回来向芦老爷请罪。老爷一笑而过，只吩咐小心为是。芦土娃非常感动，当即在老爷面前拍着胸脯保证，老爷放心，我芦土娃就是不吃不睡，也要和放羊的那些弟兄们一起把狼赶跑，让二百六十九只羊一只不少地安然过冬。

怎样才能让狼不敢靠近羊圈呢？六个牧羊人白天轮换睡觉，夜晚全体出动保护羊群。一晚又一晚，只要看到绿莹莹的光点在羊圈附近晃悠，或是听到疑似孤狼悄悄靠近时牧羊犬的狂吠，就会有一伙暗夜勇士突然出现。有的高举火把，有的猛敲洋铁皮桶，呐喊着从夜的深处冲杀而来。狼们哪里见过这等阵势，早已吓得掉头远遁。

可在人与狼拉锯式的反复较量中，最终还是狼占据了上风。一天夜里，疲惫不堪的牧羊人刚把一座羊圈跟前的几只狼赶走，忽听另外一座羊圈里响起羊们的哀叫声。芦土娃带领众人赶过去，几匹狼的影子蹿出围墙……天亮清点羊只的数目，这一次的损失比上次更大，一下子咬死了八只。

芦土娃又用爬犁拉上死羊，硬着头皮回来报信。这一次芦老爷虽然没有责怪，但脸色很不好看。"光靠力气就能把狼治住？"芦老爷说，"你们得动动脑子。"芦土娃和羊倌们开始讨论动脑筋想办法，集体智慧的熔炉终于炼出一个令人拍案叫绝的防狼办法——修筑冰墙，把狼挡在冰墙外面。他们立即动手，先在原有的围墙顶部码上石块，再把水浇上去，不一会石块已结结实实地冻在围墙上，用石头砸都砸不下来。哈哈哈，羊倌们为自己的发明创造自豪得开怀大笑。芦土娃从芦家营带来一支几十人的队伍。不出几天，圈墙升高工程顺利完成。两座圈墙高有一丈，厚逾三尺。固定石头的坚冰闪烁着寒光。远远看去，两个硕大无比的冰桶，威风凛凛地屹立在牧场中。此后狼们来来去去地围着冰墙折腾，可没有一只狼能爬过冰墙。夜里羊倌们躺在热腾腾的火炕上，听着狼们无可奈何的哀号，就像在欣赏秦腔唱段，整个身心都感受到一种前所未有的舒坦。

没想到大祸又至。一天半夜时分，冰桶里的羊群突然骚乱起来。羊倌们从梦中惊醒，手忙脚乱地套上衣服冲了出去。在火把映照下只见一只黑影"嗖"地跃出冰墙，转瞬间消失在黑暗中。天亮一看，那怪物留在雪地上的梅花蹄印足有成年人的一只巴掌大。"狼王！"一个中年羊倌失声叫了起来。据几个见过它的猎人说，那可是一匹敢和豹子打斗的黑狼呀！

十几只身上沾有黑色凝血的死羊胡乱摆放在洁白的雪地上，那画面显得怪诞而凄惨。芦土娃双手抱着脑袋蹲在一旁。其他羊倌赎罪似的跑进跑出地忙碌着，有的在清理羊圈里的血迹，有的忙着给羊们喂草。芦土娃站立起来，脚步沉重得像拖着两块石头，告别似的绕着每座羊圈走了一圈。然后从死羊中挑选出一只最大最肥的羊，剥掉羊皮剁成几大块，扔进大铁锅煮了。肉熟出锅，他拿出一罐烧酒，把大家招呼过来说："他娘的，放羊的没羊肉吃。弟兄们，今天我请客，吃啊！"羊可是老爷家的啊，其他羊倌被他这不计后果的放肆吓得心惊肉跳，畏葸不前。芦土娃自顾自地捞起一条羊后腿，啃一口羊肉喝一口酒。一条羊腿吃完，他已有七分醉意。"天塌下来我……芦土娃顶，老爷要杀……要剐……随便！"

这一回芦老爷真的怒了。他认为是以芦土娃为首的羊倌们的防护措施出现纰漏，才给狼群留下了可乘之机。更让他怒火中烧的是芦土娃有明显的欺骗行为，有谁听说过一匹狼一次咬死十多只羊？芦老爷问："你看见狼王啦？它有多大？"芦土娃涨红着脸说："老爷！我光看见个影子，反正是狼王，它把羊咬死了，还把羊吃了。"明目张胆的顶撞，使一贯受人尊敬的芦老爷更加生气，伸手指着芦土娃说："你……狼王咋没吃你？"芦土娃脖子一梗，满口酒气地回答："我土娃的肉臭，没有羊肉香，狼不吃。"芦老爷被气得啼笑皆非，像是赶苍蝇蚊子似的一挥手："滚！"

　　芦土娃被赶走了，他的爷爷芦十八拄着手杖气喘吁吁地来了……这个顽固不化一直不肯剪辫子的老汉，也是方圆几十里地的知名人物。除了那根独一无二的具有标志性的清朝辫子之外，喋喋不休的唠叨和自言自语，亦在他的名气里占有很大的比重。他十几岁的时候在一家乡塾当杂工，闲暇时常趴在窗台上听先生讲课。先生可能是出于刺激其他蒙童的心理，允许他坐在最后一排听课，还免费给他书本纸笔。他在那个一成不变的座位上陪伴了几拨童生，从扁担放在地上不知道是个"一"字，到可以粗读四书五经和《古文观止》，还能从三皇五帝一路数到康熙乾隆。但乡塾生涯没有改变命运的方向，他最终还是得回到芦家营，成为一个和父辈一样面朝黄土背朝天的庄稼人。可又和纯粹的庄稼人不一样，他时常有根有据地说出点三纲五常、三从四德这些其他人听起来很深奥的伦理思想。那时他已经人到中年，唠叨的话题十分广泛，什么黄帝战蚩尤呀，姜太公渭水垂钓呀，刘关张桃园结义呀……人都说他干的是犁地扬粪的事，操的是帝王将相的心。岁月就在不停地唠叨中悄然逝去，他的年纪大了，面孔就像关山融雪留下的堆积物，僵硬的表皮上布满错乱交织的皱纹，嘴里的牙齿已经掉光（人们说是因为他说的话太多把牙都磨光了）。不论是在集市中还是乡间小路上，有人跟他搭腔他就开始唠叨，独自一人时他就自言自语……他的唠叨像条饥饿的蛇，人们都怕被缠住，总是远远地避开，任由他独自一人像睁着眼睛说梦话一般对着空气嘀嘀咕咕……这次他来到芦家大院面见芦老爷，唠叨的不是圣贤盛世，而是他最小的孙子芦土娃："大侄啊……不对不对，芦老爷！土娃这个坏怂敢和老爷顶嘴，我拿拐杖把他敲了一顿。"

　　芦老爷不听他唠叨，不动声色地客套几句就让送客。芦武奎半扶半扯地送他出去。他显然有话没说完，心有不甘地一边与芦武奎撕扯，一边回头看着芦老爷："土娃不说瞎话……不敢说瞎话，土娃说的都是实话，老爷的羊真的是狼王祸害的啊！"芦武奎见老爷脸上露出厌恶的神情，干脆把他扯出了芦家大院。

"关山里头真的有狼王！"芦老爷不听他唠叨，他就在芦家大院外面说，"跳过一丈多高的墙，就像跳个小土坎……一次就咬死十几只羊哩！我家土娃不说谎，羊是狼王咬死的。"在他激动的唠叨中，没出一个时辰，狼王咬死羊的消息就传遍整个芦家营。他的唠叨声从每户人家门前掠过，听到的人都咯咯直笑——为了解释孙子的清白，他的唠叨里终于有了一点新意。

在芦家营上空飘来荡去的唠叨声也飘进芦家大院。"不就是一只狼惹出的事嘛，"芦老爷脸色平和，语气却有斩钉截铁的力度，"别说是狼王，就是狼神，也要灭了它！"他让芦伯从村里找来三个常去关山狩猎的壮汉，又挑出三个使"汉阳造"的护院家丁，再命人叫来芦土娃，让他们一同去关山牧场猎狼。

"老爷！"一直默不作声芦武奎突然说，"我和他们一块去。"

正在院里看热闹的芦牛儿大吃一惊，赶紧跑过去扯了扯芦武奎的棉衣后襟，阻止说："你不会使枪呀！人家说狼王比豹子还凶哩！"

"就打个狼嘛，你不用去了。"芦老爷说。

"老爷，让我去吧！"芦武奎拨开牛儿的手，再次请求。

芦武奎反常的固执令人意外。芦老爷眉头微蹙，沉思不语。

"老爷！"芦武奎的声音里透出急迫的渴望。

芦老爷看看芦武奎，又看看芦牛儿，眼里闪过一道赞许的光芒，眉头随之舒展。"好，你带他们去。"芦老爷又叮嘱道，"记住啊，狼咬死几只羊不要紧，千万不能伤着人。"

猎狼小队进山了。

芦十八的唠叨声又从人们耳边掠过："土娃说的是真的，那狼真的是狼王，跳一丈高的墙就像跳个小土坎……"

喋喋不休的唠叨简直无孔不入，像沙尘暴里的牛毛细尘，钻进芦家营的每一个角落。芦牛儿躲在自家炕上，用棉被把头严严实实地蒙住，那可恶的唠叨声仍在耳畔回响，搅得他心乱如麻。他无心练武也无心读书，每天都会独自一人走出大院，坐在大门口的石台阶上瞅着远处的关山发呆。

七八天过去，芦武奎他们像是掉进风雪肆虐的深壑大谷，没有传回一点消息。这时候，村子里又出现不祥的兆头。一群不知从哪里来的乌鸦飞临芦家营。

那些讨厌的黑鸟夜里栖息在村口的大槐树上，白天像盘旋的黑云一样遮蔽天空，呱呱呱地聒噪个不停，甚至都压住了芦十八的唠叨声。芦牛儿只觉得自己的鼻孔里全是乌鸦的气味，像动物腐烂一样。这种气味独霸一方，笼罩了芦家营。

一贯沉稳如山的芦老爷被吵得心绪烦乱，怒气冲冲地拎着镜面匣子，去村口朝着大槐树上一通扫射。树上惊起一团乌云，已有黑鸟直刷刷地栽下来，一个接一个地砸在皑皑雪地上，就像从白雪中冒出来一长串滴血的黑色咒文。砰砰砰的枪声惊动了芦家营，人们在村里的路上和家门口相互打探，当得知芦老爷在驱赶乌鸦时，所有的声音都消失了。一片沉寂中，只有芦十八的唠叨像打不死的乌鸦，一次又一次地从房前屋后掠过。

"狼王，真的是狼王！土娃说的是实话……"

又是几天过去，惴惴不安的气氛像疾病一样传染到芦家大院的每个人身上。在这种无可名状却又令人焦心难受的病毒折磨下，芦老爷终于沉不住气了，决定再派人去关山牧场一探究竟。这一次是芦二带人前往。芦老爷给芦二下了一道不可违背的命令，到关山牧场问明情况，无论好坏，立即派人回来报信。芦二等人出发，芦老爷罕见地把他们送到村口。回到家不到两个时辰，芦二满头大汗地冲进大院，喊声把屋檐上的雪都震落了。

"武奎回来啦！他抓了个活狼！"

芦家大院门前，人们里三层外三层地把芦武奎和一架爬犁包围起来。芦武奎身上的棉袄棉裤破得跟烂布一样，一团团的棉花翻露在外，上面还粘着黑乎乎的羊粪球。他的前额上裹着一块布，上面清晰地洇出一团黑色血迹……那架爬犁更引人注目，上面拉着一个坚固木笼，笼子里是一匹被捆绑住四蹄、大如牛犊般活着的黑狼。那狼不甘心似的挣扎着，撞得笼子咯吱咯吱作响。只要有人靠近观看，它更是龇牙咧嘴，凶相毕露。

"你受伤啦？"芦牛儿更担心父亲的身体，"伤得厉害不？"

"没事，让狼爪划了一下。"芦武奎说。

芦承贤则围绕着笼子看稀奇，时不时地用棍子捅一下狼，嘴里还报复似的嘀咕："让你吃羊，让你吃羊。"看到狼王挣扎嚎叫，他笑得更欢了。

芦十八也高兴了，没牙的嘴巴笑成了黑窟窿。芦土娃更是兴奋至极，搅得关山牧场和芦家大院人心惶惶的罪魁祸首被生擒活捉，充分证明他关于牧场的十几只羊被狼王咬死是正确的判断——笼子里的狼嚎声洗刷掉他身上的冤屈。"这狗 × 的狼，要不是武奎叔反穿羊皮袄把自己变成个羊，天天晚上守在羊圈里头一把抓住它，就是拿枪打也不一定能打中啊！"他擦掉嘴角的白沫子，又说，"芦家霹雳掌太凶啦！狼是铜头铁背豆腐腰，武奎叔和狼王打斗半天才抽出手，一掌把狗怂的腰给打塌嘹！"

围观的人们这才发现，笼子里的狼是用前肢和头在挣扎，后肢只是随着挣扎晃动而已。

芦承贤捅了芦牛儿一拳，伸出大拇指说："武松打虎是酒壮英雄胆，你大没喝酒也能手抓活狼，真是一条好汉！咦，你哭啥呀？"

"我没有哭，没有！"芦牛儿眼睛一眨，眼泪已经不争气地挂在了脸上。

芦武奎擒狼受伤，额头上被尖利的狼爪划出一道近两寸长的口子，像红桦树上的一条被刀斧砍开的裂口，皮都翻了起来，红沥沥的令人心惊肉跳。芦老爷破天荒地亲自送来几卷白纱布两小玻璃瓶药水和一包白色的粉末。他说这些都是在洋人医院买的专治刀斧伤的洋药。白粉末叫啥消炎粉，洋人说撒些在伤口上就不会化脓。两个小玻璃瓶，一个是酒精（这个酒可不能喝啊），一个是"红贡"。这"红贡"大概是洋人给他们的洋皇上敬献的贡品，所以才有一个"贡"字（几年以后芦牛儿才弄明白，那笼罩着神秘光环的所谓"红贡"，就是俗称的红药水）。洋人的洋药的确神奇，没多久芦武奎额头上的伤口就痊愈，但像是在皮肤底下埋了一截什么东西，疤痕明显地凸起。愈合的伤口也与周围的皮肤有很大差异，可能是"红贡"用多了，那条疤痕红得发亮，遇到发怒或是激动，更是红得闪闪发光。

"为个狼把自己伤了，不值得啊！"芦老爷说，"让你拿枪打，打死就行了，我又没说非要抓活的。"

芦武奎说："'圣手皇'说黑狼皮能治老寒腿，我怕用枪打，枪子就把狼皮毁了。"

芦老爷的眼神忽然变得像水一样温柔。

芦伯带领几个壮汉拖着爬犁来到村外，用一根挂在歪脖树上的绳子终结了狼王的嚎叫。剥下的狼皮洗净晾干，整张皮子上没有一丁点伤痕，看上去漆黑油亮，而且黑得发蓝。黑色皮毛里好像藏有无数颗细小的宝石，不停地放射出星星点点的蓝色光芒。厚厚的狼毛摸上去竟没有丝毫扎手的感觉，反倒柔软水滑得如同江南丝绸一般。这么好的狼皮不是用来观赏的，晾干的当天就被送往县城的马家皮草行制作皮护腿。

狼肉怎么处置？芦伯去了趟后院，回来对厨房的人说："老爷说狼肉不算山珍，但也是野味，炖了它让大家都尝一尝。"没过多时，一股奇异的味道从厨房钻出来弥漫了整个大院。在村子里转悠的芦十八也嗅到了这种味道，他使劲吸着苍老的鼻子，嘴里不住地嘟囔："啥味道？这是啥味道？从来没闻过呀！"文火炖了两个时辰，狼肉已经烂熟。来过好几次的芦承贤又一次进厨房，看见案板上的一堆热气腾腾的狼肉，急不可待地撕下来一小块吹了吹塞进嘴里："哇，香呀！"他跑了出去，拽着芦牛儿进来，从案板上抓起一块拳头大小的狼肉塞进芦牛儿的手里，一半关心一半强迫地说："真磨叽，再迟一会你就只能啃骨头啦！快吃！"芦牛儿低头咬了一口，没嚼两下"哇"的一声吐了出来，喊道："苦哇！"

芦武奎脸上的笑容倏然而逝。芦伯也感到十分惊讶，又端给芦牛儿一碗肉汤。他试探似的轻呷一口，苦着脸强迫自己咽下，对芦伯说："还是……苦呀！"

这件事令所有人都感到不可思议，只有芦老爷听说后没有一点大惊小怪的意思，他认为是芦武奎进山猎狼，牛儿为父担忧，是心里的焦虑之火蔓延到了舌头上才导致味觉失常。

狼皮护腿做成，芦老爷刚穿上就惊奇地叫了起来："哎呀，这护腿是热的。"膝盖里的刺痛被皮护腿的温暖化解，芦老爷穿了几天行走时腿脚已经十分自如。疼痛远离加之牧场狼患被除，影响心情的雾霾早已消散，久违的笑容又出现在他的脸上。

身心愉悦了就想做事，他从书房找出一本老皇历，精心选择一个黄道吉日。一封封由他亲手写的请柬被送往许先生和亲朋好友的住处。除许先生婉拒之外，其他人都爽快地接受了邀请。挂匾的那天早晨，前来祝贺的客人们陆续登门。庆贺的鞭炮响过，红绸子揭去，不论是制匾的用料还是许先生那端庄大气、绵里裹铁的颜体书法以及"明心堂"这几个金色大字所蕴含的高深意境，都得到众人的一致赞誉。

转眼间已是岁末。除夕夜团圆饭，芦老爷第一次打破惯例，让芦武奎一家也坐在饭堂圆桌旁。吃饭的时候芦老爷宣布了一个重要决定："以后上学念书，牛儿和承贤一块去。牛儿上学的费用嘛，我出了！"芦武奎手臂一颤，杯中酒洒出去一多半。芦承贤笑逐颜开，拍手大叫："好呀好呀！"芦老爷疼爱地看了芦承贤一眼，又说："我已经给新民小学的吴校长说好了，你们两个直接上高小。怕你们跟不上课程，我请了一个学校的先生辅导你们。他叫董元庆，人家可是从北平师范大学毕业的，你们要好好地跟着先生学。记住，考试不及格，是要留级的。"芦承贤咧嘴一乐："留级，才不会呢！出了芦家营，我们学得更好！"

外面的世界多辽阔啊！芦承贤和芦牛儿像两只羽毛未丰的雏鸟，从封闭的芦家大院中破笼而出，叽叽喳喳地进入一个鸣响着钟声的新世界……

第 三 章

　　钟声回荡，那口铜钟就挂在陇山县新民小学操场旁边的一棵两人都搂抱不住的树上。钟的表面黑黢黢的，很有历史的沧桑感，上面的铭文已被风雨冲刷得模糊不清了，但钟声很洪亮，让整个县城的人都有了时间的概念。除了礼拜天，钟声都会有规律地按时敲响，而且节奏永远是三声一组。被人称为"笑弥勒"的吴校长每天都要扮演敲钟人的角色——敲钟的权力不容置疑，更不容挑战。一次上体育课，芦承贤趁没人注意，捡起一块拳头大小的石头扔了过去，"咣"的一声砸在铜钟上，惊得树上的麻雀轰然逃散，也惊得整个学校一片愕然。吴校长气得火冒三丈，亲自出马严厉追查，终于揪出扰乱学校秩序的罪魁祸首，劈头盖脸地训斥了芦承贤一顿，罚站两节课。

　　由于芦承贤和芦牛儿直接插班进入高小就读，这是新民小学从未出现过的特例。吴校长的眼光经常投射在这两个特殊学生的身上，同时也有不怀好意的嘲讽像苍蝇一样在他们耳边嗡嗡。李财主四姨太的儿子李豫龙就阴阳怪气地说："有人刚进来时尾巴竖得像旗杆，一考试就得夹着尾巴啦！"芦承贤冷冷地瞪了李豫龙一眼，罕见地忍住性子没有反击。

　　考试成绩是最硬的拳头——走着瞧。芦承贤和芦牛儿住在县城北大街的福隆粮栈，院内阁楼上的房间成为他们的第二课堂。每天傍晚，阁楼的木板通道上会准时响起董元庆先生皮鞋踩出咯吱声。但他态度很冷淡，每次讲完课便转身出门，只留下一阵远去的脚步声让两个学生回味。事情总是在不经意间出现转变，就在"砸钟事件"发生的当天，来第二课堂上课的董先生脸上竟露出和善的笑容，话题也第一次离开课本。"挨批评不要紧，"董元庆说，"如果你能在学习上也像砸钟一样让全校吃惊，今天这钟你砸得值！但你要真是脓包软蛋鼻涕虫……”芦承贤被刺激得嚷叫起来：“我才不是那些恶心的东西哩！”董先生嘴角向上一挑：“始吾于人也，听其言而信其行……”就在他话语停顿的瞬间，芦承贤已经接口：“今吾于人也，听其言而观其行。于予与改是。”董先生愣了一下，突然一乐：“好小子，行啊！我以为芦家少爷直接上高小是钱用推进来的。”误解的藩篱倒下，一个和蔼可亲的、总是身着一袭长衫的、脚穿锃亮皮鞋的英俊先生健步来到芦承贤和芦牛儿身旁，眼前的一切都像风车般飞快地旋转起来。

太阳比地球大，一百三十万个地球合一块才跟太阳一样大，那它为啥看上去只是一个不大的火轮子？“这是透视原理，”董先生说，“就和你们看近处人大远处人小是一个道理。咱中国人早就发现了这一原理，有诗为证哦，‘横看成岭侧成峰，远近高低各不同’。”……天上那么多的星星只是宇宙很小的一部分。那……那，宇宙到底有多大呀？“宇宙没有边际，”董先生说，“地球就像宇宙里的一粒灰尘。”天哪，原来天大得没边边呀！东西越大法力就越大，怪不得人们动不动要喊“老天爷呀”。

董先生还会说洋文哩。原来洋字码只有二十六个，就像二十六个大小不一的砖头，相互组合，竟能盖起一座语言的高楼。不过洋文不好读，中国舌头念起洋文就变得不那么利索了。而且洋文的读音还得叫人回味半天，谢谢是“散课呦”，再见是“顾得拜”，早上好是“顾得猫儿宁”，晚上好又成了“顾得姨胃宁”。还有还有，学校是“四姑”，先生叫“踢车”……

董“踢车”住在学校的一间单身宿舍里。他是个十分注重仪表的人，中分的头发一丝不乱，胡子也刮得干干净净。脚上皮鞋擦得锃光闪亮，合身的长衫上看不到一点皱褶。但有一天，对啦，是五月四日，他走进教室时穿了一套很奇怪的衣服。那衣服衣领外翻，裤子笔挺，雪白的衬衣领口还系了一条红布带子。下课后李豫龙脸上挂着见过大世面的傲慢，斜眼瞅着同学说：“先生穿的那叫洋装，是洋人穿的。脖子上系的叫领带。喊，连这都不知道，都是一头的土疙瘩。”中午放学，董先生散步似的在县城里转了一圈。他那高雅洒脱的气度，风流倜傥的英姿，把小县城里那些没见过世面的大姑娘小媳妇的眼睛都看直了。

董先生从千里之外的省城而来，他有未婚妻，是他大学的同学，在兰州一中教书……毕业于北平师范大学的董先生为啥不在兰州供职，却要来这个边远小城当教书先生？有一天芦承贤忍不住地问："董先生，你上那么好的大学，为啥来陇山呢？"董先生沉默了好一会，说是一股妖风把他吹到了这里。

两个学童自然无法理解那句话里藏匿的深刻含义。就在他们还在讨论是什么样的妖魔鬼怪在兴风作浪、躲在暗处施放妖风的时候，一场遮天蔽日的沙尘暴袭来。大团大团浓稠的烟尘像魔鬼般叫嚣着从县城上空掠过，又掉头俯冲下来，在大街小巷中乱窜。空气里全是灰尘，据说那天有个老汉就被灰尘呛死了。太阳看不见了，白天像是黑夜。学校被迫停课。第二天沙尘暴过去，街上的尘土厚得淹没了脚面。太阳懒洋洋地从东方爬上来，无精打采地看着这座被风沙蹂躏得奄奄一息的可怜小城……钟声响了，芦承贤和芦牛儿赶忙背上书包跑出富隆粮栈。刚到县城十字，可怕的事情发生了。东大街上灰尘弥漫，一队妖怪迎面而来。太阳在妖怪背后闪着光，那些灰尘里的身影显得巨大而恐怖。一个身背长枪、歪戴着帽子的妖怪走到他们跟前，气势汹汹地吼道："瞅啥哩瞅啥哩，再瞅把你唸（眼）珠子抠咧！"不是妖怪，是一队士兵。"还瞅还瞅，"歪戴帽子的士兵操着陕西口音说，"你们两个碎仔弹，瓜眉日眼就知道瞅，想弄啥？"

芦承贤和芦牛儿吓得一溜烟地跑了。放学回到粮栈，芦承贤说起早上遇到的可怕事件。芦大掌柜见怪不怪地告诉他们，那是他们不知道，陕西兵来县城已有些时日，就驻扎在西门外，是杨虎城的部队。"看把你们惊奇的，"芦福成说，"那些陕西兵都换过好几茬啦！"芦承贤迷惑不解，陕西兵来甘肃干啥？没听说打仗，也没听说闹土匪强盗啊！对于这个有关战略布局的问题，在芦大掌柜那颗满是粮食价格和市场行情的脑袋里自然没有这一方面的答案。于是，芦承贤把这个问题带到了学校。

这可能也是班里大多数同学心中的疑问。站在讲台上的董先生咬住嘴唇，沉思片刻，拿起粉笔在黑板上写出这样一个公式：地域面积＋权力利益＝势力范围。

黑板上的白色字迹刺目耀眼。教室里鸦雀无声。

董先生擦掉黑板上的公式，又写出这样一行字：军队之责——保家护国。

由于用力过大，在写最后一个"国"字时，手中粉笔竟"啪"的一声断为两截，笔锋也滑向一边。他又随手拿起一支粉笔把国字写完，但那是一支黄色粉笔，黑板上两种颜色的"国"字，看上去显得残破而怪异。"承贤同学，我先回答你的问题，你看到的那些军人的枪膛里，装的不是保卫国家的子弹，而是地方势力。"说完后他从讲台旁放教具的柜子里取出一张地图挂在"国"字旁边。芦承贤和芦牛儿不由得瞪大了眼睛，那是一张枫叶状的中国地图，右上角用鲜红粗壮的线条圈出来一块，像一个边缘染血的窟窿，狰狞地吞噬了中国的整个东北。窟窿周围的红色线条已经洇开，好似被凶狠的刀子割出的又深又宽的血口子。中国版图被那个染血的窟窿毁坏得残破不堪，惨不忍睹。

就是在那一堂课上，芦承贤和芦牛儿才知道，1931 年 9 月 18 日，他俩还在家塾里埋头啃古文的时候，中国东北发生了一件惊天动地的事件。一只名叫日本的怪物从大海里蹿出来，张开血盆大口，死死咬住中国的东北。

董先生用一根红色粉笔在"保家护国"下面重重地画出两道横杠，面向学生说："日本军队侵占东北的事情，我已经给你们讲过。当时有同学问，我们的军队，中国的军队干什么去了？今天，我告诉你们。"他深吸口气，语气沉痛地又说："咱们的东北军投降的投降，撤退的撤退。除了黑龙江省政府代主席马占山和日本军队打了一仗，其他的东北军几乎没有抵抗，就把东北拱手让给了日本人。"

"噔噔噔……噔噔噔……噔噔噔……"钟声响了。

"下课！"董先生话音刚落，李豫龙伸个懒腰，歪着脑袋对旁边的同学说："我大说东北离咱这儿有十万八千里远，不关咱的事。"正在收拾教具的董先生抬起头，目光似箭，直射向李豫龙："你说什么？如果有一天，日本军队打到咱们这里，你怎么办？""跑呗，"李豫龙油腔滑调地说，"我大说咱惹不起还躲不起呀！"

"砰！"董先生狠狠一掌拍在讲桌上，"那是老鼠！……有没有血性啊？"

教室里刚有的一点响动被吓跑，又是一片安静。

"同学们，你们记住，"董先生的话音震得孩子们的耳朵嗡嗡直响，"一个没有血性的民族必然会遭受欺凌！见到敌人就逃跑，那他……猪狗不如！"

董先生转身离开教室。

李豫龙愤愤地嘟哝："他骂我大是老鼠，是猪……"

谁都没有料到，这件事竟刺中"喇叭头"脑袋里的敏感神经。警察局长拉开办理大案要案的架势，亲率一帮黑皮闯进学校，把董先生的宿舍翻腾得一片狼藉，又冲进教室搜走那张地图。最后说是奉长官之命令，请董元庆去警察局喝茶。

　　看到董先生被黑皮带走，李豫龙脸上露出掩饰不住的奸笑。芦承贤已经明白八九分，暗箭伤人，卑鄙小人点起的火烧得他浑身燥热、义愤难平。课间休息，李豫龙边嚷叫边从教室通道往外跑。突然一只脚勾在另一只脚上，只听他尖叫一声，结结实实地摔了个狗吃屎。班里的同学一愣，随即哄堂大笑。他脸色涨红地爬起来，冲到仍趴在课桌上看书的芦承贤身旁，吼叫似的骂出一句脏话。芦承贤腾地跳起来，一把揪住他的衣领，另一只拳头已经举起。芦牛儿劝架似的抱住芦承贤，给他耳语了几句。芦承贤的拳头松开了，揪衣领的那只手却使劲一搋，两人的鼻尖几乎碰到一起。他盯着李豫龙的眼珠说："有种放学以后说。"

　　城隍庙后面一块杂草丛生的空地上，弥漫着剑拔弩张的气氛。长着一副五短身材的李豫龙担心自己不是芦承贤的对手，叫来同班的四个所谓的兄弟壮胆。人数上的优势助长出狂妄的心态，几个人都以为自己一方胜利在握，乜斜着眼打量着芦承贤和芦牛儿。芦承贤开门见山："那些警察是不是你家叫来的？"李豫龙身子往前一耸说："就是，我大说董元庆说话像个共产党。这种人就是要让警察来治他。"芦承贤"呸"了一口说："你大是警察的干儿子啊？"李豫龙恼羞成怒，给帮手们使个眼色："都上，打呀！"他率先冲上去，伸手去抓芦承贤的脸。芦承贤也不躲避，迎面一拳，打得李豫龙"吭"的一下应声栽倒。芦承贤一步跨过去骑在他身上，又是巴掌扇又是拳头捶，打得李豫龙吱哩哇呀地乱叫。其他四个跟他一起冲过来的帮手已被芦牛儿拳打脚踢地拦在一旁。也就是三拳两脚的功夫，一个前额上鼓起个包，一个半拉脸肿了起来，一个前胸的衣服上出现一只完整的鞋印，还有一个已经趴在地上。李豫龙边嚎叫边像个娃娃鱼似的拼命扭动身子，手也在地上胡抓乱刨。挣扎中手抓到隐藏在草丛里的一摊大便上，一股呛人的恶臭散发开来，熏得草丛里的蒲公英纷纷撑开小伞逃遁。芦承贤跳到一旁躲避臭味，李豫龙乘机爬起来，像只肥兔子似的一纵一纵地跑了……有人说那天鼻青脸肿的李少爷从城隍庙后面跑出来的时候，身上有一股能熏倒牛的臭气。他跑过一条巷子，熏得那巷子里的人家互相指责大白天掏茅房。他在巷口的歪脖柳树旁撕下课本和作业本的纸张，使劲擦手上身上的臭味。树上挂着当铺潘掌柜养的一只八哥，那八哥的乖巧和能说会道众人皆知。李少爷身上的味道熏坏了八哥的记忆，那只鸟儿变成一言不发的哑巴。惹是生非的李豫龙再没敢来学校，不久后听说他跟着他妈去了开封。

这是芦承贤和芦牛儿第一次听到"共产党"这个词。这个党是干啥的呀？打问之下听到的全是含糊其词的敷衍。问董先生，他眼中闪过一道警觉的亮光："你们怎么想起来问这事？"

"这是李豫龙说的，"芦承贤说，"他说你是共产党。"

董元庆摇摇头岔开话题："不说这些，我们接着上课。"

芦承贤和芦牛儿猜想，董先生一定知道共产党，只是他为了避免引火烧身而故意将话题引开。可孩子的好奇心实在强烈，特别是有意遮掩的事情，他们更想钻进去一探究竟。一天，几个私塾同窗相约去探望许先生，芦承贤一边吃着许先生招待他们的陕西特产芙蓉糕，一边口齿不清地问："许先生，你知道共产党吗？"董先生不愿回答的问题却在许先生这里找到答案。许先生告诉他们，共产党是中国大地上兴起的政治力量，就像一股红色风潮在中国南方涌动。离咱们这儿几百里远的陕北也出现了红色的风。

芦承贤赶忙把嘴里的芙蓉糕吞下肚，急切地问："先生从哪儿知道的呀？"

"呵呵呵，有门生于西安公干，听他所言哦。我还晓得陕北共产党之名哩！"

"啊！共产党还有别的名字呀？"芦牛儿惊奇地叫道。

"门生言，共产党之军队，"许先生说，"外称西北反帝同盟军，实为中国工农红军陕甘游击总队。"

共产党是红色的风，这个比喻实在形象。第二天上学，芦牛儿一溜烟跑进董元庆的宿舍，竹筒倒豆子般讲述共产党是红色风潮，西北反帝同盟军是中国工农红军陕甘游击总队——这可是惊天大发现啊！董先生神色平静，听他说完后叮嘱："牛儿，你一定要给你的伙伴们说，以后不要再谈论这件事。"

"为啥呀？"芦牛儿问。

"因为会给你们带来麻烦，听我的话，好不好？"

议论共产党会惹是生非，这对于少不更事的孩子们来说的确有点不可思议。就在芦承贤和芦牛儿为此事深感困惑的时候，一股紧张的气氛骤然出现在县城上空。

县府门前冒出几个肩扛长枪的士兵，枪筒上面还安着一把明晃晃的刺刀，一闪一闪地发出瘆人的寒光。远处的城墙上也有寒光闪烁，每隔一段就有光亮来来回回地晃动。东南西北四个城门口，都出现了用麻袋垒成的掩体，上面架起长有两条腿的机关枪……街头巷尾有人聚在一起悄悄议论。

"听说有一支军队出事啦！"

"别的地方出事，咱这儿慌个啥？"

"那些兵是前一阵子从咱们这儿换防过去的。"

"就是就是，还要从咱这儿路过哩！"

"路过就路过，有啥怕的？"

"听说那个军队要去陕北……"

"嘘——"

"散开！散开！"几个黑皮过来驱散人群，边吆喝边朝街道另一头走去，"县长有令，不许聚会！不许传谣言！不许互相打听！不许……不许……"

"喇叭头"严厉的命令挡不住在人们口耳间流动的风言风语。传闻飘进芦承贤和芦牛儿的耳朵，他们忽然产生出一种莫名的兴奋和激动——陕北，又是陕北，那里有共产党！

赶快找地图，看看陕北在哪里。教室里的地图已被黑皮搜走，那就去县城街道上找。他俩找遍县城的商铺，最后还是空手而归。两人又动起脑筋，"哎呀，学校！"芦承贤像发现金元宝似的大叫："学校里不会只有一张地图吧？咱们直接去问吴校长。"敲开校长办公室的门，一眼看到校长的办公桌上赫然有一张铺开的地图。哈哈，踏破铁鞋无觅处，得来全不费工夫。"校长好！"两人给吴校长鞠躬。芦承贤直起身，舔了舔嘴唇说："我们想看看地图，看……西安……不对不对，看看成都在哪。"

吴校长咧嘴一笑，笑得深邃诡异。"嗯，好！看地图，察天下。"吴校长把拿在手中的一支红蓝铅笔插入笔筒，绕过桌子走到他俩身边，掏出怀表打开看了看，又说，"给你们五分钟，钟一响你们必须回教室。"吴校长关门走了。他俩像饥饿的狼崽子嗅到新鲜的肉，同时扑到桌子上……甘肃在这儿，董先生讲过。这是陇东，这是咱们陇山县，董先生用教鞭指过。陕北在哪？董先生说地图上的方向上北下南左西右东……在陕西省的地域里往上找，有几个好像是用红蓝铅笔随手戳出的小红点——那个地方就是陕北啊！他俩想起进屋时看见吴校长手拿的红蓝铅笔，原来校长也在找陕北啊！他俩会意地相视一笑，又把目光转向地图……仿佛有一束光从地图的背面照耀着小红点，使那几个小红点看上去十分灵动而鲜艳……

共产党竟吓得"喇叭头"等一众国民党如临大敌？正当两个心怀好奇的孩子为此感到兴奋的时候，红色的风竟然无声无息地进城了。

黎明时分，小城中一阵喧腾。几条主街和小巷口的地面上，一张张花花绿绿的传单或在地上调皮地翻着筋斗，或像蝴蝶在空中忽上忽下地飞舞……这是从未见过的景象，人们一边叫嚷一边追逐捡拾。

芦承贤和芦牛儿看到两张粮栈伙计拿回来的油印传单。一张上面印有宣传口号：

> 工农群众联合起来打倒国民党！
> 打倒蒋介石！
> 打倒国民党军阀！
> 拥护共产党！
> 工农红军万岁！

另一张是《告民众书》：

> 工农及一切劳动群众联合起来，武装起来，打倒万恶的国民党军阀。中国共产党主张取消一切国民党的苛捐杂税，给工人增加工资，把土地分给农民。实行言论自由，出版自由，集会自由。工人农民拿起武器参加红军，推翻万恶的国民党军阀统治，建立民众自己的苏维埃政权。

《告民众书》下方的署名是中国工农红军陕甘游击总队第五支队。

"啊呀！"芦牛儿惊叫，"共产党来县城啦！"

"嘿嘿，"芦承贤捅了芦牛儿一下说，"这回可有好戏看啦！"

查收传单的吆喝声像篦子一样从县城的街道上划过。县府里吃官粮的人全部出动（就连厨师也成为稽查人员），和黑皮混编在一起，凶神恶煞般闯进沿街店铺和民居小院，挨家挨户收缴传单。兴师动众地从早查到晚，据说只收回二百七十四张。"喇叭头"的直觉告诉他，共产党绝不可能只撒这么点传单，遂下令继续收缴。同时寻找最先发现传单的人，传单不会凭空出现，最早发现传单的人有可能看到共产党留下的痕迹。追查的眼睛很快将一个人锁定——马大胡子锅盔店的伙计马十五，他是县城起得最早的人。他必须早起，和面揉面生火烧水，面揉好鏊烧热茶泡开才敢去请师傅。那个反应有点迟钝的马十五不知道事情的严重性，边笑边比画地还原他看到传单的一幕。那天他揉面揉出一身大汗，走到店外凉快凉快。无意中抬头，看到天空中隐约飞翔着一群鸽子，其中一只鸽子慢悠悠地落在他的脚旁。他俯身抓鸽子，抓起来的却是一张轻飘飘的纸片。走进店里就着昏暗的油灯一看，纸片上还有一行一行的方块文字（可怜的小伙子只认得钱）。他又跑到店外，鸽子仍在晨光中飞翔。又有几只落下，可一到他手上就变成窸窣作响的纸张。他惊骇得大喊起来，这一声喊不但叫醒了马大胡子，也叫醒了整个县城。

"喇叭头"和警察局长如梦初醒，原来狡猾的"共党"是利用鸽子撒传单啊！县城养鸽子的人家天降横祸，鸽子全被黑皮掠走不说，人也被抓进去拷问了一番。那些天黑皮们都得了一种怪病，不论巡逻还是有其他公干，只要出现在街上，都一律梗着脖子朝天上瞅——天空很寂寥，蔚蓝的纸上没有鸽翅写出的字迹。

传单事件把"喇叭头"和警察局长折腾得焦头烂额。这时候又传来让他们魂飞胆丧的消息，邻县十几个村的乡民联手掀起一场暴动。成百上千的乡民分几路冲进当地几家大户的院中，搜出地契借据和欠租欠钱的账本付之一炬，然后开仓分粮。一队黑皮闻讯赶去，本以为这又是一场乡下纠纷，只需放几枪恐吓一下，闹事者自然会一哄而散。不料这一次还没来得及拉开枪栓，枪已经被暴动者夺走。枪是黑皮的胆，丢掉胆的黑皮们抱头鼠窜。"喇叭头"顾不上侦破传单案件了，他忙得又是和城外的军队商谈，又是调配黑皮协同军队共同维护治安，生怕邻县的风暴波及自己的属地。

芦承贤发现邻县乡民暴动的消息像钟声一样传遍县城，街道上常有人对着福隆粮栈指指点点。粮栈没出啥事啊！为啥会引起路人的关注呢？几天过去，真相浮出水面，芦家大奶奶的父亲范老爷在暴动中被吓死了。

芦大奶奶家在邻县也是声震一方的大户，四个儿子中有两个分别在省城和平凉公干，其他两个在家操持祖业。自芦大奶奶嫁入芦家，早先两家还走动频繁。后因芦仁乾听说范家两兄弟倚仗自家有钱有势，胆大妄为横行乡里，为逼债还闹出过人命，遂有意与范家疏远。此次乡民暴动，范家两兄弟一看大事不妙，情急之下从后门逃跑（那队黑皮就是他们搬来的救兵），丢下范老爷独自面对群情激愤的乡民。范老爷故作镇定，立在门前高台上用手中龙头拐杖一边指点一边破口大骂。乡民冲上去夺过拐杖一撅两截，又揪住胸口将他拖入愤怒的人群当中，吓得他面色蜡黄，腿如筛糠，烂泥一样瘫在地上，不一会儿便口吐白沫一命呜呼。

芦大奶奶回娘家吊唁，芦仁乾拒入范家大门。范老爷下葬，芦大奶奶没有流泪，平静而机械地做完一切之后，请所有人离开，她说要一个人在坟前多待一会。新坟孤影，直到日近黄昏，她才徐徐走出坟地。

吊唁回来，芦大奶奶脚上的臭味更加刺鼻。那股臭气飘出后院，冲进中院和前院。女佣把洗裹脚布的水泼在大门外面，不大一会，水渍上爬满黑压压的蚂蚁，竟像一个黑色的嘴角下垂的嘴巴，满是哀怨地朝着天空。女佣害怕了，只好去村外的小河里洗，臭味沿河而下，河里的小鱼都翻出了白肚皮。大奶奶的裹脚布换得更勤了。一天，女佣为她更换布条的时候，发现她白皙的三寸金莲上有一道细线一样的裂口。裂口越来越多，后来竟像蜘蛛网一样爬满脚和小腿，既不流血也不见脓液，只是裂口处散发出的臭味能把人熏得昏过去。芦仁乾请来郎中，被大奶奶拒之门外。不管芦仁乾怎样劝说，她坚决不让郎中进门。她身上的营养都从那些裂口流走了，原先还算丰腴的身子像遭到霜杀的花卉一样迅速干枯了下去。她预感到自己时日不多了，只提出一个请求，为走的时候身子干净些，希望每次换的裹脚布都是新的。芦仁乾嗓音沙哑地告诉女佣，从今往后大奶奶的裹脚布全部用洗得软软的新棉布。四匹白棉布还没用完，大奶奶静静地走了。

大奶奶入土为安。芦家还要举办酒宴招呼范氏兄弟及亲属。芦承贤死活要走，芦仁乾也不阻拦，反倒让芦福成芦二等所有店铺的掌柜与少爷和芦牛儿一同返城。进城已是半夜时分。月朗星稀，明亮的月光洒在静悄悄的街道上，地上的小石子都清晰可辨。忽然，芦承贤和芦牛儿远远看见一个人影悄无声息地快步穿过中心十字，进入另一条街道。那个身影有点眼熟，他俩不约而同地加快脚步追赶过去，街道上阒无一人，只有月光如水银泻地。芦承贤说："那个人像是董先生。"芦牛儿也是一脸疑云："有点像，太远没看清。"

董先生像往常一样来粮栈给他俩补习。从他表情平和的脸上和坦然的语气中，看不出一丝反常的迹象。夜里睡在床上，芦承贤和芦牛儿胡乱猜想一通，实在找不出董先生为何会成为夜行者的理由，只好自我否定地下了结论，那晚上一定是看错人了。没过几天，他俩早晨上学时又看见一件新鲜事。一支四五十人的队伍从十字路口经过。这支队伍有点奇怪，说他们是老百姓吧，却穿着土黄色的军装，说他们是军人吧有人肩扛钢枪有人手持红缨枪。他们边走边说笑，还时不时地随意和路人打招呼。街边有人喊："哟，狗子，两天不见当兵啦？"队伍里有人回答："见笑见笑，咱这是保安队。"

原来这支不伦不类的队伍是"喇叭头"的一大杰作。起因是兵变传单暴动等一连串的事件打破了他自以为是的安全感，再加上县城外的军队奉命调离，他火急火燎地组建起一支几十人的保安队，既可有效震慑共产党，又可保乌纱帽的安全。但指挥权不能旁落，他让自己的小舅子任队长。保安队有人还得有枪，"喇叭头"不辞劳苦几次拜见上级长官，终于拿到划拨下来的两把旧驳壳枪和三十支老套筒。可人多枪少啊！"喇叭头"和小舅子商量，钢枪不够就用木枪替代——红缨枪也是枪。于是保安队例行操练的时候，一支队伍被钢枪和红缨枪自然分为两截。县城的百姓眼见他们身着土黄色军装，为与黑皮区别，便把这支有几分滑稽色彩的队伍称作"黄皮"。

枪杆子无疑能增强腰杆子的硬度，"喇叭头"踌躇满志地要给上级长官展示他治理小县的业绩啦！全县所有吃官粮的人都被"喇叭头"赶出办公室，通往各乡村的路上尘土飞扬，坚实的土路都被往来频繁的县乡官员踩踏得坑洼不平了。尽管那些官员胖瘦不一高低不同，但目的只有一个，认捐纳税。

县城商铺更是逃不出"喇叭头"的眼睛，富隆粮栈的木门槛都被征税派捐的官员们勤快的鞋底蹭出了新茬。一天晚上补课，芦承贤在董元庆面前抱怨："三天两头来要钱，这个'喇叭头'，脑瓜子有病呀！"

董元庆说："不光他有病，这个世道都病了。"

有病就有药，能医治这世道病的药在哪里？董元庆避重就轻地引开话题，他更关心两个孩子的学习和成长。不过那一晚他问的问题有点远："你们想过将来吗？"每个孩子的心里都藏着一幅关于将来的图画，芦承贤一脸向往地表示将来要像董先生一样去北平，上中国有名气的大学，长大后还要做白天转四方晚上写文章的记者。他忽然停了下来，皱起眉头问："董先生，你今天咋想起来问这些事呀？"董元庆迟疑了一下，说："我要走了。"晴空霹雳，一句话惊得两个孩子目瞪口呆……董元庆的未婚妻来信，各种关节都已打通，调他回省城的公函即将发出。可他的脸上没有丝毫的喜悦之情，反而给芦承贤和芦牛儿说调回省城不是他的本意，他绝对不会向左右他命运的那股妖风低头。那一晚芦承贤和芦牛儿都显得魂不守舍，每个人都算错了几道题。补完课，他俩坚持把董先生送到粮栈门外，一直目送他的背影融进夜色之中。

几天后，一封公函送进吴校长的办公室，但不知哪里出了差错，公函没有遵从董元庆未婚妻的意愿把他调回省城兰州，而是调往陇东重镇平凉，任甘肃省立第二中学教师。听到消息，芦仁乾和二奶奶专程赶到县城为董先生送行，其他学生家长也纷纷表示出要送送董先生。就连"喇叭头"都托人带话，要送一送这位口碑甚佳的年轻俊才。董元庆婉言谢绝所有的宴请和告别赠礼，在一个静悄悄的黎明，他像云彩飘过一般无声无息地走了。

没过多久，一条消息又让芦承贤和芦牛儿的心思纠结成一团——董先生没去平凉省立中学报到，也没回兰州。县教育局遣专人询问吴校长。"笑弥勒"一脸惆怅，反倒来富隆粮栈问芦承贤和芦牛儿。他俩绞尽脑汁回忆半天，也没能找出一星半点线索。怪了，董先生到底去哪儿了？

县城官仓的肚子日渐鼓胀，喜不自禁的"喇叭头"要向上级长官表功。他征集马车，要大张旗鼓地去给长官公署报喜。广场戏台下，整整三十辆马车，九十匹健马。人喊马嘶，景象壮观。"喇叭头"认为良好的政绩一定是有声音的——美妙的声音可以滋润得长官心花怒放。所以，他在摊派马车数量的同时，强调不论是辕马还是梢马，只要是马就必须佩戴铜铃铛，哪匹马敢于抗命，回来即进保安队充作军马。那些马儿显然不愿意进保安队，每匹马的脖下都自愿挂上了一只铜铃铛。车队出发，站在戏台上的"喇叭头"双手叉腰，一动不动地听着铜铃儿唱出的悦耳之歌，直到歌声远去，他才怡然自得地返回县府。

铃铛之歌半途夭折。

那天下午上课的钟声余音未散，县城里突然响起枪声，噼噼啪啪的枪声从房顶上空掠过，紧接着又是几声手榴弹的轰响，震得窗户上的玻璃哗啦啦地抖动。教室里轰地一下炸开锅，学生们一边嚷叫一边你推我搡地往外跑。吴校长和教师们肩并肩立在门口，墙一样堵住学生。枪声，又是枪声。又是几声爆炸，来自同一方向。学生们更加躁动。"警察局打枪哩，"芦牛儿拽了拽芦承贤的胳膊说，"是不是共产党来啦？"芦承贤紧抿嘴唇，不置可否地晃了晃脑袋。枪声平息。学生们也慢慢地安静下来。吴校长喊话，各班学生回自己教室。聚在校门口的学生们慢吞吞地散开，像鸟儿归巢似的回到各自教室。学校里安静了，一墙之隔的街道上却蜩沸之声突起。直到太阳西斜，校外的嘈杂声才好像被风吹跑了似的，县城又回到往日的宁静之中。

"咣咣咣……咣咣咣……咣咣咣……"放学的钟声响彻县城。

早已急不可待的芦承贤和芦牛儿跟着同学涌出校门，目光立刻被天空中奇异的一幕吸引过去。官仓方向——天空的西北角，一股粗大的烟柱升腾而起，像一个巨大的惊叹号，傲然屹立在天地之间。

那是共产党的游击队释放出的符号。他们在距县城二十多里路的一处山沟里，用大刀斩断"喇叭头"邀功请赏的铃铛之歌，保安队举手投降。游击队换上保安队制服，冲进县城攻占了警察局，当场击毙负隅顽抗的警察局长。黑皮们吓得魂飞天外，纷纷跪地求饶。游击队又兵分两路，一路直奔官仓，砸开仓库大门上的铁锁开仓放粮。县城百姓听说官仓已破，洪水般涌过去，拿回粮食以抵顶被官员勒索去的血汗（这就是学生们听到的嘈杂声）。另一路进入县政府搜捕"喇叭头"，可搜遍所有房间，甚至搜出了县政府的大印，但就是不见"喇叭头"的踪影。最后在后院围墙上，发现一架竖起的梯子，还有一只慌忙逃跑时遗落的皮鞋。游击队又合兵一处，把粮食分发得一粒不剩，然后一把火烧掉那座永远也吃不饱肚子的官仓，这才从容不迫地撤出县城。

一条惊人的消息飞速流传，率领游击队攻城分粮的那位指挥官，就是曾经给李财主当过保镖的陈超。芦承贤不相信似的大叫："陈超！就是那一年不和武奎叔比武的陈超？"芦富成边笑边点头："就是他，芦二和咱家的好多伙计都认出他啦！"芦牛儿遗憾地跺脚，说："都怪吴校长，不让咱们出去。"

县城的枪声震动了陇东高原。驻扎在邻近几县的国民党军队分几路包抄追赶游击队，并且在通往陕北的路上设置封锁线。县城里又是传闻满天飞。有人说游击队已进入关山，有人说已经和南梁的工农红军陕甘游击队会合。还有人说国民党军队已经里三层外三层地把游击队包围在泾河北岸的一片塬昴中间，正在步步为营地收缩包围圈，要把游击队一网打尽。

芦承贤发现芦牛儿格外关注这件事。不论是在粮栈里还是在街道上，只要听到有人悄悄议论，芦牛儿都会不声不响地走过去静静地聆听。一次有人绘声绘色地讲述游击队攻打警察局时的情形，芦牛儿更是一脸的神往，两只眼珠亮得像启明星一般。

失踪十三天的"喇叭头"在国民党士兵的护送下回到县城。一同来的还有一支国民党的军队。"喇叭头"顾不得整理县政府的烂摊子，也不听满头绷带的小舅子的倾诉，立即起草文告，并命人广为张贴。文告明示：攻打县城的共产党游击队已全军覆没。活捉游击队伤员一名，明天上午游街示众后即处以极刑，县城百姓须上街目睹暴动分子之下场。有细心人发现，文告上的鲜红印章大小不等且字迹模糊，像是用萝卜章子盖出来的一样。

街道两旁的人们漠然伫立。天气闷热，小城陷入沉默之中，就连树上的知了也被沉重的空气压住了翅膀，躲在蔫萎的树叶下一声不发。新民小学的学生和教师也被"喇叭头"的命令驱赶到街上（吴校长认为此举大为不妥，孩子不应接受这种恐怖教育。县府官员传回"喇叭头"的训令：校长不干可以辞职，学生必须上街）。游街的队伍出现在远处的街道上。前面是保安队的黄皮，手持木棍边吆喝边维持道路畅通，后面是一辆马车，上面拉着一个半人多高的木制囚笼。一队荷枪实弹的国民党士兵满脸凶相地在马车两旁警戒。马车缓缓前行，芦承贤和芦牛儿看见囚笼里有了动静，一个人影使劲地扭动着，好像要直起身子。马车过来了，囚笼里的人已经跪立起来。马车渐渐走近，一个被五花大绑、满脸血迹的人进入学生们的眼帘。

"董先生！"芦承贤失声大叫。

学生的队列瞬间崩塌，孩子们哭喊着扑上前去把马车团团围住。哭声阻塞街道，马车已无法行进。"砰砰砰"，士兵们鸣枪威吓。保安队的黄皮也返身回来驱赶学生，无情的枪声和黄皮挥舞的大棒压制住满街的哭声。吴校长和老师们强忍悲痛召唤学生们回到街道两侧。马车轮子又开始转动，身陷囚笼的董先生双手被缚，嘴巴也被绳子勒住，但他的眼神是自由的，像清澈的山风一般轻轻地从师生们的面颊上流过。学生们已经跪倒一片……

那天参与行刑的狗子后来给他的朋友说，马车最后停在城外的一个乱坟岗上。"喇叭头"强烈要求军队长官，用刺刀捅，最好从下往上捅，捅的次数越多越好。再不济就拿绳子勒，慢慢勒死他。那个长官厌恶地瞪了"喇叭头"一眼，狠狠地"呸"了一口，对身边的副官说："人家也是条汉子，给他来个痛快的。"那天，董先生是站着走的。枪声响过，坟地里突然刮起一股旋风，越旋越疾，越旋越大，最后那股旋风朝董志塬方向去了。狗子说："人家董先生去找他的战友咧！"

"喇叭头"命令保安队派人看守乱坟岗，把共党分子暴尸三日，不，十日！若有胆敢收尸者，统统按共党分子论处。"喇叭头"心里的愤恨之火把他的眼睛烧成了通红的疯狗眼。那天他听到爆豆似的枪声，自知大事不妙。从后院墙上翻出去，躲进煤场的炭房里，在煤堆里趴了大半天，再用煤粉把自己涂成黑色，混在夜色中逃出县城。在邻县同僚家躲避几日，听说攻打县城的游击队在奔赴陕北的路途中与国民党军队遭遇，激战一场后游击队突围而去。留下掩护的六名游击队员，五名战死，一名因伤被俘。他央求同僚派人送他与军队会合。当他看到受伤被俘的董元庆时，懊恼得恨不得抽自己几个嘴巴子。传单事件，劫粮攻城——董元庆就是他命中的煞星，长官抛出的要命套索大概已经在路上了。

长官的绳索未到，小舅子却送来一个让他魂飞魄散的消息，董元庆的尸体竟然不翼而飞。这说明游击队还在县城周边活动，吓得"喇叭头"脚底板抹油——溜了。县城的百姓说，一个死去的共产党，吓跑了一个喘气的"喇叭头"。还有人说，董元庆确实死而复生，乘夜色离去，正在一个谁都不知道的地方疗伤哩！英雄不死，他肯定会回来的。……他确实回来了，那已经是在一个崭新的国家诞生以后，县城的百姓和当年同他一起参与暴动的战友把他请入烈士陵园，隆重地将他安葬在第一烈士的位置上。

暴动事件过后不久，芦承贤在考试中一跃成为全年级第一名，此后他的名字再没有出过前三。芦牛儿保持在前十名以内。两个没上初小、直接升入高小的学生，竟然能取得这样优异的成绩，这让他俩都成为其他家长教育孩子的典范。

一天，县教育局局长陪同几位衣着光鲜的官员来到学校。经介绍，他们是前来视察的省厅官员，其中有一位副厅长。当他们听说芦承贤和芦牛儿的学习经历后都感到十分惊奇，尤其是那位副厅长更是大加赞赏，这两个孩子简直就是天赋异禀的尖子生啊。副厅长请吴校长把他俩叫来，勉励他们戒骄戒躁，刻苦学习，努力成为国之栋梁，将来为三民主义之宏伟大厦添砖加瓦，说完又让县教育局的局长奖励这两个未来之星。

"谢谢长官！"芦承贤说，"我……能不要奖励吗？"

"哦？"副厅长颇感兴趣，"你想要什么？"

"我……想要敲钟。"

这真是一个奇怪而有趣的要求，副厅长把征询的目光投向吴校长。脸色凝重的吴校长轻轻点了点头。

"当……当……当……当……当……当……"

激越的钟声冲破校园的宁静，撞碎小城上空的沉闷空气，呐喊着冲向远方。

红色风潮中有鲜血，这一残酷的现实像沉重的石头压在两个孩子的心上，久久挥之不去。

高小毕业，芦承贤和芦牛儿双双考入设在平凉的甘肃省立第二中学——陇东地区唯一的一所中学。拿到录取通知书，他俩没有感到丝毫的喜悦，反倒有一种莫名其妙的惆怅袭入心头。

与他俩的情绪截然相反，芦家大院弥漫着喜气洋洋的气氛，上上下下的人都变成了能掐会算的半仙，都说早就知道少爷有出息，一定能光宗耀祖。牛儿跟着少爷，也学有所成，给芦家门面增添了光彩。芦武奎前额上的那条疤痕上闪烁着喜悦的光，他在芦老爷面前讪笑着恳求："老爷，牛儿这个名字在家里叫一叫倒也没啥，可这一回他要跟着少爷去平凉城念中学，再叫牛儿就像个瓜娃一样。名字好，上天保佑，干啥成啥；名字不好，怕是一辈子都不顺哩！老爷，求你给他赏个正式的学名吧！"

少爷去平凉上中学是件大事，芦家必然要设宴送别。临行前的一天，芦老爷一家和芦武奎父子一同进入饭堂，在满屋子菜肴的香味里，芦牛儿正式改名为芦承义。芦老爷用一根被称作名字的纽带把两个早已不在五服之内的孩子拴在一起，他那带有决定性的话语显然是经过了深图远虑的思考："承贤、承义，从今往后你们可以兄弟相称。承义年长，当为兄；承贤小几日，是为弟。'二人同心，其利断金；同心之言，其臭如兰。'你二人应坦诚相许，患难与共，风雨同舟。"芦武奎激动得面色赤红，双手抖抖索索地端起酒杯答谢老爷赐名之恩。火辣辣的酒液中包含着恩惠与感激，小小的酒盅里也藏有尊贵与卑微。

可芦承义却迷失在名字带来的困惑中，外力的作用使他身不由己地陷入令人尴尬的泥淖之中。泥点子就是泥点子，起个好听的名字就能与少爷平起平坐？再说这个芦承义好陌生啊，以至于开学第一天老师点名，连续三次叫到芦承义，他才意识到是在叫自己，慌里慌张地举手应答："在！"尖锐的声调他自己都觉得难听刺耳。他讨厌芦承义这个名字，总觉得这个名字是别人强加在自己身上的一个锈迹斑斑的铁壳。他就是套着这个硬壳进入了平凉中学。

平凉城依西高东低的地势而建，一条长街纵行于县城中间。走到长街的三分之二处有一大坡，问路人才知这条大坡叫"乏牛坡"。芦承义发现正是这座大坡把有"陇东粮仓"首府之称的平凉城划分为两个差异极大的世界。坡下的街道多弯而狭窄，街两旁和小巷道里几乎全是低矮拥挤的土坯房。路边阳沟里黑乎乎的污泥不知多久没有清理过了，散发出臭烘烘的气味。穿着破烂、营养不良的孩子们就在这臭气沟上跳来跳去地玩耍。有个孩子看见一个衣着整洁、手提公文包的人匆匆忙忙地路过，捡起一块砖头扔进阳沟。污泥飞溅而起，臭气爆炸开来，一团黑泥不偏不倚地落在躲闪不及的"公文包"的肩膀上，像一只黑色巴掌按住了他的肩头，而巴掌最长的那根手指，正好指向"乏牛坡"的顶端。"公文包"的怒骂声和爆炸的臭气混合在一起，像雷雨一样猛烈地涌过来，让人承受不起，而那个惹祸的孩子早已跑得没了影子。走上"乏牛坡"，仿佛进入了另一个世界。县府机关大多建在"乏牛坡"上，官员们呼吸的空气里自然不能有臭味。且不说街道比坡下宽敞许多，就连两边的阳沟都干净得能看到下面的砖头缝。街道两旁不是门头气派的深宅大院就是橱窗明亮的商铺。一堵临街的山墙上，画着一幅巨大的香烟广告。一个身穿花旗袍烫着波浪卷发、手指间夹着一根香烟的时髦女郎，妖媚地招徕着每一个从她身边走过的行人。她的两只眼睛是活的，只要你进入她的视线，不论走到哪里都能感受到她眼里射出的火辣目光。一座装潢华丽的饭店门打开，走出几个肥胖的阔太太，其中一个高喉咙大嗓子地说："走，去我家推几圈。"街道上的景色令人乏味，直到进入学校他俩才精神一振。安顿好住宿，两个人在校园里闲逛。路过图书馆，芦承贤趴在窗台上往里看，一排排书架上整齐地摆放着各类图书，他扭头对芦承义说："真是没有想到，这里的书真多呀！"

更让他们没想到的是负责他们这一级教学和管理的级任教师于子成，竟然是董元庆的同学。他和董元庆在大学里同住一间宿舍，毕业分开后常有书信联系。董元庆在来信中不止一次地提到芦氏兄弟，有封信中还说到痛打李豫龙的事。"看得出元庆很喜欢你们。"于子成摘下眼镜擦拭了一下，神色黯然地又说，"万万没想到，他年纪轻轻就走了，唉！"芦承贤和芦承义这才知道，董元庆在大学时多次参与学生运动，被当局视为激进分子。毕业后和未婚妻一同回到甘肃，直接被教育厅官员遣往陇山县。

那次谈话拉近了师生关系，又一位令人尊敬的先生来到他们眼前。于子成家在甘肃会宁，孤身一人在平凉。他也像董元庆一样，成为两个学子的引路人。进入中学第一次考试，芦承贤的成绩位于全年级第三，芦承义第七。"董老师说得没错，"于子成的脸上露出笑容，"你们都是很有潜力的学生，但不能骄傲自满。要合理安排学习和阅读的时间，还有……也要看看报纸。"

为什么要特意提及报纸呢？芦承贤和芦承义跑去书店，先买几份最新出的报纸，再和店主商量，把积存的旧报拿出来让他们翻阅一下。那个包着几颗金牙的店主指着房间角落里胡乱堆放的旧报纸说："你们自己去看。"他俩过去一份一份地翻阅，芦承贤忽然轻声叫了起来："我知道啦，于先生是教咱们了解国家都发生了些啥事情哩！"

那时在学生心目中能称得上国家大事的理当首推东北沦陷。中国的东北上空，却飘动着"满洲国"的破旗。谁能忘记这一耻辱呢？芦承贤和芦承义升入初中二年级的那年9月初，平凉中学的年轻教师们提议，"九一八"，中国人怎能面对奇耻大辱而置若罔闻？位于西北高原上的平凉虽然地处偏远，但天空同样飘扬着青天白日满地红旗，应该联合平凉的甘肃省立第七师范学校，"九一八"那天上街游行。身体瘦小、不苟言笑的王鹏举校长被年轻教师们的爱国热情打动，他不但同意游行而且专门委派教务长赴师范学校商议。英雄所见略同，对方也有联袂之意。于是，两校同时向当局递交"九一八"游行的请愿书。学校师生闻风而动。每个班都分发来颜色不同的彩纸，学生们找来竹条，叽叽喳喳地围在糊糊盆旁制作纸旗。做好彩旗，芦承贤又和芦承义去看教师写横幅。教师们公推于子成执笔书写。于子成也不推托，只见他先在一红布条幅上写出一行"甘肃省立第二中学巡行"颇具魏碑风格的字，然后又在白布条幅上写下"勿忘国耻　光复东北""打倒溥仪卖国贼""打倒小日本""国家兴亡　匹夫有责"等让人热血沸腾的口号。万事俱备，只待当局批复。9月17日，当局批复送达学校。公文以师生上街游行恐引发意外事端为由，回绝了两所学校的申请。中国人在中国的土地上竟不能为中国的国土完整而呼喊，师生们义愤填膺，一些眼中冒火的青年教师和高中学生更是情绪激动地要去县政府请愿。学校大门很理智地关闭了。头脑清醒的王校长和副校长为劝阻请愿行动，说得口干舌燥，嗓子都哑了，这才保住了校门没有被愤怒冲开。9月18日大清早，住在校外的学生刚进教室就告诉住校的同学，"校门口有好多警察，还有军队哩！"

"九一八"竟然成为一个忌讳的词，那天上课没有一个教师提及日期和东北。只是下午在学校食堂吃饭时，芦承贤和芦承义听见一位两手乌黑的校工给做饭的厨师唠叨，王校长让他和几个校工到泾河边去把那些横幅上的字洗掉。也不知道写字用的是啥墨，在河水里搓来搓去把一条河都染黑了。人都说泾渭分明，泾清渭浊，那黑水淌下去，泾渭全黑。

真是黑色的一天。为释放胸中的郁闷之气，晚饭后于子成带着他俩去柳湖散步。柳湖是一座围绕着几个毗邻的小湖而建的园林。远看绿树浓荫，像一朵绿色的云彩降落在地面上，进去以后才发现由于年久失修，园中的亭台楼阁已经破旧不堪。整座园子里唯一引人瞩目的是高大峻拔的旱柳，除假山和建筑旁边有些其他树种之外，湖边路旁全是傲然挺立的柳树。抬头仰望，半空伸展的浓密柳枝纵横相连，像巨大的华盖遮蔽了天空；低头察看，湖边裸露的粗壮虬根交错相挽，似坚强的手臂守卫着湖岸。于子成带着芦承贤和芦承义缓步行走在已经破损的林荫道上，一边走一边讲，这些看上去雄健伟岸的柳树有一个特殊的名字——"左公柳"。清朝同治年间，阿古柏入侵新疆，气焰嚣张，自立为王，建立"毕杜勒特汗国"（清史称）。清光绪初年，左宗棠率湘军西征。见西北气候干燥，林木疏落，便命令筑路湘军沿途植树。湘军自陕西直入新疆，田野中新生杨柳绵延千里。大军进疆，剑锋指处，"毕杜勒特汗国"土崩瓦解。左宗棠收复失地，功盖日月。他下令栽种的杨柳，福荫西北。这些参天大树上记载着他的丰功伟绩，后人便称此树为"左公柳"。于子成停在一棵左公柳旁,感慨地说:"左宗棠为收复失地,六十九岁尚可抬棺出征,那是何等的豪气!再看今日'九一八'……唉!"

左公柳昂然挺立,粗糙树身上承载的为国而战的历史一幕,就像一面镜子映照着当今中国。东北沦陷,中国的军队也忙着打仗,只不过他们的枪口很默契地指向与"满洲国"相反的方向。

从报纸上看,国民党调集重兵,一次又一次地在江西、福建等地围攻共产党的部队。第一次说是集结十万大军,要一举碾平鄂豫皖的部队。大概是那地方的石头太硬,把十万军队做成的碾子给弄坏了,要不然为啥会一而再、再而三地增兵?十万已称不上大军了,大军前面又加上了二十万、三十万、四十万直到五十万……

陇东这地方也不消停。国民党军队来往频繁,陕军甘军马家军中央军,他们的枪口全部对准陕北和与其接壤的甘肃东部的合水、华池一带。各县的驻军明显增多,据说是为了防止共产党点燃的暴动之火。就连陇山县城也有军队驻守。这些驻军经常在县城周边举行军事演习,对着隐匿在山上或是林间的假想敌,又是打枪又是冲锋,搞得像真的打仗一样。

军队为什么不御外敌,反而把枪口瞄准自己的同胞?芦承贤和芦承义曾向于子成请教,他含糊地解释说这是政治舞台上的博弈。两个学生搞不清楚政治是个什么东西,只是凭想象猜测那东西里一定包含着某种力道极大的力量,能够随心所欲地指挥军队的枪炮……好在学校还是一方净土,没有受到干扰的琅琅读书声仍日复一日地在校园里飘荡。但他们万万没有想到,那些"剿匪"的枪口喷出的火药味竟然跑进了芦家大院。

第 四 章

学校放假，芦承贤和芦承义返乡。刚进芦家营，迎面碰到芦花花，她手挎篮子像是要去集市买东西。不常见面的人很容易发现别人的变化，而少男少女身体的变化则更为明显，芦花花已经出落成一个梳着一条大辫子、个头高挑的大姑娘啦！她脸色绯红地看了他们一眼，赶紧低头从旁边绕过。芦承贤说："咦，芦花花，见我们也不打个招呼啊？"芦花花转回身，眼瞅地面，声若蚊蝇："少爷，牛儿，你们回来啦！"芦承贤扭脸看了看芦承义，嘿嘿坏笑两声。"我们早看见你啦！牛儿还给我说，哪天他要再找你比试比试摔跤哩！"芦花花的头垂得更低了，羞得脖子都红了。芦承义也是脸色通红，推了芦承贤一把："芦花花，我可没那么说啊！"芦承贤大声道："说啦说啦，牛儿就是这么说的。"

少爷回家，二奶奶高兴地亲自下厨做了一桌川菜，浓烈的香辣气味都飞出了芦家大院的青砖高墙。自从上中学以来，少爷和家人吃饭时，饭桌上的气氛都很温馨愉快。可这一次，愉快温馨的气氛被少爷和老爷争吵的火焰烧焦了，一下子变成了战火的味道。

事情缘起于芦老爷自作主张的决定。再有半年，芦承贤和芦承义就要初中毕业，如继续求学，眼前显而易见有两条路。一条路是升入高中，将来报考外地大学；另一条路是上平凉的师范学校。芦老爷在饭桌上说出他的打算："现在世道太乱，外头乱哄哄地闹得人心慌。咱家把茶叶、丝绸和皮毛生意都停了，这个时候出远门，真让人提心吊胆。还是俗话说得好啊，外面的金窝银窝不如自家的土窝……承贤，我和你娘商量好了，初中毕业，你和牛儿……哦，和承义去念师范学校吧！"芦承贤被菜辣得满头大汗，一边表情夸张地吸溜着一边不停地往嘴里送菜，听见这话他顾不得细嚼慢咽，赶忙把嘴里的菜吞下去，脸上的表情已经变得十分惊异。芦老爷继续说："师范毕业后，回来在学校当个先生，要不也可以在县上谋个差事，家门口做事，方便！我和你娘也放心。"他端起盖碗茶喝了口茶又说："要是不愿意公干，那就回家，咱芦家的这份家业，归根到底还得由你来经管。"

"我不上师范，"芦承贤直戳戳地说，"你的家业谁爱管谁管，反正我不管。"

芦老爷生气了，板着脸说："不上师范的话……高中也不要念了，初中毕业就回家。"

"我的事你少管，我要上高中。以后还要去北平上大学。"芦承贤双目圆睁。

芦老爷手里的茶杯重重地撤在桌子上。"这个家是我说了算还是你说了算？"

芦承贤猛然起身，梗着脖子瞪着芦老爷，赌气似的喊道："这是你家……我走！"扔下筷子扭头冲出饭堂。二奶奶护犊心切，冲着老爷埋怨道："娃儿刚回来，吵啥子吵？"说完不放心地追了出去。

芦承贤一气之下离家出走，径直去了县城，气呼呼地跨进福隆粮栈，让芦福成把几年前住过的阁楼拾掇出来。"以后学校放假，我就住这儿，再也不回芦家营了！"芦福成看出他一定是跟家人怄气了，又不好多问，一边叫伙计赶快收拾阁楼，一边派人回芦家营报信。二奶奶在芦武奎父子的陪同下赶到县城，一进门二奶奶就不停地抹眼泪，手帕都抹湿了好几条。芦承贤绷在脸上的倔强被湿手帕软化了，答应二奶奶放假期间可以先不去平凉，但绝对不回芦家营，更不见芦老爷。

二奶奶只好回芦家大院试图说服老爷，可历来说一不二的芦老爷态度硬得像大门口的石狮子，无论二奶奶怎么劝解就是不肯低下高傲的头颅。二奶奶两眼红肿地再来粮栈，可少爷又成为芦家大院门口的另一头狮子，软硬不吃，岿然不动。心肠软得像面条一样的二奶奶不敢刺激任何一方，生怕火上浇油让事态更趋僵化，只好满腹辛酸地奔波在两头互不搭理的狮子之间，人都跑瘦一圈还看不出和解的迹象，只好央求芦福成出面化解狮子间的分歧。"二奶奶，这会儿老爷和少爷都在火头上哩。"芦福成说，"你都劝不动，他们还能听我的？心急吃不了热豆腐，要不把这事先放一放，让他们的火气消一消再说？"二奶奶觉得这话有道理，便安心在县城住下，绝口不谈争议的问题，每天变换花样给儿子补充营养。可营养不能消除少爷心中的怨气，他直言不讳地给二奶奶说："你做的饭我吃，你和芦仁乾（他开始直呼父名了）商量的事我不听。我就是要上高中，这事没得商量！"

芦少爷的犟牛脾气顶翻了芦老爷的自尊，也伤了他的脸面，院子里很少见到他的身影。不知是因为少爷的叛逆，还是因时局动荡的影响，他似乎已经对生意失去了兴趣，不仅关闭了本县和邻县的芦家丝绸茶叶店，还放话要把关山神泉旁的芦家酒坊也转让出去。

世界上最不缺的就是想发财的人，李财主听到消息立刻派人送信给芦仁乾，热切地表示愿意接手芦家酒坊。几天后一辆驴车停在芦家大院前，李宝财吃力地从车上挪下来，腆着肚子踏上门前的台阶。芦老爷自愿转让，李宝财急切接手，这桩买卖除了在价钱上费些周折之外，其他事项都顺利得可以用完美来形容。

酒坊易手，当铺的潘掌柜在当铺门口一边拿着鸡肉丝逗着那只再没说过人话的八哥，一边用佩服的语气给旁边的人讲述李宝财的打算。"人家李财主太有眼光啦！他说这年头只有酒的生意好做。别的不说，军队打仗要用酒啊！出征得喝个壮行酒吧？打胜仗摆酒宴要喝得胜酒吧？"他四处看了看，压低嗓音又说："就算吃了败仗，心里头堵得慌，喝酒也能解心烦啊！这一回，芦仁乾可是看走眼了！……八哥，八哥，是不是看走眼了？"几年不说话的八哥扑闪几下翅膀，竟然又说话了："走眼，走眼，走眼！"八哥再次说话，潘掌柜激动得快要哭了，他双手像捧着一件元青花似的捧着鸟笼，逗鸟的语气已经哽咽："八哥，再说……再说，走眼……走眼，走眼！"八哥脖子一伸："走眼，走眼！"八哥开口，那可是吉兆啊！李宝财闻讯拎着一块精肉兴冲冲地去当铺和那只鸟对话："八哥，说话说话，给你吃肉。快，快！"鸟儿又叫道："走眼，走眼，走眼！"李宝财得意得哈哈大笑。

这件事更加剧了芦老爷和少爷之间的分歧。芦承贤认定父亲走的是一步臭棋——卖掉还在赚钱的酒坊，就像是平白无故地把银子拱手送人一样荒唐。送人也得看对象，宁可关掉酒坊，也不该卖给李宝财呀！"你看见了吧，"芦承贤对二奶奶说，"你家老爷连自己的事都干不好，还来管我？"二奶奶无言以对。

城外响起一阵阵的枪声和爆炸声，军队又在演习。一股股的火药味随风灌进县城，刺鼻的味道里潜伏着挑衅的敌意，让人觉得这个世界上到处都有战争的魔影。芦承贤不顾二奶奶劝阻，铁了心要提前返校。临走前他对眼泪汪汪的二奶奶说："回去给你家老爷说，眼不见心不烦，以后学校放假，我和牛儿不回来了！"

学校开学了，盘踞在陇东上空的战火味道也渗入教室。班里那些消息灵通的官员家的孩子常聚在一起交流信息。一天，平凉县长的儿子袁琦一脸神秘地说："咱们甘肃的华池县出了个'苏维埃政府'，那个苏维埃占了甘陕边界好大一块地方哩！"旁边有同学问："苏维埃是个啥，咋没听说过？"袁琦哼了一声说："连这都不知道，就是共产党嘛！"同学问："不是去了好多军队吗？咋回事，打不过人家？"袁琦压低声音说："人家共产党就像是山里的火，风一吹另一个山上就着咧，哪能说灭就灭呢？"

芦承贤和芦承义考入高中，芦老爷和芦少爷的战争自然偃旗息鼓。家庭里的对抗平息了，但外面的空气里依然弥散着战火的味道……城里的传言像乱飞的麻雀一样四处鸣叫。有人说陕甘边境的"苏维埃"连破国民党的进攻，所占地域不断扩大。也有人说"苏维埃"的军队不但打垮了国军的进攻，还进入平凉境内。有人说得更加玄乎，"苏维埃"的游击队都会隐身术，进入老百姓中间就隐身成透明的空气，遇见国民党的散兵游勇或运送给养的车队，游击队就会从空气里突然现身，打得国民党军猝不及防、叫苦不迭……真假难辨的传言打痛了人们脆弱的神经，似乎在陇东的每一条路上都潜伏着危机，万一在放假返家的路上碰到不长眼睛的子弹（或是被国民党军队强行拉去当兵），那可真是倒霉透顶啦！芦承贤和芦承义本来就不想回芦家营，他们和一些家在外地的学生提出请求，把学校作为假期的庇护所。王校长也认为在当前局势下，校园比路上安全。他不但同意了芦承贤们的请求，还让食堂的大师傅继续每日生火做饭，以解学生们的饮食之忧。刚升为教务长不久的于子成自愿留校，充任庇护所的所长。

夏天的空气干燥得有股焦煳味，暴烈的阳光像冲出炉膛的火，把学校花坛里的花卉都烤蔫了。人们盼星星盼月亮似的期待老天开恩，降一场大雨冲走炎热。可平凉城里的百姓没盼来自天而降的雨水，却看到几支国民党的军队匆忙赶来，而且一来就调兵遣将地布防。城外各路口都筑起工事。路口两侧有许多士兵光着膀子挥汗如雨地抡着镐头与土地作战，仅在西（安）兰（州）公路的一个路口处，一天中就有一百零八个士兵中暑。倒下一个再上来一个，跟土地的战斗不能停止。军队长官穿着被汗水渍得湿漉漉的军服，手拎马鞭高一脚低一脚地来回督战。土地无奈地屈服了，几条齐胸深的堑壕环绕在平凉城下，那是军队守城的第一道防线。城门和城墙是第二道防线。第三道防线在"乏牛坡"上。坡头的两座堡垒间只留下一辆汽车的宽度。马路上每隔几十米就有堆起的街垒。街道两旁凡是两层以上的楼房窗口，时不时地看到有士兵探出头来，更有士兵举着枪杀气腾腾地对着街道瞄准。路人全被他们吓跑了。空旷的街道里只有一波接一波的热浪像蝗虫一样嗡嗡飞过。

假期的学校成为军队的营地，教室全部被征用，课桌沦为士兵们的床铺。那些文盲兵对黑板产生了兴趣，抓起粉笔头画出他们的饥渴，画面极其下流淫荡。于子成气得浑身颤抖，走回教务长办公室，狠狠地关上房门，只听"哐"的一声，窗户上的玻璃都震碎了。身体瘦弱的王校长从此得了眩晕症，他跟跟跄跄地找到佩戴上校领章的长官，怒不可遏地提出最最强烈的抗议。那位姓牛的上校被他义正词严的训斥羞得无地自容，集合起队伍一顿臭骂，下令把黑板统统清理干净。命令遮盖不住粗俗，用粉笔画出的图案消失了，可有的黑板上已经用刺刀深深地刻出了男女的隐私部位。惹祸的士兵拿出刺刀咯吱咯吱地一顿乱刮，把黑板上的那一层黑色都刮掉了，但刻得很深的线条还是在木茬中若隐若现，退后几步看上去仍然可以看出是什么器官。牛上校认为刮花的黑板已经恢复纯洁，现在该排兵布阵了！学校后面的城墙上间隔摆开六挺马克沁重机枪，操场沦为迫击炮的阵地，四门炮摆出恶犬的架势蹲坐在操场中间，像要对着天空狂吠一般。一个大腹便便的将军在一伙校官的陪同下前来视察，他登上城墙，用望远镜把远处的景物拉到眼跟前仔细地扫视几遍，然后指着柳湖旁边一处废弃的民房，命令机枪试射。马克沁机枪口吐火蛇，嘟嘟嘟地狂叫起来，飞蝗一样的子弹势不可挡地冲进破房，把墙都打塌了半边。那上校大概认为已经弹痕累累的破房子还是对防区有威胁，又下令让迫击炮开炮。只听一阵杂乱的炮响，炮弹拖着长长的抛物线落入目标区。随着爆炸发出的沉闷轰响，房倒屋塌。上校放下望远镜，洋洋得意地咧嘴而笑。

街道上的店铺饭馆全部关门。芦承贤他们的人身自由也被剥夺了。学校大门口站立着几个混世魔王般的士兵，看到学生出来，就会端起上着刺刀的长枪，用刺刀上的寒光一怼一怼地杀掉学生脑子里外出的念头。驻扎在学校里的军队以防止泄露军事机密为由，白天只允许他们在宿舍和食堂间走动，夜里则必须一声不吭地待在宿舍里。"我只能保证你们在房子里是安全的，"牛上校说，"未经许可，晚上出门，所有后果你们自行承担。实话告诉你们，我认得你们是老师、学生，子弹可没长眼睛，管你是天王老子，照打不误。"

一天深夜，忽听城墙上传来"啪啪"两声枪响。睡在教室里的兵们慌里慌张地涌出来，胆战心惊地相互打探为何打枪。城外响起一连串的枪炮声，夜幕已被照明弹刺眼的白光撕破。紧接着一声哨响，士兵们紧急集合起来，直奔城墙而去……天亮后芦承贤和芦承义去水房打水，遇见几个正在洗脸的士兵，一打听才知道，原来昨夜上演了一出当代版的杯弓蛇影。当值的哨兵听见城墙下好似有人匍匐前进的声响，他赶忙趴在城垛间探头查看。隐约看见一个黑影缓慢而不规则地移动着，像是在进行战场侦察。哨兵连问几声口令，黑影伏下身子一动也不动了。于是哨兵就朝着可疑的黑影开枪射击，枪声一响黑影滚进一处洼地不见啦！等部队全部开上城墙，牛上校命令迫击炮发射照明弹，把城墙下映得跟白天一样，可也没看着哨兵说的那个影子。牛上校又命令士兵援索而下，从三面包抄过去——真相大白，可疑黑影竟是一头已被击毙的黑猪。

军队再次集合。牛上校的脸板得像块黑铁。那个闯祸的哨兵被扒下裤子按倒在一条长案上。随同皮鞭上下翻飞，鞭打肉体的啪啪声和惨叫声混在一起，让人毛骨悚然。眼见哨兵被打得皮开肉绽昏厥过去，士兵们默默地垂下头，队列里弥漫着一股兔死狐悲的寂静。惩戒完毕，牛上校声色俱厉地训话。先说哨兵人猪不分就开枪，惹得将军大动肝火，下令严惩。鞭挞算是从轻发落，如有再犯（他拍打着挂在腰上的手枪），"这里头的子弹正想尝尝脑花子的味道哩！"随后他抬高嗓门："长官下命令啦，眼瞅着就要开战，你们都把眼睛瞪圆喽。情报上说共产党已经切断西兰公路，再一抬腿就到静宁啦！"

"啊呀！"正在远处看热闹的学生中传出一声惊呼，一个静宁籍的学生压低嗓音说："静宁到平凉，只有不到两天的路程啊！"

共产党真来啦？芦承贤和芦承义找于子成打探消息。"给你们说说也无妨，但不要出去乱讲啊！"于子成轻声轻语讲述的秘密，惊雷般从两个少年的耳边滚过……那支切断西兰公路的共产党军队全称是中国工农红军第二十五军。他们冲破国民党部队的围追堵截，一路冲杀，经安徽、湖北、河南，攻入陕西南部，把杨虎城的陕军打得丢盔卸甲、溃不成军。红军把豫陕一带搅了个天翻地覆不说，又兵出终南山，剑指西安城。国民党急调重兵阻拦围堵，哪知红军只是虚晃一枪，部队沿秦岭北麓西进甘肃，攻克两当县城，尔后北渡渭水，进占秦安，直逼胡宗南部的后方基地天水。包围天水后即发起攻城战斗，一举拿下天水北关，缴获大批军用物资和给养。随后翻越五龙山，马不解鞍地继续挥师北上，在静宁附近把横贯陕甘两省的交通大动脉西兰公路拦腰斩断……

窗外哨声大作，一队队士兵脚步匆忙地跑上城墙，趴在城垛后面，探头探脑地朝城外张望。炮兵阵地上的兵们也在紧张地忙碌着。不知是天气太热还是情绪紧张，城墙上的那些兵们渴坏了，学校里唯一的那口水井上的辘轳吱呀吱呀地叫唤了一天。夜晚降临，兵们依然守在阵地上。看样子城里城外的部队都在同夜晚战斗，整个晚上照明弹此起彼落，刺眼的白光把黑夜剜出一个个惨白的大窟窿。值班机关枪也不甘寂寞，时不时地朝着夜空嘟嘟嘟地扫射一阵，像是在证明守城的兵们都大睁着眼睛。

莫非那支战无不胜攻无不克的红军队伍即将兵临城下？学校大门出不去，于教务长也不知道红军的最新动向，在哪里才能打探到最新的消息呢？芦承贤的眼珠子咕噜咕噜地转动几圈，一拍大腿跳起来。"走，到食堂帮厨去。"

学校食堂已成为军队伙夫的天下。"来来来，小伙子，"一个赤裸上身的伙夫冲芦承贤和芦承义招手，"去打几桶凉水，让老子冲下凉。"几桶清凉的井水拉近了距离，他俩被伙夫留下帮忙，又是洗菜又是添火拉风箱。他俩表面上对伙夫的指使唯命是从，暗地里却竖起耳朵探听红军的信息。那些在军队里地位低下的伙夫们真是知无不言啊，在他们边发牢骚边议论的同时，红军的动向也飘进两个帮厨少年的耳朵：

——红军沿西兰公路东进，进入宁夏西吉县境。

——红军攻占隆德县城，一个营的国民党守军几乎被全歼。

——红军越过六盘山，击溃国民党军队的阻击，穿过地势险峻的三关口，占领蒿店。

——红军继续沿西兰公路向东挺进，驻防安国镇的国军望风而遁，一路狂奔逃入平凉。

——红军跨越安国镇，穿过大秦乡，进军白庙塬，军旗飘扬之处已距平凉不足半日路程。

两个少年的心脏狂跳起来，红军——那支威震敌胆的神奇军队，竟然距平凉只有咫尺之遥啦！红军会攻打平凉吗？他们既盼望听到攻城的枪炮声，又暗暗地为红军担忧——平凉城有重兵把守，且有高大城墙屏护，贸然攻打，会不会血染城下？

没想到那支久经沙场的红军队伍面对国民党军费尽心机布设的森严壁垒，不屑一顾地绕城而过，继续沿西兰公路大踏步地朝着太阳升起的方向奔去……芦承贤和芦承义既为与红军队伍擦肩而过而感到惋惜，又为红军机智地识破国民党军构建的血战圈套而感到钦佩。与此同时，他们隐约觉得这支红军队伍千里转战，好像不仅仅是为攻城略地。从他们披荆斩棘、一往无前的行军路线上看，更像是朝着一个目标奋力前进。那是什么样的目标啊？

警报解除，在城墙上趴了三天三夜的士兵们腿脚僵硬地撤离阵地。狠毒火辣的日头把那些兵们烤成了从地狱里爬出来的恶鬼，一个个蓬头垢面，脸似锅底。军装上的汗渍一块压着一块，就像是印上了乌龟壳的图案。他们强撑着晃到操场边的树荫下，一头栽倒便呼呼大睡起来。更多的则争先恐后地涌到水井旁冲洗满身黏糊糊的汗臭，他们冲洗身子的污浊黄汤流进水井旁边的一块荒草地，草丛里都泛出一股股的臭气。

一阵马蹄声冲过来，传令兵下马捂着鼻子递给牛上校一纸命令，又立刻翻身上马，逃也似的飞奔而去。上校读完命令，脸一下子扭曲得变了形。他转头看看才洗了不到一半的部下，气愤地咒骂了几句上级的祖宗，然后扯着嘶哑的嗓子喊："集合！准备出发！"

得知部队要离开学校，于子成找到已经骑在马上的牛上校，抓住马缰绳说："长官，你们损坏黑板，还有一些课桌板凳，请赔偿了再走。"牛上校俯下身子，阴阳怪气地问："教务长，你说我们是追共产党要紧哪，还是赔你那几块破黑板要紧？"于子成回答："打仗的事我无权干预，可我们要用黑板给学生上课，请赔黑板。"牛上校直起身子，眼露凶光地吼道："滚开！别不识抬举。"于子成的眼镜片后面射出毫不畏惧的光芒，手仍然紧攥住缰绳，提高嗓音又说一遍："请赔黑板和课桌！"这时候，留校的学生围拢上来，七嘴八舌地声援于子成。牛上校恼羞成怒，抬腿狠狠一脚踹在于子成胸口上："去你妈的黑板！"于子成仰面倒地。"不许打人！"芦承贤大喊。芦承义和几个同学跑过去扶起于子成。"哼！"牛上校扭头下命令，"把他们拖开，出发！"

于子成浑身颤抖，喉结艰难地滚动几下，表情已变得十分痛苦。芦承义担心地问："于老师，你怎么啦？"于子成张嘴"哇"地喷出一口鲜血。学生们吓坏了，自动分成几拨，有的去找医生，有的去叫王校长，芦承贤和芦承义把于子成扶回宿舍，打水拧毛巾轻轻为他擦拭嘴角的血痕。

王校长看见脸色苍白的于子成，哆嗦着嘴唇没说两句话眩晕症又犯了。秀才遇见兵，有理讲不清。可在这朗朗晴空下，总该有讲理的地方吧。缓了好一阵子的王校长总算感觉到旋转的天地恢复了正常，立即前往县政府找姓袁的县长讨要公道。也不知他给袁县长说了什么，竟把那个平凉县最大的政府官员给搬入学校。袁县长先到宿舍关切地慰问于子成，言之凿凿地表示所有损坏物件一定会修好如初，而且还要去面见将军，请他严厉约束部下并惩罚打人的上校。随后他又亲临教室，查看黑板、课桌等的损坏情况。当他亲眼看见黑板上那些淫秽图形时，不禁喟然长叹："有辱斯文，有辱斯文哪！"不知是军队赔偿还是县府拨款，来了七八个木匠和泥水匠，从墙上取下刮花的黑板，搬出断腿的桌凳，又是刨又是锯地落实县长大人的承诺，但那个踢伤于子成的牛上校受没受到惩罚却不见下文。

于子成被踢伤的消息不胫而走，袁县长探望过问的行为又给这条消息增加了强烈的磁性，前来看望于教务长的官员、学生和家长接连不断地走进他的宿舍。袁琦也来探望，同时透露了一个秘密，红军过平凉进至白水镇，在打虎沟击溃尾追而来的国民党军队，并歼其一个营。尔后继续沿西兰公路东进，在距泾川四十余里的王村镇四坡村附近，后卫部队遭到国民党马鸿宾部一个骑兵团的突然袭击。红军官兵奋力反击，把那个团的一千多人全部歼灭，就连姓马的团长也成了红军的刀下鬼。随后，红军又向关山方向机动而去……"我爸都说啦，"袁琦说，"那些共党打起仗来，就像老虎下山一样，猛得很啊！还有呢。"他歪着脑袋看看芦承贤，接着说："共产党的军队都打到你们陇山县啦！"

天呀！那支极具传奇色彩的红军部队已经去往自己的故乡，在那里会又诞生什么样的故事？他俩的心里不约而同地涌出一股强烈的冲动——回家去看看！决心已定，管他路上有无风险，所有后果自行承担。他俩软缠硬磨地让于子成松了口，心急火燎地踏上归途……为赶时间他俩第一次乘坐汽车。那是一辆已很破旧的美国车，也不知跑了多少路，车轱辘上的花纹都磨平了。据说这个只喝油不吃草的钢铁怪兽能日行千里，跑得比马还快。可在他们眼里，这个轰轰作响的家伙在平路上还能跑出点风来，遇到上坡路，车头盖子下面的机器只是哼啊哼啊，磨磨叽叽走得比牛车还慢。耳朵被铁马忽弱忽强的叫声折磨了一天，掌灯时分他俩才回到县城。芦福成告知的消息喜忧参半，红军曾进驻芦家营，芦武奎被国民党兵打伤，芦十八的唠叨被绳索勒断……天不亮他俩就起身奔向芦家营。旭日东升，阳光驱散了夜晚的黑暗，事情的真相就像村口的那棵大槐树一样清晰地出现在他们眼前。

　　一支三百多人的红军队伍开进静悄悄的芦家营。红军士兵们进入借宿的农家小院，放下枪支背包就开始帮主人干活，又是挑水又是清扫整理院落，就像关系和睦的邻家兄弟来串门一样亲切而自然。一些士兵看到打谷场上晾晒的收割回来还没有脱粒的麦子，拿起连枷熟练地挥动起来。随着风车一样的连枷啪啪落地，藏在麦穗里的麦粒脱壳而出，像无数金黄的小精灵围绕着士兵蹦蹦跳跳地嬉闹。年老昏聩的芦十八看呆了，等他脑袋后面那根猪尾巴似的清朝小辫子开始晃动，芦家营农舍的房前屋后又响起了他喃喃自语的唠叨："这些兵娃子咋会使唤连枷呀？比我家土娃使唤得还要顺溜……没见过呀真是没见过，历朝历代只听说官军使唤老百姓，没见过当兵的给百姓干活计……没见过呀没见过……"

　　从铁匠铺传出的打铁声一改往日时断时续的沉闷，变得如行云流水般顺畅。一些好奇的村民被好听的叮叮当当的打铁声吸引到炉火正旺的铁匠铺前。草棚外面的木桩上拴着几匹战马，草棚里两个红军正在打铁。胡子拉碴的芦铁匠坐在家门口的木凳子上，一脸惊奇地注视着那两个正在熟练使用铁锤的红军。年长的红军一手拿铁钳，从炉口的火焰里夹出一只通红的马蹄铁稳稳地放在铁砧上；另一手持把小铁锤，轻重有度地指引大铁锤的落点。年轻的红军双手握住一把大铁锤，按照小锤的指引锻打马蹄铁。小锤点击，大锤轻落；小锤重敲，大锤狠砸。两把铁锤一起一落，从铁砧上飞起的声音，轻的时候像山间清泉在岩石上跳跃，重的时候犹如高山落石携着风声冲入水潭。拉风箱的芦花花，时不时地扭脸看看芦铁匠，两眼中已有泪花闪动。两个红军给战马换上新的马掌，又帮芦铁匠修好几把有缺口的镢头、锄头和镰刀，十分客气地谢过芦铁匠和芦花花，高高兴兴地牵着战马离去。芦花花扶着芦铁匠送走红军，回到草棚里才发现风箱上有一枚银光闪闪的袁大头。

红军为补充给养，派人到芦家大院面见芦仁乾。看着这些从一路流窜、杀富济贫、专取大户主人项上人头等的国民党的宣传里走出来的身背钢枪、军帽上缀着五角星的军人走进院子，芦仁乾紧走几步迎上前去——国民党宣传的毒药早就灌进血管，现在毒药又渗出皮肤，以一种紧张不安的神情呈现出来。一位大个子红军神色严峻地说要筹集军粮，还要用芦家磨坊把粮食磨成面粉。芦老爷温文尔雅地微笑着说："贵军光临寒舍，鄙人深感荣幸，愿赠面粉三十石，请红军长官笑纳。"给红军赠粮？听到此言紧绷着脸的大个子红军不由一愣，他身后的红军士兵眼神也变得柔和了许多。粮仓打开，芦武奎带人把几十石麦子送去磨坊。那位高个子红军告诉芦仁乾（这时候他脸上已经有了笑容），过一会红军会派人把借条送过来。红军说话言而有信，他们真把借据送入芦家大院——同来的还有一位红军长官。

当那位三十多岁的红军长官走进来的时候，芦家大院里的空气似乎都安静了。他也头戴八角帽身穿布军装，看上去与身旁的其他几位红军别无二致，但从他身上透出一股逼人的英气和威严。芦仁乾像被一股无形的力量从背后推了一把，赶忙上前拱手相迎，然后请长官进入客厅。其他几个青年红军则在客厅门前和周围布岗警戒。他们警惕的眼睛不放过任何可疑之处，就连芦伯端过来的茶水和面巾也要经过他们检查后方可送入客厅。客厅里风平浪静，大约过去半个小时，芦伯笑嘻嘻地出来，让人去转述芦老爷的口信："那三十石白面要先过筛子后过箩，要用最细的箩。"眼见天色已晚，芦仁乾邀请红军长官留宿，并且请他尝一尝"我家以前的酒坊酿的'陇山春'"。红军长官谢绝他的好意，起身告辞。芦仁乾一直把他送出大门，语气恭敬地问："恕我冒昧……敢问长官名讳？"红军长官回答："我姓红名军，就叫我红军吧！"

红军离开以后，一夜之间从芦家营板结的生活里长出一片枝繁叶茂的树林——每一棵树都记录着一个关于红军的故事。其中有一个故事讲的就是那天去芦家大院的红军长官，别的红军见他都要立正敬礼，还把叫他军长哩（后来人们才知道那个红军大官是红二十五军的军长徐海东）！军长不住芦家大院的舒适客房，不吃芦老爷备好的酒宴，而是与士兵同吃同住，还和房东拉家常……这些故事的生命力实在顽强，就连国民党用来强行捆绑百姓言论的绳索也不能将其扼杀。但那看不见的绳索能杀人，像黑白无常抛出的追命索，精准无比地套住了芦十八。

那几天芦十八嘟哝的几乎全是红军的故事，而且他的脾气也变得和他八十多岁的年龄一样大，谁敢打断他的话，他就大为光火，一连串的训斥从鼻子下面的黑洞里喷涌而出，把好事者呛得落荒而逃。他不但在芦家营唠叨，还颤颤巍巍地去关山镇的集市上。这一回的唠叨里有十分稀罕的内容，一下子把赶集的人都吸引过来，里三层外三层地把他围了起来。芦十八从来没有被人这样抬举过，浑浊的眼睛闪闪发亮，声音大得像鼻子下面安了个喇叭。"没见过呀没见过，红军使唤连枷顺手得跟关公耍大刀一样。我只瞅了一眼，就知道那些兵是庄户人家的娃……红军娃娃可勤快咧，又是担水又是扫院子，把芦六家塌的院墙都修好咧，还给芦驼子家的房顶又上了一层草……没见过呀没见过，红军还有女娃哩，看见芦狗蛋的闺女裤子烂成了串串，就硬是送给她一条新裤子，芦狗蛋的闺女一下子就哭软咧……红军在铁匠铺打咧一阵子铁，就给芦铁匠放了个银圆，白花花的银圆呀……没见过呀没见过，这样子的队伍从来没见过……"他的唠叨声飞得太远了，竟然飞进县城钻入"喇叭头"的耳中，把这个已任县长两年多的人脸都气歪了。他十分清楚那个老汉的唠叨里满是蛊惑人心的赤红颜色，再让那个老家伙无休无止地唠叨下去，就能把其他人也染成赤化分子。"喇叭头"当即亲率一队国民党军赶赴芦家营。

芦十八的唠叨被一根麻绳勒断。国民党兵把他五花大绑起来，还用一道绳子从嘴里勒过去，像给牲口戴嚼子一样封住他的口。"喇叭头"让兵们把他拖到芦家大院门口的石狮子底下，恶狠狠地说等会出来再跟他算账，然后领着一群兵涌进芦家大院。见到芦仁乾，"喇叭头"的鼻腔里重重地哼了几声，恶狠狠地指责芦仁乾给共产党赠粮，真是胆大包天，竟敢赤裸裸地讨好共产党。芦仁乾神态自若地反驳，人家先帮乡亲打场扫院，然后才上门借粮，岂有不借之理？"喇叭头"的脸拉得更长了，恼怒地说："你这是通共。"一旁的国民党军的连长不耐烦了，上前指着芦仁乾的脸，张嘴就冒粗话："你他妈的还敢犟嘴，老子问你……"

话没说完，一股突如其来的力道在他后衣领上猛拽一把，扯得他的身子平飞出去。芦武奎返身护在芦老爷身前，怒火已经把他前额上的那道疤痕烧得通红发亮，像马上要迸裂开来。士兵们大呼小叫地平端起枪把芦仁乾和芦武奎团团围住，有的兵哗啦啦地拉开枪栓推上子弹。"武奎呀武奎，"赶上前来的芦伯急得话音都变了，"不动手不动手，千万千万呵！"气急败坏的连长下令兵们把芦武奎反剪双臂跪在地上，抓过一把枪狠狠地一枪托捣中芦武奎的前额。不偏不倚地正好捣在以前的疤痕上，皮肉一下子翻裂开来，露出鱼嘴一样的口子，咕嘟咕嘟地往外冒血。芦仁乾和芦伯死命抱住芦武奎。"武奎呀，不动……不要动啊！"……官员的面孔上一般都备有好几套面具，"喇叭头"已经换上了通情达理的脸。"芦老爷，赶快给他包一下……这样吧，国军也要吃粮，你能给共产党送粮，就更该给国军送……你只要捐出军粮一百石，给共产党送粮的事情一笔勾销，本县不再追究……呵呵……也不向上峰汇报……何去何从，望芦老爷三思啊！"官兵出门，准备再去追究芦十八唠叨的罪行，可芦十八已经被绳子勒得翻了白眼。

赶回芦家营的芦承贤和芦承义大为震惊，年迈的芦十八竟然因为唠叨而被一根麻绳勒得断了气。尽管芦十八那带有点疯癫味道的嘀嘀咕咕早就在乡亲们的耳朵里结了茧子，他也成为十里八乡的一个人人都熟悉的古怪有趣的长寿老汉，但谁都没料到他会以这么凄惨的方式告别阳世。这种非正常的死亡方式像血淋淋的刀剑一样戳痛了芦承贤和芦承义，他们第一次得知，原来老百姓听来很真实的语言，在当权者的眼中却会变成枪弹般令人胆战心惊的武器。

芦家营最高寿的人走了，芦仁乾出资置办所有的丧葬物品。入殓时人们想尽办法，也不能让芦十八大张的嘴巴合拢。最后，芦土娃说那是他爷爷在阳间的话还没说完，就让他张着嘴走吧。

亡人入土，阴阳两隔。坟地上的纸钱、纸幡、童男童女和纸牛纸马等所有祭品堆成一座小山。点燃纸山，熊熊大火冲天而起。空气被呼呼喊叫的火焰鼓动得旋转起来，渐渐旋成一个吸入火焰火光的巨蟒一样的烟柱。通体发光的大蟒愤怒地扭动着粗壮的躯体，升腾上去咬住天庭里的云彩——那是亡灵去往天国的通道吗？芦十八的家人放声大哭。芦土娃对着新坟叩了三个响头，跪直身子抹了一把额头上磕出来的血，面向空中摇摆不定的通天巨蟒，发出了野兽一般的嚎叫：

爷啊爷，通天路，没阻拦！

爷啊爷，人间事，去他娘！

爷啊爷，想说啥，就喊啥！

爷啊爷，惊阎王，震玉皇！

爷啊爷，谁堵嘴，撅他腿！

爷啊爷，大声喊啊，爷啊爷！

红军又过六盘山。

那是另外一支红军队伍。就是那支报纸上反复说已被强大的国民党军队逼入绝境的部队，竟势破竹般由川西北上，越过岷江，攻占天险腊子口，突破渭河封锁线，翻越六盘山，在山下青石嘴，干脆利落地歼灭国民党军何国柱骑兵第七师十九团一部。二十多年后，指挥这支部队战斗的毛泽东写就了气壮山河的《清平乐·六盘山》。自此，这座见证"红旗漫卷西风"的诗意山峰便名扬四海。

而在当时，从六盘山上飘过的红旗又让平凉城陷入兵荒马乱之中。一支又一支国民党军队从四面八方赶来，或加强城防或急匆匆地路过平凉去构筑围堵红军的封锁线。络绎不绝的马队踢起的灰尘像肮脏的浓雾涌进大街小巷，这种混合了尘土和战马排泄物味道的尘雾里有眼睛看不到的小虫子，钻进鼻子里痒得人烦躁不堪。有同学抱怨这些天城里一趟接一趟地过队伍，这些军队都是从哪钻出来的呀？袁琦卖弄似的泄漏了一条平民百姓耳朵里听不到的军事秘密："这你们就不知道了吧？嘿嘿，有马家军，还有东北军……怕是有十几二十万人哩！"这时候，一直沉默不语的芦承义接连打出几个喷嚏。袁琦瞅着芦承义说："芦家娃，这回开学你像变成哑巴咧！现在是不是有话要说呀？"芦承义冷冷地盯着他说："说就说，我就是觉得稀奇，东北军不去光复东北，反倒跑来西北打仗……东北不要啦？"一句话把同学们叽叽喳喳的议论声全砸飞了，教室里突然变得非常安静。

这可是个十分敏感的话题——日本——那个多头妖怪，一边得意地吮吸着从东北伪满五色旗上挤出的膏腴，一边又将魔爪伸向华北地区……国民党却执拗地往陇东这么个偏僻的地方调兵遣将，追着和共产党打仗。军队——国家的铁拳——出拳的方向诡谲得匪夷所思，这个国家疯了吗？街上可能又过军队了，脏雾钻进教室，芦承贤觉得自己的鼻子也痒了起来，便使劲揉了几下。放下手才发觉周围有点异常，教室里安静得好像出了问题，是因为芦承义刚才说的那句话吗？

芦承义的状态真是让人揪心，毫无疑问，芦十八暴亡和芦武奎受伤的事让他受到强烈的刺激。砸伤他父亲的那一枪托，也在他心上砸出一条伤口，不停地往外流淌着愤怒。返回学校以后，他变成一个少言寡语的人。在班里不和同学交流，不主动举手提问，回答老师提问也选用尽可能简短的语言。每天傍晚写完作业不是坐在窗前瞅着天上破碎的流云发呆，就是独自一人跑去城墙下的一处空地上，赤裸着上身，口中"嘿哈"地吼叫着猛练武艺。夜里他也睡得不安稳，不是被噩梦惊醒就是像身子底下撒满麦芒似的翻来覆去。

一天上美术课，教美术的女老师在讲台上放了一只石膏做的伸展五指的人手模型，让大家依照模型，画一张人手的素描。快下课时老师叫袁琦把所有习作收拢来由她点评。袁琦来到芦承义的跟前，突然像被蝎子蜇了一下似的大叫起来："哎呀！芦承义，有这样的手吗？大家看大家看！"他把芦承义的画高举起来向大家展示。那只手画得确实有些诡异，手腕手掌和四根手指跟模型相近，但食指却画成枪管的模样，枪口还射出带有尾焰的子弹。从画在纸边上的几道弹痕上看，显然已有子弹飞出纸的边沿。大家的眼睛不由得向那根枪管状手指所指的方向望去，它穿透教室窗户上的玻璃，越过外面的树木，指向灰蒙蒙的天空……那张画看得芦承贤暗自吃惊，心想这个牛儿啥时候才能摆脱愤恨的阴瘴啊？好在没过多久，袁琦透露的一个秘密竟让芦承义的情绪发生了微妙的变化。

消息灵通的袁琦就是耳朵长嘴巴快。"哎呀呀，你们知道吗？"他故意神秘兮兮地说，"这一回国军可吃大亏咧！"在同学们鼓励的目光中，他的嘴巴变成机关枪，快速把他知道的消息射进了大家的耳朵。"马家军打仗不行哦！共产党的军队过了六盘山，马家军又是追又是堵，几仗打下来损兵折将不说，还把马都送给共产党咧！张学良看马家军让共产党打成了摆设，日急慌忙地把东北军推上前线。听说有五个师……五个师啊！还有飞机助阵哩！结果在一个叫直罗镇的地方，两边一交火，东北军的一个师加一个团，让共产党打得连个渣渣都没剩下。那个师长一看跑不脱咧，再加上没脸见张学良，一咬牙一跺脚干脆拔出手枪朝自己头上开了一枪。真是邪乎得很，国军人多武器好，咋就打不过共产党呢？"

在袁琦发布惊人消息的同时，芦承贤观察着芦承义的反应。只见他一副充耳不闻的模样，趴在课桌上认真地翻看着课本。整个白天他的表现也与往常无异，傍晚又去城墙下练了一趟拳脚。天黑后他拎来一桶凉水，赤条条地在外面稀里哗啦地冲洗了一通，回到宿舍就钻进被窝。那一夜，他睡得像个吃饱了乳汁的婴儿。

军队，战争，是那个时代的标签，时间的轮子一边滚动一边往下掉弹片。尽管王校长在全校师生大会上一再强调，学生的首要任务就是读书学习，不要被其他事情干扰得迷失方向，但身处在战争魔鬼叫嚣下的陇东学校里，耳朵怎么能够清静？芦承贤和芦承义不仅能听到袁琦和其他官员家的孩子们津津有味地交换从不同渠道听到的战争情报，也能听到诸如将军征战不止在沙场的逸闻趣事。

这一次他们听说的事件主人公，正是那位曾莅临学校视察牛上校部队备战情况的胖将军。他忠实地执行南京方面的调遣，信心十足地率部与共产党军队交手。几仗打下来，满腹豪气让共产党的枪弹打得变成一肚子的苦水。铩羽而归，再次驻防平凉。将军的失败不能写在脸上，他时而威严时而和蔼地会见地方长官、各界人士，还不辞劳苦地视察市场、学校等能够安定百姓情绪的场所（唯独绕过省立中学，大概是担心学校师生追问他如何惩治牛上校吧）。但真正让将军春心荡漾的是他视察师范学校以后——亭亭玉立的校花勾走了将军的魂。将军手下立即行动，关于校花的详细情报第二天一大早就进入将军的耳朵。校花姓邝名金花，是平凉城有名的皮货商邝治平的掌上明珠。她年方二八，身高四尺八寸五，体重九十三斤，尚未婚配。将军不动声色地先派人侦察校花的态度，校花礼貌地回复说父母之命、媒妁之言，婚姻大事全凭父母做主。将军令部下备好肉米酒茶四色礼及各色绸缎二十四，银圆两千枚，金元宝两个，遣媒婆携聘礼登门面见邝治平。那媒婆使出浑身解数来撮合这门亲事，不料邝治平不卑不亢地送给媒婆一个软钉子。大意是金花年龄尚幼，不谙世事，谈婚论嫁当在几年之后。再者邝家乃布衣百姓、井底之蛙，与将军有云泥之别，实不敢攀龙附凤。媒婆灰头土脸地回来复命。将军不恼反乐，要论计谋，也敢在将军帐前布鼓雷门？别看打不过共产党，拾掇你个平头百姓还不是手到擒来。作战经验丰富的将军腹中自有应对方案。什么校花年龄尚幼？将军前面几个老婆过门时芳龄都在碧玉年华和桃李年华之间，不是照样行周公之礼嘛！所以年龄不是问题。至于身份地位——将军下令立即行动，用枪杆子把邝家拱得出人头地。于是邝家大门口出现了活生生的手持现代兵器的秦琼和尉迟恭——谁敢说有哨兵站岗的大门没有显赫的地位？邝家的货场、皮货店门前也都有士兵持枪守护。凡有人来访，拿在现代秦琼和尉迟恭手里的枪刺马上就射出两道交叉的光芒，一下子就让来者明白，邝家的社会地位已经今非昔比。没过多久，邝治平就深切地体会到高处不胜寒的滋味。亲朋好友高攀不上他了，生意上的伙伴不见了踪影，就连买菜送粮这样的日常生活也受到了影响……他被困在四面绝壁的高山顶上，孤独得快要发疯了。这时候袁县长不失时机地粉墨登场。一番嘘寒问暖之后，袁县长话锋一转，很严肃地给邝治平讲述校花婚姻的重要性。平凉是国军的后方基地，许多军需物资都是由平凉运往甘陕前线，由此可见平凉的战略地位是何等的重要。将军肩负守卫平凉的重任，一旦他心绪烦乱、百密一疏，平凉城防，百姓安危，物资给养……哪一方面出现问题，都是咱平凉之灾呀！作为平凉百姓，可不能做出有损伤将军情绪的事。所以，邝金花的婚姻之事非同小可，决不能等闲视之。还有，因战事需要，县府准备征用邝家货场为军事用地，邝家皮货店也要一并征用……袁县长走后第六天，邝家大门口的两尊活门神放下枪点燃了将军迎亲的鞭炮（将军说非常时期，一切要从简从快）。"县城里都传疯了，"一个同学说，"袁县长才是大媒人。袁琦，这事儿你咋没给我们说过呀？"袁琦的两颗门牙紧咬住嘴唇，低头不语。另一个同学边笑边说："人都说将军是战场失意情场得意，战场上打不过共产党，嘻嘻，情场上一出手就战胜了老丈人。"

"哈哈哈哈。"芦承义已经笑得前仰后合了。那天放学回到宿舍，他给芦承贤说："都是上战场，当兵的卖命，当官的娶亲，这种军队能打胜仗？"芦承贤嘴上没吭声，心里却暗自惊奇："咦，这个平日里像个跟屁虫一样的家伙，脑子里还有自己独到的见解哩！"

将军娶亲没过多久，平凉城头又换大王旗——东北军进驻平凉。据说将军接到换防命令后，所做的第一件事就是让副官带领警卫部队护送新娘子先行离开平凉。当新娘子还在哭哭啼啼地跟家人告别的时候，将军又给所属辎重部队下令，汽车加满汽油，挽马喂足精料，准备赴城外十里店的军需仓库转运物资。兵马未动粮草先行，仓库里的物资先补充自己的军队。军事家用兵讲究军令如山，兵贵神速，不知什么原因，辎重部队第二天早上太阳出山才抵达十里店——

军需仓库已经被一支不知从哪里冒出来的东北军控制。这下子热闹啦，都是国军，一方国军执行命令，态度蛮横地要强行进入仓库；另一方国军同样执行命令，用刺刀上的强硬亮光编织成一张令人胆寒的篱笆，密不透风地堵住仓库的大门。双方对阵，差点上演一场真枪实弹的全武行。对峙结果，将军的辎重部队无功而返……几天后在县府门前的广场举行换防交接仪式，气氛隆重而友好。胖将军和一位东北军的将军互为致辞，高度赞扬对方在这场战争中所表现出的高超的军事指挥艺术和治军严谨的品德，毫不吝啬的溢美之词把对方形容得宛若孙武重生、韩信再世。真是英雄识英雄，惺惺惜惺惺啊！仪式最后，两位将军互致军礼，真诚地拥抱在一起。广场上欢呼声雷动，那一幕把袁县长感动得眼睛都湿了（引自袁琦原话）。此后平凉城里见到的军人，大多都带有"那旮瘩"的口音。

那种口音也带来了不同寻常的力量，把陈旧得几乎要板结的天空都撕裂了。以前只有鸟儿独唱的云天里出现了人类制造的物种发出的声音，时不时会有嗡嗡作响的钢铁大鸟从远处飞来，用不会扇动的铁翅膀在平凉头顶的天幕上画出一个又一个圆圈。地上也出现了上千人同时劳动的宏大场面，居住在"乏牛坡"下的身强体壮的男丁，都被县府官员们动员起来去工地用力气换粮食。人们风言风语地传说，机场修好以后，张学良就会乘坐那个嗡嗡叫的铁鸟来平凉视察。已经停办几年的《新陇日报》也恢复出刊。"是东北军出资复刊的，"袁琦说，"要不然谁知道它会停到猴年马月去哩！"每出一期，袁琦都会把报纸拿到学校让大家传阅。刚开始同学们还觉得新奇，在那上面可牖中窥日地看到国民政府和当地政府的动态，还有一些中日军队对峙前线的消息。可后来同学们发现，十有六七的文章都在为东北军大唱赞歌，遂兴致锐减。引不起百姓共鸣的赞歌风一吹就没了踪影，但那些穿军装的东北大汉却活生生地扰动了平凉百姓的视线。一个同学说，修机场的东北军说话言而有信，只要活儿做得好，说给多少粮就会分毫不差地如数照付。另一个家里开饭馆的同学也有新发现。东北军把日本人恨到骨头里去啦！一喝酒就咬牙切齿地大骂日本人，瞪着血红的眼睛吵吵说总有一天要打回老家去。他忽然压低嗓门说："他们还叫蒋介石和张学良'滚犊子'哩！"芦承贤还以为像这样的话也就是说说而已，东北军的抱怨之气哪能撼动蒋介石和张学良的地位？没想到的是"滚犊子"这个词，竟然活灵活现地印证在李宝财的身上。

第 五 章

　　寒假返回故乡小城，刚走进富隆粮栈，芦满囤就乐不可支地说出一件事："悦宾楼让东北军砸啦！李宝财带着他的大小老婆一大家子全跑啦！"芦满囤只描述出事情的大致轮廓，大快人心的事就应该知道得越详细越好。芦承贤让芦承义先回芦家营，他则留在县城里，一块一块地搜寻细节的碎片，还原事件的整个过程。功夫不负有心人，他像个侦探似的忙碌了一番，悦宾楼被砸的真相终于完整地浮出水面。

　　东北军的一个营加团部进驻陇山县城，立刻被李宝财两只铜钱一样的眼睛给盯住了。这些东北军因背井离乡和战绩不佳，情绪十分低落。俗话说烦烟闷酒消闲茶，酒是化解郁闷的良药，李宝财自信地认为这可是天赐良机，酒坊咸鱼翻身的机会来啦！买下酒坊那天，他就让人把"陇山春"的标签撕了个粉碎——堂堂有名的李大财主怎么会继承芦家的酒名？大财主就得有大气魄，他大腿一拍给李家酒坊产出的酒取名为"北方烧"。新名启用，酒的销量骤减。他认为是那个烧字不吉利，烧钱烧心烧财运，遂停用。几天后又一新酒名出笼——"关山香"，可这香气仍老老实实地待在自家库房里，就是不肯飘上别人家的餐桌。就在他烦躁地看所有姨太太的眼神就像是看刺猬一样的时候，东北军来了。机不可失，如何才能让那些来自异乡的军人心甘情愿地喝李家的酒呢？

　　他请"喇叭头"来悦宾楼——商人和官员之间有一种天然的黏合力，两个人在二楼的雅间里谋划出一个万无一失的宴请方案，由"喇叭头"出面邀请东北军长官，李宝财代表乡绅尽地主之谊。宴席上所有食材一律先选用关山里的野味，天上飞的野鸡野鸽咕咕鸟，地上跑的野兔野猪梅花鹿，水里游的花背鲫和娃娃鱼，山林里的木耳蕨菜猴头菇……中国人无酒不成席。这时候，李宝财更加意识到酒名的重要性。可是人家东北的名山大川太多了，东北军长官怎会对"关山香"感兴趣？还是"喇叭头"脑子活，他说既然一时半会儿起不出个如意的酒名，那咱就冲着让军队长官高兴，干脆叫它"得胜酒"。对对对，凭这名字，哪个当兵的不想来两口？李宝财大喜过望，高兴地搓着手叫来齐掌柜。"赶快去家里，拿两匹藏蓝的上海呢子给县长大人送过去。"送走"喇叭头"，李宝财的算盘珠子飞快地滑动起来，只要驻守此地的东北军长官认可，"得胜酒"就很有可能从李家酒坊哗哗哗地流向东北军的一个团，一个师，一个军……雪球越滚越大，酒香越飘越远。哈哈，得胜酒啊！成千上万军人每人喝一口，李家酒坊就变成聚宝盆啦！

所有准备事项都顺利得如同李宝财在拨动如意算盘一样，就连最难找的冬眠娃娃鱼也被山民从关山深处的溪涧中拽出来送进悦宾楼。万事俱备，只待第二天酒席开张啦！李宝财躺在六姨太的雕花大床上，一边乐陶陶抚摸着六姨太养的那只生有一双蓝眼珠的雪白大洋猫，一边瞅着六姨太的青葱纤指在烟灯上烧制烟泡。不知为何右眼皮忽然突突突地狂跳起来——左眼跳财右眼跳崖——不祥之兆啊！肯定有疏漏之处，他抹了把脸上的冷汗，推开六姨太直奔悦宾楼。叫来齐掌柜，两人以鸡蛋里找骨头的态度从厨房到雅间仔细地审查了一番，甚至连楼梯木板是否松动都一个台阶一个台阶地用手试了试——检查的结果是鸡蛋里没有骨头，可该死的眼皮还是跳得停不下来。李宝财满头大汗地坐在二楼已经布置得焕然一新的雅间里，张开大嘴呼哧呼哧地猛喘粗气。齐掌柜看他累成了一摊泥，赶忙叫跑堂送茶。一个肩搭毛巾、肤色黝黑的小伙子捧着放有茶盏的托盘快步上楼，双手将茶呈上。李宝财直着眼睛，怔怔地瞅着跑堂端托盘的手。突然，他一巴掌拍在自己汗津津的脑门上——右眼皮跳的原因在此啊！

明天让这个跑堂送菜上桌，那双乌鸡爪子一样的手，怎么能跟盘中的精美佳肴相搭配？人家西安开封洛阳的一些名气大的饭庄酒店里，早就有女招待啦！对啦，还有青岛的料理店，那招待还是正儿八经的东洋美女哩！再看看悦宾楼的跑堂，皮糙肉厚不说，笑起来比哭还难看。明天让他杵在雅间里，怕是会把东北军长官给弄得食欲全无。右眼皮跳得不那么猛烈了，李宝财决心已定，明天的悦宾楼一定要用女招待的身影来增添酒菜的香气。用谁呢？自家姨太太和千金的笑脸是断断不敢贡献给东北军长官的，万一像平凉城的那个胖将军看上师范的校花一样（右眼皮狠狠蹦了几下），赔了夫人又折兵的买卖绝对不能干，但女招待是必须要有的啊！一直在旁边察言观色的齐掌柜看出主人的心思，谄笑着给李宝财出主意。前些天他不是刚把一个亲戚家的女儿推荐给李宝财的大太太做侍女吗，那女娃可以暂时充任女招待，反正也就是一顿饭的工夫嘛！李宝财立刻派人叫来大老婆的侍女。那女娃虽然长相一般，但看上去还有几分机灵劲。再看看她的手，由于少干粗活，也还算白净。唉唉，时间太紧了，只好筷子里面拔旗杆，就她啦！女娃交给齐掌柜训练，临阵磨刀三分快嘛！眼皮又开始跳了，这一回跳的可是左眼皮呀！哈哈哈，李宝财紧绷的脸皮松弛了，这才一脸得意地背着双手，踱着方步回李府。据他家用人说，那一夜李宝财和六姨太打了半晚上的架，打得六姨太浪叫不止，声音恐怖得把那只白洋猫都吓得不知去向了。

东北军长官如约而至，为首的是一位姓高的团长，还有副团长和参谋长。高团长是个典型的东北大汉，身材魁梧，一脸络腮胡，坐在椅子上腰板挺得笔直，一看就是个训练有素的职业军人。不知为何，李宝财一见他腿肚子就有点哆嗦，身子竟先矮了下去，套在棉袍外面的貂皮马褂也变得前襟长后襟短了。宾主落座，双方进行着亲切友好的客套。在一片类似于久别重逢的热烈气氛里，身着鲜艳红袄绿裤的女招待进进出出地端来凉菜，荤素有序地摆放在圆桌上。每上一道菜，她都能清晰地报上菜名。高团长满意地颔首而笑。李宝财的腿肚子渐趋稳当，看起来昨天十万火急地调派女招待入悦宾楼这一招，简直就是神来之笔呀！凉菜上齐，酒宴开始，"喇叭头"致辞敬酒。可酒过三巡，他只字未提"得胜酒"。看来自家请的神还得自家供，李宝财满脸堆笑地问高团长："长官，这'得胜酒'喝起来可顺口？"高团长有点意外地"哦"了一声说："酒够劲，名字也不错。"一句话说得李宝财脸上笑开了花，他接着说："'得胜酒'是兄弟自家酒坊酿造的，如长官觉得这酒还能入口，兄弟愿意请团里的弟兄们都尝一尝。如果弟兄们喝着顺溜，也可送给师里的……""喇叭头"一看事情不妙，忙打断他的话："各位吃菜吃菜，尝尝花背鲫，这鱼只有咱们关山仙女湖里有，相传这是七仙女送来凡间的鱼，来来来，动筷子尝尝。"李宝财从眼角瞥视"喇叭头"，官员都是弯弯绕啊，非要扯东道西把人绕晕了才说几句落在实处的话。他可要趁热打铁，让长官把"得胜酒"的火辣印象喝到肚子里去。他端起酒盅开始给东北军长官加深印象。"'得胜酒',好!"高团长说,"就冲这酒名,也得多喝它几杯,不过酒盅太小不过瘾哪!"李宝财大呼长官豪爽,忙叫女招待过来给长官换酒盅。可拳头大的盏对拇指粗细的酒盅,参谋长半开玩笑半认真说李宝财敬酒心不诚。李宝财认真了,这么丰盛的酒宴还不能代表诚心吗?罢了罢了,既然酒量可以衡量诚信度的高低,今天就舍命陪君子啦!李宝财不顾"喇叭头"的劝阻,豪气干云地端起酒盏,干!第一盏一饮而尽,他龇牙咧嘴,满脸通红,拿起茶碗喝了几口茶,脱掉貂皮马褂,撸起袖子又端起酒盏。第二盏咕嘟咕嘟地灌进腹中,他已经站立不稳了。高团长看他酒量有限,笑哈哈地表示这又不是冲锋陷阵,不妨把喝酒的战线拉得长一点。他边打酒嗝边反对:"不成不成,嗝,兄弟诚心,日月可鉴!嗝,干!"酒盏见底,三个东北军长官冲他竖起了大拇指,"喇叭头"也夸他是海量。他强作笑颜地招呼大家动筷子吃菜,自己却端起了茶碗,没喝几口,嗓子眼里咕咕响了两声,他一把捂住嘴冲出雅间。一直候在门口的齐掌柜赶忙扶着他跑进另外一个房间,伺候他抱起痰盂哇哇哇地吐了个天昏地暗。

他摇摇晃晃地回到雅间,瘫坐在椅子上。迷迷糊糊中,隐约听见长官们说起东北的白山黑水,还说到日本人,好像是那个参谋长在说,东北的中小学全部都用日本话上课了。日本话不就是东洋话嘛!他硬撑着坐起来,故作清醒状地讲述起一件趣事。一次去青岛,早上和朋友出门,迎面遇见一个朋友认识的东洋人,那东洋人点头说了句日语。他问朋友那东洋人说的啥,朋友回答就是见面问个好。哦哦,东洋人问候人的话也太好记了,就是锅砸了姨妈死了,"锅砸姨妈死"。朋友连连点头,对对对,就是这么说。哈哈哈,在青岛的日子里,只要见到东洋人,他也就跟他们点头哈腰地"锅砸姨妈死,锅砸姨妈死"。高团长和其他两位军官的神情已经变得严峻,"喇叭头"赶忙推了推他,劝阻他赶快停口,但哪能拦得住啊!酒壮怂人胆,钱乱财迷心,他一把拨开"喇叭头"的手,嘴里仍嘟嘟囔囔个不停:"……料理店,头一回吃啊!还有东洋妞,朋友叫她啥……卡哇伊,就是就是,卡哇伊,嘿嘿嘿,卡哇伊……"

女招待送菜上桌。他一把拉住她,女娃脸色绯红地边挣扎边叫:"老爷,老爷!"他强行搂抱住女娃,伸手乱摸,嘴里还在嚷叫:"吃鱼的'卡哇伊'就是跟吃五谷杂粮的中国女娃娃不一样哦!啧啧,瞅瞅这皮肤,比苏杭的绸缎还光滑嘛!哎呀呀,这脖子咋这么白呀!下面这个肉窝窝,把老爷看得心都酥咧!不准动，不准动！老爷有钱，有钱！摸摸你个'卡哇伊'给你钱。"半空中突然爆出一声炸雷般的怒吼，"卡哇伊"尖叫着逃开了。他懵懵懂懂地转脸察看，一座山冲他直砸过来。

被压在桌子底下的李宝财一边挣扎，一边有气无力地叫唤着："卡哇伊，卡哇伊。"高团长愤怒成毛发尽竖的张飞，又抡起椅子砸在翻倒的桌子上，满脸鄙夷地瞪了"喇叭头"一眼，大跨步地出了雅间。一队士兵奉命跑步来到悦宾楼下，高团长手指悦宾楼下令："砸！给老子砸了它！"士兵们十分彻底地执行了命令，当他们撤走以后，悦宾楼从上到下，再无一件完物，就连窗户和门也被捣了个稀巴烂。以前神气活现的悦宾楼，变成了浑身满是黑窟窿的破楼烂墙。酒醒后的李宝财被吓得魂飞天外，带着一家老小，连夜收拾细软逃出县城，据说是逃往李豫龙他妈的老家。临出县城之前，李宝财敲开当铺潘掌柜的门，不知去安顿什么事。同时被叫醒的八哥看见他，以为这个胖子又给它送来什么精美的食物，抖擞起精神大叫："走眼！走眼！走……"李宝财一把扯下鸟笼子死命地掼在地上，随着鸟笼被摔得粉身碎骨，八哥也永远地闭上嘴巴。伤心的潘掌柜做了一个小而精致的棺材，郑重其事地把八哥埋了，还立了一个小木碑，不知是讥讽李宝财还是有其他含义，木碑上写的是"义鸟之冢"。出事当天那个侍女大哭着跑出悦宾楼，去向不明。两天后，齐掌柜和亲戚才在城外农田边上的一口水井里找到了她。齐掌柜悲愤交加，跳着脚大骂李宝财是个丧尽天良的"畜牲"，还当着众多人的面发出毒誓，今后再为李家做事必遭天打雷劈。

芦承贤回到芦家营，连说带比画地给芦承义讲述了悦宾楼事件的整个过程。听完以后，芦承义既钦佩又迷惑："少爷啊，你咋了解得这么清楚呢，就像你亲眼看见一样。"芦承贤得意地说："那当然啦，既然要了解，就要把事情了解透彻嘛！"原来他留在县城的这些日子里，天天早出晚归，愣是把自己锻炼成一个少年侦探。他询问过悦宾楼周围店铺的掌柜和伙计，找过悦宾楼的厨师、跑堂和李宝财家的用人、长工，还去潘掌柜和齐掌柜的家里，甚至胆大包天地跑去东北军驻地，软缠硬磨地见到了高团长。

悦宾楼事件的来龙去脉已尽在掌握之中，再说放假前国文老师布置假期作业，要求假期每人写一篇描写现实生活中人与事的文章，这么鲜活的事件与老师的要求正好吻合呀！芦承贤把自己关进"明心堂"，花费几天时间写出一篇《悦宾楼毁灭记》。

开学交作业，先是国文老师阅后大加赞赏，不但把它当作范文让全班同学学习，还把它推荐给教务长和校长，建议在校刊《小雨点》上发表。已经升任教务长的于子成从这篇文章里读出另一重含义——东北军官兵的情绪，当即决定把它寄给《新陇日报》。几天后，袁琦拿着一份报纸大呼小叫地跑进教室："芦承贤，你的文章《新陇日报》发表啦！"文章内容报纸上只略作删改，但标题改得更为醒目：《高团长怒砸悦宾楼》。袁琦拍了拍芦承贤的肩膀说："好个芦家娃，你行呀，我爸都夸你写得好哩！"

更出人意料的是文章竟然得到一位大人物的夸奖。飞机场建成竣工，如同传言的那样，大铁鸟真的载着副司令张学良降落平凉。他来的那天晚上，距平凉督察专员公署不远的一幢名为"陇东大厦"的三层楼房周围岗哨林立，戒备森严。楼上会客厅里灯光明亮，张学良兴致勃勃地与几个东北军高官和甘肃的地方官员议事。重大事项谈完，气氛变得轻松了，他顺手拿起放在茶几上的一叠《新陇日报》翻阅，无意中翻到刊登着那篇文章的版面上，他"嗯"了一声便饶有兴致地读了起来。看罢他突然手击沙发扶手，"哈哈哈，砸得好！砸得好！要老子在场，也要削那孙子一顿。"待袁县长明白他夸奖的事由后，不失时机地自我表现了一下："张司令，这篇文章是平凉中学的一个高中生写的。"张学良好像这才注意到有他这个人似的，看了看他随口说道："不错不错，应该奖赏。"

张学良可是个大官啊！能得到他的表扬，可把袁琦和一些官员家的孩子给羡慕坏了，就在他们猜想芦承贤会得到什么奖励的时候，张副司令莅临平凉中学。学校大礼堂里黑压压地挤满省立中学和省立师范学校的师生。张学良在一群长官的陪同下步入礼堂，情绪高昂地发表了激动人心的讲话。先夸平凉这地方人杰地灵、物华天宝，古有黄帝问道崆峒山，周文王伐密筑灵台，今有百里泾河浇灌米粮川，他喜欢平凉（掌声）。然后激励在场的学生，说他们都是国家未来的栋梁，学习就是学本领，练好本领，将来报效国家，中国需要他们（热烈的掌声）！最后谈到当前局势，说国共两党之争是中国内部之事务，而当今中国最大之问题当属外敌入侵。小日本占我河山，奴我百姓，囤积于心的国仇家恨似烈火焚烧，让他食不甘味、夜不能寐。他挥动着拳头叫同学们牢记，炮口立约，国土沦丧，是最大的国耻！他斩钉截铁地发誓，一定要率领军队打回东北去，把小日本彻底赶走，最后的胜利一定属于中国（雷鸣般的掌声）！

　　台上的讲话掷地有声，台下的听众热血沸腾，芦承贤也兴奋地和同学们一起鼓掌呼喊。咦，芦承义怎么成了学生群里的另类分子？他既不拍手也不叫好，而是低头飞快地在本子上记着什么。下午放学也没回宿舍，吃晚饭时急匆匆地抓了两个馒头又跑了。天已擦黑，他才回到宿舍，递给芦承贤几页写满字的纸，怯生生地说："少爷，我也写了个东西，你看看能寄给报纸不？"芦承贤接过稿子快速地浏览一遍，《张学良造访省立中学》，原来这家伙是在为这事忙活啊！"少爷，我没写过这种文章，"芦承义说，"是套着报纸上的格式写的，不知道能不能成？"这篇稿子从形式上看，虽然像他说的那样是照猫画虎，但是却画得像模像样。前面一小段写张学良何时造访学校，并发表讲话。中间几大段几乎是张学良精彩讲话的部分重现，最后还写到张学良的到访使两校师生深受鼓舞，以及会后同学们的议论。"好呀，这也是个大事啊！"芦承贤说，"管他三七二一，先寄给报纸再说。"翌日一大早芦承义就把稿子寄往《新陇日报》，还生怕被别人知道似的央求："少爷，寄稿子这个事就咱俩知道，你可要给我保密啊！"

　　报纸却把他的秘密大白于天下，而且快得让芦承义没有一点思想准备。袁琦把一份《新陇日报》"啪"地拍在芦承义的课桌上。"你们两个姓芦的可真是大半夜里放炮仗——惊人哩！你的稿子报上发咧，一版头条，我爸说最重要的稿子才能发在那个位置上。"稿件刊发在《新陇日报》的一版上，标题改得像要从报纸上跳出来一般醒目。前面一行为《勉励学子发奋图强　身在校园勿忘国耻》，旁边的主标题又黑又大——《张学良副司令视察省立中学》。

　　《新陇日报》派人送口信给学校，请芦承贤和芦承义去一趟。袁琦的第一反应是"芦家娃要去领赏啦"。那是一个浓云密布的午后，在一座门口挂有"新陇日报社"木牌子的四合院里，他俩既兴奋又忐忑地叩响杜逸文总编辑的门。本以为能写文章、修改文章的都是些老学究式的人物，没想到这位杜总编辑看上去顶多也就四十岁，身穿合体西装，戴着一副金丝边眼镜，一看就是从大城市来的人。后来熟悉了，他们才知道由于平凉本地缺乏办报的专业人才，平凉公署的专员特意从兰州《民国日报》请他来任《新陇日报》的总编辑。

　　杜逸文夸奖他俩是"小荷才露尖尖角，早有蜻蜓立上头"，不但用赞许的语气点评了他俩的新闻作品，还仔细询问他们的学习成绩，然后取出一支"派克"

钢笔递给芦承贤："这是张学良的卫兵送来的，给你的奖赏。"黑色的钢笔上刻有"毅庵赠"的字样。杜逸文又拿出一个深红色硬皮封面的笔记本给芦承义："报社经费紧张没有稿费，就送你个本子吧。"

从报社出来，阴云低垂，细雨蒙蒙，可在他俩心灵的天空中却有阳光奔跑。杜总编不但给了奖品，更给了他们一个比奖品珍贵千百倍的机会。报社人手少，摘抄文稿、编辑稿件、校对版面只能勉强应付，但外出采访就显得心有余而力不足了。张学良去平凉中学那天，报社派一位年轻编辑前去采访。没想到那位编辑被大礼堂里的沸腾情绪感染，把自己变成了一个忠实的听众，只顾跟着师生们鼓掌欢呼，忘了记录张学良的讲话要点。回到报社写稿时傻眼了，仅写出一篇两百来字的小稿子。就在杜逸文懊恼不已的时候，芦承义的稿子寄到报社，雪中送炭啊！杜逸文认为两个高中生初次写稿就出手不凡，日后多加培养，他俩有可能成为办报的好帮手。他便跟他俩订立一个君子协议，在不影响学业的前提下，他俩可以到报社来做一些力所能及的事情。哈哈，儿时戏言如今成真，真成为给报纸上写字的人啦（尽管是业余的）。从报社回来，他俩高兴得几乎一夜未眠。

从此以后，报社院子里时常可见他俩的身影。但是给报纸上写字也不是件简单的事，那些扑面而来的什么简讯、消息、通讯、评论、社论、特写、调查报告等新闻体裁，看得他俩眼花缭乱又茫然不知所措，后来才弄明白这些体裁都是新闻这棵大树上的分枝。可让他俩犯迷糊的是关于新闻的定义，大千世界的事物层出不穷，究竟哪些事才能称得上是新闻呢？"三人行，必有我师焉"，身边不是有杜总编这么个大专家嘛，赶快去请教。"国内外对于新闻的定义少说也有几十种。"杜逸文说，"譬如国外有一条定义是这么说的，'狗咬人不是新闻，人咬狗才是新闻'。"杜逸文看他俩瞪大了眼睛，索性放下手头的工作又说："还有人提出，凡是能让女人喊一声'啊呀，我的天哪'的东西就是新闻。呵呵，不全是这一类的，也有很严肃的定义，譬如，新闻是已经发生或正在发生的事实的报道。我们国家也有啊，徐宝璜就提出：'新闻者，乃多数阅者所注意之最近之事也。'著名记者邵飘萍说：'新闻者，最近时间内所发生认识一切关系于社会人生的兴味、实益之事物现象也。'我有几本新闻方面的书，借给你们看看。"哈哈，书里有风景哦！景色里藏着新闻的五个"W"，消息之树的模样像倒金字塔，评论之船上的风帆是由论点论据和论证的经纬线编织而成……学以致用，杜逸文也根据他们的时间，给他们安排一些时效性不强的采访。于是，隔三岔五就有他俩署名的"豆腐块"见报，而且在名字前面还冠有"见习记者"四个字。让袁琦和一些同学想不通的是，这两个经常在报纸上闪现星辉的家伙，考试排名芦承贤就没出过前五，芦承义也在前十以内。他们从哪里汲取了江河水般滔滔不绝的能量？袁琦问："芦家娃，你俩像不知道乏一样，是不是吃得比我们好啊？"芦承贤俏皮地说："那当然，我们吃人参。知道吗，提神大补哦！"袁琦不相信似的撇了撇嘴，转脸问芦承义："真的吗，你们天天吃人参啊？"芦承义忍住笑，煞有其事地说："真的，但不是天天吃，是经常吃。"有一段时间，不知是真吃了人参还是其他补品，袁琦动不动就流鼻血。

时光之轮进入 1936 年秋，从报社收发报机上传出的消息令人不安。日本人不但持续在华北、华东等地制造事端，还唆使一些认贼作父的鸡鸣狗盗之辈在察哈尔省成立所谓的"蒙古军政府"和"蒙古军总司令部"，并调动伪蒙和伪满军进驻百灵庙、多伦和沽源一带，明显有进攻绥远的迹象。芦承贤不禁担心起来，一旦绥远燃起战火，必然波及察哈尔，那他们赴北平求学的路线——出甘肃经宁夏过察哈尔到北平——必成天堑。毕竟再有不到一年时间就要高中毕业了啊！莫非求学之路也要被日本人挑起的战火阻断？秋风扫过校园，落叶随风飘零。他感到一阵悲凉，在这风狂雨猛的世界里，哪一片树叶能决定自己飘落的方向？

天气越来越冷，教室里都用上了火盆。11 月下旬，天降大雪，校园里积雪盈尺。课间休息，袁琦和一帮同学围住火盆，又开始发布小道消息。袁琦说："昨天晚上听我爸打电话说，杨虎城来平凉啦！"一个同学不解地问："咱这儿又没他的军队，他来干啥？"袁琦撇了撇说："猪脑子啊，肯定是来商量打仗的事呗！"芦承义用胳膊肘轻轻碰了下芦承贤，小声说："听说张学良还在兰州哩，杨虎城跟谁商量事啊？"芦承贤袖着双手说："管他哩，人家打仗，不管跟谁商量，反正跟咱没关系。"

雪后初晴，空中响起飞机的吼叫声。那架飞机不知为何没有立即降落，而是像大笨鸟一样在天上绕圈子。由半空洒下来的机器声，好像出毛病一般忽大忽小，忽远忽近。反常的声音引起学生们的注意，大家跑到教室外面，看稀奇似的顺着声音寻找飞机的影子，嘴里还不停地嚷嚷："过来啦过来啦，飞得好低噢！哇，飞机还能斜着身子飞呀！飞走喽，咋光绕圈圈不落地呢？"天空恢复安静，不知大铁鸟是飞走还是降落了。下午放学他俩草草地扒了几口饭，就跑去报社探听那架飞机的消息。报社里水静无波，几个编辑说明天的报纸上肯定不会有关于那架飞机的消息——不是不关注，而是守卫机场的东北军不接受采访。原来听到天空出现异常响动，杜逸文便派一个年轻编辑赶往飞机场，但被拦在机场之外。据那个编辑目测，东北军至少调动一个营的兵力清扫跑道上的积雪。飞机降落，几辆小轿车一直开到飞机跟前。编辑远远看见，从飞机上下来的人里面好像有张学良。

杨虎城张学良会聚平凉，正应了袁琦的话。芦承贤和芦承义顿感趣味索然，两人看着编辑们画了一会版，又去电讯室听了一阵子耳机便离开报社。寒冷的夜晚行人稀少，走在空旷冷清的大街上，他俩看见"陇东大厦"灯火通明，那光亮显眼得像茫茫夜海里的一座灯塔。（这是张学良最后一次赴平凉。多年以后，远在美国的他在大陆记者面前回忆，1936年11月下旬，他和杨虎城、于学忠、王以哲、高福源、唐君尧等人举行"平凉秘密会议"，是西安事变的预备会。）

12月12日，袁琦气喘吁吁地冲进教室，满脸放光地大声嚷叫："出事啦出事啦！专员公署和县政府门口全被兵给堵上啦！"后面跟进来的同学也觉得情况反常，补充说："就是就是，邮局门口也有军队把守哩！"

啥事情能让东北军如临大敌？芦承贤和芦承义放学来不及吃饭就赶往报社打探消息。报社门口也有东北军派来的岗哨。两个手端长枪的东北军像审讯奸细般盘问半天，才放他俩进入报社。院子里悄无声息，杜总编的办公室没人，编辑室里也空荡荡地不见人影。到电讯室去看看，呀，原来报社的人都挤在这里面呢！见他俩进来，几个熟悉的编辑点了点头算是打过招呼，又转脸瞅着那台收发报机。杜总编的眉头皱成一团，心急如焚地说："怎么回事呀，一点消息都没有。再问一问。"坐在机器前的小伙子嘀嗒嘀嗒地发出一条电讯："今有要闻否？请电告！"房间里一片静默。十多分钟过去，小伙子摘下耳机，冲杜总编摇了摇头。与省城《民国日报》的联络中断，报社发出十多条询问电讯，全部没有回音。

得不到任何外来消息，报社里人心惶惶，报纸也因此停刊。听说东北军不但切断西（安）兰（州）公路，同时派兵把通往天水的公路也封锁了。他们还把大炮拉出军营，摆放在距公路不远的阵地上，炮口的指向让人犯糊涂，看架势是在防备天水的来犯之敌——胡宗南统领的中央军。东北军中央军，可都是国民党的军队啊！难道他们要兵戎相见？

12 月 14 日，据说是东北军的一位师长亲赴平凉督察专员公署拜会专员，刚说几句话，手端茶杯的专员大惊失色，手一抖茶水洒了一裤子……爆炸性的消息震动了平凉，张学良、杨虎城在西安发动兵谏，蒋介石已被扣押。天哪！中华民国陆海空军副司令出兵把陆海空军总司令抓起来啦！这条消息的颠覆性过于强大，惊得芦承贤和同学们都怀疑自己的耳朵是不是出了问题。

十多天后，又有消息传来，在共产党的参与和推进下，西安事变和平解决，张学良亲自护送蒋介石飞离西安赴洛阳。芦承贤发现报社的编辑们都染上一种想当然的乐观毛病。有的编辑手拿直尺和铅笔，边画版样边轻松地吹着口哨，好像他们已经预测到时局的走向犹如版样纸上画出的线条那样一目了然，于是就想当然地替南京政府作出决定："再不打内战了吧！这一回东北军该开拔去打日本人了吧！"染上这种乐观毛病的绝不只是编辑，袁琦就满心欢喜地对同学们说："昨天晚上来我家的人给我爸说，看样子咱这儿总算能过几天太平日子啦！"芦承贤知道他接下来又要卖弄他爸的高见了，不无揶揄地问："袁大县长怎么说？"袁琦眉头一扬，骄傲地说："我爸当然比他看得远啦！我爸说……水落石出，现在水还没落哩！"

日子一天天过去，象征事件结局的那块石头迟迟不肯露出水面，人们的乐观情绪被滴水成冰的天气封杀了。西安事变看似尘埃落定，但压在东北军头顶上的阴云却没有散去。随同张学良一去不返，几十万东北军陷入群龙无首的境地。混乱的时局是谣言的温床，平凉城里也传言乱飞。驻守天水的胡宗南中央军正在厉兵秣马，准备强行解除驻平凉东北军的武装。东北军即将改编，拆散打乱后编入其他部队。东北军内部意见不一，有的战将力主一战，拼他个鱼死网破；有的长官坚持以和为贵，保全实力……谣言之喙啄得空气都渗出了血腥味，以前人来车往的西兰公路上一下子变得冷冷清清——东北军辖区沦为孤岛。就在这局势扑朔迷离的时刻，平凉来了一位名声显赫的记者。

1937 年元旦过后不久，杜逸文告诉芦承贤和芦承义，《大公报》记者范长江来平凉啦！"范长江，"芦承贤禁不住叫了起来，"就是那个写《中国的西北角》的范长江？我们都看过那本书呀！"暂且沿时光回溯，1935 年，范长江只身采访西南、西北地区。他历经艰难险阻，完成了堪称中国现代新闻史上一次创举的实地采访，用系列通讯的方式，向全中国公开报道一直被忽略的大西北的真实情况，他也成为中国"在国统区第一个公开正面报道红军"的记者。《大公报》将其通讯集册，冠以《中国的西北角》书名出版，一时间洛阳纸贵，轰动全国。杜逸文已和范长江约定，晚饭后在"新民旅馆"一叙。"你俩想不想见见范记者？"杜逸文问。芦承贤已经急不可待了，连声说："去去去！这么有名的大记者，平时怕是磕头都见不着哩！"杜逸文听他说得有趣，咧嘴一笑说："好吧，把你们写的东西拿上，也请大记者给指点指点。"

拜见大记者不能只是两个肩膀架个头去吧？起码得有见面礼吧！芦承贤和芦承义跑到平凉最有名的"买家锅盔店"抱了两个大锅盔，又到"老常家烧鸡"提了两只烧鸡，这才和杜逸文一块去"新民旅馆"。

以前范长江在兰州采访时与杜逸文有过交集，异地重逢，两人都显得十分高兴。杜逸文关心地问："这个时候路上不好走吧？"范长江点头称是，大概讲述了一下路途经历。虽然他讲得轻描淡写，但芦承贤已经听得额头直往外冒汗……正在绥远前线采访的范长江，听到张学良西安兵谏的消息，立刻敏锐地预感到这可能是一次影响中国政治格局和军事走向的历史事件，遂决定赴西安采访。傅作义再三劝阻，去西安必经甘肃，那里是东北军控制的地域，无异于龙潭虎穴，贸然前往恐遇不测。范长江不为所动，不入虎穴焉得虎子——记者的眼睛就该看到事件核心的真实面貌。途经宁夏遇马鸿奎，又遭拦。宁夏与甘肃的通讯和交通完全中断。虽说西安事变已经和平解决，但听说东北军仍与国民政府严重对立，凡遇外来军政人员一律逮捕。危言耸听的路障挡不住记者探寻真相的脚步，范长江婉拒了马鸿奎的挽留，仍坚持前往甘肃。但几次尝试均未成功，最后探听到有一架外国人的飞机要飞往兰州，接走滞留在甘肃的外国人，他便想方设法打通关节乘机飞往兰州。飞机平安降落，机场的一位东北军长官听说他专程来兰州采访甘肃省主席于学忠，便邀请他共同乘车进城。透过车窗他看到兰州城里并不像外界传言的那样萧瑟冷清，商铺照常营业，大街上依然人来车往。途经南关什字，路边一棋摊上两个老汉为一步棋争得面红耳赤。几步以外的剃头挑子上热气袅袅，旁边凳子上一个汉子的头已经被剃得泛出青光。车子继续前行，有叫卖声飘进车窗："快来、快来，热冬果呀热冬果，吃个梨喝个汤，一冬天不咳嗽！"见到于学忠，才发现外界传言把东北军妖魔化了。不错，东北军是在为自己的前途命运担忧，但绝对没有愚蠢到与国民政府兵戎相见的地步，他们也在期盼时局能够尽快明朗。于学忠支持他前往西安，为确保路途平安，专门派出车辆和卫兵一路护送。事情就是那么奇怪，谣言登场往往都戴着蛊惑人心的所谓真实的面具，而真相出行则经常被现实的刀锋划得遍体鳞伤。

杜逸文感慨道："你这一路过来，太不容易啦！"

范长江说："谁让我们是新闻记者哩！报道真实的情况，是我们的责任啊！"

芦承贤一脸敬佩："范先生，您真是个大记者，站得高看得远，才能写出那么多的好文章。"

范长江说："记者无大小，能写出什么，全凭自己的见解和良心了。"

"新闻也有良心？"芦承义突然冒出这么一句。

范长江点了点头，肯定地说："当然有！如果记者只知道趋炎附势、阿谀奉承，他就写不出有良心的新闻。"

大概一路上接触的多是军政长官，所谈话题因涉及时局而显沉重。现在见到同行，心情自然很轻松，几个人你一言我一语地谈得甚是融洽。芦承贤和芦承义这才知道范长江一年前已经来过平凉，还写出一篇《徐海东果为肖克第二乎》的通讯，只是没有收录进《中国的西北角》一书中。范长江听说芦承贤曾得到过张学良的夸奖，便饶有兴致地翻看他俩的剪报本，并鼓励他俩走出西北去读书——知识和眼界绝对会影响思维的广度和深度。"我们想去北平上大学，"芦承贤说，"就是不知道北平的大学里讲不讲新闻课？"范长江介绍，北京大学开设有新闻传播学课程，燕京大学有新闻系……"太好啦！"芦承贤喜笑颜开地说，"我们就是想去北平。范先生，谢谢您啊！对啦，我们送您两个锅盔。"

范长江两手抱起这个厚约两寸直径一尺多比几块砖头还重的食物，饶有兴趣地"当当"敲了两下说："这锅盔又重又结实，我看就是个盾牌，刀砍不破枪也扎不透。我带在路上吃，谢谢你们！"

由于车马劳顿，范长江已略显倦意，杜逸文知趣地起身告辞。范长江和芦承贤芦承义握手道别时说："你俩是我见到的年龄最小的记者，在报社锻炼，机会难得哟！我可记住你们啦！上大学好好读书，希望以后有机会咱们再次握手。"

翌日，天色微明，范长江乘车离开平凉赶赴西安。他在经历了西安东北军同室操戈的"二二事变"之后，主动联系共产党代表周恩来，并在周恩来安排下赴延安采访。时隔不久，《大公报》在显著位置刊发了他采写的《动荡中之西北大局》。这篇报道犹如引爆了一颗威力巨大的炸弹，把国民党的新闻封锁轰出一个天大的窟窿。它不仅披露了西安事变的真相，而且全面地阐述了中国共产党抗日民族统一战线的政策和主张。文章发表，朝野震惊。一支笔挑起一场轩然大波，毛泽东欣然致谢，蒋介石大发雷霆……随后范长江名著《塞上行》面世，又一次轰动全国。

记者手中的笔竟有激荡乾坤的力量，这让生长在偏僻高原上的芦承贤和芦承义大开眼界，理想的目标也因此而更加具象化——将来做一个像范长江那样的记者。但他们也明白一口吃不成胖子的道理，人生路上有机遇没有捷径，还是先去读大学，毕业后再去考报馆吧！

1937 年这个诡异的年份，不仅天显异象，节气也跟着乱了套。正月十五，灯笼里的洋蜡还没熄灭，人们就看见一颗扫帚星拖着长长的尾巴横穿整个夜空。从头顶上飞过的诡异大扫把，一股脑地把人们扫进惶恐不安的深渊……春分过去没几天，太阳也疯了，喷出明晃晃的火焰。田野里积雪快速消融，在雪被下熟睡的麦苗热醒了，懵懵懂懂地开始疯长。立夏了，已经泛绿的关山突降大雪，关山牧场里的羊一夜之间冻死了几十只。

芦承贤和芦承义去书店买书，那个包了几颗金牙的店主嘴里冒出一句金光灿灿的话："天都乱了，人世间怕是不得太平哟！"

临近毕业，芦仁乾和二奶奶带着芦武奎来学校。芦仁乾认为他俩高中毕业对芦氏家族来说具有非同凡响的历史意义——第一批从现代学堂走出来的高中生，绝后不敢说，空前是毋庸置疑的。既然是大事件就应该把它记载下来。一行人来到照相馆，准备用那个有三条腿的长着一只眼睛的木头匣子记录芦家的这个历史性事件……第一张必须是合影，皆大欢喜嘛！照相师钻进罩在木头匣子后面的黑布里捣鼓了一会，又拿起一个装着灯泡样东西的盒子对准他们。芦老爷一家照过相，其他人是头一遭。尽管照相师调动浑身解数启发他们"笑笑笑"，但芦武奎父子还是紧张，面部表情僵硬得像干涸泥塘里裂开口子的硬壳。照相师无奈地说："不照啦，你们笑一个。"这一回两个人都笑得无比自然。"对对，就这么笑。"照相师说，"我数到三就照啦！"他把闪光灯高高举起，嘴里开始报数，一……二……啪！一道白光闪过，芦武奎大吼一声，抢上一步护在芦老爷身前……二奶奶笑得上气不接下气啦！

　　直到芦武奎弄明白镁光灯的闪光没有任何危险，大家这才继续进行按身份排位置和不停扮笑脸的过程，折腾一个下午，总算把历史性时刻装进那个木头匣子里。除合影之外，其他的历史见证被芦仁乾分门别类地剪裁成一个个纸片一样薄的记忆图像——芦仁乾家庭合影，芦武奎和儿子合影，两个高中生合影，高中生单人照。芦仁乾特意叮嘱，单人照片上可以不写字，其他照片一律题写"民国廿六年芦承贤芦承义高中毕业留念"的字样，所有照片洗印两套。

　　二奶奶提议，两个娃儿即将毕业，接下来又要赴北平报考大学，应趁此机会前往崆峒山敬香。山不在高，有仙则名。黄帝、秦始皇都不远千里登山谒拜，咱们也应该去给各路神仙磕个头，保佑娃儿一帆风顺。上山以后，她更是见庙就进，逢仙必拜，还给功德箱里放入不少的香火钱。悬挂在庙宇翘角下的风铃，都开心地为这个虔诚的女人摇出一串又一串叮叮当当的祝福。敬完香一行人来到三面绝壁的棋盘岭，围站在广成子和赤松子下过棋的棋盘石旁。光滑平整的巨石棋盘上棋路纵横，阳光洒下的金箔嵌入深刻在石头上的线条里，每条棋路都放射出迷人的金光。一阵山风扫过，矗立在悬崖旁的观棋松哗哗地摇摆起来，扔下一颗松果，正好落在棋盘上，掉出一些棋子一样的松子，蹦蹦跳跳地停在不同的棋路上。芦仁乾捡起一颗看了看说："都发霉了。"随手丢出去，那颗松子跳了几下跌出棋盘。芦承贤也拿起一粒松子放入掌心，松子上的褐色在阳光照射下竟然渐渐消退，变成一颗温润透明的心形琥珀，像一粒黄澄澄的宝石温顺地躺在掌心里。他也把它轻抛出去，"宝石"活泼地旋转着向前滚动，最后不偏不倚地停在棋盘的中心点上——上天的启示——天地纵横任君行。他挑战似的冲着芦仁乾扮个鬼脸，转身挽起二奶奶的胳膊。山风袭来，观棋松哗啦哗啦地笑个不停。

　　朝山归来，洗印好的照片已经装入相袋。芦承贤满心欢喜地评价了一番："我娘照得最好看，芦老爷有点端架子，武奎叔照得还行，牛儿……哈哈哈，嘴笑得有点歪，不自然！呀，咱俩都有胡子啦！"芦承义则是一声不吭，其他照片一眼扫过，唯独拿着那张合影看了好大一会。照片上的芦武奎一副讨好的架势，面孔上的笑容甜腻得像凝固的蜂糖，但额头上的那道亮晶晶的疤痕和眼角处刀刻般的皱纹，使得脸上的光影都渗出了苦涩的味道。而且他身体前倾，那是在老爷面前的习惯性的驼背压弯了他的腰……芦承义把照片塞入纸袋,又跑去城墙下练习拳术,"嘿哈"的吼声让飒飒而过的风中都闪动着刀剑划过的亮光。

毕业的日子姗姗而来,王校长亲自颁发毕业证书。根据考试成绩排序,芦承贤第三个领到毕业证,芦承义第九个来到王校长面前。王校长在随后的毕业讲话中特意提到他俩,夸奖他们给平凉省立中学增添了光彩。同学们拥抱话别,袁琦动了感情,眼泪汪汪地说他已经决定报考兰州的省立甘肃学院,分手前他真心实意地祝芦家两个好兄弟考入北平的大学。几句话说得芦承贤鼻孔一阵发酸,双臂用力使劲抱了袁琦一下。

回望在平凉中学的时光,心灵像受到电流的冲击,那是一种恋恋不舍的震颤。芦承贤买了两刀宣纸,六块盒装徽墨,和芦承义一起去向于子成辞行。于子成勉励他们一番之后,赠他们每人一幅字。写给芦承贤的是"宁静致远",赠给芦承义的是"琢玉成器"。芦承义显然理解了于子成赠字的用意,他发誓般地说:"如果我们能去北平上大学,一定要好好努力,绝不给老师丢脸。"

想到校门外那条通向北平的理想大道,他俩身上的骨节都发出着急的咯咯声。告别于子成和学校的老师,告别报社的编辑和引导他们在报纸上亮出星光的杜总编,他俩已经归心似箭了。

人生就要向前冲啊!先冲到芦家营,准备行囊规划路线。芦家营实在太小,陇山县也只是个笔尖大小的黑点——再小也是起点,从陇山县到北平,有一条召唤学子冲入理想殿堂的通道……西线不能走,绥远一带国军仍与伪蒙满军对峙。虽说百灵庙一战傅作义军狠狠教训了日本人的傀儡军一顿,可在那些数典忘祖的疯狗后面,日本人的觊觎凶光犹如毒蛇吐信般一刻不停地舔舐着国军的防线。战乱前的通途已经被死神之手扼住……只能走东线了,经西安、太原、石门(石家庄)到北平。芦承贤用红笔在地图上画出一条粗重的红线。画好后定睛一看,天哪,地图上俨然出现一只硕大的红色鱼钩——这鱼钩钓出来的是凶还是吉?二奶奶的感情闸门最先被鱼钩扯开,只要说起与出行相关的话题,她的眼泪就成了不断滴水的山泉,吓得芦家父子和大院里的人都对求学一事三缄其口。二奶奶心里难受,只有干活才能减轻痛楚。她先是自作主张地和牛儿他娘一块去县城又买棉花又扯布,要给芦承贤和芦承义缝制棉被褥子。芦老爷一听不禁哑然失笑:"你让他俩背个大包袱走上千里路?还是带现金方便。"二奶奶又担心路遇劫匪盗贼。她请来县城裁缝给芦承贤和芦承义缝制新式制服，就是那种有四个衣兜和硬领子的中山装，而且单衣夹衣必须齐备（谢天谢地没做棉袄棉裤）。制服做好，她又一个人躲在房子里把芦承贤的夹衣里子拆开，在夹层里缝出一排排藏钱的小格子……新衣服得配新手帕，大男人出门总不能用衣袖擦嘴擦汗吧！再说男人天生有懒病，尤其一见脏衣服就发愁。二奶奶一次买回来二十块印有格子图案的手帕，还用黑丝线绣上名字。十块绣"承贤"，十块绣"牛儿"。唉！娘生儿连心肉，儿行千里母担忧。芦承贤在二奶奶跟前变成一只乖猫，张口尽是些有趣的事情和笑话，逗得二奶奶咯咯直笑，一边笑还一边抹眼泪……芦承贤明白只有尽快离家，才能让二奶奶愁苦的心绪逐渐平静……对了，还有事情要做，必须做！

继续向前冲啊，芦承贤叫出芦承义和芦启智，到县城与芦拴宝和芦满囤会合。五个家塾同窗噼噼啪啪地跑进许先生的小院，把正在给花儿浇水的许先生吓了一跳。几年不见，几个人都长得高出先生一头啦！芦承贤告诉许先生，他和牛儿要出远门，这一去不知何日才能返乡——身在天涯不忘师恩，临行前再来给先生磕个头。五个小伙子跪成一排，头颅碰地的声音震得许先生眼生泪花……心灵的成长比躯体成长重要，小时候嚼不烂的仁义礼智信原来都是心灵成长的营养……芦承贤老实承认，小时候他最怕许先生手里的那条蛇了，回想起来那"蛇"好像每天都要咬他两口。告别许先生，他们又去看看望吴校长。见面的气氛有点沉闷，大家不约而同地想起董元庆——先生英灵何在？追忆令人愁肠百结，他们礼节性地坐了一会便告辞离开。马不停蹄地去书画装裱店，把于子成的字幅交给装裱师，芦承贤叮咛这两幅字一定要用绫裱。再把取字的事托付给芦拴宝："拿回去给芦老爷和武奎叔，叫他们好生保管。"然后芦承贤做东，他们在芦家客栈小聚。六个家常菜，十个白面馍，一罐烧酒，五只酒碗，三次喝完。芦承贤端起酒碗说："许先生年事已高，请三位代我和牛儿多多孝敬，干！……此一去不知何年何月才能回来，我家和牛儿家也请各位多多关照，干！……其他话不多说，下次回来，我们兄弟五个，一醉方休！干了它，干！"

向前冲啊，行囊已经收拾停当。不管地图上的那个鱼钩钓出的是阳光还是风雨，认准目标就要一往无前。身子已经在村边小河里洗干净了，过两天就要穿上簇新的中山装，脚上也要穿崭新的布鞋，穿新鞋走新路啊！还要把头发梳得整整齐齐，像董先生那样从中间分开……总而言之一句话，衣着整洁，精神抖擞地冲向红色鱼钩的顶端——北平。

万事俱备，只欠东风。可徐徐吹来的风被一阵急促的马蹄声搅碎，那紧张的叩击声一路奔来，惊得村口大槐树上的栖鸟聒噪着飞离树冠。马蹄声在芦家大院门口刹住，满头大汗的芦拴宝滚下马鞍闯进大院，他带来的消息犹如一记重锤砸碎了理想的鱼钩。

第 六 章

日本军队和国军在北平开战啦！

由于芦拴宝只是道听途说地送来中日军队在北平开战的消息，因此，战事规模和交战的激烈程度等详细情况都被距离之墙挡在远方。北平战事会不会阻断求学之路？在鸡犬相闻的芦家营里肯定找不到远在千里之外的答案，芦承贤和芦承义立即出门，心急如焚地赶往平凉。

踏进报社大门，令人惶恐的消息扑面而来。1937 年 7 月 7 日，那是个充斥着阴谋和狡计的夜晚，日军以搜寻失踪一名士兵为由欲强闯北平郊外的宛平城，遭中国守军严词拒绝。清晨，日军瞄向国军的炮口突然喷出猖狂的火舌，一群群魔鬼号叫着冲向卢沟桥和宛平县城。中国守军奋起抵抗，炮火染红卢沟桥上空的黎明……

无线电波也染上战火，中国军队向平津地区集结，日本军队杀气腾腾地向华北进发……杜逸文担忧地说出一句预言："唉！北平怕是凶多吉少啊！"

一句话说得他俩后背直冒冷汗。那些天他俩除了吃饭睡觉就守在报社里，帮杂工打扫卫生，跟着编辑改稿子画版样，但更多时间是在电讯室里收听关于北平战事的消息。7 月底，华北日军向驻守北平的中国军队发动全面进攻。中国军人进行殊死抵抗，国军第二十九军副军长佟麟阁，一百三十二师师长赵登禹壮烈殉国。蒙受巨大损失的二十九军含恨撤离。芦承贤觉得日本军队的利爪也穿透自己虚弱的身体，痛彻心扉。芦承义手揪头发趴在桌子上，呼吸声粗重得令人心碎。

无线电波不停地传输着绝望，日本军队又叫嚣着扑向天津。顽强抵抗的中国守军伤亡惨重，遂奉命撤退，天津失守……中国军队竟如此不堪一击，日本军队的野心迅速膨胀，它像一只硕大无朋的毒蜘蛛一样，沿平汉、平绥、津浦铁路扑向整个华北，中日对抗全面升级。

灾难降临，国家灾难的毒素蔓延到个人身上，芦承贤只感到浑身乏力，呼吸器官像被堵住，缺乏氧气滋润的大脑里一片空白——没想到那只鱼钩最后钓出的竟然是腥风血雨。

杜逸文把两个情绪低落的小伙子叫进他的办公室，善意地给出一条建议。平津失陷，华北危在旦夕，这个时候还坚持去北平，就是能够进入大学，能在日本人的铁蹄下坦然自若地读书吗？一个有爱国心的中国人，决不能把尊严送到侵略者的脚下去！是否可静观事态发展，待有合适的时机再决定合适的去向。报社正好缺乏人手，他俩可留下来充任临时记者或编辑。由报社发放补助，再给他俩一间宿舍，既可免食宿之忧，又可进一步熟悉新闻业务。"天无绝人之路，"杜逸文说，"只要国家不亡，你们还有机会……回家去商量一下，你们的父母恐怕已经等得寝食难安啦！"

他俩像患梦游症一样神情恍惚地回到芦家营。心理上的迷茫让日子也变得灰暗起来，芦承贤茶饭不思，坐立不安。走进"明心堂"随手翻开一本书，书上的文字像小蝌蚪一样拖着长长的尾巴游入眼中，在大脑里纠缠成一团乱麻——"明心堂"也不能让人心明眼亮呵！他扔下书本走出大院，在村边漫无目的地游荡。那个夏天的天地景物都是那么怪诞，庄稼枯萎，天空倾斜，大地塌陷，以前远在地平线上的关山，现在呈锯齿状扑到跟前，拦住通往外界的路。回到大院门口，站在石狮子跟前，凝望狮子口中那颗暗红色的宝珠，是狞厉的风尘雨雪让它褪色了吗？它好像变黑了——记忆里的美妙红光还能再现吗？一种不祥的预感犹如利爪攫住心房，胸腔里突然涌出一股爆裂般的痛。悲伤悄然涌上心头，泪水已经模糊双眼。朦胧中，狮口里似有黑色烟雾飘荡而出，罩住狮头，染黑天空。头脑里又一次响起尖厉的呼喊："怎么办？怎么办呀？"

在他身陷痛苦、一筹莫展的时候，芦仁乾说出一个并不新鲜的想法。天涯何处无芳草，咱也可以让心思变得活泛些。北平有大学，兰州西安也有大学呀，为啥要像犟牛一样死命往北平拱呢？"再说了，"芦仁乾说，"兰州西安离前线远，离家近，万一有个啥事情，也方便回家商量。"说话的语气虽然婉转，但芦承贤听来却十分刺耳。尤其是他发现父亲的嘴角好几次掩饰不住地微微向上挑起，流露出一种老谋深算、似笑非笑的诡异表情——抗拒之心烧结得更加坚实。"我又不是小孩子，"芦承贤说，"你们就不要瞎操心了。我知道，自己的路还是要自己走。"

可是，路在哪里？

芦承贤的嘴唇上烧出一圈水泡。芦承义也心急得上火了，嗓子痛得只能勉强咽下煮成糊状的面条汤。两个悲情小伙嘶哑着嗓子合计，现在再去北平已经很不现实，兰州西安的大学不在考虑之列，耗在芦家营这潭死水里又无法获知中日战线在中国版图上的摇摆幅度……空想无济于事，还是就事论事地接受杜总编的建议吧，他俩又步履匆匆地奔向平凉。

新闻依然令人惶恐不安。华北战场的枪炮声仍在轰响，恶魔又向上海发起进攻，淞沪抗战爆发……魔鬼猖獗，理想破灭，失去精神支撑的躯体变得绵软无力。看到他俩无精打采的模样，杜逸文也深感忧虑，对他俩说："人常说空想误国，瞎想伤身，你们可不要拿敌人的罪恶来折磨自己啊！要振作起来，就是不上前线，做个合格的编辑记者，也可以为抗战出力。你们手中的笔，就是武器呀！"

怎么没想到这一层呢？难道是自陷窘境吗？既然不是，为何要陷于这精神的泥沼之中呢？"有没有血性啊？"有！中国人不是待宰的羔羊！焦灼混乱的大脑变得冷静清醒，只有面对现实勇往直前，才会迎来希望的曙光。"牛儿，"芦承贤说，"反正现在又走不了，咱就先在报社好好干吧！"芦承义顺从地点头道："行，少爷咋说咱就咋干。"

不能辜负杜总编的一番苦心啊！他俩像报社的正式员工一样一头扎进新闻采访和报纸出版的流程中。白天不是外出采访，就是趴在编辑室的桌子上学习修改稿件，制作新闻标题；晚上别人下班，他俩又回到编辑室拿几张报废的版样纸练习画版。甚至还跑进印刷车间，像排字工一样手拿木制排字盒，按照新闻稿件上的文字，从字架上密密匝匝的字库里找出对应的铅字，然后和拼版师傅一起像拼图一样把新闻装进报纸的版面里。

远方战场上仍在激战，由于国军节节败退，无线电波里充满遮蔽日月的黑色浓烟。终于有一天，一条闪闪发亮的消息从黑烟中跃出。8月下旬，国民政府军事委员会宣布，红军改编为国民革命军第八路军（后又改为国民革命军第十八集团军），南方的红军游击队改编为新编陆军第四军……芦承义的眉毛拧成疙瘩，他凑上前问："少爷，共产党的军队咋变成国民党的啦？"芦承贤说："现在还分啥党啊，都是中国军队，就该合力打日本。"

可从远方传来的好消息实在太少，前线战况愈演愈烈，上海战场上中日双方的百万军队还在拼命厮杀，鹿死谁手尚不可测。河北战场的情况又令人倒吸一口凉气，日军占领居庸关，突破长城防线，扑向张家口。还没等人们从震惊中清醒，日军又攻占山西大同，扑向省府太原……"少爷，咋都是不好的消息啊？"芦承义的话音像从沙土里钻出来一样干涩沉闷，"咱们……咋办呀？"芦承贤正在画版样，手一抖，铅笔尖"啪"地折断了。放下铅笔，他转身走出房间，芦承义的问话在大脑里不停地翻腾，憋得头颅似要炸开一般难受。他使劲揉揉太阳穴，抬脸仰望天空。乱云重叠，苍穹破碎。他觉得自己的身体也要碎了，就像一把陈旧的洋瓷壶，浑身上下都是碰出的伤疤和裂纹……从眼睛的余光里，瞥见芦承义悄悄钻进电讯室。突然，一声尖叫，芦承义手举一份电传稿冲到院子里大叫："好消息，好消息呀！平型关大捷，大捷呀！"人们问清事由以后，院子里一片欢腾。杜逸文看完稿子，眼睛笑得眯成了一条缝，冲着一版编辑大声说："上头题！大字号！明天报纸加印！"

国民革命军第十八集团军一百一十五师在平型关附近歼灭日军一千余人，击毁汽车一百余辆，这是中国军队自抗战以来的第一场胜利之战啊！哈哈哈，这条消息就像是耀眼的阳光洞穿盘踞在头顶上的乌云——大快人心啊！"少爷，"芦承义说，"是十八集团军呀，还是共产党的军队厉害。"芦承贤推了他一把说："看把你高兴的，就像你是共产党一样。"打胜仗的消息也鼓舞得杜逸文精神焕发，他当众宣布："今后凡是打胜仗的消息，就上一版头题。他日本人也是肉体凡胎嘛！照样吃子弹。国军能打一个胜仗，就能打第二个，第三个……"预言成真，没过多久又是一条能上一版头题的消息，报社的人再次兴奋起来。十八集团军一百二十九师派出部队夜袭阳明堡机场，歼灭日军一百多人，炸毁全部日军飞机二十多架。消息称"突袭之机场一片狼藉"。紧接着又一条头题新闻从远处飞来，十八集团军一百二十师三五八旅在山西雁门关伏击日军，"毁敌军车三十余台，毙伤日军五百余人"。芦承义提醒般地说："少爷，这可都是十八集团军哦！"芦承贤说："知道啦！都是国军，咱只盼望多打胜仗。"

盼望不能取代现实，接下来的日子里，蜂拥而至的糟糕消息又把他俩推入看不到岸边的苦海之中。石门落难，娘子关被攻破，太原失守，上海沦陷，日军直逼南京。国民政府宣布迁都重庆。12 月 13 日，南京城破，惨无人道的日军屠杀中国军民，滚滚长江，血浪翻卷……

山河破碎，人心压抑，虽然报社的印刷机仍在运转，但编辑们好像约好似的闭口不谈战事，应付差事般把电波传来的消息原封不动地搬上版面就算完事。松松垮垮的日子磨蹭到腊月下旬，杜总编跟专员公署新任的专员商议后，宣布报纸停刊，报社提前放假。这是《新陇日报》复刊以来的第一次，以前大年初一的报纸是必出的啊！辞旧迎新，"总把新桃换旧符"，报纸也要给国人最为重视的春节送上一份喜庆。可在那年的腊月里，商店里的年货都卖不动。

芦承贤不想回芦家营，芦承义历来跟少爷是如影相随，他俩自愿留守值班。杜逸文知道他俩心中的煎熬——看不到前途的人哪有心思过年？遂同意他俩的请求，放假前吩咐把电讯室和伙房的钥匙留下，并告诉芦承贤和芦承义，他在省教育厅有几个朋友，春节期间可为他们打探消息，看是否还有柳暗花明的机会。

没有星辉的大年夜注定是一个令人愁肠百结的夜晚。雪花飘落，院落寂静，还是听一听遥远的声音来打发无聊的时间吧。他俩在电讯室里轮换戴上耳机搜寻飘荡在夜空中的声音……风雪也能扰乱无线电波吗？耳机里安静得像是空无一物的地下洞穴——声音死了。

报社大门突然震动起来，响亮的砸门声把他俩吓了一跳。他俩一人拎一根手腕粗细的木棒，边咳嗽边放重脚步来到大门跟前。芦承贤高声问："谁？有啥事？"大门外响起回应："少爷！开门，我们是拴宝和满囤啊！"大门拉开，两个雪人跨进门槛。"冻死啦，冻死啦！"芦拴宝冻得说话都不利索了，"少爷呀……赶紧……让我们暖和暖和。"

芦拴宝和芦满囤背来两个包裹，里面是一碗一碗冻得像石头一样的菜肴。东坡肉、粉蒸肉、狮子头、爆炒蹄筋、糖醋排骨、烤羊腿、水煮羊排……还有麻辣野兔、红烧鹿肉、黄焖山鸡、五香卤鸽子……最后拿出一盘千响鞭。"实在背不上了，"芦拴宝说，"听老爷和二奶奶的口气，恨不得让我们背几桌酒席过来。"芦拴宝和芦满囤歇息了一会，打开伙房门又忙着生火热菜。看着他俩在雾气腾腾中摇晃的身影，冷清的院子里终于出现一丝生机。菜热好上桌，十个菜，芦拴宝说老爷和二奶奶特意叮嘱，这喻示着十全十美，祝少爷和牛儿春节快乐，心想事成！"唉，哪有那么好的事啊？"芦承贤说，"走一步看一步吧……不说这个啦，来来，都动筷子。"芦承义夹起一块肉放入嘴里，面无表情地咀嚼着迟迟没有咽下。"咦，"芦拴宝问，"牛儿，比我们多念了几年书，吃不惯乡下的菜啦？"芦承义的喉咙费力地滚动一下，摇摇头说："嘴苦。"

草草吃罢年夜饭，四个人围炉而坐，相互间的话语也是一问一答。几个没上中学的伙伴这些年的人生足迹已经和长辈的脚印重叠在一起了。芦拴宝早就对大车店的经营手段熟稔于心；芦满囤已经成为富隆粮栈大掌柜的左膀右臂；芦启智说是在芦家大院帮工，实则跟随芦伯学习把芦家大院的杂乱事务打理成一幅让芦老爷满意的有序拼图。芦承贤听得头皮一阵阵发麻，假如有朝一日自己继承老爷的衣钵，那他们就是身边的管家和大掌柜呀！他只觉口中干涩心口发堵，再无丁点说话的兴趣了。这时候，他听见芦承义问："你们见我大和我娘没有，他们都好吧？"芦拴宝伸臂打个呵欠，懒洋洋地说："前些天我回村里拉草料，见你大在铁匠铺里，帮芦铁匠打铁哩！"芦承义不置可否地"哦"了一声，挪了下凳子，把自己藏入火光照不到的黑暗中去了。"少爷，"芦满囤说，"老爷让我们把炮仗都背来了，我把它烤一烤，等会儿放得响。"芦承贤木然地瞅着从火炉里跳出来的火光，心不在焉地说："不放，哪有心思放炮啊！"

除夕夜静得让人害怕。子夜时分，月穷岁尽，却听不见辞旧迎新的爆竹声。

大年初一清晨，天刚破晓，沉寂一夜的大地上突然涌动起爆竹炸响的浪潮，一波连着一波，经久不息。大感不解的芦承贤和伙伴们快步来到街头，问一个正在放炮的老汉："为啥现在放炮呀？"老汉扬手一扔，一串正在炸响的鞭炮飞向空中。他说："现在放炮，是驱鬼，驱鬼呀！"好像全城的人都来到街上放炮啦，一串接一串的爆竹被点燃，爆炸声响彻天空。芦承贤和伙伴们回到报社，芦拴宝拿出那一串千响鞭，从宿舍门口铺出去。一阵噼里啪啦的火光闪过，红色纸屑散落下来，雪地上出现了一条铺满花瓣的小路。"少爷呀，"芦拴宝说，"你从这路上走一走，这一年就没有妖魔鬼怪挡路啦！"芦承贤已经笑得像个孩子，他指着花瓣小路说："好好好，借你吉言，咱每个人都走一遍。"

心理暗示的作用很强大，芦承贤从那条具有象征意义的小路上走过之后心情好了许多，同其他几个人一块在报社门口堆雪人。大门两侧一边一个，两个大肚子圆脑袋的雪人有一人多高。一个戴着用细树枝做成的眼镜，两只胳膊捧着一份《新陇日报》。一个用煤砖做成吃惊的大嘴，用炭块嵌出两只瞪得圆滚滚的眼睛，两个胳膊上一边是白纸一边是竹竿做成的笔。两个雪人，一个在聚精会神地读报；一个正在采访，不知为何被惊得目瞪口呆。杜逸文从兰州回来，看到两个颇具报社特色又很传神的雪人，忍不住哈哈大笑。

笑声是希望的前奏啊，是不是杜总编从兰州带来了好消息？芦承贤和芦承义跟着杜逸文走进房间。杜总编自然明白他俩的心思，顾不上洗漱就说起他在兰州了解到的情况。中国的大学没有关门！"七七事变"后，国民政府教育部发出《战区内学校处置办法》的密令，其中一条最主要的应急措施为"于战事发生或迫近时，量予迁移"。北京大学、清华大学和南开大学已经南迁昆明；南京上海等地的几十所大学迁往重庆；还有部分大学迁往西北……尽管战火纷飞，但中国的教育官员和教授们都在殚精竭虑地保护大学——那是为国家培养人才的神圣宫殿啊！杜逸文说："兰州教育界的朋友都在议论，这是世界教育史上的奇观啊！有哪个国家能像中国一样，几十所大学在战火中集体搬迁，一边走还一边上课？"杜逸文激动了，房间里满是他的声音："大学教育不仅仅是培养人才，更是承担着继承和延续华夏文脉的重任啊！一旦文脉枯萎或断裂，民心必乱……文脉就是国脉，日本人在东北学校强行推销日语，就是要断我文脉。照此下去，百年后的东北人将不知自己的根在何处。"杜逸文的思维既活跃又深刻，而且气势强大，芦承贤和芦承义竟有些发愣。杜逸文看到他俩的表情，才意识到自己的粗声大气让两个小伙子不知该如何应对了。他抱歉似的一笑，又说起了芦承贤和芦承义最关心的事。在兰州期间，他专门去拜访省教育厅的郑通和厅长，据郑厅长说，国民政府已经在教育部设立全国统一招生委员会，今年大学招考方式可能有变。

这可是个始料不及的新问题。以前都是各大学自行招生，考生早早选定心仪的大学，然后背起行囊上路赶考——难道报考大学会有新的途径？"怎么变，有准确消息吗？"芦承贤问。杜逸文遗憾地叹口气，告诉他们招考方案仍在教育部的拟议当中，至于何时拿出来昭告天下，就连省教育厅的郑厅长也无法预测。"不过郑厅长说有一点很明确，"杜逸文说，"今年，大学一定会招收新生。人常说有备无患，你们俩也该抓紧时间复习一下功课喽！"

　　是呀，自从出了校门再就没有摸过课本。哎哟，所有的课本都在芦家营呢！"少爷，"芦承义急得眼睛冒火，"赶紧写信，让拴宝给咱送一趟。要不咱们……回去取？"一去一回把时间都扔在路上，芦承贤才不干那样的傻事。他直接去王校长家，课本问题顺利解决。芦承贤看着那几大摞课本和习题本，觉得头都大了，每天晚上复习几十分钟就要出去吸点新鲜空气，让清凉的夜色把昏沉的头脑冷却一下。可芦承义回到宿舍就像屁股绑上铁块，一下子就被那只仿佛是磁石做的凳子给牢牢吸住了。唉唉，不怕慢只怕站，所以才有一只乌龟打败天下兔子的神话。向乌龟学习啊！芦承贤强迫自己跳入题海，耐着性子跟一道道的试题搏斗。

　　新问题随之出现，去哪儿考大学，考哪所大学？"北平肯定去不成了，"芦承贤问，"你想没想过咱去哪儿上大学？"芦承义出主意说："少爷，你想不想去重庆？杜总编说有几十所大学都迁过去了，我猜肯定有名气很大的大学和新闻系。还有，重庆现在是战时首都，如果连重庆都守不住，中国怕是再没有能安心上大学的地方了。"芦承贤愣住了，两眼盯着芦承义，好像在看陌生人一般。芦承义见状马上起身倒一杯水，双手端到他面前问："少爷，我是不是说错了？"芦承贤接过水杯说："好个芦牛儿，原来你早都想好了呀！"芦承义赶忙说："没有没有，我就是顺嘴一说。不管去哪，还得听少爷的呀！"

　　这个想法经过芦承贤大脑的发酵，酿成最终的决定——就去重庆！于是，在芦承贤和芦承义的眼里，新的目标放射出同北平一样诱人的光芒。这时候，芦承贤和芦承义心中有两个盼望，一盼中国军队打胜仗，二盼大学招生的消息尽快昭告天下。

　　第一盼悄然来临。1938 年 4 月上旬的一天，寂寥多日的报社院子里又响起欢呼声，台儿庄大捷！中国军队激战八昼夜，歼灭板垣、矶谷两个精锐师团三万余日军。芦承贤和芦承义推开书本，跑出房间和大家一起在院子里高喊狂呼。这是"七七事变"以来，中国军队的一次前所未有的大胜利啊！哈哈哈，开心！太开心啦！台儿庄大捷的喜讯根本不用报纸传播，印刷机还没开动，报社外面的鞭炮声已经响成一片。

　　第二盼却迟迟不见动静。两个小伙子急得嘴唇干裂，嗓音嘶哑，像困在炽热的沙漠中一般。杜逸文知道他俩的心思，语气沉重地说："再等等看，还是那句话，只要国家不亡，你们就有机会。"

7月初，苦苦等待的消息终于飞入耳中。教育部颁布《国立各院校统一招生大纲》，规定国立大学实行统考统招（沦陷区各院校除外），采取分区招考的办法，在非敌占区设置十二个招生区，考生可就近选择招生区参加全国统一高考。

芦承贤和芦承义跑进编辑室，瞪大眼睛把招生区名单看了几遍，有武昌、长沙、吉安、广州、桂林、贵阳、昆明、重庆、成都、南郑、延平和永康十二处。但不知教育部的长官出于何种考虑，在同属战略后方的大西北仅设置一个南郑招生区，而且还紧邻四川。

芦承贤不满地嚷叫起来："太说不过去了吧，兰州不够资格，西安总该可以吧？难道西安和甘肃、河南的考生加起来还没有南郑的多？"旁边的几个编辑也为此感到愤愤不平，都认为招生区设立得不合理且带有明显的地域歧视。这时候，芦承义突然说出一个出人意料的观点："统一招考和设立招生区的事怕是要呈报蒋介石吧，如果写上西安，万一惹得蒋委员长想起来他在西安被东北军活捉的狼狈事，岂不是给委员长添堵嘛！……我觉得是教育部长官怕惹恼蒋委员长，才故意不设西安招生区的。"这个观点真是荒诞离奇。有编辑认为这可能是不设西安招生区的原因之一；有编辑立即反驳，俗话说宰相肚里能撑船，蒋委员长的官比宰相大，以他的肚量怎么也容得下个船队吧！杜逸文制止住编辑们的议论，他慢条斯理地说："古代犯忌讳丢官的大有人在……至于不设西安招生区和这有没有关系，咱也别胡说乱猜，省得自找麻烦，还是操心咱自个的事吧！"

十二个招生区已经公布，甘肃的考生还得跨州越县赴外省赶考。报名考试时间也一并公布，8月报名，9月考试。当杜逸文关心地询问起他俩有何想法时，芦承贤说出他们已经规划好的目标——重庆。杜逸文认为他们的选择十分明智：若就近在南郑参加考试，由于地理位置所限，了解到的大学情况和统考统招信息必然有挂一漏万之虑；而迁去重庆的大学多达几十所，在填报志愿时就不会像盲人摸象一般身陷困顿。杜逸文还夸他俩真是吉人天相，因为在此前一年，（四）川陕（西）公路已经全面建成通车。诗仙李白惊叹的"噫吁嚱，危乎高哉！蜀道之难，难于上青天"的蜀道，如今都可以跑汽车啦！

芦承贤又买来地图，在上面规划奔赴重庆的路线。先到西安，然后越秦岭抵达成都，再往前就到重庆啦！这一次的路线形状不是鱼钩，而是呈现出一个"Z"

字形。看着这个 "Z" 字，芦承贤的心情又沉重了——考学之路很曲折啊！芦承义则完全没有受到这种心理因素的干扰，他边看地图边兴致勃勃地说："少爷，咱啥时候走啊？听说走川陕公路还要过剑门关。以前李白仗剑出蜀，现在少爷持笔入川。嘿嘿，咱也顺道看看蜀道到底有多难。"

乐观情绪吹走芦承贤心中的郁闷，继续冲锋的劲头再度回归，他俩抓紧时间向所有老师告别，带着老师们殷切的希望和祝福踏上归途。回到县城天色已黑，依旧入住粮栈阁楼。芦承贤忽然发现这个夜晚的气氛有点怪异。芦承义和芦满囤避开他，在楼下院子里嘀嘀咕咕地说了好长时间。两人分开后，芦承义独自坐在院子里的台阶上一动不动地发呆，就像是深夜里的一尊黑黢黢的塑像。

翌日一大早，芦承义就拿着他的换洗衣服和报考大学所需的证件跑了出去，日上三竿才两手空空地回来。问他干啥去了，他吞吞吐吐地说去许先生家了。回芦家营的路上，他满腹心事地垂着脑袋，磨磨蹭蹭地落在后面。等他再一次慢吞吞地走到跟前，芦承贤焦急地催促说："快点呀，照你这走法，天黑都到不了家。"两人并排走出不远，芦承义又说腿软脚疼，自顾自地坐在路边歇息起来。芦承贤生气了，拉下脸说："你啥时候喊过腿疼？有事就说嘛，我看你这是给自己找借口。到底咋啦？"芦承义脸憋得通红，眼瞅地面一声不吭。芦承贤性急地喊了起来："你说不说呀？不说我先走啦！"

"少爷，"芦承义站起身，仿佛横下心似的说，"求你一件事，你一定要答应啊！"

"啥事？说呀！"

"我只给你一个人说啊，千万千万不能让别人知道。"

"好好好，我答应你，快说。"

"我的事你别管，等去重庆的时候，你到许先生家，先生会告诉你我在哪儿。"

"你这个家伙，到底出啥事啦？"

"少爷，别问了，回去就知道了。"

回到芦家大院，牛儿所言之事传进芦承贤的耳朵。芦武奎已给儿子定亲，女方是芦铁匠的女儿芦花花。两家交换生辰八字，经关山镇的牛天师合婚，两人八字相合。芦武奎家的定亲礼已经送进芦铁匠家，牛儿和花花就被月下老人抛出的红线牢牢地拴在一起了。芦武奎和芦铁匠商定，等牛儿回来就举办订婚宴。芦武奎还沾沾自喜地给芦铁匠透露："老爷说你家做饭不方便，定亲的酒席就放在芦老爷的饭堂里，老爷、二奶奶和少爷都来。"

不承想月老的红线拴不住住芦承义的心，他死活不同意这门亲事。芦武奎两口子嘴唇都磨得起了皮，可他还是像一头犟牛，就是不肯回头。芦武奎拼命压抑的怒气憋不住地爆发了，劈头盖脸地训斥儿子一顿，就连在"明心堂"看书的芦承贤都隐隐听到他暴怒的咆哮声："除非我死了，我不死这婚就非定不可！"

定亲那天，芦武奎把芦承义锁进偏院柴房，然后就忙进忙出地张罗定亲宴的事，还时不时地跑去偏院，看儿子是不是老老实实地待在里面。时近正午，饭堂圆桌旁围着一圈笑脸。芦铁匠特意刮了脸，光滑的双颊上挂满笑意。芦花花穿一身新衣服，大概是因为朱红色桌子的反光吧，她脸上一直飘着两朵红霞。菜上桌，酒开瓶，芦老爷乐呵呵地发话："牛儿咋不来呀？大男人家还害羞，快快去叫，不要让花花等急了。"芦武奎应声出门，芦承贤也赶忙跟了出去。柴房木门紧闭，大铜锁牢牢地锁在两只门环上。芦武奎一边开锁一边说："牛儿，老爷叫你，有啥话今个这事过了再……啊！"柴房里空无人影，窗户上一排栅栏一样的窗棂被硬生生掰断几根，那破损的窗口就像一张龇牙露齿的大嘴，朝着愣在门口的人冷笑。芦武奎疯狂地嚎叫一声，"咔嚓"一掌下去，门板已经四分五裂。

定亲宴不欢而散，芦花花不顾二奶奶和牛儿娘的劝阻，呜呜哭着跑出大院。芦铁匠光溜溜的脸皮上像结了一层冰，他一声不吭地出了饭堂，拄着木拐向大门走去。拐杖敲打着地面，"咚、咚、咚"的叩击声在寂静的大院里戳心地回旋。走到照壁跟前，他回头扫了一眼，那目光就像锋利的斧子砍进大院。牛儿他娘当场晕倒。芦武奎前额上的疤痕由红变紫，像条黑紫色的虫子不停地扭动，把半张脸都拉扯斜了。牛儿娘刚清醒，芦武奎二话不说，拎起一根练武用的棍棒冲出芦家大院，看那怒火冲天的模样，怕是要把不听话的儿子腿给敲断……手里的棍棒把所有能想到的地方挨个扫了一遍，就连关山牧场的羊儿都被棒尖划出的风声吓得咩咩乱叫。最后他臭气熏天地回来了，硬壳一样的衣衫上全是污渍，灰白的头发也像黏在一起的毡片，洗了几遍头水里还是有股子难闻的馊味。那味道又惹他生气了，他一脚踢翻水盆，脱光衣服跳进村边的小河里，摸起一块糙石在身上一顿乱搓。皮肤都搓破了，身上流出的血像一缕一缕的红色水草，在清凌凌的河水里招摇……洗干净身子，他苦着脸去见芦仁乾，懊恼地说："老爷，牛儿这碎怂念了几天书，心野咧！"

芦承义好像变身为土行孙一样，遁入土地无声无息地不见了踪影。后来才知道是许先生颇有先见之明地让他藏在城外的亲戚家，这才躲过芦武奎那双搜寻的眼睛。会合以后踏上去重庆的路途，芦承义的精神还是高度紧张，眼睛不停地扫视四周，浑身肌肉一直处在蓄势待发的状态之中，看样子只要发现有捉拿的迹象，他保准会撒腿狂奔。就是半途住旅店，他也借口房里闷热，甘愿在外面随便找个地方凑合一夜。直到乘坐的汽车驶上川陕公路，他总是四下乱转的脑袋才安稳下来。这时候，芦承贤忍不住地说起定亲的事："说真的，我觉得芦花花挺可怜，她以后咋嫁人呀？"芦承义"哼"了一声，带着很重的鼻音说："少爷，你真不知道？给我定亲，还是老爷的意思哩！"芦承贤连连摇头说："不会不会，他还能管你这事。"芦承义着急地嚷道："真的呀！我娘说的，老爷给我大说，想让咱俩上完大学回来，现在就该说个媳妇。好我的少爷呀，老爷管不住你，就让我大先把我拴住。"原来在定亲事件背后，还有一条企图控制命运的绳索啊！芦承贤只觉得脖颈后发冷，头发都竖了起来。他像驱赶不快似的在头发上使劲刨了几下，伸手在芦承义肩头用力一拍说："牛儿，大不了以后不回芦家营，咱俩走咱自个的路，照直喽往前冲。"芦承义精神振奋地说："我听少爷的，冲！"

一路磕磕绊绊，等他们心急火燎地赶到重庆，已经是 1938 年 8 月。顾不上歇息，赶紧找到重庆招生区报名处，在满是诧异的眼神包围中填表报名（他们是重庆招生区仅有的两名来自甘肃的考生）。一个负责报名注册的时髦女人惊奇地问："听说大西北不是戈壁就是沙漠，汽车都没办法跑哦，你们是骑骆驼来的吗？"再一看他俩高中毕业证上的日期是民国二十六年，她的眼睛顿时瞪得如圆杏一般，嘴巴里更是冒出一串刺人耳膜的尖锐高音："啊唷唷，从甘肃到重庆，你们整整走了一年呀！"

芦承贤嗓子沙哑、一语双关地说："就是，路太难走啦！"

身体虽然抵达重庆，但心灵苦旅并未结束，令人烦躁的煎熬依然如影相随。报名之后，他俩住进两路口的"西洋旅馆"。这是一家两层的木楼旅馆，门脸确有几分西洋风格，看上去很洋气。两根罗马柱撑起拱形雨檐，黄铜门把手锃光瓦亮，两扇门上镶有能映照出人影子的大块玻璃。只是玻璃上沿对角线贴有半寸宽呈交叉状的白纸条，刺眼的白色大叉把映在玻璃上的一切映像全部切割成几大块——人和世界都断成了几截。

没想到在这洋气的门脸里面却是个混乱污浊的住处。走廊里光线昏暗，闷热的空气中散发出一股难闻的怪味。住在这里的人也是三教九流，有神情抑郁的逃难者，有风风火火的军人，还有随身带着算盘、进房就噼里咱啦算计的商人……最特别的是在门厅的藤椅上，坐着几个身穿皱巴巴的旗袍、裸露着胳膊、嘴唇红红的女人。见有单身男客进来，她们就像吸血蝙蝠嗅到血的气味，旗袍下摆立刻像蝙蝠的翅膀一样无风而动，故意亮出白花花的大腿。再不就起身上前，嗲声嗲气地和客人搭讪。住进客房也不得安宁，由于木板墙不隔音，稀里哗啦的麻将声和吆五喝六的划拳声，汹涌地刺穿墙壁，吵得人焦躁烦恼、坐卧不宁。晚上也不安静，呼噜声算盘声吵架声还有永远也不知疲倦的麻将声……乱七八糟的声音附着在蚊子的翅膀上，一直在耳边吵闹到天亮。出门在外，肯定不能凡事遂愿，他俩强撑了几天，直到有天夜里，隔壁几个客人喝完酒，把门厅藤椅上的女人叫进房间……

第二天一大早，他们找到旅馆老板，强烈要求调换一间相对清净的客房。老板是个身材矮胖、满脸横肉的中年人，听到要求调换房间，凶巴巴地嚷道："这个世界哪还有清静的地方哦？像是全中国的人都逃到重庆来喽！能有个房间住，算你娃儿有福气……小地方的人就是人穷事情多，嫌吵嘛，嫌吵你去住大饭店呀！"芦承贤扭头回房，拆开衣服衬里上的格子，取出一些钱，然后退房走人。出旅馆后他对着粘贴着白色大叉的玻璃门狠狠"呸"了一口说："真是狗眼看人低，他以为咱住不起大饭店啊！"

不料战时首都的大饭店认人不认钱，全都不让学生入住。最后还是"嘉陵江饭店"的门卫同情地给他们出主意："你们最好去沙磁区，那里有大学，也有旅馆……我们这饭店，要看客人身份，你们……还是赶紧去其他地方吧！"

街道上热浪滚滚，重庆的天气热得像火炉，没走多远，他俩已是大汗淋漓。刚开始芦承贤还用手帕擦脸，没多一会手帕便湿得能拧出水来。一路走一路问，终于来到沙磁文化区，好不容易才在距重庆大学不远的地方找到一家有空房间的旅馆。芦承贤被火一样的空气烤得快要虚脱了。住进房间，他三两下脱掉湿漉漉的外衣，只穿着裤衩跑进水房，先咕嘟咕嘟地灌了一肚子凉水，然后用凉水从头到脚把自己浇了个痛快。随后进来的芦承义见状急得喊了起来："少爷啊，汗落了才能洗澡，你这样会激出病的呀！"当天半夜，不知是因为喝生水还是冷水冲洗的缘故，芦承贤开始上吐下泻，发起了高烧，梦呓般一会儿说热一会儿又喊冷。从未遇到这种情况的芦承义慌了手脚，神色紧张地去找旅馆老板求助。睡得迷迷糊糊的老板被他吓了一跳，光着膀子，趿拉着木板拖鞋，一路响亮地跑进他俩的房间，摸了下芦承贤的额头，惊叫道："好烫哦，怕是得热症喽！"芦承义更担心了，着急地说："掌柜的，求你帮帮忙，找个郎中吧！"说罢从内衣口袋掏出几张钞票塞进老板手里。旅馆老板把钱放在床头上，转身朝着芦承义，变得通情达理起来："钱留着买药吧，你们这些学生娃大老远地来考学，太不容易喽！你先用毛巾蘸冷水给他冰下头，当心把脑子烧坏，我去给你们请医生。"

请来的医生看上去顶多也就三十出头，旅馆老板说人家是从东洋留学回来的洋医生。留过洋的医生看病不像家乡的郎中要望闻诊切，他先从药箱里取出体温计，在空中甩了几下，放进芦承贤的胳肢窝里。然后他又拿出听诊器，把一端夹在耳朵上，又把另一端像个小圆镜一样的东西贴在芦承贤前胸后背的皮肤上——难道疾病也会发出声响？芦承义傻傻地望着医生从芦承贤腋下取出体温计，说他的体温已接近四十度，如果高烧持续不退，大脑细胞就会受到损伤，人就会变傻……少爷可不能变成傻子啊！一旦他傻了，计划中的一切将付诸东流。芦承义恳求的话音也由于心慌而颤抖了："医生大哥……不不……先生！千万千万要把我家少爷治好呀！"医生开出退烧药让芦承贤服下，并留下一些大小不等的药片，吩咐一定要按时服用。临走前又拿出一瓶酒精和一包药棉交给芦承义，让他每隔一会就用酒精擦拭芦承贤的胸口后背、腋窝和腹股沟……夜里几乎和白天一样热，热得嗡嗡作响的空气中充满酒精的气味。芦承义整夜没睡，严格遵循医嘱，每隔一会就用酒精擦拭芦承贤身上的那几个地方，还不停地在他额头上敷湿毛巾。直到晨曦爬上窗棂，芦承贤身上的热度终于退了。"少爷啊，"芦承义心有余悸地说，"你昨晚差点把我吓死。"

高烧虽退，但腹泻仍不见好转，小腹中一阵接一阵的绞痛把芦承贤折腾得说话都没了力气。旅馆老板和芦承义把他搀扶进那个医生的诊所，经化验诊断，医生肯定地说他得了急性肠炎，不仅要口服药片，还得往血管里面输药水。一连几天，芦承义寸步不离地守在病床旁边，眼盯着一瓶一瓶的药水顺着一条细小的管子注入芦承贤的身体。诊所里无处不在的消毒水的气味钻进鼻孔，芦承义觉得自己的大脑变成了一个空壳——消毒水在杀死病菌的同时也杀死头脑中诸事遂愿的幻想。回到旅馆，夜晚依旧炎热，黏糊糊的空气非常适合胡思乱想的生长……考试日期日益临近，芦承贤的病还未痊愈。看样子少爷的身体被那该死的急性肠炎拖垮了，说话有气无力，走路摇摇晃晃，好像一阵大风都能把他吹倒……会不会影响考试啊？如果少爷名落孙山，而自己榜上有名，自己的命运之舟还能顺风顺水地前行吗？"你才念了几天书，咋就敢跑到少爷前头？你个不知天高地厚的东西！"耳朵里嗡的一声轰响，额头上已经冒出一层汗珠。"以后上学念书，牛儿和承贤一块去。牛儿上学的费用嘛……"空气嗡嗡作响，炎热里翻腾着不安。纠结几天，芦承义终于作出一个痛苦的决定。

9月1日考试，由于担心日机轰炸，遂定于早晨五点半开考。天色微明，两人来到一所中学的大门前——考场就设在里面。从大门口看进去，考场里飘浮着一层发亮的热雾，永远也分不出头绪的雾气把他们连在一起。临进考场前，芦承义真诚地为芦承贤加油鼓劲："少爷，你平时就比我学得好，好好考啊，争取金榜题名。"芦承贤很勉强地笑了笑："唉，谋事在人，成事在天，考完再说吧！"

一门课考罢，两人碰面，芦承义心急火燎地问："少爷，考得咋样？题都答完了吗？"

"没有，脑子里一团糨糊，停停写写的，后面的大题刚起个头就收卷了……你呢，都答上了？"

"我……我……也没有，有些题不会做。"

整个考试期间，芦承贤大脑里的那团糨糊不停地翻滚作祟，负责记忆和判断的脑筋就像裹有一层汁液，胡乱粘连在一起，弄得脑袋瓜子里又闷又痛。有几门课的试题虽然全部写出答案，但和芦承义誊写在草稿纸上的答案对比，有一些竟然相去甚远，也不知谁对谁错。最后一天考完，芦承贤磨磨蹭蹭地走出考场，考生早走光了，只有芦承义在大门外翘首以待。回旅馆的路上两人都不吭声。走过几个路口，已经远远看见旅馆的招牌了，热烘烘的空气突然开裂，尖利刺耳的防空警报"呜呜呜"地大叫着从天空俯冲下来，在空荡荡的街道上肆无忌惮地乱蹿。"牛儿，这回要是考不上大学咱就去从军。"芦承贤冲动地说，"上战场杀日本人，哪怕战死，也比这样窝窝囊囊地活着强。"芦承义大吃一惊，赶忙说："少爷，你不想上大学当记者啦？"芦承贤苦笑着摇摇头，一声长叹溜出嘴巴，立刻被铺天盖地的警报声淹没。

放榜日来临。不管考上还是考不上，总得知道结果吧。张贴着榜单的大墙前挤满考生，芦承贤挤进人丛，前前后后查找几遍，黄色榜单上没有他俩的名字。这个结果已在预料之中，芦承贤心如枯井，甚至还自嘲地"嘿嘿"笑了几声……意料之外的是周遭全是神情悲喜不一的陌生面孔，而像自己影子一样的芦承义却不在身边。

芦承义蹲在距人群几十步开外的一棵大树下，聚精会神看着地面，芦承贤走到跟前他都没有察觉。芦承贤探身一看，才发现让他如此专注目标的是一个蚂蚁窝。芦承贤用膝盖顶了他一下："你还有心思看蚂蚁打架啊？"芦承义抬起脸说："少爷你看，怕是要下大雨呢，蚂蚁都忙着搬家哩！"宁看蚂蚁搬家而不去看榜，芦承贤脑子里升起一个大大的问号："难道这小子有未卜先知的本事，已经预先知道了这次高考的结局？"

第 七 章

下一步何去何从？在芦承贤的眼中，芦家大院就是一张细密的网，陷进去必然缠住理想的翅膀。芦承义更不想回去，月下老人抛出的红线就是一条毒蛇。他的想法显而易见："少爷，天无绝人之路，明年还可以再考啊！"但芦承贤考虑得更加实际："这回治病用的都是外国药，花了不少钱，我是怕身上的钱不够用。"芦承义咧嘴笑了，说："别为这事发愁，我跟旅馆老板打听过啦，只要有力气，就有挣钱的地方。"宜未雨而绸缪，毋临渴而掘井。芦承义自告奋勇地表示，他练过武，身上有劲，外出找活计挣钱。芦承贤心里也有打算，住旅馆太贵，租民房便宜，为节省开支，不论做什么都得精打细算。每天清晨他俩一同出门，芦承义去找活干，芦承贤则四处打听谁家有房屋出租。这么大个战时首都，租间房还不容易吗？

不料几天跑下来，主观臆想被现实碰得粉碎。由于大量难民涌入重庆，战时首都像气球膨胀一样变得臃肿不堪。原先相对冷清的沙磁文化区也是人满为患，房价暴涨，一房难求。芦承贤的情绪因此低落，倒是芦承义反过来安慰他："少爷，今天我给旅馆老板送了两包点心，他挺高兴，说可以把房费算得便宜些。你也别着急，房子慢慢找，反正咱还有时间。"

可看不见的嘀嗒声有重量，以前根本不用考虑的吃饭住宿等日常花销和嘀嗒嘀嗒声纠缠在一起，像磨盘压在芦承贤心上。他决定扩大寻找范围，也许在沙磁区以外的地方能租到房子。天刚亮，他离开旅馆，顺着马路寻找可租用的空房，边走边问，听到的回复几乎全是"莫得莫得，空房子都给'下江人'租完喽"。他又走过一条一无所获的小巷，眼前出现一条繁华的大街。一问才知道，他已经走到市中区，街道的河床里流动的全是人——这里怎么可能有空房？失望的情绪再度袭来，身体忽然变得疲乏无力。这时候，熙攘浑浊的人流里突然传出一阵清澈的叫卖声："看报，看报！《中央日报》《新民报》《大公报》……"

《大公报》，疲软的精神为之一振，莫非原先在天津的《大公报》也由于（北）平（天）津陷落而搬迁到重庆来啦？那个名满天下，并鼓励他们外出求学的范长江先生就是《大公报》的特派记者呀！他是不是也随报纸来重庆了？身陷困境，为何不去求教范先生呢？芦承贤立即循声跑到那个卖报的报童跟前，向他打问《大公报》的社址。报童一脸茫然地说他只知道重庆有《大公报》的分销处："不晓得这家报社在不在重庆哦。"他顺着报童手指的方向，一路走一路打听，终于找到鲁祖庙附近的报纸分销处。得到的消息却是喜忧参半。忧的是报社不在重庆，报童在大街上叫卖的是《大公报》汉口版。喜的是分销处经理知道范长江。"就是那个写过《中国的西北角》和《塞上行》的大记者嘛！"经理随后说出的话不啻一盆凉水迎头浇下，"听说，范记者不在《大公报》做事哦！"芦承贤脸色忽变，像中暑般无力地坐在一捆报纸上。经理赶忙端来一杯凉白开，安抚似的又说："找记者，你到重庆记者分会打听哈，保不准他们晓得哦！"

当时芦承贤还不知道所谓的"重庆记者分会"，其准确名称应为"中国青年新闻记者学会重庆分会"。后来他才了解到，为团结青年记者，由周恩来倡议，经范长江、羊枣（杨潮）、夏衍等人筹划，于1937年11月8日（几十年后，这一天被确定为中国记者节）在上海成立"中国青年新闻记者协会"，范长江、羊枣、恽逸群等五人被推举为协会总干事。次年3月，协会更名为"中国青年新闻记者学会"，范长江、徐迈进和钟期森任常务理事，并先后在武汉、桂林、重庆等地设立分会。

天气热得要命，幻想和希望被汹涌的热浪烤得枯萎了，但城市这种人造的巨大花朵却显得活力四射。街道两旁，挂有各色招牌的门面无一例外地开门迎客，一刻也不停地忙于吐故纳新。大街上人来人往，就像蜜蜂那样忙碌。芦承贤手握那个经理写给他的地址，找到位于下半城中营街五十八号的"重庆记者分会"。

"你在哪家报纸供职啊？找范理事，有什么事吗？"问话的是一位相貌堂堂、气度儒雅，大约三十岁的男子。看到芦承贤不安地挪动着双脚、拘束得满头大汗，他亲切地笑了笑，自我介绍说："我叫薛文昌，是重庆记者分会的理事。"芦承贤不再紧张，竹筒倒豆子似的把怎样认识范长江，又怎样来重庆后身陷困境的过程大概讲述了一遍。薛文昌耐心听完，随口问道："你和你的伙伴怎么不上大学预科呢？"芦承贤大张着嘴巴愣在那里——孤陋寡闻真是害死人，眼睛只盯着高考一条路，却不知有大学为落榜考生专设的预科，考试合格第二年便可升入大学。机会是条光滑的鱼，你抓不住它，它自然会溜走——预科的大门已经关闭。"小伙子，别泄气，"薛文昌说，"条条大路通罗马，只要你往前走，就有峰回路转的时候。"就是在那一天，芦承贤明白了一个道理，在某些人生关口，面对石头一样坚硬的现实不得不妥协，但思想绝不能顺着一条狭窄的单维巷道走下去。

薛文昌说要和别人商量一下，转身去旁边的一个房间。过了一会，他和一个穿着一套合身西服、相貌英俊的人一同回来。那人的眼睛很有特点，既深邃又明亮，像两粒褐色的宝石。他叫覃家欣，是《中央日报》著名的摄影记者。覃家欣和芦承贤握手后说："这两天我们要和在汉口的范理事通电话商量事情。电话打通以后，我们一定把你来分会的事告诉给他。"芦承贤这才注意到临窗的一张桌子上有一台崭新的摇把电话机，闪闪发亮的听筒卧在机子上，一副蓄势待发的模样，好像铃声一响它就会蹦起来。"小伙子，你先回去吧。"薛文昌说，"人生地不熟的，你也别乱跑了。过几天再来，我们和范理事商量商量，看看能为你们做点什么。"

几天过后，芦承贤和芦承义一同走进重庆记者分会。薛文昌看到他们，打了声招呼，忍不住地嘿嘿笑了几声。"范理事记得你们这两个小记者哩！"薛文昌说，"他还给我说了锅盔的事，让我以后有机会去陇东，一定要品尝一下几个月都放不坏的大锅盔。"原来是这么回事啊！芦承贤承诺似的说："这事简单呀，以后我们回家，给您带几个。"

范长江和薛文昌在电话里商议，因为这两个身陷困境的小伙子有在地方报社工作的经历（范长江特意提到其中一个采写的稿件还曾引起张学良的关注），不妨借助"重庆分会"的影响力，将他俩推荐给报馆或是杂志社。薛文昌已经跟覃家欣谈过，覃家欣爽快地表示，愿意向《中央日报》推荐他俩。

非常时期就有非常的机遇，再次见到覃家欣，他俩才知道自国民政府迁入战时首都，部分沦陷区的报馆也纷纷离开故地来到重庆。仅一年多时间，在原先可称得上冷清的山城报界，一下子冒出几十家报馆。但在这种新闻繁荣之下也潜藏着危机，覃家欣语气沉痛地说："自开战以来，我的一些同事去前线采访，他们一去不返，连尸骨都没找回来。"战争是生命的收割机，也是勇气和责任的试金石；有奋不顾身的猛士，有临阵脱逃的懦夫，也有当年曾以记者职业为生的人，因怕死被战争风暴扫入尘世，从此销声匿迹。"战争年代的新闻，"覃家欣感慨地说，"特别是人们最关注的前线新闻，是记者拿命换回来的啊！"房间里安静极了。过了一会，覃家欣又说："前天和范理事通完电话，回去以后我就问了，我们报社的社长有招聘见习记者的想法。如果你们愿意的话，我可以引荐。"

"愿意愿意，"芦承贤感激地叫道，"覃先生，谢谢！太感谢您啦！"芦承贤乐晕了。芦承义却表现得十分冷静，客气而礼貌地问："覃先生，您说的是哪一家报纸呀？"芦承贤不满地瞪他一眼，这时候还有得选择吗？但见覃家欣一脸和蔼，好像很欣赏这种慎重的态度，他耐心地给芦承义解释，要引荐他俩去的报纸名为《中央日报》，是国民党的中央机关报。"机会难得，"覃家欣说，"如果不是因为打仗，报社需要补充有采访经验的记者，可能还没有这样的机会哩！"

接下来的事让芦承贤大吃一惊，芦承义竟然主动放弃这个千载难逢的机会，而且理由很充分。他认为越是罕见的机会，就越是不可能同时招收两个条件相似的人。相比之下，芦承贤的条件更为优越，他熟悉报纸的相关流程，也曾采写出一些有社会影响力的新闻稿件。譬如，《高团长怒砸悦宾楼》就得到张学良的赏识，还奖给他一支"派克"钢笔呢！覃家欣频频点头，一定是觉得芦承义的分析很在理——机遇的木筏有可能承受不住两个人的重量。覃家欣和薛文昌商定，先让芦承贤去《中央日报》应试，芦承义则留在"记者分会"帮忙，待有合适的机会再把他推荐给其他的报纸或杂志。

人生之舟就此分航。

参加《中央日报》应聘考试的有八九个人。笔试题目先是新闻理论 ABC，然后是将一篇通讯缩写为消息，并制作标题。芦承贤对简单的新闻理论早已烂熟于心，不费周折便写出答案，所以考试的大部分时间都花费在通讯改消息上。那是一篇关于 1938 年 3 月江西武宁战役的报道，国军一百三十三师官兵在棺材山苦战杀敌，歼灭日军数千余人的通讯，该文原标题为《血战棺材山》。由于文中新闻要素齐备，芦承贤顺水行舟般完成缩写。该制作标题了，这可是一篇文章的文眼啊！草拟的几个标题都不理想，他拧上"派克"钢笔的笔帽，低头阖目，用钢笔轻轻叩击前额——心灵需要敲打才能迸发出智慧的火花。忽有灵感一闪而过，他摘掉笔帽飞快地写出两行标题，引题是《将士浴血保国土　日寇命丧棺材山》，下面的主标题是《国军于宁武毙敌数千》。

共有三人进入面试环节。

进入面试房间第一眼看到的是迎面墙壁上悬挂着的一个黄金色的大镜框，里面是大幅的孙中山头像。开国大总统虽然被金色环绕，但他表情严肃，目光忧郁，仿佛在担心着什么。随后才看到坐在挂像下面的一个三十多岁的男子。那人冲他点了点头说："你好！我叫程沧波。"（面试结束后才知道，他是中央日报社的社长）接下来又分别介绍参与面试的几个人。芦承贤清楚这是决定他能否进入报社的最后一关，心里暗暗给自己加油，泰然自若的表现让自己都感到不可思议。自我介绍的重点自然要落在当记者编辑的经历上。他发现，当说到怎样认识范长江时，程沧波和覃家欣有过一次眼神交流。那一瞬间，就连他这个涉世尚浅的青年人都看出了异常。程沧波的目光像矛，锐利且富有攻击性；覃家欣的眼神是盾，沉着而不畏惧——这是怎么回事？

程沧波看了一眼手表，打断他的话，表情严肃地问："时间有限，我就问你一个问题，你……怕死吗？"目光之箭全部射过来，芦承贤突然面色涨红。"报社需要战地记者。"程沧波继续说，"我们当然希望每个记者都能从前线平安回来，可子弹不长眼，如果你没有马革裹尸的勇气，那就请另谋高就。"

芦承贤大声说："我不怕死，不怕！"

面试通过，他被报社录用。

报社规定，入门新人得有老师指导。覃家欣给程沧波说："人是我推荐的，就让我带他吧。"程沧波爽快地表示同意，但又加重语气说出一句让人摸不着头脑的话。"社有社规，"程沧波像是提醒覃家欣，"你可不要带着他到处乱跑。"话里有话，好像在阻止老师把学生带入歧途一般。他跟着覃家欣走进一间门头上标有"记者部"的大房间，又看见挂在墙上的一个大镜框里身着大元帅服的蒋介石居高临下地盯着他。奇怪的是那双眼睛还会盯着人看，不论走到哪里，委员长的目光都不会离开他。也不知是什么原因，他总觉得从墙上射下来的两束目光中有冷冰冰的压迫感，让人浑身不舒服。

好在记者这一职业的特点是大部分的工作时间都在报社以外忙碌。1938 年

10 月中旬的一天，程沧波把覃家欣和芦承贤叫进办公室，语气沉重地告诉他们，报社与派去采访武汉保卫战的两位记者先后失去联系，不见任何音讯。记者下落不明，武汉保卫战又激战正酣，报纸急需来自前线的独家报道。"覃记者，你们今天就走，去武汉采访。"程沧波下命令似的说："车子已经给你备好，现在赶快回家去交代一下。车就跟着你，快去快回，我已经派人去给你们买船票了！"

要上战场了。

芦承贤的脑袋里一片嘈杂，像有许多人在大声叫嚷。这种可怕的声音不管是在车上还是在船上都纠缠着他，赶都赶不走。一路上不论乘船还是找车都颇费周折，别人都在逃离战乱，只有他和覃家欣像两条逆流而上的鱼，朝着炮火连天的地方奋力游去。进入湖北境内，路上更加混乱。迎面而来的难民像刚解冻的泥石流，在大地上缓慢而不可阻挡地向前涌动。步履艰难的老人，表情麻木的汉子，一脸绝望的妇女……他们的眼窝空洞无神，机械地从身边经过……更加可怕的场景出现了，飞机成群结队地从头顶上空掠过，机翼下两个猩红色的实心圆像恶魔的眼睛，杀气腾腾地来回扫视，难民麇集的地方冒起巨大的烟柱……爆炸连续不断，火光四处进射，空气已被撕碎。魔鬼又尖啸着俯冲下来，天降毒火，地喷黑烟。血雨横飞，哀号四起……大地气愤得剧烈颤抖，却无法应对这场屠杀……空袭过后，鼻孔中塞满血腥的味道，闯入眼睛里的是随处可见的残缺肢体，耳畔只能听见一种声音——哭声震野。

神在哪里？为什么大地上尽是羔羊？

记者不能停下前行的脚步（面对伤者他们也无能为力，但返渝后，芦承贤把那天的所见所闻写成一篇题为《屠杀，就在我眼前》的新闻特写发表在《中央日报》上），用覃家欣的话说，"记者死也得死在新闻里"——新闻还在前方。十多天下来，芦承贤看待身边这位老师的眼神已经由感激转化为敬佩。覃家欣是位久经沙场的记者，路途所遇困难均被他一一化解，几次日机突袭，他都能及时找到隐蔽处。就是在遭受轰炸的危急关头，他也不忘拿出照相机，咔嚓咔嚓地把日军的暴行定格在胶片上。"这是战场经验，你一定要记住。"他对芦承贤说，"活着，记录，就是我们的任务！"

路过一个名叫七家台的小镇。从地图上看距汉口不远。路上的难民大潮已过，空荡荡的田野像冷清的沙漠。地平线开始摇晃，渐渐变得模糊，就像被飘来的云雾挡住一般。"快走，前面有情况。"覃家欣边说边加快脚步。空气中有股土腥味，越来越浓。飘过来的不是云雾呵，是大团大团的烟尘——又一波难民潮汹涌而来。扶老携幼的人们神情慌张，步履匆忙。覃家欣拦住一个身背包袱的年轻人问："你们走这么快，有什么情况？"年轻人口喘粗气，语气不连贯地说："快，快跑！国军，国军都撤啦！"

"啊！"覃家欣神色骤变，脸色冷峻得吓人。

他们遇上从前线撤退下来的国军。年轻的士兵们面颊消瘦，脸色黝黑，身上的军服又脏又破。队伍里有很多伤兵，有的头缠沾满血迹的纱布，有的用绷带把胳膊吊在胸前，还有不少躺在担架上的重伤员……这是一支经过苦战、遍体鳞伤的军队啊！

覃家欣向一位军官亮明身份，询问国军是全面撤退还是弃守某个阵地。军官回复，他们是武汉外围部队，激战后奉命撤离。据他所知，武汉三镇还在国军手中。那军官善意地劝他们原路返回，现在去武汉采访，等于飞蛾扑火，自寻死路。可他们就是直奔战火而来的呀，只要翅膀不烧焦，就得向着火光飞——继续前进，谁让他们是记者呢！情况不妙，一支又一支浑身散发着硝烟味的队伍从他们身边经过，而且军官们的答复如出一辙：奉命撤退。覃家欣眯着眼睛，自言自语地说："国军要放弃武汉吗？"芦承贤紧张地问："那，咱们咋办呀？"覃家欣语气坚定，仿佛是给他传导决心似的说："去武汉，如果真要弃守，我们也应该跟随最后撤退的那支队伍一块离开武汉！"

26日上午，他们从一位领章上缀有两颗将星的长官口中获知，就在昨天，所有前线部队均接到命令，放弃阵地，火速转移，武汉已经成为一座不设防的城市。历时四个半月的武汉保卫战走向尾声。同一天，日军占领武昌、汉口。27日，占领汉阳。武汉三镇落入敌手。

但是，战斗没有结束。他们赶上了——不——准确地说，应该是主动加入这场伟大战役的最后一战。眼前出现令人意想不到的一幕，在退却大潮中，一支部队像锋利的舰艇一样，从后方疾驶而来，朝着武汉方向快速前进。队伍中出现了几个骑马的军官，覃家欣冲过去拦在军衔最高的一位军官的马前。还没等他张口，马后蹿出一个年龄十五六岁的小兵，端枪对准覃家欣，怒喝一声："干啥子？"军官叫住他："三娃子，放下枪！"随后将目光转向覃家欣。简短交谈，覃家欣已摸明情况。这是一支两千多人的川军部队，出川后星夜兼程驰援武汉。临近前线才知国军已开始撤离战场。他们又接到命令，火速越过汉江，前往距江边八九里地的武镇布防，掩护国军撤退。覃家欣决意跟随部队采访，他让芦承贤先回重庆。"我不当逃兵！"芦承贤急得大喊。后撤可以理解，逃跑就是耻辱。"好！像个记者。"覃家欣赞许地说。

　　部队抵达汉江岸边，一个令人心悸的大麻烦骤降眼前——汉江上那座能通行一辆大卡车的木桥上人满为患。它就像一个巨大漏斗下方的细管子，早就塞得针插不进了，可江对岸黑压压的人群还在往漏斗里挤。守桥的国军连发旗语，要求对岸的部队停止上桥，但急于逃命的难民却不受旗语制约，冲破桥头士兵的阻拦，一窝蜂地跑上大桥。川军长官急了，命令部队不顾一切强行过江。冲上桥的士兵们开枪了，呜呜叫的子弹从难民的头顶上掠过，吓得他们又掉头往回跑。漏斗下的细管被挤爆，已有难民"扑通扑通"地坠入汉江……

　　前方浓烟滚滚，激烈的枪炮声犹如狂风迎面刮来。武镇是国军撤退路线上进行梯次掩护的最后一道防线。川军官兵赶到时已来不及构筑工事，只好以相邻的几个村庄为依托，阻挡日军追击。那位名叫赵渝良的团长在调遣部队的间隙，还不忘叮嘱覃家欣和芦承贤，只能在团部周围活动，并命令他的勤务兵"三娃子"照顾他们。三娃子极不乐意地嘟囔："搞啥子嘛搞，记者又不会打仗。"

　　战斗打响，相邻的村庄里传出炮弹爆炸的隆隆声，一个接一个的烟柱在浑浊的天空中缓缓升起。芦承贤紧张得浑身颤抖，趴在一堵厚实的矮墙下，从墙角处窥视战场上的情况。"哒哒哒"的机关枪声和"砰砰砰"的步枪声搅和在一起，像死亡的风暴在阵地上来回狂飙。国军官兵——具体地说应该是川军一部，同追击的日本军队殊死搏斗。占领武汉三镇的日军以为不费吹灰之力就可以击溃武镇守军，不料却一头撞在巨石上。川军官兵宁死不退，一间房一间房地死守。子弹打光了用刺刀……指甲牙齿也是武器。士兵怀抱冒着青烟的炸药包，扑到日军坦克履带下面。身受重伤的兵引爆身上的手榴弹，同围上来的日军同归于尽。日本人的炮弹雨点般落下，村庄被夷为平地。等日军来到跟前，瓦砾下又奇迹般跳出中国军人的身影，怒吼着扑向敌军……

　　咔嚓，咔嚓，相机快门跳动，悲壮的一幕刻在历史的胶片上。覃家欣一边照相，一边在采访本上记录战斗的过程。眼见勇士们一个个倒下，芦承贤也忘记了害怕——血与火是胆量的熔炉啊！他拿出钢笔和采访本，时而在团部看赵渝良如何指挥战斗，时而跑到外面观察敌我双方的情形……身边总有个影子，这个影子可比牛儿厉害。他刚从墙上探出头，就被人一把揪住衣领拽下来。三娃子瞪着眼睛吼叫："爪子？短命龟儿，找死啊！"他不服气地反驳："就看一下嘛，子弹打不着我。"三娃子嘴一撇："锤子！你厉害！还能得到子弹。"

太阳被血浸透，硝烟遮蔽天空。黑夜降临了，战斗还在继续呀！火光里有黑影跳跃、扭打、厮杀。战斗到最后一个人，直到全部壮烈牺牲……一天一夜呀，连预备队都打光了。邻近村庄相继失守，带领预备队冲上去的副团长和参谋长再也没有回来。两千多人的部队只剩下两百多人，坚守在武镇的残破院落里。

枪声突然停止，一辆日军坦克后伸出一面白旗，刺眼地招摇着。

咔嚓，覃家欣按下快门。赵渝良轻蔑地一笑，下令停止射击，放日本人过来。隐蔽在墙后的中国军人全都站立起来，就连腿部有伤的军人也拄着枪管直起身子。三娃子赶紧跑过去，端枪站在赵渝良旁边。他俩身后，屹立着一排手持钢枪的士兵。他们满脸血污，衣不蔽体，还有几个赤裸着上身，全部挺胸而立。咔嚓！相机快门一闪。

一个手持白旗的日军少佐送来最后通牒，所有中国军人放下武器投降，否则，三十分钟后，日军将发起攻击。少佐扔下白旗转身离开。"哗啦"，三娃子推弹上膛，瞄准少佐背影。赵渝良伸手推开枪管说："两军交战，不斩来使，让他走。"

三十分钟，时间的开关似乎在日军手里。赵渝良看了一眼手表，一脚踢飞白旗，命令部下检查武器弹药，集中所有的炸药包。他再次看表，把覃家欣和芦承贤叫到身边："覃记者，谢谢你们！我知道你们的任务还没有完成，抓紧时间，立刻撤离！"然后又命令三娃子，骑马护送记者离开。

"团长，我不走！"三娃子拖着哭腔喊。

"三娃子！"赵渝良拔出手枪，语气凌厉得像刀斧落下，"你敢违抗命令，我毙了你！走，和记者一块走！"

覃家欣费力地说："赵团长，要不……都撤？"

赵渝良缓慢而坚定地摇了摇头。

马蹄翻飞，踏出一溜烟尘。"驾！驾驾！"三娃子驱马狂奔，看那性急的架势，恨不能让战马生出一对翅膀。马蹄下的土路快速后退，远远看见汉江，长链一般闪耀着生命流淌的光芒。时间过得飞快，魔鬼已经发起攻击，身后的枪炮声像迅猛的洪峰追赶上来。"吁，"三娃子身子后仰，全力扯住马缰。战马"咴咴"嘶鸣，陡然直立起来。他掉转马头，冲着覃家欣和芦承贤大声说："你们快走，赶快过桥！"不言而喻，他要回去。覃家欣和芦承贤跳下马，劝他一同过江，覃家欣甚至搬出赵团长的命令。三娃子急出了眼泪，尖着嗓子喊："我们发过誓，死活在一起！驾！"他两腿一夹马肚，顺着来路返回。

"三娃子！"芦承贤大喊。

三娃子回头一瞥。

咔嚓！

远方火光飞迸，硝烟翻腾。面对战火，英雄只留下背影。战马也是英雄，覃家欣和芦承贤乘骑的马挣脱缰绳，撒开四蹄紧追而去。

战斗又持续一个多小时，无人知道赵团长、三娃子他们经历了什么，但战场上的枪炮声明白无误地传递出一个信息：他们在战斗！只要一息尚存，就绝不让侵略者的铁蹄从他们胸口上跨过！……最后一群难民通过木桥，守桥的工兵已安装好炸药，等待长官下令炸桥。覃家欣和芦承贤刚走下桥，一位国军中校迎上来问："队伍撤下来没有？"覃家欣摇摇头。"唉！"中校一声长叹。

枪声停止，可怕的寂静笼罩了田野，只有悲伤的江水冲击着木桥，像是在焦急地询问。突然，一声闷雷炸破沉寂，大地像受到惊吓似的颤动起来。远方的武镇上空，腾起一团巨大的蘑菇状黑烟……芦承贤双腿一软，身不由己地跪倒在江边上。

为什么人会眼噙泪水？因为英雄已逝，从此阴阳两隔。他们拼命死战，阻挡日军的进攻，拯救了无数人的生命——他们的英灵去了哪里？天庭里有烈士的祭坛吗？大地沉默，江河呜咽……英雄不死，他们活在新闻里，这是记者的使命！

回到报社，覃家欣把采访本交给芦承贤。他俩分工，一个洗印照片一个写稿。覃家欣一头钻进暗室，傍晚进去直到第二天上午才出来。芦承贤也是一夜未眠。翻开覃家欣的采访本，里面详细地记录着那支川军部队的兵力构成及武镇战斗的整个过程——明显比芦承贤记得详细。两个采访本的内容合并，不同笔迹的文字大声喧哗，泣血的呼喊让时光之轮倒转，战场情景重现眼前……炮火连天，浓烟蔽日，血光飞溅，杀声震野。面对疯狂叫嚣的死神，中国勇士前赴后继……芦承贤整整写了一夜，等到覃家欣推门进来，他趴在桌子上睡着了。胳膊旁边，整齐地放着一沓写满字的稿纸。覃家欣轻轻拿起稿子，第一页上的标题扑入眼帘：《血色丰碑——武镇阻击战纪实》。

《中央日报》用大半个版面刊发了这篇报道，并配发一幅照片（赵团长、三娃子和身后站立着士兵的那张）。由于印刷工艺所限，报纸上的照片像蒙有一层淡雾，所有人的面孔都不甚清楚。但那层薄纱般的雾，反而把他们背靠废墟、昂首挺胸的轮廓，烘托出石雕般的效果——勇士永远屹立！文章照片见报后，四川各地集会，隆重悼念为国捐躯的烈士——整建制投入战斗，没有一个人活着回来啊！国民党中央宣传部派人来报社，把覃家欣拍摄的战场照片全部拿走。后据蒋介石侍从室的人给程沧波透露，照片送到侍从室，陈布雷一幅不落地看了一遍。尤其是三娃子骑在马上的那张照片，他看了很长时间。事后不久，国民政府军事委员会颁布命令，追授赵渝良中将军衔，所有阵亡官兵家属，列入国家抚恤名单。

程沧波签发社长嘉奖令，对覃家欣和芦承贤冒着生命危险深入战场的行为予以嘉奖——记者就是要亲临一线才能写出有价值的报道。覃家欣也给报社上层建议，提前结束对芦承贤的实习考察，因为他具备独立采访和写稿的能力。战争让一个人的成长期缩短，芦承贤拿到崭新的记者证。他却高兴不起来。经历过那场战斗，他不但意识到战争会对民众的生活产生广泛的影响（大众的普遍感受），而且体会到个人命运与国家存亡之间息息相关（个人的独立思考）。在他宿舍桌子的台灯旁边，摆放着一个小镜框，里面是三娃子回头一瞥的照片——这个连姓名都不知道的小兵，两眼射出来的眼神里究竟包含着什么？是决心，期待，询问，召唤，还是对生命的留恋？

活着是一种幸运。但谁能知道自己的明天会怎样，因为死神还在头顶盘旋。重庆又遭轰炸，日本人的飞机像野狼嚎叫，黑鸦般的炸弹飞落而下，山城已变成一片火海。爆炸的气浪把屋顶掀上半空，落下来又把逃命的人压死。日机轰炸之处，房倒屋塌，满目疮痍。报社和印刷厂紧急搬入山沟，搭起简易木棚……日本人就是把山炸翻，报纸也不会停止发声。灯火管制，夜晚停电。印刷厂的工人点亮油灯，用手扳动印刷机的转轮，一圈一圈地推动机器运转。一张接一张的报纸像永不干枯的河流，从机器的源头上哗啦哗啦地流入人间……

目睹大轰炸的惨状，铅块般的担忧压在心上，牛儿这小子怎么样了？自从芦承贤被《中央日报》录用以来，两个人再未见面。尽管芦承贤已经知道芦承义的去向（覃家欣言而有信，通过重庆分社的其他工作人员推荐芦承义去《新蜀报》做了一名校对），可一直无法与他取得联系。不是电话打不通，就是忙于采访写稿——战时首都惨遭连续轰炸，火海里有太多新闻——顾不上去找他。芦承贤甚至气得暗骂："该死的蠢牛儿，你就不知道来找我吗？"牵肠挂肚的心情影响眼睛，以至于他看见爆炸升起的黑烟顶端，都像有一根粗壮的手指指向《新蜀报》的方向。"牛儿该不会被炸死了吧？"无端生出的念头刺得他心惊肉跳。这天，太阳刚落山他就交了稿。顾不上吃饭，一路小跑直奔《新蜀报》，心里想好见到牛儿先痛骂一顿再说。没想到芦承义没给这个心里冒火的少爷发脾气的机会，他请假外出了。知道那个傻牛儿还活着，芦承贤心里的石头落地了，留下联系用的电话号码，脚步轻快地打道回府。离家已有些时日，该托鸿雁传书、写封家信报平安了。

芦老爷和二奶奶盼星星盼月亮似的总算盼到儿子来信，二奶奶边读边流泪，滴滴泪水打湿了信纸。芦老爷放下信就派人去县城订报，由于《新蜀报》未在甘肃发行，只订到《中央日报》。芦武奎听说儿子已是一名报纸校对，憋了半天憋出一句话："不听话的东西，死在外头才好！"隔了一会他又讪笑着问："老爷，这报纸校对是个啥活计，管事不管事？"芦老爷答复："当然管事，报纸上的字都归他管。"芦武奎"嘿嘿嘿"地憨笑起来。从此，已经是大车店二掌柜的芦拴宝又多了一项差事，每个礼拜两次骑马去邮局，取报纸送回芦家营。

战争仍在继续。重庆的天空不设防，软弱的防空炮火编织不出密不透风的防护网。日机横行，生灵涂炭。恨啊！与其天天等着挨炸，不如再上战场，看中国军人枪管里喷出的怒火把侵略者烧成灰烬。一天，日机刚飞离重庆，芦承贤就敲开社长办公室的门，要求去前线采访。申请获准，临行前，再看一眼桌上的镜框，三娃子正在微笑……

船离码头，江风料峭。船行不远，警报突起，呜呜大叫的声浪瞬时塞满江峡。船工急打舵轮，船只靠岸避险。日机飞临，黑压压一片。炸弹落下，爆炸声不绝于耳，山城里浓烟四起。芦承贤手攥船栏杆，望着一片混乱的山城，对牛儿的担心又浮上心头："牛儿你回来没有？可别被炸弹伤了啊！"

　　睁着眼睛的人都是清醒的吗？

　　芦承义觉得自己游离于半睡半醒之间。他知道自己在芦家所属的位置，从小到大，一直处于被动地位——泥点子只能附属于他人。他心里很矛盾也很痛苦，十多年来，身边总有个强势的无所不在的影子，他不止一次地想摆脱那个影子，让身体像心灵一样自由飞翔，但没有那个影子的助力自己就不可能离开芦家营。这种矛盾的心理和一路走来的现实难分难解地纠缠在一起，使他逐渐意识到自己走的是一条别人设计好的路。可悲的是自己那个可怜又愚昧的父亲看不清楚这一点，还心甘情愿地接受命运操纵者的摆布（父亲在芦老爷面前的表现足以说明一切）。芦家大院的施舍会把人推进子承父业的古老模式中去——难道父亲弯腰儿子就该驼背？这种随着年龄增长而日趋强烈的痛苦甚至使他对自己的姓氏都产生了厌恶——芦字上的那个草字头就像插在自己头上的三根草标——集市上卖的东西才这样啊！从婉拒覃家欣引荐的那天起，他就决心要甩开身边的那个影子，他要走向独立。所以，当听说芦承贤已被《中央日报》录用，内心立刻产生出一种如释重负的快感——自由的欢乐，就像回到儿时无拘无束的自家小院一样。同时，他不愿去《中央日报》应试还有另外一重原因。它是国民党的中央机关报——国民党——三个字在往下滴血，芦十八的命，父亲额头的伤，董老师身上的绳索，于老师口吐的鲜血……血淋淋的画面喷射出一种猛烈的力量，推着他远离那个党。

　　经薛文昌推荐，他成为《新蜀报》的一名报纸校对。当时的想法很简单，一来这是一家民营报纸，二来先自食其力——经济独立是人格独立的基础。上班第一天，一位老校对给他一份原稿和打印好的版样，考试似的让他"你先校一下哈，试试看"。校完之后，老校对拿过版样，看到错别字都被圈出，校对符号的使用也很规范，忍不住地夸奖道："不错不错，你还有点水平的。"旁边一个年轻校对见此情景打趣地说："刘老汉，你还担心来个戳锅漏的瓜娃儿。这下子，你下巴都笑脱喽。"老刘板起脸，故作严肃地骂道："切切切，唡格像你，一天到黑恍兮惚兮的，脑壳都遭骂冰了。"校对室里一片笑声。

从此，每天夜色降临，芦承义便进入校对室。工作结束已是深夜，有时因等稿子或其他原因，下班更是天近黎明。身体里的时钟被打乱，第二天起床总感到两眼酸胀，头脑昏沉，可寻找错误的工作不能停，得靠这个吃饭呀！工作一段时间，初来乍到的好心情被版样里永远也挑不完的错误赶跑了。他开始怀疑，是不是自己犯了个错误，这是想要的生活和工作吗？重庆遭炸，更给他阴晦的心情雪上加霜。生活环境也让他感到压抑。报社的所有玻璃窗全部贴上米字形纸条，从屋内往外看，世界被切割得支离破碎，景物显得荒诞怪异。夜晚的窗户成为摆设，被堵得严严实实，不许一丝光线外泄。有天夜里报社对面的楼房有扇窗子的缝隙中露出一点烛光，不但挨了邻居们的一顿砖头，第二天警察还闯入那户人家调查是不是日本奸细，否则为什么会在夜深人静时用亮光向外发信号？恐慌扼杀掉所有灯光，黑夜里的重庆像一座没有人烟的空城。

能照亮自己前程的光芒在哪里？刺耳的警报声把他从梦中惊醒，赶紧穿上衣服冲出房间，头昏脑涨地跑进防空洞躲避空袭。里面人挤人，连挪动一下身子的空间都没有。空气浑浊，熏得人睁不开眼睛。好不容易撑到空袭结束，有人刚出防空洞便瘫软在地上，还有人在哇哇地呕吐。他感到一阵恶心，忙加快脚步随着人流走上街道。人们都像有急事，风一样从身边经过。睡意早被炸弹轰走，他漫无目的地沿着白象街朝远处走去。在街道尽头有一家茶馆，也许是因为空袭的缘故，里面人不多，他便走进去坐在一张茶桌旁。这家茶馆看上去很简陋，却是人们放松心情的地方。廉价茶水滋润着下层民众的喉咙，他们高喉咙大嗓子地摆龙门阵，自由的声调像画笔一样画出了社会万象。什么张三的婆娘跟着李四跑喽，什么申老板的幺儿偷光了屋里头的钱柜，什么白家的洋楼里闹鬼……难怪蒲松龄要开茶馆，《聊斋志异》中的花妖狐魅多是从茶盏里飘出来的啊！不过这是在战争年代，龙门阵里没有白狐和小倩，有的是混乱世道的荒诞和普通百姓的牢骚。什么郑寡妇家当兵的大儿子死喽，申老板花钱让别家娃儿顶包当壮丁。什么郝区长家倒掉的垃圾里都有鱼有肉，老子买的米里头尽是石头渣渣。什么摆个摊摊也要收税募捐，老百姓就是你刮民党的银行……茶馆里的谈论引起了芦承义的共鸣，堆积在胸中的烦闷像被清流洗去——这里没有压抑，而且还是一个收听民间新闻的绝好去处。从那以后，他没事就去茶馆，找一个靠窗的位置，要一杯茶，捧一本书，常常一待就是一个下午。直到他在《中央日报》上看见芦承贤发表的文章，蛰伏的理想又被激活。如果自己也能成为记者，写出的新闻稿件一定不比芦承贤差。但他也明白天赐良机一般不会落到泥点子头上，要想成为记者，就必须用行动证明你有这个能力。他开始留意茶馆里的人们天南海北的闲聊，龙门阵里也许有被人忽略的新闻线索。

"老板，给老子上茶。"一个矮胖子走进茶馆。

"哦豁，胖三，好几天不见，切哪耍了撒？"老板问。

矮胖子坐在芦承义的邻桌旁，拍了下桌子说："耍个锤子，跟老板切合中给大官送银子。大官的妈八十大寿。"

"你豁别个哦！"老板不相信，"你家老板抠得一个钱都要扳角角花，还舍得挖肉？"

"懂不懂得起哦，"矮胖子说，"不和当官的搭伙，不送礼，老板凭啥子来钱？啷个像你，茶壶里头把嘉陵江装起，能倒出几个钱？"

"仙人板板，把老子惹毛喽，捡块砖头焊你娃脑壳高头。"茶馆老板笑骂着沏好茶，又说，"嘴巴两张皮，边说边在移。你说的大官是真还是假哦，官有好大？"

"切，哈戳戳的，还跟老子两个涮坛子。"胖三端起茶盏"吱溜"吸口茶水，歪着脑袋说："站稳哦，省政府秘书长，大不大？听说人家又要高升，当副省长喽！"

"他就是当皇上，关球老子啥事？我看你打牙祭打得嘴皮子冒油，坐稳哈，莫油到凳子。"

"啷个打牙祭哦，寿宴都莫得摆。"

"哈哈哈，切早老？"

"你好瓜哦，烧香要烧头炷香，搭伙伙切神仙都记不到。"

胸腔中有头小鹿乱撞——龙门阵里的讥笑亮出一束光芒，他抓住了这条稍纵即逝的线索。前方将士为守国土以命相搏，后方却有人灯红酒绿，设宴祝寿……感谢茶馆，感谢这些生活在社会金字塔下层的茶客，他们用嬉笑怒骂的刀，剥开道貌岸然者的虚伪画皮，让丑陋猥琐的灵魂暴露在光天化日之下——防民之口胜于防川，天不藏奸啊！

上班以后，芦承义利用送版样的机会，在编辑室里查阅四川省府主要官员的名单，秘书长的名字赫然在列。王国喜，四川合中人。看来那个胖三所言不虚。

他开始行动了。

合中是沱江中游的一座小城，也是个交通不便、山高皇帝远的地方。战火没有波及这里，城中弯曲狭窄的街道上人来人往，商铺都在开门营业。不过看来生意很淡，商铺老板无所事事地把身子放入躺椅里，一副昏昏欲睡的样子。一帮小孩子不顾大人的叱骂，在街上追逐嬉闹，愉快的童音像鸟儿高飞盘旋，给这缓慢的生活增添了一抹生气。芦承义在城里寻找一圈，发现一座建筑气派的大宅鹤立鸡群地居于小城中心。与那些开门迎客的小店铺不同，那座宅院的大门紧闭，摆出一副拒人以千里之外的冷漠。他猜测那家大宅可能就是王国喜的家。饥肠辘辘，他走进一家小饭馆，要碗抄手狼吞虎咽地吃完，结账时装作很随意地问老板："王国喜家在哪里呀？"刚才还面露笑容的老板脸色一沉，没好气地说："你看哪个门楼高，哪个就是他家。"然后把他上下打量一番，冷冰冰地说："听口音你不是四川人，也是来给王家送礼的？"他连忙摆手，声称只是随口一问。走出饭馆，身后传来老板厌恶的话音："唉，啥子世道嘛，死猫烂耗子都想上天。"

先前在街上玩耍的小孩子们已经散去，小城陷入神秘的寂静之中。他远远注视着王家大宅，宅门依然紧闭，显得十分冷清。过了很长时间，也不见有人进出，看这门可罗雀的模样，没有一点喜庆的意思啊！是自己来迟了，还是胖三信口开河？难道这回请假暗访会无果而终？正当他胡思乱想的时候，几架马车从城外驶来，停在王家宅院门前。仔细一看，心中不由得一阵狂喜。马车上装满圆桌凳子，正是摆设酒宴必需的东西呀！

紧闭的宅门终于打开，一个看上去像是管事的瘦高个出门，给赶车人递上香烟，转脸大声催促几个手下赶快卸车搬东西。机会就在眼前，若想看清真相，就得钻进铁扇公主肚子里去。赶快想办法——完美的方案都是逼迫成型，智慧也需要挤压才能喷薄而出。短短几分钟，已设想好几套说辞。顺手在墙上抹把灰涂在脸上，把自己化装成脏兮兮傻乎乎的流浪汉，袖着手凑近马车。"喂，你，"瘦高个冲他招手，"有事莫得？"他摇了摇头。瘦高个又问："帮工，干不干？管饭哦！"他点了点头。"好嘛好嘛，"瘦高个冲着卸下来的一堆东西呶了下嘴，"快点，干起！"

哈哈哈，铁扇公主嘴巴洞开，他抄起几张凳子走进王家大宅。门里门外两重天，宅院里已经布置得富丽堂皇，充满喜庆的气氛。屋檐下悬挂着一条连着一条的弧形红绫，像每个屋檐下都有一张笑弯的嘴巴，而且在这大得很夸张的嘴角处，无一例外地挂着贴有金色寿字的大红灯笼。就连摆放在上房两侧的奇形怪状的盆景，也是主干包红，枝叶挂彩，宛若身披红妆。大院一侧有一座用来唱堂会的戏台，红色背景上也贴有一个足有一丈方圆、金光闪闪的"寿"字。宽敞的院子早就被打扫得一尘不染，就等摆放桌椅板凳喜迎八方宾客了。"看啥子看，手脚走起，快点！"瘦高个站在门口，一脚门里一脚门外地冲他吼。再次经过瘦高个身边，他傻笑着问："你家要办喜事啊？"瘦高个斜眼瞅着他："咋个，你不识字？"他赶忙点点头。瘦高个嘴巴一咧："硬是个宝器。莫管闲事，紧到起干活。"

桌凳搬进王宅，瘦高个又指挥芦承义和其他几个人安放圆桌。油光水滑的朱红桌面与悬挂的红绫灯笼相互映照，喜庆的颜色膨胀起来，整个院子里红得有一股肥肉般油腻的味道。瘦高个不会让帮工闲着，叫人把他领进侧院，这里又是另外一番景象。临时搭起的棚子里有几口大铁锅，只见水汽弥漫，人影绰绰。说话的声音也湿了水，闷声闷气，听上去很是古怪。木棚旁边靠墙的木头架子上，挂着一溜白晃晃的肥猪。地上一片血水，散乱地扔着一堆堆的猪内脏，看着十分恐怖。一转脸，又看见一堆已经过宰杀煺毛的鸡，足有上百只。鸡堆最顶端，竖着两只鸡爪，干瘪的爪子直戳戳地指向天空。旁边的一口大水缸里"刺啦"一声响，一条大鱼跳出来，噼里啪啦地在地上翻滚……也不知王府寿宴要请多少人，靠墙摆放的一摞摞碗碟就有一人多高。"喂喂，你个瓜儿，"一个戴着围裙的人叫他，"王管家雇你，不是请你来看戏哟！"他这才知道那个瘦高个原来是王府的管家。

他像哑巴似的从不主动和别人搭腔，只是卖力地干活。不管厨子还是女佣，只要叫一声"瓜儿"，他都会循声而去。这个看上去有点傻里傻气的密探很快探明王府寿宴的布局和规模。有戏台的前院里摆出八张圆桌（八十大寿自然要取八这个吉数），后院放了八桌。十六张圆桌都是露天摆放，唯有一张十分特殊，安放在后院的客厅里。那张高贵的圆桌上不但铺有黄绫桌布，而且在周围主客位置上，全部摆放的是带有棉垫的紫檀圈椅。圆桌沉默无语，摆设却会泄密。尽管只是路过时看似无意间一瞥，他已经听见桌椅的诉说——特殊宾客专用。

时辰已到，灯笼红绫挂出去，王府大门焕然一新。日上三竿，贺寿者陆续登门。人越来越多，王府里一片欢庆之声。专程从成都请来的川剧艺人和乐师在小戏台上走台调音，时不时有"咿——呀——"的亮嗓之声飞出戏台。鞭炮震耳，寿宴即将开席。被安排在侧院里刷碟子洗碗的芦承义这才跑到侧院的月门处，终于看见"寿星"和王国喜。太师椅上坐着一个身子瘦小的老太婆，头戴凤冠，身穿凤袍，看上去就像是竹竿架子撑着一件袍子，硬是把富贵穿出了滑稽的效果。她身后站着王家七姊妹，四男三女，男人头戴呢质礼帽，身着崭新的长袍马褂，女人一身新簌簌的绣花旗袍。王管家像瘦鹅扑扇翅膀一样挥动着胳膊，尖着嗓子喊："静一哈，静一哈，有请老寿星的幺儿子王国喜，省政府的王秘书长，给大家讲话。"

七姊妹中走出一个大腹便便的男人，笑容满面地向满院来客拱手致礼，声音洪亮地感谢诸位亲朋好友、父老乡亲前来祝寿，随后动情地回忆起老寿星含辛茹苦、勤俭持家的往事。寿星年轻守寡，单凭一己之力抚养膝下儿女，日子艰难到要变卖家产换米吃的程度……到底是经常讲话的人，官场上的浸润，历练出非凡的口才，王国喜口若悬河，声情并茂地把逝去的日子从岁月深处拉回来，让苦难情景再度呈现。演说情真意切，引得王家姊妹无不垂泪。院里的女客们也频频擦拭眼角，有的已在低声啜泣。"母爱是黄金不换的财富，苦难是激励儿孙奋斗的源泉。"王国喜恰到好处地扭转话锋，向来宾介绍寿星培育的成果。四个儿子，两个经商，两个从政。三个女儿，两个官太太，一个豪门儿媳……宾客堆里响起一片鸟叫似的"啧啧"声。

芦承义眯缝起眼睛，脸上滑过一丝冷笑。

上菜开席。前院八桌都是乡绅亲友，后院八桌是地方官员。前院气氛热闹，后院吃得斯文。芦承义最想知道客厅里的那一桌上是些什么样的神秘客人。前后院上的菜都一样，唯独客厅那桌有一个从成都请来的大厨专门掌勺，用的食材除小部分精选的鸡鸭鱼肉之外，大部分是芦承义从未目睹过的稀奇东西。好在世界不是铁板一块，黑幕也有洞穿的时候。伺候客厅贵宾的是个性格活泼的丫鬟，她从另一个角度泄漏了机密："有个客人送一大箱子长枪短枪，上头有好多油。我摸一哈，难闻得很！啊哟，还有个客人献个寿桃，比拳头大，重哦，纯金子哟！"一个厨子逗她："送那么贵重的礼，客人都背饿唠，你还不跑起上菜？"丫鬟咯咯一笑，抓起一块卤肉丢过去："哪个像你嘘，啥子都得背，人家有汽车。"

对呀，虽然贵客身份无从打探，但汽车可以透漏信息。芦承义借故溜出王府，八辆已经被擦得纤尘不染的小轿车整齐地排放在大门两侧。这地方见个汽车怕是比见个五条腿的水牛还难，更何况一次开来这么多，招惹得大人小孩们围着钢铁怪物看稀奇。他混在人堆里，一辆一辆地察看车牌。奇怪的是只有四辆车有车牌，另外四辆车的前后杠上光秃秃的什么都没有，但明显有挂过牌子的痕迹。他抄下车牌，又赶快回到侧院，继续埋头刷洗沾满油腻的碗碟。这时候，院子里食客们酒兴正酣。

寿宴的桌数变化很直白地把来客划分成几个等级，第一天客散，客厅圆桌被撤。第二天晚上前院唱堂会，后院忙着搬桌凳。第三天，就只有前院热闹得像捅了一扁担的麻雀窝，叽叽喳喳地闹腾个不休。日头偏西，王管家不厌其烦地送走最后一批来客，忽然想起那个看上去老实巴交的帮工，便走进侧院察看他有没有偷奸耍滑的行为。找了一圈，哪里有帮工的影子？询问之下，厨子们也感到纳闷，那个帮工中午吃饭时还在呀！"他饭量大哦，"一个厨子说，"一顿吃下切两只鸡。"他们回想起来午饭之后就再也没看到他。王管家打个酒嗝，不屑地说："真是个瓜儿，就记到吃，也不晓得讨几个赏钱。"

自以为是的管家哪能想到，那个"瓜儿"正健步如飞地行走在归途上。而且这一去，他竟变成一颗神秘的炸弹，炸得一些人心惊胆战。

第 八 章

　　一篇题为《寿宴与国殇》的文章摆放在案头上，可在哪里发表却成为问题。《新蜀报》总编辑周钦岳阅稿之后深感意外，一是没想到在国难当头之际竟有官员做出如此有悖民心之事，二是惊讶一个籍籍无名的小校对怎么能写出这样一篇锋利如矛的文章。新闻贵在真实，一番近似严厉的盘问，他终于相信王府寿宴确有其事。思忖良久，他面露难色地表示，《新蜀报》属地方性报纸，受各方掣肘，为避免祸端，还是不在本报发表为好。他建议不妨把它送到中国青年新闻记者学会重庆分会去，因为"青记"已设立驻渝通讯处，可以对外发稿。事后芦承义才知道，1927 年重庆打枪坝"三三一惨案"像毒针一样刺中周钦岳，致使其一遭被蛇咬，十年怕井绳。

　　芦承义直奔"青记"驻渝通讯处。新闻容不得半点虚假，薛文昌问得比周钦岳还要详细，并电话咨询成都的"青记"会员，请他们设法了解王国喜近期可否去过合中。成都回电，前些天因家中有事，王国喜确实回过一趟老家。事实确凿无疑，薛文昌当即拍板发稿。同时，从保护记者人身安全的角度考虑，建议芦承义最好使用笔名——凡是揭露性文章都暗含风险。芦承义的手心都攥出了汗。姓名中隐藏着命运，为自己起名，就是掌握自己的命运。他拿定主意，芦姓上的那个草字头必须除去。同时他也想起了童年时那个记忆深刻的梦……金色的泥点子，辉映日月……光明永恒，日月组合为明啊！再有，许先生临别所赠，也是这个"明"字呀！他拿起笔，把稿件上所署的"芦承义"涂成三个墨团，然后在墨团上方端端正正地写出一个崭新的名字：卢明。

　　《大公报》刊发了这篇署名为卢明的文章，并对标题做出大幅改动。编辑们别具匠心地把日机轰炸桂林的报道和卢明的来稿安排在同一版面上，右边的标题是《欢宴三日　王秘书长贺他妈的八十大寿》，左边的标题为《死伤数千　桂林遭炸废墟之上一片哭声》。

文章发表，各界大哗。从国民党中央宣传部传出消息，蒋委员长大为震怒。国难当头之际，竟有人置禁令于不顾，做出这等遭人唾骂之事。回想战时首都刚迁入重庆，军政大员云集山城。入夜时分，各大饭店高朋满座，就连有点名气的小饭馆里也是座无虚席。战时首都陷入一片末日狂欢之中，那真是日日欢宴，夜夜笙歌，因此才有那句流传甚广的经典之语："前方吃紧，后方紧吃。"传说是蒋委员长亲自下令，才使得吃喝之风有所收敛。而这一次，王府设宴祝寿，就是在抽打元首的脸啊！元首发怒了，此事必须严查严惩，以儆效尤。

威厉的大棒高高举起，砸下来的结果却匪夷所思。王国喜被一撸到底并不出人意料，但那些赴宴的地方芝麻官只是被训诫敲打一下就算了事，法不责众嘛！人们最想知道那八辆小轿车拉进王府的究竟是何方神圣。不承想轰轰烈烈的调查行动只抓到一个小鬼，四辆车因无牌号无法追查，三辆车查明只是司机前去送寿礼，最后那辆车上坐的是省府办公厅的一个小处长……

"啥子社会噢？"茶馆老板边给茶客倒水边骂："拿老百姓当瓜儿。"

"说你瓜你就瓜，"胖三挤眉弄眼地说，"人家的内裤能让你看？"

"哟，胖三，看你笑得很坏，内裤啥子颜色？"

"我也看不到，只有记者才能扒下当官的裤儿。"

卢明一发而不可收。

《黑市里的美国货》——政府买回来的军用物资竟然在黑市上变卖。文章见报，与之有关的政府部门和军需署的长官们吓得魂飞魄散。又是一场兴师动众的追查，甚至还出动宪兵抓捕了十几个商号的老板，把重庆的黑市翻腾得鸡飞狗跳。但是，最后只揪出一个管理军需仓库的罗上校，更诡异的是关入监狱的当晚，那个罗上校竟然在牢房里畏罪自杀了。

《"抗建房"的资金流向何处》——又查出政府为安置难民划拨的专款有被挪用的嫌疑。官方所建的多处"抗建房"远看上去都修得有模有样，但有那么几处的"抗建房"走近细察就可发现用料低劣。墙壁上的裂缝能塞进去手指头，进到房里可看见房顶漏下的点点天光。蹊跷的是这些粗劣简陋的"抗建房"和几栋位于城外的地方官员的私家别墅先后竣工，修建"抗建房"的工头竟然更多时间是守在别墅工地上。卢明借难民之口质问："买劣质材料建房，是有意而为吗？'抗建房'墙裂透风，房顶漏雨，就没人来管吗？别墅拔地而起，钱从何来？"

文章发表的当天，那几栋先前有人活动的别墅忽然人去楼空。他又不依不饶地追问——《别墅变空之谜》。

社会是各种力量的角斗场，总会有一种势力要想方设法捂住自己的羞处。"青记"驻渝通讯处收到恐吓信，随信寄来一粒黄澄澄的子弹，信中警告"卢明再敢胡说八道就要他的小命"。几个衣着得体、文质彬彬的人找到薛文昌，一脸敬重地表示，希望结识卢明。薛文昌委婉地予以回绝。有正义感的记者自然会受到读者的爱戴，几个女子来通讯处，不无羞涩地流露出对卢明的爱慕之情。薛文昌还是让女子们失望而归。调查官员气势汹汹地上门了，公事公办地要求薛文昌提供卢明的真实身份——记者必须配合调查。薛文昌不卑不亢，问来问去回答始终如一："我们只认识事实，不认识卢明。"文攻碰壁，武打登场。几声枪响击破夜空，薛文昌办公室的窗户上出现几个带有裂纹的枪眼，像张牙舞爪的毒蜘蛛趴在玻璃上。还是在夜晚——恶势力总是与黑暗联姻，雨点似的砖头瓦块从街上飞起来，一阵稀里哗啦的袭击过后，"青记"通讯处已是满目疮痍……由于通讯处的人守口如瓶，卢明没有暴露，就像一颗被精心埋设起来的定时炸弹，藏匿在山城一个不为人知的地方。

芦承贤第一次读卢明的文章就有似曾相识的感觉。文字是记者的指纹，虽说文无定法，但记者关注社会的视角和大脑塑造出的观点通过文字媒介表述出来，就像把自己的面孔映在文章上一样。在那几篇揭露性文章的字句之间，总是若隐若现地晃动着一个熟悉的身影。特别是卢明这个名字，怎么看怎么就觉得是一个和自己有点关系的人。可猜想毕竟是无根之木，世上哪有这么巧的事啊？满心疑问又勾起他对芦承义的抱怨："混蛋牛儿你死了吗？"

自从两人分开，一晃已过去半年有余，芦承贤忍不住又去《新蜀报》。这次终于见到了芦承义。面对芦承贤劈头盖脸的训斥，芦承义只是"嘿嘿"傻笑。等疾风暴雨过去，他才找到说话的机会，又是道歉又是主动请客吃饭，芦承贤脸上这才露出点笑容。

　　那个不知隐身在何处的卢明以及他写的文章，成为他俩吃饭时绕不开的话题。芦承义直言不讳地说出自己的疑惑，《黑市里的美国货》，死人承揽了所有罪责，军需物资倒卖案就此了结……"抗建房"资金问题也是迷雾重重，先有传闻说是一些下级官员和工头们勾搭成奸，挪用资金修造别墅以出售获利……后来事情的发展果然不出所料，是几个工头唯利是图，用美酒佳肴和风情女子成功诱开监督官员的视线，把政府资金从"抗建房"上扒下来送入别墅工地，最后全部变现装进自己腰包。查处结果，工头入狱，官员撤职，其中职务最高的官员是非常时期难民救济委员会重庆分会的一个主任。"百姓都是傻瓜吗？"芦承义说，"为什么要隐瞒真相？"

　　大半年不见，芦承贤发现芦承义察看社会事物的目光锐利得令人吃惊，在表示出对上述事件查处结果的不满之后，芦承义又说出一个观点：在当下的国度里，新闻的作用真是弱小。芦承贤的看法则完全相反，新闻可以鼓舞军民的士气，上下一心，抗战到底，这种作用怎么会显得弱小呢？"这是咱俩看待问题的角度不同，"芦承义说，"我看过你从前线发回来的报道，国军打仗真的很勇敢，也很舍命。可是……你想过吗？有些官员对新闻的杀伤，比日本人的炮弹还要凶恶呀！"

　　"这话咋说？"

　　"汪精卫都投降了，他是不是在屠杀抗战新闻？多少篇抗战新闻，能抵得过他投敌叛国的影响？"

　　毋庸置疑，汪精卫、周佛海之流的卖国行径，极大地挫伤民众的救国激情——无德官员就是天字一号的新闻杀手。空气沉重如铅，压得人透不过气来。吃完饭两人分手，芦承贤独自回报社。下午的街道看上去更加陈旧，街对面的楼房投下一条长长的阴影，像粗长的手臂伸出来指责什么人似的，让人感觉这个世界既真实而又虚幻。

　　吃饭交谈不但没有消除芦承贤心中的疑虑，反而使其更加强烈——卢明和芦承义的身影重叠在大脑的底片上，芦承贤迫切地想弄明白，那个"卢明"究竟是谁？

　　线索可能藏在"青记"驻渝通讯处。芦承贤忽然想起一件事，每次采访归来，覃家欣都要关心地问长问短，还亲手为他的文章润色，但压根再没提过"重庆记者分会"——这又是怎么回事？那段时间覃家欣赴广西采访，等芦承贤见到他时，重庆各大报已被国民党中央宣传部的一纸通告圈在一起出版《重庆各报联合版》了。

芦承贤见到覃家欣那天，恰逢时任蒋介石侍从室第二处主任、国民党中央宣传部副部长、有国民党"文胆"之称的陈布雷来《中央日报》视察，并与报社上层和各部负责人座谈。在会上他意气风发地侃侃而谈，高度赞扬《中央日报》在抗战宣传中所起的主导作用，也讲述联合各报出版《重庆各报联合版》的必要性和重要性，最后他表扬了几个让他印象深刻的记者，其中就有覃家欣和芦承贤。视察结束，临上车前他特意转身向大家拱手致谢。这是芦承贤唯一一次见到陈布雷。"世事一场大梦，人生几度秋凉"。谁能想到，1948 年 11 月，这位毕其一生精力、苦心孤诣地维护国民党统治和蒋介石权威的"文胆"会自杀身亡。

而在当时，"文胆"的光辉照耀得报社上下神采飞扬，就连性情沉稳的覃家欣脸上也露出舒心的微笑。他邀请芦承贤去他家吃晚饭。"你嫂子说今天给咱们包饺子。"他乐呵呵地说，"离家这么久，再没吃过饺子吧？"芦承贤说："覃先生，您的夫人我该叫师娘呀！"

覃家欣有两个孩子，男孩覃伟七岁，女儿覃岚不到三岁，总不能两手空空的去见他们吧。芦承贤赶紧上街采购礼品。战时物资匮乏，小孩玩具更是难觅，跑了好几条街，才花高价买到小学生用的本子、几包糕点和一斤水果糖。唉，战争年代的商店柜台也得饿肚子啊！覃家欣的家在观音桥，是街旁一栋已显陈旧的二层小楼，门前有一棵高大的法国梧桐。他的妻子苗雨涵是南京的大家闺秀，毕业于金陵女子大学，在一所中学任国文教师。南京沦陷，她携子随夫一路辗转来到重庆。战乱时期，找工作十分不易，几经波折才进入观音桥小学任教。她容貌端庄，身材丰腴，皮肤白皙，穿一件素雅的中袖真丝旗袍。当她出现在面前时，像一道亮光划破了灰暗的世界。芦承贤惊叫道："师娘，您就是观音桥的观音菩萨呀！"苗雨涵抿嘴一乐，脸上出现两个酒窝："真会说话，夸人的词都让你们记者用了。"芦承贤反应敏捷："覃先生更会夸人，是吧？"苗雨涵明眸回盼地嗔了覃家欣一眼："你问他好咪！"

人家的夫妻情话哪敢随便打探，芦承贤赶忙拆开包装给两个小孩分发水果糖。由于来的路上身边有旁人，不能说敏感话题，可为何不去"重庆记者分会"

的疑问一直在芦承贤的脑子里盘旋。饭后苗雨涵善解人意地领着孩子外出散步，把谈话的空间完整地留给两个男人。这是一次坦诚的交流。因为有段时间覃家欣经常去"重庆记者分会"，程沧波说是劝阻，实则命令，以后不要参加那里的任何活动，更不允许带领报社的其他人去。"为啥？"芦承贤问，"那地方只要是记者都可以去呀！"覃家欣的眉头出现一片暗影："重庆分会是共产党资助支持的机构，程社长明确说它受共产党控制，我是国民党的党员，又在国民党的中央机关报工作，必须划清界限。"芦承贤糊涂了，问："都国共合作了呀，咋会有这样的事？"覃家欣欲言又止，停顿了一会才说："以后……你会明白的。"天色渐暗，苗雨涵和孩子们回来了。芦承贤起身告辞，覃家欣送他出门。两人走到门前的梧桐树下，芦承贤问："覃先生，您还记得以前和我一块去记者分会的那个芦承义吗？"

"记得，他去《新蜀报》了。"

"您觉得他会不会是卢明？"

"承贤，这种事可不能乱讲啊！"

芦承贤没有放弃。国民党的条条框框能限制住覃家欣的腿脚，但它限制不住无党派人士的自由——自己去"重庆记者分会"打探一番。更何况薛文昌还有引荐之功，知恩图报，也该去登门致谢了。

薛文昌已经知道他被陈布雷表扬的事，半开玩笑半认真地说："范理事没看错，你这个当年的'锅盔'小伙是块当记者的料。"他慌忙摇了摇手说："我还差得远呢！真没想到，只和范理事见过一次，他就把我们记住了，还请您给我们帮忙找事做。"薛文昌笑了，一句话脱口而出："范理事是伯乐，慧眼识才，推荐的人个顶个的棒。"说话听音，锣鼓听声，芦承贤敏锐地捕捉到薛文昌话里的弦外之音，闲谈似的把话题引到芦承义身上。薛文昌说："他倒是常来，问些怎么才能当好记者的事。可不像你哦，自从覃记者把你领走，你们两个都不来啦！"说者无心，听者有意，芦承贤尴尬得面孔通红，忙拎起暖壶给薛文昌的茶杯里添水，借此掩盖自己的窘态。那天，他很理智地没有提及卢明，因为他忽然反应过来，有些秘密只有到该公开的时候才能被人知晓。

魔影似的卢明再次现身，是《新民主报》刊发一篇由他署名的题为《军饷与女人》的文章，又惹出一场轩然大波。文章披露，国军五十六军的军饷被克扣拖欠，可军政部军需署一位负责核发军饷的杨姓少将却给自己打造了一个迷人的旖旎之乡。那位已有家室的杨少将在外租房，包养几个颇具姿色的女人。文章指明已查实四个，并给出四个金屋藏娇的地址。卢明用文字质问，杨少将包养女人的钱从何来？温柔乡里有没有克扣贪污的军饷？

前线官兵风餐露宿，后方将军拨云撩雨。文章发表，百姓议论纷纷，国军有如此将军还怎么打仗？社会各界更是一片谴责。随后有神通广大的其他报社记者，从不同渠道发掘线索，完善了《军饷与女人》的遗漏。杨少将确实包养了七个女人。身边美女多了性情就会变得张狂，他不知天高地厚地把这些女人册封为"七仙女"，并请风雅之士给"七仙女"分别取名为瑶竹仙子、芙蓉仙子、琼芳仙子、广寒仙子、霓虹仙子、碧波仙子、忘情仙子……方块文字包罗万象，多种寓意让人浮想联翩。覃家欣却从"七仙女"的名字里读出另一重含义。他手托额头，眼盯着那几个仙女之名，像破解难题似的蹙眉沉思，当眉头展开，他不出声地笑了，对芦承贤说："给仙女取名的是个高人，他是在诅咒杨将军哩！"芦承贤把仙女名字看了几遍，还是一头雾水。覃家欣手指报纸解释说："前四个名字是风花雪月，你再把后三个名字的第一个字连起来读，谐音是什么？"芦承贤按照提示又读一遍，这才恍然大悟，名字里果然暗藏玄机。

由于记者们紧追不放，五十六军的拖欠军饷很快补发，杨将军被派往前线作战部队，"七仙女"一夜之间不知去向。

卢明再次出现，这一回他盯上的是珠宝店。《新民主报》又刊发了卢明的文章《珠宝店轶事》，说的是市中区一家老字号珠宝店里达官贵人们购买珠宝的趣事。有嫌钻石小的，有说宝石颜色不正的，还有两个贵妇同时看中一套价格昂贵的玻璃种满色正阳绿翡翠首饰，由于互不相让发生舌战。一个盛气凌人地宣称自己的丈夫是国军的将军，另一个满脸鄙夷地讥笑将军只配给她家老头子站岗放哨，两贵妇吵得满嘴喷火。最后战争升级，争夺中项链线断珠落，满地蹦跳的珠子像一群绿色精灵，在人腿的丛林里和面无血色的店员玩起了捉迷藏的游戏。另有一天，店门前的街上响起刺耳的刹车声，从驾驶座上跳下一个傲气十足的女子，领着几个女伴进入店里，张口就叫店老板把最好的首饰手镯都拿出来。老板赶紧捧出几个霞光四射的托盘，那女子也不挑选，随手划拉成堆，抓起来塞给身旁的女伴，然后让老板报价。老板战战兢兢地说出个吓人的数字。女子掏出空白支票大大咧咧地填好，撕下来扔在柜台上，带领喜笑颜开的女伴出门上车。随着轮胎剧烈摩擦地面的尖叫声，轿车绝尘而去。这时才有人来给老板恭喜，声震山城的钱大小姐来贵店扫货啦！

芦承贤早有耳闻，那个大名鼎鼎的钱大小姐行事专横，出手阔绰。其父身居高位，其母也是声名显赫的人物。读完卢明的文章，心里忽然跳出一种莫名其妙的慌乱。卢明这家伙吃了熊心豹子胆，竟然以笔作戟，非常巧妙地捅向钱大小姐身后……

一连几天，芦承贤总感觉心乱如麻，采访写稿也是走神。人的预感确实难以解释，一天半夜，突然有人敲门，紧接着听见覃家欣焦急的低喊声："承贤，承贤，快开门！"他打开房门，覃家欣进来反手把门关紧，一句话说得他愣成了庙里的金刚。

"卢明就是芦承义，他有危险！"

消息来源不容置疑，它来自军统行动处当晚举办的庆功宴——前不久行动处在重庆侦破一起日本间谍案。几个说话口音、行为方式简直比中国人还像中国人的日本间谍，用钱财、美女和空头支票（有朝一日可在汪精卫政府任高官）为诱饵，先后招募十多个汉奸为其卖命。其中有国军军官、政府官员，还有一个《扫荡报》的记者。他们以商业电台为掩护，大肆搜集军事、政治和经济情报。行动处花费九牛二虎之力，终于拔除这颗扎进民国心脏里的钉子，涉案间谍无一漏网。此前以暗杀、绑架等下流手段为世人所诟病的特务机关，总算是给自己脸上贴了一层金，理应在报纸上灿烂一回。《中央日报》特意委派覃家欣采访。文章与照片同时见报，同僚夸赞，上峰奖赏，更刺激的是力压中统一头，行动处的毛处长终于体验了一次人生为数不多的巅峰心情。为犒赏部下，专门在会仙桥皇后饭店举办庆功宴，再三邀请覃家欣赏光，并安排他坐在一个行动组长的身边。那个组长身材长相毫无特点，就是那类扔进人堆立刻被淹没的人。由于他在喝酒之前很少说话，覃家欣总感觉身边像坐着一个穿着衣服的木偶。可随着宴席上的气氛不断高涨，木偶活了，先是跟着毛处长礼节性地挨桌敬酒，后来在酒精的鼓动下开始独自行动，端着酒杯满场子乱跑。等木偶回到原座位，已是一身酒气。他亲热地扶着覃家欣的肩膀，几乎是脸挨着脸地讲述他们破案的惊险过程。覃家欣手捂鼻子勉强听了一会，实在忍不住了，便岔开话题："真是想不到，你们抓的人里面还有个记者。"木偶用力拍了下覃家欣的肩头，得意地说："不管是谁，只要他犯事，就是钻进老鼠洞，老子也能把他掏出来。"木偶阴阳怪气地哼哼一笑，左右察看一下，脸凑上来压低嗓音又说："你们记者里头的坏人可不止一个。给你说个秘密，那个一直找事的卢明，我们也该收拾他了。"覃家欣暗自心惊，表面上却不动声色。"没人知道他是谁，怎么收拾？"木偶狞笑道："他以为用个假名就能逃出我们的手心。哼，他是新……报的记者，也姓芦，哈哈，可不是卢明的卢。"覃家欣明白了……酒席散场，他顾不上回家，赶紧来给芦承贤报信，卢明身份暴露——大意的猎物已经被凶狠的野兽盯住。

　　头脑里乱成一锅粥，一时间芦承贤竟不知该如何是好。覃家欣冷静地出主意，当务之急是尽快找到芦承义，抢在军统特务动手之前把他送出重庆。如果他不幸落入军统手里，就是神仙也无计可施了。芦承贤一夜未眠，天刚亮就跑进办公室，按住电话一通猛摇，可对方电话无人接听。放下电话，忽然觉得后背发凉，像是有人在暗中监视。回头察看，高挂在墙上镜框里的那个国民党的一号人物，正用阴冷的目光盯着自己——军统、中统都是他目光的延伸。

　　电话终于打通，对方回复，芦承义外出采访还没回来。芦承贤再三叮嘱，如果见到芦承义，请他务必给《中央日报》回个电话。整整一天，只要电话铃响，他就抢先过去接听，可听筒里传出的全是陌生的声音。天黑了，空瘪的肚子"咕咕"直叫，在距报社不远的小饭馆里要了两个菜一碗米饭，风卷残云般把饭菜一扫而空。刚出饭馆，一个黑影闪身过来："少爷，有人抓我。"芦承义采访回来，发现报社附近有几个形迹可疑的人，他警觉地拐入一条小巷。那几人快步尾随而来，他拔腿便跑，连续翻过几道高墙才摆脱追捕。

　　芦承贤本想把芦承义藏在报社宿舍里，但又一想，谁也不敢保证报社有没有军统和中统的耳目。他决定向覃家欣求援。芦承义在小楼上的书房里躲藏了五天五夜。覃家欣特意嘱咐苗雨涵，书房藏人的事一定要瞒着两个孩子，以至于他的儿子都起了疑心，悄悄问芦承贤："这几天我爸爸都不和我们一起吃饭，他有好多好多稿子要写吗？"芦承贤只能给孩子撒谎："有一篇大文章请你爸爸写呢！"等苗雨涵带着两个孩子外出散步，覃家欣才让他上楼。芦承义一如既往地寡言少语，但他承认自己就是卢明，还说他经常去重庆记者分会。最让芦承贤吃惊的是，他说对共产党已经有了初步的了解。"少爷，你是不知道，他们和国民党不一样啊！"芦承贤突然意识到，眼前这个"卢明"已经不是以前那个唯命是从的牛儿了。

离开的机会来了，四川省政府电邀记者赴成都，采访官方组织的抗日救亡活动。覃家欣主动要求前往，并指名芦承贤随行，他俩一个摄影一个文字，可以图文并茂地进行报道。同时，他以方便采访为由，要求报社派车随行。芦承贤明白，覃家欣是以报社的名义护送芦承义离开险境。车子停在覃家欣家门口，接芦承义上车。覃家欣又和出门送行的苗雨涵拥抱一下，习惯性地说："照看好孩子，等我回来啊！"苗雨涵抿嘴一乐说："放心，我等你。"

车子出城，有检查站的拒马拦住去路。宪兵过来查问，原来是《中央日报》的新闻采访车，便例行公事般俯身朝车内看了看，随后搬开拒马挥手放行。一路无话，车子驶入成都平原。薄暮时分途经一座小城，坐在后排的芦承义凑到芦承贤耳边小声说："我就在这儿下车吧。"

公路旁边，芦承贤和芦承义相对而立，四目凝视，两人语塞。"夕阳老雁关山，今古别离最难！"此一别千山万水、风雨阻隔，何日再相逢？……汽车喇叭催促似的鸣叫几声。芦承义双手抱拳，铿锵有力地说："少爷大恩，至死不忘！"芦承贤按下他的手叮嘱说："你先回芦家营，要不就在西安或兰州找个事做。走吧，路上小心。"

"少爷放心，我知道该做啥。"

"牛儿，保重啊！"

"少爷，你也保重！咱们……后会有期！"

芦承义安全脱身，覃家欣功不可没。从此后芦承贤成为观音桥那栋二层小楼的常客。他不顾覃家欣和苗雨涵的反对，坚持让两个孩子叫他哥哥，而且每次去都不会空手上门，惹得覃岚远远看见他，就会大呼小叫地跑过去迎接。他每次去都会在楼上覃家欣的书房里逗留一段时间，那是一个闪耀着爱情光芒的房间。散发出爱意的墙壁上贴满覃家欣和苗雨涵的照片，还有两个孩子成长的记录。书桌上摆着一个约有五寸大小的镜框，镶在里面的照片无声地诉说着恩爱夫妻的柔情蜜意。照片摄于战前，是覃家欣和苗雨涵在莫愁湖畔的合影。那时他们还很年轻，着装也很现代时尚，一个西装笔挺，一个长裙素雅。苗雨涵双手搂抱着覃家欣的左臂，一脸娇羞地偎依在他肩上。覃家欣的脸贴着她的秀发，微笑着伸出右臂手指远方。他们的眼睛望着同一个方向，那地方有什么呢？是他们憧憬的未来，在遥远的地平线上闪烁？还是莫愁湖畔的垂柳，正在轻风吹拂下吟唱着一首关于爱情的歌谣？只有一点可以肯定，覃家欣所指的绝对不是杀戮的战场。

战争仍在继续，芦承贤又奔赴前线采访——长沙上空已是战云密布。1939年9月，日军在第十一军司令官冈村宁次指挥下发起攻击，长沙保卫战打响。芦承贤在司令部见到第九战区代理司令长官薛岳，随后又马不停蹄地赶往最先打响战斗的国军第三十二军。他发回报社的第一篇稿件是《国军克复高安》，文中再现三十二军一部夜渡锦江，经殊死拼杀收复高安的过程。那一天，黑夜是中国军人的战友。炮弹尖啸着从头顶上掠过，日军阵地一片火海。在炮弹爆炸的火光里，日军的钢盔像痰盂飞上半空，又像被鞭子抽打似的旋转着跌落下来，摔成一个个扁平的嘴巴，对着火红的夜空哭泣。战场上响起怒潮般的呐喊，年轻的中国勇士冲上去了。在燃烧的天幕中，中国官兵的持枪剪影一往直前，亮光闪闪的刺刀像一拨一拨的流星雨突入日军防线……那一时刻，历史一定大睁着眼睛。天亮了，丢盔卸甲的日本兵狼狈溃退，失守四天的高安上空又飘扬起中国军队的战旗。

空气中弥散着浓浓的血腥味，这是真实的中国。芦承贤站在阵地上，忽然想起卢明写的那些文章。王国喜，杨将军，钱大小姐身后的财力支柱……在那些权贵眼里，国家就是挂在墙上的一张纸，对他们来说，利益、私欲才鲜活有力，能托举他们跨进享乐的天堂。而在眼前这些为国而战的将士心目中，国家不仅有疆域天空，还有血有肉有灵魂，是一个活生生的生命体。她与你，与我，与每一个中国人——血脉相连！

太阳升起，就像狮嘴里那颗红光四射的宝珠。承贤内心涌出强烈的欲望，赶快写稿，让前线的消息尽快传回后方。那段时间，他是长沙战场上最活跃的记者。从前沿激战到后勤运输，从铁血将军到无畏士兵，从战地医院到战区城镇……第一次长沙保卫战从9月14日开战到10月15日结束，三十二天时间他写出二十一篇报道。他也是第一个报道中国首支机械化部队——国军第五军主力开上战场的记者，那可是中国军队的第一支钢铁洪流啊！战役结束，他用两天时间采访战区司令长官部，10 月 18 日，他发回长沙保卫战的最后一篇报道——全景式的新闻综述，再现大战的全过程——战果是用数万中国军人的伤亡换来的啊！完稿之后放下钢笔，他双手掩面，一串串泪珠从指缝间流淌而下……

那次长沙保卫战，中日双方激战一个月，屡遭重挫的冈村宁次眼看取胜无望，只得下令退兵，战场恢复战前态势。新闻不能预测，芦承贤不曾料到，此后在同一战场上又发生第二次、第三次大规模会战。双方投入兵力超过百万，最后以中国军队获胜而告终。长沙会战也成为第二次世界大战中可与库尔斯克会战、诺曼底登陆相提并论的著名战役。

芦承贤因采访长沙保卫战表现出色，回到报社就受到社长召见。人们都知道战地记者是个高危职业，不曾想管记者的社长头上也悬着一把打神鞭，派他去长沙采访的是程沧波，回来召见他的却是个新面孔。程沧波因给《大公报·星期论文》专栏撰稿，遭蒋介石当面训斥，他一气之下辞职离任，接替他的是原任三青团宣传处长的何浩若。新社长夸奖芦承贤年轻有为，所写稿件颇受好评，并鼓励他再接再厉，采写出更多更好的战地新闻。社长的夸奖是一种暗示，芦承贤心知肚明，休息几天后又赴前线采访。等到他再次回到重庆，却听到报社的内部新闻，何浩若已准备去行政院物资局任局长。果然，只在《中央日报》待了不到三个月的何浩若，脱离苦海似的告别社长那把还没焐热的椅子，兔子一般跳进物资局长的宝座里。堂堂《中央日报》怎能群龙无首？蒋介石钦点中央通讯社的陈博生入主报社，他却因借用《新华日报》的纸张印刷《中央日报》和借给《新华日报》铸造铅字用的铜模，触犯了不许与共产党报纸交流的大忌，又被打神鞭抽离报社。那段时间，在重庆报界流传着一句调侃，《中央日报》的社长是最难当的官。

对芦承贤来说，社长座椅时凉时热，就是现实社会里的一幕活剧罢了。但墙上的那个大人物，总是在释放着一种无形的压力，让人觉得呼吸困难。在这种环境里，心情自然会受到影响。尽管人很忙碌，可心灵却在虚无中流浪。

芦承义像失踪了一般没有一点消息，家乡来信说他没回芦家营。伙伴离去，相互依靠的心灵失去支撑；报社压抑的气氛又像阴云压在心上，芦承贤感到前所未有的孤独，就是和覃家欣在一起，这种孤独感也无法消除。为赶走盘踞在内心的郁闷，他把自己变成一个不停挖掘新闻宝石的矿工。在同事眼里，这个从偏僻荒凉的大西北跑出来的青年是报社最勤奋的记者。随着知名度的不断提高，什么"后起之秀""青年俊才"等光环也自天而降。就连出行方式也悄然发生改变，以前采访要自行解决交通问题，现在经常有车接送。有些部门更加直接，指名道姓地要求他去采访。可一段时间过后，他又产生了新的苦恼。有些部门的一些所谓新闻就像急于把自己嫁出去的老姑娘，不仅主动找记者求发表，还赠予烟酒罐头等礼物。甚至有官员为让自己的所谓政绩在报纸上露脸，在信封里装入"润笔费"塞给记者……在这个前线将士用血用命写新闻的年代，后方还有官员绞尽脑汁借助新闻的影响力往上爬。权力和私欲可以把人变成鬼，正直的记者绝不会给鬼唱赞歌，因为战争还在继续，国家每天还在流血。

出于这个原因，他虽然很忙，但不快乐，整天一副心事重重的模样。直到有一天覃家欣趁办公室只有他们两个人的时候，压低嗓音告诉他，范长江来重庆了。他突然精神一振，如果没有范长江的电话推荐，他和芦承义还不知在哪里流浪呢？如今有幸与范长江同居一城，理应登门拜访，以表谢意。

不料刚一见面，范长江的一句玩笑话就让他脸腮发烫："听说你已经很有名气了。"他涨红着脸，不自然地笑着说："我才写了几篇稿子，有啥名气呀！"范长江和薛文昌相视一笑。薛文昌说："我们注意到了，你是个很勤奋的记者。"芦承贤心里一动，他敏感地捕捉到薛文昌说出的一个词——"我们"。这个词代表着一个群体，很显然，自己游离于那个群体之外。由于他从未正面接触过政治团体，平日里看待政治舞台上的不同党派就如同雾里看花一般，因此，他对于"我们"所指的那个群体，第一反应是"中国青年新闻记者学会"——自己还不是"青记"会员呀！等到他真正理解那个"我们"的特殊含义时，已经是在"皖南事变"过后不久，国民党查封"青记"，范长江和薛文昌等人被迫离开重庆之后了。而在当时，他只是单纯地认为自己没有加入"青记"，所以才和"我们"有隔阂。他想了一想，试探地问："我当记者时间不长，能加入你们学会吗？"范长江看着他，声若洪钟地说："可以呀！只要是爱国记者，我们都欢迎。"他挠了挠头又问："覃先生说……你们学会是共产党资助的，我在《中央日报》，你们也要啊？"范长江哈哈大笑，脸上容光焕发，干脆利落地回答："我们的会员不分党派，覃家欣也是我们的会员哦！"原来如此，他也被范长江的情绪感染，急切地说："那我也加入你们学会。"能够加入集合一大批中国优秀新闻记者的学会，是一件多么庆幸的事呀！他当场写申请书，填写表格，就把申请入会的愿望变成正式文字。最后，范长江和薛文昌在申请表的介绍人一栏里，填写上自己的名字。置身于"我们"中间，漂泊的心灵遇到温暖的驿站。在他心目中，范长江、薛文昌不仅是引路人，还是值得信赖的师长。那一天，范长江语重心长地说，虽然他已经小有名气，但还称不上是一个真正的名记者。因为名记者不单纯是机械事务的记录者，更应该是一个历史进步的见证者、社会变革的思想者……

与君一席话，胜读十年书。芦承贤开始有意识地对那些找上门来的新闻线索进行严格筛选，凡是不能触发采访激情的线索一概回绝。推辞的借口自然要冠冕堂皇，他是报社的"战地记者"，在炮火纷飞的战场采访才是他所擅长的工作。

1940 年 4 月 22 日，重庆主城区又遭日机轰炸。力量弱小的中国空军阻挡不住蜂拥而至的日本战机，那些妖怪狂叫着把黑乎乎的铁疙瘩从天上扔下来，长江岸边的山城中升起无数蘑菇状的烟团。夹杂着人体残肢的砖石瓦块像死神洒下的黑雨，噼里啪啦地砸在地面上。火光浓烟里回荡着撕心裂肺的哭喊，山城中满是硝烟和血腥的气味……

空袭过后，芦承贤在第一时间里冲进轰炸现场。眼前的惨状让他心悸不已，燃烧的房屋还在喷吐着滚滚黑烟，繁华的街区已变成断壁残垣。躲在防空洞里的人们跌跌撞撞地跑回来，看到家园被炸成废墟，男人愣成木桩，女人号啕大哭……消防队员和救护队员在瓦砾中搜寻着幸存者。街边清出的一小块空地上，摆放着几排死难者的遗体。这时候，芦承贤看见在那片死难者中间，跪着一个身穿白色连衣裙的女孩。衬托她身影的背景多么恐怖啊，一股股浓烟飘上天空，像黑色大网，阴沉沉地压在城市上空。楼房的外墙被爆炸的气浪掀掉，毫无遮挡的房间摇摇欲坠地立在街道旁边。目光所及之处，瓦砾堆成小山，电线杆东倒西歪，商店门头上的招牌绝望地斜挂下来，橱窗成为空无一物的黑洞……在这满眼凄楚的悲惨世界里，那个白衣女孩就像一枚鲜艳娇弱的白莲，是那样的醒目，在被战争污染的黑色世界里顽强地绽放……芦承贤的心脏剧烈地搏动起来——是心灵的召唤吗？他不由自主地向女孩走去。那女孩正在整理一个死者的身体，走到跟前，他才看清死者是母子二人。一个只有几个月大的婴儿趴在母亲赤裸的胸脯上，口含乳头一动不动。母亲双臂紧搂着婴儿，由于双臂使出的力量太大，婴儿小小的身体被搂得有点变形。原来那女孩是想把母亲的手臂稍许松动一点，好让死去的婴儿用舒适的姿态永远吮吸母亲冰凉的乳头。可是，谁能松动母爱的力量？女孩扳不动死者的手臂，她哭了，不停地用手背抹泪，脸颊上已有几团黑乎乎的污痕。芦承贤默默地掏出手绢递给女孩，转身快步离去。等他完成采访原路返回，那片空地上的遇难者已经运走，白衣女孩也不知所踪，他心里突然涌出一种空荡荡的怅然若失的感觉。

　　回报社的路上，白衣女孩的身影和轰炸的惨状在脑海里交替闪现——废墟中的那抹白色有种神奇的力量，竟导致眼睛出现错觉。他几次三番看到前面有白色衣服一闪而过，等他赶过去，弯曲的路上又全是黑灰色的人流。眼睛也会出错？大白天也有幻影？耳膜突然震荡，他听到路旁孩童们喊叫的声音，那是一首蔑视天空恶魔的童谣：

　　　　小日本，害猪瘟。
　　　　不怕你龟儿子轰，
　　　　不怕你龟儿子炸，
　　　　老子的防空洞不得塌。
　　　　小日本，吃砒霜。
　　　　让你龟儿子恶，
　　　　让你龟儿子凶，
　　　　老子总要大反攻！

　　稚嫩的童音在天空中毫无阻拦地奔跑，大轰炸更加激起人们对侵略者的憎恶——仇恨也是力量。尽管房倒楼塌，尽管生命罹难，但在每一个爱国者的头脑中，绝地反击的信念犹如三山五岳一般不可撼动。耳闻目睹的素材碰撞出灵感的火花，一篇题为《重庆，永不沉没》的新闻述评在他笔下一挥而就。他在文中愤怒地谴责日军战机惨无人道的暴行，赞扬防空部队不怕牺牲奋起还击，以及消防队和抢险队员们不顾自身安危抢救生命财产的英雄行为……文章强烈表示，重庆是一座绝不屈服的城市。

……炸弹如雨，地动山摇，战时首都重庆，巍然屹立于浓烟烈火间！全国军民凝睇于此，全球目光为之关注。战火硝烟中，重庆是一艘永不沉没且又伤痕累累之威武巨舰，周身喷射着冲天光焰，带领反侵略之正义舰队勇猛地杀向敌寇。

重庆不沉！中国必胜！

文章见报，好评如潮，就连挂在墙上的那个不苟言笑的大人物也通过侍从室长官传达他的声音。陈布雷亲自给报社打来电话，说蒋总裁对这篇文章甚是满意，称赞此文立意深刻，充分彰显出坚定抗战的国家意志，是一篇鼓舞军民士气的佳作。蒋总裁的表扬像一件黄马褂套在芦承贤身上，竟使得别人看待他的眼神都发生了微妙的变化。报社那个名叫党忠国的资料室主任（覃家欣曾告诫不可招惹这个人，他是国民党要员陈果夫和陈立夫组建的"青天白日团"的成员，他现在所用的这个名字也是加入"青白团"后改的，以示其忠心所向），以前去借阅资料，他总是神态傲慢地板着个脸，一副爱搭不理的模样。可自从那件隐形黄马褂落入报社，他的态度闪电般来了个一百八十度的转变。见到芦承贤，满脸堆笑地主动过来握手问好，还没话找话地寒暄了一会。没过两天，他又专门请芦承贤去资料室，关起门来说有重要事情商谈。"你是蒋总裁点名夸奖过的记者，"他说，"不能满脑子只想写稿子的事。你想没想过加入国民党？"原来他是要鼓动芦承贤申请入党，而且还大包大揽地声称，由他作为入党介绍人。"你不能一辈子就当个只会跑采访写稿子的记者吧？人往高处走，水往低处流呀！"党忠国大口大口地吸着美国骆驼牌香烟，嘴巴里喷出的诱导之词混合着外国烟草的刺鼻气味，熏得人几乎要背过气去。他故作亲热地凑近芦承贤，几乎是脸对脸地又说："在当下这个社会，入仕就得入党啊！"

芦承贤被他熏得头昏脑涨，心烦意乱地回到办公室，不小心把桌子上的台灯撞落在地上，灯泡和绿色的玻璃灯罩一下子打得粉碎。办公室的目光全都集中过来，他狼狈地赶忙蹲下身子收拾地上的玻璃残片，祸不单行的是锋利的碎片又割破了右手，鲜血滴滴答答地落在闪着嘲笑亮光的碎玻璃上，办公室里已经有人惊叫起来。

缠在手上的白色绷带很刺眼——像是提醒——引起对相关事物的联想，他又想起那天在轰炸现场碰见的那个白衣女孩。一种让他心跳脸红的异样情感像春天的庄稼从心灵的蒙昧之地上蓬蓬勃勃地生长起来。长这么大，还是第一次对一个陌生女孩念念不忘。他后悔极了，那天为什么不主动伸手帮女孩一下呢？再不济，也该说几句话，安慰安慰她呀……

党忠国又来了，鬼魅一样悄无声息地出现在身旁："我说的事，你想好没有？"芦承贤如实相告："我还没有考虑好。"党忠国表情夸张地瞪大眼睛，紧吸几口烟，用高高在上的语气又对他进行嘴清舌白的说教，其中的关键意思是加入国民党就能飞黄腾达，反之就要沦为凡夫俗子。

这件事让芦承贤的心理负担与日俱增，他给覃家欣说党忠国拉他入党的事情。覃家欣听后沉吟许久，最后很慎重地说："这种事情还是取决于你的意愿，但你要头脑清醒，不可草率行事。我的看法嘛……你还年轻，可以从长计议。"芦承贤若有所思地摸着手上的绷带，头脑里浮出一个巨大的问号。已经是国民党党员的覃家欣，为何没有旗帜鲜明地支持他加入国民党？看来还得听一听别人的建议。他又跑去"青记"，不巧的是范长江恰好有事外出，只见到薛文昌。听完他的讲述，薛文昌没有丝毫犹豫，快人快语地说："这事你得问自己，了解国民党吗？爱那个党吗？"胸口像被擂了一拳，爱——需要美好的事物滋养。那种感情就像一只水晶瓶，往里面放入五颜六色的宝石，它才会绚丽多彩；如果塞入的是沾满污垢的石子，它必然黯淡无光。往事像电影镜头投射在大脑的银幕上——囚笼里的董元庆，勒住十八爷嘴巴的绳索，酒徒一样的"喇叭头"；国土沦陷，国民党的枪口瞄准的却是自己的同胞；还有汪精卫、王国喜、杨将军之流的行径……芦承贤脸上的表情忽然变得十分轻松："薛先生，谢谢你！"

回到报社，他直接去资料室。党忠国见他不请自到，欣喜地问："哈哈，决定了吧，我就说嘛，你这么聪明的人还能不识时务？"芦承贤回答得很婉转："党主任，我现在只想做好记者的事，其他的都不想考虑。谢谢啦！"说完转身就走。

身后传来茶杯摔在地上的碎裂声，紧接着一串怒骂追赶过来："蠢货！蠢货！"恼羞成怒的党忠国像个碎嘴泼妇，不但在报社上下散布"那个才写了几篇破稿子的小记者真他妈的不识抬举"，还暗中记下一笔黑账，把芦承贤不肯参加国民党的事当作罪状记录在册，保存在资料室上了锁的铁皮柜子里……人世沧桑，对国民党忠心耿耿的党忠国今生命短，他不知道那笔别有用心的黑账，日后竟成为洗白芦承贤的证据，那时他早已魂断浦江。国民党败离大陆，《中央日报》急迁台湾。他回老家给祖宗上香，多盘桓了几日，等他拎着一只皮箱再返南京，报社已是人去楼空。他一路上不停地挥动记者证又是蹭船又是蹭车，终于赶到上海港。码头上一片末日景象，女人呼天抢地，男人推搡争吵，不时还有驱赶人群的枪声风一样地刮过。码头旁边的江水里，有被挤下去的落水者在凄惨地呼救……他衣衫不整地挤到一艘兵船的舷梯口，湿漉漉的头发像死去的八爪鱼贴在脑门上。汗水刺得他不停地眨着眼睛，像是在给别人打什么暗号。"走开走开！"几把刺刀伸到他眼睛跟前。他赶忙从怀里摸出记者证高高举起，对舷梯口的一位国军中校大声说："我是《中央日报》记者，有紧急采访任务，现在要赶到台湾去，让我上船吧！"中校过来翻看一下记者证，鼻孔里"哼"了一声骂道："记者，狗屁！你们不是说长江防线固若金汤吗？共军插上翅膀都飞不过来吗？那你还往台湾跑？滚！"军官随手一扔，记者证像片枯叶落入江水中……兵船离岸，正在回收的舷梯口下面吊着个一手抓舷梯一手拎皮箱的人，像只胡乱蹬腿的蛤蟆挂在半空。徒劳地挣扎了十几分钟，最后还是从高高的舷梯末端跌落下去。江面上兵船驶过的尾迹里，一只皮箱随波起伏，上面像是趴着一个没有骨头的软体动物。一艘大船碾过，江面上就只有水波的闪光了。那天晚上，有人看见从水底升上来一些星星点点像磷光一样的东西。更骇人的是黄浦江口出现了鲨鱼，一个个巨大的三角形黑色鱼鳍，在江海交汇的水域里连续不断地游弋。还有鲨鱼溯江而上，在外滩的水面上兜着圈子，把小船上的渔民都吓得弃船上岸了。

　　"聪明过头就是愚蠢。"这是芦承贤时隔多年之后对党忠国的评价。而在当时，被党忠国骂作"蠢货"的他，就像卸去了重负似的一身轻松。他也把自己的决定告诉给覃家欣、范长江和薛文昌。"这事对你影响不大。"覃家欣轻描淡写地说，"在咱们报社里，不是党员的记者、编辑大有人在。"薛文昌虽然没有明确表态，但从他的话语里听得出有几分赞许之意："哈，你这个小伙子，还是有点思想的。"范长江的态度很沉稳，他说："承贤啊，不论现在还是将来，做重大选择的时候，一定要遵从自己的内心，可不要自己骗自己。"忠告是一粒子，看似不经意地播种在心田里，待到时机成熟它就会发芽生长。芦承贤回味着范长江的话，不由得梳理起最近一段时间让他夜不能寐的心绪，白衣女孩的身影又翩然而至——为什么会念念不忘呢？从轰炸现场偶遇的那天起，外出见到身穿白衣的女孩，他都会不由自主地多看人家几眼。"单相思"，脑子里忽然蹦出一个词，顿时脸腮发烫，心跳如鼓。他暗骂自己："你都不知道人家是谁，还有这种剃头挑子一头热的想法，赶快收心吧，做自己该做的事。"可那个天使一样的身影，仍会时不时地出现在脑海里，特别是在夜深人静的时候……

一天下午上班，覃家欣走进办公室，在他身边说："大门口有个女的找你。"他从办公桌上抬起头说："可能又是来找我采访的，别理她。"覃家欣乐呵呵地催促道："我看不像。快去，不管有没有事，见面不就清楚了。"他无精打采地站起身，嘟囔了一句"烦死了"，慢悠悠地出去了。

奇迹的雷霆大多是在毫无先兆的情况下轰然炸响，当毫无心理准备的芦承贤看到那个女子时，只觉得脑子里"轰"的一声，一股热流涌上头来，他已经成为红脸关公。

白衣女孩，记忆中的身影与眼前的女孩瞬间重叠。一个身材高挑的少女，身穿时尚的白色连衣裙，挎着一只精致的坤包，亭亭玉立地站在报社门口的一棵大树下，笑盈盈地瞅着他。他心情慌乱地走过去，拘谨得都不敢看那个女孩子。

"你……你找我？"

"你是芦承贤？"女孩的声音像银铃一样好听。

"对对对，是我是我！"他眼瞅地面，连连点头。

女孩笑了起来："大记者说话还害羞呀？"

"不是不是，是……是……"

"是啥呀？"女孩故意追问。

他张口结舌，额头上已渗出一层细密的汗珠。

一股优雅的香水味飘入鼻腔，眼前出现一方手帕。"谢谢！谢谢！"他接过手帕擦拭脸上的汗水。

"不用谢，手绢是你的。"

他这才看清楚，散发出香味的正是大轰炸那天自己给女孩的那方手帕。因经常水洗，手帕上绣着的名字已经有些掉色，可女孩还回来的这块手帕上面，不但"承贤"二字重新用黑丝线绣过，还在名字旁边用彩色丝线绣了一朵精致的荷花。

"我家订《中央日报》了，"女孩说，"我看到你写的《重庆，永不沉没》，才知道那天给我手绢的人，原来是个大名鼎鼎的记者。真没想到……你还这么年轻。”

“过奖过奖，我就是个普通记者。”他不好意思地抬起头。这时候，他才看清女孩的脸。她的肤色白净细嫩，一看就是那种从不缺乏营养滋润的女子。生得眉清目秀，眉宇间还有一颗小小的红痣，像一粒精巧的红宝石，使那张少女的脸更显得灵动俏丽。她迎着他的目光羞涩地一笑说：“我是孟沁瑶，今天专门来给你还手绢……你的手受伤啦？”她看见芦承贤一下子把右手藏入身后，瞪大眼睛又说：“别藏了，我都看见啦！多长时间没换药，绷带都黑了。大记者不知道伤口会感染？你还笑呢，把手拿过来，让我看看。”她大大方方地拉住他的手，细心地拆掉绷带，看见伤口已经结痂，便很内行地说：“不要剥，让这层痂自然脱落。要不然，会留疤的。”

“好好好！”他连声答应。

“谢谢你的手绢，再见。”孟沁瑶说完，轻轻地咬了下嘴唇。

世界突然安静下来……芦承贤急中生智地邀请道：“孟小姐没看过怎么出报纸吧？想不想看一看？”

“想呀，能看吗？”

“能能能，请吧！”

两人走进报社，迎面碰见党忠国。他两手插在裤兜里，嘴角叼着香烟，贼眉鼠眼地打量一下孟沁瑶，怪声怪气地说：“哟喂！芦记者，你小子桃花艳哪！”孟沁瑶脸色绯红，生气地呵斥：“有你什么事，闭嘴！”吓得党忠国嘴巴一张，烟卷落地。事后他四处打听，那天和芦承贤在一起的漂亮小姐是哪位高官的千金。“看人家那气势，啧啧，非龙即凤啊！”芦承贤带着孟沁瑶先到编辑部，向她介绍组稿画版的过程。一转身，看见覃家欣面露笑意地瞅着他俩。四目相对，覃家欣别有用意地挤了下眼睛，然后无声地咧嘴笑了。天真热啊，芦承贤的额上又冒出了汗珠。在众多好奇目光的注视下，芦承贤引导着孟沁瑶观看了报纸出版的整个工艺流程。“真是想不到，”孟沁瑶说，“出张报纸要经过这么多工序。”更让她没想到的是再次回到办公室，覃家欣已准备好照相机。“孟小姐第一次来报社，可以给你照张相吗？”孟沁瑶莞尔一笑：“可以呀，谢谢！”她坐在芦承贤的办公位置上，单手托腮，红唇微启，很自然地面向镜头。“咔嚓”，画面定格。覃家欣放下相机对芦承贤说：“照片洗好以后，你给孟小姐送去。”芦承贤暗喜，覃先生想得太周到啦！孟沁瑶从坤包里取出一支钢笔，在稿纸上写出一个电话号码递给芦承贤说："那就麻烦你啦！这是我家的电话，礼拜天我都在。"

照片很快洗好，善解人意的覃家欣一次洗了两张，其用意不言自明。照片里的俏丽女子神态自然，笑得很文静……只有一点遗憾，她身后的背景中出现了那个镜框里的大人物。尽管覃家欣已采用技术手段，对背景进行模糊处理，但仍能依稀辨认出他是谁，仿佛他正从镜框里注视着远方的某一件事情，并且准备对事情的发展施加影响。除了这一点，不论是用光还是构图，都是一张堪称完美的人物肖像照片。芦承贤把其中一张照片用那方绣有荷花的手绢包起来，细心地放入上了锁的抽屉里。把另一张照片装入大信封，在信封正面端端正正地写上"孟沁瑶小姐收"。

那一夜，他毫无睡意，追想和她在一起的美好时光。虽然不再脸红心跳，但那种异样的感觉更趋强烈。他明白这是喜悦的感受，同时内心也有种冲动，想把这一切都告诉给最亲近的人。脑海里很自然地浮出芦承义的面孔，他望着漆黑一团的屋顶，暗暗埋怨："该死的牛儿，你到底跑哪儿去了？"

第 九 章

卢明在延安。

自从踏上这片红色土地的那一刻起，他就和芦承义这个名字一刀两断了。当接待处的工作人员让他填写登记表的时候，他毫不犹豫地在第一栏里写上卢明。他感到前所未有的轻松，身上的每一个毛孔都呼吸着自由的空气。大自然的色彩也在欣喜的眼眸中得到还原。延安的天真蓝啊！蓝得让人想唱歌。周围的山峦虽然看上去很荒芜，却裸露得十分坦诚，就像高原上的野性男子毫不掩饰地袒露出自己的胸膛。城边的黄土山上矗立着一座十分醒目的宝塔，像一根刚强有力的手指，指向辽阔的蔚蓝色的苍穹。

很多年以后，他还清楚地记得在延安吃的第一顿饭。那天，他的吃相一定很难看。小米饭，南瓜汤，他像饿极了一般吃得狼吞虎咽粒米不剩。接待处的同志打趣地说："哈哈，我还以为你从大城市来，吃不惯哩！"他回答道："吃得惯，吃得惯，这饭吃着香啊！真香！"

人真是个复杂精妙而又神奇的生物体，在重庆时常感到慵懒疲惫；现在的身体就像永动机一样有使不完的劲。来到延安不久，他进入"中国人民抗日军事政治大学"政治大队三中队学习。所在的大队住在宝塔山对面的清凉山上，山坡上有一排排新挖成的窑洞。每当夜晚来临，窑洞里的灯光照射在窗户和门帘上，远看上去，不眠的清凉山犹如镶满琥珀，在黄土高原的夜色中闪闪发光……就是在窑洞的油灯下，他又一次翻开《共产党宣言》："一个幽灵，共产主义的幽灵，在欧洲游荡。"书本撩开记忆的帷幔。

熟悉的"青记"重庆分会的小楼。

薛文昌鼓励的眼神。他很小心地接过《共产党宣言》，仔细掖进怀里。

深夜。堵窗，锁门。就是这本被一位外国学者称作"它不是冰，而是炭，放在锅里能使水沸腾起来"的书，让他经受了强烈的醍醐灌顶的冲击。特别是读到最后，一行文字跳入眼中："无产者在这个革命中失去的只是锁链。他们获得的将是整个世界。"他竟然激动得浑身战栗，不能自已。

"薛先生，你是共产党吗？"在重庆分会的小楼里，他这样问。薛文昌没有正面回答，只是告诉他，作为一名记者，应该了解中国的各种政治势力……夜很安谧，小楼里唯有一间办公室亮着灯光。薛文昌耐心地给他讲解《共产党宣言》的要点和意义，以及中国共产党的诞生、发展、主张和目标。清晨他离开小楼，眼前的路上洒满朝阳晨辉。

再读这本书，他的心情已经很平静——思维的枪弹已经有明确的指向。"芦承义"这个壳是锁链，"老爷少爷"是锁链，"喇叭头"是锁链，在重庆揭露的那些达官贵人是锁链……枪弹继续前飞，国民党才是最大最粗的锁链……砸碎锁链，才能有劳苦大众的自由啊！读了一会儿，他拿出纸笔，给薛文昌写了一封信。为避免给薛文昌带来麻烦，信中只是说他来到延安，一切安好。

写完信走出窑洞，微风拂过脸颊，大脑安宁得像透明的湖水。夜空繁星闪烁，他忽然想起了家乡，想起了许先生……沉淀在记忆窖池里的故事终于发酵成清亮的醒悟，许先生是希望他将来能像那些英雄一样，胸怀大志，投身时代潮流，做出一番业绩啊！望着满天星辉，他笑了。双手攥拳，用力伸展一下身体，浑身骨节迫不及待地嘎巴作响，于是就在窑洞前的空地上演练了一遍拳脚，收势后听到有人鼓掌。"卢明，你的拳术很有功底呀！"他所在中队的陈队长走到他跟前说。他擦了擦汗，谦逊地说："不成不成，很久不练了。"陈队长勉励道："还是要多练，练好武艺打日本。"

"抗大"的生活紧张而有序，不但要学习，还要开荒种地。放下锄头拿起笔，头脑里的知识和绿油油的庄稼一同生长。穹庐当盖，大地为室，这大概是世界上最大的课堂了。老师在山坡上讲哲学、政治经济学、共产国际发展史……天下本无贫富之分，因私有制的产生而出现了阶级。工人农民创造的财富理应为全社会所有，而不应被资产阶级和地主阶级霸占。苏联十月革命成功的经验，完美地诠释了无产者用革命的手段谋求解放的真理……原来在泥点子身上蕴藏着最彻底的革命精神啊！

在"抗大"讲课的不仅有学校的老师，还有共产党的中央领导。他曾聆听过董必武、张闻天等人的讲话。他发现那些站在台上的中央领导，竟然和他们这些台下的学员一样，都是一身布衣。有几位的衣服上还打有补丁。这些共产党的大干部每次讲完课并不急于离去，而是走下台来和学员交谈讨论。

延安真是个神奇的地方，让他这个从国统区来的青年时常在不经意间被震撼击中。"抗大"也有体育活动，最吸引男学员的是打篮球。由于从小习武，篮球场上的他反应敏捷，身手矫健，很快就成为政治队里数得着的篮球高手。有一天和同一中队的学员打球出了一身汗，他便走到场边休息。这时候，军事大队的一群学员也拿着篮球来到场边。政治队学员邀请军事队学员打一场比赛，但军事队学员不屑与政治队学员同场竞技。为一场比赛，两边打起口水仗。双方唇枪舌剑，各不相让。由于对话有趣，他听得嘿嘿直乐。

军事队学员说："敢跟我们比，就你们那点摇笔杆子的劲，还能打得过我们这些握枪杆子的手？"政治队的学员立刻反击："你们打枪瞄准得闭上一只眼，我们写革命文章用两只眼。用一只眼的人，能打得过我们用两只眼的人？"口水之战，军事队的学员也要占领制高点："算了吧，别看你们说得好，我们一个冲锋，你们全都得趴下。"政治队的学员当然不甘束手就擒："冲锋防守是辩证的统一，不懂辩证法只会冲锋，丢下篮筐让空气给你们防守啊？"口头角逐不分胜负，好胜的军事队学员亮出战旗："好啊，是骡子是马拉出来遛遛，小心我们把你们打哭。敢不敢跟我们正式比一场？"政治队学员从容接招："比就比，谁怕谁呀！提醒你们一下，比赛场上可要认准大方向，不要跑到错误路线上去呀！"

政治队和军事队要在球场上一决高低的消息不胫而走，原本是一场很随意的比赛，一下子上升到了维护各自荣誉的高度。既然是正式比赛，就得把一切都弄得像模像样。球场得界限分明吧，马上有人提来两筐石灰粉，铲在铁锨上，边走边抖动，洒出一道白色线条。不一会，篮球场的边线、中圈和罚球弧都崭新得刺人眼睛。比赛得有裁判吧，而且还要防止偏心黑哨。政治队或是军事队的人都不能上场执法，于是，请来第三方参谋班的教员担任裁判。双方大队长亲临现场排兵布阵，两个大队的学员赶来给己方球员呐喊助威。清凉山下的广场沸腾了。比赛尚未鸣哨，双方场外学员已开始较劲。这边大喊："军事队，加油！"那边高呼:"政治队,必胜!"由于政治队有女学员,高出八度的声浪渐渐盖住只有单一男性音色的军事队。

一声哨响,比赛开始。军事队气势逼人,一上场就猛打猛冲,接连投入几个球。受到连续得分的鼓舞,场外的军事队学员兴奋得嗷嗷直叫。政治队稳住阵脚,后发制人。先是很有谋略地经过多次传球,瞅准空档,最后由卢明突入篮下投篮得分。紧接着他又在中场上演一个飞身抢断,并及时把球传给队友,来不及回撤的军事队只能眼睁睁地看着政治队投篮入筐。场外的政治队学员大声喝彩。嘹亮女声快乐地冲进球场,把军事队球员的脸都刺红了。由于比分领先,军事队改变战术,稳扎稳打,步步为营,缓慢推进至篮球下,突然出手得分。"政治队,加油!政治队,加油!"场外喊声一浪高过一浪。政治队运球过中场,一个球员晃过军事队阻挡,跃起投篮。篮球重重地碰上篮筐高高弹起,眼看就要从篮球筐旁边落下。军事队的一个大个子球员伸出双手准备接球。说时迟那时快,只见卢明抢上几步,一个旱地拔葱高高跃起,轻舒猿臂,空中揽月般从大个子手指尖上把球掠走。场外有女学员高声尖叫……不等双脚落地,卢明已将球传出。政治队再次投篮,皮球准确入筐。场外政治队一方,掌声欢呼声冲天而起;军事队一方,悄然哑火。

半场结束,两队不分伯仲。卢明刚走下赛场,一个长着一双大眼睛、脸上有雀斑的女学员(这会儿雀斑有点发红),给他端来一碗凉白开,还向他伸出大拇指:"卢明,你打得真好!"他接过碗一饮而尽,一股清凉直透肺腑,这碗凉白开简直胜过玉液琼浆。旁边有男学员起哄:"秦兰花,我也渴呀,快给我一碗水。"女学员脸上的雀斑更红了,故作恼怒地说:"去去去,一边凉快去!"……下半场开赛,卢明奔跑得更加起劲,耳朵也变得格外灵敏。不论是上篮得分还是抢下篮板球,他都能从纷杂喧闹的叫嚷中听到秦兰花清脆的助威声。那声音中有一股神奇的力量,刺激得肾上腺素飙升,使他成为赛场上的一只猎豹。

军事队换人,上来一个身体健壮、有二十五六岁的学员。一上场他就紧盯住卢明,不管卢明如何腾挪躲闪,他都像影子似的不离左右。只要卢明拿球,他就采用捅、拔、打等手段破坏,宁可把球打飞,也不让卢明拿球。而且他还不停地干扰卢明的奔跑路线,每次卢明看到空档想要插过去,都会有个影子横切过来挡住去路……猎豹落入陷阱,更可气的是陷阱会跟随移动,愣是把猎豹困成个摸不着球的笨熊。军事队这一战术立竿见影，政治队配合被打乱，进攻防守都显得毫无章法。而军事队则充分利用刚建立起来的优势，一连投入两个球……场外政治队一方鸦雀无声，军事队一方欢呼震耳。卢明急了，大脑紧急运转，一条计策应运而生。这时正好队友拿球，他快速跑到对方篮下，举手示意要球。影子上当了，一个箭步挡在他前面。他立即撤步后退，影子回头一看，侧身跟了过来。移动中影子失去重心，卢明侧跨一步，身子一晃，像是要摔倒般一头撞上影子。只听"哎哟"一声，影子结结实实地摔出场外。这一撞，卢明反倒恢复平衡。队友传球过来，无人盯防，他轻松地起跳投篮……影子还坐在场外。政治队学员哈哈大笑，一个学员喊："刘副团长，你不是说百战百胜吗，今天也翻船啦？"

刚来延安没几天的新学员，竟然顶翻一位长官，卢明张口结舌地愣在场上。看到有人搀扶刘副团长，他才反应过来似的跑过去，忙不迭地道歉："刘团长，失礼失礼，真是对不起！"刘副团长手捂肋部，龇牙咧嘴地摆摆手："你阎锡山的兵啊？酸！球场上没官，只有对手。上场，好好打你的球。"卢明一脸不安地问："你……要不要紧？"刘副团长眉头一皱道："啰唆！我是纸糊的吗？上场，打你的球去。是汉子就把本事都使出来，别让我看扁你。"卢明如释重负，猎豹又扬威赛场。

那天的比赛，政治队以领先两球获胜。军事队输得很不服气。"要不是刘副团长一跤摔岔了气，还不定谁赢谁输哩！"政治队有人手指比分牌说："看结果，事实胜于雄辩，政治高于军事。"散场前刘副团长叫住卢明，从口袋里摸出两个烤得焦黄的洋芋蛋扔给他一个："你小子行啊，别以为我不知道你是故意的。"卢明傻乎乎地笑着说："大人有大量，你可别记仇呀！"刘副团长拍拍他的肩膀："都是革命同志，咋这么多废话。听说你以前是记者，以后有机会来山西，别忘了来找我。"这时候，卢明才知道他名叫刘德亮，是晋察冀军区第二军分区独立团的副团长。后来卢明去晋西北采访，特意去独立团找他。两个人坐在窑洞的土炕上吃着缴获的日本罐头，喝掉一罐烧酒，临别时他还送给卢明一把王八盒子。

而在当时，听刘副团长说出"革命同志"这个词，让卢明感受到一种前所未有的亲近感……赛场边那个让他热血沸腾的女子的喝彩声，也发自于"革命同志"的口中。他手拿烤洋芋，目光又投向球场边，为比赛加油的人们已经散去，那个脸上长有雀斑的女学员已经不见踪影……比赛过去几天了，他每每想起赛场边那个特殊的声音都会感到莫名的激动——大脑的世界里一片沉寂，唯有那个好听的声音像早晨的朝霞，映照得心灵的天空一片绚烂。他不知道这是初恋的太阳洒出的光辉，但他已经感觉到美好的情绪会令人通体舒畅。所以，他盼望着下次的比赛。但生活的河流不会因幻想而拐弯，他期待的比赛迟迟不来，甚至没有一点消息。反倒是在一次劳动中，他又听到那个清脆的声音。

那天，政治大队派出几个中队去距清凉山不远的延河畔平整土地，女生队学员也整队前来。有的挥动着铁锹镢头挖土，有的肩挑柳条筐运土，和男学员一样干得热火朝天。由于大家都穿统一配发的灰色制服，因此几乎分不清哪块地段是男学员，哪块地段是女学员。中午时分，各中队炊事班送饭到工地，大家都集合到河边的一块开阔地上吃饭。尽管劳动了一上午，但学员们的精神状态仍像早晨出发时一样显得活力四射。饭后休息，各中队相互挑战拉歌。一时间，嘹亮的歌声溢满了河川。这个中队唱《抗大校歌》，那个中队唱《团结就是力量》。男生队的《大刀进行曲》威武雄壮，女生队的《松花江上》凄婉悲愤。只有合唱不能尽兴，男生中队结成统一战线，火力集中地要求女生队表演节目。女生队伍里嘻嘻哈哈地闹了几分钟，一位女学员被推了出来。

刚才还饶有兴趣地看热闹的卢明一下子瞪大了双眼。

秦兰花故作生气地抱怨几句，转过身时表情已经平静。只见她伸手理了理头发，走到场地中央，面向男生队一展歌喉。

　　　　密云遮星光，
　　　　万山乱纵横。
　　　　黄河上渡过抗日英雄们，
　　　　摩拳擦掌士气高。
　　　　我们的铁红军！

《红军东征歌》余音缭绕，卢明的巴掌已经拍得发红。

边区提倡男女平等，女生队学员开始动用自己的权利，齐茬茬的女声一波接一波地冲向男生中队："男生队，出节目！男生队，出节目！"男生队的一帮汉子你看我、我瞅你，全都成了哑巴。女生队不依不饶："男生队，快快快！男生队，快快快！"盘腿坐在卢明前面的陈队长回头看着他，他慌得连连摆手。这时候，女生队的火力更加猛烈。"男生队，羞羞羞！男生队，羞羞羞！"陈队长跳了起来，眼盯卢明，使劲挥了下手："卢明，上！"

他局促不安地走到刚才秦兰花站着唱歌的地方，抬头向女生队瞄去。一双明亮的眼睛，流露出鼓励和期待。清凉的风拂过滚烫的脸颊，他镇定下来，收心起势，突然"嗨"的大吼一声，开始进行武术表演。只见他劈拳踢腿，腾挪飞跃，忽而鲲鹏展翅，忽而旋如疾风。真是起如猿，动如涛，转如轮，快如风……竟把一套武术动作演绎得虎虎有生气。临近终了，他改动固有的武术套路，向前猛跑几步，来了个毽子小翻加后空翻，钉子一样稳稳落地。掌声四起。

年轻人鬼点子多，这一回男生队和女生队竟然联袂出手，喊叫着让两个单独表演节目的人合在一起，共同给大家表演一个节目。他们不但动口而且动手，男生绑架卢明，女生推搡秦兰花，不由分说地硬是把他俩推到一块。两人红着脸相对而视，不知如何是好。"开工喽！"陈队长一声命令，这才让他俩脱离了窘境。

当天晚上，秦兰花找到他住的窑洞，"我写了篇文章，请你帮忙修改一下"。同住一个窑洞的男学员挤眉弄眼地出去了。那天，两人交谈的话题全部围绕着那篇文章，只是秦兰花临走时以互相帮助为名，拿走几件他还没来得及洗的脏衣服。等叠得整整齐齐的干净衣服再回到手上时，他闻到了一股淡淡的皂角的芬芳。

秦兰花是陕西米脂人，米脂的婆姨绥德的汉，用边区人的话说，她是个"俊女子"，抗大同学们都叫她陕北一枝花。来抗大培训前，她在靖边县任区妇女主任。也许是职业习惯，再加上她比卢明大一岁，所以在两人交往时，她常常很自然地流露出姐姐对弟弟般的关怀。卢明感受到这一点——很美妙很享受，但同时他也天真地以为他和秦兰花之间存在的是一种革命同志的朴素而纯真的关系。在他的意识里，革命同志间的感情就应该像白雪一样纯洁。再加上他自认为是边区的新同志，以及初次和女性交往，所以，在内心竖起一道怕被别人笑话的戒备栅栏。秦兰花几次给他指她住的窑洞位置，可他一次也没有主动前往。说实在话，他也想去，但找不出能让其他女学员信服的理由。说是共同学习吧，难道就不能和同窑洞的男学员一块讨论写作业？说是帮秦兰花修改文章吧，难道你比教员还高明？要不互相帮助一下，去拿秦兰花换洗的衣服……呸呸呸，男女授受不亲呀！有一次秦兰花给他讲几个同中队的女学员找对象的逸闻趣事，随后半开玩笑半认真地问:"咱俩啥关系?"他直戳戳地答道:"革命同志呀!"一句质朴的话,直接导致他俩的这一段纯洁得连手都没有拉过一次的恋情,变成人生天空中的一道来也飘飘去也匆匆的流云。就在他说出上面那句话后不久,女生队里再也不见秦兰花的身影了。好端端的交往为何会戛然而止?他百思不得其解,鼓足勇气拿着一本《论持久战》,第一次走进秦兰花住的窑洞。"秦兰花同志在吗?"一位女学员用很诧异的眼神瞅着他:"她去瓦窑堡分校啦!咋,你都不知道?"后来听抗大同学说,秦兰花嫁给了一位八路军的副团长,他这才体会心如刀割般后悔的滋味。这也是他最为后悔的一件事。尤其是到晚年,他更是经常回想起延安那段短暂而甜蜜的"革命同志关系"。如果在延安时能稍解风情,如果与秦兰花结为伉俪,生活可能会更加和睦美满。可是,在这个世界上,绝大部分的"如果",都是一片轻歌曼舞的烟岚。

他强迫自己把对秦兰花的思念藏入心底,一门心思好好学习。同中队学员发现,他几乎再没有去过球场,也不再给大家表演武术。他本来话就少,现在变得更加沉默寡言了。陈队长特意叮嘱与他同住一个窑洞的学员:"他失恋了,都是革命同志,在生活学习上多关心关心他。"但这种关心无异于隔靴搔痒,他的情绪还是很低落。

失之东隅,收之桑榆。1941年6月的一天,他正在窑洞里写读书笔记,忽然听到外面有个熟悉的声音喊他的名字。他推开本子跑出去,见到来者禁不住大喊一声:"薛先生!"薛文昌在他胸口上轻轻捶了两拳,说:"承义……哦,卢明!你长得更结实喽!"他两眼闪着惊喜的光芒:"薛先生,你也来延安啦!快请快请,进去坐坐。"薛文昌说:"不打扰你的同学,咱俩去河边走一走。"

阳光照耀,延河的水面泛着金光,宛若一条金色河流。两人在河畔边走边谈,他这才知道,皖南事变发生后,国民党污蔑新四军不听调遣才酿成惨剧。"青记"冲破国民党的新闻封锁,以笔作载,揭露了国民党蓄意攻击新四军的丑恶行径。事变的真相大白于天下,国民党高层恼羞成怒,下令取缔"青记",禁止"青记"一切活动,薛文昌、范长江等人被迫离开重庆。"'青记'不会消失,"薛文昌说,"国民党的禁令在国统区有效,可在咱边区,'青记'照样公开活动。"卢明问:"你来延安,还在'青记'工作吗?"薛文昌摇头道:"我现在是《解放日报》编辑部的副主任。"这时候他才说出来找卢明的意图:"抗大毕业后,你还想不想当记者？"卢明停住脚步，急切地说："想，想啊！"薛文昌哈哈笑了。"我猜也是。对了，你来延安，入党没有？"卢明不好意思地低头说："没有。我怕我资历浅，不够资格。"薛文昌说："入党要经过组织考察，重在个人表现嘛！"

　　回到窑洞，他认真写出一份入党申请书，郑重地交给陈队长。从那以后，每个礼拜，他都被叫去参加支部生活会。他发现在这个党的基层组织里，大部分党员和他一样，出身贫寒，饱受地主资本家的剥削与凌辱——谁愿意世代为奴啊？他们投身革命，加入共产党，甘愿为创建一个消灭剥削与压迫的新世界而贡献自己的一切。一滴水只有汇入江河才能产生力量啊！漂泊的心灵终于找到了坚实的依托。有目标就有动力。学习，他废寝忘食；劳动，他一马当先。毕业前夕，在清凉山的一座窑洞里，他和十多位男女学员面对鲜红的中国共产党党旗，庄严宣誓："我志愿加入中国共产党，坚决执行党的纪律，不怕困难，不怕牺牲，为共产主义事业奋斗到底。"从窑洞出来，他抬头看见宝塔山，来延安还没有近距离地看过宝塔呢！他独自一人登上宝塔山，站在宝塔下仰望指向蓝色穹窿的塔尖，突然悟出一个道理。人生不仅有长度还有高度。长度是脚步丈量过的道路，或曲折或平直；高度是思想所能达到的境界，它与富贵贫贱、地位金钱无关，却可以决定人生的黯淡与光明。长度书写个人故事，高度体现生命意义，二者完美结合，就会拥有一个不悔的人生。他想起了桃李满园的许先生，大义凛然的董元庆，刚正不阿的于子成，以及敢于冲破国民党新闻黑幕的范长江、薛文昌……他们都是活出了人生高度的人啊！

　　抗大毕业后，他成为一名《解放日报》的记者，在薛文昌的直接领导下工作。由此开始，他和薛文昌这一对工作中的上下级，新闻事业上的战友，共同走过了几十年的风雨路程。

　　闲暇时，他脑海里也会浮出芦承贤的面孔。尽管他心里清楚，由于出身原因，芦承贤身上不可避免地打有剥削阶级的烙印，而且还在为国民党服务，可他却恨不起来，反倒有一种想知道芦承贤近况的渴望。有一次，他忍不住地问薛文昌："你还记得我们第一次见面，和我一块去的芦承贤吗？你再见过他没有？"从薛文昌口中，他才知晓芦承贤已是"青记"会员，还有拒绝加入国民党的事情。"国民党的记者，也要区别对待。"薛文昌说，"芦承贤嘛，属于可以争取的对象。"他开玩笑地问："如果他来延安，你要不要他？"薛文昌干脆地说："要啊，重庆

《中央日报》的名记者，投奔延安《解放日报》，这可是一大新闻啊！"

说笑中的新闻没有发生，卢明却和另一位儿时同窗在延安相逢。有一天去南泥湾三五九旅采访，旅政治部主任袁任远在介绍开展大生产运动时感叹："战士们都想上前线打日本，为了让他们安心开荒种地搞生产，我们几乎把嘴皮都磨破啦！"政治思想工作能激发出无穷的能量，袁主任介绍了十多项行之有效的工作方法，他说："战士们思想通了，干劲就来啦！干起活来就像猛虎下山，拦都拦不住哇！譬如我们旅的开荒模范芦拴宝……"卢明浑身一震，笔差点脱手。"芦拴宝，他是开荒模范？"得到肯定答复后，他提出采访芦拴宝。

山沟农田旁，两人见面。"牛儿，是你呀！"芦拴宝扑上来紧紧搂住卢明。

"哎呀！我气上不来啦！"卢明高兴得大叫。

芦拴宝放手。卢明问："你啥时候来延安的？"

"一年多了。"

"家里都好吗？"

芦拴宝脸上的笑容倏然褪去，粗声大气地说："不好！"

"来，拴宝，慢慢说。"两人在田埂上坐下。芦拴宝揪下一把冰草，一截一截撕断，破碎草茎和泣血怒诉一同飘落到卢明的眼前。

陇山县惯例，每月农历一、五逢集，初一、十五为大集日。1939 年 9 月 19 日（农历八月十五），中秋节又逢大集，县城街道上人流如注，热闹非凡。城中心的十字路口周围摆满贩卖各类物品的小摊子，花花绿绿的颜色染出一片多彩的祥和。挑着担子的小贩沿街叫卖，几条街道上全是他们的声音。就连住在关山密林里的山民，也背着山货兽皮和野兔野鸡野鸽子之类的猎物来县城赶集。城外的牲口市场里羊叫牛吼，近百根木桩无一空闲，每一根上都拴着几头牲口。看牙口摸肥瘦的交易声嗡嗡嗡嗡地在市场上空盘旋。城门外的土路上人来人往，脚底板蹭起的灰尘，烟雾似的在道路上空飘荡。

正午时分，集市最热闹的时候，有人手指天空大叫："铁老鸦！快看！铁老鸦！"天空中有一架蚊子般大小的飞机缓缓飞过。人们伸长脖子仰望天空，瞪大眼睛瞅着那个不扑扇翅膀却会飞的稀罕物，直到它飞出视线。几分钟后，飞机原路返回，在高空无声无息地盘旋几圈，慢悠悠地飞向远方……集市上一切照旧，熙攘嘈杂。忽然，小贩们的叫卖声被一种奇怪的声音砍断。空气颤动，低沉的轰鸣声由远而近。县城上空犹如乌云翻卷过来一般，突然冒出一片黑压压的机群——谁见过魔鬼疯狂叫嚣的天空？从来没有见过这一幕的人们，全都傻呆呆地仰脸张望。街道上还有小孩子高兴得又跳又叫："铁老鸦！铁老鸦！"……等人们看清机翼下两只通红的恶魔眼睛时，想跑已经来不及了（也无处可逃）。

刺耳的呼啸撕裂天空，一架接一架的日本飞机开始俯冲投弹。黑乎乎的炸弹拖着死亡的尖叫钻进稠密的人群中，火光冲天，血肉横飞。轰隆轰隆的爆炸声像笨重的碾子，在空中来回滚动，县城里已腾起森林般的蘑菇状烟团。城外的牲口市场也出现炸出的深坑，坑边到处散落着半个身子的羊、只剩着一条腿的牛和断蛇一样血糊糊的肠子。房倒屋塌，县城在燃烧。黑烟翻滚，哭声震天。投完炸弹的日机又轮番俯冲扫射，子弹扫过街道院落，那种可怕的子弹穿透人体，会炸出一个比碗口还大的窟窿……不断有人倒下，街道上已经血流成河。

站在自家小院门前的许先生，伸出右臂，颤巍巍地指着天空，"孽障！孽障！"连叫几声，口喷鲜血，直挺挺地仰面倒下。

第二天，偌大的县城，家家闻哭声，处处飘白幡，凄风苦雨久久不散。县城郎中哪见过被弹片子弹撕出的伤口，面对满城到处嚎叫的伤者而束手无策。等到平凉驻军的医生赶来，许多缺胳膊断腿的伤员早已血尽而亡。事后，县政府只统计亡者，共计三百七十三人。因伤者太多，无法精确到人，县府在上报文本里只写了六个字，"伤者不计其数"。

那天芦拴宝骑马去芦家营送报纸，因此躲过一劫。返回时，远远看见县城上空浓烟翻滚，知道大事不妙，立刻策马狂奔。临近县城，见城门倒塌，便把马拴在城外徒步入城。芦家大车店已被炸弹摧毁。院子中间有个两丈方圆的弹坑，马厩货仓客房院墙全被爆炸的气浪冲垮。他从瓦砾堆中刨出个奄奄一息的伙计，连摇带问："我大在哪？我大在哪？"伙计只说出一个"坑"字便一命归西。他发疯般跳入弹坑，刨得十个指尖冒血，最后只在大坑底部找到一只鞋底钉有胶皮的布鞋。他手捧鞋子，跪在坑底，狼一样仰天哀号："大！大呀！我的大，你咋走得这么惨啊！"……下葬时，棺材里只有一套芦二的衣帽鞋袜，还有那只钉有胶皮的布鞋。关山下的芦氏坟场里，第一次隆起一座衣冠冢。

送走父亲和伙计，他又去送许先生。轰炸已经过去几天，许先生的右臂仍不肯落下。哭泣的家人办法用尽，先生的手指仍定定地指向天空。噩耗传开，先生的门生从四面八方赶来，人人重孝，夜夜守灵。入殓时，芦拴宝头戴孝帽身穿孝衣，腰系麻绳趴在许先生脚前嘟嘟囔囔地叩了三个响头，发誓般大喊："先生啊，你放心走！我芦拴宝不亲手宰几个日本鬼子，给你，给我大和乡亲们报仇，我就不是个男人！"这时家人抬许先生入棺，阴阳口中念念有词地试着拉动胳膊，先生的手臂竟软软地垂落了下来。

所有丧事办完，他再回芦家营，叩请家族长辈好生照料寡母弟妹，然后昂首挺胸跨进芦家大院，只对芦老爷提出一个要求："三年后，给我大立个碑。"说完转身就走。他知道胡宗南的队伍只围困边区，不打鬼子，就直奔延安参加了八路军。

"我们王旅长说啦，三五九旅肯定要上前线打日本。"芦拴宝捡起一块土坷垃，挥臂扔向远处，"到时候，不杀他几个鬼子，我就不姓芦！"

采访回来，卢明买了几刀黄表纸、蜡烛供果等祭祀物品。天刚擦黑，他来到延河边，面朝家乡方向，摆好供果点燃蜡烛，给亡灵焚烧纸钱。他边烧边说："许先生，芦二叔，乡亲们，相信我们，一定给你们报仇！"延河流水好像听懂了他的誓言，哗啦啦地大声喧哗起来。烧完纸，他坐在河边，家乡那些熟悉的面孔一个接一个地浮出脑海，最后有个面孔定格不动了，是芦承贤。"他知道家乡的那场血腥浩劫吗？"

芦承贤从家信中获知，县城遭到日机轰炸，损失惨重（芦仁乾担心爱子伤心，有意隐瞒许先生和芦二过世的消息）。在中国这个辽阔的大战场上，一个偏居一隅的小县城被炸，与动辄伤亡数千的重庆大轰炸、南京大轰炸、武汉大轰炸……相比起来实在算不上是一件大事。加之信中又没提芦家的伤亡情况，所以他对此事也没太上心，只是在回信中嘱咐，听到警报一定要外出躲避——听说的事情总是容易忘却，没过多久，头脑里家乡遭炸的烟尘就被流淌的时光冲淡了。

生活里有了新的光彩。

重庆的天空仍时常被警报声扰乱，战争还在继续。芦承贤却在烽火硝烟的间隙里，发现了一块安宁温馨的芳草地——他恋爱了。

"你头脑清醒点，如果她是哪个大官家的娇小姐，你就要好好掂量掂量，别把自己陷进坑里爬不出来。"覃家欣曾这样提醒过。战时的重庆，能给家里安装电话的虽称不上是凤毛麟角，但必定是非官即富。整天操心怎么才能填饱肚子的平民百姓，哪有本事让自己的声音在那根细小的电话线里飞跑啊！事情果真被覃家欣猜中，只不过孟沁瑶的父亲孟宏达不是什么高官，而是上海的知名富商，上海商会的副会长。开办有纱厂、卷烟厂和机器厂，还有两艘千吨级的轮船。淞沪会战打响后，他开始谋划工厂内迁之事。近百万国民党守军摆出的阵势，在会战的第二个月已显败象。仓促中，他把纱厂里的织机、生丝、原棉、布匹、油料和机器厂里的大部分设备装船内迁。暂时栖身武汉。中日战事愈演愈烈，他响应政府号召，将纱厂那些可用于战争的物资全部捐出，机器则搬上小火轮转运至四川万县。战火蔓延到武汉，为阻止日军溯江而上，军方又征集商轮沉船锁江。他亲自下令，命两位船长将船驶入长江航道，抛锚打开通底阀……

"那一天，我爸笑着给我说，只要不亡国，打完仗再买新船。"孟沁瑶说起往事，语气哽咽，"刚说完他就转过身子，背对着我。我知道，他是怕我看见他流眼泪。"

那是芦承贤送照片时两人的第一次长谈，他也由此知道了她的家庭情况。她还有两个哥哥。二哥孟俊琦几年前赴美国留学，因战争缘故已断了联系。大哥孟俊伟军校毕业，目前在长沙，是薛岳长官司令部的作战参谋。"他在长沙长官司令部，"芦承贤惊讶地叫道，"说不定我见过他。"孟沁瑶开心地晃了晃身子说："本来我爸爸想让他留在上海税警团，离家近呀！我大哥偏不，非要去当军官。"由于芦承贤是战地记者，知道上海税警总团在 1937 年淞沪抗战中的英勇表现，因此也对上海税警总团有一定的了解。他思考了一下说："税警总团是宋子文控制的武装，后来才编入国军序列。让你哥哥去税警团，你家和宋子文有关系？"孟沁瑶脸上掠过一丝快乐的笑容："才没有呢！打仗前，我爸爸年年都要去劳军，和税警团的长官们关系可好啦！我们撤退到武汉，孙立人叔叔还来我家看我爸爸呢！"芦承贤发现孟沁瑶一直在说父亲和哥哥，不知为何却没有提及母亲。他不由得问了一句："你妈妈也来重庆了吗？"孟沁瑶咬住嘴唇，一脸悲戚。原来她四岁时，母亲因病离世。家有金山银山也无法替代慈母之爱，懂事以后她就立志，长大要做一名医生，医治好更多母亲，让更多孩子尽享母爱。所以，她一心要报考国立上海医学院——中国唯一的国立医学院。受战事影响，该大学先内迁昆明，后辗转迁至重庆歌乐山。她赴昆明参加全国统考，成功进入心仪的大学。后随校来重庆，现在是临床医学专业大二的学生。为照顾女儿，她爸爸便在距学校不远的地方买下几间房子，还花钱安装了电话。

"你们当记者的只听别人说话呀？"孟沁瑶眉间的那粒"红宝石"娇嗔地跳动了一下，"说说你呀！"

朝花夕拾，一路走来故事太多。芦承贤讲起儿时顽皮，偷偷用"仙火"烧东西，最后烧掉打谷场上的麦垛，屁股上狠狠挨了顿板子……讲起刻板严厉的家塾场景，不苟言笑的许先生和那条飞舞的蛇……董元庆的挂图，回荡在县城上空的钟声……于子成手抚"左公柳"，感叹左宗棠六十九岁抬棺西征……讲着讲着突然动了感情，因为他第一次意识到——家乡——心灵中一座不可割舍的矿藏。他接着又讲起关山牧场和山中四季，春听小草萌生，秋看山花烂漫。"我们陇东还有一座崆峒山，黄帝登山问道，秦始皇西巡都要上山进香哩！"

"呀，"孟沁瑶轻声叫道，"原来大西北不光有沙漠骆驼，还有好故事呀！真想去看看。"

"好啊，我陪你去！"

"真的？"

"君子一言，驷马难追。"

"好，一言为定啊！"

两人目光相撞。芦承贤心房一阵战栗，像有电流通过一般。

爱情不仅有电击的感觉，它更像是一串晶莹的珍珠项链。围绕在爱情之环上的每一粒珍珠，都记录着他们相处的时光。礼拜六下午，芦承贤早早来到医学院大门外（送照片那次他就问清楚了，孟沁瑶平时住校，礼拜六下午才回家）。接人不能空着手啊！他本想买一大束花，想想那样太扎眼，所以就买了一枝玫瑰，又怕被包装压坏花瓣，就一直很小心地拿着。过了近一个小时，来了一位身穿长衫、长相和善的中年人。他看看手表，背着手在距芦承贤不远的地方来回踱步，还时不时地向这边瞄一眼。孟沁瑶挎着书包和几个女同学一块走出校门，芦承贤赶忙把花藏在身后，快步迎前去。看见他，孟沁瑶一愣，脸上浮起了红晕。女同学们嘻嘻笑着跑开了，芦承贤这才把花拿出来。"谢谢！"孟沁瑶接过玫瑰，脸更红了，小声又说，"这是第一次有人给我送玫瑰花。"那个中年人走了过来，双手垂于身体两侧，恭恭敬敬地叫了声："小姐。"孟沁瑶取下书包递给他："张叔，麻烦你给爹地说一声，我晚点回去。"那个叫张叔的人很仔细地打量了芦承贤一下，转脸说："是！小姐。"他走远后，孟沁瑶给芦承贤介绍，张叔的本名叫张庆堂，苏北宿迁人，是孟家的管家。由于他娶了表妹为妻，两个儿子与常人无异，生的老三女儿却是个傻子。他把一家大小留在老家，自己在上海尽心尽力地操持管家事务。孟沁瑶夸奖道："我们家里的事，他打理得可清爽啦！"第二个礼拜六，继续拿着一枝玫瑰的芦承贤在学院门口又与张庆堂不期而遇。张庆堂手里颇有先见之明地拿着一只漂亮的女式小皮包，见面熟似的过来东问西问，少爷贵姓啊？在何处高就啊？贵府在哪里啊？芦老爷是从政还是经商啊？家有兄弟姊妹几个啊？芒刺一样的问号钻进耳朵，刺得芦承贤浑身发痒。谢天谢地，孟沁瑶的出现把所有问号一风吹散。张庆堂依然恭敬地接过书包，再把皮包递给孟沁瑶："小姐，留饭吗？"孟沁瑶打开皮包看了看说："不用啦！我还是晚点回去。"张庆堂习惯性回应说："是！小姐。"看着他离开的背影，芦承贤忽然"噗哧"一笑。"他最爱说的可能就一个字。"他和孟沁瑶不约而同地一起说出了那个"是"字。两人会意地相视一笑，孟沁瑶接过玫瑰，折去一截枝干，插进小皮包里，一片浪漫的玫瑰红从她手边愉快地漫漶而起。

爱之环上又添新珠，电影放映机射出的光线照得他俩眼里闪闪发光。他们着迷地盯着银幕上的《马路天使》，表情紧随着赵丹和周璇的感情起伏而变化。时而开怀大笑，时而眉头紧锁。刚出电影院，孟沁瑶竟然有模有样地哼唱出《四季歌》的旋律。电影院真是个谈情说爱的好地方，精彩的剧情放射出的磁力能吸引两人靠得更近。当孟沁瑶看到《夜半歌声》里的宋丹萍遭毁容后的狰狞面孔时，吓得尖叫一声，一把抱住了芦承贤的胳膊。那天走出电影院，尽管身边行人很多，她大概还是心有余悸，一直挽着芦承贤。

就连恋爱中的小事故都能起到爱情催化剂的作用。有一天孟沁瑶从校门出来时推着一辆自行车，这种两个轮子的车子在芦承贤眼里可是个稀罕物。上中学时见袁琦骑过，但袁琦不让其他同学碰，说是一摸就会掉漆。在山城重庆，马路不是上坡就是下坡，更是难得见到自行车。芦承贤前后打量着这个一前一后两个轮子跑起来不摔倒的车子，这是一辆英国造的三枪牌女式自行车，新崭崭的像是刚从工厂生产出来，车把上的镀铬明晃耀眼，车架上的黑漆亮得能照见人影。他问："这车好骑吗？"孟沁瑶回答："好骑好骑。"说完脚下一蹬，翩然上车，绕行一圈停在芦承贤跟前。看来只要前进，车子就能保持平衡，芦承贤脸上露出跃跃欲试的神情。于是就在马路旁边，孟沁瑶在后面扶着车架，芦承贤开始练习骑车技术。青年人胆子大悟性高，不大一会儿工夫，孟沁瑶悄悄放手，他竟然可以歪歪扭扭地骑行了。哈哈，看来骑自行车也不是啥难事嘛——往前骑——速度越快越稳当。脚下用力踩踏几圈，嘿嘿，车子果然听话地前进啦！拐过一个弯，前面是一段下坡路。车轮中魔似的开始自行转动，而且速度越来越快。孟沁瑶在后面大声提醒："刹闸！快刹闸呀！"芦承贤慌乱中一下子捏紧控制前轮的刹把，车头一拧，连人带车翻进路边的小水沟里。孟沁瑶气喘吁吁地追过来，看他一动不动地趴在水沟沿上，吓哭了，一边拉他一边问："承贤，承贤，你没事吧？"他灰头土脸地爬起来，活动一下四肢，沮丧地说："这车子还会翻跟头啊！"孟沁瑶眼角还挂着泪珠，闻言一怔，随即爆发出一阵大笑，蹲在地上"哎哟哎哟"地喊肚子痛。

　　芦承贤明白，自己已经无可救药地堕入爱河之中。只要一有空闲，脑子里就全是孟沁瑶的身影。神态暴露心事，因医学院放暑假，为了约会，他在办公室给孟沁瑶打电话。又怕别人听见，手捂在嘴上，压低声音，跟做贼似的说了时间和地点。放下电话，与覃家欣打声招呼，脚下已向门口走去。覃家欣叫住他："你最近是不是有啥好事，一天到晚笑眯眯的。"他连忙否认："没有没有。反正也没啥烦心事，一切正常。"覃家欣不动声色地揭穿他的伪装："找个时间，和你的朋友一块来家里做客。"他涨红着脸，嘴巴里含糊地回应一声，转身夺门而逃。世界上的事就是那么奇怪，你想瞒的事老天偏偏不让你瞒。那天两人刚见面，孟沁瑶就郑重其事地告诉他："明天下午你来我家，我爸和我大哥要见你。"他突然感到心虚胆怯，小声问："你大哥从前线回来了？"孟沁瑶开心地回答："嗯，跟薛长官来开军事会议。"

　　那一夜，该死的床板总是"咯吱咯吱"地叫唤，吵得他无法入眠。

　　早晨覃家欣一家刚起床。苗雨涵打开房门，一眼看见芦承贤站在门口的那棵梧桐树下。"哟，承贤，有急事呀？"咋不急呢，去孟沁瑶家，总不能两只肩膀扛个头空手上门吧，那太不合礼数了。尽管他也知道四色礼，可那是提亲时送给女方家里的东西，万一孟沁瑶她爸知道四色礼的用意，嫌他鲁莽（或看不上他），还不把他轰出去呀！送啥礼物合适？这大概是热恋男子初次去女方家都会颇费思量的问题，也把他困扰了一夜……万分火急啊！他赶过来就是请覃家欣帮他想一个万全之策。俩人在书房里，覃家欣老僧入定般靠坐在椅子上，两手抱在胸前，眯着眼睛，一副没睡醒的模样。"覃先生，咋办呢？"芦承贤急得摇了摇他，央求道，"你可得给我出个主意呀！"覃家欣打了个哈欠，依旧闭着眼睛说："你俩是普通关系，啥礼物都行，就是不拿也可以。"眼瞅瞒不过去了，芦承贤只好老实交代："不是普通关系，我……喜欢她。"覃家欣嘿嘿嘿地笑出了声，起身从一个柜子里取出一个深褐色的长条木盒递给他："就用这个做礼物吧。"芦承贤定睛一看，木盒上用金粉写着"东北老山参"几个字。这盒人参应该有些年头了，上面的字迹已显斑驳。芦承贤推辞道："不要不要，我去药房买。"覃家欣按住他的手："你以为药房就有货？这是战前买的。再说放我这里也没用，你拿去，正合适。"

再推辞就显得生分了，记住先生这份情吧！事后孟沁瑶给他透露，孟宏达对他送的山参甚是满意，一件礼物上既有对长辈的关心和尊重，也暗含不忘东北沦陷之意……礼物已有，他又在商店买个圆镜子，回到宿舍挑选一套合身的中山装，拿着镜子远远近近地照了一番。他拿上人参，又对着镜子把几根不听话的头发梳理整齐，这才高高兴兴地出门了。

孟沁瑶曾轻描淡写地说她父亲只是买了几间房子，到她家一看，芦承贤才知道所谓的房子竟然是一幢两层别墅，旁边还有几间平房。一辆锃光瓦亮的"雪佛兰"轿车安静地停在别墅前面，无声地显示着主人不凡的身份。别墅外面的墙壁上爬满藤类植物，周边一片树林，天然的掩护色让这里显得既安全又清净。守候在外面的张庆堂见芦承贤和孟沁瑶走近，回头冲别墅喊了一嗓子："老爷，少爷，客人到！"一个长相英俊的男子闻声而出，握住芦承贤的手使劲摇晃几下说："芦记者，欢迎！"他是孟沁瑶的大哥孟俊伟。由于是在自己家里，他没穿军装，而是身着一套西服，脚穿时尚的尖头皮鞋，如果再系上领带，就完全是一副参加重要宴会的装扮。走进别墅客厅，五十多岁的孟宏达则是一身中式服装，十分稳重地和芦承贤轻轻握了下手，然后示意请坐。大家坐入有西洋风格的沙发里，孟俊伟说："芦记者，你在长沙采访薛长官，我见过你。"芦承贤拘谨地说："孟兄，真是抱歉，长官司令部里都是穿军装的，我可真没记住你。"孟俊伟爽快地一笑说："没事没事，现在记住我了吧？"芦承贤点头道："再记不住，我就该挨板子啦！"孟俊伟看了看坐在他身边的孟沁瑶，开玩笑说："不对，记不记得住我没关系，关键是不能忘了我这个宝贝……"孟沁瑶红着脸喊了声"哥",伸手捂住他的嘴。坐在沙发里的孟宏达无声地笑了。这时,一直等候在芦承贤旁边的张庆堂不失时机地弯下腰问:"芦少爷,您喝什么茶?龙井、雀舌、白毫、毛尖、普洱、铁观音、碧螺春……"孟家的一杯茶都有这么多讲究,芦承贤暗自吃惊,但仍做出很随意的样子说:"麻烦你给我一杯龙井,谢谢!"张庆堂直起身说:"是,少爷。"

客厅里气氛随和,芦承贤也不再拘谨,喝茶说话都显得很自如。孟宏达大致问了一下他家里的情况,话锋一转谈及他在第一次长沙会战写的那些报道。"那些天,报纸一来,我就找你写的文章。应该说,我在报纸上就认识你了。"孟沁瑶撒娇般噘了下嘴:"你是关心我哥,你要会飞啊,早飞到长沙去了。"战争阴影无处不在,不知不觉中话语里已经渗入硝烟的味道,话题也从中国战场延伸至世界战场……法西斯德国的战机炸起的烟尘遮住波兰、挪威、英法等国之后,轧轧叫嚣的坦克履带又碾碎苏联的国境线……更可恶的是魔鬼还结成同盟,德意日的军靴放肆地践踏着和平的土地,世界五大洲,就有三大洲在燃烧……话题又回到中国战场,孟俊伟说他多次申请终于得到薛长官批准。"这次回去,我就要上前线带兵打仗啦!"孟沁瑶泪水涟涟地央求:"哥,你可要小心呀!"孟俊伟神色凝重地说:"我的好多同学都战死了,打仗嘛,哪有不死人的。"孟沁瑶使劲摇晃着他的胳膊哭道:"哥,你不许死,不许死!我不让你死!"

该死的战争!

朝天门码头,江水浩荡。芦承贤和孟沁瑶送孟俊伟乘船返回长沙前线。孟俊伟身着中校戎装,更显得英武挺拔。孟沁瑶小鸟依人般一直搂着他的胳膊不放,千叮咛万嘱咐他要小心,有时间就往家里打电话……汽笛呜呜作响。孟俊伟拥抱了一下妹妹,紧紧握住芦承贤的手,明亮的眼睛流露出深邃的男儿柔情:"承贤,兄弟!我把妹妹交给你了,照顾好她。"芦承贤发誓般承诺:"大哥,放心!"

轮船从视线中消失,开阔的江面上有几只水鸟掠过。江水哗啦哗啦地冲击着码头,像是在吟唱着一曲凄婉的离别悲歌。孟沁瑶拿出手绢,擦掉眼角上的泪珠,轻声说:"走吧。"芦承贤看她情绪低落,提议去吃点东西。她摇了摇头。要不去看场电影?她还是摇头。那就随便走走?她点了点头。沿着江堤拾级而上,穿过一个吵吵嚷嚷、散发着鱼腥气的市场,又走下一个长长的大坡,他们来到市中区。街道上的人声汽车声混杂在一起,像有无数马蜂在耳边飞舞,嗡嗡嗡地吵个不停。孟沁瑶说吵得她心烦，想找个清静处安安静静地坐一会。沿着马路继续前行，拐过几个弯，路旁出现一片小树林。林中小道边有几个石凳，两人走进去坐下，谁都不说话。阳光洒下来，斑斑驳驳地碎了一地。外面的嘈杂被枝叶过滤掉了，林子里只有清脆的鸟叫时不时地从耳边掠过……空气忽然剧烈震荡，一波接一波的声浪粗暴地冲进树林，鸟儿惊叫着飞逃而去。

警报——芦承贤对这种预告人类生死的叫声再熟悉不过了，同时他也知道市中区往往是日本飞机重点轰炸的目标。他拉起孟沁瑶跑出小树林，拦住一个正好跑到跟前的中年妇女，打问附近的防空洞在哪里。那女人呼呼地喘着粗气，语不连贯地说："跟到起，跑嘛！快！跑嘛！"话音未落，她已经拔腿开跑。

防空洞顶上悬挂着几只瓦数不大的电灯泡，灯光漫漶，昏黄的光线里像飘着一层血雾。这种光线照在不断挤进来的汗津津的人脸上，个个都显得狰狞恐怖。芦承贤担心人多挤伤孟沁瑶，伸手撑住洞壁，让孟沁瑶站在双臂之间。不大一会，就有豆粒大的汗珠从额上滚落。孟沁瑶紧抿双唇，拿出手绢轻柔地给他擦拭额头和脸庞。"承贤，别撑了。"他故作轻松地说："没事，撑得住。"人越挤越多，后面的人体咋那么硬啊？铁板似的把他压向洞壁。双臂开始抖动，他咬牙坚持。身后顶他的力量持续增强，手臂颤动得更加厉害……随着一阵轰隆隆的爆炸声从洞口传进来，防空洞开始摇晃起来。电灯突然熄灭，世界陷入黑暗。女人和小孩在尖叫。芦承贤拼命抵挡着来自身后的压力，这时候，他感到有一双手从身体两侧插了进来，紧紧地抱住了他。大脑一阵眩晕，双臂发软，他使劲侧转身子，一把搂住孟沁瑶。黑暗中，他的双唇正好吻在她眉间的那粒"红宝石"上。

几天后，他收到一封信。粉红色信笺上只有一行中文和一行英文。

第一个吻我红痣的人：你吻走了我的一生一世。

I love you .

第 十 章

日子里有了爱情的盐味,生活一下子变得有滋有味起来。只要不是外出采访,几乎每个礼拜天芦承贤都会和孟沁瑶在一起。孟沁瑶不喜欢逛街也不爱购物(尽管她的坤包里总是装着厚厚一沓钞票),他们就去郊外爬山,去公园的林荫道漫步,去书店购书⋯⋯吃饭不进大饭店,肚子饿了,孟沁瑶就挽着他走进街旁陌巷,寻找地道的重庆小吃——真正让口舌震惊的美食,大多藏在不起眼的民间小店里。在寻找美食这一方面,比他小两岁的孟沁瑶简直就是个专家。凡是没有牌匾或是有新匾的小店她一概不进,只有看到那些被岁月的烟火气熏得很陈旧,字迹颜色沧桑得令人肃然起敬的牌匾,她才会拉着芦承贤过去。在那些顺着山势而建的高低不平的普通小巷里,他们品尝了"汪家河水豆花""留一筷小面""香再来酸辣粉""三回头油茶"⋯⋯每次都满意而归。"馋猫,"芦承贤说,"你鼻子好尖呀!在哪练的这一手?"孟沁瑶告诉他,小时候外出吃饭,除了家宴和必须陪同父亲的应酬,孟俊伟就会领着她去街巷里寻觅让她吃得可口高兴的特色美食。"有时候吃得太饱,走不动了,我哥就背我回家。"孟沁瑶眼里又闪出泪光。他赶紧岔开话题:"这汤圆真好吃,再买点,带回去让孟伯伯尝尝?"孟沁瑶揉了揉眼睛说:"爹地才不会像咱们两个乱吃乱喝呢,他想吃啥,只有张叔知道。"

他在孟沁瑶家吃过几次饭,每次饭菜都不重样。那些端上来的菜肴里一定掺进了张管家的忠诚和心计,菜品花色和荤素搭配都尽善尽美地顺从主人的心思,每一道菜都让主人无可挑剔。看得出来,孟宏达对张庆堂已经信任到有依赖的程度了。有天饭后他说出去散散步,张庆堂说以前散步都穿硬底布鞋,今天换双软底鞋吧，顺便按摩按摩脚掌，舒筋活血。换好鞋子张庆堂又说："外边天气有点阴，还有点风，您穿风衣还是我给您拿着？"孟宏达说："拿着吧，凉了再穿。"临出门，张庆堂又拿了把雨伞。芦承贤看到这一幕，惊奇地问："张管家大事小事都管啊？"孟沁瑶端给他一盘切成花瓣状的柑橘，坐在他身边说："张叔心细，人也忠诚老实，爹地放心他。"芦承贤吃了几瓣柑橘，忽然想起一件事："覃先生请你去他家做客哩！就是那个在报社给你照相的人。"孟沁瑶落落大方地说："听你的。"

那天，两人去覃家欣家。"哟，我说呢，啥样的女孩子才能把我们的芦记者迷得魂都没了？"苗雨涵拉着孟沁瑶的手说，"你要是去演电影，准是个大明星。"孟沁瑶羞得耳朵都红了，难为情地说："别取笑我了，您才漂亮呢！"苗雨涵又把她仔细端详了一下，转脸对芦承贤说："怪不得最近不见你了……好眼力哟！"芦承贤拎着一网兜水果，傻乎乎地站着直乐。覃家欣也是笑容满面，招呼大家说："都别站着啊，请坐请坐！"那天最高兴的是覃家欣的女儿，吃了水果，就依偎在孟沁瑶身边，仰着小脸听初次来家里的漂亮姐姐给她讲故事。覃家欣还从楼上拿下来一台带有皮套的德国"蔡司"照相机，给他俩照了几张相。从下午两点多进门一直到吃罢晚饭，覃家欣和苗雨涵才同意他俩告辞。"姐姐你啥时候再来呀？"覃岚搂着孟沁瑶的胳膊问。孟沁瑶在她的小脸蛋上亲了一口，保证道："过一段时间我再来。也请你们去我家玩，好吗？"小姑娘乐得拍手嚷嚷："好呀好呀，还给我讲故事，讲多多的。"门口告别时，覃家欣和他俩约定，下次见面他带上照相机，一块去朝天门："在两江口给你俩照点照片。两条江汇成一条江，很有纪念意义哦！"

孟沁瑶脸上又飞起了红晕。

约定被残酷的战火烧成灰烬。1941年9月，第二次长沙会战打响。整整一个月，孟沁瑶无心外出，每个礼拜天都像只病猫一样窝在家里。芦承贤电话安慰，电话那头像对着一片寂静的沙漠，只有到最后，才能听见一声微弱的"再见"。他也去陪伴过她，两人相视无语，各自捧起一本书消磨时间。但她手捧书本，眼睛却瞅着窗外发呆。心情不好也使她饭量锐减，吃不了几口就说饱了。那个月，她整个人都瘦了一圈。尽管芦承贤心里隐隐作痛，可他明白，爱情不能替代她对哥哥的牵挂——哪个家庭不担心参战的家人？

日子磨磨蹭蹭地进入下一月，10月9日，报社收到前线记者发回的电稿，中国守军击退日军进攻，战线完整无缺地掌握在国军手中，第二次长沙会战胜利结束。芦承贤看完电稿，立即拨通孟家电话，等孟宏达拿起听筒，他大声说："孟伯伯，长沙会战结束，日军全线败退，咱们的军队胜利啦！"放下电话，目光射向日历，礼拜四，孟沁瑶在学院上课。胜利的消息不能等待，他像个参加马拉松比赛的选手一样赶往歌乐山……喜讯已乘着电波飞向四面八方，沿途已经有收听到广播的人在街上燃放鞭炮庆祝。跑进医学院，空气平静得一波不兴，可能是校方出于教学考虑，还未将胜利的消息广而告之。他打听到孟沁瑶所在年级的教室，找过去以后才发现教室里空无一人。再问，一个教授模样的人说临床医学的学生在礼堂上大课。他又跑到大礼堂跟前，透过门上的玻璃看进去，乌压压的一片背影，哪一个是孟心瑶啊？他一咬牙拽开门闯进大礼堂。两扇门在身后"咣当"大叫一声，教授停止授课，学生们纷纷回头张望。他对着一片惊讶的眼睛大喊："长沙会战结束，我们胜利啦！"时间仿佛停滞了几秒钟后，突然大礼堂里一片欢腾。

孟沁瑶怀抱讲义、红着眼睛和他一起走出大礼堂，穿过校园来到宿舍。她把讲义往桌上一扔，返身扑进他怀里，像个受委屈的孩子般呜呜地哭了。

据说医学院院长本打算追查那个闯进礼堂大喊大叫的青年。自建院以来，不论大课小课，课堂秩序永远都像手术室里的操作一般井然有序。唯独这一次，有人竟敢胆大包天地打破校园的安宁，此风断不可长。后经同事劝说，那青年也是报喜心切——谁不盼望中国胜利呢？虽说行为鲁莽，但情有可原。于是，此事便不了了之。

长沙战役结束了，孟家小楼里的气氛却依然沉重。张管家精心监制的菜肴，破天荒地不合孟宏达的口味了。饭桌上，他既像是问芦承贤和孟沁瑶，又像是自言自语："俊伟怎么不打个电话，也不发个电报，都十来天了，怎么一点消息也没有？"孟沁瑶也是吃了几口便放下筷子，低头一声不吭。芦承贤搜肠刮肚地寻找适当的语句安慰孟氏父女。"这一次长沙战役，日本人的损失比我们大，俊伟哥不会有事。他是军官，打完仗还有好多事情，一定是没顾上给家里报信。"孟宏达仰靠在椅子上，一声长叹。芦承贤的心窝里有种急速的下坠感，准确地说是一种不祥的预感。

高高飘扬的胜利旗帜，一定是矗立在无数悲痛堆砌而成的庞大基座上。预感变成现实，噩耗传来，孟俊伟在新墙河战斗中被日军炮火击中，以身殉国。他的遗物送回重庆，一副上校领章，一个背包，一个手枪皮套，一只军用水壶，一套军装，一只军官皮质挎包，皮包上有一片中国地图一样的血痕……

孟宏达老泪纵横，孟沁瑶脸色苍白得像刚下的新雪。但她滴泪未洒，抱着哥哥的挎包上楼，把自己反锁进卧室，三天三夜没有下楼。

楼下客厅里的空气被各种悲痛的方言扰乱，重庆商会、四川商会、上海商会、江浙商会、云贵商会、陕甘商会……仿佛全中国各地的商会都得知这一不幸的消息，一拨又一拨面色阴郁的会长和代表纷纷登门吊唁。一些虽然穿着黑色旗袍、却依然戴着名贵项链手镯的夫人太太，一进门就开始抹泪，有的还嘤嘤地哭了。尽管来人口音不一，但说来说去就一个意思："孟公子英年早逝，我们的心都碎了。孟会长节哀！"军方和政府的小轿车在别墅前面的路上停了一长溜。薛岳从长沙打来电话，为痛失爱将而伤心不已。

孟宏达坐在沙发上，像尊面无表情的雕像。不管身边的来者是谁，他一概不应，眼睛始终望着门口，像是在等待孟俊伟踏入家门的那一刻。家里最忙碌的是张庆堂，他先是指挥用人把客厅里一切沾红描金的东西一扫而空，甚至把墙上一幅大海日出的油画也搬了出去，然后就开始迎来送往，一边点头哈腰，一边谢谢谢谢地说个不停。只要听见外面有汽车喇叭响，他就像个兔子一样蹿了出去。对孟宏达来说，这时候的喇叭声无疑是戳心的刀子，他发火了，命令张庆堂："去门口……不！远一点，就说我谁都不见！"

第四天黄昏，别墅里安静得像无人居住一般。孟沁瑶卧室的门锁"咔哒"一响。芦承贤赶紧上楼去轻轻推开门，孟沁瑶手扶墙壁，虚弱地说："扶我下去。"

张庆堂早有准备，亲手端上来一碗燕窝粥，说："小姐，几天没吃，硬东西不好消化，您先喝点粥。"

孟沁瑶有气无力地说："下去吧，我有事给爹地说。"张庆堂后退一步："是，小姐。"他提示似的给芦承贤使个眼色，退出了客厅。芦承贤也站起来准备离开。"别走，"孟沁瑶叫住他，"你也听一听。"

"我要上前线，给哥哥报仇。"孟沁瑶的话犹如一声炸雷，惊得仰靠在沙发上的孟宏达猛地直起身子，嘴巴张了张却没说出话。芦承贤说："沁瑶，打仗是男人的事啊。别冲动，好吗？"

"国军有女兵。"孟沁瑶的话语平静而坚定。

"沁瑶啊，"孟宏达语气干涩地说，"这事……再商量商量。"

"不！"一字千钧。

孟沁瑶主意已定，不论怎样劝说都不能让她回心转意。身体稍有恢复，她便去医学院办理了休学手续。知女莫如父，孟宏达看到事情已无法逆转，独自一人在客厅沙发上坐了一夜。天亮以后他打了几个电话，换上一套出门的衣服，让司机开着那辆"雪佛兰"出去了整整一天。父亲不在，孟沁瑶让芦承贤去楼上卧室。感谢他近期的陪伴，但现在她要去前线了，枪林弹雨，生死未卜。"承贤，你忘了我吧！"芦承贤鼻子一酸，过去抱住她，滚烫的双唇压在她眉间的那粒红痣上。许久，他松开手注视着她的双眸说："沁瑶，你说过的，一生一世！"孟沁瑶眼闪泪花，两人紧紧相拥。

翌日上午，兵役署的两位军官来到别墅接走孟沁瑶。原来是孟宏达动用关系，进见兵役署中将副署长陈伯远，希望陈长官体恤他刚经历丧子之痛，从而满足一个父亲的请求：征召孟沁瑶加入国军，命令她去孙立人的部队。陈伯远直言相告，孙立人的缉私总队本隶属财政部，现因战局需要，正在贵州都匀接受国军改编。说完他用军线接通孙立人电话，简明扼要地说明情况，然后递过话筒。孟宏达极力保持着稳定的情绪，只对孙立人说了一句话："抚民兄，我把沁瑶……交给你了。"

二十多天过去了，芦承贤收到了孟沁瑶来信。还是粉红色信纸，但浪漫的色彩诉说的都是军营生活……她已经是新编三十八师师部医院的一名护士，正在接受严格的军事训练……信的最后是一句英文，那是跨越了千山万水的爱情宣言：I love you 。

芦承贤立即回信，信的末尾也是一句话：爱你！一生一世！

战争不理睬爱情。1941 年 12 月 7 日，日军偷袭珍珠港，太平洋战争爆发。一直坐山观虎斗的美国终于亮出宣战的獠牙。同日，二十多个国家宣布与日本处于战争状态，第二次世界大战的帷幕拉开。8 日，日军进攻香港和马来半岛，战火在亚洲大陆上蔓延。9 日，已经与日本苦战多年的中国，这才正式对日宣战——迟到的怒吼！中国啊，五千年的文明和中华儿女的热血，难道就没有铸出一个国家的胆魄和尊严吗？

　　办公室里一帮记者们围着地图指指点点。战争魔鬼的胃口越来越大，为阻止外国军援物资进入中国，日军继切断中越、中缅公路之后，又全面封锁中国对外的海上通道。滇缅公路已成争取外国援助的最后一条生命线。而这条线路在日军的攻势下，也显得岌岌可危。没有外国物资援助，中国的抗战将更加艰难……覃家欣脸上浮起一层乌云，忧心忡忡地说："形势严峻啊！"

　　战局不利，就连粗通战略趋势的记者都看出这一点，高居庙堂之上的当权者和智囊们终于开始行动了。1941 年 12 月，国民政府与英国签订《共同防御滇缅路协定》，中英双方订立军事同盟，中国派出远征军进入缅甸，支援英军对日作战……孟沁瑶再次来信，说她已经学会打枪了，还配发了一支手枪，只要上战场，她就要对日本鬼子开枪，给哥哥报仇。同时，她还在信中透露，部队近期可能有行动，师部医院补充了药品和战场急救物资。只是有一点她觉得奇怪，师部来了几位缅语翻译，还教给她几句缅甸话。

　　部队行动属于军事机密，《中央日报》的记者也不知道中国远征军各部队的番号。芦承贤却通过孟沁瑶说出的有限信息，分析孙立人的新编三十八师可能已编入中国远征军序列。如果此事当真，孟沁瑶即将跟随部队出国作战。

　　这将是自甲午战争之后，中国的军事力量第一次越过国境线。记录这一段历史，自然少不了记者。报社发出通知，遵照上峰指令，中央日报社将选派随军记者赴境外采访。芦承贤第一个报名，不料看到报社制订的具体要求，他一下子变成霜打的秧苗。此去谁也不能确保无生命之虞，因此报社明确规定，自愿报名，但有如下情况者不予考虑：父母俱在，且为家庭单丁者；已婚无子嗣，或非儿女双全者；直系三代唯一经济供养者；已有婚约者及未婚者……这些条件放射出人类理性的善良之光，所有报名的记者对此心服口服。筛选下来，有五名记者符合一切条件。但其中一位多病，另一位身体孱弱，故而落选。报社最终公布三名随军记者名单，覃家欣名列榜首。

　　1 月 19 日为覃家欣送行，报社去了很多人。苗雨涵和孩子们送他出门。那天，她精心打扮了一番。乌黑的发髻上插着一支镶嵌着翡翠的发簪，还别着一朵色彩朴素但式样精美的华胜。脸上也化着淡妆，双眼描了眼线，嘴唇上涂有口红。再加上她身着一袭深绿色的长裙旗袍，脚穿一双一尘不染的高跟皮鞋……那身装扮既流露出知识女性的含蓄柔媚，又衬托得她典雅高贵，端庄大方。

"哎呀，嫂子！"她刚一出门，就有人喊叫起来，"你比新娘子还漂亮呀！"

她淡淡地一笑说："谢谢你们来送家欣，谢谢！"

覃家欣过来向报社同仁致谢，在芦承贤跟前停下，握住他的手说："如果能见到沁瑶，我一定给她多照些照片给你带回来。"

芦承贤的喉头被一块东西堵住，堵得说不出话来，只好使劲点了点头。

临上车前，覃家欣跟儿子说了几句话，俯身亲了亲女儿。可能是由于人多，他不好意思和苗雨涵拥抱，抱歉地冲苗雨涵一笑，说："照看好孩子，等我回来。"

"放心吧，我等着你！"苗雨涵平静地说。

轿车启动，覃家欣摇下车窗玻璃，先向大家摆摆手，然后对着苗雨涵大声说："雨涵，别担心，我一定回来！"

苗雨涵眼噙泪水，挥手喊道："我等你！"

1942年2月中旬，中国远征军十万余人入缅作战。3月，滇缅路战役打响。报纸和广播上全是胜利的消息。这种新闻里藏着隐形的病毒，会让人传染上乐观的毛病。报社同仁只要说起远征军，都成为精力充沛的乐天派，似乎远征军和英军联手，就会成为一股无坚不摧的钢铁洪流。芦承贤也被感染了，特别是仁安羌大捷的消息见报后，得知孙立人亲率新编三十八师一部击溃十倍于我的日军，解救出七千多名英军和各国记者的时候，他高兴得整夜未眠。

胜利就是一面大鼓，响起来震天动地，一旦沉寂下来就大事不妙了。进入5月，缅甸战场上的风向转变，日军已取得战略上的优势。报纸不承认失败，只是转换一种宣传方式。这支部队击溃日军顺利转移，那支部队经艰苦鏖战脱离接触换地布防，最后竟然出现这样的消息，某某部完成既定目标，已安然踏上归国路程。尽管大家心里清楚，滇缅路已被日军切断，报纸仍在自欺欺人地摇旗呐喊，国际援助物资可以从天上降临中国，我们还有驼峰航线和中印通道……不祥的消息通过其他渠道流出，有记者从国民党政府军令部采访回来，悄悄告诉大家一条切切不可外传的消息，远征军一部前往印度，大部队经高黎贡山一线撤退……真相令人唏嘘不已，远征军第一路军副司令长官兼第五军军长杜聿明率部进入荒无人烟的野人山腹地，装备损失殆尽，几万人的部队，最后走出野人山的仅有几千人。数万中国将士啊，没有战死沙场，却被荒蛮的热带雨林吞噬。

孟沁瑶呢？覃家欣呢？

报社派出的三名记者全部失去联系。经再三打探，几位经历过那场地狱行军的军人回忆，曾见记者和军队一同进入野人山。在深山密林中，一个面部浮肿、行走都已经十分困难的记者，还一次又一次地把照相机对准艰难行进的军人……可恶的雨林，空气湿漉漉地往下滴水，脚下全是湿透的腐叶，昏暗的丛林中藏着手指粗细的昆虫、肥胖的蚂蟥和咝咝吐信的毒蛇，还有一条用无数尸体铺出的悲壮之路。那些军人说，在森林中的那些日子里，他们没有听见过一声鸟叫。记者呢？再也没有见过他。……缅甸沦陷，中国远征军除一部分归国，其余部队现身于印度。覃家欣他们仍杳如黄鹤，毫无音讯。

办公室的电话响了，找芦承贤。接过话筒，是孟宏达的声音。他从收音机里听到外电报道，孙立人的新编三十八师已整建制进入印度驻地。佛祖保佑！他要去华岩寺进香，问芦承贤是否同行？去！当然去！从不相信神佛的芦承贤，这次却和孟宏达一道在华岩寺佛像前虔诚地上香跪拜，祈求冥冥神力护佑孟沁瑶和覃家欣。"当——当——当——"空灵的击磬声悠悠飘出大殿，飘向俯瞰着生死大地的广袤虚空。

心诚则灵吗？芦承贤收到一封航空信件，信封上是孟沁瑶的字迹。他激动得浑身战栗，急切地抽出信纸，一捧浪漫的粉红溢出手掌，映照得他热泪盈眶。异国征战，出生入死，她竟然没有把粉色信笺遗落在辗转途中。信很简短，没有谈及战事，只是说她已到印度，一切安好。希望芦承贤抽时间多去陪一陪她父亲。信的末尾，还是那句英文：I love you。

孟宏达也收到女儿告知平安的来信，情绪明显好转，吃饭时还特意让张庆堂拿来一瓶洋酒，和芦承贤对饮了几杯。孟沁瑶平安无事，芦承贤在暗自庆幸的同时，还在祈求如来佛祖显灵，让覃家欣像往常外出采访一样，一脸笑容地安然归来。可是，覃家欣依然下落不明……报社仍按月按时给覃家欣发放薪水和战场津贴，社长、总编和一众报社同仁先后走进位于观音桥的那幢二层小楼，大家像约定好一般绝口不谈覃家欣的生死，而是异口同声地说他极有可能去印度了。因邮路不通，暂时失去了联系。根据目前情况来看，他很可能要在国外滞留很长一段时间。为照顾苗雨涵和孩子，由报社出资给他们请一位保姆……苗雨涵婉言谢绝了报社同仁的关心，面对一众真诚的面孔，她像是在安慰大家似的说："家欣说过的，他一定回来，一定回来。"

"我爸爸啥时候回来呀？"覃岚问，"姐姐也不来，她去哪啦？"

芦承贤装出一副若无其事的样子回答："他们都去打仗了，打日本鬼子。"

小姑娘很认真地又问："是不是仗打完，他们就回来了？"

"是！肯定是！"

"那，仗啥时候才能打完呀？"

"别缠着哥哥了。"苗雨涵过来搂抱住女儿说，"等中国胜利了，爸爸他们就回来了。"话音未落，她已潸然泪下。覃岚一手搂着她的脖子，一手给她擦着眼泪说："妈妈不哭，不哭！爸爸说过的呀，他一定回来。"

芦承贤心如刀割。

历史喜欢光鲜的大事。有关中国远征军的消息在报纸上沉寂一段时间之后，又开始活跃起来。人们发现，以前的中英联合改头换面为中美联合。1942 年 10 月，远征军第一路司令长官部撤销，改称为中国驻印军总指挥部。总指挥是个名叫史迪威的美国人。就是这个戴着一副眼镜的美国老头，在亲历中国远征军由胜利到溃败的过程之后，气愤地在笔记中写道：中国有世界上最好的士兵，却被"腐败无能的政府和愚蠢胆小的指挥官"率领着打仗。他下决心要把留在印度的中国军队，训练成一支全部美械装备的更加强大的武装力量。在他的力争和协调下，从中国为驻印军补充兵源。中国士兵头一回坐上美国运输机，飞越到处闪着刺眼雪光的驼峰航线，降落在陌生的异国土地上。对天空的恐惧也是一场战斗，刚下飞机的士兵有不少人被空中颠簸吓得面无血色（这不影响他们在以后战斗中的勇敢表现），走路都摇摇晃晃地好像还被气流推得重心不稳一样。

孟沁瑶来信，医院补充了很多美国药品和物资，教官也换成了整天对着中国军人大吼"no, no, ok"的美国兵。随信寄来一张照片，她穿着一套美式军服，头戴一顶钢盔，一手按在腰间的手枪皮套上，一手叉腰，表情平静而坚韧，一副英姿飒爽的模样。她寄给孟宏达的照片又是另外一种风格，身着印度纱丽，秀肩上搭着一条又大又长的披肩，头微微侧倾，嘴角挂着一丝调皮的笑意，活脱脱一个娇媚可爱的俏丽女子。两张照片，孟宏达喜欢后一张，芦承贤更钟爱前一张，因为它具有现实意义。

　　经过一年时间的训练，已经全部更换为美式装备的中国远征军，哦，现在应该是中国驻印军——再次剑指缅甸。1943年10月29日，复仇之战打响。驻印军经过一系列苦战，完全占领胡康河谷。随即又发起孟拱河谷战役。1944年7月15日，最后一面日军破旗被一位中国士兵一脚踹倒，孟拱河谷全线都飘扬起中国驻印军的战旗。

　　芦承贤又收到孟沁瑶来信，粉红色信笺，浪漫的色泽烘托着一个中国女兵的坚毅。孙立人升任中国驻印军新编第一军军长，下发命令，调她去军属野战医院。她抗命不从，要了一辆美国吉普车直闯军部，声泪俱下地软缠硬磨，缠得孙立人只好撤销了那道命令。她特意叮嘱，这事千万千万不要告诉孟宏达，但有一事可以说，在胡康河谷的一次战斗中，她拿起伤员的一支冲锋枪，对着反扑上来的日军一连射出几百发子弹，打得枪管都冒烟了。战后一位少校说，她最少打死了五六个日本鬼子。打伤的嘛，少说也有十来个。

　　孟宏达闻讯，悲喜交加，手擦眼角喃喃自语："这孩子，这孩子啊！"

　　芦承贤坐不住了，一个娇弱女子都能上阵杀敌，身为男儿怎可安居后方？这时候，驻守滇西的中国远征军（因在国内，这支部队仍用此番号）为配合驻印军行动，已强渡怒江向滇西松山发起进攻。报社决定派记者前往采访。芦承贤找到社长，强烈要求去滇西，并且说出一大堆理由。出国不批，可这是在国内啊！"女朋友在缅甸打仗，我待在重庆，以后我怎么面对她呀？"……申请获批，他立即奔赴滇西战场，正好赶上光复腾冲之战……国境线两边战火纷飞，一对恋人，一个在缅甸密支那，一个在中国腾冲，呼啸的枪弹中飞舞着一条爱情的纽带……1944年9月，在美军第十四航空队的支援下，中国远征军经过血战终于收复腾冲。芦承贤发回一篇《腾冲之战我军大获全胜》的报道后，又马不停蹄地赶往龙陵战场。11月，龙陵回到中国军人手中。他再发报道，《国旗照耀龙陵——残余日军已被驱赶至芒市一带》。缅甸战场，中国驻印军连克密支那、八莫、曼西、南坎……

　　1945年2月26日下午，记者们从远征军司令长官部得到一条消息，驻印军新编第一军已经占领芒友城，正在扫荡城外为数不多的几个日军据点。军令部发出电令，28日，中国远征军、中国驻印军和英美等盟军代表在芒友举行会师庆典。天啊！大军会师，说明中国的武装力量和盟军已经牢固地掌控了中缅印战场的战略主动权。作为新闻记者,他们看出这一庆典的重大历史意义。芦承贤立刻联络另外两位《扫荡报》和《大公报》的记者,求见远征军司令长官卫立煌,请求提前去芒友,为即将到来的大会师进行前期采访。卫立煌很慎重地询问芒友战况。作战参谋报告,芒友城外日军已基本肃清。他遂同意三名记者的请求,派出一名少校率领两辆吉普车和一卡车士兵,护送他们前往芒友。

越过国境,汽车沿着一条绕来绕去的公路抵达目的地。中国驻印军士兵已在芒友城外清理出一块空地,并在空地边搭起一排帐篷。汽车前行,在他们前方的公路上矗立着一座巨大的用松枝翠柏搭起的拱门——胜利会师之门啊!随着汽车驶近,在夕阳照耀下,那些密密匝匝的枝叶上竟然泛出了红色。芦承贤使劲眨眨眼,拱门已经整个变红。当他从下面经过时,拱门里一些粗大的枝条映入眼帘,像动脉血管一样不停地搏动……幻觉吗?绝对不是!车子驶入空地,迎面一座用木头搭建起的检阅台,两侧和后台用张开的白色降落伞作为遮挡。在台子后方的正中央位置上,竖立着一个足有一丈多高的红色"V"字。光滑的丝质降落伞上有星星点点的闪光,像无数眼睛,拥簇着那个巨型的血红大"V"。

听到汽车发动机的轰鸣声,从帐篷里走出许多军人。为首的是一位身材魁梧、相貌堂堂、领章上有金星闪耀的将军。一位身穿美式黄卡其作战服,腰挎手枪的年轻军官跑步来到吉普车跟前,与跳下车的少校互致军礼。年轻军官问明情况,又向芦承贤等记者敬礼,伸手向将军方向示意,告诉他们孙军长正与其他军官商议明天会师之事,请跟随他去面见孙立人。

"承贤!"突然,一声女子的惊喊划破了傍晚的空气。

啊!是过去三年来日思夜想的声音吗?那一瞬间,芦承贤惊呆了。只见一个女军人冲出人丛,向这边跑过来。天哪!是她,是沁瑶啊!空气为何如此黏稠?她怎么跑得这么慢啊?像在透明的水中漫步,又像电影里的慢镜头一样——这段距离为什么如此遥远……他不顾一切地冲了过去,什么战地环境,什么他人目光……世俗的篱笆已被无所畏惧的爱情力量冲垮。终于跑到跟前,他伸开双臂,孟沁瑶撞进怀里,两个人紧紧拥抱在一起——世界骤然消失,所有声响都飞向天外,耳畔只有一个声音:"承贤!承贤!真的是你呀!"

一丝惊讶从孙立人脸上掠过,短短几秒钟,严肃的面庞上浮出了理解的微笑。他率先鼓掌。欢乐的喧闹声像群鸟起飞一般冲上天空。年轻的军人们有的使劲拍巴掌，有的跺脚喊好……军人们的叫喊声干扰了一对恋人，孟沁瑶脸色通红，轻轻推开芦承贤，向一顶贴有红十字标志的帐篷指了一下，说了声"来找我"，转身跑了。

"芦记者，你这趟来得值啊！"那位《扫荡报》记者拍了拍芦承贤的肩膀说，"你俩先会师啦！"《大公报》记者说道："芦记者啊，看来爱情跑在了战争前面。"

他红着脸一笑，什么也没说，眼睛却不由自主又看了一眼她指的那顶帐篷。

吃过晚饭，采访完孙立人，已是晚上九点多钟。帐篷外面的空地上点起几堆大火，火堆里燃烧的木柴噼啪作响，像是提前放起了庆祝的鞭炮。空地另一侧机器轰鸣，那是傍晚才赶到的美军工兵营在用推土机、挖掘机和装载机等设备修筑简易飞机跑道。安装在卡车上的发电机发出的电流点亮了几台探照灯，巨大的光柱横卧在地面上，把空地映得如同白昼一般。孙立人又派出几支部队，连夜搜索附近的山头、树林，以确保第二天的会师庆典不被日军流寇干扰。一切安排妥当，他邀请记者们随他去芒友城休息。芦承贤摇头婉拒。其他两个记者不怀好意地再三提醒要注意安全，然后一脸坏笑地跳上汽车走了。

走近那顶帐篷的时候，他觉得心脏蹦跳得更加剧烈了。帐篷里还有一位女兵，见他进来就借故出去了。孟沁瑶显然已比刚见他时冷静了许多，但仍扑上来和他拥抱在一起。外面的机械碾压震得帐篷不停地抖动，隆隆机声吵得人听不清说话的声音。喧嚣扰乱情绪，幽静才是爱情的温床。他俩离开帐篷向夜色深处走去。

一弯上弦月静静地浮在夜晚幽蓝的天幕上，像是一艘通往美好世界的和平之舟。星光稀疏，薄云徜徉，山峦沉睡，大地安详。两人并排前行，他忽然想起以前去找她，都要拿一朵玫瑰……夜色大地，哪有玫瑰绽放？不不，身边就有啊！她就是美丽的花朵，永远在他心灵的沃野上吐露芬芳。他牵起她的手，轻轻吻了一下。她的手很热，掌心已经潮湿。

身后的轰鸣声远去了，草丛里飘出夜虫的鸣叫。他俩手牵手又往前走了一段，在一片僻静平缓的草坡上停住脚步。夜晚静悄悄，他听见她急促的呼吸，感觉到她手心发烫，身体也在微微战栗。囤积了几年的思念奔涌而出，他再也克制不住自己，一把搂住了她。一股青春的气息钻进鼻孔，刺激得他身体像着了火一般……小草们听话地伏在地上，他和她倒卧在绿毯一样的草地上紧紧地相拥……

　　月亮害羞地藏进云絮里，星星却睁大了窥探的眼睛。突然，从远处黑黢黢的山林里传来几声枪响。像提醒，也像催促，小草们放大了唱歌的声音。夜虫惊飞出草丛，去更远处隐身。黑暗中，他和她的对话像涟漪般在夜的湖泊中荡漾。

　　"承贤，啊，承贤！"

　　"沁瑶，哦，我的沁瑶！"

　　"想你！"

　　"我也想你啊！"

　　"承贤！"

　　"沁瑶！"

　　……

　　薄云散去，月牙笑得像一张合不拢的嘴巴。起雾了，白乳似的夜雾飘过来，轻轻地覆盖在那片草地上……

　　战争妖魔可以猖獗一时，但正义之光终将普照大地。1945 年，报纸和广播上的新闻让仍处于战争黑夜里的国人，终于看到了胜利曙光。

　　欧洲战场上盟军高歌猛进。4 月 28 日，墨索里尼和情妇被意大利游击队枪决，倒悬在米兰的罗雷托广场上示众。两天后阿道夫·希特勒在德国总理府地下室开枪自杀，爱娃·布劳恩服毒，两具尸体放入一个弹坑，浇上汽油火化。命运的滑稽剧往往由自己亲手导演。希特勒发动战争，制造出无数的弹坑，最后用其中一个埋了自己。

　　太平洋战场上日军节节败退。7 月 26 日，中美英三国联合发表《波斯坦公告》，促令日本无条件投降。

　　中国战场上的日军仍在困兽犹斗。让芦承贤和记者们看不懂的一幕战争戏剧上演了。日军转进千里，攻占福建、广西、浙江和江西等地的十多座县城，一路攻城略地，烧杀抢掠，如入无人之境。而与之血战的国军，除第三十七军在广西打了几场阻击战，其他部队像是和日军达成默契一般，按照预先写好的剧本，不越雷池地扮演着各自的角色。日军攻陷不设防的城池，奸淫掳掠，无恶不作，然后上路。这时候国军终于拍马赶到，鸣枪放炮地在日军后面打响追击战，像模像样地收复失地。

芦承贤一脸疑惑，在办公室内里嘟囔："这打的是啥仗啊？一路追着日本人的屁股，就像给他们送行一样。"办公室的记者们全都装聋作哑，趴在桌子上忙自己的事，甚至没人朝他这边瞅一眼。自中日战争爆发以来，从未见过国军的这种追屁股战法。记者不是军事家，虽能看出蹊跷，却无法探知其中的奥秘。不过，进入7月份，战场就像下起了雷阵雨，一边阴雨一边晴，共产党领导的八路军和新四军率先开始战略反攻，一连收复十多座城池。

墙上镜框里的那个大人物的脸色变得阴晦不明了。

战争局势豁然开朗。美军在日本广岛投下一颗原子弹。据说那种炸弹的威力极大，在爆炸中心，炽烈的高温把石头都烧化了。广播抢先播发了这条消息，孟宏达在电话里哈哈大笑，连说几个"炸得好"，然后长叹一声又说："就是可怜那些日本平民了。"两天后，日本再受打击。苏联对日宣战。一百多万苏联红军越过中苏边境，摧枯拉朽一般横扫日本关东军。毛泽东在延安发表声明：《对日寇的最后一战》。号令"八路军、新四军及其他人民军队，应在一切可能条件下，对于一切不愿投降的侵略者及其走狗实行广泛的进攻"。历史在关键的时候，总是能作出绝妙的配合。也就是在那一天，美军在日本长崎投下第二颗原子弹。八路军总司令朱德连发七道命令，要求共产党领导下的武装力量向拒降的日军、伪军发动全面进攻。反观国民党蒋介石，却命令日伪军"维持治安"，并命令八路军"原地驻防待命"。记者们闻讯，纷纷摇头叹息，这道命令就是一纸空文，共产党的军队已如潮水一般冲向日伪军。

8月14日，日本政府照会中、美、英、苏四国政府，表示接受《波茨坦公告》，无条件投降。15日晨，四国政府同时宣布日本无条件投降。那一天，蒋介石在《抗战胜利告全国军民及全世界人士书》中称："'正义必然胜过强权'的真理，终于得到了他最后的证明。"……几年之后，在逃往台湾的飞机上，不知他可曾想起自己大权在握时说过的那条真理？

是的，真理可以被戏谑，但它绝不会献媚。

狂欢的浪潮席卷大地——中国啊，古往今来，有过几次这样的全民狂欢？报社记者全部外出采访，芦承贤领受的任务是采写一篇描述重庆胜利大游行的通讯。街道已经成为欢腾的河流。汽车司机们按响喇叭，或低沉或高亢的鸣笛声像一群群活泼的精灵，在空中盘旋跳跃。"胜利万岁！""中国万岁！"响亮的口号声响彻大江两岸。飘扬的彩旗横幅如同一波又一波的浪潮，在街道的河床里涌动。游行队伍里没牙的老汉挥动着手里的纸旗，咧着黑洞洞的嘴巴笑个不停。小孩子们更是一头扎进这历史的洪流里，像快乐的鱼儿一样飞快地在人流中游动。一支车队轰轰隆隆地行驶过来，前面是排成箭头形的三辆两轮摩托车，后面是十多辆三轮挎斗摩托，再后面是一队美国大"道奇"卡车。车上的美军士兵们做出"V"形手势，得意扬扬地朝着两边晃动。有的士兵一边嚼着口香糖，一边向路旁的重庆姑娘们抛飞吻。知道这一动作含义的姑娘们捂嘴直乐，不明就里的小脚老太太们还以为是什么外国人的礼节，也模仿美国兵的动作，先拍一下干瘪的嘴巴，再向车上戴着钢盔的美军亮出手掌……几条游龙沿街而来，舞龙的壮汉们赤裸着上身，亮光闪闪的汗水像是给古铜色的皮肤上涂了一层油。他们快步跑动，尘土飞扬，使得那几条龙就像是在云雾间骄傲地飞翔一般。锣鼓喧天，几匹外形威武、色彩斑斓的狮子出现在街道上。引狮人手里的绣球上下翻飞，狮子们摇头摆尾，腾挪跳跃……芦承贤盯着那只绣球，它在引狮人手里渐渐变得通体透亮，发出耀眼的红光，就像芦家大院门前那头石狮子嘴里的宝珠亮了一样……重庆没有夜晚，所有的灯火通宵达旦。美女形状的霓虹灯一闪一闪地在街道上空跳舞，变幻色彩的霓虹灯酒瓶不停地向酒杯倾倒透明的琼浆玉液，路灯的长龙在山城中蜿蜒伸展，家家户户的灯光从长江边一路顺着山势亮上去，仿佛和天上的星河连接在一起——天地间星光灿烂。

8月下旬的一天，孟沁瑶的电话打进报社。她已随新编第一军先遣部队开进广州，准备和战友们一起接受日军第二十三军缴械投降。由于她在缅甸战场上舍生忘死抢救伤员和勇敢战斗，先后被授予忠勇勋章和七等云麾勋章各一枚，她也因此荣升为中尉医官。抗战胜利，她想脱下戎装，继续完成学业，但孙立人让她留在军队，并愿保荐她去上军校。她已与父亲商议，孟宏达让她自己决定。所以，她特意打电话征求芦承贤的意见："你说，我是回来呢还是留下？"他不假思索，一句话脱口而出："回来回来，再也不要打仗了。"电话那头沉默了。"沁瑶，"他说，"所有打仗的日子都不正常……我想和你……再也不受战争打扰。"孟沁瑶说："孙长官也是好意，我再考虑考虑吧。不过，我同意你的话，再也不要打仗，不要战争。"

历史翻开新的一页，但谁能抚平战争的伤痕？社长总编带着抚恤金，上门探望苗雨涵。事先大家约定，跟小覃岚说话时嘴巴上得加个岗哨。覃岚见到大家，先伯伯叔叔地问了一圈，然后就提出她最关心的问题："我爸爸怎么还不回来？"社长很不自然地笑了笑说："那边还有很多事情要让他采访，一时半会还回不来。他可想覃岚啦！你看，他让我们把薪水给你们送来，让你买新衣服，买好吃的。"他边说边把装有抚恤金的大纸袋放在茶几上。覃岚眨着毛茸茸的大眼睛："好多钱啊！爸爸好辛苦！"大家都笑着点头称是。覃伟带着覃岚上楼去了。社长压低声音说出报社的决定，覃家欣为国捐躯，报社理应承担他身后所遗事物。如果苗雨涵愿意，可以去报社上班，并承诺两个孩子由报社供养至成年。苗雨涵静静地听完，理了下头发说："谢谢！我哪儿也不去。家欣说过的，他一定回来。我也答应……在家等他。"

报社一行人黯然出门。

不要战争，仅仅是记者的愿望吗？不，它是全体国人的梦想。日本已经投降，国内的事情也顺理成章地刊登在报纸上。记者们的乐观毛病又犯了，事态正朝着人们期待的方向发展——多灾多难的中国太需要和平啦！蒋介石连发电报，邀请毛泽东赴重庆共商国是。延安方面已作出回应，将派出代表团参与和平谈判。记者们喜笑颜开，中华大地上空终于迎来和平的曙光。

芦承贤和孟沁瑶在电话里谈及此事，两人都兴奋得不能自已。芦承贤说："国共和谈大局已定，再也不打仗了。快回来吧，我想你都想得快要发疯啦！"电话里传来一阵清脆的笑声，孟沁瑶说："我也想你，I love you。"芦承贤收敛起笑容，认真地说："一生一世！"打完电话，他感到后背忽有凉意袭来。转头一看，墙上的那个大人物目光阴郁，像是对刚才听到的谈话很不满意。

第十一章

　　和谈的表面现象就像风光旖旎的山光水色，让人难以看到暗沟潜流般的内在分歧。党忠国像是参透了国民党主动要求谈判的意图，来到记者们的办公室发表高见，还故作文雅地引用了一句古诗："嘿嘿，总裁真是大人有大量，'度尽劫波兄弟在，相逢一笑泯恩仇'。现在就看毛泽东敢不敢来啦！"芦承贤问他："依党主任之见，他会来吗？"党忠国连吸几口烟，皱起眉头说："共产党嘛肯定派代表来，不来他们就棋输一着。毛泽东来不来……嗯，不好说，不好说呀！"

　　1945 年 8 月 28 日，毛泽东、周恩来、王若飞等人飞临重庆。9 月 1 日晚，毛泽东等人应邀出席由孙科、邵子力主持的中苏文化协会为庆祝中苏友好同盟条约签订而举行的鸡尾酒会。受报社委派，芦承贤前往采访。由于出席酒会的还有各界著名人士和中外记者，他特意穿了一套笔挺的西装——《中央日报》的记者不能显得土里土气呀！那一天，他不仅见到了中共领袖，还深感意外地见到了芦承义。没有久别重逢后的激情拥抱，也没有欣喜若狂的大喊大叫，一身布衣的牛儿沉稳得像一座山，只是握手的力道大得出奇，捏得他的手又酸又痛。他抽回手，捅了芦承义一拳："混蛋牛儿，你来重庆，怎么不来找我？"芦承义答非所问地说："我改名字了，叫卢明，现在是《解放日报》的记者。"说完他看了看正在台上发表讲话的周恩来，转过脸来又说："我们有纪律，不能随便外出，如果能请上假，我去找你。"芦承贤赶忙在采访本上写下一个电话号码，撕下来递给他："好，我等你的电话。"

　　日历一页接一页翻过，电话迟迟未来。

　　芦承贤能够理解，全国的眼睛都盯着国共谈判，而他和卢明相聚与否，则是这一段特殊时期里无关紧要（甚至是可有可无）的花絮——历史从不关心凡人的命运。谈判是一场没有硝烟的战斗，芦承贤从每次谈判后得到的消息和中共代表与各界人士谈话的内容中看出，国共两党分歧巨大。尤其是在承认解放区和军队缩编问题上，两党各抒己见……谁是矛谁是盾？有无调和可能？谈判桌太小，承载不下这天大的问题。

电话铃响了，芦承贤抓起话筒，是孟宏达，他又要去华岩寺烧香拜佛。上一次他曾在寺中许愿，祈求佛祖保佑孟沁瑶平安无事。佛法浩大，孟沁瑶安全回国，现在他要去还愿。步入寺院，先拜谒寺院住持，孟宏达表明此行专为还愿而来，并奉上一张支票，有劳寺院请来金箔为释迦牟尼佛像贴金。住持双手合十曰："佛法无边，心诚则灵。老衲谢谢施主。"然后让身边僧人收下支票，又教童僧端来两盏香茶置于几上，请二位品茗消暑。孟宏达和颜悦色地与住持聊了一会，起身再往大雄宝殿，神态庄重地请香跪拜，口中还念念有词说了几句。寺院清静，曲径通幽。孟宏达背负着手，愉快地欣赏着风景。芦承贤好奇地问："您又许愿了？"孟宏达摇摇头说："这次是祈求。"芦承贤不解地又问："祈求啥呀？"孟宏达说："和平！我是个商人，只盼着再不要打仗了。"是啊，战争的刀剑伤害了多少人啊！和平，真是奢望吗？

1945 年 10 月 10 日，国共两党终于签署《政府与中共代表会谈纪要》。从文字上看，和平建国的设想已经霞光初露，和平的骏马就要在前景无限美好的康庄大道上奋蹄疾奔了。这是多么美好的事啊！芦承贤备受鼓舞，还与同事们在办公室勾勒未来中国的图景……与此同时，他终于等来了卢明的电话。

"过几天我就要回延安了。"卢明说，"我专门找周恩来同志请假，有一下午时间，但不能在外面吃饭。"

"同志？"芦承贤感到意外，"你们不叫长官？"

"解放区官兵平等，大家都是同志。"

"哦，一下午哪够啊？咱俩都几年不见啦！我还想好好请你吃顿饭呢！"

"去朝天门走走吧。"卢明说，"以前在重庆时没心思去，这次来反倒想去看看。"

江面上汽笛悠扬，来往行驶的船只明显增多，长江用它特殊的语言诉说着和平的美好。两人走下江堤，坐在江边一块光滑的石头上。江水一波接一波涌到距他们脚下不远的地方，像是来倾听他俩从分别之后各自对人生轨迹的回溯。芦承贤大致描述了一下这几年的情况和坠入爱河的喜悦。卢明说："我听《新华日报》的同志说，你现在是《中央日报》的大牌记者了。"芦承贤也不谦虚，兄弟之间何必假模假样："有点小名气吧。你呢，在那边怎么样？"

卢明讲述了他在延安的记者经历，其中有几次在反扫荡中与死神擦肩而过，听起来甚是惊心动魄。

山西沁水反扫荡战斗，他和八路军三八六旅一部被日军包围。分散突围中，手枪子弹打光，他拿起一把大刀冲入敌阵。耳边充斥着怒吼和"吭哧吭哧"的喘息声，眼前飞溅的血把天都涂成了红色。一个日本兵端着"三八式"，怪声怪气地喊叫着迎面而来。他连砍几刀，鬼子不但能用枪身挡开，还瞅准机会挺枪猛刺。如果不是自幼练武躲闪得快，早就被刺刀捅穿了胸膛。拼杀几个回合，他才用刀背磕开刺刀，顺势一刀劈下，鬼子惨叫一声，一命呜呼。他转身又冲向另一个正与战友拼刺刀的日军，一道冰冷的寒光闪过，日军的脖子断了，一股血柱喷起来足有五六尺高……突围出来，他才发现手里的大刀上有几个豁口，刀锋已经钝得割不断草了。

在河北阜平县的一个村庄里，他找到晋察冀画报社，请他们为《解放日报》提供一些反扫荡的照片。画报社社长沙飞十分配合，交给他一些底片。两人正在交谈，忽听村外枪声大作。沙飞让他赶快撤离，然后出门集合记者……他撤出村庄，趴在山头上远远地看着沙飞和几位记者被日军包围在山沟里的一块空地上。日军叫喊着围过去，是要活捉他们啊！只见沙飞和记者们把照相机、钢笔、手表等随身物品统统砸碎，然后把手枪对准自己……

"以前从《新华日报》上看到一些你们反扫荡的报道。"芦承贤说，"我一直以为国军打得残酷，没想到你们打得更惨烈。"

"我们的装备太差了，弹药也少。"卢明强抑悲愤，又说出一件令芦承贤深感震惊的事，"拴宝就是在打仗时没有子弹了，和鬼子拼刺刀的时候牺牲的。"

"拴宝？你说的是芦拴宝？"芦承贤瞪大眼睛喊了起来。得到肯定答复后，他觉得自己的身体像裂开了无数的口子，钻心的悲痛从裂缝中喷涌而出。还没等他回过神来，又一重击狠狠地砸在心上，许先生、芦二，已在日军空袭中与世长辞……

　　沉默，长时间的沉默，卢明眼望江面，几只水鸟自由地上下翻飞。他长出一口气，轻声说："有件事我得告诉你。那年来重庆参加高考，我是故意没考好的。"芦承贤丝毫不觉得意外："我猜到了。后来我想过，你想和我分开。"卢明笑了，说："合久必分，分久必合，这是历史的规律嘛！"

　　不知不觉，已到卢明归队的时间。两人走上江堤，卢明停住脚步转身回望。顺着他的视线看去，两条泛着波光的江水，经两江口汇入长江。一条大江，滔滔东去……芦承贤心里突然一震，有个若隐若现的念头像鱼儿一样在脑海里游动。但那条鱼游得很快，一时间竟捉不住它。是什么呢？是两个人的去向，还是国家两种政治势力的离合？

　　但身边的事情已经明朗化了，孟宏达与四川省政府达成协议，万县的工厂设备由政府全额收购，别墅和汽车也以原价售出。孟沁瑶最终决定，告别军队继续学业，并赶来重庆与父亲会合，准备一同返回上海。战争结束，此前迁入重庆的大学都在忙着回迁，她复学的事只能回到上海后再行办理。几年军旅生涯，蹚过生命和鲜血的河流，当娇媚俏皮的少女离开战争旋涡的时候，已经是一个娴静的成熟女性了。她问芦承贤："你爱以前的我呢还是现在的我？"他回答："不管以前还是现在，我都爱你，一生一世。"再也不分离。自从他俩战后重逢，每次外出都是手挽着手，像两个生怕彼此走失的孩子——爱情真是一颗童心。

　　返回上海的船只已经租好。帮忙搬东西的时候，芦承贤才发现孟宏达收藏了很多古董。大大小小、古色古香的盒子，把别墅二楼的两间房填得满满当当。孟沁瑶特意打开几只盒子让他看，他也不懂，只是觉得那些玉呀瓷呀都很是精美。孟沁瑶说："这才是我爸爸的心肝宝贝，比工厂值钱。"晚上吃饭，张庆堂在船上看守东西，饭桌旁只有他们三个人。芦承贤说起他家也有一件宝贝，不知道是啥，但看样子挺值钱。孟宏达问宝贝从何而来，他说是用十大车粮食换的。孟宏达一笑而过。

　　离开重庆前，孟沁瑶挑选了一颗心形的玉石吊坠，和芦承贤一起去苗雨涵家告别。当她把那颗温润闪光的"心"戴在覃岚胸前时，小姑娘问："姐姐，你在外国见过我爸爸吗？"孟沁瑶连连点头。覃岚泪水涟涟地又说："你们都回来了，就我爸爸还在那边，他好孤单呀！"孟沁瑶极力控制着情绪，柔声细语地说："爸爸不孤单，真的不孤单。姐姐不骗你，那边还有好多好多叔叔、伯伯、阿姨和姐姐呢！他们一直在一起。"远远地挥手作别，刚拐过一个街弯，房子拐角遮挡住那幢让人心碎的小楼，孟沁瑶再也走不动了，一下子蹲在地上，捂住脸失声痛哭。呜呜的哭声悲痛欲绝，寸断肝肠。她哭得浑身颤抖，哭得喘不过气了，哭得连声咳嗽……

回不来的英雄成为记忆里的雕像，活着的人还得继续在现实中前行。1946年3月，国民政府准备还都南京，《中央日报》也要随之回迁。芦承贤最后一次去苗雨涵家，劝说她回南京，但所有理由都改变不了一个纯情女人的心。"不了，"苗雨涵说，"家欣说过的，他一定回来。我们都走了，他回来……找不到家的。我不能让他没有家。"芦承贤竟不知再说什么，只好低头默默地坐着。苗雨涵起身上楼，等她下来时，手上拿了一张他们的全家福照片和那台带有皮套的德国"蔡司"照相机，先把照片递给他说："承贤，谢谢你常来照顾我们。这张照片送给你留个纪念。"然后她打开皮套取出相机，仔细地擦拭了一遍，装进去再把皮套也擦得一尘不染，放在他手上说："这是家欣最喜欢的照相机。他出国前叮嘱过，把它送给你。"他急忙推辞："不行不行，还是留给覃伟吧！"苗雨涵看着他，眼神很温婉，话语却不容抗拒："收下吧，这是家欣的心愿。他说过，照相机是他的眼睛。你们都是记者，你就让他的眼睛再看看这个世界吧！"芦承贤眼噙泪水接过相机，庄重地承诺："师娘，我向你保证，覃先生一定能看到我们这个世界！"

保重！告别。芦承贤走到街角处，转身回看。苗雨涵伫立小楼前，如同一座雕像。

报社迁回南京，他给家里寄去一封长信，详细讲述了他和孟沁瑶的事，坚定地表示，他已经决定，今生今世非孟沁瑶不娶。婚姻大事，礼数不能乱，他恳求父母尽快启程，去孟沁瑶家提亲。随信还附有一张孟沁瑶的照片。

芦仁乾很快回信，字里行间溢满欣喜，但从父母角度考虑，上门提亲绝非儿戏，他和二奶奶先来南京，然后共赴上海。他在信中提及，这些年在家，他和二奶奶几乎未添新衣，邋邋遢遢进孟府，是对人家的一大不敬。信中叮嘱，见信勿回，他们已在路途之中。

芦承贤接信后立刻电话告知孟沁瑶，他的父母将赴上海登门拜访（他没好意思说提亲）。孟沁瑶毫无心理准备，一时语塞。电话里沉寂了一会，沉寂得芦承贤手心冒汗，心脏蹦跳得像一只关进鸟笼里的麻雀——怎么像是在等待审判啊？终于有声音啦，是孟宏达："哈哈，承贤啊，听说你父母要来，欢迎啊！哈哈哈。"听筒里传来孟沁瑶忸怩娇嗔的声音："爹地，你看你，嫌弃我啦？"孟宏达后面的话芦承贤只听懂了一句："侬晓得伐，毛脚女婿，吾老灰喜。"唯一听懂的一句也罩有云雾，"毛脚女婿"啥意思啊？不管啦不管啦，关键是"女婿"这个词的出现，嘿嘿，刚才在心里闹腾的那只麻雀已经飞走啦！

等待家人的那几天，芦承贤临时抱佛脚地请报社一位摄影记者教他照相，什么焦距、光圈、快门、景深等专业术语和各种术语之间的关系写了好几页纸，几天下来倒也弄了个一知半解，便端起照相机在报社院子里"咔嚓"了几个胶卷。再请那位记者帮忙冲洗挑选显影。照片冲印出来，那位记者如实评价："构图一般，景物不毛，可以拍人记事啦！"

芦仁乾和二奶奶仍由芦武奎护送，风尘仆仆地赶到南京。几年不见，芦仁乾已显苍老，额头上出现了几道皱纹，但他的身板仍旧笔直。二奶奶变化不大，一下车就搂住儿子哭了个稀里哗啦。芦武奎头发白了一多半，身子骨依然结实。他怀里一直抱着个灰布包袱，就连理发时也不肯放手。在南京几日，芦仁乾和二奶奶不看夫子庙也不游秦淮河，倒是一天几次前往新街口，在最有名的"鸿祥衣庄"试衣。时间也可以用钱买，钞票让衣庄老板笑得眼睛眯成了一条缝。财神爷见钱显灵，他们的制衣单从最后跃为第一。芦仁乾穿不惯西装，定制两套中山装；二奶奶七件各色旗袍；芦武奎一套改良的中式服装。芦承贤拗不过父母，只好也量体裁衣做了一套西装。鞋子也得讲究啊！芦仁乾买了两双皮鞋。二奶奶本想多买几双高跟鞋与旗袍搭配，没想到那走起路来咯噔咯噔响的细长高跟实在不好驾驭。更麻烦的是穿上高跟鞋，风姿绰约了，脚却受不了，简直像箍脚一样难受。先买一双试穿了不到一个上午，她就恨不得把鞋跟上的那根"筷子"掰掉。"遭洋罪哟，我宁可打赤脚板。"最后选定两双中跟黑皮鞋，一来黑色百搭，二来脚也勉强可以接受。芦武奎一听让他试皮鞋，头摇得像拨浪鼓，走了几家鞋店，才给他找到一双合脚的广口厚底子的布鞋。取衣那天，从试衣间出来的这一家人把衣庄老板看得嘴巴大张。年轻就是资本，尤其是西装革履的芦承贤更显得英俊潇洒。出衣庄又进内衣店，所有行头装满两皮箱，芦仁乾这才让芦承贤去买船票。

轮船停靠上海港，孟沁瑶已在码头上等候。那天她穿件白色连衣裙，亭亭玉立地站在码头上的人群中，像朵清雅脱俗的玉兰花一般醒目。见面后二奶奶拉着她的手，一句话脱口而出："好乖的女娃哦！我家承贤太有福气喽！"孟沁瑶脸上浮出了羞赧的红晕。孟家出动两辆小轿车。行李装上车，孟沁瑶请芦仁乾一行去她家住。芦仁乾则表示那样太打扰，还是住外面方便一些。孟沁瑶用眼睛征询，芦承贤点了点头。于是，她让司机驾车直驶礼查饭店。晚上，孟宏达在饭店一间维多利亚风格的包房设宴，为芦仁乾和二奶奶接风洗尘。芦武奎说什么都不进包房，那就给他安排在大厅角落的单桌上，点了几个菜任他随意。

第二天正式拜访孟府。那是一座位于华山路旁的独立式花园洋房，西洋风格的三层白楼和楼前的露台把浪漫与庄严完美地结合在一起。露台两边栽有几棵形状别致、几乎是上下一般粗细的树。楼下修剪得整整齐齐的冬青刚浇过水，阳光映照，似有无数金粒在枝叶间闪烁。连接外面马路与花园洋房的通道两侧绿草如茵，树木葱郁。整个建筑看上去既奢华又庄重，尽显主人不凡的气度和富有。

两辆小轿车依次停在楼前，乘坐第二辆车的芦承贤和孟沁瑶自行开门下车，张庆堂已经殷勤地拉开第一辆车的车门，满脸堆笑地迎接请芦仁乾和二奶奶下车。站在门前的孟宏达跟芦仁乾握手后伸手示意："请！"楼内装饰富丽堂皇，所有家具都是欧洲宫廷风格，墙上贴有典雅花卉的壁布，地上铺的是深咖啡色木质地板。不料这洁净油亮的木地板竟是芦武奎难以逾越的障碍，他最后一个进门，刚走几步，回头一看，布鞋已在地板上留下几个硕大的土脚印。他难堪得满脸充血，赶忙跪在地板上，一手抱着那只包袱，用另一只衣袖擦地板上的脚印。孟沁瑶过去劝阻："不擦不擦，没事的。"他执拗地边擦边退了出去，起身把包袱交给芦仁乾，再也不肯进门。孟沁瑶只好让张庆堂在草坪的树荫里摆放桌椅，再送去茶水和一些点心，芦武奎感激得一个劲地对张庆堂说："谢过了！谢过了！"

大家落座喝茶，话入正题。芦仁乾彬彬有礼地表示，犬子结识贵府千金，实乃芦家之荣幸。婚姻大事，依照礼数，本应请大媒前来贵府提亲。因两家相距甚远，未及请得大媒，还望孟先生切勿见笑。一席话听得孟沁瑶捂嘴直乐。孟宏达久居上海，受现代风潮影响，自然不拘泥于古礼。"芦先生多虑啦！只要两个孩子情投意合，我当然乐见其成。"芦仁乾拿起那只包袱放在茶几上说："芦家困顿，难有厚礼奉上。踌躇再三，唯有此物可作聘礼，请孟先生过目。"孟宏达说："不必客套，这都是形式而已。"

所有目光聚集在那只很普通的灰布包袱上。芦仁乾解开包袱皮，里面一层厚实的棉垫包裹着一个东西。打开棉垫，露出一只小皮箱。芦承贤瞪大眼睛，这只他仅见过一次的小皮箱，不就是那个用十马车粮食换来的宝贝吗！芦仁乾很小心地从皮箱的衬棉中取出一只陈旧的古董盒，那上面的象牙别扣不知沉淀了多少岁月，都变得发黄了。这时候，孟宏达脸上的表情已经十分凝重，探身注视着古董盒。芦仁乾轻轻掀开盒盖，里面是一层颜色有些发黑的黄绫。揭开黄绫，又是一团团用黄绫包起的丝绵，严严实实地塞满整个盒子。棉团取出一多半，盒子里的东西显露真容。"啊！"孟宏达惊呼一声，站起来俯下身子，目不转睛地盯着盒子里面。芦承贤探头一看，在盒底一层柔软的黄绫上有一只暗红色的杯子，旁边有一个同样色泽的杯托。那东西看上去无论是样式还是颜色也没啥特别之处，就是一只普普通通的红杯子嘛！他转过脸，孟沁瑶也是一脸疑惑。

"太贵重了，太贵重了！"孟宏达拉起芦仁乾的双手说，"万万不可，我们承受不起呀！"

芦仁乾一脸欣慰："此乃身外之物，不及贵府小姐之万一呵！"

"不行不行，还是请您收回！"孟宏达坚持说。

"冒昧前来为犬子提亲，还望先生首肯。"

"他俩的事情我同意，但这宝物真不能收啊！"

"婚嫁礼聘，祖训不可违！"

"这……"

他俩越说迷雾越重，芦承贤和孟沁瑶彻底跌入迷宫之中。孟沁瑶过去轻轻拽了拽孟宏达的衣服说："爹地，这到底是什么宝贝？给我们讲讲嘛！"

听到孟宏达的讲述，大家才知道这件宝物的来历。明朝万历年间，西戎小国亦力巴里朝贡，贡品里有一物，看似一块黑乎乎的石头。有文武大臣讥笑贡使，亦力巴里人眼睛无水，竟把石头当宝贝。贡使听通事翻译后，指着那几个文武大臣叽里咕噜一通怒吼，叩拜皇上后哈哈大笑，扬长而去。万历皇帝朱翊钧问通事，贡使何故发笑？通事战战兢兢地回皇上，那贡使狂妄至极，竟笑我朝大臣全是瞎子。大臣们群情激愤，启禀万岁，请求严惩那个无礼贡使。朱翊钧不理睬大臣，起身退朝。命御用监太监将那块石头交雕刻大师陆子冈辨识。陆子冈切去黑石表皮，连连赞叹，所谓的黑石头竟然是一块稀有的血珀。而且，血珀大如碗盏，更是举世罕见。太监回禀皇上，那石头是红珀（说血珀不吉利），是稀世之宝。朱翊钧传旨，命陆子冈根据红珀形状雕刻一物。半年后，一天上朝，朱翊钧问大臣可否记得亦力巴里贡使之事？大臣回禀那事犹如昨日，不曾忘却。朱翊钧命御用监把总端上一只覆盖着黄绫的托盘，说盘中之物便是那黑石头。黄绫揭去，一股祥瑞之气自盘中溢出。那件宝物自带霞光，熠熠生辉。仔细再看，宝物上纹理流动，似有祥云缭绕。眼见大臣们惊得瞠目结舌，朱翊钧仰天大笑，他拿起"红珀祥云杯"告诫大臣，宝物藏于石皮之下，观其表而不察其里，岂识宝物乎？世事同理。后来，红珀祥云杯又露过几次面，都是在皇室庆典上。再后来，随着朱翊钧二十年不上朝，红珀祥云杯也失去了踪影。坊间流传，有说已成为朱翊钧的陪葬，也有说他赏给了嫔妃或太监，前两年还有人猜测，可能已被盗去日本。多少年来，藏家们欲求一见而不能，没想到今日它竟在孟家重见天日。

客厅一片沉默。张庆堂的话音细得像蚊子叫："这个杯子能值多少钱？"孟宏达说："比我这花园洋房值钱。"张庆堂眼睛顿时瞪得如铜铃一般。孟宏达让他去端来一盆清水净手，然后戴上一副雪白的薄棉手套，小心谨慎地取出杯托和杯子放在茶几上。红珀祥云杯通体透红，杯壁上一些颜色更深的纹理好似活动的祥云，在一片红色霞光中流淌。茶几上霞色漫漶，祥云浮动，渲染得人们眼前一片绚烂。

孟宏达把红珀祥云杯收入盒中，摘除手套后说："这杯子归我们两家所有，我先代为保管。将来沁瑶和承贤大婚之日，也是它再次现世之时，沁瑶和承贤是它的主人。"

孟沁瑶紧紧挽住了芦承贤。

用红珀祥云杯做聘礼，完全出乎芦承贤的意料，再回忆起少不更事的年代，屡屡顶撞父亲，心里更是填满了负疚感。晚上回到酒店，他不顾芦仁乾反对，坚持要为他洗头、搓澡。洗完澡，父子俩又在灯下长谈。芦仁乾说了一件事，这些年兵荒马乱，世道不太平，而且每一任"喇叭头"几乎都惦记着家里的宝贝。为保护家产，他把家里祖传的器物和贵重东西装箱，埋在距关山牧场不远的一座山上。"这件事和埋东西的地方只有我和武奎知道,有时间你回来一趟,我把那个地方说给你。"芦承贤问:"咱家还有好东西呀?"芦仁乾说:"几百年的家业,哪能不存下些宝贝?回来看看,那些东西迟早都是你的。"芦承贤想了想说:"过几年吧,我和沁瑶结婚,肯定是要回去的。"芦仁乾点头道:"也好,这次先给你订婚。"

依照二奶奶的意思,他俩应该尽早完婚:"在老家,像他们这年龄,娃儿都生一堆喽!"孟沁瑶则有自己的主意,先完成学业再结婚。她红着脸请家长们理解,她可不想在校园里挺个大肚子。最后两家达成共识,在上海为他俩订婚,等到孟沁瑶大学毕业,即在芦家举办成婚大典。大上海的消息传得飞快,也不知张庆堂是有意还是无意,给一个老乡通电话时说漏了嘴,孟沁瑶即将订婚。这下可好,消息一传十十传百,孟家的电话从早到晚叮铃铃个不停。本来孟宏达也有意在上海滩为女儿办一场气派的订婚庆典,孟沁瑶坚决不同意——战争硝烟才散去几天,战友们尸骨未寒,她怎能为自己订婚就大操大办?恋人心灵相通,芦承贤的想法与她如出一辙。家长们尊重他俩的选择。于是,他俩在南京路上的王开照相馆拍了订婚照。拍照前,孟沁瑶从坤包里拿出一条崭新的蓝色条纹丝质领带,在它的背面轻轻一吻,亲手把这条印有吻痕的领带系在芦承贤的衬衣领口上,这才挽着他走到镜头前……隔天孟宏达在汇中饭店六楼的一间小宴会厅里,为他俩举办了一场只有两家人参加的订婚仪式。当芦承贤把一枚璀璨的订婚戒指戴在孟沁瑶手指上时,她深情地凝视着他的眼睛,轻轻说出一声:"I love you。"

那个年代从贫瘠荒凉的大西北来风光旖旎的江南实属不易,孟宏达放下手头一切事务,陪同亲家公和亲家母游历江南。芦承贤和孟沁瑶随行。水乡里咿呀作响的摇橹声荡起的湿润,滋养得二奶奶的皮肤都变得细腻光滑了。上有天堂,下有苏杭,置身于风光如画的江南美景之中,芦仁乾都显年轻了。光是眼睛愉悦肯定不算完全尽兴,味蕾也能记住江南的富饶,刀鱼、鲥鱼、河豚、螃蟹……"不打仗就是安逸哦,"二奶奶总结说,"大家都忙着过生活,这种日子才有味道噻!"

可年轻人还想着另一种生活味道。漫步苏堤,两个年轻人有意落在后面。孟沁瑶打着一把红色绸伞,映得她面如桃花,看得芦承贤忍不住像鸡啄米似的吻了她一口。她亲昵地抽回手捶了他一拳,再挽住他边走边问:"回去以后,你有什么打算？"他说："你又要去上学读书了，我也要去读大学。"她眼里亮光闪闪："真的呀？"他很认真地说："报社记者多数是大学生，虽然没人说我，但接受大学教育肯定有益无害。"他扭脸看看她，嘿嘿一笑又说："再说了，将来我可不想听人家说孟医生的丈夫是个高中生。"她用胳膊肘顶了他一下，取笑道："哟，虚荣心挺强嘛！"他拿出照相机调好焦距，请一位游人代为按动快门。孟沁瑶收起伞，挽住他的左臂。他伸出右手，指着远处的雷峰塔，"咔嚓"。

时隔八年他又拿起高中课本。三天荒个秀才，再看那些上高中时几乎要翻烂的课本，真有种恍如隔世的陌生感。那些曾经很容易做的习题，现在都变成了拦路虎，虎视眈眈地挑战着他的神经。好在以前学得还算扎实，复习起来，那些公式呀原理呀解题方法呀，从记忆的角落里跳出来与手中的钢笔共舞。再说学习就得不耻下问啊！他去报社附近的一所中学，诚恳地拜教书先生为师，一礼拜几次，定期定时地登门求教……爱情是最大的动力，他把那张孟沁瑶第一次来报社拍的照片装入小镜框放在书桌上。除了非去不可的采访之外，他不参加任何社交活动，一天大部分时间都在孟沁瑶的目光中复习——安静真好，可以心无旁骛地做自己想做的事。但是，人不是超然象外的神仙，自然而然地会受到世间凡事的干扰。

他本以为"双十协定"的力量已把战争阴影驱出国门，和平时代嘛，邮路应该畅通无阻了啊！他给芦承义去信（哦哦，现在是卢明了），询问他在解放区的情况。卢明只回了一次信，内容也很简单，用一句一切安好便圈定了个人的状况。然后就用预言家的口吻，指出中国的和平很脆弱，说不准哪一天，"双十协定"就会沦为一纸空文。芦承贤不以为意的复信，由国共两党领袖参与签署的文件，那可是重如泰山的政治诺言啊！回信没来，贴有战争标签的消息来了。1946年6月下旬，国共两党的军队在湖北、河南的交界地区兵戎相见。中国的大地上又冒出了硝烟的味道。《新华日报》披露，国民党军依仗优势兵力，对中原解放区发动全面进攻。国民党的报纸则称是共产党挑起了事端。

难道又要打仗吗？难道中国人的血还没流够吗？国共冲突再起，芦承贤以参加高考为由拒绝报社派他赴冲突地区采访。"我不去，"他给孟沁瑶打电话说，"这才过了几天和平日子啊？刚把日本人赶走，中国人反倒打起中国人了，谁爱采访谁去，反正我不去！"孟沁瑶支持他的决定："嗯，别想太多，还是静下心好好复习吧！"

几个月时间，他的两颊上都瘦出了坑。考试结束，他回到宿舍，跌倒在床上睡了一天一夜。发榜前一天，孟沁瑶专程从上海来南京，还大包小包地带了许多好吃的。她抚摸着他凹陷的脸颊，心疼得直抹眼泪。放榜那天，两人手挽手去国立中央大学看榜，当看到第五张黄色榜单时，芦承贤的名字赫然出现。孟沁瑶给了他一个响亮的吻。爱情的声音惊动了看榜的考生，各种眼神交织成网。在那张大网的中心，他俩相挽相依地紧靠在一起。

梦想终于成真，芦承贤被国立中央大学新闻系录取。他要求暂时离职去读大学。报社同意他可以全薪在职就读，但有一个附加条件，如遇重大事件，必须听从报社调遣。在他全力复习期间，已有长官过问，你们报社的那个芦承贤去哪啦？怎么再没见他的稿子啊？一个抗战期间十分活跃的《中央日报》记者，在目前中国处于何去何从的关键时期突然销声匿迹，知情者不用解释，不知情者呢，会不会认为他已经投奔了共产党？口说无凭，还必须与报社签约。他不满地抗议："你们这是给我戴紧箍咒啊！"报社回复明确而干脆："戴不戴在你，但这次你不签约，将来毕业了，看哪个报社敢要你？"

谁都得为自己的前途着想啊！好吧好吧，签就签，再说读大学还拿薪水，也算是好事一桩。签约之后，他就将此事撇在一边，可执掌他前途的报社，记忆力好得惊人，总是会在某一特殊时刻想起他。尽管这样的时候不多，只有三次，但在这三次采访之间好像存在着一种神秘的关联性，由此形成的命运之手，推动着他的人生航船偏移了方向。

前两次采访，一次去延安，一次去上海。从上海返回南京前，在孟沁瑶家谈及当下局势，孟宏达一脸担忧："看样子，国民党不是共产党的对手。"芦承贤问："如果国民党败了，咱家怎么办？"孟宏已经未雨绸缪地派人去香港，物色适合的栖身之地。他说："真到那一天，我们一块走，先到香港再看情况吧！"

后来，他几乎是被强制性地接受了第三次采访任务。1948年，中国人民解放军发起淮海和平津战役，国民党军兵败如山倒。此前蒋介石似乎已预料到这一结局，任命胡宗南为川陕甘边区绥靖公署司令，命令他进军四川，企图照搬抗战模式，依托西南地区的高山深谷稳住阵脚，伺机反扑。11月，胡宗南入川。12月初，报社派他赴成都采访，并且给他联系好国民党空军的飞机。"这可是鼓舞士气的报道啊，非你莫属。"社长一句话堵回他所有不去的理由，他只来得及给孟沁瑶打了个电话，便被急催上车直驶机场。飞机落地，还没等他见到胡宗南，国民党川康将领刘文辉、邓锡侯和潘文华通电起义。胡宗南的长官部随之迁往西昌，他则滞留成都。12月27日，成都解放。30日，解放军入城。他给一位还是一脸娃娃相的带队巡逻的解放军军官亮明身份，希望得到帮助尽快离开成都。不料那位小军官对他身份的判断逻辑是"国民党的记者就是国民党"，把他直接送入关押国民党顽固派的俘房营，那支刻有"毅庵赠"的钢笔也被没收了……等到他恢复自由，才知道解放军已经突破长江防线。这时候，在他迷茫昏暗的心中还有一点亮光——爱情的灯塔在远方闪耀。

一路上费尽周折，他才再次看到那座熟悉的花园洋房。"沁瑶啊，你还在吗？"内心的呐喊震得他心如擂鼓。他走上台阶按响门铃。门开了，一个胖得像皮球似的中年妇女瞪眼怒斥："滚开，到别处要饭去！"女人身后传出一个熟悉的声音："谁呀，要饭的吗？赏一口让他走。"张庆堂从女人身后走出来，他穿着孟宏达的绸缎睡衣和意大利进口的皮质拖鞋，右手端着一只盛有半杯琥珀色洋酒的高脚杯，左手食指和中指间夹着一根点着的雪茄烟，偏着脑袋瞅着眼前这个脸色黝黑、胡子拉碴的人。忽然，他用雪茄指着芦承贤，咧开嘴巴大笑起来，笑得浑身抖动，上气不接下气，把酒杯里的酒都笑洒了。"芦记者，是你呀！哈哈哈哈……进来吧……哈哈哈哈……"狂笑声里有一股令人窒息的腐臭味。芦承贤惊呆了，眼前这个人是以前那个唯唯诺诺的管家吗？

楼房里东西散乱，木地板上满是脏乱的脚印。欧洲宫廷式的长沙发上，一个袒胸露腹的男子在呼呼大睡。单人沙发上，歪坐着一个身穿明显不合身西装的二十来岁的男子，他的注意力全在旁边的收音机上，不停地转动旋钮，拧得喇叭吱哩哇啦地乱叫。

"他们是谁？"芦承贤皱着眉头问。

张庆堂胸脯挺得高高地回答："我老婆，我儿子。"

"沁瑶呢？"他又问。

张庆堂"吱"地吸了口酒，闭上眼睛摇晃着脑袋，享受着口齿间异国的味道。过了一会儿咽喉里"咕噜"响了一声，他这才睁开眼睛说出了孟氏父女的去向。上海解放前他们去了香港，把花园洋房交给他看守。"这么漂亮的楼房空着多可

惜呀！我就把家里人都接来，让他们也享受享受。"他再抿了口酒，想起来似的
又说，"对啦，小姐给你留了一封信。说你要来的话，让我转交。"

"信呢？"

"楼上，小姐卧室。"

卧室门紧闭。张庆堂又敲又叫地折腾半天，一个嘴巴涂得血红、两条眉毛画
得一粗一细、表情痴呆的女子打开门，回身又盘腿坐在孟沁瑶的席梦思床上。芦
承贤看见她穿的是孟沁瑶的白丝睡袍，现在已被弄得皱皱巴巴、到处是污渍。他
气得直喘粗气，拼命克制着情绪。张庆堂在乱七八糟的梳妆台上翻找信件，自语
道："咦，怪啦，我明明放在这上面的嘛！"他转脸看着床上女子，语气忽然变得
很温柔："这上面有个纸袋袋，你看见没有呀？"女子傻乎乎地笑着，嘴角流下线
一样的涎水。芦承贤回忆起来，孟沁瑶说过张庆堂有个傻子女儿。那女子不搭
理张庆堂，拿起一本已经撕毁的书，又扯下几页，一页一页撕成碎片，下床走到
打开的窗子跟前，扬手扔出一把纸片，尖叫道："下雨喽！下雨喽！好看呀好看
呀！"张庆堂说："坏了，信准是让她撕碎扔了。"

芦承贤再也忍不住了，气愤地问："你怎么能这样啊？"

"我愿意！"张庆堂斜眼瞪着他吼叫，"老子伺候他们这么多年，现在还叫我
当看门狗。啊呸！告诉你，现在解放啦！孟宏达都吓跑了，你还要啥威风？甭
说一封破信，就是把这房里的东西都砸喽，也得由着我女儿！出去，出去！滚出
去！"他的两个儿子听到吵嚷声，跑上楼来凶神恶煞般守在门口。

芦承贤再也不想看张庆堂那张令人憎恶的脸，转身冲出房门。已经走到马
路上了，他停住脚想了一下，转回到孟沁瑶卧室的窗户下面，仔细寻找起来。地
面上树丛间撒满纸屑，其间混杂着几片粉色碎片。他蹲在地上，一寸一寸地划拉
着，一片一片地捡起来辨认。为取出掉入冬青里面的纸片，他甚至趴下身子，费
劲地把手伸进树丛……

张庆堂远远看着他，一副幸灾乐祸的模样。

粉红碎屑上大多能看出字迹，偶尔有几个完整的字，那是孟沁瑶的笔迹。他
找回一手心的粉色，可是这些破碎的浪漫却不能连成一句完整的话。正当他准
备放弃时，一阵风吹来，地上的纸屑像小精灵般翻起了跟头。有一片拇指盖大小
的粉红翻滚过来停在他的脚旁，他捡起来一看，顿时有笑容掠过面颊。那片残破

的粉红上有一个完整的英文单词："love"。他拿出采访本把小纸片小心地夹在本子里，然后扬手一扔，空中飞旋起一片粉红的花朵。他看都不看张庆堂一眼，大步流星地走了。

誓言如山，love 与他同在，终有一天会与孟沁瑶重逢。

人生必须头脑清醒地面对现实，他决定回南京报社——只有勇敢面对才能知道迎面而来的是什么。《中央日报》已被接管。在报社办公室，接待他的是一位四十多岁的中年人。当他听芦承贤自报姓名后，热情地起身握手。

"卢明同志正在找你！"

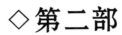
◇第二部

第十二章

　　随同时代的大幕拉开，两个在动荡年代天各一方的儿时伙伴，在大江以南的一座省会城市握手拥抱。这时候回首以往，会发现在冥冥之中似乎有一种神秘的力量——命运之手在你奋力前行的时候已经为你的人生航船标定了方位。

　　久别重逢，芦承贤弄清了事情的原委。1947 年国民党进攻延安，迫于战场形势，《解放日报》休刊，报社人员编入战斗队伍序列，跟随党中央转战陕北。不到两年时间，形势逆转，国民党丢城弃地节节败退。遗留下的报纸广播需要接管改造，部分有新闻工作经历的人员被抽调出来，分赴各个城市执行接管任务。薛文昌和卢明也随同南下干部的队伍，跨过长江，开始书写宣传工作的新篇章。卢明认为芦承贤有可能留在大陆。经薛文昌同意后，向接管南京《中央日报》的工作人员函询芦承贤的下落，并在函件上注明，如他愿意，可前来会合，继续从事新闻工作，因而才会有兄弟重逢这一档子事。当两人见面时，卢明已经是省委机关报的编委了，薛文昌则任省委宣传部部长兼报社总编辑。

　　"不去台湾就表明了你的政治立场。"薛文昌在与他谈话时说，"不要有负担，放手去干！新中国、新时代、新气象，到处是新闻，你要发挥自己的作用啊！"

　　"承贤，咱们实话实说。"卢明显然考虑得更多一些，因为他肩上也承担着报纸宣传方向以及安全的责任，所以必须摸清芦承贤的真实思想，"如果不出意外，你去不去台湾？"

　　芦承贤如实相告，他不会追随国民党去台湾，但会听从爱情的召唤去香港，"我估计，沁瑶和她爸爸还在香港等我呢！"

卢明笑了，下结论似的说："你呀，是个爱情至上论者。"

如何安排使用"爱情至上论者"，经报社编委会商议决定，芦承贤去总编室任编辑。这一安排有些出乎芦承贤的意料，他不解地问卢明："我以前一直都是记者，怎么让我干编辑了？"卢明解释道："报纸办得好坏，关键在编辑水平。现在报社编辑力量薄弱，急需补充。你别胡思乱想，这也是报社知人善用嘛！"他可能是担心芦承贤猛一下转不过弯来，换个角度又说："你也知道，编辑都是在有记者经历的人员中选拔的。报社考虑到你以前当过记者，还是个名记者，所以就一步到位地让你当编辑了。"

这种解释既合情也合理，芦承贤也没再多想，便服从报社安排成为总编室的一名编辑。有趣的是，总编室恰好是卢明分管的部室之一。历史造就人也捉弄人，儿时不叫少爷不说话的伙伴，现在摇身一变成为顶头上司。不嫉妒也不觉得憋屈，芦承贤反而很感激卢明——孤独的漂泊者进入驿站休养，待一切都明朗化以后再行动。为了不辜负卢明的一片善意，芦承贤手中的笔又开始勤快地在稿纸上滑动。只不过以前是自己书写新闻报道，现在是为他人作嫁衣。他像一个完美主义者一样，力争让每一篇文章都尽善尽美地出现在读者眼前。一天薛文昌来总编室，编辑们全体起立相迎，有叫薛部长的，也有叫薛总编的，满办公室晃动的都是笑脸。薛文昌摆手制止，说："什么部长总编的，叫老薛，叫同志，这是共产党的传统。"他走到芦承贤跟前，往办公桌上放了一盒茶叶，笑呵呵地说："最近有几个头条标题改得好，受到了省委领导的表扬。我对照了一下原稿，才知道是你作了改动。到底是名记者，当编辑也是出手不凡。送你一盒茶叶，算是奖励……坐下坐下。"他把芦承贤按回椅子上，亲切地又说："我两头忙，事太多没顾上关照你。有什么困难吗？跟我可不许讲客气。"芦承贤受到他的情绪感染，毫无顾虑地提出一个请求。报社安排两人一间宿舍，他年龄偏大，也不太习惯与别人同住，能否安排一间单人宿舍，哪怕小点都可以。

请求获准，原先一间堆放杂物的房间被腾空，分配给他当宿舍。清扫刷墙领家具，身边总有一个名叫雷浩的年轻人像影子一样跟他一起忙碌。雷浩二十出头，是总编室的同事。他生有一张胖乎乎的脸，不管跟谁说话都面带三分笑。打扫房子，他说灰尘太呛，硬是把芦承贤推出来，把自己在里面弄成了一个土猴。刷墙时他又说自己年轻，这种爬高上低的事理当由他来干。等四面墙壁全都变得雪白，他的衣服上也满是白石灰点，那些密密麻麻的小白点像无数的发光体，使他浑身上下都射出了热诚的光芒。芦承贤过意不去，请他去报社外面的饭馆，用香喷喷的菜肴表达谢意。哪知雷浩自掏腰包提前结了账。几天后的一个晚上，雷浩拎着一包点心两瓶酒，怯生生地来找芦承贤，脸上满是诚恳："芦老师，我底子太薄，您收我当个学生好吗？"拒绝的防线已在雷浩辛苦的感化下土崩瓦解，芦承贤说："别叫老师，以后有什么问题我们一起探讨。"雷浩马上鞠躬，兴奋地说："要叫要叫的，薛部长都说您是个名记者，给我当老师，绰绰有余呀！"没过多久报社里便人尽皆知，雷浩已拜芦承贤为师。"这个小伙子很不错，"卢明对芦承贤说，"勤奋好学，人也很聪明，你好好教他，也是给报社培养人才嘛！"芦承贤身边第一次有了一名学生。好在这个学生不是油盐不进的榆木疙瘩，也没发现有什么不端言行，芦承贤便尽其所学，丰富雷浩头脑里的专业知识。

"芦老师，您和薛部长、卢编委很早以前就认识啊？"一天，雷浩请教几个专业问题后，像是偶然想起来似的说，"我看你们挺熟的，关系肯定不一般。"芦承贤随口说："哦，我们在重庆就认识了。"雷浩羡慕地说："那可早啦！你们怕是有很多故事吧，给我讲讲。"芦承贤看他一眼，不动声色地问："你怎么想起来问这事？"雷浩说："我阅历太浅，听听前辈的故事，一定能学到不少东西。"时过境迁，再讲述那些事难免有炫耀之嫌。同时，芦承贤也担心这个小伙子动机不纯，利用他和薛文昌、卢明的关系以达到自己的目的，所以只讲了和薛文昌认识的过程，其他的事仍稳稳地保存在记忆里。但随着师生关系不断加深，加之雷浩从不提诸如推荐呀说好话呀之类的事，戒备之心在学生渴望的目光中溶化了，重庆往事浮出记忆，传进了雷浩的耳中。也许是那个年代的新闻人不畏艰险追求真理的精神感染了雷浩，他学习的劲头更足了，就像一块干透的海绵，急切地要把老师的新闻经验和专业知识滴水不漏地吸纳进去。

"这小伙子进步很快。我才发现，你有当老师的天赋。"卢明对芦承贤说，"我和文昌同志商量了，准备办个新闻培训班，你是主讲之一。"芦承贤反对无效，只好走上了培训班的讲台，又成为更多人的老师。听课的全是年轻人，男男女女共有二十多人。他十分认真地备课、拟题、布置作业——年轻人需要老师为他们插上飞翔的翅膀，像杜总编，像覃家欣……

与此同时，芦承贤给苗雨涵去信，询问她一家人的近况，也告知自己的下落。随信附上那张他和孟沁瑶在苏堤上的合影，用这种方式告诉他们，覃家欣的眼睛醒着。

拂过面颊的微风中已有丝缕寒意。云淡风轻的高天上雁鸣声声，一个个长着翅膀的大大的"人"字，缓慢地越过长空——人没有翅膀，能飞的只有思想和情感。他想念孟沁瑶，绿色邮筒的嘴巴吞下他寄往香港的第一封信。由于不知道孟沁瑶的确切地址，请什么人代转信件，让他颇费踌躇。有一天突然想起抗战胜利后曾偶遇一位香港《星岛日报》的记者（一面之交，没有互留姓名），为何不请《星岛日报》转交信件呢？报社记者都是些眼观六路、耳听八方、神通广大的家伙，孟宏达又是上海商界的知名人士，他客居香港，也许会进入《星岛日报》记者的眼中。所以，芦承贤就在寄往《星岛日报》编辑部的信中特意说明，如有记者知道孟宏达的住所，请代为转交信件。写给孟宏达和孟沁瑶的信很简单，只告诉他们自己所在的城市和具体地址，盼回信。信的末尾给孟沁瑶写了一句话："爱你，一生一世。"

希望已经登上邮车朝着香港飞驰而去。芦承贤又嗅到爱情的芬芳，他开始整理装饰自己的宿舍。感谢那些接管《中央日报》的人，把他的东西全部搬入保管室，又原封不动地归还给他。上街去买回几个大小不等的玻璃镜框，先在一个大镜框里铺一层粉红色的纸作为背景（孟沁瑶信笺的颜色），再把那方绣有精美荷花的方格手帕平平展展地放在粉色纸上，然后装入镜框挂在墙上。荷花上的色彩和手帕周围的粉红，波光流动地跑出镜框，宿舍里便有了如梦如幻的浪漫与温馨。几个培训班女学员来他宿舍请教问题，目光被镜框吸引过去，一位女学员赞叹："镜框还能这样装呀！太艺术啦！芦老师，你是个艺术家。"一只小镜框里放覃家欣一家的全家福，别人问的时候他说那是自家的亲戚。还有两个很精致的金色小镜框，一个放入他和孟沁瑶的订婚照，另一个他准备放孟沁瑶在《中央日报》拍的那张照片，可看到孟沁瑶身后墙上那个模模糊糊的大人物时，好像有只毛毛虫爬上了脊背……他拿起剪刀，沿着孟沁瑶的身体轮廓剪了一圈——大人物进了垃圾筐。他从采访本里取出那张粉色小纸片，和孟沁瑶的剪影一块放入镜框。美丽的未婚妻，"love"的誓言，是他小世界里的太阳。

苗雨涵回信了，说家里除了覃伟有点叛逆，不好好学习，其他一切均好。信中还附有覃岚的一封短信，很有礼貌地感谢哥哥去信问候，也请哥哥放心，她天天都帮妈妈干活，还拉着妈妈散步。她一定照顾好妈妈，等爸爸回来。

香港方面的回信却迟迟不来。芦承贤又给《星岛日报》寄去第二封信，第三封信……事不过三，为什么《星岛日报》的反应像块冷漠的石头？莫非是自己在信中表述不清，没有引起《星岛日报》记者的重视？……身处迷茫之中的人难免会胡思乱想。他打开台灯，给《星岛日报》写了第四封信。恳求对方记者体谅一位天涯沦落人的苦衷，帮他打探一下失散爱人的行踪，并在信尾特意标注，无论结果如何请一定回信，哪怕只有几句话也行。写完信已是深夜，关灯和衣上床，翻来覆去难以入睡。瞅着黑漆漆的天花板，他只觉得心乱如麻，大脑一团混沌，就连孟沁瑶的面孔也像被一层雾包住了似的，模模糊糊地在脑海中飘摇。

白雾蒙蒙，一个女子的身影时隐时现。她回头一笑，好像是孟沁瑶。他想追过去，鞋子犹如铅铸，重得挪不开脚步。一团浓雾飘来，遮蔽住女子的身影……四下观望，雾气中显示出一座建筑的轮廓。越来越清晰，哦，是芦家大院。幼年芦牛儿站在广梁大门的石阶上，面无表情地抬手指了一下。两只石头狮子翻倒在地上，雄狮子嘴里空空如也，宝珠已不知去向。再看大门口，芦牛儿不见了，父亲和母亲立在台阶上，他们不看儿子，转脸望着远处……硝烟弥漫，爆炸的泥土冲天而起。像无声电影，炸弹无声无息地闪耀着死亡的火光，士兵们无声无息地张大嘴巴冲锋，枪口喷吐出没有声响的火舌……"咔嚓！"是覃家欣，镜头却朝向别处。"覃先生！覃先生！"他大喊。覃家欣衣袂飘飘地走了，走进一片茂密的森林里去了。芦牛儿从不远处跑过，跑得很快，像是有什么急事。前方一片残垣断壁，中间立着一只石头狮子。是芦家大院吗？那只石狮似曾相识，其他一切面目全非。雾，又是雾气弥漫，雾中有三个若隐若现的人影。是父亲母亲和孟沁瑶。孟沁瑶搀着母亲，他们走得很快，眼瞅着又要走入浓雾去了。孟沁瑶转过身子，向这边招了招手。他拔腿追赶，脚下一绊……

他惊醒了。起身跳下床打开台灯，又给老家写了一封信。拿起信拉开房门，深深吸了口清凉的空气，快步走出报社，把两封信都投入邮筒。大街上路灯照耀，像条明亮的河流，从他眼前逶迤而去。

老家回信了，芦仁乾在信中说得知儿子已经重新工作，甚是欣慰。老家一切均好，就像他离家时一样，让他切勿挂念，安心工作。可寄往《星岛日报》的信仍却无回音——是香港的同行不愿帮忙还是另有隐情？

看来不能死盯着一个地方，必须另辟蹊径，寻求香港有关方面的帮助。他想方设法打探香港都有哪些报纸，又先后给《大公报》《文汇报》《香港商报》等报刊去信。一封不回，就写两封三封。在扩大寄信范围的同时，他也加快了写信的频率，就是误打误撞，也许能碰到一位好心人写封回信。一封接一封的希望信件投入邮筒，飞驰的时间却没有给他带来一丝回响，寄出的希望全部泥牛入海——怎么回事啊？他百思不得其解，即便那些报纸不知道孟宏达的音讯，按理说也该回复一下啊！就是退一万步讲，寄出的信对方懒得拆封，也该把信退回来啊！真是怪了，信呢？

薛文昌把卢明叫进办公室，从保险柜里拿出几封信。卢明一眼认出信封上是芦承贤的笔迹。"这些信都是有关部门截获的。"薛文昌说，"从表面上看，他是在找人。但是，有的同志怀疑，他是不是想利用这种方式，和香港的敌特组织取得联系。"卢明的眼睛里满是吃惊，赶紧把那些已经启封的信挨个看了一遍，长出一口气说："我知道他已经订婚了，打探未婚妻的下落，也在情理之中。"薛文昌表情严肃地纠正了他的想法："同志！美蒋反动派亡我之心不死啊！你可不要躺在和平的床上睡大觉。"

薛文昌经验老到地分析，卢明对芦承贤的了解应该还停留在他们的高中时期，那时候两个人形影不离。分开之后，不同的环境、不同的工作经历会造就出不同的政治观点和立场。再者，芦承贤在新中国成立前可谓是一路顺风顺水，又是名记者，又找了大资本家的女儿，难道他就不留恋王公贵族一样的生活而敌视新生的无产阶级政权？"我们不是小布尔乔亚，"薛文昌说，"感情绝对不能替代理智。所以，我们对他得打个问号。"卢明把那些信归拢起来，请示道："我该怎么办？这些信怎么处理？"薛文昌果断地说："生活上多关照，工作上控制使用。信上也没什么有价值的东西，你看着处理吧！"

尽管头脑里那根警惕的弦一直没有松弛，但卢明心里始终有个清晰的声音，反复诉说芦承贤不是潜藏的敌特分子——他没有那个心计。加之头脑里还有一个朴素的想法，追求爱情应该不算过错。因此，当他再看那些信的时候，竟产生了一丝钦佩感——芦承贤追求的既是爱情也是忠诚。可根据保密纪律，信不能退还给本人。销毁掉有些于心不忍，放在办公室又不安全，卢明便把它放入装衣物的木箱里，还特意给箱子上加了一把崭新的大铜锁。

安全部门的警惕大网持续不断地捕获寄往香港的信件，寄信的地址也从报纸广播等新闻传媒转向政府机构。香港市政府，香港警察局，香港移民局，香港海关……坚韧不拔的信件可以部分洗白嫌疑。"真是一根筋啊！"薛文昌一脸无奈地又下了一个结论，"这小子就是个情种。"到后来薛文昌都嫌烦了，从公文包里取出安全部门转交的信，看都不看就交给卢明："是你把他叫来的，惹出的麻烦还得归你处理。"

"麻烦"的体积不断膨胀，卢明去报社的木工房，给木匠比画了一个两尺多的长度："做个这么大的木箱子，结实点，我放文件。"木匠从美观角度考虑说："白茬茬的箱子不好看，我给你漆好吧！漆啥颜色？"卢明随口说："你看着办。"一只军绿色的箱子搬进宿舍，卢明把"麻烦"一股脑儿地全塞进去，然后用那把大铜锁锁住箱子。

芦承贤来他宿舍看到箱子和大铜锁，开玩笑地说："这么大个锁子，锁的啥宝贝啊？老实交代，是不是情书？"卢明扭脸躲开他的目光，掩饰似的打了个呵欠，说："想象力挺丰富的，你看像是装情书的箱子吗？"芦承贤认真地观察一下说："看颜色像是军队装子弹装炮弹的箱子。"卢明不置可否地一笑，心里暗想，他说的没错，是子弹——射向爱情的靶心，但那些子弹会拐弯。

寄往香港的信件上收信地址又瞄准另一个社会领域，香港商会，香港上海商会，香港江浙商会……天哪！芦承贤这家伙该不会把凡是可能留下孟宏达和孟沁瑶蛛丝马迹的地方都扫描一遍吧——不——有可能反复几遍。卢明实在觉得于心不忍，想给他一点暗示，但看到他布置的宿舍，又打消了这个念头——扼杀他人的希望是一种犯罪，有梦总比没有梦强。还是把一切交给时间吧，流泻的时间会浇灭梦想的火焰，尽管这有点残酷。

随着时间的推移，芦承贤好像意识到什么，寄信的数量逐渐变少。同时，卢明也发现了一个不正常的现象，编辑部的人在有意地疏远芦承贤。雷浩表现得最为明显，他对芦承贤的称呼已经从"芦老师"转变为"芦编辑"，而且再也不去找芦承贤上课了。卢明很巧妙地问雷浩："你以前常找芦承贤帮你改稿子，最近怎么再没听你说他？"雷浩脸上一副很神秘的模样，"卢编委，您工作忙，可能没注意，报社人都说……芦承贤政治上不太可靠。"他身子前倾，眼里闪着亮光，凑近卢明又说:"芦承贤说你俩小的时候关系好得像亲兄弟一样。卢编委,您留心点,可别让他影响了您的政治前途。"

"哦,我心里有数。忙你的去吧!"卢明瞅着雷浩轻快而去的背影,像是吞下了一只死苍蝇。

当第二百三十四封信锁进绿箱子后,大铜锁终于咬紧牙关再也不开口了。第二百三十四封信是芦承贤最后的呐喊,信封上再没有写某个政府机构或社会团体的名称,而是极其简单地写了六个字:"香港　孟沁瑶收。"信的内容也是六个字:"沁瑶,一生一世!"

这封信是写给孟沁瑶的吗?卢明隐约觉得,芦承贤已经意识到这封信——所有的信——永远不会抵达香港。所以,他用这种近乎公开的方式,让所有提防他的眼睛(卢明心跳加速)都能清楚地看到这封信——是郁闷的宣泄,还是绝望的呼喊?

时间不会停步去倾听某一个人的叹息。"他又不笨,"薛文昌说,"还能老把自己蒙在鼓里呀?让他清醒清醒也好,对了,影响工作没有?"卢明说:"那倒没有,就是情绪上有些低落。"薛文昌想了想说:"新中国百废待兴,美蒋又在叫嚣要反攻大陆,不能放松警惕。对待他还是那句话,生活上多关照,工作上控制使用。"卢明忠实地执行薛文昌的指示,首先从饮食方面,与报社食堂主任商定,如果芦承贤吃不惯大锅炒菜,可适当地为他做个小炒。再看到宿舍里的灯泡功率只有十五瓦,马上让电工换一只四十瓦的。为方便他阅读或写东西,又给他增配了台灯。工作上继续让他放手编辑,但编辑完成的稿件,必须经过总编室主任、白班编委和夜班编委三审后方可见报。

1950 年 6 月,朝鲜战争爆发。10 月,中国人民志愿军入朝作战。1951 年 2 月,一个特殊的名额分配至报社,选派一名记者参加"祖国慰问团",赴朝慰问参战的志愿军将士。记者参加慰问团,是多么难得的机会啊!听到消息,报社一片沸腾。申请书雪片般飞进薛文昌的办公室,满屋子的激情烤得他脸放红光。雷浩第一个写血书。他咬破食指,一根指头里的血真是不少,能在一张白布上完整地表达自己的意愿。乘字迹未干,飞快地跑进薛文昌的办公室,这时候,白布上的"申请书"三个字已经红得发黑了。芦承贤也递交了申请,并去薛文昌办公室当面陈述："你知道的，抗战时期我就是战地记者，有战场采访的经验，也写过不少战地新闻。志愿军出国参战，一定有许多可歌可泣的故事。如果报社能批准我去，决不会辜负报社的期望。"薛文昌为难地说："只有一个名额，谁都想去，我们再斟酌吧！再说了，报社负责推荐，最终的决定还要看上级。"

上级决定传达至报社，既出乎人们的预料又在情理之中，卢明参加"祖国慰问团"赴朝。3月下旬他和其他几位代表去北京报到。他站在汽车上，胸前大红花映得他脸上红光闪闪。汽车行驶，一路欢呼陪伴……芦承贤站在报社门口，目送汽车远去，低头慢慢腾腾地回宿舍。报社大院，一片空寂。

赴朝慰问的代表们回来已经是6月了，整座城市都在迎接他们，人们的激情比夏天还要火热。光荣啊，"祖国慰问团"的成员。有幸代表祖国的人是那个年代的明星，代表们被鲜花笑脸包围了。那些天，卢明和其他代表一起奔走在工厂、农村、学校和机关之间，宣讲中国人民志愿军将士在朝鲜战场上的事迹。由于他是记者，受职业本能的驱使，在朝鲜慰问采访期间，他很注重搜集战斗过程中那些艰苦卓绝的细节，因此他讲的故事生动感人，更能拨动听众的心弦。他浑厚的嗓音和志愿军官兵的英勇事迹通过高音喇叭的传送，打动了整座城市。人们的热情空前高涨，支援前线，支援中国人民志愿军，慰问品堆得像山一样。两个月时间，他收获了无数的称赞和掌声，也收获了爱情。

他回来之前，省委宣传部已做出决定，抽调干部与代表们共同组建宣讲团，配合代表们的演讲。在抽调的干部中，有一位名叫吴玉霞的二十多岁的女干部，是省委宣传部新闻处的干事。她个子高挑，瓜子脸，留着短发，穿一套洗得发白的列宁装。在宣讲团她负责代表们的出行和食宿方面的工作。每天，她总是提前站在汽车跟前，招呼代表们上下车。就餐时她像只蝴蝶一样飞舞在各餐桌之间，热情洋溢的笑脸让代表们胃口大开。以前由于工作原因卢明常去宣传部，两人本来就认识，部里的同志还开玩笑地把他俩往一块撮合。两个月的朝夕相处，卢明身上迸发的激情打动了姑娘的芳心，而吴玉霞身上的那种朝气蓬勃的精神状态也唤醒了卢明对女性的渴望，两个人的关系迅速升温。宣讲团解散的那天晚上，他俩情定终身，永不解散。

涨潮总有落潮时，谁都不可能永远生活在鲜花掌声里。卢明回归报社，身上的光环逐渐褪去，又进入了以往开会、审稿、定稿、编报的忙碌状态之中。但他很快乐，脸上也因为有吴玉霞的关心而显得容光焕发。一个星期天的傍晚，芦承贤在报社院子里碰见卢明和吴玉霞。卢明介绍说："这是我的发小，现在是总编室的编辑。"吴玉霞看着眼前这位衣着整洁、面带微笑的人，不冷不热地点了下头。第二天芦承贤去卢明办公室，开玩笑说："好你个牛儿，难怪看不上芦花花，原来你是……"话没说完便被打断，卢明说："承贤，别再牛儿牛儿的，叫得人心里不舒服。"他起身关住门，坐回椅子上又说："和芦花花的事，我根本就不同意，你是知道的，以后再别翻那些陈谷子烂糜子的事了，没意思。"芦承贤脸上的笑容褪去，说了声"抱歉"，转身走了。

报社传出风言风语，卢明与吴玉霞喜结良缘，是薛文昌从中牵线。他抽调吴玉霞加入宣讲团，就是给卢明创造条件。薛文昌听到传言既不否认也不承认，只是很有领导气度地说了一句话："新社会，自由恋爱，好事情嘛！"

好事情就要趁热打铁，金秋时节，卢明和吴玉霞在报社大礼堂举办婚礼。雷浩给卢明布置好新房，又去礼堂贴"囍"字挂彩条，还要了一辆车，去省委宿舍把吴玉霞的东西拉回报社。婚礼朴素简单，两位新人还穿着他们以前的衣服，只是各自胸前都戴有一朵红花。桌子上也只摆放了些糖果、瓜子和茶水。婚礼由薛文昌主持，他先让大家肃静，然后大声宣布："同志们！今天是双喜临门啊！第一喜，卢明同志和吴玉霞同志琴瑟和鸣，喜结连理。第二喜嘛，我老薛违反一下纪律，给大家提前透露个过几天才能公布的决定：经省委批准，卢明同志任报社副总编辑。还有，前两天由于工作上的事，我和范长江同志通电话，顺便说起今天是卢明的大喜之日，他特意让我，代他向两位新人表示祝贺！"礼堂里的气氛被点燃，一下子热闹了起来。雷浩喊叫得最凶，又是让新人交代谁先看上谁的，又是让公布恋爱经过。

芦承贤远远地坐在大礼堂的后面。

几天后的一个晚上，卢明走进芦承贤的宿舍，放下一包喜糖和一包瓜子说："那天我看你坐得远，没吃上我的喜糖，今天专门给你送来。"芦承贤请他坐下后说："谢谢！恭喜你！"两人对坐，一阵沉默。卢明看了看摆放在台灯旁边的小镜框，没话找话地问："她，有消息吗？"芦承贤摇了摇头。卢明同情地叹了气，站起来说："早点休息吧，我回去了。"芦承贤也站了起来，突然问道："你知道老家的情况吗？"卢明心里一紧，犹豫了一下回答："写过几封信，还和我父亲通过一次长途电话，怎么了？"芦承贤一脸担忧："去年家里来信，总是说一切都好。这大半年了，我给家里写了几封信，一封都没有回，我有点担心。"卢明安慰说："有事早来信了，不来信就说明没啥事。你也别乱想，还是把心放回肚子里吧！"

其实，卢明清楚地知道芦家营已发生天翻地覆的变化，也知道芦仁乾和二奶奶已经命归黄泉，但他不知道该用什么方式告知芦承贤。

第十三章

农村土改工作队进驻芦家营。工作队长欧阳勇强是位三十岁出头的山东大汉，解放战争时期曾当过游击队长，他的工作作风和他的火暴脾气一样来势凶猛。早晨工作队进村，途经芦家大院门口，欧阳勇强看见石头狮子嘴里闪过一抹红光。"咦，这狮子嘴里还会发光。"其他队员闻声望去，哪有什么光，狮子嘴里就是一颗脏得变了颜色的圆石头嘛!

芦仁乾听说工作队进村，主动找到欧阳勇强，拿出那张红军留下的借条，表示愿意配合政府工作，芦家大院也可为工作队提供食宿方便。"不去!"欧阳勇强一口回绝，语气严厉地命令，"回去老老实实待着，不许乱说乱动。"

工作队员放下背包，开始挨家挨户地了解情况，发动群众。晚上，五六个男队员们都住在芦土娃家，一张占据半个屋子的大土炕刚够他们容身。两位女队员则和芦花花住在一起。几天下来，芦家营的阶级划分情况一目了然地摆在欧阳勇强面前，这个村子的富裕户不多，有芦伯、芦福成、芦二（已故）和另外两家，他们有一个共同之处，都是芦仁乾雇佣的帮手。而芦家大院的主人芦仁乾，则是名副其实的大地主。他有一个忠实的狗腿子，就是那个头上有道疤的芦武奎。其余人家大多贫寒。于是，欧阳勇强在大脑里很形象地画出芦家营的社会结构图，一片低矮孱弱的小树林里突兀地立着一棵遮天蔽日的大树——锯倒旧社会滋养起来的大树，新社会的阳光才能洒进小树林。再加上跟芦土娃谈天时聊及芦仁乾，芦土娃回忆起那年关山牧场闹狼灾，气得两眼冒火星："我是他家的羊倌。我的命还没有他芦仁乾的羊值钱。"欧阳勇强据此判断，尽管这个村子芦姓占绝对多数，但也不是铁板一块，受尽剥削和压迫的芦氏民众，怎么可能忘记苦难的过去，死心塌地维护曾欺压过他们的芦仁乾呢？这样的群众力量还用发动吗？他们都是被仇恨力量挤干水分的木柴，只需一把火，就会熊熊燃烧起来。

欧阳勇强大幅度地压缩了发动群众的过程，加速进入土改工作的下一阶段。但他忘记了一条铁律，过程是任何事件中都必不可少的重要环节。他雷厉风行地兵分两路，一路布置大会会场；另一路他亲自出马，面见芦仁乾并勒令立即交出房契、地契、账本、借据等剥削阶级的罪证。芦仁乾面色煞白，让芦伯和芦启智打开账房，把几个大木柜里的字据全部交给工作队。"老实点，房契地契呢？"欧阳勇强厉声喝问。在工作队员的监视下，芦仁乾和芦武奎两人慢吞吞地走进后院明心堂，搬出一只镶有铁角的古铜色木箱。欧阳勇强打开锁子，察看完木箱里的房契地契之后，"砰"的一声合住箱盖，面如冰霜地说："芦仁乾，我正式通知你，根据《中华人民共和国土地改革法》，这院子和院子里的所有东西，全部没收！"芦仁乾身体摇晃了起来，芦武奎眼疾手快地扶住了他。

大会会场设在村边的打谷场上，场地上人头攒动，全村人看稀奇似的伸长脖子打量着场地中央没收来的一大堆字据。"开会啦！"欧阳勇强站在场边临时搭起的一座半人高的木头台子上喊："把大地主芦仁乾和地主婆赵淑琴押上来。"场下人们交头接耳："原来二奶奶叫赵淑琴啊。"芦仁乾和赵淑琴被两位持枪的工作队员押上台子，并喝令他俩低头认罪。欧阳勇强从台上一跃而下，从纸堆上捡起几张按有红色指纹的字据向大家展示。这张是芦勤民卖给芦仁乾的地契，河川地，一亩六分；这张是芦狗蛋抵押给芦仁乾的房契，两间正屋，一间柴房；这张是芦十二出卖山林地的字据；这张是芦六斤欠缴地租的欠条……时光被一个个触目惊心的红指印戳回到过去，地主阶级鱼肉贫下中农的罪证暴露在光天化日之下，那些已经发黄的纸上都是惧怕和无奈的血泪啊！欧阳勇强点着火把，一团新时代的火焰飞向旧社会的故纸堆……欧阳勇强突然感到会场的气氛有些诡异，按理说消灭剥削、解除压迫的民众应该欣喜若狂才对啊！可会场中为什么会鸦雀无声？欧阳勇强困惑地环顾四周，村民们的表情像木偶一样麻木痴呆。欧阳勇强心里的火直往上冒，因为他发现事态的进展不在自己掌控的范围以内——果然，接下来的情景几乎变成一场闹剧。

按照欧阳强的计划，先焚烧地主交出的契约给会场升温，然后进入控诉时段。几个被工作队员动员起来的村民依次上台，揭发芦仁乾欺压他们的罪行，但都是些拖欠或迟交地租遭芦仁乾和他的管家训斥的小事。鸡毛蒜皮啊，火力太弱，欧阳勇强冲芦土娃一挥手："你上！"芦土娃噔噔噔地跑上台，尖着嗓子喊："以前你是芦老爷，今天你是芦仁乾，我要打倒你！"高高扬起手，准备抽芦仁乾的耳光。芦仁乾侧脸一瞥。目光似有威慑力，芦土娃一愣，胳膊软软地落下，轻轻推了芦仁乾一把。然后伸出一根手指头指点着芦仁乾，这时候他已经明显底气不足了，赤红着脸说："芦仁乾，你，那年狼王吃了你的羊，你反倒问我，狼为啥不吃我。狼为啥要吃我呀，狼知道我的味道吗？"台下有人哧哧地笑了起来，就连两个工作队的女娃都忍不住地捂嘴直乐。芦土娃滑稽的表演让原本严肃的会场一下子变得轻松起来，台下的人们嬉笑着窃窃私语，一种绝不该有的活泼在人丛中漫延……欧阳勇强眉毛一拧冲芦土娃吼道："别瞎扯，说重点，说重点！"芦土娃被吼得慌了神，身子先矮下去一截，说话也开始结巴了："你，我就问你，你的羊命比……比我人命值钱？你光知道羊能卖钱。哼，我，我一直不说，那一年，我就气得把你家的羊吃啦！"哈哈哈，会场里一片笑声。芦土娃手足无措地看看欧阳勇强，灰溜溜地下台了。

站在会场前面的芦武奎转过身子，额头上的那道疤痕闪闪发亮。冰冷的目光从人们脸上扫过，已经有三三两两的人开始离开会场。

欧阳勇强跑上台大声动员："乡亲们！有政府给你们撑腰，不要怕，有仇报仇，有冤申冤。"没有效果，更多人离开会场。他急了，恨铁不成钢的愤怒像炮弹一样爆炸了："不要走，回来！你们这些死脑筋，回来！听我给大家说啊！"人走光了，只剩下芦仁乾、赵淑琴和都不作声的工作队员们。欧阳勇强懊恼地一巴掌拍在自己大腿上，对芦仁乾两口子吼了一声："滚！"转脸再看冷清得像荒漠一样的会场，突然发现打谷场边的土坎上坐着一个孤零零的人影。芦花花一脸同情地望着他。不知为什么，经历过战火锤炼的心，像被针扎了似的，出现了一种异样的痛。从那天开始，他总感觉到芦家营里有一双眼睛默默地注视着他。

工作队调整方案后，又一次走家串户，宣讲土改的意义，剥夺地主们的土地所有权，让饥寒交迫的贫下中农真正成为土地的主人，这是古老中国亘古未有的伟大变革啊！拥有土地，播种希望，再也不受地主的欺凌，这是多少辈人的梦想啊！今天，梦想就要成真。欧阳勇强认为，这一回芦家营的贫下中农总该有积极性了吧。事情又一次出乎意料。分配土地先得摸清土地资源，工作队召集村民丈量芦家营的耕地面积，只稀稀拉拉地来了几个人，而且出工不出力，磨磨蹭蹭地一天下来也测量不了几块地。欧阳勇强感受到来自一个庞大姓氏家族的压力——怎样才能攻破这个堡垒？欧阳勇强听说邻近几个乡镇的土改工作都进行得如火如荼，可芦家营还是死水一潭，他急得嗓子都哑了。游击队长不怕面对面的敌人，可眼前是隐形的顽固势力，有子弹都不知道往哪儿打。苦恼了几天，他决定回县城汇报请示。

陇山县的县委书记亲临芦家营。他先看望工作队的队员们，然后让欧阳勇强去请芦武奎。地主的狗腿子还要用个"请"字吗？欧阳勇强挠着脑袋走进了芦家大院。

芦武奎来到书记跟前，仔细辨认了一会儿，额头上的疤痕突然红得放光："陈超兄弟，是你呀！"陈超上前握住他的手说，"武奎老兄，你还记得我。哈哈哈。"

工作队员们全都愣成了木桩。

陈书记的工作方式完全超出了欧阳勇强的想象。他和芦武奎盘腿坐在土炕上，像多年不见的老朋友一样亲热地叙谈起来。当年陈超拒绝比武离开陇山县，原本打算回河南嵩山少林寺。途经陕西时被杨虎城的陕军新编第三旅抓了壮丁，因是少林弟子，没过多久就成为旅部训练队的武术教官。他在那里结识了一些共产党人，从此走上革命道路。后来，他受组织委派转战陇东地区，建立共产党地下组织，发动群众进行革命，成功策划组织了邻县的那次吓死范老爷的暴动，并夺取武器建立游击队。他又和战友们一起截获运粮车队，攻打陇山县城，击毙警察局长，打开官仓放粮……"我和咱陇山有感情啊！"陈超说，"这次组织上派我来陇山县，就是考虑到我以前的那些经历。武奎老兄，多年前我就想会一会你，怎么样，今天就给我个机会，切磋一下？"

两人走向村外。陈超命令欧阳勇强和工作队员们不许尾随："全都立正，向后——转！听好喽，谁敢跟来我开除谁。"一个多小时后，两人一身汗水地回来了。欧阳勇强只能从他们的对话中听出一点端倪。芦武奎说："陈超兄弟，到底是少林弟子，你的身手好得很啊！"陈超说："那一年如果真要比，估计咱俩能战个平手。芦氏霹雳掌，硬功夫，我比不过你。今天看你的身手，也不减当年哪！"芦武奎咧开嘴嘿嘿地笑了。

午饭后两人去村外，依然不许别人跟随，直到夕阳滑入关山他俩才回来。芦武奎脚步沉重，额头上的红疤像是受到刺激，突突突地跳个不停。晚上和工作队一起吃饭，芦武奎低着头一声不吭。一个巴掌大小的饼子没吃完，像是被噎住似的连连打嗝，喝水都止不住。饭后送芦武奎出门，欧阳勇强只听见陈超叮嘱的一句话："回去好好想想，你是他的保镖，你儿子是他儿子的保镖，难道咱祖祖辈辈都是当保镖的命？"

陈超夜宿芦家营，和工作队员们同挤一个大炕。其他人难以入眠，他却睡得十分香甜。

县委书记的工作重点不可能只落在芦家营一个村子上，天刚亮他就起身去屋后的一块空地上习武锻炼，洗漱完毕又让欧阳勇强去请芦武奎。"县上这两天有重要活动，你和芦武奎都去。"再见到芦武奎，欧阳勇强心里暗自吃惊。一夜之间，他仿佛苍老了十多岁，变成一个艾发衰容的老头。眼角和面颊上皱纹深陷，浑浊的眼球上网满血丝，身体也伛偻下来，整个人就像一棵表皮粗糙、孤苦伶仃的老榆树。

县城广场，政府召开公判大会。中华人民共和国成立前逃往河南、隐姓埋名企图逃避惩处的李宝财被公安机关抓获押回陇山县。由于他身有血债且横行乡里，经法院审定，依法判处死刑。陈超在公判大会上讲话，洪亮的声音震撼天宇："这是共产党领导下的中国，是人民的天下，胆敢欺压百姓、与人民作对，必将受到法律的严惩！"法官宣判后，李宝财被押上刑车游街示众。五花大绑的法律绳索紧紧勒住这个曾经不可一世的狂傲之徒，他后背上插的那个画有醒目大红叉的犯罪牌像是在宣告，正义的绞索已悬挂在人民的天空之下。一声清脆的枪响给恶霸的一生画上了句号。欧阳勇强听见芦武奎口中喃喃地说："好好，好啊！解气，真是解气得很！"

新建成的烈士陵园，气氛庄严肃穆。学生、机关干部、县城各界人士和群众列队肃立。一副装殓骨殖的木棺缓缓放入墓穴。陈超脱帽，旁边的几位解放军现役军官行军礼，他们都是烈士当年的战友。"砰，砰，砰……"县中队的军人朝天鸣枪，为烈士送行。坟冢堆起，墓碑矗立，刻在石碑上的遒劲字体进入人们眼帘：

董元庆烈士之墓

陇山县人民政府立

　　陈超的话音回荡在烈士陵园上空："我们脚下是染着烈士鲜血的土地。董元庆同志走了，但是，他的坟墓醒着，那是烈士睁大的眼睛，他在看着我们啊！同志们！任何时候，如果我们不把党和人民群众的利益放在首位，那么，我们对得起为建立新中国而牺牲的烈士吗？对得起我们脚下这块红色的土地吗？对得起千百万人民对我们的信任吗？"

　　芦武奎轻轻拽了下欧阳勇强的衣服，小声问："陈超兄弟说的人民里头有我吗？"欧阳勇强说："当然有啦！你也是人民当中的一个，是新中国的主人。"芦武奎低下头，口中又在喃喃自语："人民，主人。人民，主人。"

　　从烈士陵园回来，陈超又请芦武奎去他的办公室长谈。等他出来，欧阳勇强发现他的精神负担好像更重了，一副心事重重的模样。回芦家营的路上，他突然问了一个奇怪的问题："欧阳同志，编委是个多大的官？"欧阳勇强大脑里的官职序列中没有这个官衔，只好半是猜测半搪塞地说："嗯，怕是和县长差不多大吧。你问这干啥？"芦武奎嗓音沙哑地说："我跟我儿子通电话啦！"欧阳勇强问："说没说咱土改的事？"芦武奎说："说了好长时间哩！他叫我……跟着工作队好好干。"

　　回到芦家大院门口，欧阳勇强无意中看了雄石头狮子一眼。想起刚来时看到狮子嘴里闪过的那道红光，问芦武奎可曾发现狮口里的异象，芦武奎连连摇头，但说了一句让欧阳勇强摸不着头脑的话："宝珠亮，显喜兆。"欧阳勇强又挠起了后脑勺。喜事在哪呢？

　　整整三天不见芦武奎的面，没人知道那七十二小时里他遭受了什么样的煎熬。第四天早晨，他眼睛红肿地走进工作队住的房间，说话的声音也哑得像是从沙土堆里挤出来的一样："欧阳同志，走，我带你们去个地方。"

　　工作队人员跟着芦武奎来到距离关山牧场不远的一座山上，挖出九个用厚实的黄油布包裹得很严密的箱子。打开箱子，队员们一阵欢呼。满满三箱子陈旧的房契地契和其他字据，其余箱子里全是银圆、古董、珠宝、古字画，还有金条和金元宝（后据县政府清理地主资产的工作人员讲，芦仁乾的家产远超李宝财）。箱子拉回芦家营，欧阳勇强把字据和部分财物摆放在上一次开会的木台子上展览。那些字据成为群众运动的导火索，一下子引爆了芦家营。人们发现在那些保存上百年甚至更久远的契约里，竟然有他们先祖的名字，就连芦伯都从里面翻出一张他太爷抵押给芦家大院的地契。人们愤怒了，这是让他们世代为奴的铁证啊！旧世界必须推翻，旧世界的代表芦仁乾必须打倒！芦家大院的财产也必须没收，分给世代受奴役的贫下中农。与此同时，群众运动也让村民们头脑里的联想机能发育成熟了。芦仁乾竟敢对抗土改，私藏家产，没准他也在家里埋下了宝贝。于是，人们涌进芦家大院，挖地三尺。地面被寻找财宝的铁锨镢头挖得坑坑洼洼，再无一尺平地。忙活了几天，倒也有收获，挖出了几罐子铜钱。

欧阳勇强认为领导干部就是比普通干部站得高看得远，他对陈超真是佩服得五体投地。为打破芦家营一潭死水的局面，陈书记采用"重点突破，全面开花"的战术，终于使芦家营的土地上冒出刺向剥削阶级的剑光。在群众春雷般的口号声中，芦仁乾老老实实地低下了罪恶的头颅。

芦武奎搬出芦家大院，住进以前的旧房里。尽管欧阳勇强一再劝说不必搬离，芦家大院的房子任由他选，但他坚持己见毫不动摇。欧阳勇强只好带领工作队队员，再发动村里的一些年轻人，把他的老屋从里到外整修了一遍，倒塌的院墙重新垒起，练武用的石锁、沙袋、兵器架也安放在小院里。一切安排妥当，欧阳勇强才感到心里轻松了一些。

芦武奎成为全村人心目中的英雄。人们发现他变了，这个曾以"芦氏霹雳掌"威震四方的人，自搬出芦家大院后再也不见他习武。没过多久，有人在村外的山沟里发现已经生锈的兵器和摔散的兵器架。村里成立贫下中农协会，大家推举他为贫协主席，但他坚辞不受。无论欧阳勇强怎样劝说，甚至于搬出陈超，说陈书记也希望他能够担任村贫协主席，带领众乡亲进行土改，可他就是不点头。万般无奈，只好另选一人。在贫协这股强大力量的支持下，芦家营的土改运动终于步入正轨。

芦仁乾和赵淑琴被勒令搬出芦家大院，住进一间小黑屋里，而且只允许他们带一些日常用品和一般衣物。芦家大院里的所有东西，大到家具，小至每一粒粮食，水一样从广梁大门里流淌出来，沿着村里的巷道进入各家各户。芦家大院的房子也分给一些穷得墙壁透风、屋顶漏光的人家。

　　分到后院上房的一家人不等把院子里的地平整好就抢先入住。第二天一大早，那一家人面如白纸地从大门里摇晃出来，瘫倒在石头狮子的基座旁。人们好奇地询问出了什么事，那家男人惶恐不安讲述了可怕的遭遇。整整一夜，房子里到处咔吧咔吧响个不停。明明关着门，房子里像有风嗖嗖地从脸皮上爬过。更蹊跷的不知是刮风还是其他原因，他们一家人都听见好像有个女人在院子里嘤嘤地哭。一会儿在门口，一会儿在窗户底下，那声音就像冰冷的蛇爬进屋里，滑溜溜地钻进他们的被窝……欧阳勇强听了都觉得头皮发麻。有人不信那个邪，偏要住进去试试。结果都被半夜三更砭骨的阴风和诡异的声响给吓了出来。受到惊吓的耳朵听到的声音不一样，有的说是哀怨至极的抽泣，有的说是沙沙沙的扫地声，还有人听见不知从哪里飞来的小石子一把一把地撒在窗户上……这世界上有些事说不清楚，芦家大院从建成到现在，谁知道里面藏了什么？年代久远的说不清楚，但人们断定院子里肯定有个冤死鬼。夜晚的恐怖响声是芦大奶奶阴魂不散，夜夜游荡，哭诉冤情——谁愿意与鬼同住啊？分到房子的坚决不要了，还是自家老屋住着安稳。最后贫协开会决定，把前院和中院作为贫协白天活动的场所，人多阳气重，鬼魂不敢露头。进后院的厢门上锁，有鬼就让她在里头哭去。大院里旧时代的地面已经被新社会的镢头翻开，大概是地力被禁锢得太久了，现在终于得到释放，院子里的地上才几天时间就长出新草。尤其是锁住的后院，草长得更疯。半年过后，荒草已经没膝。

　　大院事件只是节外生枝，不影响土改运动。统计人口，丈量土地，按政策分配，进展都很顺利，不料牲畜却惹出点麻烦。二十三头牛十七头驴，几家一头牵回去轮换饲养使用，但关山牧场的那些羊却把芦家营闹了个乌烟瘴气。三百二十三只羊全部赶回芦家营，每家分到二至三只不等。芦家营变成了一个大羊圈，从早叫到晚的咩咩声占领了整个村落，也占领了人的耳朵，吵得欧阳勇强头都晕了。而且羊得出去吃草吧，那些被大山惯坏的羊早已习惯随地排泄，弄得村子里到处都是黑色的羊粪粒。更重要的是那些羊叫走了村民们的注意力，他们又是准备材料盖羊圈又是外出割草。不能让羊叫干扰土改工作，欧阳勇强和贫协主席召集全村人开会讨论，最后达成共识，羊的主人不变，但要集中放牧，把这些羊再送回关山牧场。

　　集中放牧得有羊倌，芦土娃提议（他已是贫协委员），以前芦仁乾只吃羊肉却没见过羊肉怎样从小长到大、从瘦长到肥，就让他和赵淑琴进山放羊，再派两个人监督，量他个地主和地主婆也没那个胆子敢在贫下中农的羊身上下害。再给山里放头毛驴，驮个草料啥的也方便。建议被采纳，贫协主席让芦土娃进山监管，芦土娃手摇得跟扇子一样，理由是他放了半辈子羊，梦里的声音都是羊叫。现在新社会了，让咱睡个安生觉吧！

　　羊的主人们为能够准确辨识自家的羊开始各显神通，或是用各色布料缝制成项圈，写上羊主人的名字，戴在自家的羊脖子上；或是用不同颜色的染料，涂在羊身体的不同位置上，作为自家的记号。于是，当集合起来的一群花花绿绿的羊在芦家营村口集合时，就像一团"咩咩咩"地嚷叫个不停的彩色云朵。芦仁乾两口子和另外两个男人赶着云朵进山，芦武奎主动要求押送。欧阳勇强看他背着一个小包袱，顺手捏了一下，感觉里面像是衣物。"啥东西？你又不在山里住。"芦武奎说："山里冷，拿件衣服备着。"

　　羊群回到关山牧场，羊儿像是看到阔别已久的家，撒着欢儿跑入羊圈。牧场里的石屋基本完好。以前盖房时受山里条件所限只能就地取材，四面墙都是用垒一层石头、灌一道泥浆的方式修筑而成，这种房子外观丑陋却十分结实。由于一段时间无人居住，房子里有股子阴冷的潮气。两个男人先挑选一间门窗严实的石屋，留下一间门窗有破损的给芦仁乾和赵淑琴。地主两口子一声不吭地进屋去了。芦武奎抱来一堆干草塞入炕洞，点着后蹲在屋子外面的炕洞跟前不停地往里填草。石屋里的芦仁乾感到冰冷的土炕渐渐有了热气，走出来察看。两人对视一眼，都被对方的目光烫了一下，赶忙转脸看向别处。芦仁乾进屋去了。芦武奎又拖来几根小腿粗细的木头，一根一根塞入炕洞。里面的木头被干草点着，冒出了火苗，炕洞外面还有很长的一截。看木头的长度应该能烧很长时间。他拍打了下身上的灰尘正准备离开，忽听地上"嗵"的一响，一个黄澄澄的物件滚了几滚停在他脚下。他捡起那个东西，原来是芦承贤以前经常在手里把玩的黄玉。他想了想，把宝玉掖进布腰带里，走到石屋门前，解下背在身上的包袱扔进屋里，头也不回地走了。

　　芦仁乾捡起包袱打开，里面是那件黑狼皮护腿。目光追出石屋，弯弯山路上，一个腰身有点佝偻的背影，步履匆匆地远去了。

　　那天欧阳勇强目送芦武奎他们赶着羊群远去，转身回村。途经铁匠铺时，清脆的叮叮当当的打铁声像绳子一样缠住他的脚踝。身体健硕的芦花花戴着围裙正在打制一把镰刀，只见她一手用铁钳夹住烧得通红的镰刀放在铁砧上，一手拿着铁锤敲打。丰满的胸部像是两只躲藏在衣服下的小兔子，随同她手臂上下击打，小兔子活泼地跳跃着，好似要迫不及待地破衣而出。欧阳勇强的脚被地面牢牢吸住，一股热浪涌进腹部，身体已经有了反应。芦花花的注意力全在铁砧上，直到把冷却的镰刀再放入火炉加热，这才看见欧阳勇强。火光映红的脸上出现笑容，她向他打招呼："哎哟，是欧阳队长呀，进来坐坐。"小兔停跳，地面也解除了吸力，他走进铁匠棚说："你好厉害，还会打铁。"芦花花说："从小帮我大打铁，时间长了也会做点简单的活。"边说话边伸手撩了下头发，这个很女性化的动作竟也扰动得欧阳勇强一阵心跳，他赶忙掩饰似的说："不容易不容易，我帮你拉风箱吧。"随着风箱拉杆一进一出，炉口处的火焰像热烈的红花一朵接一朵地绽放。芦花花端出一碗水放在风箱上，冲他一笑："看你嘴上都干得起皮了，喝碗水吧。"女人的笑容和关心使得他的心情也和碗里的水一样荡出了一圈圈的波纹，他端起碗咕嘟咕嘟地一饮而尽，用衣袖擦了擦嘴，问："你家的地分了吧？"她快活地点点头说："分啦！上好的台地，天旱都能浇上水。我大高兴得不得了，这不，又去地里啦！欧阳队长，谢谢你啊！"他边拉风箱边说："不谢我，要谢就谢共产党，谢人民政府。"她睁大眼睛瞅着他，目光像从炉膛里冒出的火苗一样炽热："我又不认识党和政府，只认得你，就谢你！"他又感到口渴了，看了看空碗。芦花花会意地拿走空碗，又端了满满一碗水出来。这一次，直接放在他的手上。烧红的镰刀又放上铁砧，在铁锤的敲打下迸出许多小火星。那些小火星一个劲地往高处蹦，像是顽皮的小精灵硬是要牵着他的目光往那对颤动的小兔子身上靠……

　　欧阳勇强铁块一样的心被铁匠铺里美妙的叮当声吸住了，只要是路过铁匠棚他都要进去帮帮忙——独腿铁匠和独生女儿生活不易啊！贫协主席就明确怂恿："欧阳同志，你是不知道，前些年啊，花花可是我们这儿十里八乡长得最乖的女娃呀！人懂事孝顺又长得好看，就现在你瞅瞅村里的哪个婆娘能比上她？怕是老天爷早就给你定了个媳妇，这些年就一直等着你哩！"有天在村里碰见芦武奎，他的话更直接："花花是个好女娃。以前，是我家牛儿害了她。那天你说看见狮子嘴里宝珠亮了，怕是就应在这个事情上咧！"

每次路过芦家大院门口，欧阳勇强总是要看看那头雄狮，可是再也没有看见狮口吐红光。有一次给芦花花说他曾见过狮口里的异象，没想到芦花花也说出了那句话："宝珠亮，显喜兆。"有喜事吗？当然有啦！人民翻身当家作主，这就是天大的喜事呀！可这喜事太大太笼统，而且涉及范围太广，所以，欧阳勇强隐隐觉得狮口显异象，仿佛是给他的一种预兆……这事如果真成了，也应该算是喜事一桩。

欧阳勇强再去铁匠铺就不用找借口做挡箭牌了。当芦花花像往常一样打招呼似的说："又是路过呀，你先坐，我给你倒水。"他很干脆地说："不是路过，想你了我就来啦！"炉火烧得太旺，烤得芦花花满脸通红。

他和芦花花的关系就像炉膛空空的铁匠炉里填入了干柴煤炭，很自然地冒出了炽烈的火焰。芦花花自幼帮父亲干活，挥动铁锤的力量可以塑造身材，她显得比一般的农村妇女更加健壮结实。对于从未和女人有过亲密接触的欧阳勇强来说，这个强健的女人身上散发出的是果实成熟的味道，让他有些情不自禁。他知道她也是一个受旧社会封建枷锁迫害的人，由于曾与他人订过婚的缘故，十多年来很少有媒婆上门。即便有人前来提亲，不是鳏夫就是身有残疾的人，她坚决不从。现在，感受到山东大汉眼里传递出的热情，她也有点慌乱，甚至还有点自卑。有军人气质的欧阳勇强可不管这些，找媳妇就像打仗一样，该冲锋的时候就得冲啊！再说他已经三十大几了，总不能一辈子当光杆司令吧？对待个人问题他也很有组织观念，陈超来芦家营检查工作，他就把自己和芦花花的事如实做了汇报。陈超很支持："贫下中农的女儿，好事嘛！你也老大不小了，抓紧啊！赶紧摘掉光棍的帽子。"以前碍于自己的身份只能白天去铁匠棚，现在有县委书记的支持，天黑以后也敢光明正大地跨进芦花花的房门了。在芦花花家借宿的两位女工作队员自从发现队长没事就往铁匠铺跑，早早借故另寻住处了。

"我年龄大了，"芦花花说，"别的女人像我这么大，都生几个娃了。"

"我比你还大几岁哩！"欧阳勇强说，"岁数大点人牢靠。"

"你是公家人，吃官粮，我是个乡下人。"

"你看你，长得胖胖大大的，咋是个小心眼？"

"你嫌我胖啊？"

"胖了好啊！以后给我生一个班的娃。"

芦铁匠住在另一间房子里。刚开始的时候天黑不久他的咳嗽声就会穿透窗户上的那层薄纸，提醒似的敲打另一间房子的窗户。几分钟后，欧阳勇强便会离去。后来，咳嗽声响起来的时间越来越晚。再后来，芦铁匠的咳嗽病不治而愈。新社会的女性再不能像旧社会那样当睁眼瞎。芦花花也要追求进步，她让欧阳勇强教她识字学文化。这说明她是个有头脑有想法的女人，欧阳勇强当然乐见其成。于是，在夜晚的油灯下，一个教得认真，一个学得刻苦。有天晚上两个人大概太专注于眼前那些方块块文字，以至于忘记了时间，整整学了一夜。东方地平线上露出一线鱼肚白，头发凌乱的芦花花轻轻拉开一扇门，探出头左右察看——芦家营还在沉睡。她缩回身子，欧阳勇强出门快步离去。几天后，他俩去县城领了结婚证。土改工作结束，欧阳勇强任关山乡的副乡长，他把家就安置在芦家营。在芦武奎家旁边的一块空地上筑起一圈院墙，盖了三间坐南朝北的新瓦房。芦花花也没让欧阳勇强失望，给他生了四个儿子，以至于他后来盼女儿都盼成了一块心病。岁月捉弄人但也造就人，芦花花后来在风靡全国的"农业学大寨"运动中崭露头角，风光一时。当然，这都是后话。

秋天，养在关山牧场的羊开始骚动。公羊也变得凶狠起来，天天打架。贫下中农们给贫协提意见，分的地里能收庄稼，羊肚子也不能空着啊！让母羊怀胎也是家家户户的大事啊！欧阳勇强和贫协主席商量，贫下中农的意见有道理，财富增长是人们的普遍愿望嘛！这一次，村里公认的牧羊专家芦土娃再也推脱不过去了，群众的事就是大事，贫协委员岂可袖手旁观？种羊如何使用，母羊肚子能否坐胎，全看他的本事了。芦土娃给全村人打包票，放了二三十年的羊，让母羊怀个胎比吹个灯容易。他话大本事也大，在牧场辛苦了两个多月，果真让二百七十多只母羊怀上了羊羔（没怀上羊羔的人家质问，别人家羊能怀上我家的羊为啥不能？芦土娃振振有词地反问，女人里头都有个石女哩，羊里头就不能出个石羊）。第二年春天小羊羔出生，这些小家伙刚能站起来就被涂上了记号，牧场里又增添了许多花花绿绿的小羊羔。虽然看着眼花缭乱，但象征着所有权的色块花得非常有规律，母羊身上的记号在那个地方，它旁边小羊羔身上相同位置必定有一块相同的颜色。

芦仁乾和赵淑琴表现得很老实，每天放羊、垫圈、清理羊粪，很少听到他们说话，也看不出有什么反动的迹象。赵淑琴几次回村，把衣物、锅碗、刀筷等所有居家用品打成包袱，用毛驴驮去关山牧场。还请芦铁匠一次打造了两把斧头和两把砍刀，说是要用斧头劈柴砍刀防身。同在牧场放羊的两个男人也给贫协汇报，地主两口子在牧场旁边开了块荒地，种上了庄稼。芦仁乾还学会抓野兔套山鸡，时常可嗅到从他们的小石屋里飘出的肉香。看来这地主两口子是要在关山牧场安营扎寨，脱胎换骨地做牧羊人了。

村里每天都有人去牧场，看着自家的羊和羊羔远远地飘在绿油油的山坡上，是件多么令人心旷神怡的事啊！直到小麦扬花时节，全村人的注意力才回到农田里。一天，从开始接羔就没回过家的两个男人赶着毛驴回村，说是来驮粮食，大概是在家和媳妇温存的时间太长，被芦土娃逮住大骂一通。两个男人臊红了脸，逃也似的鞭打着毛驴跑了。当晚工作队和贫协开会议事，一个浑身衣服都被汗水湿透的牧场男人闯进会场，神色慌张报告一个坏消息，把会场里的人们都吓了一跳。

芦仁乾和赵淑琴中毒啦！

一条火把的长蛇游过沉睡的山谷和寂静的山林，一头钻进关山牧场。芦仁乾和赵淑琴住的石屋木门虚掩，欧阳勇强一脚踹开门，用火把一照，芦仁乾和赵淑琴一个躺在地上一个趴在炕沿上，地面上有一滩一滩的呕吐物，散发出难闻刺鼻的气味。欧阳勇强揭开锅盖，用铁勺翻搅几下。汤水里还有一只兔子头和几片蘑菇。芦土娃捏起一片蘑菇放在鼻子下嗅了嗅，又放在火把下照看，他失声叫道："桃花菇！这东西吃一点点发疯，吃多了要命啊！"那是一种罕见的毒菇，颜色鲜艳，还有一股浓郁的香气。地主两口子哪里见过这种要命的蘑菇，估计是芦仁乾把它采回来，赵淑琴又做了一锅野兔炖蘑菇。

再看地主两口子，身体都冰得跟石头一样了。欧阳勇强走到那两个负责监督的男人跟前，他俩圪蹴在石屋旁边，战战兢兢地瞅着欧阳勇强。欧阳勇强吼道："起来！你们两个，挖坑把这两个死人埋喽！"

事后工作队和贫协给上级打报告，大地主芦仁乾、地主婆赵淑琴冥顽不化抗拒改造，双双服毒自尽。这件事从表面上看似乎并没有引起什么风波，但还是影响到欧阳勇强的升迁。原本由于他收缴地主财产数额巨大，芦家营土改工作后来居上，县委准备调他进入直属机关任职。可在县委常委会议上有领导同志提出异议，他虽然立场坚定、工作热情很高，但工作不细致，用人失察，因此，还需要再度历练方可委以重任。这也是他后来任关山乡副乡长的主要原因之一。

东方不亮西方亮，一年多后，那是一个太阳刚刚跃出地平线的早晨，静悄悄的芦家营响起婴儿的啼哭声。在门口守了一夜的山东大汉，被那一声婴儿的阳光般明亮的啼哭染得满脸灿烂。后来他给芦花花说，这个孩子出生在共和国的早晨，也出生在自然界的早晨，就给他取名叫欧阳晨。孩子降生时重八斤半，接生婆逢人就夸，这是她接生过最重的一个娃。"幸亏花花骨头架子大，身子壮，要换个人，怕是要憋出人命哩！"村里人也都伸大拇指，还是人家欧阳乡长心明眼亮主意正，好人有后福，芦花花就是等着他哩！芦花花也确实厉害，孩子越生越顺，前两个还请接生婆，后两个自己给自己接生了。

隔壁院里的芦武奎听见婴儿的啼哭声，忙让牛儿娘前去探望。她回来说芦花花生了个儿子。芦武奎抓了两只老母鸡，又和牛儿娘一块来欧阳勇强家贺喜。牛儿娘进屋去了，欧阳勇强在院子里推三阻四，就是不肯收下咯咯叫的老母鸡。芦武奎额头上的红疤亮了，他一把拨开欧阳勇强，走到厨房门口，看见灶台上的大铁锅正咕嘟咕嘟地冒着热气。他二话不说，一把拧断老母鸡的脖子，塞进铁锅里烫鸡煺毛。山东大汉傻眼了。

时隔不久，芦武奎又来找欧阳勇强。两个人来到大门外，他拿出一封信说："这是我家牛儿的信，麻烦你给我念念。"欧阳勇强拆开信，眼睛一扫笑了起来。

"武奎老哥哥，恭喜恭喜！你当爷爷啦！"

第十四章

老大卢胜利呱呱坠地。

卢明升任副总编辑，职务与待遇挂钩，报社重新分给他三间平房。一间客厅一间厨房一间卧室。特供券也由报社派专人按时送到他的手上。全身包裹得只露出一双眼睛的吴玉霞抱着孩子出院回家，卧室的门帘上已经挂红……芦承贤去百货公司买来婴儿床、婴儿车和婴儿衣裳，还和卢明开玩笑，孩子要认干爹非他莫属。雷浩表现得更像卢明的亲属，一天几次来家里，不是打扫卫生就是去厨房忙活，要不是卢明制止，他还要给卢胜利洗尿布呢。

还是在月子里的时候，卢明和吴玉霞发生了自结婚以来的第一次不愉快。"我早就想好了，"卢明说，"咱的宝贝就叫卢胜利。"吴玉霞反对，这个名字时代痕迹太重，太大众化了。等孩子长大，你一叫胜利，满大街的人都答应。卢明坚持，人的命运和祖国的命运紧密相连。共产党胜利，人民胜利，地球上才屹立起一个崭新的中国，所以说"胜利"这个名字太好了。吴玉霞还是摇头，已经有点不高兴了。卢明继续做说服工作，前些天，朝鲜战场签订《朝鲜停战协定》，这是志愿军的胜利，是中国的胜利。咱的宝贝一出生，就和历史性的胜利同步，太有纪念意义了。"玉霞！你想啊，如果没有抗美援朝，说不准咱俩还是同志关系哩！"吴玉霞把孩子往他怀里一塞，没好气地说："行啦，你说胜利就胜利。"

卢明没想到胜利的哭声给婚姻划出了一条细小的裂缝。休完产假，吴玉霞上班了，但还要回家给小胜利喂奶，在单位待不了几个小时。生孩子前，她已被列入新闻处副处长的后备人选，目前正在组织考察期内。尽管组织上很通情达理，可上班时间老是往家里跑，单位上有重要任务也会绕过她，时间久了谁敢保证煮熟的鸭子不会飞走？卢胜利半岁，她不顾卢明再三劝说，甚至两口子吵了几次嘴，她还是毅然决然地给孩子断奶了。爱孩子是女人的天性，白天尽心尽力地上班，下班回到家，又是抱孩子又是哄孩子，一屋子满是母爱的光芒。但母爱的光辉只在上班八小时以外闪耀。

白天上班时间，孩子成为卢明与办公室之间的一道帷幕，报社副总编辑总不能经常性地回到哇哇哭的帷幕身边来吧？开始时报社的一些女同志常帮他照看卢胜利，可他担心时间长了会产生不良影响。雇保姆？两口子年纪不大，卢明是高级干部，吴玉霞正处于提拔与否的关口，怎么敢有旧社会老爷的做派？

一天晚上有人敲芦承贤的房门。他拉开门一看，惊讶道："哟，稀客，请进！"卢明进屋，东拉西扯地聊了一会，话头逐渐往正题上绕："那年上中学前给我改名字，咱两家一块吃饭。你大说咱俩以后就以兄弟相称……"芦承贤打断他的话："你怎么也成弯弯绕了，有事就直说。"卢明舔了舔嘴唇，一脸诚恳地说："我是找援军来了，想请你给我帮个忙，白天上班时间帮我照看下胜利。"芦承贤低头沉吟片刻，问："你夫人同意吗？"卢明说："啥夫人啊，别那么见外。我跟她商量过了，才来征求你的意见。"芦承贤痛快地说："行，没问题。我上班怎么办？"卢明心里早已有谱："你上夜班吧，晚上八九点上班，正常的话夜里一两点就下班了。"

为兄弟帮忙责无旁贷，不管夜里下班多晚，早晨上班之前芦承贤就会准时去卢明家报到。在他的照看下，小胜利学会走路说话，除了先会叫"爸爸、妈妈"之外，另一个称谓就是"叔叔"。吴玉霞顺利地通过组织考察，被任命为省委宣传部新闻处副处长。愿望得实现，心情自然舒畅，她经常哼着歌儿迈进家门。对待芦承贤的态度也有了明显的转化，从以前的不冷不热，变得像熟悉的老朋友，还经常送给他一些市面上普通干部买不到的特供物品。小胜利健康成长，三岁不到就上了报社的幼儿园。芦承贤还是夜班编辑，卢明心存感激地主动征求意见，调他回总编室继续上白班。他回复已经习惯了夜班的节奏，就不用调来调去的，他只希望能够平平静静地生活和工作。

可生活的河流哪能风平浪静？有人提出，芦承贤以前为国民党工作，有严重的历史问题。这样的人，怎么能成为总编室的编辑呢？卢明极其严肃地给芦承贤打预防针，埋头工作，少说话，更不能对群众意见说三道四，也不能有丝毫的抵触情绪。

任何人为的保护都不是坚固似铁的金钟罩，梳子一样的审查目光很自然地落在芦承贤的身上。有关部门和报社抽调专人组成外调小组，赴重庆、南京调查。持有介绍信的外调人员在当地档案馆翻出民国时期的《中央日报》，查阅每一篇署有芦承贤名字的文章，没有找到他是历史反革命分子的证据。随后找到几个芦承贤在《中央日报》的同事，经询问还是没有找出污点。继续扩大查找范围，在南京相关部门的协助下，打开报社档案室尘封的民国卷册，竟然在党忠国遗留的笔记本里，查到他恶毒咒骂芦承贤拒绝加入国民党的文字。外调小组返回，经报社、宣传部和公安机关几方会商，最后的结论是："芦承贤，历史清楚。"虽然比不上"历史清白"的人生烙印，但相比"历史复杂""历史不清"等有污点的组织定论，就有了"人民内部矛盾"与"敌我矛盾"本质上的区别，因而他才躲过了一顶"历史反革命分子"的帽子。

卢明则属于"历史清白"和对党忠诚的政治群体，政治运动对他来说就是检查别人，但他也有烦恼——家庭——两个人合并起来的社会沙粒简直就是个矛盾的复合体。当爱情的彩虹被油盐酱醋等生活琐事覆盖，双方的脾性和观念才能在对方眼里一览无余。吴玉霞逐渐显示出强势的一面，大事小事都得由她做主。稍有不顺心，脸上就会浮出生气的阴影。家庭不是互争高低的地方，非原则性问题卢明也不固执己见。因此，只要不出差，他就得在两种角色间转换。上班是领导，下班则成为被领导者。

胜利五岁时，吴玉霞又生一女婴。儿女双全是父母的一大心愿，高兴之余，卢明不忘教训，早早将取名权拱手相让。再说女娃娃叫那些很有时代感的名字也不大合适。吴玉霞抱着字典翻了几天，一锤定音，女娃姓卢名雅楠。"好，非常好！"卢明夸奖道，"还是省委的处长水平高，比我强多啦！"吴玉霞一脸骄傲，"那当然，以后多向我学着点。"

机关干部的眼睛都很挑剔，宣传部又是主管报社的上级，在工作惯性的影响下，吴玉霞也经常对报纸上的文章甚至编排都要发表一些自己的看法："你们今天的头题安排欠妥，群众大炼钢铁的报道放二版头条就可以了嘛！省上领导视察工作，有很强的指导性，应该发一版头条。怎么搞的，这点政治觉悟都没有？"卢明心里很不舒服，提醒道："家里不是你们新闻处，别横挑鼻子竖挑眼的好不好？"吴玉霞脸色一变："一点都不谦虚。"说完抱起雅楠喂奶，再也没理他。小雅楠满月，卢明两口子都不好意思再让芦承贤帮忙照看孩子，便请来一位保姆当帮手。日子一天天过去，倒也是风平浪静。可卢明的一次擅自做主，又让吴玉霞生了一肚子气。

老家来信，芦武奎说天不作美，一连两年庄稼歉收，家里的粮柜已经见底。卢明回家从抽屉里找到一百二十斤全国通用粮票，又拿出一百块钱，全部寄回老家。晚上吃饭时吴玉霞得知此事，气得把碗往桌子上重重一放，吓得小雅楠哇哇大哭起来。保姆赶忙抱起雅楠领着胜利出去了。"你寄个二三十斤我也不说啥，可你一下把咱家全腾空了。"吴玉霞柳眉倒竖地嚷道，"保姆也是一张嘴，胜利还在长身体……我省吃俭用为的啥呀？"她呜呜哭了起来。卢明给她擦眼泪，被她一把推开。卢明好言相劝："我没征求你的意见，是我不对，给你道歉……我父亲那人你是不知道，不到万分作难的时候他不会给我写信。那些粮票能救命啊！"吴玉霞根本不听他解释，指责道："你是孝子，就你有父母，我就没有？我就是铁石心肠啊？"卢明也感到自己做事失之偏颇，只好耐着性子再劝："咱俩都吃供应粮，还可以再想办法嘛！"吴玉霞边哭边说："少糊弄我，你去想办法呀！你本事大，有办法，去呀！"

卢明转身走出家门，报社大院一片寂静。记忆的云团开裂，浮现出民国十八年大饥荒的场景。"你一个人在这儿发啥呆啊，不好好在家抱你的小千金？"身后响起芦承贤的声音。卢明说出老家来信和吵架的事。芦承贤说了声"你等我一会"，快步离去。等他再来时，往卢明手里塞了一把粮票，急匆匆地上夜班去了。卢明回到家一数，七十三斤粮票。但这也不能弥合感情上的裂隙，两口子陷入婚后的第一次冷战。

直到老家再次来信，两口子才有了夫妻间正常的交流。芦武奎在信中特意感谢儿媳妇，所寄的钱和粮票都已收到。家里有粮，心中不慌。有粮票和钱保底，他们再想些其他办法，一定能度过灾年。吴玉霞读完信后，坐到卢明身边，抱歉地说："对不起！我要早知道你老家这种情况，就不会发脾气了。"心头阴云被驱散，理解的热流温暖彼此，于是，两口子和好如初。那天夜里，待两个孩子熟睡之后，夫妻俩的床上有了久违的响动。

吴玉霞又怀孕了，而且妊娠反应十分强烈，三个月以后胃里才不翻腾得那么厉害了。但她吃饭还是吃不多，老想吃点酸的东西。卢明和保姆承揽了所有的家务活。每天卢明都要陪她散步活动，以有利于胎儿顺利分娩。见吴玉霞总是馋酸，卢明乐呵呵地推测："酸儿辣女，你又要给咱生个儿子啦！"吴玉霞却有点担心："都第三胎了，怎么反应比前两胎都厉害？"卢明说："那你就给咱生个厉害的儿子。"吴玉霞的肚子一天天大了起来，越来越大，眼瞅着比前两胎大出了许多，把肚皮都绷得泛出了亮光。卢明觉得事情不大对头，赶紧要车送她去医院检查。一位年轻的女医生手拿听诊器，在吴玉霞高高隆起的肚子上左听右听，很长时间不说话。站在一旁的卢明心里直打鼓，紧张得脸色都变了。女医生听罢觉得没有把握，又请来一位满头银丝、戴着一副银丝边眼镜的女医生复诊。那位女医生聚精会神地听了一会，收起听诊器笑了，对年轻女医生说："你听得很准确，是双心音。"她抚摸了一下吴玉霞的头发，叮嘱道："一定要小心啊，觉得不舒服就赶快来医院。"然后转身面对卢明，微笑着又说："祝贺你们，双胞胎！"

　　好消息传播的速度快如闪电，雷浩像个传声筒一样，逢人就播报喜讯。当天全报社的人都知道了吴玉霞的大肚子里有两个宝宝。消息传进宣传部，薛文昌打来电话："卢明，你小子本事大呀！哈哈哈哈。"芦承贤也早早去商店订了两张一模一样的婴儿床。几天后薛文昌来报社开会处理事务，开完会叫住卢明，吩咐一定要听医嘱，如果吴玉霞需要提前待产，早点向部里申请。临产前的那些天，卢明忙得很快乐——双胞胎啊！所有该准备的婴儿用品都要加倍。双胞胎似乎是一种喜兆，从医院回来时间不长，省上领导换届，薛文昌升任省委副书记，不再兼任报社总编辑。在他的举荐下，卢明的职务发生了微妙的变动，任报社常务副总编辑。看似没有升职，但受过官场浸润的人都知道"常务"二字的分量，简单地说就是单位里的"二把手"。新来的"一把手"年龄已经五十六七了，明眼人都能看懂这次人事安排的奥秘。卢明肩上的担子更重了，以前只分管几个部门，现在要协助总编辑统管报社的全盘工作。尽管很忙，但除非有重要工作需要加班，否则的话，下班就准时回家陪妻子。

　　吴玉霞却愁眉不展。"不知为啥，我就是害怕。"她依偎在卢明身旁，可怜兮兮搂着他的胳膊。"不怕不怕，咱早早去医院。"卢明嘴上安慰，其实心里也没底。特别是有胎动以后，左边肚子里的胎儿像是急着出来，拳打脚踢，顶得肚皮一鼓一鼓地蹦跳。右边的肚皮却沉静得像是睡着了一般。卢明开玩笑让吴玉霞放松心情："左边这小子精力充沛，将来可以冲锋陷阵。"吴玉霞不说话，用眼睛询问，右边的呢？卢明摸了摸她右边的肚子，小声说："右边的性情沉稳，也是个可造之才。"吴玉霞撇了下嘴，打瞌睡似的垂下眼帘。卢明嘴上不说，心里也暗暗担忧，这一边海水一边火焰的胎动不正常啊！再次去医院检查，卢明请医生仔细听一听，吴玉霞的肚子左右两边动静不一到底是怎么回事？亮晃晃的听诊器在高耸的肚子两边用心倾听，两个胎儿的心音都很正常啊！至于为何动静不一，医生的诊断也给不出令人信服的答案。吴玉霞情绪很低落，随着身子越来越重，她连话都懒得说了。

距预产期还有十多天，事先毫无征兆，吴玉霞坐在椅子里忽感大腿处湿乎乎地像坐在一摊水里，低头一看才发现羊水破了。奇怪的是肚子一点也不痛，往常不消停的胎动竟然没有一点儿动静。吴玉霞惊骇得大叫起来。

汽车驶出报社，一路上喇叭响个不停，催促前面的车让路。不知是由于害怕还是其他原因，汽车冲进医院，吴玉霞腿软得下不了车。医护人员看到产妇羊水已破，赶紧用急救床把她直接推进产房。卢明的耳朵贴在产房的门缝处，一脸的焦虑不安。产房里面医生给吴玉霞加油鼓劲："别紧张，又不是第一胎。深呼吸，对对！用力，用力，再使劲！很好，能看见他了，再使劲！很好很好，快出来啦！加油啊！"产房里响起婴儿的啼哭声，像是要证明自己已经离开母体来到这个崭新的世界一样，小家伙哭得十分响亮。卢明这才发现自己已是满头大汗。产房门开了，护士抱着襁褓里的婴儿出来让卢明看："是个男孩，五斤七两。"

第一个孩子生得十分顺利，与隔壁产房里又哭又喊的产妇相比，卢明都没怎么听见吴玉霞生孩子时的叫声。可第二个孩子就成了吴玉霞的噩梦，那个孩子躲在子宫里迟迟不肯出来。时间一分分过去，吴玉霞痛苦的喊声穿透产房的门，在医院的走廊里恐怖地回荡。银发女医生被护士叫来，匆匆忙忙地进入产房。里面安静了片刻，吴玉霞又啊啊地喊叫起来，声音里有种金属划过似的狞厉，刺得人头皮一阵阵发麻。"我不要他了，不要啦！"吴玉霞的喊声冲出产房，"大夫……快把他取出来啊！我不要了呀！"医生不停地安慰着。她的叫声时强时弱，到后来卢明趴在门缝处屏住呼吸，才能隐隐听见她近乎绝望的呻吟……产房门拉开，一位神色紧张的护士跑出来，很快抱来几个输液瓶，刚放下又跑了，等她再跑回来，卢明看见她捧着几袋血浆。

情况不妙，守候在医院里的汽车司机回报社传话，报社领导来了，薛文昌和宣传部的同志也来了。医院院长和几位副院长步履匆忙地赶到产房门口，瘦高个院长像表决心似的保证，医院将竭尽全力确保母子平安。"薛书记，"院长说，"您在这里，医生压力太大。要不，您先到我们的会客室休息一会。产妇的情况，我们随时向您汇报。"薛文昌被一群白大褂拥簇着走了。芦承贤搬来一把凳子让卢明坐下休息，可他坐不住，不停地在产房门口走动。几个小时过去，疲惫的银发女医生走出产房，对卢明说："情况不好，孩子有可能保不住了。"

卢明急切地说："只要大人平安就好。"

银发女医生擦了下鬓角的汗水，用不忍心的口吻说："胎儿还有心跳。这样吧，我们再最后试一次。如果还是不行，就全力保产妇。"

半个小时后，医生终于用器械取出了胎儿。顾不上称体重，护士就把这个哭声细弱得像猫叫的男婴儿放进透明的急救箱里。吴玉霞被推出产房，她脸色蜡黄，闭着眼睛，一动不动地躺在活动病床上，被推进单人病房。从活动病床挪到固定病床上，她软绵绵地任由医生护士摆布，像完全失去意识一般。那次难产也导致她患上了一种难以治愈的顽疾——晕血症，以后只要是见到血，瞬间就会面色苍白，头晕目眩。

得知她已经没有生命危险，薛文昌同所有为产妇接生的大夫和护士握手致谢，又专门留下一位女同志在病房里照看吴玉霞，这才和其他人一块离开医院。

吴玉霞昏睡未醒，卢明找到婴儿室，隔着玻璃往里看。几排整齐的小床上有十多个婴儿，也不知哪一个是妻子先生出来的双胞胎哥哥。他又去产科急救室，见到透明箱子里的婴儿。这时候护士才告诉他这个婴儿的体重是二斤七两。婴儿实在太小，放在育婴箱里就像一只可怜的小猫。婴儿的头颅两侧靠近太阳穴的地方，有很明显的产钳留下的凹痕。受两个凹痕的影响，婴儿的头颅都有点变形。他带着一颗有特殊记号的脑袋来到这个世界，这也注定他以后的经历将与众不同。

这个婴儿和他的哥哥差异太大。哥哥与母亲一同回家，他还留在医院。两个多月后接他回来，他睡醒就哭，还常常吐奶，弄得吴玉霞的衣襟上总是有一片片的奶渍。反而那个老是在肚子里踢腾的哥哥，这时却表现得十分省事，吃饱了就睡，就是醒着也不哭不闹，睁着两颗又大又亮的黑珍珠，静静地瞅着悬挂在婴儿床上方的儿童玩具。保姆都感到奇怪，这对双胞胎看到的东西不一样吗，要不然的话为啥一个爱笑一个爱哭？吴玉霞很不喜欢这个爱哭的差点要了她命的婴儿，又是嫌他生得丑，又是嫌他爱哭闹。除了喂奶，她都不肯抱一抱他。婴儿长到三个多月，给哥哥喂奶，他吮吸着乳头，胖乎乎的小手还不停地去抓另一个乳头，逗得吴玉霞咯咯咯地乐个不休。轮到给弟弟喂奶，他吃不了几口就又开始哇哇地哭。吴玉霞把乳头塞进他嘴里，他竟然用没长出牙齿的牙龈狠狠咬住了乳头。吴玉霞疼得尖叫一声，一边揉一边叫保姆，赶快把这个小混蛋抱走。"他就不是我儿子。"吴玉霞愤愤地说，"才几个月大就咬我，长大还不知道怎么气我呢！"卢明也很迷惑，明明是一胎所生，为何差异会如此之大？再加上吴玉霞情绪时好时坏，也就没有急着给孩子取名。反正哥哥弟弟不会认错，一个大一个小，一个胖一个瘦。

双胞胎身上的奥秘令人费解，爱哭闹的弟弟一到芦承贤的怀里就变得十分乖顺。哪怕是他哭得谁都哄不住时，只要芦承贤抱起他，不出两分钟，哭声就消失得一干二净。他不好好吃奶，可芦承贤用汤匙给他喂水，他却喝得很香，而且还喝得吱溜有声。孩子满五个月，上牙龈已生出米粒似的门牙。一天吴玉霞的乳头又被双胞胎弟弟咬住，乳牙嵌入肉里，疼得她眼泪都下来了。她拔出乳头，气得打了孩子几巴掌。婴儿哇哇大哭。吴玉霞系好衣扣，正在伤心地抹眼泪，卢明和芦承贤一同进屋。芦承贤抱起婴儿，轻轻地摇晃了一会，婴儿不哭了，静静地瞅着芦承贤，突然嘴巴一咧笑了一下。芦承贤眼里闪出惊喜的光芒，他开玩笑似的对吴玉霞说："这孩子跟我有缘分，把他过继给我吧。"吴玉霞像见到救星一般，连声说："好，好！我同意，赶快抱走。"卢明上前阻止说："别开玩笑啊！"吴玉霞说："谁开玩笑，两个孩子我拉扯不过来。这样更好，你俩自小在一起，过继给承贤就像给自家人一样。抱走抱走，今天就抱走！"

吴玉霞主意已定，她不顾卢明反对，执意要把双胞胎弟弟送人。就是不给芦承贤，也要过继给别人。她一脸委屈地质问："你心里只有儿子。我差点把命搭上，你心疼过我吗？"亲生骨肉，哪能轻易送人啊，卢明还是舍不得。吴玉霞拉下脸，夫妻俩又开始冷战。一段时间过去，卢明主动认输，两口子不能总是一个不理一个吧！他抱着孩子走进芦承贤的宿舍，一脸的不高兴："都是你，好端端的咋想起来要我儿子啊？给你，先给我养着……暂时的啊！等做通工作，我还要抱回去的。"

芦承贤满口答应，心甘情愿地做起了孩子的养父。他请了一位保姆，又让卢明把他调回总编室上白班。白天有保姆照看孩子，晚上他和孩子一起共度温馨时光。这孩子乖得让他吃惊，不哭也不闹，还常常对着他笑。两只大大的眼睛看着他，乌黑发亮的眼眸让人心醉。抱在怀里哄他睡觉，也不用哼唱催眠曲，他听着芦承贤的心跳就能安然入睡。这对没有血缘关系的父子，却被一种神奇的纽带联系在一起，就像两个被命运抛弃的人在日常生活里找到了生命的依托一样。卢明时常过来看看孩子，同时也送来一些诸如鸡蛋、炼乳和白砂糖之类的东西，可再也不提把孩子抱回去的话。吴玉霞一次也没来。孩子一天天长大，尽管两边太阳穴上的凹痕还很明显，可头颅已经长得和正常孩子差不多了。比起哥哥，他还是显得瘦小，但发育得很健康，该给孩子取名了。卢明两口子已经为双胞胎哥哥起名为卢向东。芦承贤征求卢明的意见，这一次，卢明的态度不再暧昧："你是抚养人，他就跟你姓，取啥名字你看着办。"言下之意，他们两口子已经同意把双胞胎弟弟过继给芦承贤啦！芦承贤头脑很清醒，人应当尊重事实，养父的身份不能改变，孩子的血缘关系也不能在他手上被生生割断。所以，他给孩子起名时，心思缜密地用了哥哥名字里的"向"字，又用了姐姐名字里的木字旁，最终给孩子取名为"芦向桐"。芦承贤希望用这种方式能够帮助向桐在通向未来的道路上，身边有兄弟亲情的温暖，而不致于踽踽独行。卢明看到这个名字，立刻领悟到其中的含义，他对芦承贤说："我明白你的意思，希望他们都能健康成长！"

孩子长得很快，已经可以站直身子啊啊喊叫着使劲摇动婴儿床的围栏，像是要把这个阻挡成长的屏障破坏掉，从而进入一个能够自由生长的广阔空间里去。孩子一旦能够自主活动，大人的心就会被提到嗓子眼上。从床上抱下来，他就到处乱爬，像个无畏的小勇士在房间里到处探险。放在床上更不老实，一会摇这边一会晃那边，还时不时地抬腿做出翻越护栏的动作。就在芦承贤感到有些力不从心的时候，樊小惠走进他忙乱的生活。

樊小惠以前是省歌舞团的舞蹈演员。有一年春节下基层慰问演出，临时搭建的舞台上有一块木板松动。前面的节目勉强支撑过去，轮到她表演时木板滑落，她也从近两米多高的舞台上坠落下来，摔在坚实的地面上。脊柱受伤，左腿粉碎性骨折，不得不告别舞台，调入报社工会——报社需要这样的人才。每逢重大节日，譬如七一、十一呀，报社都要举办晚会，各部门必须上台表演，那可是政治任务，容不得半点马虎。有时候报社还得排练节目，参加宣传部组织的文艺汇演。自从她来以后，报社晚会节目精彩纷呈。以前在文艺汇演中排名总是垫底的报社，终于扬眉吐气地名列前茅。她人长得漂亮身材也好，有一段时间单身编辑记者没事就往工会跑，她不是抱着书看就是低头写写画画，一副拒人以千里之外的模样。可她对芦承贤一直很尊重，路上偶遇也会很有礼貌地打招呼。但两人的交往仅限于此，为何她会来帮忙照看芦向桐，芦承贤也感到纳闷。

也许所有女人身上都有天然的母性，孩子的心灵能够敏感地触摸到从女性关怀里散发出的那种润物细无声般的慈爱。芦向桐很喜欢樊小惠，见她来就啊啊叫着伸出双手让她抱。在她怀里，他也表现得很安静，像只听话的乖猫。他似乎能听懂她的话，到了该睡觉的时候，她给他盖好小被子，轻轻拍着他说："向桐，睡了，闭上眼睛，快快睡着啊。"他就会听话地闭上眼睛，不大一会就便安然入睡。樊小惠也很喜欢芦向桐，不但给他喂牛奶、逗他开心地玩、扶他着蹒跚学步，还教他说话。他很快学会了叫"爸爸、妈妈、叔叔、阿姨"。有一天给他喂牛奶，他吐出奶嘴，冲樊小惠叫了一声"妈妈"。樊小惠又喜又羞，脸红得像是迎新春挂出来的红灯笼。勤快的女人都有一双魔术师的手，凌乱不堪的宿舍在她手下变得整洁有序，婴儿衣物、日常用品被归纳到一处，芦承贤的衣服也按照四季分门别类地叠放整齐。她还买回几盆鲜花，摆放在书桌和窗台上——女人是家庭的春天，宿舍里到处洋溢着温情的芬芳。

起初芦承贤以为她是出于同志间的关心才来帮忙，可随着时间的推移，他终于发现事情不是那么简单。她不但帮他照看孩子，还给他洗衣服、去食堂打饭，甚至又多订了一份牛奶让他喝。尽管没有语言上的表露，但从她的眼睛里，他看到了一种熟悉的柔情（他曾经接纳过一次）。有一天碰见报社工会副主席崔凯，他话中有话地说："芦编辑，小樊可是个百里挑一的女子哦！"芦承贤心中一动，莫非樊小惠已发出了爱恋的信号？他不想耽误樊小惠，更不愿背叛自己的诺言，便向卢明坦露心迹，同时也弄清事情的来龙去脉。卢明看他一人带孩子太辛苦，又多年单身，便有意把他和樊小惠往一块撮合。经与薛文昌商议，薛文昌也很赞同。于是，卢明亲自出面试探樊小惠的口风。他详细介绍芦贤承在三四十年代的记者经历和多年单身的原因，樊小惠也没想到，一个看上去虽然有些落魄但一直表现得彬彬有礼的芦承贤曾经是新闻界的风云人物，同时也被他对爱情的忠诚打动。考虑几天后，她表态先与芦承贤接触，如双方互感满意可以建立恋爱关系。"前天我还问樊小惠，满意还是不满意，"卢明说，"她说挺满意的。承贤，樊小惠各方面条件都不错，孟沁瑶又没有一点音讯，你总不能一个人过一辈子吧？"芦承贤很诚恳地向卢明表示感谢，然后明确表态他要等孟沁瑶，哪怕等一辈子。解铃还得系铃人，请卢明劝说樊小惠另择佳婿。"你这人啊，真是一根筋，我都让你感动了。"卢明说，"不过，别绕太多圈子，让人家姑娘心里疑惑，你直接给她说吧！"

多拖一天，就给人家多增加一分伤害。当天晚上哄孩子入睡后，芦承贤请樊小惠稍坐一会，他有话要说……孩子的梦大概是五彩斑斓的吧，睡梦中的芦向桐时不时地咯咯笑出声。大人的世界呢？芦承贤给樊小惠讲述了自己与孟沁瑶的故事——心房里那块属于爱情的空间实在挤不进他人的身影……樊小惠的心情随同他的讲述而变化，由局促不安变为静静聆听，最后成为由衷的敬佩。"小樊，谢谢你帮我照看向桐。"芦承贤说，"我说这些，是希望能得到你的理解。"坐在桌旁的樊小惠拿起装有孟沁瑶剪影的那只小镜框看了好大一会，轻轻放回原处说："我很羡慕她。芦老师，我知道该怎么做了。"

从那以后樊小惠仍来帮忙，但做事很有分寸，只是照顾芦向桐。时隔不久有人给她介绍了一位年龄相仿的省委组织部干部处姓金的处长，两人交往大半年时间便举办了婚礼。那男子很爱樊小惠，为方便她上下班，经与报社协商，把家安在了报社。已经会跑的芦向桐在院子里见到她，远远地就喊"樊阿姨"。她的衣服上有个小小的魔术袋，总是能变出几块水果糖，甜得孩子脸上尽是开心和满足。向桐三岁的时候，樊小惠生了个女孩。婴儿满月，他跟着芦承贤去给樊小惠贺喜。他两手握住婴儿床的护栏，看着襁褓里一张红扑扑的小脸，一脸不解地大声问："樊阿姨，小妹妹咋长得这么一点点大呀？"樊小惠笑了，逗他说："没人帮着她长大呀，怎么办？"芦向桐认真了，小胸脯一挺，用稚嫩的童音说出一句很有男子汉气概的话："我帮呀，我帮小妹妹长！"他转头对芦承贤说："爸爸，你多买点糖，小妹妹吃糖长得快。"芦承贤说："小孩子不能多吃糖。"芦向桐面对一屋子的笑脸，眼睛里闪烁出困惑的光芒。他的小脑瓜里嗡嗡作响，樊阿姨给他水果糖，爸爸又说不能多吃——大人的世界为什么会这么混乱呢？

双胞胎兄弟年满四岁，摆放在他们面前的人生天平已经倾斜。在孩子上哪所幼儿园的选择上，吴玉霞已经早有打算——必须上最好的幼儿园。她老早就在部里报名登记，让卢向东的名字排在几个适龄儿童的首位。吴玉霞盯的那个幼儿园与报社幼儿园相比，无论设施环境、师资力量以及饮食安排，简直不可同日而语。最终结果完全在吴玉霞的掌控之中，省委机关幼儿园分配给宣传部三个入学名额。开学那天早晨，吴玉霞看着他背着小书包，蹦蹦跳跳地跑进那座很气派的幼儿园大门，这才赶去部里上班。走进办公室放下手提包，拿起电话拨通省教育厅的一位熟人，询问市试验小学的招生情况。电话那头的熟人很惊讶："你儿子上小学是三年以后的事，你也太着急了吧？"吴玉霞理直气壮地说："亏你还当过兵，连这都不懂啊？向东上学的事用你们的话说就是先瞄准嘛！"这时候，芦向桐正在吵吵嚷嚷的报社幼儿园里和几个男孩子头顶头地围在一起，用小棍捅着地上的一个蚂蚁洞。受惊的蚂蚁蜂拥而出、没头没脑地四处瞎撞，几个孩子又是阻挡又是给蚂蚁画路，玩得不亦乐乎。

看到吴玉霞心情好，卢明终于可以谈一谈心事了。父母都已经年过花甲，除了寄回去的几张照片，他们还没有见过儿媳和孙子孙女活生生的模样。作为儿子，不能在老人膝前尽孝，也应该趁他们腿脚还灵便的时候，接来同住一段时间，让二老享受一下天伦之乐。心情好坏决定能否善解人意，吴玉霞问了一下老人来之后如何安排住宿，在得到可住报社招待所的答复后，便愉快地答应了。"胜利他们也该见见爷爷奶奶了。你赶快写信吧，就说我也很想见他们。"卢明心里一激动，搂住吴玉霞在她脸上响亮地亲了一口。吴玉霞推他一把，小声说："要死啊，也不怕让孩子听见。"卢明知道芦武奎不识字，便在信上下足了功夫。只要是有点文化的人看到这封信，就知道两位老人将要前往何处。他还画了几张线路图，从大西北到江南，芦武奎拿着它沿途问人，就能顺利抵达目的地。

几个月后的一天，两个农民装束、身背沉重包袱的老人出现在报社大门口。门卫一听来者是卢明的父母，赶忙把他们请进门卫室，抓起电话向卢明报告喜讯。卢明一路小跑出来迎接。二十多年不见，芦武奎看着比他还高出一头的魁梧汉子，嘴唇哆嗦着竟不知说什么才好。牛儿娘搂住卢明的胳膊，刚叫了声"牛儿"，泪水已止不住地夺眶而出。卢明和两位老人走进家门，老大胜利表现尚可，又是帮着拿东西又是沏茶，雅楠和向东礼节性地叫过爷爷奶奶之后，远远地躲在一边，看着土里土气的爷爷和奶奶从包袱里往外拿荞面、小米、黄豆、杏干……吴玉霞已经做出安排，全家去外面的饭馆为老两口接风洗尘。芦武奎说："馆子里吃一顿，怕是够家里吃好多天，花那钱干啥？"老两口坚决不去，卢明和吴玉霞只得作罢。吴玉霞和保姆进厨房准备晚饭，芦武奎压低嗓音说："牛儿，听说承贤和你在一块，我想见见他。"向东听到父亲这个很有乡土味的小名，捂住嘴嘿嘿地笑了。

　　时隔多年之后，当年的护院家丁与少爷在异乡重逢。芦武奎交给芦承贤一个卷轴和一小块用红布包的东西。打开卷轴，是那幅绫裱的于子成书写的横幅"宁静至远"。由于保存得好，看上去就像是昨天刚装裱的一样。打开那方红布，里面是一块雕刻有云纹图案的温润黄玉，芦承贤眼里忽然泛出泪光。他紧攥着黄玉，语气已经哽咽："武奎叔，谢谢！"

　　那天晚上，芦武奎断断续续地讲述了十多年前发生在芦家营的那些事。从他的肢体语言上能看得出来，他讲得很艰难……一双青筋凸起的大手，一会儿紧紧地交叉在一起，手指绷得很僵硬，压迫得指关节处都失去了血色。一会儿又下意识地使劲揉搓着衣襟，像是要把他内心的痛楚搓碎一样。对他来说，那些往事就像一根无法解开的绳索勒在他心上，随着生命逐渐老去，勒在衰老心脏上的绳索更让他感到煎熬和彷徨……芦承贤静静地听着，像一个站在历史轨道旁边的人，聆听鸣响时代汽笛的火车从远方呼啸而来，又铿锵远去……其实这是一个与距离和视野有关的问题，你离事件的中心越远，目光也就越发的理性。

　　上班时间芦承贤去卢明的办公室，走到门口就听见雷浩甜得发腻的声音："卢总编，这个于子成一定是个大书法家，这字写得力透纸背呀！"卢明办公桌正对的墙壁上，挂着那幅"琢玉成器"的横幅。雷浩看到芦承贤进来，讨好似的打了声招呼，见芦承贤没理他，自觉无趣地走了。卢明问："昨晚你和我家老爷子聊得时间可不短，都说些啥？"芦承贤实话实说："说了些以前的事。"卢明开玩笑说："他对你比我还亲啊！我说陪他说说话，他一定要先去找你。"芦承贤说："你们爷儿俩有的是时间说话。"

　　多年不见，本想与父亲说话拉家常。心中似有千言万语，可谈及每一件事，却总是三言两语地省略过程而直奔结局。父子交谈，好像有一种天然的隔阂。没说多久，两人便相对无言。卢明默默打来洗脚水，不顾芦武奎抗拒反对，硬是把那双干巴的有裂口子的脚按进水盆里。给老父亲搓脚的手感，像是触摸着一段嵌满风雨刻痕的老树皮。卢明忽然鼻孔发酸，抬起脸说："大，你和我娘来一趟不容易，就多住些日子吧！"

但日常生活里冒出的小刺，会刺伤老人的自尊。西北农村的日子很单调，除去田间劳作，炕头文化也占有很大的比重。吃饭、睡觉、聊天、议事等事情都会在一方土炕上轮番上演。所以，芦武奎老两口早就有回家就上炕的习惯。吴玉霞下班进家，看到芦武奎斜躺在床上，牛儿娘盘腿坐在他身边，原先干净平展的床单被他们揉得满是褶皱，像一块脏兮兮皱巴巴的地摊布，她脸颊上的笑意倏然消失，咬着嘴唇转身去了厨房。晚上老两口走了，她换了一块床单，对卢明说："给你爸妈说一声，别往床上躺，家里又不是没凳子。"卢明不以为然地说："这又不是在外人家，由着他们吧。就我爸那性子，一说他肯定不高兴。"吴玉霞面露不悦地说："我就知道，给你说也是白说。"可自己的床上让别人躺，想起来身上都发痒。几天过去，吴玉霞实在忍不住了，对老两口说："说个事爸妈别在意哈，我这人习惯不好，床上让别人动过，我晚上就睡不着了。"她虽然说得很婉转，但老两口已听出潜在的话意。为了让儿媳妇能睡个安稳觉，他俩干脆就待在招待所里，直到吃饭时才过来。

没想到饭桌上又起风波。卢明担心老两口吃不惯大米饭，从食堂买回一袋白面，那段时间的饭桌上以面食为主。牛儿娘看到一锅一锅黄灿灿的面汤倒进下水道，心疼得又是摇头又是咂嘴。她和芦武奎嘀咕了半天，老两口上街买回一只腌菜用的坛子，洗干净放在厨房的角落里。面汤倒进坛子，再放入一些菜叶，盖住坛口静待奇迹发生。几天过去，瓷坛肚子里传出咕嘟咕嘟冒气泡的诡异声响。吴玉霞进厨房，嗅到一股奇异的味道，她捂住鼻子问："啥东西酸了？"保姆指着瓷坛说是老太太做的宝贝，还吩咐别打开，更不能见油。吴玉霞用手在鼻子前面扇了扇再没吭气。这天吴玉霞下班回家，老太太没让她进厨房："今个天你不动手，我给你们做顿好吃的。"老太太做的汤面条，饭碗里是白溜溜的面条清亮亮的汤，上面还漂着葱花、红椒和点点油星，看上去很是清爽。芦武奎最先端碗，只见他吸溜吸溜吃得很香。可胜利和雅楠只吃了一口便停下筷子，向东更是拿小手捂住鼻子。吴玉霞端起碗，一股陌生的酸气直冲鼻腔。她试探性地呷了口汤，习惯了南方菜肴的味蕾遭受到北方特殊风味的冲击，她下意识地说出一句："啥饭呀，又酸又臭的。"向东也嚷嚷起来："就是就是，臭臭，难吃死啦！"芦武奎脸色突变，黑得像生气的包公，额头上的红疤憋得闪闪发光。卢明笑着给吴玉霞解释："这是浆水面，在我们老家几乎家家都有浆水，这些年我可把它想死了。"他端起一碗面呼啦呼啦地吃了起来。家乡的味道让他胃口大开，他大口吃面大口喝汤的样子像个饿极了的孩子。吴玉霞的感觉糟透了，丈夫像是从泔水桶里捞东西吃呀！嗓子眼里咕噜一声，她捂住嘴跑出去哇哇地呕吐起来。

厨房里的坛子空了，后来被用作米罐。

住了不到一个月，芦武奎执意要走，其理由是老家天大地阔，自由自在；城市人多房多，让他感到憋屈。卢明和吴玉霞再三挽留，但他主意已定，卢明只好依了他。本打算买些特产让老两口带回去，可又一想路途太远，途中还要倒车，便打消这一念头。卢明和吴玉霞商量，还是给他们准备些钱和粮票，老两口用着方便。吴玉霞十分爽快，拿出了一百斤粮票和两百块钱。临走前芦武奎让卢明陪他上街，买了些糖果烟酒，说是回去要送给芦花花和欧阳勇强。提及芦花花，卢明口里又出现了淡淡的苦味。

谁的大脑里没有老家的印记呢？这一项在孩子头脑里也不能空缺，他们应当知道，自己的根在哪里。卢明让已经十多岁的胜利陪伴爷爷奶奶回老家。在孩子眼中，神秘的远方有无限的吸引力。胜利听说让他送爷爷奶奶，乐得一蹦老高。起初吴玉霞不同意。卢明领着胜利去火车站和汽车站，让他拿着报社开具的介绍信，实地演练在窗口前排队、购票的过程。回家后吴玉霞听胜利说得头头是道，遂同意他陪着爷爷奶奶返回故乡。

那是个让人情绪低落的黄昏，月台上弥漫着离别的忧伤。列车缓缓开动，活动的绿皮车厢扯长了人们的视线。贴在车窗玻璃上的旅客面孔怪诞地从眼前一闪而过。卢明、吴玉霞和芦承贤带着孩子们伫立在月台上，目送列车朝着夕阳驶去。人生的车站上有来有往，一列客车驶入，停靠在另一座站台旁。蒸汽机车的烟囱吐出一柱淡褐色的烟雾，空气中飘来令人伤感的煤烟味。卢明侧过脸对芦承贤说："人一辈子就像火车一样，得一站一站往前走啊！"

第十五章

在记忆的银幕上放映往事，呈现出的画面有的清晰有的模糊。芦向桐对儿时的记忆就像隔着一层纱看远处墙上的宣传画，人物和色彩都显得很朦胧。可有一件事却印象深刻，那就是父亲常在家摆弄照相机的情景。父亲喜欢用镜头记事，不但记录他成长的过程，还拍一些日常生活中的画面。而且父亲每隔一段时间就要写一封信，信里面还要夹带一两张照片。幼儿园没有识字课，向桐也不知道那些信都寄给了谁，直到有一次他好奇地问："爸爸，你给谁寄相片呀？"父亲讲了一个故事，二十多年前有一位覃爷爷，他是个记者，采访出国打仗的中国军队，进入人迹罕至的热带雨林再也没有出来。二十多年过去了，他的儿女已经长大成人，儿子去重庆钢厂当了工人，是平炉车间的出渣工。女儿重庆大学毕业，现在是一家工厂的技术员。那个爷爷的妻子苗老师，住在重庆一个叫观音桥的地方，还在等爷爷回家。

"爷爷为啥不回去呀？"向桐问。

"他和几万中国人在森林里，森林太大了，他们走不出来。"

"爷爷不想家吗？"

"想啊！他走的时候，女儿比你还小呢！"

"你说他的女儿和儿子都长大了，他们为啥不去找他呢？"

"找不到的，那地方太远，他们只能等。"

"那……你给他们寄相片干啥？"

"那个照相机是爷爷送给爸爸的。爷爷是摄影记者，照相机就是他的眼睛。爸爸给他们寄相片，就是说，爷爷的眼睛一直看着呢。"

这种解释超出孩子的认知范围，他虽然觉得相机就是眼睛的比喻很新奇，但无法在机械冰冷的镜头和灵光闪现的人类眼睛之间画上等号。他眼泪汪汪地瞅着芦承贤说："爸爸，你可不能去大森林啊，找不着你，我会哭的。"芦承贤抱起他说："爸爸哪都不去，就和向桐在一起。"孩子紧紧搂住他的脖子，像是生怕一松手他就会去远方那个吃人的大森林一样。

也许是受到头上的凹痕的影响，向桐总是能从日常生活中发现一些奇怪的事情。譬如都是生长在报社的孩子，为什么卢向东要去上外面的幼儿园？又譬如同在一个班的崔建明明是个小男孩，可他的家长为什么给他穿裙子，把他打扮得像个女孩子？有一天放学回家，他像发现了一个十分重大的问题，拽住芦承贤的衣服，仰起小脸认真地问："爸爸爸爸，别的小朋友都有妈妈，我妈妈呢？"芦承贤面部的表情有点僵硬——这是孩子眼前一道绕不过去的坎，但他没想到这道坎会出现得如此之快。

"你妈妈去了一个很远很远的地方。"

"是她吗？"芦向桐指了指桌子上的小镜框，"妈妈叫啥名字呀？"

"她叫孟沁瑶。"

"她为啥不回来呢？也是去大森林了吗？"

"她没去大森林，是去一个很远很远的城市。"

"你为啥不去找她呀？"

"找了……她说……以后她再回来。"

向桐嚷叫起来，"她不想咱们吗？"

"想！天天都想！"

"她真的说了以后回来吗？"

"真的说了。爸爸和妈妈有约定的。"

"什么是约定？"

"就是承诺。哦，我这么说你就明白了，约定和承诺都是说话算话，不许骗人的。"

"爸爸，我长大了也要说话算话，不骗人！"

"好！向桐和爸爸一起等妈妈回来，好吗？"

"嗯！"向桐抿着小嘴，用力点了点头。

尽管他们都不知道这种等待需要多长时间，也不知道将来是否有结果，但重要的是在孩子幼小的心灵里埋下了一粒希望的种子。通过那天的谈话，向桐明白了一点，妈妈和希望在一起，这是他人生中第一次把概念具象化了。妈妈在远方，希望也在远方，他能感觉到活生生的人物带来的欢愉——远方的妈妈和他同在一个世界里。

童年生活的烙印会贯穿人的一生。双胞胎哥哥又是另一种童年体验，他身上有一种与生俱来的优越感，肤色和个头不能作假，一个孩子获得营养的多寡很显眼地表明他的家庭背景和受宠爱程度。他两岁才断奶，再加上卢明有特供，比起报社里的同龄孩子，他几乎要高出半个头，胖胖的脸上看不出一丝营养不良的痕迹。跟其他孩子一块玩的时候，说起省委机关幼儿园的食谱和丰富多彩的课程安排，报社幼儿园的孩子都是一脸的羡慕。他是报社大院里的孩子王，是游戏规则的制定者，男孩子玩的捉迷藏、抓特务、老鹰抓小鸡……他都像个小领导似的掌管着游戏的进程。他上幼儿园中班那年，报社"一把手"退休，卢明顺理成章地接替他的位置，升格为总编辑。吴玉霞说向东就是家里的福星，在同一年，她不但调换部门还升了职，任宣传部干部处的处长。

1966年，时代被一张大字报刺痛，社会的躯体又一次剧烈痉挛。在革命的火炬引导下，群情振奋的学生被冠以敢于斗争的新名词——"红卫兵"。卢胜利最自豪的是他和战友们给街道改名字，那是他们学校红卫兵的创举。"中山路"改为"东风路"，"西大街"被重新命名为"革命街"，"东大街"最先迎来太阳，已经换名为"朝阳街"……向东问哥哥："报社门口的解放路，你们改了没？"胜利挥动一下戴有红袖章的手臂，话音冲进孩子们耳中："解放路还用改吗？这个名字就很革命，不改！"

胜利就读的市三中已经有学生乘坐火车前往北京大串联，他回家翻箱倒柜地找出卢明多年不用的军用被子和背包带，自己学着打背包。又扎又拆地忙出一身大汗，最后终于把被子扎成三横两竖的背包，还给背包外侧塞入一双球鞋。取出黄挎包里的课本，随手扔在床头上，给挎包里装进碗筷和洗漱用具……行头准备就绪，除缺少领章帽徽，看装束就是一个有军人模样的满脸稚气的革命小将。

　　不料参加活动的想法遭到家长的反对。吴玉霞的态度十分坚决，她把雅楠和向东支开，好言好语地说："你一个中学生，出去是你照顾别人还是别人照顾你？"胜利自有理由："我送爷爷奶奶回老家，还不是一个人回来的吗，也没把我丢了。和同学一块去串联，去北京啊！听说坐火车、路上吃住都不用花钱。"吴玉霞耐着性子劝说："这不是钱不钱的事，你当哥哥的不听我们的话，给弟弟妹妹做的什么榜样？"胜利据理力争："大串联是革命行动，我做的是革命的榜样，要不是雅楠和向东年龄小，我就带上他们一块去。"吴玉霞拉下脸抬高嗓音说："我说不行就不行，在家好好待着，少给我们添乱。"胜利梗着脖子，十分尖锐地说："你反对我革命啊？"这顶大帽子的分量可不轻，吴玉霞脾气的火山爆发了："反天了你，我一个老共产党员，参加革命多年，还用你来教训我？不说了，就是不准去！"也许是她觉得语言的力量还不够强硬，又动手把胜利费劲扎好的背包拆开，这才回到里屋，独自坐在桌前生闷气。

　　她低估了革命小将的决心，胜利趁家长上班之际，悄悄溜回家拿走背包和换洗的衣服，赶去学校和其他红卫兵汇合，精神抖擞地踏上大串联的征程。吴玉霞追到火车站，月台上红旗招展，人声鼎沸，到处都是年轻兴奋的面孔。不管是快车慢车，只要是开往北京方向，红卫兵们便一拥而上，把车厢撑得像要裂开一般。谁能从洪流中找回一滴水？吴玉霞回家一个劲地埋怨卢明，嫌他不管儿子。卢明只是摇头苦笑。

　　哥哥的勇敢行为激励得弟弟也要闹革命，向东把孩子们组织起来，自命为报社红卫兵。没有红袖章怎么办？他跑回家翻出吴玉霞的一件红衬衣，拿出大剪刀把两只袖子剪下来（为此他差点挨打），再剪成宽窄不一的袖章，给组织成员人手一个。六七个孩子戴上红袖章，眼睛齐刷刷地瞅着向东，仿佛在问，接下来我们要进行什么样的革命行动？在报社院子里不敢乱喊乱砸，惹恼了家长揪住小红卫兵的耳朵，回家关起门来还不得挨一顿暴打啊！到报社外面去闹革命，他们又不知道革命的场所在哪里，总不能戴着红袖章，像无头苍蝇一样在大街上乱撞吧！向东的脑子飞快地转动，但转来转去都是游戏的画面。"革命不革命啊？"穿件花格子衣服的崔建说，"不革命我就回家啦，还不如玩抓特务呢！"向东从他的话中受到启发，把抓特务改为抓反革命，不就是革命行动嘛！这个革命行动大家熟悉，小红卫兵们纷纷表示同意。可谁当反革命又成了问题，向东先把这个角色分配给向桐，但他说什么也不当反革命。向东的眼睛又瞄上了崔建："你先当一次，下次再换人。"崔建想了想说："那就说好了，下次我说谁是反革命他就是反革命。"好好好，大家一致同意。反正以前的特务也轮流换。

按照游戏规则，先让反革命去找地方藏起来。小红卫兵们排成一列，面朝墙壁数够六十下，兵分几路搜寻反革命。反革命很狡猾，他没有躲藏在一个固定的地方，而是尾随一路红卫兵——搜查过的路线是最好的藏身地。几路红卫兵碰面，都没见到反革命的影子。可能是找得不仔细，红卫兵们互换路线，瞪大眼睛继续抓反革命。再次汇合，仍是一无所获。嗯，抓反革命比抓特务有意思，得好好动下脑筋。向东和红卫兵们想出一个抓反革命的新办法。红卫兵们分头把守，用革命的锐利目光构成天罗地网，反革命躲藏得时间长了，总是要跑出来自我暴露。向东挑选一个能观察到半个院子地方，躲在一堵砖砌的花墙后，从菱形墙孔里往外看。眼前的世界被分割成一块一块、有棱有角的形状，每一个孔里的景物都不完整，不是半拉子花坛就是一个屋角。平直的路也被切成一段一段，像是有一道道宽大的裂缝……咦，靠近报社大门的一座房子的拐角处探出一个小脑袋，左右转动一下又缩回去了。卢向东死死盯住那个地方。小脑袋又试探性地晃了晃，大概是没有发现异常动静，离开房屋拐角完全现身出来，一个小小的身影跑向报社大门口。

向东跳起身招集队伍："快来呀，反革命跑啦！"小红卫兵们闻声而来，崔建已经跑出报社大门。向东大喊："追呀！抓反革命啊！"一帮小孩喊叫着冲了出去。报社大门外的交通已被拥挤的人流切断。解放路变成一条宽阔的河流，游行队伍像洪水一般滚滚而来，把这条路填得满满当当。向东他们跑出报社大门，游行队伍裂开一条口子，小红卫兵们冲进了时代的洪流中。

那个小反革命太狡猾了，早已藏入人流中不见了踪影。看来今天的游戏必然是无果而终，小红卫兵们只好打道回府。

没想到前一阵子还是平和宁静的报社大院，现在已是风起云涌。雷浩带领几个年轻人正往卢明家的外墙上刷大字报。熟悉的家门口只留下一扇门，玻璃窗户都被大字报贴得看不见了。大字报吸引几十个人前来围观，议论的嗡嗡声像蜂群盘旋。

"雷叔叔，你堵我家窗子干吗？"向东拽了拽雷浩的后衣襟。

雷浩一巴掌打开他的手，恶声恶气地说："走开，回家问你爸去。"

家里的窗户被堵，房间里光线很差。空气中有一股藏着什么秘密的气味，向东嗅出那是刷在大字报上的糨糊的味道，混合着焦煳的烦躁和发霉的愤懑，无所不在地填满了整个房间。令人发忧的气味像黑色的虫子钻进了向东的童年，占据了记忆画册中关于孩提时代的那一页。大字报上一行一行的毛笔字像栅栏，横挡在孩子们中间。向东被孤立了，以前的小伙伴远远看见他，像是躲传染病一样绕道而过。只有向桐和崔建时不时地主动来找他玩，可满院子冷漠的目光扼杀了几个男孩玩耍的兴趣，每次他们都是无精打采地闲逛一阵便各回各家。

大字报的阴影穿透墙壁，压在一家人的心上。向东曾问过大字报上都写了些啥，为什么不贴在其他地方，而一定要糊在家门口呢？卢明说："别问这些事，小孩子不懂。"从前总是有问必答的吴玉霞也对这事忌讳如深，像是和卢明商量好似的，同样用一句"小孩不懂"把问题敷衍过去。向东只好向姐姐求助。雅楠已经上小学，可以把大字报上的内容读个八九不离十。她告诉向东，大字报上揭发了卢明的八条罪状。诸如和薛文昌勾结在一起，野心膨胀，一手遮天，把报社变成了他俩自家的后花园；包庇坏人，重用旧社会的残渣余孽，让有历史问题的人把持重要版面的发稿权；打击革命群众的工作积极性，有的编辑记者辛辛苦苦十几年，还不让他们进入重要岗位等等……向东问："都是雷浩写的？"雅楠一脸鄙夷地说："对！以前还在咱们跟前装好人。我才看清楚，他就是个大坏蛋！"

接下来发生的事更让向东吃惊。胜利串联回来，一下火车就兴冲冲地往家跑。到家门口一看，满墙的大字报，使他简直不敢相信自己的眼睛。再一看大字报的内容，他气得呼呼粗喘。颠倒黑白，赤裸裸的污蔑，更让这个红卫兵怒火中烧，他不计后果地冲上去撕碎了大字报。卢明知道他闯下了大祸，正在屋里批评他。雷浩已带领着一干人马前来兴师问罪，他们把胜利扯出家门，雷浩上去就是两耳光，大骂："小兔崽子，敢跟革命群众作对，你这是对抗'无产阶级文化大革命'！"转身又对手下说："带走，关起来好好教训教训他。"卢明拦在孩子身前，平生第一次低声下气地说："我们错了，请你给个机会，让我们改正错误。"雷浩像只饥饿的猫头鹰一样盯着卢明，突然阴阳怪气地一笑说："你也有求人的一天。好吧，看在你求我的分上，就给你们一次机会，把大字报恢复原样。要不然，别怪我翻脸不认人。"……吴玉霞在厨房熬糨糊，卢明和孩子们捡起撕下来的碎纸，一片一片地用手捋平。糨糊熬好，一家人像拼凑复杂图案一样，一片一片地补贴破损的大字报。没有一个人说话，一切都在沉默中进行。胜利低头往纸片背面刷糨糊，泪水嘀嗒嘀嗒地落下，打湿一片纸，又一片纸……那是向东第一次见哥哥哭。

这个世界有人失意必然就有人得意，雷浩抓住造反派的阶梯，终于攀上了人生的巅峰。他组织报社一帮人成立"红号角"战斗队，他也为这个名字而自鸣得意，一听就是新闻单位的革命组织啊！他苦思冥想，以壮大新闻界的革命势力为由，联合省市各新闻单位的造反派，组成"红号角"革命联盟，对外简称"红联"。于是，"红号角"革命联盟司令部应运而生，雷浩被推举为总司令。在雷司令的战略部署下，"红联"第一次行动就让其他各路造反派刮目相看。那一天，能容纳四万多人的虹光体育场里人声沸腾，四周看台上红旗飘扬，高高架起的几十个高音喇叭释放的声音震耳欲聋。雷司令一声令下，几十个胸前挂着牌子的"走资本主义道路的当权派"被押上历史的审判台。

批斗大会结束，几个"红联"的造反派押送卢明回家。一个小头目模样的人勒令："卢明，我告诉你，老老实实接受批判，不许乱说乱动。雷司令说了，你的交代材料写得不深刻，重写！"造反派们大摇大摆地走了。胜利上前取下还挂在卢明胸前的牌子，轻声惊叫："好重啊！"原来那牌子不是用纸糊的，而是在一块沉重的木牌上糊了一层纸。向东看见父亲脖子后面被牌子上的铁丝勒出的痕迹，像一根深嵌在肉里的黑蚯蚓，又像一条深深的刀疤。卢明瘫坐在椅子里，无神的眼眸呆呆地瞅着屋顶。雅楠看他嘴巴干得裂开了血口子，赶忙端来一杯凉开水。卢明手抖得拿不住杯子，喝进嘴里的还没有洒出来的多。雅楠见状拿来一把小勺给他喂水，边喂边哭。

大人的世界花样真多，他们也玩打仗的游戏。报社布置成战场的模样，大门口用麻袋垒出拱形的掩体，仅留下一个勉强能通过一辆汽车的路口。院子里也摆出三道防线。第一道防线全用的是麻袋，后两道防线可能是麻袋不够用了，掩体中混杂着办公桌、椅子和木板等物。编辑部大楼的顶上伸出几个大喇叭，像瞪得滚圆的眼睛，警惕地盯着大门口。一队高举"东方红"大旗的造反派开进报社，"红联"的人一阵欢呼，就像两路兵马胜利会师一样高兴。原来这座城市里的各路造反派经过分化整合，最后形成两大派别，一派是"东方红"，另一派是

"井冈山"……吴玉霞有家不敢回，宣传部的同事也分为两派，她所属的那一派加入了"井冈山"，回家就等于自投"东方红"的罗网。报社编辑部大楼上，"东方红"和"红联"的大旗迎风招展，像是宣告这里是他们的天下。雷浩是报社防御战的总指挥，他头戴一顶藤条安全帽，身边总是跟着几个手持木棍、保镖一样的壮汉。指挥部就设在编辑部大楼里，每次他威风凛凛地出来转一圈，最后总是要回到大楼里去。

　　游戏即将开始。报社大门外的街道上响起高亢的喇叭声："井冈山的战友们！誓死保卫毛主席！誓死保卫无产阶级司令部！敌人不投降就坚决消灭他！"报社编辑部大楼上的喇叭针锋相对地高喊："东方红的战友们！誓死保卫毛主席！誓死保卫'无产阶级文化大革命'！敌人不投降就让他有来无回！"

　　向东彻底糊涂了，两边喊得几乎一模一样啊！

　　那天的游戏堪称惨烈。

　　两派互扔砖石瓦块，卢明家窗子上的玻璃被满天乱飞的砖块砸碎，一地的玻璃碴子闪闪烁烁，像是从地下冒出了一层冰凌。幸亏卢明早有预备，把几块床板斜搭在墙上，做出一个直角三角形的庇护所，大人孩子都躲在里面才避免了被石头所伤……大喇叭突然激动地大喊："战友们！援军到啦！最后的胜利属于东方红啊！"援军开进报社，胜利的欢呼冲进卢明家的窗口，几乎要把屋顶掀翻。在一帮人的前呼后拥中，雷浩出现报社大院里，他已经摘掉安全帽，头发梳得一丝不乱，扬着下巴，一副神气活现的模样。

　　其后，雷浩一步登天，成为报社总编辑，同时兼任省委宣传部副部长。几位原副总编全部成为雷浩的副手，唯有卢明没有进入领导班子。雷浩明确表示，卢明属于"走资派"，必须"靠边站"，下放到报社印刷厂铸字车间，整天和铅块铸字机打交道。心怀积怨的人一旦手里有刀，就会让他人流血。雷浩又下手了，目标是芦承贤。"新中国成立前，他就是国民党的忠实走狗。"在报社领导会议上，雷浩恶狠狠地说，"在伪《中央日报》，他没少干为国民党歌功颂德的事。新中国成立后，他没有为新中国写过一篇文章。事实很清楚嘛，这种人，就是'历史反革命分子'！"其他几个副手全都缄口不语——沉默就等于同意，会议形成文件，把此前的漏网之鱼芦承贤划定为"历史反革命分子"，对他实行无产阶级专政。报社员工没料到雷浩的手段会如此之狠，也不知道他手握的权力大棒下一步将挥向哪里，报社大院里人人自危，说话都小心翼翼地生怕为自己招来麻烦。权力是一种比鸦片还容易让人上瘾的东西，尝到权力甜头的雷浩又把目光转向报社中层干部。凡是他认为与卢明关系亲近的部主任全部调离编辑部，同时把自己的亲信安插在报社的要害岗位上。人的趋利性在这次人事变动中表露无遗，在雷浩周围环绕的面孔大多都笑得露出了一口白牙。卢明则成为报社里的孤家寡人，像浑身沾满危险的病原体一样，人们见他都绕道而行。芦承贤成为报社的专职清洁工，每天都要清理厕所、打扫院子，还有专人监督。向桐拿支小扫把给他帮忙，一大一小两个身影，用手里的扫把一尺一尺地清扫路上永远扫不干净的灰尘。报社院子里的路都不长，可他们一直扫不到头。

吴玉霞在单位上的日子也不好过。雷浩分管她所在的部门，别人写的材料基本上修改一两次就可过关，唯独她写的材料不但被三番五次地打回来，还要忍受雷浩的热嘲冷讽："你这水平是怎么当上处长的？是不是靠着卢明和薛文昌的关系啊？"直到有一次雷浩把材料甩到她脸上，回到家她才揉着红肿的眼睛，当着孩子们的面抱怨卢明："如果你以前对他好点，大小给个职务，咱们也不会受这个罪。"卢明打来一盆洗脸水，拧湿毛巾递给她说："人心是个无底洞。"接下来又说出一句向东听不懂的话："就算是没有雷浩，也会有张浩、王浩、李浩……"

那天夜里，孩子们听见父母在他们的房间里嘀咕了半夜。天亮后他们把孩子们召集到一起，吴玉霞拿出十来个信封，每个信封里都装有一些钱和粮票，所有信封装入一只黄挎包里。她把挎包锁进衣箱，然后把钥匙交给胜利。接过钥匙的胜利一脸迷雾。这时候，卢明说话了，声音重得像石头落地："我和你妈妈有可能去'五七干校'学习，一去不知多久才能回来。如果我们走了，胜利，你带雅楠和向东回老家去。"胜利问："你们都要去吗？"吴玉霞眼含泪光地点了点头。雅楠轻声叫了起来："我们不上学啦？"已经上小学二年级的向东也和姐姐有同样的疑问。卢明看着他们问道："你们在学校上课不上？"三个孩子一齐摇头，胜利气鼓鼓地说："成天劳动，不是学工就是学农，课本都没翻过。"

卢明和吴玉霞显然经过深思熟虑之后才做出这一决定，在已经被孤立的报社环境中，如果失去父母的保护，谁来保障孩子们的生活，更何况还有雷浩那双阴鸷的眼睛。磨难会让孩子早熟，肩扛重担的胜利像个小大人似的给父母保证："你们放心，我一定把弟妹保护好！"卢明又叮嘱，如果回老家，一定要带向桐一块走。胜利又领受一个新任务，找机会把这一决定告诉给芦承贤。

胜利寸步不离地站在窗前观察着院子里的动静，终于看见芦承贤独自一人拎着水桶刷子走进公共厕所，监视他的人在远处抽烟。胜利出门，像是要去报社外面，走到半途突然肚子痛了。他捂着小腹直奔厕所，说话就像加装了消音器的机关枪一样小声而快速，没出两分钟就完成父亲交代的任务。芦承贤赞同地说："好的，就按你爸爸说的办。"厕所外的脚步声像敲着小军鼓一般从窗孔钻了进来，胜利很机灵地跨到一个有隔墙的茅坑上，褪下裤子蹲了下去。一个三十多岁的男人跑进厕所，见芦承贤在刷洗小便池，他手捂住鼻子，顺着一道道隔墙找过去。胜利一脸愁苦："叔叔，带纸没有？我忘拿纸啦！"那人冷冷地瞪他一眼。芦承贤掏出一张手纸正要递过去，那人劈手夺过手纸，把正反两面都检查了一遍，纸上没有字迹，这才塞给胜利，又捂住鼻子出去了。胜利提好裤子，走到厕所门口，嬉皮笑脸地说："叔叔，谢谢你啦！"那人的手还捂在鼻子上："滚！"

那天夜里，芦承贤取出一件向桐的上衣，拆开衣边和衣领，把两百多块钱和几十斤粮票，或卷得像香烟粗细，或折成方寸大小，全部缝进衣服里。翌晨，向桐睡醒了。叠好的衣服放在他枕头边上，芦承贤告诉他："需要用钱的时候，就把衣服拆开。"

没有任何先兆，一把不容抗拒的铁扫帚自空而降，芦承贤被押送去惴州地区大青山农场接受劳动改造。随后卢明和吴玉霞也接到通知，去莲花湖"五七干校"学习。载着父母的卡车开出报社大门，向东看见雷浩背着双手，远远地站在编辑部大楼的台阶上。看不清他的面孔，脸就像一个没有五官的肉团。于是，在他童年的记忆里就保存了这样一个画面：大楼前立着一个有头无脸的妖怪。随着时光推移，记忆中的画面也在发生变化，大楼越变越小，妖怪越长越大。妖怪的脸上还是没有眼睛嘴巴，却能发出咬牙的咯吱咯吱声。

虽然是盛夏时节，但父母不在，家里便没有了温度，孩子们感受到无依无靠的寒意。胜利背上黄挎包，带领弟弟妹妹直奔火车站。因为没有证明身份的介绍信，售票窗口的售票员生气了，"啪"的一下把他们的希望关在外面。没有车票进不去站台，经历过大串联考验的胜利自有办法，他买了十几个饼子装进挎包，然后领着弟妹来到货场，隔着一道铁丝网察看列车运行情况。他信心十足地告诉弟妹："咱们扒火车，只要往西走，就能到老家。"雅楠吓得瞪圆了眼睛："让人家抓住咋办？"胜利说："抓住就说买不上车票，然后咱再扒下辆车。"货场上响起一声汽笛，一台蒸汽机车缓缓倒退过来，"哐当"一声连接在一列车厢上。胜利他们钻过铁丝网，爬上一截车门半开的空闷罐车，大气不敢出地藏在闷热的角落里。终于，汽笛拉响，列车启动。驶出货场，他们才敢满头大汗地挪到门口，享受风儿吹进来的凉爽。

　　一路走走停停，他们也爬上爬下地倒换了几次车。第二天中午列车又停在山区一个偏僻的小站上。太阳暴晒，闷罐车里热成了烤箱。他们带的两只水壶早就空了，几个孩子口渴得冒烟。胜利吩咐大家待在车厢里，他悄悄溜下车找到一个水龙头，来回跑了两趟，孩子们这才感到嘴里有了唾液……工人们大概都被热浪逼进了房间，小站上一片寂静，唯有讨厌的知了在树上起劲地聒噪。来往的火车风驰电掣般经过小站，他们偷乘的列车好像被遗忘在这个世界的角落里。热啊，热得人昏昏欲睡。衣服早被汗水湿透。向东捅了一下向桐，耳语似的说："走，下去凉快凉快。"向桐指了指胜利，小声道："哥哥不让。"向东回头一看，胜利和雅楠侧躺在车厢里像是睡着了。他嘿嘿一笑，凑近向桐说："就去一小会儿，你不去我可走了啊。"他蹑手蹑脚地走到门口，扒着车厢下去了。随后向桐也溜出车厢，两人跑到铁路边，发现距路基不远有一处水塘。向东跑下去三下两下脱了个精光，像条鱼儿似的没入水里。他冒出头，快活地连连招手。向桐也脱光衣服，边走边试探地下到水里。两个又是泡又是洗，还相互撩水玩。舒适的快乐是麻醉剂，常常令人忘记处境和时间。"喂！这儿不让玩水，上来！"一个铁路工人出现在铁路上，吓得两个孩子魂飞魄散。赶快穿好衣服跑上路基，两个人同时被惊慌的电流击中。

火车不见啦！小站空旷，只有铁轨上晃眼的阳光跟着蝉鸣大声喧哗。

夕阳坠入山后，夜色漫过头顶，闪出微光的铁轨像死蛇一样在山间蜿蜒。两人又饿又怕，摇摇晃晃地沿着铁路寻找哥哥和姐姐。天光散尽，沉重的黑夜把一切声音都压入地下，唯有"嚓嚓"作响的脚步声像鬼魂跟在他们身后。向东走不动了，坐在地上有气无力地说："冷，歇会再走。"向桐说："哥哥和姐姐怕要急死了，再往前走走吧！"说完伸手去拉向东，手像是摸到火炭，他吓了一跳，惊喊了起来："呀，你发烧啦！"向东喘息着说："我冷。"向桐更害怕了，带着哭声央求："快起来，出来个狼可咋办呀？"向东也被他说的那种凶残的动物吓住了，挣扎起来，两个人继续顺着铁路往前走。身后响起轰隆轰隆的声音，一道亮光刺破黑夜，把铁路线两边照得雪亮。火车从他们身边驶过，车轮卷起的风拍打在身上，向东腿一软跌倒了。列车远去，声音和灯光被海绵一样的夜色吸收得丁点不剩。趴在地上的向东突然坐起来，指着黑黢黢的远处说起了胡话："哥哥姐姐，来找咱们啦！你快看，哥哥在前面跑呢！"向桐被他的胡言乱语吓得不知该如何是好，但大脑里有个声音很坚定地重复着："往前走！往前走！"他听从大脑的指令，架起向东，两人相互搀扶，跌跌撞撞地前行。不知走了多久，向桐终于看见从前方的黑暗中跳出一粒灯光。

亮着灯的是铁路和汽车公路交叉处的一座值班室。由于地处偏远，这个值班室更像一家夫妻店。里面的男人披着一件铁路制服，两肩一高一低，眼睛也是一大一小，满脸阴沉，看神情像是别人亏欠了他家的一座金山一样。矮胖女人穿的邋里邋遢，衣襟上的油污厚得反光。向桐敲开门，央求道："叔叔阿姨，我哥哥病了，麻烦你们给看一看。"男人粗暴把他拒之门外："去去去，我又不是大夫。"向东体力耗尽，蜷缩在门前昏睡了过去。向桐急得再次拍响房门："叔叔，您给看看，我有钱给您。"房子里传出什么东西被碰翻的声音，男人和女人一块出来把向东抬进值班室，放在一把破损的藤椅上。男人瞪着一只眼眯着一只眼，一脸狰恶地问："钱在哪？小子，你可别骗我。"向桐脱下上衣给他说："钱缝在衣服里面。"男人顺着衣襟下沿捏了一圈，高兴得嘴巴几乎咧到了耳根上。他把衣服给女人，走到向东身边，也把他的衣服上上下下地搜查了一遍，这次一无所获。女人拿出剪刀挑开衣服缝线，快活地叫嚷道："呀呀，真的是钱呀！啊哈，还有粮票呀！"

向东睁开了眼睛。

男人把取出的钱折起来塞进内衣口袋，拿起一柄手电筒走了。值班室房檐下的电铃激愤得大叫起来。女人按动电钮放下铁路两侧的栏杆，一列火车疾驶而过，她抬起栏杆，再次拿起拆开衣边的衣服又捏又揉，缝在衣领里的钱被她发现了。她背对着向桐和向东，两个胳膊肘像蜈蚣的腿似的快速扭动起来。放下衣服剪刀，她蘸着口水数了数钱，钻进值班室的里屋，两个孩子都听见了缸盖与缸沿的碰击声。

男人带着一位三十多岁的"赤脚医生"回来。医生给向东腋下放入一支体温计，用听诊器前胸后背听了一会，最后诊断是热感冒。给向东打了一针，从药箱里取出服用三天的药片，交给向桐说："别担心，小病，过两天就好了。"

医生刚走，男人又拿起向桐的衣服，脸色突变，凶狠得像饿狼被抢走了食物，嘶哑着嗓子问："这里，这里，还有吗？"那女人的神情像块石头："没有，我就拆开看看，有没有漏下的。"男人不信任地审视着女人，没有看出异常的反应，把衣服扔过去说："算啦，缝上吧。"

天亮了，交叉路口响起汽车的轰鸣，也有骑自行车和挑着担子的人匆匆经过。胜利和雅楠沿着铁路找回来，兄弟们在值班室门口重逢。雅楠抱住向东大哭。女人好像被哭声打动了，劝说道："姑娘啊，不哭不哭，医生说，你兄弟过两天就好啦！"边说边用手在雅楠的衣服边上摸索。男人站在一旁，眼睛时不时地从胜利的黄挎包上扫过。胜利推开女人的手，制止住雅楠的哭声，这才谢过男人和女人，从一只信封里取出二十块钱递向男人。向东突然喊道："别给钱，他们把向桐衣服里的钱全搜走啦！"胜利弹簧般缩回手，把向桐叫到一边低声询问。那对男女脸上像贴了一层橡皮，厚得看不出有任何表情。胜利眼里喷出怒火，直射向那男人，说话的声音很响亮，引得路人们驻足观望："你们凭啥把我弟弟的钱全拿走？今天你要是不把钱退给我们，我就去找你的领导。"几个路人过来问明情况，纷纷指责男人和女人，"太过分啦！欺负人家小孩子。""这哪是人干的事啊！对对，找他领导。"刀子般的语言终于让那男人有了点痛感，他觍着脸从内衣口袋摸出一张钞票，再摸出一张……每摸出一张，就像从他身上撕下了一片肉一样痛苦。他眨巴着眼睛，交给向桐六七十块钱。胜利不依不饶："不止这些，还有！"男人又摸出几张钞票和一些粮票放在向桐手上，扭头向女人示意。突然，女人犯病似的一屁股坐在地上，手拍打着大腿尖声哭叫起来："就这些呀，我们还交了药费，真是好心没好报呀！呜呜……啊啊……"

路人们面露讥讽地看着女人表演。

胜利向路人致谢后领着弟妹离开值班室。走出不远，向东回头冲那男人高喊："还有些钱，你家女人藏到里面房子的缸里啦，我听见她藏钱的声音啦！"男人一闪身钻进值班室，女人不哭了，皮球似的从地上蹦起来跟了进去。听男人狂吼一声。紧接着，女人号啕大哭，像是在撕扯中大放悲声。

　　距值班室有四五里路的地方，有一座名叫卞家窑的小火车站。胜利让弟妹在候车室里等待，他则凭借着一股子少年的勇气闯进站长办公室。站长是一位有知识分子气质的中年人。他耐心地听完胜利的求助陈述，很是同情孩子们的遭遇，不但帮着购买了火车票，还到候车室查看向东的身体情况。向东体温恢复正常，除了感觉浑身乏力，身体已无大碍。真是遇到了好人，雅楠感激地对站长说："叔叔，谢谢您！"站长的眼神像父亲一样慈祥，他轻声说："我跟你们的爹妈一样，下放到……唉！孩子，都不容易啊！"胜利心中还有块垒未消，说出值班室那对狗男女趁火打劫的事。这才知道那个男人叫卞东喜，是个造反派。时髦的红色外衣包藏不住贪图小利的本性，造反抄家，他偷偷摸摸地把值钱的东西据为己有，造反派司令一气之下把他赶回卞家窑，让他当了一名除去工资再也见不到钱的铁路道口值班员。"算了，别跟那种人计较。"站长说，"看他那面相就不是啥好人，相由心生啊！"

　　火车进站。站长把他们送上车，挥手作别。卞家窑这个不起眼的山间小站，从此印在了孩子们记忆的画册中。同时，他们也真切地看到了存在于这个世界中的复杂一幕，有丑恶的冷雾，也有善良的太阳。

　　孩子们乘坐的是一列逢站必停的慢车，车厢里拥挤闷热，呛人的烟雾中混合着汗酸脚臭和从厕所门缝跑出来的骚臭气味，熏得雅楠脸色苍白连连作呕。胜利带着弟妹挤到车厢连接处，有新鲜气流从缝隙中钻进来，雅楠的脸色才渐渐恢复正常。有时候气味也是一种压力，给人以无所适从的感觉。几个孩子就是顶着这种源源不断的压力，一站又一站地盼望着车门打开后的新鲜空气。

　　列车西行，巨龙般游过潼关，驶进了八百里秦川。

第十六章

人在童年时表现出的某种天分，难道会在岁月的消磨中逐渐退化？向桐幼年的耳朵听到的有些音频和别人不太一样，他第一次感觉到这种异常是在和哥哥姐姐回到芦家营以后。胜利和雅楠跟着生产队的社员们下地干活去了，他和向东熟悉地形似的在村里转了一圈，走到芦家大院门口，目光被那两只高大威猛的石头狮子吸引了过去。两个人围着狮子转了几圈，相互拉扯着爬上基座。向东伸手去摸狮子嘴里的那颗暗红色石珠，惊奇地说："咦，这个圆石头还能转呀！"向桐也感到好奇，于是两个人一左一右地把伸手进狮子嘴里，合力拨动石珠。由于狮嘴里积攒下许多尘土，刚开始转的时候，石珠还有些生涩。"嘿嘿，咱给它刷刷牙。"向东说完，跳下去找来半截指头粗细的树枝，又是捅又是拨地把狮嘴清理了一番。伸手一拨，石珠可以滑动了。这时候，向桐听见狮嘴里发出了清脆的嘀嗒声。每拨一下，狮嘴里就会嘀嗒一响。他移动了一下位置，眼瞅着向东问："这声音咋这么怪呀？"向东说："这有啥怪的，石头碰石头，咣当咣当响嘛！"莫非是自己听错了？向桐又拨动石珠，然后说："不对，是嘀嗒嘀嗒响啊。"向东认真地听了一遍，说："就是咣当咣当嘛！"说罢他眼珠一转，顽皮地说："你耳朵不对劲，是让夹坏了吧？"

打人不打脸，骂人不揭短。向桐突然感到头颅上的凹痕开始发烫，烫得大脑胀痛，血液骤然涌上来，憋得头都要炸了。他跳下石狮，带着一股被羞辱的刺痛跑了。小孩也有尊严，他连续几天都不正眼看向东一眼。胜利从两人互不理睬的举止上察觉出异常，把向东单独叫出去问明情况，气得狠狠踢了他一脚，又揪住他的耳朵让他听清楚："你病的时候向桐急得把钱全都给那个坏人了，你怎么可以这么说他？回去给他道歉，他不原谅，我还揍你！"这一下可把向东吓得不轻，他可怜兮兮地拉着向桐又是承认错误又是恳求原谅，口气软得让人心酸："饶了我吧，好吗？要不然，我哥还要打我。"向桐被他的可怜相逗笑了，约法三章似的说："以后你再不能那样说我，你保证。"向东举起拳头，宣誓道："保证保证！"

小孩子闹矛盾，就像老天的脸忽阴忽晴一样短暂而不伤感情，起先芦武奎也没有在意，可听到向东的保证，他把向东叫到旁边一问究竟，随后也把向东批评了一顿："说话伤人，是你做得不对。按老话说，兄弟是啥？兄弟就是打断骨头连着筋的人，是亲人啊！"芦武奎知道向桐的身世，可他不能把这个秘密挑破。他每每想起以前在芦家大院度过的岁月，心里总有一种无法化解的忧伤，那种糟糕的心情像锈痕一样顽固地附着在记忆的铁器上，所以当他听说把双胞胎弟弟过继给芦承贤后，感觉两家恩恩怨怨的壁垒上出现了一个巨大的孔洞。尽管他说不准这是一种什么心理，可勒在心上的那道痛苦的绳索确实松动了不少。

作为芦家营变迁的见证者，他也会把这个村庄的历史讲给孩子们听。他给向东和向桐讲故事，说起几百年前扩建芦家大院的轶事："为了找狮子嘴里的那个红珠子，石匠'神凿张'把关山都跑遍啦！"向东仰起脸问："为啥非要红石头呀？狮子身上的石头不行吗？"芦武奎用历经沧桑才有所感悟的口吻说："你这瓜娃，世间的东西都有灵性哩！'神凿张'能听见石头说话，所以他才千挑万选，用红石头做出了那个宝珠。"芦武奎又讲起石珠的故事，宝珠亮，显喜兆，从芦大奶奶嫁进芦家，一路讲到欧阳勇强看见狮口红光和芦花花喜结良缘……两个孩子听得聚精会神，直到芦武奎讲完，向东才张口问："爷爷，有人说石头狮子和芦家大院，以前都是向桐家的，是真的吗？"芦武奎看看向桐，停顿了一会说："是的。"向东冲着向桐嚷叫道："哇，住那么大个院子，你家阔气呀！"向桐一脸期待地问："爷爷，我能不能去那个院子，看看里面是个什么样子？"芦武奎犯难了，自从离开芦家大院，他的脚再没有碰过广梁大门前的石头台阶。原本打算这辈子都不进那道门了，可向桐眼睛里流露出的那种渴望似乎有一股不可拒的力量，他最终答应了孩子的请求。

芦家大院现在是关山人民公社管辖之下的芦家营生产大队的队部所在地。芦武奎带着两个孩子来到大院门前。面对敞开的大门，他忽然迟疑起来。起风了，大门前面的柳树枝条摇曳，哗哗作响，仿佛是在催促他们。向桐侧着脸，耳朵朝向大门，他又听见了奇怪的声音，"爷爷，"他问，"院子里是不是有个大钟表？"向东咧嘴一乐，取笑说："你的耳朵又……"话刚出口，大概想到自己刚作出的保证，赶忙改口问："你又听见啥啦？"向桐眼里闪烁出兴奋的光芒，对芦武奎说："我听见院子里头有个表，嘀嗒……嘀嗒响呢。"

芦武奎耳中只有风声。

一位中年人从大门里出来，是大队文书芦启智。他见到芦武奎赶忙打招呼："武奎叔，你老人家咋来啦，有事吗？"芦武奎窘态毕露，"咳咳"两声，咳得前额上的红疤都亮了，身子也矮下去一截，应答时嘴里像含了个杏核："启智啊，这是我的两个孙娃，他们想进去看一看。"芦启智笑嘻嘻地问："是牛儿的娃？老几呀？"芦武奎分别介绍了向东和向桐，芦启智很在意地看了看向桐，目光回到芦武奎脸上。"想来就来嘛，谁还敢拦你老人家？走，进去吧。主任去公社开会了，你们想咋看就咋看。"

厚重的青砖高墙，一砖到顶的瓦房，古老的院落顽强地抵御着时光的冲刷，像一只蛰伏的巨兽，任由风雨从身上流过。芦武奎的脚上像拴有两块石头，拖拖沓沓地慢慢走着。向东看了看照壁上松鹤延年的砖雕，踮起脚趴在前院倒座房的窗户上往里瞅了瞅，然后撒腿跑进中院，沿着长满野草野花的花坛转了一圈，又钻进月门去看偏院。两个偏院看罢，等他再跑出来，脸上已挂满汗珠，快活地冲着向桐说："院子好大呀，都能玩捉迷藏啦！"向桐没吱声，还是东瞅西望地寻找着那座撩动他耳膜的大钟表。看了一圈，他脸上露出失望的神情。一股风从院子里掠过，吹得花坛里的野草都伏下了身子。那个奇怪的嘀嗒声再次出现，它来自后院。向桐要一探究竟，跑到通往后院的厢门前，可门上挂着一把生锈的大铁锁。他趴在门缝上往里看，里面的景物被门缝切割成瘦长的细条，限制了他的视线。芦武奎看出了孩子的渴望，和芦启智商量了一下。芦启智取来一大串钥匙，一个一个地试着开锁，他边拧边说："十几年了，这锁从来没开过，怕是锈死啦。"话音未落，铁锁竟然咔地一响，锁沉栓开。

推开吱咛作响的厢门，一股败落的气息迎面扑来。后院里杂草丛生，还有几棵胳膊粗细、长得歪歪扭扭的树。受到脚步声的惊扰，从一蓬半人高的蒿草下钻出一条手腕粗细的花蛇。它高高扬起三角形的头，发怒般咝咝吐着蛇信，两只豆粒般乌亮的蛇眼怨愤地盯着闯进来的不速之客。向东吓得惊叫一声，躲到芦武奎身后，其他人也胆怯地停住脚步。人蛇对峙了一会，花蛇伏身游入草丛中。芦启智拿来一把铁锹，打草惊蛇，人们这才敢继续往里走。地面虽被杂草淹没，但走上去明显感到坑洼不平。他们高一脚低一脚地来到院子中央，环顾四周，院落里阴森昏暗。厢房和上房的房门半掩半开，有几扇木门脱离门框，斜搭在门槛上，像一个凄凉而诡异的图案。所有窗户上的玻璃无一例外地破碎成尖牙利齿的形状，像是魔鬼张开的嘴巴……芦武奎额头上的红疤充血，突突直跳，眼角处已有几滴老泪滑落。向东紧紧抓住芦武奎的后衣襟，像只受到惊吓的小鹿，半张着嘴巴呼呼地喘气。向桐却没有丝毫的害怕，用脚在草丛里踩出一条路，从厢房到上房，挨个察看。最后在一间厢房的门口处找到了那个声音的源头，不是钟表，是一张匾。"明心堂"的牌匾一端松脱，另一端的铜栓不甘坠落似的紧扣在钉入砖墙里的一只粗大的铁钉上。斜竖起来的牌匾悬空挂在房檐下，每当有风吹过，木匾晃动，与砖墙相撞，发出敲打磬器般的声响，清亮而悠长。嘀——嗒——嘀——嗒——

向桐笑了，笑得一脸阳光。

秋收时节来临，田野里一片金黄。玉米、荞麦、糜子等农作物也相继成熟。就像生长在不同地块上的各种庄稼在打谷场上相逢一样，几个回老家避难的孩子也有了与自己年龄相仿的伙伴。已经是县委组织部副部长的欧阳勇强和芦花花听说芦武奎的孙子们回老家了，两人过来串门。这时候的芦花花已经是芦家营生产大队的妇女队长了。芦花花担心几个孩子在人生地不熟的芦家营感到孤独，叫来自己的四个儿子，让他们相互熟悉。胜利和她家老大欧阳晨年龄相差几个月，每天早晨欧阳晨都来叫胜利出工，傍晚又一同回村，两人很快就成为无话不谈的好朋友。雅楠已有少女的羞涩与矜持，她从不主动去找老二欧阳军和老三欧阳民玩耍，反倒常跟着哥哥和欧阳晨去田间地头，学到不少在城市里无法知晓的农业知识。譬如谷子与糜子，一个是小米一个是黄米；燕麦和稗草的种子长得像一对兄弟，可一个能进入人类的食谱，另一个只能用作于牲畜的饲料；荞麦虽然也被称作"麦"，可它外壳坚硬，长得有棱有角，是所有外形光滑的粮食里的另类；鲜嫩的玉米秆汁水里竟然含有糖分，尽管没有甘蔗那么甜，可在淡淡的甜味里有一股令人愉悦的清香……欧阳晨说那是大地的味道。这个生长在农村的少年简直就是个植物专家，不论农作物还是路边地头上的野草野花，他都能叫出名字，而且还能说出一些野草的药用价值。受父母遗传的影响，他生得肩阔体壮，虽和胜利同龄，却要高出大半个头。相貌也很英武，浓眉大眼，鼻正口方，很有几分男子汉的气概。作为家里的长子，平日里替父母看护几个弟弟，他也很自然地流露出对雅楠的关照。阳光强烈，地头没有树木遮阴，他就把自己的草帽扣在雅楠头上。看雅楠在田埂上坐得无聊，他或是给雅楠摘点野葡萄、枸杞、沙棘等野生浆果，让她感受大地的甜味；或是用野花编成一只手环，让自由生长的色彩在她眼眸中闪烁；或是采一把蒲公英种子给她，用力吹出去，看一朵朵小白伞随风飘舞，任她放飞心情……

　　向东和向桐跟老四欧阳飞结成同盟。这个右耳朵前面长了一个小肉瘤（民间称拴马桩面相）的家伙是个见面熟，性格活泼，没出几天就和向东、向桐成了亲密无间的小兄弟。他是个天生的机灵鬼、贼大胆，眼珠子一转就会冒出个新想法。与几个性情憨厚的哥哥不同，他身上有一种颇具冒险的独立精神，就像一只野猫，圆溜溜的眼睛总是盯着广阔天地里的猎物。大人和哥哥们都忙于秋收，三个小孩便开始了他们的快乐之行。三个人在寂静的村庄里转一圈，欧阳飞就能准确找出谁家的屋檐下有麻雀窝。他们或是搬梯子或是一个踩另一个的肩膀，从鸟窝里掏出鸟蛋和麻雀，然后一溜烟地跑出村子。距村子不远的一条山沟里，有欧阳飞自建的隐蔽所。被藤蔓长草遮挡住的土洞里藏着小刀、小盆和火柴，里面竟然还有牛奶糖、山楂卷和果脯。向东问他哪来的钱买这些好吃的，他说这是个秘密。点着小火堆，放入包裹着小鸟的泥球，还不影响煮鸟蛋。这是向东和向桐第一次用这种方式吃烧烤。欧阳飞时间把握得很精准，每次他磕破泥球，总有香味扑鼻而来，勾引得两个城里娃直流口水……不掏鸟窝也有其他事情可做，从长有向日葵的田边经过，欧阳飞拉弯向日葵的茎秆，像转动方向盘似的一拧，茎秆弹直，向日葵头已经在他手里。三个人找个阴凉处，半躺在地上，一人抱着一个比头还大的向日葵，边嗑着饱满的葵花籽边瞅着远处的风景，快活得像悠闲自在的小神仙。当然，最刺激的还是在大人的眼皮子底下的冒险行动。欧阳飞翻墙进入生产队的苹果园，很长时间不出来。园子里传出几个大人的说话声，蹲在墙外面的向东和向桐紧张得心脏狂跳。忽听身后有响动，扭脸一看，欧阳飞像是从地下钻出来似的站在他们身后。只见他上衣的下摆扎进腰带里，肚子鼓鼓囊囊得像个怀娃的孕妇。原来他为躲避大人，找机会从另一边翻墙出来了。三个人跑进山沟里的隐蔽所，欧阳飞从衣服的领口处往外掏苹果，一下子掏出十来个红苹果。向东和向桐边啃苹果边听欧阳飞吹嘘偷苹果的过程，偷吃的感觉中有自我陶醉的味道，向东说那是他吃过的最好吃的苹果。

　　真正让向东和向桐惊愕的是欧阳飞在那个年龄所表现出的商业头脑——这家伙有让钱再生钱的本事。同时他们也知道了欧阳飞用来买牛奶糖的钱来自哪里，这真是让两个城里娃想不到的秘密。一个星期中总有那么一两天，他就背上小背篓，在村子里挨家挨户地收购鸡蛋，收满一层鸡蛋就往上面铺一层草。说来也怪，那些大娘大婶见他就像见到了财神，拿出鸡蛋就往他的小背篓里数。交易的过程很快，一手交钱一手交蛋，两三分钟后他已经叩响另外一家的院门。收的鸡蛋新鲜呀！有时候母鸡还在咯咯咯地给主人报告下蛋的消息，温乎乎的蛋已经从鸡窝挪入背篓里了。欧阳飞的小背篓为何会有那么大的磁性，吸引得鸡蛋像长了腿似的往里跳？欧阳飞说出谜底，原来小背篓里有分币碰撞出的响声。国营供销社执行统一收购价（鸽子蛋大小的鸡蛋坚决不收），一个鸡蛋六分钱，雷打不动，而且不上门收购。欧阳飞自定的收购价却很灵活，根据蛋的大小论价，小鸡蛋一个五分钱，普通大小的一个七分，双黄蛋和超大的蛋一个九分。在那两分钱可以买回一盒火柴一斤醋的年代，恨不得把一分钱掰成两瓣花的大娘大婶们，自然会把小背篓当作能够多摇出一些分币来的聚宝盆。向桐的脑子里开始写算术公式："你在县城一个鸡蛋卖多少钱？"欧阳飞怕隔墙有耳似的两边看看，小声说："一个九分钱。"向东一下子转不过弯，收购的双黄蛋和超大蛋也是一个九分啊！他一脸迷糊地问："那，人家只要双黄蛋和大鸡蛋，你还挣啥钱呀？"欧阳飞狡黠地一笑说："一大一小搭着买，大的一毛一，小的六分钱，不愁没人要。"向桐又问："你的鸡蛋好卖不？"欧阳飞像个经验老到的商人，自我夸耀说："不怕不识货，就怕货比货。咱的鸡蛋比公家便宜，再说新鲜得像刚从鸡窝里拿出来，不愁卖。"好奇心又在涌动，两个城里来的孩子一心想看这个农村娃在县城卖鸡蛋的一幕。在他们的要求下，欧阳飞同意让他们看一下鸡蛋变钱的过程。

　　行进在去县城的路上，背着背篓的欧阳飞像赶时间似的不肯歇息。两个轻装上阵的城里孩子也不甘居于人后。远远看见县城古老城门楼下的门洞大开，欧阳飞这才找了一处土坎，半蹲下身子，万分小心地放下背篓，解开早已被汗水湿透的上衣，手扯衣襟呼啦呼啦地扇凉。"从现在开始，咱们得分开走。"他边扇边说，"要不，你们远远地看着也成。"向东不解地问："为啥，一块走这么远，到县城了反倒要分开，你怕我们分你钱呀？"欧阳飞说出的话让他们甚是吃惊："城里有市场纠察队，专门抓投机倒把的人。让他们抓住，咱白跑一趟不说，还要关黑房子哩！"原来鸡蛋也不是那么好卖的呀——三人一伙，目标是有点大。于是向东和向桐让欧阳飞先走，他俩远远地跟在后面。欧阳飞经常来县城，知道哪里有陷阱。他进了城门，避开人来人往的主街，沿着城墙根的土路走了几百米，钻进一条僻静的小巷。他从不与迎面而来步履急匆的年轻人搭讪，只是主动跟那些手提布兜或挎着篮子的大叔大妈说话。有的三言两语便分开各走各的路，有的多说几句，他就会取下背篓让人家看鸡蛋，同时还警惕地四下观察。这个聪明的小子已经练出一双能够辨识潜在买主的眼睛，不出三五人，就有大叔大妈和他交易。才走过几条小巷，从他往下取背篓的动作上看，篓子明显轻了许多。再走过几条巷子，买主就要伸下去多半只胳膊，才能从背篓里拿出鸡蛋。又一次交易完成，他把背篓里多余的草扔进垃圾堆。这时候，大概是机关单位都下班了，小巷里的行人明显增多。他拦住一个路人问了下时间，背起背篓，快步走出小巷，沿着大街向县城中心走去。一路上他再也不与旁人说话，而是目标明确，直接奔向目的地。经过一个中间修有圆形大花坛的十字路口，又走过半条东大街，熟门熟路地进入一个居民小院。过了七八分钟，一个干部模样的男人送他到门口，分手时还相互招了招手。

原来还有固定买主啊！背篓里的鸡蛋全部变成钱，欧阳飞这才一脸轻松地主动与向东、向桐汇合。向东急切地悄声问："赚了多少钱？"欧阳飞伸出食指和中指在两个城里娃眼前晃了晃，话语里透出收获的快乐："走，今天我请你们吃浆水面。"向东的记忆里释放出面汤发酵的味道，连连摇头说："不吃不吃，我不爱吃。"向桐也反对，但他是从另外一个角度说："你背着鸡蛋走了这么远，换点钱好辛苦呀！"

中午向桐花钱请客，一人一个砂锅两个馒头。吃饱肚子，三个孩子在县城里闲逛。欧阳飞作向导，一边走一边给向桐和向东指着芦氏家族遗留下的历史痕迹。这个"为民旅馆"以前是"芦家客栈",右手边的那个大院子以前是"芦家大车店",那个"北大街粮店"以前叫"福隆粮栈"……都是向桐他爷爷的哦！经过红旗路小学,欧阳飞停下脚步说:"这个小学以前叫'新民小学',你们的大大小的时候就在这里头上学哩!"学校大门紧闭,向东和向桐只能从一指宽的门缝里窥视。向东第一眼的感觉是破旧与寒酸,"他们就在这儿上小学呀？这也太小了吧!"向桐凑近门缝,一口黑黢黢的古钟映入眼帘。它纹丝不动地悬挂在沉默的岁月中。用来挂钟的铁链顶端都被粗糙的树皮密封在树中间了,就像从粗大的枝干上长出一截铁链一样。向桐目不转睛地望着它,父亲的童年里一定有它响亮的呼喊。头颅上的凹痕忽然发烫,耳朵隐隐听见深邃的嗡嗡钟鸣。他惊异地睁大眼睛,黑黢黢的古钟表面上似乎凸显出一行行蝌蚪般的铭文,那钟声也由弱而强,从岁月深处浩荡而来。这一次,他再也不会把听到的异响告诉别人了。

秋日的收获堆满场院,芦武奎说这一年风调雨顺,才会有这十年一遇的大丰收。可芦家营农业生产大队革命委员会的主任芦志坚却通过挂在村口大槐树上的电喇叭宣称,这是芦家营的全体社员农业学大寨的伟大成果。当过几年兵的芦志坚知道士气的重要性,为庆祝丰收,鼓舞士气,他委派芦启智专程前往县电影公司联系流动放映队,给芦家营放映露天电影。在家门口演电影,其热闹程度就像一场盛大的节日。由于场院里堆满了秋粮,就在村外一块已收割过庄稼的农田里立起两根木杆,中间扯起一幅银幕。太阳西沉,邻近村子的人也开始往演电影的场子里聚集。小孩们围着伸出两个圆盘子的放映机叽叽喳喳地看稀奇,小伙子们直率地挑逗着大姑娘,暧昧的哄笑声给这个秋日的黄昏渲染上欢乐的氛围。就连不常出门的老头老太太,也在儿孙搀扶下向银幕走来。

欧阳晨肩扛长条板凳,老早叫上胜利和雅楠去抢占位置。欧阳飞也拎个小板凳来和向东、向桐会合,他不着急去占地方,而是领着两个小伙伴满村子寻找小鸟归巢的叽叽叫声。向东催促道:"再晚去就没地方啦!"欧阳飞不在乎地说:"不急不急,反正前面演的是《新闻简报》,后面才演正片哩。"向桐提醒道:"那咱们就只能远远地看啦!"欧阳飞大大咧咧地说:"咱去的那地方没人抢。"天色已黑,远处的喇叭通知,电影即将开演。欧阳飞到无人看守的场院里挑选出三个洗脸盆大小的向日葵,一人一个,这才带着他们直奔银幕背后。果然,那里只有稀稀拉拉的几个人,而且互不认识。从银幕背后看电影,影像几乎跟正面一样清楚，只是左右颠倒而已。除去这一点，其余的电影人物、对话和音乐都与正面无异。欧阳飞声音很大，简直是肆无忌惮地在他俩耳边卖弄聪明："在前面咱还敢一边看电影一边吃向日葵？"

那天的电影是《地雷战》，叭叭的枪声和轰隆轰隆的地雷爆炸声从广袤的田野里滚过，银幕上晃动的光影模糊了过去与现在、战争与和平的界限……其实这又是一个关于视角的问题，盯着银幕，电影人物就牵着观看者的感知走向过去或未来（自我消失）；目光离开银幕，看着手上沉甸甸黑乎乎的向日葵，摘一粒放在齿间嗑开，又会尝到现实的清香或苦涩（自我回归）——视角真是个奇怪的东西，换个角度就有新的发现。银幕上的日伪军偷袭赵家庄，一个扫雷专家模样的小鬼子先排除一颗诡雷，又一脸蔑视地清理下面的一颗，却挖出一手稀糊糊状的屎粑粑……"假的假的，"欧阳飞叫道，"小鬼子没有鼻子啊，太假啦！"向东反驳道："埋在土里，鬼子咋能闻着？"欧阳飞给城里娃上了一课："挖地雷要把土刨开吧，薄薄一层土能挡住屎臭？上完茅坑，盖上几铁锨土还臭哩！"

向桐把向日葵放在小板凳上，高一脚低一脚地走到银幕跟前。仰脸看去，幻象出现，银幕大得离奇，仿佛整个天空都在演电影。小地雷变成硕大的巨石，枪口比大炮筒子还粗，微小的东西都大得荒唐。他掉头往回走，走上十来步就停下看看银幕，电影人物和背景越来越清楚真切——幻象也是真实的啊！回到小板凳跟前，向东问："你干啥去啦？"向桐拿起向日葵，坐在板凳上说："我到跟前看看银幕上的电影是个啥样子。"向东剥出一粒葵花籽扔过来，不屑地说："你傻呀，谁不知道在远处看得清楚。"

秋粮上场，生产队的男女社员们分成几拨，有的负责摊场晾晒，有的负责给玉米脱粒或给谷子糜子等农作物去壳，然后收粮入库。还专门由一拨社员组成副业队，进关山割竹子采山货。靠山吃山，把山货和用竹子扎出的扫把、编成的竹筐卖给供销社，年终社员们就可以分红了。欧阳晨也是副业队的一员，每天早出晚归。看着副业队进出于绵延起伏的关山，胜利心痒得待不住了，找到副业队的队长芦土娃，要求跟大伙一块进山割竹子。"我爸常说老家就在关山旁边，"他理由充足地说，"你说我回一趟老家，只在关山外头浅浅地瞅一眼，连关山里头山高山低都不知道，像个儿子娃干的事吗？"

芦土娃不敢擅自作主。一是担心惹恼芦武奎，尽管那老人家早就不练武了，可一耳光扇过来，"芦氏霹雳掌"残留的功力也足以让他芦土娃眼冒金星。二是早就听说牛儿在大城市当了大官，万一他的金贵儿子有个闪失，可怎么交代呀？干脆把烫手的山芋扔给芦武奎，他是给火上浇油还是泼水那就是他们自家的事啦！芦土娃把心里的得意像蛐蛐钻进草丛那样藏在他忧心忡忡的外表下，恭恭敬敬地征求芦武奎的意见，"你老人家给拿个主意，让不让胜利跟大伙儿进山？"芦武奎垂下眼帘思考了一会儿，脸上掠过一丝笑容，睁开眼睛说："男娃娃嘛，又不是菜园子里刚冒出来的黄瓜秧子，还能老让人守着他？想进山，好嘛，让他去！"芦土娃得到令牌，把胜利叫过来，当着芦武奎的面说出一连串进山的要求，干粮要自带啊，在山里不能乱跑啊，不能一个人钻林子啊，一定要跟大伙在一起啊，见到兔子山鸡不要追啊，草深的地方不能去啊……每一个啊都是一条无形的绳索，要把胜利牢牢绑在副业队那些庄稼汉的视野中。胜利听到让他进山，脸上早挂满抑制不住的欢喜，头点得像抢米吃的公鸡一般。看样子这个城里娃还算听话，芦土娃的心落回心窝。走出芦武奎家，他又寻思进山以后大家都忙着割竹子——猴子还有丢盹的时候哩，万一胜利走丢了可咋办？不行不行，还得给这个城里娃的安全加道保险。他又拐进芦花花家，紧锁着眉头叮嘱欧阳晨："进到山里头，你得紧紧地跟着那个城里娃，你们两个就是一个铁疙瘩，刮风下雨都不能分开。"芦花花奚落道："你看你，针鼻子大个事情，把你的脸都愁成个黑核桃了。干脆，拿根绳儿把胜利拴你裤腰带上。"芦土娃干咳两声说："好我的芦队长哩，这可是牛儿家的大少爷呀，咱就不怕他有个闪失？"芦花花语气生硬地说："那是你芦土娃的事。说完没有，说完赶紧走。"欧阳晨看芦土娃被怼得半张着嘴却不说话，忙安慰道："土娃叔，你尽管放心，我把他跟紧就是了。"芦土娃自认为在他的安排下胜利进山可谓是万无一失，离开芦花花家，他脚步轻松，嘴里还哼起了眉户曲。可世界上的事没有绝对的周全，发生的意外把他的魂都吓飞了。

在孩子眼里，远处的山峦有无限的魅力，雅楠也要和哥哥一块进山。胜利当然不肯让妹妹拖后腿，先说山里有吃人猛兽和摄取魂魄的妖魔鬼怪，而且山大沟深，脚下一滑人就没了踪影，把关山描述得无比凶险。随后又好言好语地承诺，等她再长大点，一定带她进山，一定去看美丽的风景。他只顾着劝雅楠打消进山的念头，却没有察觉对于关山的描述自相矛盾。聪明的雅楠听出他意思，就是不想带她走进笼罩着神秘面纱的山野深处。看着外面天色已晚，她刷牙洗脸，早早上炕睡了。

天刚蒙蒙亮，胜利像只猫一样悄然无声地溜下炕。探头一看，雅楠仍在熟睡。他拿上准备好的砍刀、干粮和水壶，踮起脚尖出门，与等候在院外的欧阳晨会合。太阳露头，副业队已进山。深秋的山里气温很低，小路旁边的小草上还结着一层白霜。赶路的脚步声扰动了早晨的宁静，草丛里不时有山雉惊飞而起，扑噜扑噜地拍打着翅膀从头顶飞过。阳光缓慢而温柔地给大山披上金色的斗篷，鸟儿在一片金光中清脆地歌唱。跟在队伍后面的胜利边走边左顾右盼地看着山中景色，汗津津的脸上浮动着满足的光彩。和他在一起的欧阳晨却时不时地回头张望，脸上也露出了困惑的神情。当他又一次回头看过之后，跑去前面跟芦土娃说了几句话。队伍停步歇脚，欧阳晨跑着沿原路返回。当他再次出现的时候，身后跟了一个女孩。"雅楠！"胜利一愣，只听见"啾啾"的鸟叫声大笑着滑过灰暗的山谷。

难题出现，芦土娃又是抠脑袋又是摇头咂嘴，额头上的几条皱纹深得就像是河滩里的褶皱。胜利训斥雅楠几句，见她低头抹泪，又心软了，拿过水壶让她润一润干渴的咽喉。欧阳晨倒是觉得十分有趣，一脸乐呵呵的模样。他给芦土娃出主意："你们先走，我和他们后头跟上来。"芦土娃坐在地上，用手里的砍刀轻轻地砍着地面，好像砍碎的沙土中藏着他的决定一样。终于，他狠砍一刀，拿出不容抗辩的决定："欧阳，你和他们回去。少给我瞪眼，现在就往回走！出了啥岔子，看我不揪掉你的耳朵。"

副业队继续前进，去寻找有商业价值的竹林。两个小伙子和一个女孩沉默着踏上回家的山路。胜利的脸拉得老长，一句话也不说。雅楠反而变成一只放飞的鸟儿，无拘无束地在山间飞翔。阳光射进路边的红桦林，像是点燃了翻卷起来的薄如纸张的树皮，红桦林里到处跳跃着金色的火苗。雅楠手指红桦林说："哥，你看那是啥树呀？像着火一样，好漂亮呀！"胜利闷声闷气地说："不知道。"欧阳晨跑上山坡，从红桦树上撕下一块巴掌大小的树皮，拿回来递给雅楠："这是红桦树，树皮又薄又结实，还能在上面写字哩！"雅楠面朝太阳把桦树皮高高举起，手上有一团火焰跳动。她很小心地把桦树皮卷成一个手指粗细的小卷装入衣袋，又转动脑袋，贪婪地观望着四周的山峦……深秋的大自然，丰富的色彩在大山的画板上放肆地涂抹着生命的颜料。平缓的山坡上枯草摇曳，似层层金波起伏荡漾。蜿蜒的小路旁，五颜六色的山花争相斗艳——每一朵花都有自由的色彩。远处的山野中，一树树的红叶随风起舞，像一把把燃烧的火炬。就是在那青色的悬崖峭壁上，也有苍松凌空伸展，凸显着生命的顽强。雅楠脚下一绊差点摔倒，胜利怒气冲冲地说："连路都走不好，跑来干啥？"雅楠咬住嘴唇，眼里噙满委屈的泪光。三人默默地走到一个岔路口，欧阳晨看看还在低头生闷气的胜利，商量似的说："其实也不用急着回去，要不，咱们去看看关山牧场，看看神泉？"刚受到批评的雅楠不敢吭声，怯生生地瞅着哥哥。胜利觉得这个主意不错，痛快地说："行，听你的，就去关山牧场。"

美不胜收的秋景映入眼帘，胜利情绪好转，一路走一路跟欧阳晨说笑，同时也不忘照顾雅楠。经常进山的人知道大山的味道，欧阳晨摘来松果榛子，让兄妹俩品尝；边走边顺手采一些浆果，胜利和雅楠吃得口舌生津。行走在大山的自然画廊中，身上的困乏疲惫已经远遁……淙淙水声入耳，他们来到关山神泉旁。掬一捧清澈的泉水，甘甜入喉，满身细胞都渗入痛快的惬意。雅楠欢快地叫喊起来："哥，泉水比汽水好喝呀！"胜利已经走到神泉边沿，探头朝下看去。神泉其实是一个约有一丈方圆的水潭，水深也不过两三尺，可以清晰地看到潭底圆溜溜的石头。冒着珍珠般气泡的泉水不停地从石头的缝隙间涌出来，给予神泉永不干涸的生命。欧阳晨给雅楠讲述神泉的传说，夸父逐日用手杖在这里杵了一下，于是山石下陷，泉水上涌，而且里面的水永远是这么多，就像一面镜子，不知照看过多少回天旱雨涝了。"神泉的水好得很，"欧阳晨说，"以前芦家大院的地主用它酿酒，味道好得都不愁卖。"随后，欧阳晨带着他们去看芦家酒坊。失去酒香守护的作坊早已破败，院子里瓦砾遍地，房顶塌陷，木制门窗被人盗走，只留下一个个悲哀的黑窟窿。几个一人多深的酵池，有的塌下去半边，有的里面已经长满荒草，看上去很是凄凉。破屋烂瓦是大山的伤疤，胜利看了一半就感到趣味索然："走走走，咱们还是去牧场吧。"

翻过一个垭口，眼前又是另外一种景象。一边山高林密，一边山势平缓，青山的屏障守护着一片绵延起伏的金色牧场。山谷里的一块空地上，有几间茅草屋和几个圆形的石头圈，远远看去，那几个石圈就像历史在大山中遗留下的神秘手环。雅楠一转脸，发现一种正在吃草的奇怪动物，从头和犄角的形状上看像牛，却比牛小一点，而且浑身长满黑色长毛。见有人过来，它抬起头，眼露凶光，鼻孔喷出粗气，蹄子愤怒地刨着草地，像是准备冲过来一般。雅楠吓得忙躲到胜利身后。欧阳晨说："这是牦牛，凶得很，狼都害怕它哩！咱走咱的，只要不惹它就没事。"果然，他们走过之后，牦牛的头又埋入草丛里去了。欧阳晨边走边讲，牧场早已收归国有，由关山林场管辖。早先也养过一些牛羊，还专门从位于高寒地带的甘南引进一群牦牛。林场的领导也要在关山牧场创造奇迹。这里气候温润，水草丰美，又有棚圈遮风挡雨，从高寒地区下来的牦牛算是进了福窝，还不养得膘肥体壮，一个劲地猛下牦牛犊啊！在林场领导的宏伟蓝图里，只需用第二个五年计划的时间，就要让城镇居民吃上美味的牦牛肉。不料牦牛的肠胃无法从人类的豪情壮志中汲取营养，牦牛们全都不争气地患上水土不服的毛病，除了野性犹存之外，生的后代不论体质还是体型都是一代不如一代。关于牦牛肉上餐桌的美好理想，最终还是被尘封在档案柜里了。草丛里忽然蹦出一只野兔，欧阳晨顾不上说话，捡起一块石头追了过去。野兔蹦蹦跳跳地跑出三四十米，又藏身在草丛中。欧阳晨像条影子一样悄悄摸上前去，飞身扑进草丛里。等他站起来时，手上拎着一只肥硕的褐色野兔。雅楠拍手道："哇，欧阳哥，你好厉害呀！"

雅楠玩得开心极了，在林子里采摘了一兜蘑菇，又跑到山坡上用嫩草喂小牦牛。太阳偏西，他们踏上归途。翻过垭口雅楠走不动了，拽着胜利撒娇："好哥哥，背我。"背一段走一段，前进速度大减。路途未过半程，滑往西方的太阳离山顶只有一拳的距离了。欧阳晨明白，深山夜路，黑暗中藏有不可预知的凶险，必须就地宿营。他选择一个深凹入山崖的岩架作为露营地，这里头顶有遮挡，脚下也还平坦。他忙上忙下地为过夜做准备，砍刀派上大用场，砍下一大堆细树枝，厚厚地铺在岩架里面。又和胜利一起砍倒一棵枯树，再把它砍成十几段，全部搬上岩架。薄暮垂临，他顾不上歇息，又跑去找来两块拳头般大的燧石和一把毛茸茸的枯草。再爬上岩架，他已经累得大口大口地喘着粗气。夜色汹涌而来，山谷里气温骤降，冷得像终年不见阳光的寒窑。冰冷的黑暗中，响起"咔咔"敲打石头的脆响，那响亮的声音都焦急得冒出了火星。枯草中出现了一粒红光，欧阳晨拿起它轻轻吹气。终于，一捧小火苗从他手上活泼地跳跃而起……火堆映亮岩架，欧阳晨用树枝穿起蘑菇，手挑着靠近火堆，染上火光的蘑菇散发出"滋滋"

的香味，招引得雅楠喉咙里像是有一只不停挠动的小手……半夜时分，睡在细树枝床铺上的雅楠醒了。胜利睡得正香。火堆呼呼地冒着火焰，热量辐射过来，岩架上竟像房子里一样暖和。欧阳晨坐在火堆旁，时不时地往里面添柴。夜晚也醒着，一束束火光射入夜空，像有一只无形的巨手在夜的世界里舞动着宽阔飘逸的火红绸带。于是，雅楠的记忆里便有了一个永远火红的夜晚和一个被火光勾勒出轮廓的男子汉形象。

芦家营炸锅了！副业队的一帮男人们肩扛竹捆，踩着薄暮回到村里。心神不安的芦土娃卸下竹子直奔芦武奎家，他伸长脖子隔着院墙朝里张望。小院里很安静。眼睛的余光看到一侧墙根下的石锁石担，他缩回脑袋暗自盘算了一下，转身走进芦花花家。芦花花脸上不见一丝慌乱，咧嘴笑道："急啥嘛，晨儿又不是个傻棒槌，等等再说。"天已黑透，还不见欧阳晨他们归来，芦花花也开始坐立不安，几次出门察看。芦土娃心里最后一点侥幸被黑暗彻底吞噬，他神色慌张地跑进芦志坚家："好我的主任哩，这可咋办，三个进山的怂娃一个都没回来。"……大槐树上的喇叭发出紧急通知："三个进山的娃去向不明，所有青壮年马上到大队部门口集合。"芦家大院门前火把晃动，一片嘈杂。芦志坚把几个生产小队的队长召集到一起，下令赶快组织搜救队，立刻进山找人。在火把的亮光中，芦土娃看见芦武奎手拎鞭杆出现在人丛边，吓得他赶紧挤到芦志坚跟前，半弯着膝盖，忙不迭地要求快快给他派几个人。十多支搜救队出发，芦花花带领的一队走在最前面。芦土娃借用其他人的身子作为挡箭牌，缩头乌龟一般从芦武奎眼前溜过，脚下生风地钻进黑夜中去了。

深夜，芦花花率领的前往关山牧场的搜救队走上一道山垭，她一眼看见远处有一团火光，旗帜般在黑黢黢的山谷中飘扬。她把双手拢成喇叭状放在嘴前，母亲的呼唤叫醒了沉睡的山峦："晨儿——晨儿——"空谷回声连绵不绝："娘——娘——"母子俩焦急与欣喜的声音在夜空中相逢，波浪般涌向远方。

欧阳晨他们平安归来，乡亲们围拢上来，关心地询问他们在关山的遭遇。芦土娃这才敢点头哈腰地去给芦武奎请罪。芦武奎"啪"的一鞭杆抽过去，像烧红的烙铁按在芦土娃的屁股上，疼得他怪叫一声。手捂火辣辣的屁股，龇着牙花子挤进人丛，一把揪住欧阳晨的耳朵。小伙子跳着脚连声告饶，周围笑声一片。

秋天过去，芦家营大队迎来一幅红底金字的精神奖励。由于超额完成公购粮任务，关山人民公社专门为芦家营生产大队制作了一面锦旗，上写有两行金光闪闪的大字："抓革命，促生产；学大寨，攀高峰。"滚烫的荣誉让人血脉偾张，芦志坚领回锦旗，立即召开队委会，布置农业学大寨的新战役——学习大寨人战天斗地的伟大精神，让芦家营的山水旧貌换新颜。战斗在距村子四五里远的一大片坡地上打响。芦志坚计划利用一个冬天的时间，把那片产量很低的斜坡地改造成稳产丰产的"大寨田"。沉睡了几百万年的瓷实黄土被镢头刨起来，再装入架子车或土筐，在人类力量的指挥下换个地方重新安身。芦家营的社员都成为新时代的愚公，每天挖山不止。为修出高水准的"大寨田"，芦志坚派芦启智去县城购买水准仪和标尺，欧阳晨和胜利随行，学习操作仪器的技术。他俩也不负众望，只用不到一天的时间，便基本掌握了仪器的使用方法。此后他俩俨然成为工地上的技术人员，一个举标尺，一个通过仪器里的十字线，寻找"大寨田"里的水平误差。芦志坚要求，一块长百米的"大寨田"，整体平面必须控制在十厘米以内。为修理地球，竟然制定出如此严苛的精度，这也开启了陇山县兴修高标准"大寨田"的先河。芦家营大队在那个冬天修出的七块梯田成为全县平田整地运动中的样板田。

可仅仅依靠修建梯田，还无法一枝独秀地让公社和县革命委员会这些上级知晓芦家营大队"农业学大寨"的冲天干劲——全县的农村都在平田整地——拥挤的队伍里哪能看出一个兵的干劲？芦志坚又在大队部召开队委会，商议如何开辟第二战场（当兵的经历培养出的军事思维）。芦花花提议治理野狐沟，那是一条与现在工地毗邻的有一里多长、一百来米宽的荒凉山沟。据村里老人讲，很早以前沟里野草茂密，常有狐狸出没，因而得名为野狐沟。现在沟里光秃秃的寸草不生，全是洪水冲出的烂坑和从沟壁上倒塌下去的房子般大小的土块。芦花花的设想很宏伟——大寨人能治理狼窝掌，芦家营就可大战野狐沟。大寨有铁姑娘队，芦家营有不服输的半边天。"不要你们男人，我们妇女队把野狐沟包了。"芦花花说，"我给我们妇女队起个名儿，就叫'半边天战斗队'。还要跟你们男人比试比试哩！咋样，敢不敢？"

真是门缝里看人——把人看扁了。芦家营的男人也不是纸糊的，胸口里也燃烧着不甘受辱的血性。"比就比！"芦土娃一巴掌拍在桌子上说："我就不信，你们这些除了生娃比我们强的女人，还能在野狐沟的烂土里头绣出个花来？"芦花花与他打赌，野狐沟里就是能绣出花，谁输谁就当众下跪磕头认输。芦土娃嘴硬得不留一丝余地："赌就赌，磕一个头太少啦，三个响头，大家伙都是证人啊！"男女打赌，会场里已经有人笑出了声。最开心的还是芦志坚，他认为芦花花的建议中闪耀着天才的光芒，大寨模板竟然严丝合缝地与芦家营的土地镶嵌为一体。会议决定，全面采纳芦花花的建议，男社员继续挖山不止，修筑"大寨田"；女社员进军野狐沟，让荒沟重获新生。会议结束，芦志坚立即派芦启智进城定制一面红旗，上面还必须印有"半边天战斗队"的大字。做好的大旗飘扬在兴修"大寨田"的工地上，男女社员第一次被性别的滤网分成两个方队，两边都纯粹得像白雪里混不进炭块一样。芦志坚像大战开始前的统帅，把"半边天战斗队"的战旗授予芦花花。猎猎作响的红旗引路，"半边天战斗队"向野狐沟开进。清一色的男人群里开始起哄，女人们身后响起驱赶羊群似的"欧欧"怪叫，还有不怀好意的口哨声。

芦花花有欧阳勇强作为后盾，请来林业局和农业局的技术人员现场勘察，最后制定出科学的治理荒沟的方案。沟两侧开辟条田种草种树，沟底自下而上地修筑三级水坝，拦洪蓄水——水是万物之源啊！芦花花带着方案再上县城，等她回来，又发布一条让男人吃惊的消息，县林业局革命委员会决定，派技术人员常驻芦家营大队，争取把荒凉的野狐沟打造成绿树成荫的"农业学大寨"的示范之地，并为此无偿提供草籽和各类树木种苗。男人们没工夫吹口哨了，闷头甩开膀子大干苦干，开始与"半边天战斗队"暗中较劲。

两个男女干部打赌的事像长出了两条腿，不但跑遍芦家营，还跑进关山公社的大门。公社革命委员会主任来芦家营，在工地上激将似的问芦土娃，有无取胜的可能？芦土娃撇了撇嘴说："哼哼，主任呀，你就等着听芦花花求情告饶吧！"

孩子们的记忆与荣誉无关，他们记住的是直观的现实场景。在那些天寒地冻的日子里，芦家营的男女社员们身上裹着汗水化成的蒸气，天神一般挥舞着镢头铁镐，跟冻得硬邦邦的土地作战……老家的冬天热气蒸腾，向桐记住了那难忘的一幕。同时，他又经历了一次惶恐。镢头起起落落，敲在冻得像石头般的土地上……耳膜振动，"嘀——嗒，嘀——嗒"。再往两旁看，更多的洋镐镢头上下翻飞，仿佛在大地上砸开一道裂缝，响亮而密集的"嘀嗒嘀嗒"跳出地壳，汹涌地在天地间奔流……

春节休息一天。芦志坚和芦土娃几个人在大队部喝了两瓶白酒，他满脸通红地拧开扩音机，被酒精烧得火热的情绪从大喇叭里喷向整个芦家营："社员同志们！今天吃好喝好，明天继续战斗啊！农业学大寨，咱芦家营绝不当老鼠的尾巴，要当就当老虎头，要只争朝夕！"第二天两个战场上又是一派繁忙的景象。

大年初五，一辆吉普车驶入芦家营，从车上下来的是地委书记。这位参加过长征的老革命不暴露身份，只带着司机和秘书深入基层，实地考察各县农业学大寨的状况。所过之处，白雪皑皑的山野一片冷清，人们都在暖和的炕头上过年。唯有途经关山公社时，才从一个睡得迷迷糊糊的值班干部口中获知一条不确切的消息，听说芦家营大队的社员已经上了工地。老革命请值班干部继续睡觉，他笑呵呵地上车命令司机直驶芦家营。

工地上出现了三个陌生人。芦志坚迎上前去，从老革命不凡的气度和随行人员恭敬的态度上猜出来者一定是个大首长。首长听说男女对阵，便饶有兴趣地请芦志坚带他去野狐沟。土坝顶上，芦花花正在用石头夯锤"嗵嗵"地夯打地面。她腿着棉裤，上身只穿一件露出胳膊的汗褂。听到芦志坚的叫喊，她裹上棉袄一脸汗水地来到首长面前。她可不像芦志坚那样拘谨，首长只问了一句野狐沟的治理设想，她就像个天才的画家把治理方案和目前工程进展等情况清清楚楚地呈现在首长眼前。首长抬头向土坝上望去。坝顶上飞出女人们拉夯砸地的号子声："姐妹们啊，嗨哟！加油干哪，嗨哟！男社员呀，嗨哟！不如咱哪，嗨哟！……"由于是从下往上看，耸立的土坝已经与天齐平。广阔的蓝天上一面大旗迎风招展，哗啦啦地亮出"半边天战斗队"的自豪。首长笑了，感慨地说："好，很好，女同志有志气呀！芦花花同志，你这个名字也起得好，既是奋斗之花，也是农业学大寨之花嘛！"

春天来临大地解冻，首长又一次来到芦家营，这一回不但有县上的领导陪同，还有一位省报的记者随行。首长看罢梯田，给县领导指示，全县都要学习芦家营大队兴修"大寨田"的经验。随后再次走进野狐沟，一道土坝迎面矗立。土坝的斜面上还用白色鹅卵石镶出一句口号——农业学大寨。修好的条田上，已经栽上了树苗。时隔不久，报纸刊发了一篇题为《妇女顶起半边天，誓教大地换新颜》的通讯，芦花花的名字插上了报纸的翅膀，飞遍了千里陇原。她的人生由此飞跃，短短几年时间，她就像乘坐直升机一般由大队飞到公社，再飞入县革命委员会的领导班子，再后来还走进人民大会堂……为把野狐沟树立成学大寨的典型，芦家营的男人也转战野狐沟。等到第三座土坝建成，山沟两侧已经被草木染绿，那时芦花花已经是县上领导了。大家起哄教芦土娃磕头，芦花花大度地表示，治理野狐沟也有男人的功劳，打赌一事作废。芦土娃憋得满脸通红，深深地给她鞠了一躬。

草木萌生，柳枝染绿。胜利收到吴玉霞发来的电报，电文只有四个字：火速回家！离开老家的那天，芦志坚特意派出大队唯一的一台"铁牛"拖拉机，送他们去县城乘坐班车。胜利、雅楠、向东和向桐坐在拖斗里，眼看着芦武奎老两口和欧阳兄弟的身影越来越小，雅楠悄悄地抹起了眼泪。拖拉机在坑坑洼洼的土路上行驶，拖斗颠簸得很厉害，铁制厢板互相碰撞一路乱响。向桐头上的凹痕开始隐隐作痛，他又听到了那个躲避不开的异响，嘀嗒嘀嗒嘀嗒……

第十七章

　　母亲思儿心切，催生了吴玉霞忘我劳动的决心。这个从未摸过锄头的女干部，干起农活来简直像疯子一样。农场劳作使她面黑体瘦，满手老茧。她穿衣也十分朴素，衣服上还有几块补丁，看模样比那些长年累月下地干活的农场女职工更像农场的劳动者。学习时，她写出几万字的心得笔记。隆冬的一天，"五七干校"的校长来连队检查工作。连长在汇报时数次提及吴玉霞，无论劳动还是学习，她都堪称模范。走出会议室，校长在壁报前驻足，与目光齐平的地方，醒目地贴着她的文章。校长上前从头到尾地翻阅了一遍，提出要在劳动现场见一见吴玉霞。在那个寒冷的天气里，风在结有冰碴的莲花湖上巡行。距湖岸不远处停着一只罱泥船，几个黑色的人影正用罱子从湖里往外捞肥。八连长隔着湖水喊了一嗓子。船上的人收起罱子，船头船尾各有一人撑起长篙，笨拙的小船摇摇晃晃地穿过泛着魔幻波纹的水面向岸边驶来。

　　小船抵近，校长这才看清楚在船头撑篙的是个把头发绾起来的女人。她一次次地提篙撑船，尤其是撑篙的时候，身体倾斜得令人担心，如果稍不留神手下打滑，肯定会跌进水里去。小船靠岸，女人来到校长跟前。她穿着一双旧雨靴，浑身泥污，就连面孔上都有许多黑痣一般的泥点子。校长突然提出一个很奇怪的要求："吴玉霞同志（请注意他用的称呼），我看看你的手。"这哪是一双女人的手啊！手掌和手指肚上的茧子厚得像硬纸板，手背皱得像裹了一层粗麻布，上面还有许多细小的裂口……校长对那双经过自我改造的手印象深刻，回去没几天就把吴玉霞调入干校短训班。几个月后，短训班结业，吴玉霞带着一份对她评价颇高的政治鉴定书离开了"五七干校"。

　　回到家放下行李，她就急匆匆地跑去邮电局，给远在老家的孩子们拍发电报。从邮局出来也不急于回家，走进一家公共浴室，在浴池的热水里浸泡了很长时间。泡出一脸的水珠，分不清是汗水还是泪水，一串接一串地落入漂浮着一层悲伤热雾的池水中。母子重逢那天，她笑着把每个孩子都紧紧地拥抱了一下（包括向桐），嘴角忽然下垂，扭头冲进卧室，"咣当"一声锁上房门，独自一人在里面"呜呜"地哭了起来。凄楚的哭声像锋利的刀片，割痛了孩子们的心。雅楠一边敲门一边哭着说："妈妈，我们在老家什么都好，这不都好好地回来了。妈妈，你不哭，不哭啊，我们也想你和爸爸呀！"

　　一连几天，吴玉霞的眼泪动不动就从眼窝里滚落下来。孩子们洗澡回来，她不放心地挨个检查头发。男孩的短发还算干净，雅楠的长发里仍有一粒粒瘆人的白虮子。鼻翼伤心地抽动，她边流泪边摘除那些可恶的虫卵。察看孩子们换下的脏衣服，她又流泪了，因为在每件衣服的衣缝里，几乎都能找出吃得圆鼓鼓的虱子——吸血的东西抓不完啊！她扯下床单，从中间一分为二，把染上寄生虫的衣服包了两大包。夜深人静，她和胜利像做贼似的悄悄溜出报社。两人走出很远，终于在城边找到一个臭气熏天的垃圾场。在焚烧衣服的火光中，胜利又看到了她眼中的泪光。每天吃饭的时候，她不顾孩子们的反对，挨个给他们碗里夹菜。泪珠"吧嗒吧嗒"地落在饭桌上，吓得孩子们乖乖地主动端起碗，接受她从筷尖上挑过来的慈爱。

　　劳动的汗水洗去了吴玉霞身上的高傲之气，她开始用谦恭的态度为自己、也为孩子们营造一方安全的窠巢。一个星期天上午，她和向东去菜市场买菜，在报社院子里与雷浩狭路相逢。雷浩扫了他们一眼，扭脸看向别处。她却主动迎上去打招呼："雷总编，星期天还来上班呀？"雷浩一愣，脸上露出捉摸不定的神情，停住脚说："哦哦，单位有点事，我过来看看。"吴玉霞也停步与他寒暄，却完全是下级的口吻："您工作忙，可要多注意身体，别太累了。"雷浩依然是一副高高在上的神态，不过说话的语气已经变得温和："不累不累，习惯了。好长时间不见，你和孩子们还好吧？"吴玉霞说："谢谢，我们都挺好的。"

　　母亲的表现让向东大为吃惊——竟然向坑害过父亲的仇人示好，他气愤得浑身发痒，像有无数虱子不停地乱爬一样。更让他接受不了的事情发生了。吴玉霞转身向他招招手，说出的话语中有一股无形的压力，"向东，快过来，给雷叔叔问好呀！"他站着没动。吴玉霞使劲划拉了一下手臂，面有愠色地说："真没礼貌，快点过来。"他拖着脚走过去，低头瞅着地面说："雷叔叔好。"雷浩伸手摸了下他的头，像老朋友似的说："时间过得真快，一晃向东都长这么大了。"吴玉霞接着他的话茬说："就是，孩子都是见风长，去年的衣服今年都小了。"向东觉得身上更痒了，像钻进了成群的蚂蚁。他拿过吴玉霞手上装菜用的布兜说："我先走，在大门口等你。"说完转身便走。身后传来吴玉霞的声音："这孩子，像他爸一样倔。"买菜回来，向东把那难堪的一幕学说了一遍，听得雅楠半张着嘴直眨眼睛，正在看书的胜利火冒三丈地把书摔了。中午吃饭，胜利忍不住地给吴玉霞发脾气："跟人打招呼说话，你也得看清是谁呀！雷浩是啥人，你不知道？"雅楠和哥哥持同一立场："哥哥说得对，你就不该搭理那个坏蛋。"面对孩子们的责备，吴玉霞既不反驳也不解释，只是低头吃饭，豆粒般的泪珠一颗接一颗地落入碗中。孩子们不吭声了，气氛压抑得让人失去食欲。吴玉霞放下碗，用衣袖擦掉眼泪，表情凄然地说："我不勉强你们，但这一次，我希望你们能听我的。以后见着雷浩，跟他打声招呼……这也是为你们的爸爸好。"

孩子们哪能理解夫妻分别之痛啊！

咫尺天涯，尽管在同一干校，夫妻俩却天各一方，再也没有碰面。吴玉霞听说一连的驻地在湖对岸的山沟里，而且分去那里的都是有严重问题的人。干校几次召开全体员工和学员大会，学员队列按一连、二连、三连……依次排开。吴玉霞踮起脚向远处张望，眼前是无数脑袋，犹如一大片疙里疙瘩的乱石滩，哪里有卢明的面孔啊！即便后来因为表现出色，连队干部的态度也由冷漠转变为和善，她心有侥幸地申请见卢明一面。连长面有难色地表示：不行啊，上头有规定，这里是"五七干校"，不是夫妻店。

何时才能破镜重圆？孩子们回家以后，吴玉霞给卢明寄出两封信，一概不见回音。考虑到各种不利因素，吴玉霞寄出了第三封信。这一回，她用的是那种牛皮纸做的署有省委地址的专用信封。信的内容没有一点儿女情长的杂音，就像一份冷冰冰的公文。第一询问卢明在干校劳动学习的情况；第二论述在干校学习的必要性；第三鼓励他要勇于"斗私批修"，要有脱胎换骨的决心，争取早日回到正确的革命路线上来……关键在信的末尾，只有一句话：你的妻子已回单位上班，孩子一切均好。信的署名是"革命同志"。

　　半个月后，吴玉霞在单位上收到卢明的回信。不知是因为他大意还是受到其他外力的作用，信没有封口。其实封与不封都无所谓了，因为不论给谁看，卢明的信都是一份思想汇报。只是在信的最后顺带写了这样几句话："我一切均好。孩子尚幼，为把他们培养成合格的革命接班人，你一定要多关心孩子，尤其是向桐。"孩子们从老家回来，吴玉霞听胜利讲述在那个令人愤慨的夜晚，向桐为救治向东而倾其所有的事。小小年纪竟有此义举，一种莫名的情绪袭来，竟然盖住了与孩子们久别重逢的欢喜。再看向桐，她的眼神里便多了一股春风般的柔情。她再三给向桐叮嘱，每天都过来吃饭，可十多天后，没有任何异常的先兆，他突然不来了。吴玉霞感到纳闷，让向东去问那个不愿过来的小葫芦里究竟装了些什么心思？"他说你太累啦，"向东回来说，"他要自己做饭吃。哈哈哈，他自己做的米饭都煮焦啦！"吴玉霞心里像打翻了调料箱，但她没有过多地干预向桐的生活，每天做饭时仍给向桐做一份，让向东或是雅楠送过去。直到有一天，雅楠把饭菜原封不动地端了回来，对吴玉霞说："他会煮饭啦，还会炒菜呢，说以后再不用给他送饭了，还有……他说谢谢你啊！"那顿饭，吴玉霞吃得味同嚼蜡。晚上她独自去看望向桐，默默地帮他整理房间，临走时又不顾向桐反对，硬是把几十块钱塞进他的手里。读罢卢明的来信，吴玉霞把自己反锁在办公室里，谁敲门都不管。脑海中浮现出向桐瘦弱的身影和头颅两侧半圆形的凹痕，再想起襁褓里的婴儿咬乳头的情景，那是一种幸福的痛啊！是自己把一个可爱的孩子从身旁推开……泪水止不住地涌出眼眶，她伏在桌子上哭得眼睛都肿了。

　　向桐坐在一个大铁盆旁边的小凳上洗衣服。由于不会使用搓板，再加上用了太多的肥皂，泛起大团泡沫的衣服卷一个劲地在搓板上打滑。他紧抿着嘴巴，袖子高高挽起，像个不屈不挠的小勇士，执拗地与不听话的脏衣服作战。裤子湿了，铁盆旁边的地上也是一大片闪着亮光的水渍。听到有人走进房间，他抬起头叫了声"吴阿姨"，腼腆地一笑，用手背擦了下脸上的汗水，却把一团肥皂泡留在面颊上。吴玉霞伸手拉他起来，轻轻为他擦去泡沫，"你还小，以后衣服脏了就拿给我，我给你洗。"说完卷起衣袖，捞出一件衣服搓洗起来。衣服在她手下变成乖顺的玩具，"嚓嚓"有声地在搓板上滑动。向桐蹲在旁边说："阿姨，我好笨呀！"她停住手，侧脸看看他说："你一点都不笨，可能干啦！"向桐开心地一笑，过去拿起暖瓶倒出一杯开水，又抱出一只白糖罐往里加糖，搅了一会儿，端着杯子过来说："阿姨，您喝水，糖水。"她甩了甩手上的水，接过杯子喝了一口，也不知他往杯子里放进多少糖，水都甜得发腻了。洗完衣服整理好房间，吴玉霞这才在坐在书桌前的椅子上，开始和向桐说正事。

"向桐，爸爸不在，你要把我们当亲人。"

"我们就是亲人呀，亲得像一家人。"

"嗯，这就好。既然像一家人，以后跟我说话就不要用'您'字，听着多生疏啊！"

"这是爸爸教我的，见长辈和老师都要用'您'字。"

"可我们是一家人，再用'您'字就显得见外了。"

"那……好吧！"

"这就对了。还有啊，你得答应我几件事。"

"好的，阿姨您说。"

"嗯？刚说完就忘啦？"

"哎呀，说惯了，现在就改。阿姨……你说，什么事？"

"第一件事，要好好学习，按时回家。学校有什么要求，就来告诉我，好不好？"

"好的，第二件呢？"

"哟，你还挺着急呀？"

"嘿嘿。"

"第二件事，照顾好自己。身上不舒服了，没钱用了，衣服鞋子小了，大事小事都不能瞒着我。"

"我身体可棒啦！钱……还有呢！"

"第三件事，干不了的事别逞强，以后你的衣服我来洗，每天过来和哥哥姐姐一块吃饭。"

"我干得了！以前爸爸给我说过，自己的事情要自己做。"

"听话。"

"阿姨，这样好吧，你做的饭可香啦！我要馋了，就去给你说。"

"你还是没答应我啊！"

"不是不是，我就是想自己做。"

"好吧，不勉强你。第四件事，给爸爸写过信吗？"

向桐垂头不语。

"怎么了，向桐？"

"我……不知道往哪儿写。"

"这样吧，我找你爸爸的地址，你给他写信。"

"好的好的，我可想爸爸了。"

吴玉霞从他亮晶晶的眼睛里看到了这个男孩的自尊，她暗暗地叹了口气，又从衣兜里掏出几十块钱。可这一次，向桐说什么都不肯接受。"我有钱，真的有呢！"为证明此言不虚，他掀起裤子又说，"阿姨你看，我没骗人。"两层裤子中间果真藏有一些钞票和粮票，看上去足有两三百块钱。吴玉霞赶忙让放他好裤子，困惑地问："你哪来这么多钱？"向桐说："这里头有你上次给的钱，有我爸爸留给我的，还有回老家以前我爸爸缝在我衣服里的。在老家和来回的路上，胜利哥一分钱都不让我花。阿姨，你真的不用给我钱，先给我找爸爸的地址，好吗？"吴玉霞从他的眼神里看出了渴望得到父亲音讯的急切，认真地答应了。同时还提醒，把钱藏在裤子下面也不保险，最好放在一个只有他知道的安全的地方。向桐听话地点了点头："嗯，阿姨，你真好！"

送走吴玉霞，向桐开始琢磨，把钱藏在哪儿好呢？目光落在装衣物的大木箱上，他找出钥匙打开箱子，拿出裤子下面的钱和粮票，留了一点平时用，其余的全部塞入箱子深处。手触到一个硬邦邦的东西，取出来一看，原来是父亲的那台宝贝相机。以前父亲碰都不让他碰，说那是一位爷爷的眼睛。脑袋里有个声音在怂恿："看一下，就看一下。"他打开皮套，学着父亲照相的样子，把眼睛贴在取景框上。呀，房间里的所有东西都变小了，像小人国里的用品。挪开相机，他想起来相机还应该有一个圆圆的镜头，可现在它只是个扁平的盒子——是盒子就有打开的方法，他试着去按上面的按钮。"啪"的一声，相机上的盖子翻开，镜头跳了出来。他反转相机，研究似的盯着镜头——父亲为什么说它是眼睛呢？镜头很深邃，像一条望不到尽头的时光隧道，里面飞舞着萤火虫似的岁月光点。萤火虫越来越多，无数生活的光点交织闪烁，镜头的隧道里出现了一个个活动的画面。

画面浮现——西行的闷罐子车像架在火上的烤箱，烤得人浑身冒汗，口干舌燥。向东嚷叫着要喝水："渴死啦，渴死啦，哥，把水壶给我呀！"胜利取下背在身上的水壶，拧开盖子，让向桐第一个喝，向东的眼睛瞪得像两只铜铃。铿锵的车轮声呼啸入耳，胜利的话音远得像自来天外："向桐最小，他先喝，喝三大口！"

画面浮现——"嘀嗒嘀嗒"，画面音渐远。刚走出芦家大院后院的厢门，芦武奎像是体力不支般手扶住墙壁歇息。一只白蝴蝶在花坛边上翩翩起舞，向东脱下外衣跑去捕捉那只忽上忽下的精灵。他静静地守在芦武奎身边。芦武奎喘息一会儿，转过身子拉起向桐的手，两只老眼里有亮光闪过。画面音起："向桐啊，记住'明心堂'。你爷说过，人活世上，心里头要亮堂。"

画面浮现——铁锅里的油冒起青烟，他把萝卜块芹菜条菠菜叶辣椒段一股脑丢进锅里，拿起铲子乱翻一气。倒进去些酱油和调料，看着有点粘锅，又加进去一缸子水。铁锅里水泡翻腾，他拿起盐罐，舀出一勺盐撒进去，想了想又添了一勺。连菜带汤盛入菜盆，用筷子夹起一根菠菜放入口中，一股奇绝天下的刺激像烈火喷入口腔，烧得他伸出舌头一个劲地哈气。"向桐哥哥，我妈妈让我给你送个东西。"樊小惠的女儿金悦萌进屋，把一个纸包和一只信封放在桌子上。小姑娘眼瞅着菜盆又问："你做的啥菜呀？好吃吗？"他放下筷子说："好吃好吃，就是有一点点辣。"金悦萌忽闪着毛茸茸的大眼睛，尖声尖气地揭穿他的谎言："骗人，好吃你还像小狗一样吐舌头呀？"他窘得头冒虚汗，赶紧把大伤颜面的菜盆端离她的视线。再回到桌子跟前，他说："萌萌，我啥都不要，回去谢谢樊阿姨。"金悦萌说："我妈妈说，你从小就是个馋猫猫……爱吃糖，信呢……是芦伯伯留给你的。"纸包里是雪一样的白砂糖，信封里有整整一百块钱。

画面浮现——樊小惠家的厨房变成培养小厨师的课堂，案板刀具蔬菜和装有各种调料的瓶瓶罐罐都是教具。樊小惠言传身教地填补了他大脑里关于做饭这门知识的空缺，并鼓励他动手操作……铁锅里的油热了，先放入葱花或辣椒炝锅，然后放进切好的青菜翻炒……盐要适量呀，醋酸酱咸要根据自己的口味呀，调料太多会遮住蔬菜的原味呀……知识的味道出锅装盘，金悦萌迫不及待地尝了一口，欢快的话音像阳光射进厨房："向桐哥哥，这菜好吃呀！"

画面浮现——一个女人和一个孩子从隧道深处走来，女人是吴阿姨，孩子是背着一只背篓的欧阳飞。他们一路说笑地来到他跟前，欧阳晨放下背篓，从里面抱出一个西瓜一样大的金色鸡蛋。吴阿姨的表情突然变得很奇怪，脸上飘浮着伤心的阴云，像丢失了什么东西一样。她伸出一只手，掌心里躺着厚厚一沓钞票。

　　画面浮现——天气阴沉，空中飘着鹅毛大雪，落在地上发出金属般的声响，嘀嗒嘀嗒嘀嗒……报社大门口出现一个团光，就像被夜晚的路灯照亮一样。有个人从大门口进来，光团跟随着他的脚步移动……爸爸回来了，乐呵呵地向他招手。挥动的手上有一封信，金光闪闪的信……

　　向桐抱着相机睡着了，嘴角还挂着一丝笑意。

　　吴玉霞找来了芦承贤的地址，大青山农场三分场二连二排二班。向桐问："阿姨，大青山在哪儿呢，离咱们远不远？"吴玉霞说："挺远的，离我们这儿有几百里路，听说汽车都要走两三天呢！"

　　哦，遥远的大青山。那天向桐草草填饱肚子，锅都没顾上洗，就准备给父亲写信。拉上窗帘，擦干净桌子，打开台灯，从抽屉里拿出一沓稿纸，又给钢笔吸足墨水。这时候，稿纸上整齐的线条像栅栏一样挡住了笔尖——写啥呢？他两手托腮，静静地瞅着桌面上的稿纸。与父亲分别后的经历像演电影一样从大脑的银幕上滑过，诉说不尽的思念和对生活的感受从记忆的放映机里汹涌而出，眼前这些小小的方格怎么能装得下呀！思来想去，他决定把自己的近况和在老家的见闻写给远方的父亲，但清晰的思路又碰上了拦路虎——好多字不会写呀！稿纸上一行行整齐的格子静静地期待着笔尖来填空，可在空荡荡的大脑字库里，实在找不出多少恰当的文字——钢笔好重啊！他也想过请别人帮忙，但这一想法立即就被自己否定了。写给远方父亲的第一封信，一定要自己写。终于，笔尖开始在稿纸上移动了，歪歪扭扭的蓝黑色字迹传达出一个孩子的心语："爸爸，我很好，大家对我都很好。老家也很好，都在农业学大寨呢。我又上学了，会做饭了，会洗衣服了。大青山好吗？你身体好吗？我想你！向桐。"

　　孩子们总是把这个世界想象得过于简单，信寄走以后，向桐用加法算式计算了一下回信的时间。吴阿姨说汽车去大青山需要两三天，就算三天吧，去三天回三天，三加三等于六，一个星期就能收到父亲的回信啦！在内心充满期待的同时，他又想到一个问题，回信上的字不认识可怎么办？这种事情不好意思麻烦大人，他把胜利请入家门，先给哥哥泡一杯白糖水，这才说出了自己的苦恼。"简单，"胜利说，"遇到生字查字典呀！"从书架上取出《新华字典》和一本《钢铁是怎样炼成的》，胜利对照着书中的生字给向桐教字典的使用方法。幸亏以前学过汉语拼音和文字偏旁，胜利教了两个晚上，向桐基本上学会了在字典中查找不认识的生字。在那些天，他每晚一边读《钢铁是怎样炼成的》，一边翻字典查找书中的生字。发明字典的人太伟大啦！厚厚的字典就像生字迷宫里的一个向导，轻捷地绕开那些板着面孔的文字屏障，找到等待在出口处的那个笑盈盈的生字。

一个星期过去，放学回到报社大院，第一件事就是跑进门卫室察看父亲的回信到了没有。天天如此，报社保卫处的几个门卫都被这个小家伙翻找信件的行为打扰得不厌其烦，只要见他进来，就会主动告诉他："没有没有，别乱翻，说没有就没有。"

回家翻开书本和字典，又跟着保尔向敌军冲锋，一团绿光闪过，保尔的头部被弹片击中……头上的凹痕一阵生痛，像是被门卫嘴里喷出的弹片所伤——为什么不见回信呢？几百里路，人就是倒着走也该走到了啊！……已经读到第二部第六章，保尔来到"公社战士"疗养院，站在海滨眺望深蓝色的海洋……向桐想试一试看到蓝色大海的感受，找出上幼儿园时用过的蜡笔，把一张稿纸的背面全部涂成深蓝——这是大海和天空的颜色呀！辽阔深远，宁静永恒，还有一点淡淡的忧伤。他一下子喜欢上这种颜色，把它端端正正地放在桌子的正上方。那一方像是从大海里裁剪出的蓝，蓝得宁和而深沉，蓝得使人的心绪平静……信寄出近一个月后，向桐终于盼到父亲的回信，但他却没有表现得欣喜若狂，而是不急不缓地把信装入书包，微笑着向两个门卫致谢后离去。

到家以后赶快从书包里取出信，坐在书桌旁，桌子前方那一片蓝色温柔地映入眼帘，像宁静的海水一样洗去了大脑里的喧嚣。视线忽然变得模糊，面颊上似有小虫子爬过。"不哭不哭，"他对自己说，"要向保尔学习，坚强点。"擦掉泪水，用小剪刀剪开信封。日思夜想的父亲呵，从文字里向他走来。

　　桐儿好！来信收到了，爸爸非常高兴！小小年纪，就能独立生活，你很了不起！

好好学习，天天向上。听毛主席的话，做个好学生。

爸爸住的这个地方叫大青山，景色可漂亮了。山上有很多树，能听见小鸟歌唱。山下有小河，能看见鱼儿游泳。

爸爸的身体比以前还好，吃得好，也睡得香。农场里有果园，还养了好多猪和鸭子，种了很多菜，吃得可好了。劳动也不累，就像是锻炼身体。更多的时间是看书学习。

爸爸一切都好，不要挂念。

桐儿，不用给我写信，把时间用在读书上。别贪玩，也不要乱想，时间可宝贵了。爸爸相信你，一定能克服困难，健康成长。

…………

向桐一边看信一边手指蘸唾沫"哗啦哗啦"地翻字典，倒也把信的内容看懂了。父亲的身体很好，看样子他是在风景如画的农场里学习呀！向桐乐滋滋地把信装回信封，这才听到肚子里"咕噜咕噜"的叫声。赶紧生着炉子，把菜和米混煮了一锅。那顿饭他觉得好香，胜过山珍海味。

孩子心里藏不住秘密——特别是那些让自己感到高兴的事，向桐把父亲的来信当作宝贝拿出去让亲近的大人分享喜悦，但结果却令他感到意外。吴玉霞笑着接过信，读着读着信纸上像起了一股风，吹走了她脸上的笑容。她轻轻地蹙起眉头，眼角出现了几道鱼尾纹，脸上的表情复杂深奥，像隐藏着什么秘密。读完信，她小心地把信纸折好塞入信封，轻声说："向桐，来信就说明你爸爸还好。"他心中跑出一个疑问，"还好"是啥意思呀？父亲信中明明说的是一切都好啊！樊小惠读信时口中突然冒出一句："这简直是世外桃源嘛！"依偎在她身边的金悦萌接口问："妈妈，有桃子吗？"樊小惠意识到说漏了嘴，掩饰般冲向桐一笑说："你这个小妹妹嘴巴馋，净想着吃。"金悦萌不乐意了，大声说："你说有桃园呀！"樊小惠疼爱地说："小馋嘴，等桃子上市，我就第一个给你买。"金悦萌听话地抿起嘴点了点头。樊小惠眼睛里闪烁着捉摸不定的亮光，用老师般的口吻对向桐说："你爸爸来信，真是件好事。这封信很珍贵，你要把它保存好。等你长大以后再看它，还能读出更多的东西。"

信里还有其他东西呀？向桐看不出来，那就听樊阿姨的话，长大以后再看。

知道父亲一切安好，向桐再也没有写信，按照父亲的嘱托，一门心思好好读书。学校布置的作业不多，回家用不了多大功夫就可完成，剩余的自由时间他也不让眼睛毫无目的地闲逛。读完《钢铁是怎样炼成的》和《欧阳海之歌》，他又在父亲的书架上寻找，竟然在书架的最上面一层找到一套落满灰尘的《十万个为什么》。几年后他才知道，那还是在他牙牙学语的时候，父亲就去书店买回这套科普读物。而在当时，初次从尘封的《十万个为什么》里面看到万花筒般的科学之花，就像从封闭的只有黑白颜色的房间里出来，闯进一个辽阔的色彩斑斓的世界一样——科学，星球宇宙的灵魂。饥饿的眼睛被那个神奇的灵魂吸引，他已经不由自主地深陷其中了。

世界仍严格地遵循着古老时间的节奏，庄严地踱着方步，不急不缓地浏览着人间的悲欢离合。胜利高中毕业了。毕业前夕，他在学校第一个报名，积极响应上山下乡、接受贫下中农再教育的伟大号召，去广阔天地锤炼红心。在等待出发的日子里，他给欧阳晨写了一封信，询问老家的情况。不久欧阳晨回信，自他们走后，芦武奎的身体每况愈下，还很固执，不看医生也不吃药。不论是谁，只要跟他提起看病的事，他张口就是"人的命天注定，阎王叫你三更死，谁敢留人到五更"。芦志坚也无计可施，只好让大队的医生定期前往探视。如发现异常，就强行送医院。同时，欧阳晨在信中也说出自己对未来的规划。他已经和父母商定，准备报名参军。"好消息啊，"雅楠说，"欧阳哥要参军啦。他去部队，一定是个好兵。"吴玉霞正为胜利的事心烦。大学停止招生，不经过插队锻炼也没有当工人的资格，因此她说出的话里也带有一股子无可奈何的怨气："农村人当个兵有什么稀奇的，几年后复员回家还是个农民，值得你那么高兴吗？"胜利不满地说："听听你那口气，农村人怎么啦，我爸不也是农村人嘛！"雅楠似乎没有反抗的勇气，扭头看着窗外，仿佛是在遥望着某一件事情。

胜利胸前戴着一朵光荣的大红花，登上汽车前往一百多公里外的梅山县"红旗知青林场"，成为一名甘愿把青春献给广阔天地的知识青年。他走后家里一下子变得空荡了许多，静悄悄的房子里弥漫着一股郁郁寡欢的气息，像是一种不祥的预兆。

报社行政办公室的通信员手拿电报来找吴玉霞，说是雷总编指示尽快把电报送过来。电文只有五个字："芦武奎病危。"听说爷爷病危,雅楠和向东急得一个劲地催促吴玉霞赶快拿主意。这时候,吴玉霞更感觉到家里成年男人的重要性——他们就是家庭的主心骨啊!可胜利已经远去梅山,卢明还在"五七干校",雅楠和向东弱小的肩膀扛不起重担,吴玉霞觉得一块巨石压在心上。情急之下,她先给老家电汇一笔钱,同时给卢明发电报:"父病危,已寄钱,后事怎么办?"

未见丈夫回音,老家的电报又至。谁都没想到的一幕上演了,雷浩竟然亲自登门。他表情肃穆,一举一动都显示出手握权力的大人物的气度。"玉霞同志啊,"他说,"家里有什么困难吗?无论是哪一方面的困难,告诉我,只要在我权限以内,我都会尽力而为的。"吴玉霞很客气地说:"谢谢领导关心,有困难我们自己想办法解决。"雷浩一笑,夸奖道:"玉霞同志,你还是很有能力的嘛!"他给随行的通信员做出个手势。通信员忙把电报和一只信封双手递给吴玉霞。雷浩又说:"玉霞同志啊,胜利去农村,这么大的事你都没有告诉我,这可是你的不对啊!我们开会决定,凡是积极响应党的号召,自愿报名上山下乡的报社子弟,都由单位给予适当的补助。钱不多,两百块,主要是表明报社的态度嘛,哈哈哈。"

笑声像一股从地穴钻出来的阴风,向东打了个寒战。雷浩脸上挂着自鸣得意的微笑,大摇大摆地带着通信员走了。太阳真从西面出来了?向东气呼呼地说:"还好意思来咱家,他要不要脸呀?"吴玉霞早已看出了雷浩的动机,一脸藐视地说:"听说你薛伯伯要恢复工作了,要不然雷浩能放下他的臭架子来咱家?"一直冷眼旁观的雅楠显然对这种钩心斗角的事情不感兴趣,她更关注的是电报的内容:"说他干啥,赶快看电报呀!"吴玉霞取出电文念道:"芦武奎逝世,已安葬。"向东叫了声"爷爷",哇哇地哭了。雅楠低头不停地抹眼泪。吴玉霞放下电报叹了口气。

卢明回信了,还抱有一线希望,叮嘱吴玉霞买一些治疗高血压心脏病的西药和滋补品寄回老家。吴玉霞又给他发出一封电报:"父逝已葬。"后来卢明说,当他接到这封电报,就像傻了一样,浑浑噩噩地枯坐了一夜,大脑里空得连伤心都忘了。

可能是觉得缺乏细节的电文过于简单,芦家营又特意来信。由芦启智执笔,蝇头小字诉说了芦武奎逝世前后的一些事——也许在复杂的人脑中有一个闭合的开关,一旦打开,不管你是衰老还是年轻,意识的触觉就能感知到自己的大限将至。

这一年多来武奎叔身子一直不太好，就像一棵秋天的大树，几场风一刮，树叶全脱了，只剩下干瘦干瘦的树身子。他走路都要挂手杖了还不听人劝，不去医院也不让咱大队的医生看，脉都不让号，真个是比个老牛还犟。

平常日子他也就是在自个院子和门口转一转，可有一天他也不知道是咋了，一个人抖抖发发地摸进了芦家大院。那天大队部里开会，志坚和生产队长们都在。听见敲门声出去一看，可把志坚吓了一大跳。武奎叔一身是土，像是在土堆里打了个滚。眼睛红不丝丝的，像是熬夜把眼睛都熬裂了。志坚赶紧给他拍干净身子，问他有啥事。武奎叔说他想把院子再看一下。志坚叫我和芦土娃把他陪上，又给他说那一天他就是芦家大院的主人，想咋看就咋看。武奎叔笑了，笑得像跌倒拾了个金娃娃，笑得我心里像猫爪子乱抠一气。

武奎叔太犟了，身子虚得一步三晃荡，还硬是不叫人扶。他挂着拐杖，鞋底子刺啦刺啦地磨着地，拖拉着碎步子把芦家大院踩了个遍，连偏院的柴房都要看一下。在后院里头，他叫我和芦土娃搬个梯子，把"明心堂"的木匾挂端正，再把上房和厢房的门都扶正关严实。临出后院门的时候他又回头瞅了一眼，天爷呀，怪得很哪！不知道啥时候，上房的台阶上头盘了一条胳膊粗的大花蛇，它高高地扬着头，两个黑豆眼死死盯着我们，嘴里头还吐着红不丝丝的长舌头。武奎叔看见蛇，像是见到了老熟人，古怪地笑了一下，嘴里头叽叽咕咕地念叨了几句话。我和芦土娃没听清他念叨了些啥，反倒是那条大花蛇像是听懂了，扬起的头前后晃荡了几下，蛇嘴也张得大大的像笑了一下，"嗖"的一下从台子上飞下来，钻进厚厚的草里头不见了。

再回到中院，武奎叔叫我把以前他们一家住过的那间厢房门打开，他一个人进去，把我和芦土娃关在外头。芦土娃抽了三四锅子旱烟，武奎叔才出来。唉，老汉怕是伤心了，眼睛叫眼泪水泡得像两个熟透的红枣子。

从大院出来，武奎叔坐在石头台阶上，两个红眼睛一遍又一遍地瞅着石头狮子。

志坚一看事情不对劲，还是叫我和芦土娃送武奎叔回家。大队的会也不开了，志坚让人去叫赤脚医生和拖拉机手，打算把武奎叔送到县医院叫医生给他看一下。武奎叔回到自家的院子里头，不进房门，又抖抖发发地到院墙跟前，弯腰摸他以前练武用过的石担石锁，还试着看能不能提起来。唉，近二十年不动的石锁生根了，他咋能提动分毫哩！摸着摸着他笑了，我和芦土娃猜着他是不是想起他年轻的时候，芦氏霹雳掌，一掌下去能拍死一头牛哩！他笑着，脸上像抹了一层棒棒油，油光油光地闪闪发亮哩！摸毕石担石锁他直起身子，前后忽闪了两下。我和芦土娃一看大事不好，赶紧往他跟前跑。来不及了，他像一截子木头，嗵的一声，直不愣登地仰脸倒下了。他两眼紧闭，咋叫都不言喘，把我吓得手都冰了。

听见我们喊叫，芦花花的娃们跑过来，我们几个把武奎叔抬进房里。他轻得哟，像是光剩了个骨头架子。拖拉机停在门口，大队大夫吓得不敢往县城医院送，万一在路上一颠，出事可咋办呀？志坚让我跟上拖拉机去县医院请大夫，同时给你们发个电报。

拖拉机一路突突叫唤着把两个大夫拉到村里，他们在武奎叔身边忙活了一阵子，开始在他手上寻血管扎针。那可是练过霹雳掌的手呀，手背上的皮硬得像牛皮，针都扎弯了，还没扎到血管上。最后在脚上找到个细缝缝血管，好不容易把针扎好，这才给武奎叔挂上一瓶水。大夫也不敢搬动他，说是看情况，如果能醒过来再往医院送。他睡了一天一夜，第二天天快亮的时候，他猛地一下子从炕上坐起来了，两个眼珠子亮得像手电筒的小灯泡，开口说话了。一房子人都听得头皮子发麻，因为他说话的声音和腔调，咋和咱村以前的大地主芦仁乾的一模一样呢？怪怪怪，武奎叔从没说过这么文绉绉的话呀！

哈哈哈，许先生！明心堂，好！甚合我意，晚辈再敬您一杯。哈哈哈。

宝珠亮，显喜兆。太平盛世，悬悬而望。

牛儿呀，承贤呀，兄弟同心，大树连根。

娃娃们，人生在世，心明则远，明啊，哈哈哈。

笑毕，武奎叔抬起胳臂，定定地指着房子外头。外头没啥呀，哦，兴许他指的是远处的关山。指着指着，眼睛里头的灯泡灭了，他直挺挺地倒下去了，再也没有醒过来。

武奎叔走了，他不练武也不收徒弟，芦氏霹雳掌断根了。咱这里以前还要搭个灵堂放个灵牌，停灵三五天。现在不让搞了，说那是四旧。志坚让木匠给打了个柏木棺材，在村里头开了个追悼会，把武奎叔送走了。

人在地下，魂在天上。村里人都说武奎叔的魂游到大山里头去了，要不然他的手指头为啥要定定地指着关山呢？堆起来的坟是武奎叔最后的家。我们在坟地四个角上栽了四棵松树，让他的家里一年四季都有关山树林子的颜色。还有一件事得说一下，我们没有立碑。先不管是不是"四旧"，反正千百年来都是这么个规矩，只有孝子才能给自家先人立碑。以后你们有时间的话，哪怕回来个孙娃子都能行，在坟前立个碑，一来为老人家安魂，二来接受后世儿孙供奉的香火。

现在上头有要求，老人过世再不能说以前送葬的那些老话，像啥驾鹤西归呀、德及乡里呀、严颜已逝呀，我们都不说了。但他在现世走了一遭，我们芦家营的贫下中农还是要表达一下革命的哀思。

芦武奎同志，永垂不朽！

第十八章

　　现实的镜头有时会和昨日的镜头重叠，但因时间的关系和各种外力的作用，相似的场面里却会有一些戏剧性的差异。还是一个星期天上午，向东和吴玉霞去菜市场买菜，在报社院子里遇到雷浩。他像戴着一个咧着大嘴、笑得眯起眼睛的面具，主动走过来打招呼："玉霞同志，大星期天的也不在家休息呀？"吴玉霞点了下头说："我和向东去买点菜。"雷浩"哦"了一声，故作亲热地伸手去摸向东的脑袋。向东早已从他那夸张的面具下感受到了虚伪，见他的手过来马上像条滑溜的泥鳅闪身躲开了。雷浩收回手，亲昵地笑骂道："臭小子，小时候见面就让我抱，现在摸下头都不让啦！"他转身面对吴玉霞，表功似的又说："我们的老领导薛副书记，他一恢复工作我就去找他啦！我给他说像卢明同志这样很早就参加革命，有丰富的工作经验，又经过'五七干校'锻炼的领导干部，该考虑让出来工作啦！"吴玉霞把手里的布兜递给向东，让他去大门口等她。向东走到一旁，好像是在看路边已经被秋风扫得枯萎了的花草，实际上他是在聆听身后传来的谈话。

　　吴玉霞话中有话地说："雷总编，卢明能不能回来工作，还不是您一句话的事情嘛！"

　　雷浩说："我要真有那么大本事，巴不得老卢今天就回来。玉霞同志，你是知道的，在省委大院里，像我这个级别的干部，人微言轻啊！"

　　吴玉霞说："您这是谦虚。部里同志都说，您能量大，能通天呢！"

　　雷浩笑得很开心："哈哈哈，戏言，戏言呐！"

　　吴玉霞说："我听说靠边站干部能不能出来工作，原单位的意见很重要呢！"

雷浩说："我已经给省上领导明确表态啦，欢迎老卢回来工作。不过啊，你也知道，像老卢那样的同志太多，恐怕还得有一个过程。"

吴玉霞说："支持就好，我代老卢谢谢您了。"

"不谢不谢，应该的应该的，老关系了嘛！"雷浩的话音像蛤蟆背上的黏液，让向东感到一阵恶心。

向东的脑子里满是谜团，为什么凶神恶煞般的雷浩会变成笑脸相迎的好人？为什么别人的态度决定了父亲能否回来？母亲说的通天是什么意思？一个个蛛网般的谜看似独立，但在谜与谜之间却又有一条条的蛛丝相连，从而构成一个更为庞大的谜团。他感到在这个巨大的谜团里仿佛隐藏着一只法力无边的手……"他这人没皮没脸的，"向东给吴玉霞说，"以前他恨不得把我们吃了，现在又嬉皮笑脸装好人，真不要脸。"吴玉霞见怪不怪地说："对有些人来说，脸是个啥呀，不就是一张会动的皮嘛！"她看见向东脸上露出不解其意的困惑，接着又说："人脸善变，甚至不择手段，只有一个原因，就是为了达到自己的目的。"原来人为了自己啥事都做得出来啊！向东的心上像是被一个发烫的东西划了一下，不知不觉间，一粒世俗经验的种子已滑入心灵的裂缝里去了。

虽说见到雷浩就像吞下了满肚子生油一般令人腻味，但雷浩的话也启发了向东，他脑子里突然冒出一个想法，着急地对吴玉霞说："雷浩说薛伯伯都恢复工作了，他是省上领导，你为啥不找他说说爸爸的事呢？"吴玉霞爱怜地挽住向东的胳膊，在他耳边轻声说："我已经给薛伯伯的秘书打过电话了，他答应找机会安排我们见面。"

机会很快来临，吴玉霞心怀忐忑地走进一间宽敞明亮的大办公室。握手问候之后，薛文昌像个慈祥的长辈，和吴玉霞坐在沙发上交谈。秘书倒茶后离去，办公室突然安静下来。岁月的磨砺总会使人发生一些变化，以前气宇轩昂、谈吐自若的薛文昌明显老了，他身上的那种指点江山的豪迈气派已荡然无存。现在的他，表情严肃，不苟言笑，好像开怀大笑的神采已经被岁月的砂纸打磨得消失殆尽了。吴玉霞的心情十分复杂，既有生活不易的委屈，也有为老首长的变化而感到的悲伤。她想哭，甚至想大哭一场，但时间和地点都不允许眼泪恣意流淌。因会见时间有限，她开门见山地说明自己的来意，请老领导设法让卢明恢复工作。

薛文昌说："这事不那么简单，班子里有不同意见。据说报社也有人反对他回去。"

吴玉霞惊诧地说："雷浩说他已经给省上领导明确表态了呀！"

薛文昌眼里射出一道寒光："他说话你也信？"

"您的意思是？"

"人心不古啊！"

看来卢明回归的路上仍有不小的阻碍，吴玉霞的脸上浮出掩饰不住的失望。薛文昌把这一切都看在眼里，他不动声色地说："我了解卢明，坚信他是一位立场坚定、思想过硬的好同志。你也不要着急，我会想办法的。不过，这需要时间。"

是的，时间！难道是上天的旨意吗？时间总是在最寒冷的季节里跨入新年的门槛。寒冷与热烈，两个看似互为极端的词却在一个特定的时刻，在大地舞台上跳起了手挽手的舞蹈。报社大门两侧的立柱上贴出迎新年的对联："四海翻腾云水怒，五洲震荡风雷激。"院子里的路灯更换了各种颜色的新灯泡，树上也布满了星星点点的彩灯。大红灯笼悬挂在编辑大楼的门檐下，不管谁经过都得沾上点红彤彤的色彩。冷飕飕的寒风披着喜庆的气氛，在报社大院里恣意盘旋。夜晚来临，华灯初上，大院里所有杂乱的物体都在黑暗里消失了，只有那些被彩灯照亮的美丽景象骄傲地映在夜的背景上，宛若一座光怪陆离的童话王国。

家里很冷清。向东作业没写完就钻进了被窝，还让吴玉霞拿出一条毛毯压在被子上。雅楠穿着臃肿的棉衣棉裤，趴在她房间里的桌子上看书。时不时地把手捂在嘴上哈气，要不就搓搓手再去翻动书页。吴玉霞披着棉衣半靠在空出一半的双人床的床头上，用一床棉被盖住腿脚，一动也不动，像是陷入沉思之中。卧室没有开灯，黑乎乎的，时间冷得停滞了，房间里没有一点流动的生气。院子里的灯光投射在绿色窗帘上，被窗棂切割成一块块模糊的绿方格，给人一种虚幻的感觉。她看了一眼窗帘，外面的那个象征着美好的世界好遥远啊！一股难以言状的刺痛掠过心头，面颊上已有两行冰凉的小虫子自上而下地爬过。

新年过后上班，吴玉霞接到薛文昌秘书打来的电话。听筒里的声音很温暖，说她反映的那件事已经有了结果，让她静候佳音。放下电话她已是心跳如鼓，鼻腔发酸，但她没有给任何人提及此事，包括雅楠和向东——如果再节外生枝呢？

春节前的一天晚上，一家人正在吃饭。房门推开，一个熟悉的身影出现在门口。雅楠和向东惊叫一声，扔下筷子扑了上去。"爸爸！"雅楠哭喊道，"你怎么才回来呀？"向东拉着卢明的手，看着父亲那张胡子拉碴的脸，一个劲地傻笑。吴玉霞忽然感到浑身乏力，腿也软绵绵地抗拒着大脑发出的欢迎指令，像个木头人似的呆坐在饭桌旁。卢明安抚住两个孩子，向她走过来。两人都没有说话，只是轻轻地拥抱了一下。

卢明回家的当天晚上就去看望向桐。几年不见，这个小家伙的心中已经滋生出关注自己仪表的萌芽，开始有意识地用帽子掩盖头颅上的那个凹痕了。见卢明进来，他一边惊喜地问好，一边抓起帽子端端正正地戴在头上。卢明问了一些学习和生活上的事情，他对答如流，表现出的镇定和自如让卢明暗暗吃惊——孤寂的生活中有太多的钙质，可以让成长的骨头更加坚硬。

看到卢明回来，向桐自然而然地联想起父亲，他问卢明："您都学习回来了，我爸爸是不是也快了？"这个在孩子眼里十分简单的问题却难住了卢明，他考虑了一下，加重语气说："这个事情我也说不准，但他一定会回来的。我们一起等他，好吗？"向桐懂事地点了点头，神色已经有些怅然，但他也发现了卢明流露出的为难情绪，立即扭转话题："您回来还在报社当领导吧，太好啦！把雷浩赶走，他是个坏人！"这个问题同样难以回答。

果然，雷浩的位置岿然不动，卢明的工作安排出乎很多人的意料。一纸通知任命他担任省人民广播电台台长一职。虽然同样是从事新闻工作，但所面对的受众已经发生变化，以前为追寻国内外新闻的眼睛服务，现在要把新闻转化成无线电波送入听众的耳中。卢明到电台上班以后，雷浩带着那幅"琢玉成器"的横幅去台里祝贺。他面带微笑——胜利者的笑，把蕴含深意的卷轴递给卢明，然后双手握住卢明的手摇晃几下说："卢台长，你到电台工作，真是喜事一桩啊！"卢明抽回手，鼻孔中哼了一声问："何喜之有？"雷浩的话语里流露出对美好未来的憧憬："报社和电台是省上最大、最有影响的新闻单位，你我又是多年同事，我俩联手，两大新闻单位互通有无，就一定能为党的新闻事业作出更大的贡献。"卢明皱了下眉头，眼看向别处，没有接腔。雷浩自顾自地又说："你到电台工作，搬不搬家？要是搬的话，我……"卢明打断他的话，冷冷地说："我现在住得很好，不劳你费神。"尽管碰了一鼻子灰，但雷浩仍厚着脸皮东拉西扯地聊了近半个小时方才离去。他无端来访，是在显示一个胜利者的姿态还是另有所图？卢明懒得去想，但他记住了那个日子。

那一天是 1970 年 4 月 24 日，中国第一颗人造地球卫星发射成功。卢明从半导体收音机里听到了那首来自太空的《东方红》，清脆悦耳的声音从喇叭里传出来，既清晰又响亮，就像卫星在耳边飞翔一样⋯⋯凝结着中国人智慧的卫星上天，按照收音机里播报的卫星经过时间，雅楠、向东和报社的一帮孩子们会聚在院子里，在头顶的星海里寻找那颗比芝麻粒还小的飞行光点⋯⋯星光闪烁，好像满天的星星们都在等待。先有几颗流星划过夜空，像是在为英雄之星登场做铺垫。终于，一个亮点飞上天际，在满天静止不动的星斗间骄傲地行进。孩子们欢呼雀跃，引得大人们也纷纷跑出家门和孩子们一起抬头仰望⋯⋯卢明独自坐在卧室的书桌前，一手托腮，凝视着合拢的绿色窗帘，一动也不动，像一尊沉思者的雕像。房间里再无其他声响，只有那台搁在台灯旁边的红旗牌半导体收音机仍在一遍又一遍地播放着那首响彻夜空的乐曲。

收音机真是个好东西，不知疲倦的声波给枯燥乏味的生活增添了一抹流动的色彩。向东放学回家第一件事就是打开收音机，收听音乐和少儿节目。卢明一回家，收音机就必须易主，调频窗口里的那根红色指针也毫不顾及他人的感受，像钉子一样钉在一个固定的频率上——那是中央人民广播电台在收音机里的位置。尤其是播报新闻的时候，那台收音机更是成为一块吸力强大的磁石，牢牢地吸住卢明的眼光，仿佛他能看见收音机接收到的无线电波一样。也许是受到父亲的影响，向东也渐渐地喜欢上了新闻节目——那里面全是新鲜的事情啊！他已经能感受到在源源不断的无线电波里有一股神奇的力量。有一天收音机里播出一条消息，全国高等院校复课，开始招收"工农兵学员"，竟然把从来不听广播的吴玉霞都吸引过来。听完广播她高兴地把卢明叫进卧室，两个人在里面嘀咕好长时间。雅楠冲卧室呶了下嘴，小声预言道："信不信，他俩肯定在说哥哥的事情呢！"果不其然，后来的事实证明，那条新闻又重新激发起吴玉霞规划孩子前途的欲望。但由于所持观点不一，夫妻俩发生了矛盾，甚至又引发了一场家庭冷战。

"这里是中央人民广播电台。"

在向东的眼里，小匣子一般的晶体管收音机象征着一个世界，不管是白天还是晚上，只要打开旋钮，就触摸到了世界的脉搏。在字正腔圆的新闻节目之外，小匣子还发出其他悦耳的声音哩！《红灯记》里的李玉和夸奖女儿李铁梅："里里外外一把手，穷人的孩子早当家。"一句唱腔拨动了向东的心弦，他忽然联想到向桐，那个和自己同岁的头上有难看凹痕的家伙不也是里里外外一把手吗？向桐家没有收音机，别说听样板戏了，国内外发生的事情他都不知道，那不就变成个傻子啦！于是，向东给卢明提出一个要求，看着向桐独自一人生活不易，能不能再买台收音机，让他也听一听外面的声音。

这个体现出兄弟情谊的要求立即得到卢明的表扬："好，好，你说得对，是我太粗心了。向东啊，以后就要这样，多关心关心向桐。"第二天他就带回来一台红旗牌半导体收音机，还有几节干电池。天黑后向东怀抱收音机和电池，悄悄来到向桐家窗子跟前——咦？有情况！明明是一个人的家里怎么会有说话的声音？向东心里一惊，躲在窗户旁边的暗处屏息窃听。该死的窗帘和玻璃像一堵不讲情面的屏障，挡住了他好奇的耳朵。再加上里面的话音时断时续，隐隐约约好像还有个女孩子的声音，更让像侦察兵的他心里痒痒得像钻进无数的毛毛虫。敌情不明，怎么办？是回去告诉父母还是勇闯敌营？嗨，革命小将应该无所畏惧地查明敌情啊！他回头观察一下，四周安静得连风都睡着了。他蹑手蹑脚地移动到门口，暗自做个鬼脸，一把推开门闯进房里。

坐在书桌旁的女孩被突然闯入的不速之客吓得尖叫一声。向桐也吓了一跳，像遭受电击一般腾地一下跳起来，一脸惊恐地望着闯入者。真相大白，房间里的女孩是金悦萌。台灯照亮的书桌上摆放着课本和作业本，原来是他俩在一起写作业呀！放下收音机，向东转身出门，心中已产生了莫名其妙的嫉妒，聪明伶俐的金悦萌怎么会和那个蔫里吧唧的向桐钻到一起了呢？那个小丫头人见人爱，得益于母亲的遗传，她从小就是个美人胚子。天生一双水汪汪的大眼睛，笑的时候脸上就会出现两个深深的酒窝。她生活在父疼母爱的蜜罐子里，特别爱笑，那两个盛满快乐的酒窝和银铃般的笑声简直要把报社的一帮男孩子迷死了。报社的人都知道，因为樊小惠的舞蹈之梦中途夭折，她便把重返舞台的希望寄托在女儿的身上，在日常生活中承担起既是母亲又是舞蹈教师的双重责任。金悦萌从幼儿园时就开始练功，只要有熟人逗她："萌萌，表演一个。"她就会大大方方地来个前手翻或是后手翻，至于下腰、劈叉、高踢腿那就更是小菜一碟。动不动还学"样板戏"里的吴清华或喜儿，用脚尖支撑身体表演几个芭蕾舞动作。她是报社孩子群里一颗光艳四射的小明星，只要有她在的场合，一众平日里闹腾得跟土匪似的男孩全都变得斯文起来。他们想方设法地讨好她，这个给她个水果，那个送几粒奶糖，就连那个小时候打扮得像个小女孩的崔建也把他宝贝似的小人书拿出来让她随意翻看。

对异性朦朦胧胧的喜爱是童年的一种幸福经历，可它又很脆弱，向东也说不清是什么心理作祟，反正就是感到心里不舒服。他实在想不通，在报社孩子堆里不显山不露水的向桐，怎么就讨得了金悦萌的欢喜？这个谜团像个解不开的铁疙瘩，只要想起这事它就开始在大脑里滚来滚去，咣里咣当地乱响一气。由于和向桐不在同一所小学就读，因此无法获知向桐和金悦萌在平日里的活动轨迹。有一天向东拐弯抹角地问崔建："我听说金悦萌那个小丫头经常去找芦向桐，他俩在学校也这样啊？"崔建像女孩子般伸手撩起滑落在前额上的一缕头发，酸溜溜地说："人家两个早就好上啦！"向东瞪大眼睛，惊讶地问："好上啦，怎么个好法？"崔建吸了吸鼻子说："你是不知道，前些天金悦萌脚崴了，芦向桐还背着她上学哩！"向东不相信似的说："萌萌崴了脚，这谁都知道啊！你们在一个学校，我就不信她只让向桐帮她，你就不能学学雷锋？"崔建不服气地说："我说换着背，可人家不让呀！你还不信，就是你向东想当雷锋，人家也一样不认。"向东不屑一顾地反驳道："去去去，我才不稀罕背那个丫头哩！"

尽管向东嘴很硬，可内心的感觉和崔建一样，在一场谁能和女孩子亲近的比拼中都成为向桐的手下败将。自尊心受到挫伤，他俩像比赛中落败的小公鸡，耷拉着脑袋各回各家了。那时候这几个男孩都上五年级，金悦萌上二年级。一天，向东见到向桐，又想起这件事，问道："崔建跟我说，萌萌和你好和他不好，那个丫头是不是喜欢上你啦？"像是心事被人看穿，向桐的脸红了。他说："我和萌萌是同学，就该互相帮助呀！"向东鬼兮兮地笑了，怪里怪气地嚷道："对对对，学习雷锋好榜样，你是个小雷锋。"

向桐有些不解，和金悦萌的交往有什么可值得大惊小怪的？不过回想起来，他又感到很快乐。一个人过日子，总是有一种无法驱除的孤独感。金悦萌像一股活泼的风儿，笑嘻嘻地闯进他的生活中，日子不再单调难挨。

他和金悦萌同在光明路小学就读。从报社去学校的路上要穿过一条笔直的有两三米宽四百多米长的小巷道。巷子两边都是近两米高的砖墙，墙头上为防盗贼还嵌满鲨鱼牙齿般的碎玻璃。巷口两端有街灯照明，可在整条巷子里，只是在中间的一根木头电杆上挂着一盏半明不灭的路灯。一到黑夜，小巷里就很少有人走动。传说曾在巷子里发生过拦路抢劫的案件，所以单身女性宁肯绕路也不愿意走那条阴森森的捷径。冬日里昼短夜长，清晨去上学时天还未亮。男生胆子大不信邪，穿越一条两头都是光亮的小巷自然不在话下，可天生胆小的女孩走到那里就像看到了危机四伏的恐怖长廊。一天早晨去学校，向桐远远看见金悦萌孤零零地在巷口徘徊，他加快脚步走到跟前问："萌萌，你等谁呢？"金悦萌可怜兮兮地说："不等谁，我一个人不敢走。"哦，原来是这个原因。向桐说："不害怕，走，咱俩一块去学校。"

走进小巷，寒风从黑暗的巷子深处扑面而来。金悦萌抬头看见巷子中间那盏魔鬼独眼般的孤灯，不禁打个寒战。再往前走，身后忽然响起"嚓嚓嚓"的脚步声。回头看，巷子里除了他俩再无旁人啊！越走身后的脚步声越响，就像有个隐形人张牙舞爪地紧紧地尾随在身后。金悦萌更害怕了，张口求助："向桐哥，我怕，我拉着你行吗？"向桐迟疑了一下说："行呀，你拉着我的衣服，不过，一出巷口就得松手啊！"金悦萌说了声"谢谢哥哥"，紧紧攥住他的衣服下摆。刚走过巷子中间的那盏路灯，身后响起急促的跑步声，只见一个黑影"嗵嗵嗵"地追赶上来。向桐也紧张了，身不由己地哆嗦一下。金悦萌察觉到这一细微的动作，吓得声音都变了："哥……哥……快跑吧！"眼瞅黑影快速迫近，向桐已顾不上多想，拉起金悦萌的手一口气冲出小巷。学校已经在望，上学的学生和行人纷纷从身旁经过，两人停住脚步一边喘息一边回头看着巷口。仅过了十几秒钟，崔建从巷口跑了出来。金悦萌杏眼圆睁地大声嗔怪："死崔建，你吓死人啦！"崔建头一甩，一缕遮住眼睛的头发听话地飞回头顶上，他气喘吁吁地说："是你俩呀，跑得好快。咦，上学还要手拉手呀？"他俩这才发现还牵着手呢。金悦萌抽回手，任性地说："都是让你吓的，不许胡说八道，听见没？"崔建笑得露出一口白牙："是是是，不说不说。"

　　那天下午放学，金悦萌叫向桐去她家吃晚饭："我妈妈说的让你去我家。去不去？你要不去，哼，你走到哪我就跟你到哪。"遇到这么个任性的小公主，向桐就像小马驹被套上笼头，只得服服帖帖地听从命令。由于响应"我们也有两只手，不在城市吃闲饭"的号召，报社有一些人自愿回农村安家落户，为补空缺，樊小惠被抽调到校对科任副科长。她经常上夜班，送金悦萌上学的任务自然就落在丈夫金强的头上。两个月前，金强被组织安排到距省城有一百多公里远的洪阳市任革命委员会的副主任，樊小惠只得又上夜班又得早起送女儿上学。那天早上金悦萌洗漱完毕见母亲仍在酣睡，不忍心叫醒她，才独自去学校……"樊阿姨，以后我和萌萌一块去上学。"向桐在饭桌上说，"上夜班很累的，您就多睡一会儿。"樊小惠端起盛菜的盘子，往他的米饭碗里拨了几筷子菜，微微一笑说："好啊，我没意见，就看萌萌愿不愿意了。"金悦萌嘴角还挂着几粒米，眉开眼笑地叫嚷道："愿意愿意，我愿意！"

　　向桐和金悦萌约定，不论早晨谁先出家门，都在报社门口等着会合，然后两人一块去学校。她拽着他的衣襟，共同穿过小巷里昏暗的冬天。春天的太阳也不睡懒觉了，每天都会早起一点。他俩走进被晨光映亮的小巷，金悦萌蹦蹦跳跳地和他一起，一路上又说又笑，小巷里荡漾着两小无猜的欢乐。夏天的朝阳给小巷一侧的砖墙上半部分涂抹了一层明朗的橘红，身穿裙装的金悦萌像是给向桐表演似的做了几个舞蹈中的旋转动作。飞旋起的裙摆染上从墙壁反射过来的阳光，像一朵张开花瓣的大红花。花瓣轻轻落下合拢，她调皮地歪着头问："向桐哥，好看吧？"

　　美好的生活中也常有意外出现，金悦萌上体育课时不小心崴伤了右脚踝，据说是跟腱拉伤。从医院回来，缠着绷带的右脚上像穿了一只白色的靴子，小姑娘走路变成三只脚（两根拐杖，一只左脚）。樊小惠又生气又心疼，要把她关在家里静养。她搂住母亲的胳膊撒娇："人家还要上课嘛！你想让我当班里的倒数第一呀？你不让去，我就不吃饭。"樊小惠拗不过女儿，只好答应。但总是放心不下，特意找到向桐，让他在上学路上照顾金悦萌。向桐一口答应："您放心，我一定把萌萌保护好。"

　　"笃笃笃"的拐杖声一下接一下地叩击着小巷，向桐见金悦萌走得又累又慢，便和她商量："以后过巷子的时候，我背着你走。"商量的结果是刚进小巷的两个身影合二为一，到临近巷口另一端的地方又一分为二。每天经过小巷的时候，趴在向桐背上的金悦萌都不老实。前天她掏出香喷喷的手绢，温柔地擦拭掉向桐脸上的汗珠，随同手绢拂过面颊，小巷的空气里满是茉莉花的芬芳。昨天她双手搂着向桐的脖颈，手头"沙沙"作响地拨动纸张，向桐的耳膜轻轻震荡："哥，张开嘴，张呀！"向桐顺从地张开嘴，一块奶糖滑入口腔。向桐含了一会儿说："嗯，真甜。"金悦萌笑了，娇声娇气地说："我早就知道，你是个馋猫猫。"今天她又想出了新花样："哥，我给你唱歌好不好？"还没等向桐说话，耳畔便响起宛若天籁的童音："小燕子，穿花衣，年年岁岁来这里，我问燕子你为啥来？燕子说：'这里的春天最美丽！'小燕子，告诉你，今年这里更美丽……"

也有人要分享小燕子的歌声——崔建真是个讨厌鬼，他每天都要在床上多赖一阵子，经过小巷时总是一路小跑，就像是在追赶向桐和金悦萌一样。那天他又追上他们，跟在后面一边听《小燕子》一边装模作样地用手打节拍。直到歌声里的小燕子飞出了巷道，他这才赶上来与他们并排走，说话的声音里有一股浓浓的雪花膏味："萌萌唱得真好听，给我也唱一个呗！"金悦萌调皮一笑："想得美，就不给你唱。"崔建扮了个鬼脸，死乞白赖地凑到他俩跟前。"向桐都出汗啦！萌萌你下来，让我也背一会儿。"金悦萌双手搂紧向桐："不，不让你背，你太香啦！"再次遭受打击，崔建"嘿嘿嘿"地傻笑几声，没话找话地说："那，我帮你们拿拐杖总行吧？"他接过拐杖扛在肩上，三人共同走出一段路，崔建突然有新发现："哇，萌萌看我像不像沙和尚？你别笑，向桐像谁？他——猪八戒呀！"金悦萌被逗得咯咯大笑，清脆的笑声像一串串在空中舞动的银铃，快活地飞过那条童年的小巷……

几乎在每个城市孩子的童年记忆里，都有一条难忘的小巷，那是一条时而喧闹时而孤寂的成长通道。

金悦萌脚伤还未痊愈，金强回省城开会，不知是歉疚于妻子既上夜班又抚养孩子的辛劳，还是女儿的脚伤也刺痛了父亲的神经，他回去没两天就带着一辆卡车再返省城，举家迁往他所就职的洪阳市。搬家那天，向桐和同学们去郊外的农村劳动，天黑才回到报社。只见家门口放着一袋子大米和两瓶清油。打开房门，地面上有一封信，是金悦萌写给他的："向桐哥哥，我们搬家了。我来了几次，你都不在。妈妈给你留了些米和油，你要好好吃饭哦！长得高高的哦！妈妈说我们以后还要搬回来，到那时候我还和你一块去上学。"

上学路上，向桐独自走进沉默的巷道，远处巷口显示出的人影小得像蚂蚁。失去笑声和歌声的路啊，好像比平日里长出了许多。崔建又"嗵嗵嗵"地追赶上来，两人并肩穿过小巷，都有意识地避而不谈那个已经远去的女孩，而是说起了一个迫在眉睫的话题。由于遵照"学制要缩短，教育要革命"的"最高指示"，小学的学制已改为五年。按照学区地域划分的原则，报社的孩子小学毕业，很自然地划归到附近的第十七中学。但也有例外，一些神通广大的家长则可以打破普通家庭的孩子无法逾越的地域壁垒，让自家的孩子进入重点中学就读。崔建说："前几天我见向东了，他说准备参加一中的入学考试。我爸也说十七中太一般了，他让我报考二中，这两天逼着我复习功课呢！"向桐问："你为啥不报考一中啊？"崔建耸耸肩膀，脸上掠过一丝无奈，"说得轻巧，我想考就能考啊？"他扭脸看看低头不语的向桐，忽然意识到自己的话可能刺伤了这个孤儿般无依无靠的同学，赶忙给他出主意："要不你去找找向东他爸，反正你和向东是……是好朋友呀！"

向桐没有听出崔建话里的弦外之音。他也想去找卢明，但不是去请人家帮忙，让自己去一所师资力量和名气都名列前茅的中学就读，而是为了一件更重要的事情。

自从家里有了收音机，他也偶尔收听一下广播——喇叭发出的声波热闹得像幻觉，好像来自一个遥远的几乎和地球一模一样的星球。关掉收音机，家里冷清得犹如真空一般。他想念父亲，尤其是在夜深人静、被黏稠得挣扎不出去的孤独感包围的时候，他愈发感到自己像一个被遗弃的孤儿，只能在社会的角落里暗自垂泪。幸亏有旁人的关怀像冬夜暖流一般温暖了孤寂的心房，才使他没有陷入绝望，可谁去关心父亲呢？课本上板着面孔的文字不能取代父爱，光明的文学也无法驱散对父亲的思念。他不止一次地想请向东的爸爸出手相助，但不知为何却总是鼓不起勇气。以前有金悦萌作伴，虽然只是写写作业说说话，但房间里的响动也可以驱散凝固成一团的寂寞。现在金悦萌搬走了，房间里空旷得像毫无声响的山谷。这时候他更加想念父亲，也更急切地盼望父亲回家，他觉得这件事比上那个中学更为重要。于是，在一个星期天的下午，他鼓足勇气去了向东的家里。

向东一家人都在，但都散开坐着，房间里异常安静。吴玉霞阴沉着脸，见他进来勉强地笑了笑，转过脸去用命令的口吻让向东跟她去商店买东西。向东朝他摆了摆手算是打了招呼，然后乖乖地跟吴玉霞走了。女孩十八变，越变越好看。时光已经把雅楠塑造成一个冰清玉洁的少女了，从她友善的眼神中看得出来她已经猜出了他来的意图。她看看他，再看看卢明，像是会笑的眼睛里流露出善解人意的聪明，抱着厚厚的一本书回自己房间去了。卢明拉他坐在身边，关心地嘘寒问暖，可嗓音却有些低沉沙哑，像是受到了什么刺激。长期孤独的孩子都对外在事物格外敏感，他双手交叉放在两腿中间，拘束地问："卢伯伯，您家里有事吗？要不，我改天再来。"卢明下意识地叹了口气，轻描淡写地说："刚才我和你阿姨吵了几句，你别在意，不是什么大事。"后来向桐才知道，那天他去的确实有点不合时宜，卢明和吴玉霞刚吵了一架。事情的起因是吴玉霞让卢明动用关系，设法让胜利也能搭乘上"工农兵学员"的人生快车，离开知青林场去上大学。但卢明的观点与她相左，胜利能否上大学，关键在于自己的表现和林场职工的意见，家长绝对不能施以外力相助——不同的观点容易碰撞出火星。家庭里突发的战火也让雅楠和向东不知所措，最后还是孩子劝架，两个大人才偃旗息鼓。争吵的硝烟尚未散尽，向桐就愣头愣脑地闯了进来。卢明显然不想让家丑外扬，跟向桐交谈时所有的问话都围绕着学习和生活这两大主题。"向桐啊，听说你的学习成绩很好。"卢明说话的语气里分不清是疼爱还是歉疚，温和得让人感动。"有什么困难一定要给伯伯说。你知道的，我和你爸爸……"他迟疑了一下才把话说完整，"认识很久了。"向桐抬起头，眼神清澈得令人心悸，他满怀希望地问："卢伯伯，您是领导，知不知道我爸爸什么时候能回来？"

卢明无言以对。

向桐眼里的希望之光熄灭了，他很有礼貌地起身告辞。

送走向桐，卢明心烦意乱地坐在书桌前发呆。直到吴玉霞和向东回来，他还保持着苦思冥想的姿势。吴玉霞仍在生气，她从抽屉里取出几张饭票给雅楠。从报社食堂买回来的大锅菜里也有一股子怨气的味道，咸得向东吧唧了几下嘴巴。吴玉霞训斥道："说过多少次了，吃饭不许出声。再不听话，看我不拿筷子敲你。"向东吓得缩了下脖子。雅楠一乐，忙用手捂住嘴。卢明口中"咯嘣"一响，显然是吃到了米饭里的石头碴子，起身去垃圾桶旁清空口腔，再端起饭碗，苦笑着说了一句："不迁怒，不贰过。"吴玉霞明知是在说她，丝毫不留情面地回怼了一句："少拿你肚子里头的那些烂东西吓唬人。"雅楠放下筷子说："正吃饭呢，别倒人胃口行不行？"卢明再没吱声，夹起一筷子菜送入口中，肯定是食堂的厨师盐放多了，菜咸得发苦。

　　饭菜不合口味，夜里躺在床上肚子还在"咕噜咕噜"地闹意见。更麻烦的是大脑也不得安闲，合上眼睛，脑海里就会浮出向桐和芦承贤的脸——向桐满脸失望，芦承贤一脸忧伤。两张面孔在迷蒙的睡意中交替出现，以至于自己也搞不清楚究竟是醒着还是在梦中。那一夜他一直在清醒和睡梦的模糊边界徘徊，天亮起床，头脑昏沉得像一连熬了几夜一样。来到单位他先泡了一杯酽茶，然后习惯性地打开办公桌上的收音机。那台模样庄重的机子不紧不慢地预热过后，终于发出了"嘟嘟嘟"的报时声："北京时间八点整……中央人民广播电台，现在是学习马列著作、毛主席著作节目时间。"他坐在宽大舒适的靠背椅上，若有所思地望着收音机，讲解革命经典的声音源源不断地从喇叭里流淌出来。他端起杯子呷了口茶，半躺在椅子里闭上眼睛。八点三十分，收音机里传出一个男播音员浑厚的声音："现在是新闻和报纸摘要节目时间。"他睁开眼睛猛地坐起身，果断地拿起桌上红色电话机的话筒，听到女接线员的问话声后他说："我是省广播电台台长卢明，请给我接省委副书记薛文昌同志。"

　　自从"五七干校"回来，他只是在就任现职以后去过一次薛文昌的办公室，谈的也几乎全是与工作有关的事情，既不叙旧也不议论时局，更不说这几年在时代风云里两个人的遭遇。这一对身披战火硝烟、共同迎来人民共和国朝阳的战友，早已把相互间的理解与信任写进生命的血脉里——血色忠诚不需要粉饰，更不需要阿谀奉承。除去那次工作交谈，仅有的几次见面也都是在省上召开的宣传和新闻系统负责人的大会上。他俩一个台上一个台下，偶尔用眼神交流一下——只要是在工作状态，就说明一切安好。可眼下的这件事无法用眼神告诉老领导，只有面谈才能有可能找到解决问题的途径。

　　薛文昌已猜到他请求会见的真实意图。通完电话的当天下午，两人坐入沙发之后，薛文昌问："你找我是不是为芦承贤的事啊？"卢明也坦诚相见："是！"但卢明深知解决此事的难度无异于火中取栗，像芦承贤那样的"戴帽分子"不是一个两个，而是成千上万啊！所以，他来找老领导，一来是不用担心有什么不良后果，二来也是心存侥幸，万一有一扇可以让芦承贤回来的机会之门呢。

　　薛文昌点着一支香烟深吸一口又徐徐吐出，薄片似的青色烟雾从他的面孔前飘过。眼前的这个老人像一尊历史烟云笼罩下的雕像。卢明突然意识到自己太鲁莽了，他甚至后悔不该把一个烫手的山芋——不不——有可能是个定时炸弹，推到老领导的面前，他打起了退堂鼓："要不……这事以后再说吧。"薛文昌把半截烟灰弹入烟灰缸，又吸了几口烟说："我知道你俩的关系，你想拉他一把，也是人之常情嘛！"他把烟头按入烟缸里揉灭，神色冷峻地又说："但是，感情不能取代理智。我之所以让你来见我，就是要提醒你，不论在任何时候，一定要保持头脑清醒，以防他人进谗害贤啊！"他又点着一根烟，刚吸了一口就连声咳嗽起来。卢明赶快给他拍了拍背，端来茶杯放在他手上。薛文昌虚弱地喘息了一会儿，喝了一口水，放下茶杯继续说："卢明啊，你应当清楚，关于芦承贤的事，不是我们不愿为之，而是不能为之啊！"卢明望着这个憔悴的老人，突然感到一阵悲哀，一位万人敬仰、位高权重的省部级干部，竟也被隐形的桎梏锁住了手脚。薛文昌夹在手指间的香烟又剩下短短的一截（卢明这才发现他的食指和中指已经被烟熏得焦黄），他把烟蒂按进烟灰缸，狠狠地揉搓了一下，竟把烟蒂揉成了碎末，手又伸向放在茶几上的烟盒。卢明眼疾手快地拿走烟盒，劝说道："少抽点，对身体不好。"薛文昌身子向后一仰，头枕在沙发靠背上，望着天花板说："芦承贤被送去改造也有几年了吧，真希望啊……他能挺过这一关。"一个"挺"字，听得卢明心中一震，薛文昌的话里似乎另有含义。这时候，薛文昌的眼角滚出两粒老泪，困乏无力地说："范长江走了。"

　　"啊！什么时候？"

　　"去年吧，我也是最近才听说。"

　　"他年纪不大呀，是病故吗？"

　　薛文昌嗓音沙哑，答非所问："不知道。"

　　卢明的大脑里一片嘈杂，像硕大的机床在飞速地切割金属，又像无数的气锤狠狠地捶打着钢锭——正常的思维已被非正常的异响搅得支离破碎。

　　那天回家，他极力做出若无其事的模样。吴玉霞不依不饶地又为胜利的前程铺路，她像个勤奋的啄木鸟似的敲击着卢明的耳朵。"再不想办法就来不及啦！我们部里的王部长都请他儿子下乡的那个县革委会主任吃过几次饭了。听说啊，这是我的好姐妹悄悄给我说的，绝对可靠。统战部的徐部长……资历还不如你呢！亲自去他姑娘插队的那个地方，给几个关键性的人物打招呼。你知道吗？推荐上大学，这里头名堂多啦！听说还有定向的'戴帽名额'呢！就是额外多给几个名额，专门给指定的……"卢明太阳穴上的血管"怦怦"直跳，他忍无可忍地打断吴玉霞的话，怒气冲冲地说："住嘴，丢共产党的脸啊！你想过吗，谁为那些在战争年代牺牲的战友的后代去争取上大学的机会？工人和贫下中农的孩子想上大学，有'戴帽名额'吗？你……还是个共产党员吗？"吴玉霞被他说得脸色煞白，扭头进卧室去了。

卢明心乱如麻地离开家，走到距报社大门口不远的公共汽车站，在站牌下停住脚。牌子上密密麻麻的地名大多数都很陌生，他忽然有一种被困在城市一角的感觉。一辆破旧的公交车驶来，身旁那些刚才还在排队候车的乘客一窝蜂地拥上来，争先恐后地往车门里挤，好像生怕搭不上这趟末班车。群体的拥挤中产生出一股胁迫的力量，就像被裹在游行队伍中难以脱身一般，他被身后的人们推搡着挤上公交车——目的地在哪里？他的大脑里一片空白。

不知经过多少个车站，公交车终于在一处有围墙的空场地中熄火了。他走下车茫然地举目环顾，几座高大的烟囱喷吐出的滚滚浓烟像深浅不一的黑灰布幔，遮蔽了半个天空。空地一侧的围墙后面传出砂轮打磨钢铁的尖叫，还闪动着电焊枪发出的弧光。而在另一侧的墙后是山一样的煤堆。他问售票员，才知道这里是城市北郊的工厂区。

离开公交车的终点站，沿着一条土路信步走去。身后工厂的嘈杂声渐渐消失，郊外的田园风光映入眼帘。薄暮时分，整齐的水田上空飘浮着一层静谧的烟岚。田间小路上，三三两两的农夫荷锄而归。一个七八岁的赤脚小男孩手拿一根树枝，赶着两头水牛从远处走来。经过他面前时，小男孩停住脚，好奇地把他从上到下打量了一番，无缘无故地冲他一笑，连蹦带跳地跑了。目光追随着小男孩，只见小男孩追上水牛以后又回头看了他一眼，把一只手放进嘴里打了声呼哨。响亮的哨音像鸟儿一样飞过静悄悄的田野，视线忽然模糊了……

为什么，有时候我们心静如水，双眼却会噙满热泪？

与薛文昌商量无果，卢明也不想用善意的谎言欺骗向桐——孩子终有一天会长大，他得学会面对现实。可是，一个十多岁的孩子，能接受这一不知尽头在何处的事实吗？卢明也为此而犹豫，他实在不愿打破向桐的希望梦想。时间在犹豫中飞驰而过，几个月后，向东和向桐都已升入初中。卢明决定不再瞒着向桐。于是，在一个星期天的晚饭时间，他拎着一只装有红烧鱼的饭盒走进向桐家，把前一时期面见薛文昌的结果告诉给向桐，让他耐心等待。卢明说："你爸爸也是经历过大风大浪的人，我们都相信他一定能平安回来。"向桐显然已有思想准备，冷静地说："谢谢伯伯！我也相信爸爸能回来，就是……时间还没到。"

　　时间真是个神通广大的魔术师，常常能在社会的舞台上变出些令人意想不到的事情。1971 年 6 月 20 日，《人民日报》发表社论《工业学大庆》，号召全国的厂矿企业都要向那个激发出中国人自豪感的企业学习。雷浩所在的省报连篇累牍地刊登各地"工业学大庆"的进展状况，气势夺人地拔得新闻宣传的头筹。受到领导表扬的雷浩春风得意，胖得泛出油光的脸上总是挂着一副傲睨自若的神情。卢明翻阅报纸，一眼看穿雷浩好大喜功的缺陷——他是在事物的面上做文章——广而不精。卢明不动声色地根据以前掌握的新闻线索，抽调精兵强将，组成五个专题采访组，对"工业学大庆"运动中成效显著的企业和地方进行深入调查研究。最后确定凤凰山钨矿、前进车辆机械厂和洪阳市为典型，并对其进行全方位的报道。电台的优势就在于无死角覆盖，强大的无线电波把典型们的冲天干劲和宝贵经验输进全省的每一个喇叭，释放出的声音大潮一波接一波地从天空滚过……新闻的引导作用和影响力不可小觑，省"工业学大庆"领导办公室派出的调查组闻讯而来，对电台宣传的两个企业和一个地方进行深入细致的核查，并将其结果上报至省革命委员会。最后确定凤凰山钨矿、前进车辆机械厂和洪阳市为"工业学大庆"的样板，在全省推而广之。

　　文件下发到报社的当天，雷浩的脸憋得黑紫，在一阵遭到羞辱的狂怒中，他胳膊一挥，发泄似的把搁在办公桌上的十几份报纸全都划拉得飞了出去。那些无辜的报纸像张开翅膀的大鹅，降落下来软绵绵地趴了一地。

　　卢明桌子上那台红色电话突然振铃，薛文昌的秘书电话通知，薛副书记请他去一趟。按照约定的时间来到薛文昌办公室门口，秘书请他稍等，办公室内另有他人。几分钟过去，门从里面拉开，走出来的人是雷浩。仿佛时光倒转，瞬间又回到二十世纪五六十年代，雷浩的面孔上闪过一丝让卢明既熟悉又陌生的表情——恭顺，但那种表情就像闪电般倏忽而逝，他又像善于包藏自我感情的演员一样作出自信满满的神态，笑呵呵地与卢明握手，说话声大得让相隔几丈远的人都能听到："卢台长，你们电台这一仗打得漂亮，报社要向你们学习呀！"卢明不置可否地一笑，抽回手走进雷浩身后的门里。

薛文昌的气色明显比上次见面时好了许多，他的眼中闪现着好消息的光辉。芦承贤有望离开农场回原单位上班。"工业学大庆"运动为一部分"戴帽分子"打开一扇希望的窗口。自运动开始以来，厂矿企业的工人们发奋努力地学大庆，加班加点加苦干，一心要在旧工业的基础上创造奇迹。但高涨的热情不能取代生产过程中严谨的科学技术，一些工厂的产品残次品率居高不下。最为夸张的是有一家建筑企业，在 71 小时以内，用红砖水泥板垒起一幢六层大楼。正当奇迹创造者们敲锣打鼓去送喜报的时候，一阵风刮过来（也有人说是那天发生了地震），大楼轰然倒塌，以至于"风吹大楼倒"都成为当地的一怪。由于相当一部分工程师技术员都贴上"戴帽分子"的标签，被送往农村劳动改造，缺乏专业技术人员而导致的技术问题，让许多靠造反当权的厂矿领导大为头疼。他们破天荒地向上级部门打报告反映情况，可否让那些身怀专业技能的人回原单位继续接受改造——顺带解决一些工程技术问题。

省革命委员会接到反映，深感此事非同小可，立即派人分赴厂矿科研院所进行专题调研。"调查的结果我就不说了，"薛文昌说，"省里决定，对所有下放的知识分子，立即展开甄别工作，表现较好者交原单位监督……"话没说完，卢明已经喜上眉梢。薛文昌会意地一笑，继续说道："你来之前，我表扬了雷浩，呵呵，报社的成绩也值得肯定嘛！顺便给他打声招呼。从农场回来的人，在不违反原则的情况下，也要给他们工作的机会。"卢明拿起桌上的香烟，抽出一支递给薛文昌，又擦着火柴点燃烟卷："老首长，谢谢！"

第十九章

深秋的一天下午，芦承贤两手空空地走进报社大门。用过的行李和衣物，在离开农场时就将其处理得一干二净。进家门之前，他先去了公共浴池和理发馆，修剪头发，还精心地刮了脸，整个人看上去精神饱满，像是刚从风景优美的疗养胜地归来一样。

父亲回家了，向桐拉着他的手，哽咽着说出一句话："爸爸，你可回来了。"已经哭得泣不成声。芦承贤搂住儿子，面颊痛苦地抽搐几下，眼睛里也泛出了泪光。向桐抬起脸，泪水涟涟地问："爸爸，你再也不走了吧？"芦承贤轻轻擦去他脸上的眼泪，故作轻松地一笑，保证似的说："不走了，真的不走了。"向桐感觉到父亲为他擦泪的那只手粗糙得像把工厂里用的锉刀，拉到眼前一看，手掌，甚至在指头的小肉肚上，都被劳作的工具磨出了铜钱般的老茧。心中不由得生出一个强烈的疑问：父亲信中所讲的农场的美好生活，是真的吗？也就是在那天，他暗自决定，将来一定要去大青山农场看一看，那里是不是山清水秀，风景如画；有没有鸡鸭成群，瓜果飘香……

父亲回家了，挂在房顶上的那只电灯泡都比以前明亮了许多，照得整个房间一片温馨。向桐快活得不能自已，芦承贤问一句，他能说十句，就像一只吃了一肚子美食的麻雀，叽叽喳喳地说个不停。记忆之路上的一幕幕场景也被喜悦的光芒照亮——回老家途中，夜晚遇险，为救向东把衣服里藏的钱和粮票全拆出来了。"爸爸，你说我这么做对不对？"得到肯定以后，向桐的眼眸都开心得像亮晶晶的宝石。在老家和武奎爷爷去芦家大院，那个一头悬空的写有"明心堂"字样的牌匾发出"嘀嗒嘀嗒"的鸣响……"爸爸，还有狮子嘴里的宝珠，转的时候也是'嘀嗒嘀嗒'响。向东说我耳朵不对劲，是我听错了吗？爸爸！"沉思中的芦承贤猛然惊醒，他也像是听到了那种遥远的历史回响一样，给了孩子一个明确的答案："对，没错，就是那样响！"向桐的两只眼睛高兴得眯成了一对可爱的月牙。记忆的闸门打开，藏在心里的往事像喷泉上涌，向桐又说起和金悦萌一块上学、写作业，还有卢明、吴玉霞和樊小惠等人的关心。他好像突然想起来似的去书桌旁拉开抽屉，取出一个深蓝色塑料封皮的小本子双手交给芦承贤。占据整个封面的蓝色大海上，有几艘高扬起彩色风帆的小船和几只展翅飞翔的海鸥。芦承贤翻开本子，里面用工整的文字记录着向桐这几年收到的每一笔馈赠，某年某月某日谁给的多少钱、衣服或什么物品，甚至连他人送来的饭菜都一笔一笔记得清清楚楚。芦承贤的心里一阵战栗，尽量用平缓的语气问："你记这个干啥？"向桐认真地说："等以后我们好还给人家呀！我怕时间一长想不起来，就记在本子上了。"他挠着脑袋想了一下，又问："樊阿姨给我一百块钱，说是你留给她的，你怎么没给我说呀？"芦承贤也略感意外，合上本子说："没有啊，我没在她那儿放钱。"向桐这才明白，樊小惠编造了一个善意的谎言，为的是让他心安理得地接受资助。芦承贤把本子交还给向桐，教他好好保存这一段珍贵的记忆，因为那些工整详细的记录具有一种人生感悟的性质，它会让一个人远离自私与狭隘的囚笼。

父亲回家了，像是要补偿这几年缺失的父爱似的又是买布给向桐做衣服，又是进鞋店买鞋子，还给他买了白衬衣、毛衣毛裤和一顶新帽子。在商场的柜台前，芦承贤请女营业员把各种气味的香皂拿出来让他挑选，他唯独选中一块茉莉花香型的。芦承贤又请营业员拿出盛在小瓷瓶和小铁盒里的雪花膏，装在贝壳里的蛤蜊油。男孩子咋能香得跟崔建一样？向桐在女营业员"他将来肯定会过日子"的夸奖中选了一小瓶的甘油。人靠衣装马靠鞍，新鞋新衣新帽子，一下子把向桐变成个焕然一新的英俊少年。穿上一身新衣的那天他去商店买醋，在报社大院里碰到向东和崔建。向东惊讶得瞪大了眼睛，崔建的表现更是夸张。嘴里"啧啧"有声地围着他转了两圈，尖声尖气地说："哟，老爹一回家，你也旧貌换新颜啦！你拎个瓶子干啥？和这套衣服不搭呀，有损你的光辉形象。"向桐一笑，把瓶子伸到他脸前说："你闻这瓶子是干啥用的？"崔建凑近瓶口，用力吸了吸鼻子说："酸，醋瓶子呀。"向桐接口道："就是酸，酸透啦！"崔建这才反应过来自己遭到了戏弄，一跺脚说："向桐，你好坏呀！"边说还边在向桐的胳膊上拧了一把。向桐"嘿嘿"一乐，冲他们说了声"再见"，愉快地拎着醋瓶子跑了。他跑得十分轻快，像一头奔向富饶牧场的马驹。

　　向桐身上表现出的快乐也感染了曾有过相似遭遇的向东。世上的痛苦不尽相同，可与亲人久别团聚的喜悦都有阳光一样的热度。向东笑嘻嘻地回到家里，绘声绘色地讲述见到向桐的情景，他说："芦叔叔一回家，向桐就像变了个人。"吴玉霞高兴地叹了口气说："向桐也真是不容易，不过还好，总算是挺过来了。"雅楠看着向东，揶揄地说："向桐比你强，要把你换了他，早饿死了。"向东不服气地争辩道："要是我的话，一个人照样过。"雅楠顶了他一句："站着说话不腰疼。"卢明看了看他俩，转脸对吴玉霞说："我去看看承贤吧。"吴玉霞一怔，抬手指了指卧室。两人进屋，吴玉霞关住房门，小声提醒："大白天去看他，要注意自己的身份，别惹事。"

　　为减少不必要的麻烦，卢明等到夜幕四合的时候才走出家门。背负着手，散步似的在报社院子里转了一圈。风冷夜静，偶尔碰见一两个人，也是步履匆匆地打个照面一晃而过。他轻轻叩响了芦承贤家的房门。向桐见他进来，礼貌地问过好之后，便借口去给同学还书，拿着一本书出去了。

　　虽说从分别到相聚也不过就是几年时间，可两个人都感觉像是挨过了一个漫长的世纪。那天夜里，两人无话不谈，以至于忘记了时间，直到向桐回来，卢明看了下手表，才发觉已经过了十二点。卢明看着被秋夜寒风冻得瑟瑟发抖的向桐，突然产生了想拥抱他一下的念头，但还是控制住了自己的冲动，只是抱歉地冲着向桐点了点头。临走前，卢明看着芦承贤消瘦的面孔，感慨地说："这几年我们都经历了不少事啊！"芦承贤淡然一笑，豁达地说："人生在世，没有什么不能来，也没有什么过不去。"卢明深有同感地说："你说得对，没有什么过不去的事。"说完起身辞行，走到门口停住脚步又说："你回来之前薛文昌就给报社说过，让他们安排你的工作。"芦承贤倒是对此看得很淡，不惊不诧地说："见到老领导，请代我向他致谢。至于工作不工作，顺其自然吧！"

　　薛文昌看似很随意地打了声招呼，在下级眼里无异于一道指令。报社人事处的处长委派办事员给芦承贤送来一纸通知，让他去报社资料科报到，具体工作是资料室的保管员。这种工作几乎不用动脑筋，只需有小学文凭就足以胜任。每天把资料室打扫干净，再把最新一期的《人民日报》《光明日报》《红旗》杂志和全国各省的省委机关报，以及杂志分门别类地放进固定的报架上，静候需要者前来查阅。一天中大部分时间里安静得连脚步声都听不着的资料室就像一座与世隔绝的孤岛，除了那个据说是雷浩小舅子的资料科科长王连成每天上下班时间都面如冰霜地进来巡视一圈之外，几乎所有关于外界的动态消息都变成了文字，静静地躺在散发出油墨味道的报纸里。

　　一天八小时，待在这个被报纸围困的环境里，芦承贤不由得回想起童年时和牛儿在书房里翻阅报纸的事，那时被报载文章激发出的对外部神话般的世界是多么的向往啊！

　　由于这项工作只是在早上分发报纸时忙碌，过后就进入了空闲时间。芦承贤无意间看到一本《怎样画素描》的小册子，便找来一些废弃的新闻纸，又从报社仓库领回一盒铅条，没事的时候就学着画素描。几个月过去倒也画得像模像样了。一天他正参照陶瓷茶缸画静物，资料室的门被推开一条缝，探进来一颗小脑袋。芦承贤放下铅条向他招了招手，一个四五岁的小男孩嘻嘻一笑走了进来。他在资料室里转了一圈，像是见到了稀奇似的叫道："哇，好多报纸呀！"他走到芦承贤的办公桌前，笑眯眯地又问："叔叔，房子里这么多报纸都是你的呀？"孩子的话逗得芦承贤一乐，他离开桌子蹲在小男孩面前，拉起他的手说："报纸都是公家的。你是谁家的孩子，叫什么名字？"小男孩说："我叫雷小亮。"听到这个姓，芦承贤眉头一皱，又问了一句："你爸爸是谁？"小男孩说："我爸爸是雷浩。"芦承贤站起身子回到办公桌后，小男孩跟了过来，"叔叔，你这儿有小人书吗？"看着孩子纯洁无瑕的眼睛，心里怨愤的坚冰突然融化——孩子是无辜的，他们心灵的天空里还没有生出邪恶的阴霾。芦承贤从报架上取下两本《人民画报》放在屋子中间的长条桌上，语气和蔼地对雷小亮说："有画报，你坐这儿看吧。"小男孩个头还小，他跪在条凳上津津有味地翻起了画报。芦承贤刚回到办公桌后，只听"咣当"一声，门被粗暴地推开，王连成一脸焦急地闯了进来。雷小亮看到来者甜甜地一笑，清脆地叫了声"舅舅"。王连成像是找到了丢失的宝贝，手按着胸口长舒口气，坐在条凳上陪着孩子翻看画报。一本画报很快看完，雷小亮意犹未尽地还要再看一本，王连成以雷浩找他为由，这才哄着他放下了画报。走到门口，孩子回身冲芦承贤摆了摆手说："叔叔，再见！"王连成的表情也由阴转晴，第一次说了声"谢谢"。

　　资料室又恢复往日的宁静，芦承贤过去收拾摊开在桌子上的画报，几幅精美的风光图片跳入眼帘。北国雪原，银装素裹，雄奇伟岸；江南水乡，烟雨迷茫，温婉醉人……心中忽然一痛，他自责地拍了下前额，自言自语道："真该死！"下班回家，从箱子里找出那架"蔡司"照相机。打开镜头，扳动上胶圈的旋钮，轻轻按下快门，"咔嚓"，相机发出一声急切的呼喊。心房一阵战栗，思绪已经飞向远方。

苗雨涵，覃岚，你们还好吗？

不能让英雄的眼睛长眠呵，芦承贤又手持相机，将镜头对准城市街景，小巷人家，天真烂漫的孩子……阳光普照的大地才有永恒的生命力。一直拍到胶卷仅剩一张的时候，才和向桐一块去照相馆。照相馆的摄影师第一次遇到这种自带相机前来拍照的顾客，交涉了好半天才给他们拍了一张父子合影。

胶卷里的内容全部冲洗出来，芦承贤精心挑选出八张自认为满意的照片，再加上那张父子合影照，一共是九张——这个数字有一种意味深长的暗喻。装有信纸和照片的信封很厚，寄信时贴了四张邮票，营业员才把信扔进张开大嘴的邮袋里。

在等待回信的日子里，芦承贤和王连成的关系也发生了微妙的变化。王连成再也不一天四次来查岗，偶尔来资料室也是面露微笑，说话时也比以前客气了许多。促成这种变化的主要因素正是那个性情活跃的雷小亮，这段时间他经常一个人跑进资料室，几乎把这些年的《人民画报》和《解放军画报》翻了个遍。他还经常模仿画报里的解放军，两手比画成枪，口中"哒哒"有声。要不就拿着王连成给他的用空白新闻纸装订成的本子，一个人趴在桌子上，边看画报边在本子上涂鸦。芦承贤问他："你为啥不上幼儿园啊？"他回答幼儿园放假，母亲回哈尔滨看望外公和外婆，雷浩又忙得顾不上管他，只好一天到晚地跟着王连成。他可怜巴巴地说："我舅舅说，我都成他的小尾巴啦！"芦承贤逗他："那你是不是个小尾巴？"他嘟起嘴想了一会儿说："就是吧，反正舅舅走到哪我就跟到哪。"

可爱的小尾巴也会遭到冷遇。一天芦承贤去收发室取报纸，向桐来资料室，正好碰见他趴在条桌上对着满房子的假想敌"嘟嘟嘟"地扫射。本该清静的资料室里怎么会允许一个小毛孩玩战争游戏，向桐一时好奇，问他是谁家的孩子。听他说出雷浩的名字，向桐神情突变，转身给了他一个冷冰冰的脊背。雷小亮扯着向桐的衣服，"哥哥，咱们一块玩吧。"向桐推开他的手说："去去去，我才不跟小屁孩玩呢！"……芦承贤抱着一摞报纸回来，见雷小亮一个人萎靡不振地坐在条凳上发呆，放下报纸问："小亮，谁惹你不高兴啦？"雷小亮耷拉着小脑袋告状："刚才来了个哥哥，他不跟我玩，还说我是个小屁孩。"芦承贤已经心明如镜。

下班回家，芦承贤看似漫不经心地随口问了一句："你去资料室找我了？"向桐知道是那个小孩告了自己的黑状，嘴巴闭得紧紧的，只用鼻孔"嗯"了一声。芦承贤也再没有提及此事，而是像往常一样忙着做饭去了。那天晚上，父亲用一种新颖的方式给他上了一课。芦承贤讲了一个故事，唐懿宗因女儿同昌公主病故，他怒杀翰林医官，并将其亲眷三百多人投入大牢。如此不分青红皂白，令满朝文武心寒。"所以古人说：'不迁怒，不贰过。'"芦承贤循循诱导地说，"雷小亮小小年纪能有什么过错？不能因为雷浩穿了件黑衣服，就联想到他们一家人从里到外全都黑透了。"向桐头颅上的凹痕又开始隐隐发烫，不过这一回没听到什么异响，反倒是面颊也跟着凹痕一起发烫。

自从父亲讲故事以后，向桐在资料室又见过几次雷小亮，只要是小男孩主动打招呼，他也会礼节性地回应一下，然后就抽身走人。因为对雷浩的印象实在太差，嘴上再说"不迁怒，不贰过"，可向桐还是无法在一夜之间达到那么高的人生境界。由于父亲的开导，向桐不再讨厌那个男孩，但也绝对谈不上喜欢，更不可能去发展什么友谊……世事无常，多年后发生的一件事，让芦承贤和向桐都深感意外。那个在资料室里向虚构的假想敌"嘟嘟嘟"开火的小男孩，成人后竟然用一种特殊的子弹射穿一层粘满铜臭的黑幕。

雷小亮的出现只是在等待回信过程中的一支小插曲。二十多天后，芦承贤盼望的重庆来信终于翩然而至，而且同时收到的是两封信。当他拿到那两封厚鼓鼓的信时，不知是激动还是发生了错觉，那两封信就像是一颗心脏的左心室和右心室，合在一起它就"怦怦怦"地跳个不停……回家关上房门，拉上窗帘，坐在书桌前打开台灯。拆开信封取出信纸，那一行行娟秀的字迹显然是出自覃岚的手笔……观音桥的小楼呵，在一个女子的叙述中，从岁月的雾海里冉冉升起。

　　承贤哥，妈妈戴着老花镜，反复看着你寄来的照片。她在笑，可眼泪总是挡住视线，她要时不时地抬起眼镜擦掉泪水才能接着往下看。一张一张，她看了很长时间。最后又让我找出图钉，把照片全部钉在爸爸书房的墙上，和以前那些发黄的照片在一起。只要爸爸回到书房，就能看到你拍的照片，还有今天的你和越来越英俊的向桐。

告诉你个秘密，每一年妈妈都要让我和哥哥拍一张单人相片，还要拍一张我们三人的合影照。把三张照片贴在爸爸的书房里，年年如此。后来，哥哥的结婚照，我的结婚照，都一张张地出现在爸爸书房的墙上。墙上的照片年年增加，爸爸一定能看见。他也一定知道，妈妈和我们还在等他回来。

还有件事以前也没给你说过，我们家不过年，也不过什么节。一年三百六十五天，只有一个特殊的日子，1月19日。记得吗？1942年的那一天，你和报社的人来我家送爸爸跟随远征军出国。只有在这一天，妈妈才会做满满一桌子菜，她也会穿上那件深绿色的旗袍，再把那支镶嵌有翡翠的发簪插在花白的发髻上，打扮得就像几十年前送爸爸出门一样。妈妈、我和哥哥（包括后来的嫂子和我的爱人）围坐在多摆一双筷子的饭桌旁，大家都很平静，说家里的事，工作上的事和社会上的事，唯独不说爸爸，一个字都不说。好像爸爸已经回来了，静静地坐在桌旁看我们吃饭说话。

有一次哥哥惹妈妈生气了。他本来也是好心，瞒着妈妈和我，给爸爸做了一个装在镜框里的遗像照，在每年的清明节和春节摆出来祭奠爸爸。他可真是闯下了大祸，妈妈看到那个镜框，一下子气得脸色煞白，浑身发抖。如果不是我抱住妈妈，让哥哥赶快把爸爸的相片取出来，把镜框毁掉，妈妈一定会扇哥哥几个耳光。因为妈妈相信，爸爸还在。

承贤哥，你相信人会托梦吗？妈妈经常说她又梦见爸爸了，还和她说话呢！爸爸可为我和哥哥操心了，上学呀，工作呀，找对象呀，全都给妈妈说。哥哥也梦见过爸爸，好多次呢！哥哥说爸爸在梦里总是给他叮嘱，要孝顺妈妈，要常回家，要注意妈妈的身体。我记得小时候，爸爸最爱我了，一回家就抱我，还拿胡子扎我，可为什么很少给我托梦呢？爸爸真偏心，都不在梦里来看我，他忘了我这个女儿吗？我也在等他回来呀！小时候，我还为这事哭过。真的，怕惹妈妈伤心，我躲在被窝里偷偷地哭呢！

妈妈也一定哭过，可从来不让我和哥哥看见。我是怎么知道的？

其他时候妈妈哭我看不出来，但每年夏天她都要把爸爸的衣服拿出来晒太阳，晒得干干爽爽地再叠好放上卫生球，整整齐齐地放进箱子里。那几天妈妈的眼睛总是红红的，一看就是哭过的样子。看着她小心翼翼地晒衣服叠衣服，再看着爸爸的那些西装和长衫，我也难过呀！可我不敢哭，我得忍住。妈妈是为了爸爸而坚强，我是他们的女儿，应该继承他们的坚强，坚强地陪在妈妈身边。

承贤哥，给你说说我们家的那幢二层小楼的事吧。妈妈守护它，珍爱它，甚至都超过了自己的性命。以前给你写信，都是妈妈写的，她一定不会说这事，对吧？她给我说，给你写信要报喜不报忧。我接着说小楼，因为它临街，出行也方便，就有人打它的主意。五十年代还算平静，到了六十年代，好多临街的房子都改造成商铺或是饭馆。商业局，还有饮食服务公司，多次派人上门和妈妈商谈，劝妈妈搬家，把小楼出让给他们。还承诺由他们给妈妈找房子，居住条件肯定比现在好。妈妈从不动心，小楼永远是我们的家，是爸爸的家。

到了1964年，可危险了，差一点就保不住小楼了。那一次盯住我们家小楼的是观音桥房管所的郑所长。他借口辖区人口增长，房源不足，要占用小楼。还说我和哥哥都结婚住在单位上，妈妈一个人住两层楼，这简直是资产阶级的奢侈！他态度粗暴地要求妈妈搬家，并且威胁，如果不搬，只给妈妈留下一间房，其他的房子别人要强行入住。妈妈拿出房契，申明这幢小楼是爸爸买的，是私产。郑所长一把撕了房契，冲着妈妈吼："你以为一张以前的破纸，就能挡住我的决定。一个星期之内，你搬也得搬，不搬也得搬！"妈妈把房契粘好，当天就去找区房管局领导，人家冷着脸说这事他们管不了。妈妈又去市房管局，还没见着领导就让几个人给推了出来。

那天我上班绘图，削铅笔时不知怎么就削到了手指，血就像不断线的眼泪，从刀口里往出流。我的心里也不知为什么总是发慌，真是那种坐立不安的样子。下班我就回家看妈妈。家里冰锅冷灶的，妈妈一个人坐在爸爸的书房里，冷静得让我害怕。她大概说了事情的经过，我也没了主意，赶快去找哥哥。他一听就火了，让我先回家陪妈妈，他随后就来。我前脚到家，他后脚就进门了。我一看他那猛张飞的模样，手里还拎了根一米多长的钢管，吓得我的心都快要炸了。

妈妈还是很冷静，说话也和往常一样，柔声细语的，让我们各回各家，这事情不用我们管。哥哥不走，他要在家等那个所长，让他们强行一个试试看。妈妈不说话，静静地看着他。我不是学文的，没法形容妈妈的那种眼神。我就感觉妈妈的目光很安静，安静得让人喘不上气来。哥哥受不住了，和我一块走出小楼。走出不远，他像疯了，抡起钢管狠狠打在路边的大树上，钢管都打弯了呀！

第二天中午我回家看妈妈，她不在。晚上下班我又去，她还不在。哥哥也来了，我们一直等到晚上十一点多妈妈才回来。她只给我们说是去找人了，再多一句的话都没有。我们问她去找谁？她还是那句话，不让我们管。第三天，第四天，她都是很晚才回来。直到第五天，我和哥哥回去的时候她已经在家里了。她还是那么平静，平静得像什么事都没发生过。只是说事情有望解决，让我们回去，这两天再不要来看她了。妈妈只是个普通的小学老师，又不认识什么达官贵人，她有什么办法能摆平此事呢？万一解决不了呢？我从小嗅觉就很灵敏，妈妈说我是馋猫鼻子尖。那天我总是觉得小楼里有股奇怪的味道，我形容不出来。怎么说呢，对了，就是一种很危险的味道。我悄悄给哥哥说了，他说也嗅到了，那味道刺得他心痛。我和哥哥借口整理房间，楼上楼下找啊，最后我在楼梯下的小储藏间里找出了三个玻璃瓶，里面盛有淡黄色的液体。打开瓶盖，天哪，是汽油啊！

妈妈！我的好妈妈！女儿全明白了。

汽油挥发出来，满楼都是绝望的味道。哥哥把两个汽油瓶紧紧攥在手里，给妈妈说："那个所长真要敢来逼我们搬家，我就先点了他！"妈妈去掰哥哥的手，哥哥攥住瓶子不放。妈妈就咬他的手，是真咬啊！深深的牙印上都渗出了血，哥哥还是不松手。最后还是我从哥哥手里夺下了瓶子。我把三瓶汽油放进布袋里，本想把它远远地扔掉，可在街上碰见一辆停在路边的汽车，就把汽油给司机了。回到家，我又把刀呀剪子呀都藏了起来。那天我和哥哥都没走，陪着妈妈坐了一夜。天亮以后，妈妈催我和哥哥去上班，我们哪儿都不去，就是天塌了我们也不离开小楼。

早上八点多钟的时候，来了两个自称是市委办公厅的人。他们先看了房契，又楼上楼下、每间房都看了一遍。在爸爸的书房里，他俩看了很长时间。下楼以后和妈妈单独谈了半个多小时。那两个人只说他们一个姓张一个姓刘。他们考虑问题很周到，张同志临走前还用盖有红色大印的市委办公厅的空白介绍信，分别给我和哥哥写了个证明，说那天上午因配合市委办公厅的调查工作耽误了上班，请我和哥哥的单位按正常上班处理。我们一家人送他俩出门，还以为他们回市委了。中午有街坊邻居来给妈妈报告消息，上午有两个市委的人走访了解妈妈这些年来的情况。街坊邻居谁不敬佩妈妈呀！下午就有房管所的人来给妈妈通知，小楼住户不变，维持现状。

事后我和哥哥才知道，妈妈不在家的那几个白天，是去市委了。那儿有警卫持枪站岗，进不去呀！她就站在警卫看不到的地方一直等，眼睛就瞅着市委大门口开进开出的汽车。一连等了四天，终于看见一辆很漂亮气派的黑色小轿车从市委院子里向大门口驶来，她看准时机迎了上去。轿车刚开出大门，她就跑上去跪在了车头前面。轿车急停，司机和坐在前排的一个小伙子跳下车，死死地摁住了妈妈。大门口的警卫也冲了过来，围住了妈妈。

我的妈妈，为了那幢小楼，她不顾一切地跪在了她守望了几十年的山城的中心。

小轿车上坐的是市委书记任白戈。他看妈妈不像那种胡搅蛮缠、无理取闹的人，亲手扶起妈妈，讲明身份，问有什么事？妈妈说这些年她一直在等丈夫回家，现在有人要把她从家里赶走，边说边把一封信双手呈递上去。任书记也是双手接过信，同时也接纳了妈妈的信任和希望。妈妈告诉我们，任书记速度很快地看了信，主动和妈妈握了握手。他的手很温暖，很有力量，像是安慰，也像是鼓励。当时他也没有明确表态，只是说他可以过问一下。但后来的事实表明，他让妈妈守护了几十年的希望得以延续，他是我们恩人！

　　小楼保住了，可事情还没完。现实教育使我明白了一个事实：宁和君子吵架，不与小人红脸。1966 年，观音桥房管所也成立了造反派，郑所长自封为什么战斗队的队长。他领着一帮人闯进我家的小楼，几个人强行给妈妈戴上牛鬼蛇神的高帽子，又把她摁倒跪在地上。他狠狠打了妈妈一巴掌，打得妈妈的嘴角都流血了呀！他狞笑着说："为告老子的黑状，你跑去给任白戈下跪，本事大得很嘛！今天，老子就要看着你下跪。"这还不解恨，他又带人冲进爸爸的书房，把爸爸的书桌和椅子砸烂，把墙上的照片扯下来一撕两半。爸爸的照片啊，被他们踢得乱飞呀！他祸害完书房，还要押着妈妈去游街。刚走出小楼，他傻眼了。

　　街坊邻居们已经把小楼围了个水泄不通，人多得把街上的交通都堵塞了。大爷大妈，青壮年男女，半大的娃儿们，他们就像一堵用火车都撞不开的墙呀！见妈妈被押出来，人墙愤怒了。娃儿们大声叫喊。一群男女冲上来，他们小时候都是妈妈的学生，从郑所长那些人手里抢过妈妈。男人们拳打脚踢地把郑所长他们打得钻进了我们家的小楼。女人们围住妈妈，取下高帽子踩烂，又轻轻给妈妈擦嘴角的血。老爷爷和老奶奶也气得不行，把手里的拐杖给小伙子，让他们去揍那些躲进小楼里的坏东西。"龟儿子！烂老壳！拽啥子拽吗？你仙人板板！都敢欺负老师？爬出来嘛！"外面的喊声震天呀！小楼里静悄悄的，没有一点点动静，那些人都像化成水了。最后还是妈妈让她的学生息事宁人，放过那些坏蛋，人群这才让开了一条缝。我听邻居张婆婆给我说："啷个啥子所长嘛，哈老壳上斗是痰哦！"

　　哥哥回家看到爸爸书房的惨状，转身就走。妈妈喊都喊不应。哥哥在厂里给工人兄弟们说了这件事，重庆人的火暴脾气像钢水出炉了。三卡车头戴安全帽、手持钢管的工人兄弟们包围了房管所。哥哥们不打人也不砸东西，拽住郑所长的衣领，像拖出来一条哀号的狗，让他对着满大街的人下跪。该！该把他的膝盖钉在地上！郑所长四肢着地，头都不敢抬。身子抖得像遭到了电打，趴在地上屎尿齐流，裤子都湿了大半截，真是臭不可闻。从那以后郑所长不见了，后来听说他自己要求调离重庆，反正在观音桥再也没看见过他。

有件事我到现在都没想通，哥哥给妈妈说了这事，妈妈没夸他也没批评他。那天妈妈在厨房只做了她和我两个人的饭，吃饭的时候也是两双筷子，单单就没哥哥的。饭桌旁就我和妈妈两个人，我看着哥哥在妈妈背后冲我咧着嘴笑，不给他吃饭他还挺得意，真是没心没肺！哥哥教训了坏蛋，还让他挨饿，我也不动筷子。妈妈拿起筷子在我头上敲了一下，让我赶紧吃饭，吃完饭回自己家去。哥哥看我挨了一筷子，在妈妈身子后面笑得更夸张了，真是气死我了。

承贤哥，妈妈为什么这样呢？

爸爸书房的桌椅毁了，妈妈几乎跑遍了重庆的旧货市场，终于买到了差不多一模一样的桌椅。最不得了的是妈妈把那些撕坏的照片全部粘好，又一张一张重新布放在墙上。我凭着以前的记忆认真看了好几遍，一张不乱，那些照片全都回到了原来的位置上。妈妈的记忆力比我好呀！

小楼还在，爸爸的书房还在。妈妈还在等爸爸。

哎呀！承贤哥，看我一下子啰里啰唆写了这么多，再写两个信封都装不下了，以后再给你写吧。对了，妈妈还让我问你呢，有沁瑶姐姐的消息吗？

那天向桐也看了信，没想到围绕着父亲曾经讲过的那幢两层小楼，竟然发生了这么惊心动魄的事，但有一点他也不能理解，苗雨涵为何要惩罚覃伟——明明是做了大快人心的事呀！为啥回家还要饿肚子？芦承贤一反常态地没有给向桐解疑释惑，而是让他自己参悟隐藏在疑惑中的道理。它像一颗有多个剖面的钻石，到底是哪一个剖面上放射着正确答案的光辉呢……睡意的雾越来越重，所有想法在浓雾中渐渐隐去，向桐睡着了。

半夜时分他醒了，书桌上的台灯洒出一片不眠的亮光。芦承贤背对着床坐在书桌前，双手支撑着下巴一动也不动。像是在思考，也像是在凝视着桌上的某件东西。向桐悄悄坐起身子，从父亲的身体一侧看过去。桌上有一个精致的金色小相框，在一圈朦胧的金色光环中，孟沁瑶正对着父亲微笑。在她的剪影旁，有一个粉红色的小纸片，像盛开的小小花朵，衬映着她姣美的面容。向桐以前见过那只镜框，知道在那朵永不凋谢的粉红小花里有一个誓言——"love"。

第二十章

　　转眼之间雅楠就要高中毕业了。那时候，绝大多数高中毕业生的命运基本是上山下乡——除此之外别无他途。吴玉霞不愿意让雅楠重蹈胜利的覆辙，去遥远偏僻的乡村插队落户。且不说一年到头见不到几次面，更重要的是从距离上生出的阻碍严重地削弱了父母对子女前途命运的掌控——胜利就是一个活生生的例子。由于卢明坚持依靠自我奋斗改变自身境遇的原则，因此也把儿子黄金般的青春时光嵌入人工林的年轮中。每每想起大儿子，吴玉霞就痛心不已。所以，她下定决心，在雅楠何去何从的问题上绝对要排除卢明的干扰，就像当年给雅楠起名字一样，牵扯雅楠一生的大事必须由她来定夺。

　　她拒绝了卢明的建议，让雅楠去专为电台子女设立的农村知青点，而是自作主张地联系到以前和她同在宣传部工作、关系处得很融洽的刘海潮，当时他已是邻近一个地区宣传部的部长了。尽管刘海潮在电话里一口答应，雅楠的事他从头到尾一手包办。可吴玉霞还是不放心，又带着礼物专程去面见他，详细地说出雅楠从下乡插队到以后离开农村的规划。刘海潮在惊叹她考虑周全的同时，大包大揽地承诺，第一步先安排雅楠到距家仅有三四十里地的一个各方面条件均属上乘的知青点去。"以后的事情嘛，"刘海潮说，"你就放心地交给我吧！"

　　雅楠尚未拿到毕业证，上山下乡的路已经从校门口铺向知青点。

　　胜利从知青林场回来送雅楠，吴玉霞忙忙碌碌地做好一桌子菜，本来是高高兴兴的事情，却因为观点相左，饭桌上便有了一股火药味。那天卢明心情很好，还特意拿出一瓶酒。他先给吴玉霞敬一杯酒，夸她劳苦功高。又和胜利连碰三杯，鼓励他在林场要发扬一不怕苦二不怕死的革命精神，争当知青的排头兵。胜利也不搭话，放下酒杯一言不发地低头吃饭。火辣辣的酒精点燃了父亲对女儿的希望之火，卢明一脸期望地给雅楠叮嘱，到农村以后不能放松学习，要多读马列和毛主席的书啊；要戒除身上的娇气，尽快和贫下中农打成一片啊；千万不要人在农村，心还留在城里，要提高思想认识，下决心在农村干一番事业啊；爸爸在新闻单位工作，我们报道过不少知青的先进事迹，他们用自己的行动证明，知识青年在广阔天地是可以大有作为的啊；邢燕子、侯隽、董加耕，你要向这些模范人物学习啊……他显然是受到自己语言的鼓舞，端起酒杯一口喝干，兴致勃勃地又说："要有扎根农村干革命的思想准备，这方面你看看董加耕，他放弃上大学的机会，立志回乡务农，《人民日报》都为他发过文章，称赞他走的路'就是毛泽东时代知识青年应当走的路'。这就是榜样！雅楠啊，爸爸希望你踏踏实实地接受贫下中农的再教育，做一名出色的知识青年。"

胜利实在听不下去了，拿起酒瓶给卢明斟满酒杯，放酒瓶时不知是无意还是故意而为，瓶底重重地磕在桌子上："你是在作报告吧？有这工夫你多喝点酒，少说些没用的话，尤其是官话。那些话……真幼稚！"

卢明端着酒杯的手僵在空中，过了一会才缓缓放下。看得出来，他是在努力控制着自己的情绪。雅楠和向东不安地瞅着他俩，吴玉霞赶忙缓解紧张的气氛："好啦好啦，不说这些，大家吃饭，吃饭。"卢明忍了一会儿，还是憋不住地问道："我革命了大半辈子，你怎么能说我幼稚呢？"

胜利丝毫不讲情面地说："我这么说都是轻的，你说的那些离我们太远。爸，你别嫌我说话不好听，可我就是想问，你接触过多少知青？你知道知青在农村的酸甜苦辣吗？你了解知青们的真实思想状况吗？只有我们最了解自己。我们不会用别人的眼睛去看待事物，因为，我们有自己的眼睛，有自己的思想和观点。

卢明脸上忽然显露出舒心的笑意——儿子长大了，开始用自己的眼睛和思想观察社会，思考问题，这一点和几十前的自己何其相似——青年人最可贵的莫过于此啊！卢明亲手给胜利斟满酒杯，两只酒杯在空中相碰，发出一声脆响，父子俩相视一笑，一饮而尽。雅楠看到饭桌上的气氛回归正常，不失时机地给父亲和哥哥劝酒。一瓶酒喝下去一多半，脸上红扑扑的胜利又开始给卢明提意见："爷爷三年都过了，再过些天就是他老人家去世的日子，我们是不是得回去立碑了？再不回去，奶奶会怎么想？芦家营的人会不会说我们这一家人不孝？"

这话正好戳中卢明心上的痛点，其实他以前也考虑过此事，但工作中的事多如牛毛，分身乏术。再说一个来回至少也得半个多月，万一在他离开期间，电台发生新闻事故，他作为主要负责人必定难辞其咎。更严重的是如果发生政治事故，不仅他受到处分，甚至有可能对薛文昌造成不良影响。因此在芦武奎逝世三周年那天，他没有声张，只是悄悄地买来祭品，等到夜深人静的时候，在距报社不远的一个十字路口的墙根下，点燃一个跳跃着遗憾和伤感的小火堆。

听到胜利说起立碑的事，趁着饭桌上其乐融融的机会，卢明跟胜利商量，让他代表全家回一趟芦家营，一来给爷爷立碑扫墓，二来看望一下孤独的奶奶。胜利当即同意："行，我这就去给林场打电话请假。不过你们得把钱准备好。"吴玉霞爽快地说："只要你能请上假，我马上去银行取钱。"这时候，雅楠和向东也吵吵着要跟哥哥回芦家营。吴玉霞先用凌厉的眼神扼制住向东的嘴巴，然后劝雅楠还是尽快去插队的公社报到。雅楠一反常态，固执地说："我这一去是不是得好几年，再急也不急这十几天吧！"吴玉霞再劝，雅楠坚持己见，据理力争："哥哥能去，我为什么不能去，我不是咱家的人呀？"吴玉霞用目光向卢明求援，不知卢明是装糊涂还是没理会她的意思，笑着说："我看可以，回到老家有事两个人也好商量嘛！"雅楠"噗嗤"一乐，亲昵地向他晃动起大拇指。吴玉霞收起还没喝完的酒瓶，让向东和她一起把桌上的空碟子空碗收进厨房。紧接着，就听见洗碗池里哐里哐当乱响一气。

听说雅楠准备去农村插队，芦承贤找到专门卖劳动保护用品的商店，买了两套结实的劳动布工作服和一打线手套，又给信封里装入一百块钱，让向桐送给雅楠。向桐也由此得知胜利和雅楠准备回老家给芦武奎立碑的事。回家一讲，芦承贤略做思忖，吩咐向桐原路返回。向桐再次出现在卢明面前，他拘束地说："我爸爸也让我跟着胜利哥和雅楠姐一块回老家，给爷爷烧纸磕头。"

这是一个无法拒绝的请求。

卢明考虑到胜利他们回老家立碑，显然不能只带着钱去，还应当提前做好预案。他担心年轻人办事难免有疏漏，专门在一张纸上列出应该办理的事项，包括立碑的祭品和相关的各种费用，甚至把帮忙者的酒水钱也列入其中。当他把那张自认为已经考虑得很周全的纸慎重地交给胜利时，没想到胜利却问出这样一个问题："石碑上要刻我们一家人的姓名，可爷爷姓芦，姓上有个草字头；我们都跟着你姓卢，没有草字头，那在石碑上到底该刻哪个姓啊？"

卢明愣住了。

一切都太快了，仿佛还没来得及梳理这一生的荣辱得失，芦承贤的前额和眼角上已经出现象征衰老的细线似的皱纹。眼睛表现得更为明显，报纸上的大标题还能看清楚，可下面表述内容的小字越来越模糊了，不得不借助老花镜。

向桐放学回来，边帮着芦承贤做饭边说："今天上政治课，老师说尼克松和周总理握手，这一握震动了世界。他还说伟大的政治家能够改变世界。我觉得他这话说得不太全面。"芦承贤正在案板上切菜，听到这话心里不由得一动，问："你有啥想法？"向桐说："我觉得除了政治家，还应当有其他人也能改变世界，譬如说科学家。"这一问题绝非三言两语能够探讨清楚。"嗯，有道理。"芦承贤点了点头，又操起菜刀，切完青菜再切点葱花。向桐配合默契地往烧热的铁锅里倒入一点菜油。葱花炝锅，"滋啦"一声，厨房里飘起一股诱人的葱香。

吃罢晚饭，父子俩坐在书桌旁，芦承贤端着茶杯呷了口茶水，像随意聊天似的问："你想没想过长大以后做什么？"向桐说："想过呀，以后我要当记者。"芦承贤手一抖，洒出的茶水打湿了衣衫。向桐拿过毛巾给他擦水渍，又说："樊阿姨给我讲过，说你以前是个很有名的记者。我也想和你一样，当记者，到处采访写文章。"一句话勾起芦承贤的回忆，童年时在"明心堂"……岁月流长，两代人的理想之光竟然在同一原点上重合。"爸爸，我这个想法不好吗？"芦承贤说："有理想就好，但现在你得好好学习。"向桐笑了，一脸的满足，像是得到了期盼已久的宝贝。

向桐是个很聪明爱思考的孩子，他的班主任也发现了这一点，但班主任的评语让人听着很不舒服："他是个有点古怪的聪明学生。"一次开家长会，那位鼻子上有几粒麻子的班主任说起向桐的语气，像是感冒未愈似的带有很重的鼻音。芦向桐很聪明，学习成绩总是排在班里的前几名，可是除去学习之外，他好像对其他东西都不感兴趣，也不关心集体活动。班里为庆祝国庆排练大合唱，反复动员他就是不参加。上体育课也不合群，从不参加像打篮球踢足球这种具有对抗性的体育活动。不知是因为他学习好看不上其他同学，还是天生孤僻，总感觉他是班里的另类。"这样下去对他的将来很不利。"班主任吸了吸鼻子说，"头脑里没有团结意识，将来走上社会怎么办？哪里有一个人的社会呢？"班主任从衣袋里掏出张手纸捂住鼻子，响亮地擤了下鼻涕，接着又说："我怀疑他是不是有什么心理障碍，害怕与别人接触。他在家里也是这样吗？"芦承贤不以为然地说："他在家里一切正常，我还没有发现你说的这些现象。"班主任严肃地批评道："太马虎啦！你这个家长啊不够称职，芦向桐这种古怪的性格你都没有发现。"芦承贤说："孩子的性格不一样，这不奇怪吧？如果学生们都是同一种性格，千人一面，你觉得正常吗？"班主任鼻头上的麻子亮了，他又掏出手纸大声地擤鼻涕。

向桐真的很古怪吗？当父子俩在一起的时候，芦承贤说出班主任的担忧。向桐一点都不惊奇，神情自然地说："随他说好啦！反正在班里就我一个是'戴帽分子'的儿子。"

"哦。"

芦承贤忽然觉得儿子的内心比自己强大，自己在资料室里关起门来成一统，管他冬夏与春秋。儿子却要在学校那个开放的环境里经受各种目光的挑战。向桐过生日，芦承贤送给他一个笔记本，封皮还是大海蓝天、海鸥白帆，并在扉页上写了一句话"赠予吾儿向桐：天空没有栅栏"。向桐看到那句话立即明白了父亲的用意，指着自己的心口说："爸爸，你不用担心，我这里，也有个'明心堂'。"他收起笔记本，转回身看着芦承贤，又说："爸爸，你要注意身体，还要……开心点。"芦承贤诧异地问："怎么突然想起来说这些？"他眼里泛出泪光，说："你额头上都有皱纹了。"

岁月催人老呵！向桐上学走后，芦承贤把搁置在箱子里的镜框拿出来，细心地擦掉镜面上并不存在的灰尘。然后把几个镜框立放在书桌上，照片中的孟沁瑶还是那么年轻漂亮，娇美的面容上依然洋溢着青春的光彩。芦承贤的目光久久地停在两人的订婚照上，神思忽然恍惚起来，她身边的那个气宇轩昂的男子是自己吗，怎么看都有一种遥远的陌生感。他看了一眼放在书架上的圆镜，出现在镜子里的那张面孔，肯定不会与照片中的美丽女子相般配。目光又转向放有孟沁瑶剪影的那个金色相框，那个粉色小纸片像活了一般，灵动地跳跃着，发出了心鼓的轰鸣，怦怦、怦怦、怦怦……

沁瑶，你在哪里啊，怎么没有一点音讯？如今的你还好吗？假如有朝一日能在茫茫人海中相遇，因为容颜的改变，我们会不会擦肩而过却浑然不觉？

他起身踱到门前，阳光猛烈地泼洒在报社院子里，几个身穿短袖的人从他木然的眼光中匆匆走过。怦怦、怦怦，心鼓依然在响。院子里阳光明亮得刺眼，他却突然打个寒战——为什么阳光里会有寒意？

1975 年初，胜利完全依靠自我努力，终于争取到一个招工的名额，但分配的工作单位很不理想，是梅山县农机修造厂。没有对比就没有伤害，回家来他牢骚满腹地抱怨，几个和他一同招工的干部子弟全都回到大城市进了央属和省属的大企业，就他一个人留在小县城。卢明听到他的抱怨很不以为然，用"是金子在哪里都能发光"的道理鼓励他安心工作，却被他一句话惹得差点发了脾气："你真是个眼睛里只有红旗的'老布尔什维克'，根本就看不见其他的颜色。"看到卢明脸色不好，吴玉霞赶忙拎起小挎包强拉硬拽地让胜利陪她上街。走进百货大楼的手表柜台前，吴玉霞打开手提包拿出一张早就准备好的手表券递给营业员。走出百货大楼的时候，胜利的手腕上多了一只"上海牌"手表。胜利的心情却沉重得飞不起来，他还得回到那个惹得他心烦意乱的小县城去。能够从手腕上感知时间的分量，也只让他高兴了十来分钟，又陷入无精打采的深渊中。吴玉霞知道他的病根在哪里，信誓旦旦地承诺："你先工作再说，我保证想办法把你调回来。"胜利还是打不起精神，低着头说："算了吧，你也别为这事和我爸吵架。"吴玉霞继续给胜利增强信心："这一次我不告诉他，等你以后拿到调令再说，咱给他来个先斩后奏。"胜利不置可否地笑了笑说："哪有那么容易的事，再说吧。"

吴玉霞紧锣密鼓地行动了起来，经过她的一番活动，一年后胜利果真如愿以偿地从梅山调回省城，成为东风机车厂大修分厂机修车间的一名钳工。卢明看到他眉开眼笑地拿出调令，不由得暗自震惊。从小县城调入大城市比逆水行舟还要难，天知道吴玉霞费了多大劲啊！如今生米已经做成熟饭，他只好在胜利面前表现出高兴的样子，但背过孩子还是埋怨吴玉霞："胜利调动工作，这么大的事你也得给我说一声吧。"吴玉霞完全是一副当家作主的架势，反驳道："给你说，等你同意，胜利这辈子也回不来。再说胜利也老大不小了，婚姻问题是不是该考虑啦？"卢明还试图以理服人："父母不是孩子的铺路石，你这么做会惯坏他们的。"吴玉霞显然不愿再为这件事纠缠，快快地结束了谈话："谁惯孩子啦，我只是创造条件让他们少走些弯路。再说，胜利不比别人差。"

事情的发展还真让她说中了，胜利的表现证明，把一条鱼放入江河还是搁置在小水塘里，必然会有截然不同的命运。原本在县农机厂默默无闻的普通钳工，到机车厂像变了一个人。上班跟着师傅学技术，下班吃完饭又回到车间，挥汗如雨地在废品上苦练打磨技艺。功夫不负有心人，到后来他竟然把一把冷冰冰的锉刀使唤得出神入化，经他修理的机车部件甚至与原厂产品相差无几，同车间的工人由此送给他一个"卢一锉"的绰号。这个绰号的含义很丰富，既含有经他锉刀打磨的零部件精度很高的意思，又有钳工技术排序第一的民间赞誉。技术是荣誉的基础，他调入机车厂的第二年就拿到厂里颁发的"先进生产者"的奖状。小伙子人长得帅气，再加上有高级干部家庭的背景，几方面的优质资源打动了许多青年女工的芳心。就连厂广播站那位被工人们称作"厂花"的女播音员每周下厂劳动，只对大修分厂的机修车间情有独钟，而且还要拜"卢一锉"为师傅。"厂花"的才智都在甜美的声音里，用起锉刀来笨手笨脚得像儿童学艺，她只好央求卢师傅做单独指导。人笨了铁都害怕，听着她把零件锉得"吱咕吱咕"地哭，车间里的男青工们不怀好意地起哄，让"卢一锉"手把手给"厂花"传授技艺。

把胜利调进机车厂的厂革委会俞副主任到宣传部开会时对吴玉霞说："吴处长，胜利是个很不错的小伙子。不过你和老卢可得早点给他打预防针，在找对象这件事情上可不能挑花了眼哦！"吴玉霞笑道："好，我的俞大主任，我家胜利就是个闷葫芦，你们厂的那些凤凰能看上他呀？"开完会回到办公室，吴玉霞端起开会前晾在杯子里的开水，一口气喝了个杯底朝天，凉白开里都有股甜滋滋的味道。她撩起衣袖看了下手表，拿起电话请总机拨一个长途电话，该抓紧时间问一下雅楠的事情进展得怎样了。

电话铃声大作，吴玉霞一把抓起话筒，耳边响起刘海潮的声音："玉霞同志啊，总机说是省上的长途，我猜就是你的电话。"她早已备好腹稿，像刘海潮就坐在对面一样，亲切又不失恭敬地说："我看到你的任命文件了，恭喜你荣升地委副书记啊！"电话里响起爽朗的笑声："谈不上荣升，就是比以前更忙啦。"她不失时机地恭维了一把："哟，听口气像中央首长，日理万机啊。"听筒里笑声震耳，"哈哈哈，长话短说，雅楠的事你就放一百二十个心吧。对了，有个事……先别挂电话，稍等一下我接着给你说。"话筒里传出有人进办公室的声音，好像是请示工作，刘海潮三言两语地打发了来人，又拿起电话说："喂，在吗？好，我接着说，你家胜利有对象吗？什么，你不清楚，还能有你不清楚的事情？是这样的，我外甥女今年二十三了，人长得很漂亮，是炼化厂办公室的打字员。她眼头高，一般人看不上。怎么样，下次我回来安排一下，让他们见个面？"节外生枝，这种突然冒出的事完全不在吴玉霞的计划以内啊！她虽略感意外，但还是不慌不忙地表示，这种蓝桥相会的好事她当然乐见其成，但还得征求卢明和胜利的意见。事成与否，关键在于一个"缘"字。话说得既婉转又在理，也给刘海潮留足了面子。可事情得一件一件办，雅楠上大学是当务之急。她灵机一动，特意说了这么一句话："胜利对他妹妹的事，比他自己的事都着急呢！"

同一年向东高中毕业，也要上山下乡去广阔天地锻炼。她原本计划在雅楠拿到大学录取通知书后，再跟刘海潮说向东的事。借助他在地区的影响力（或是权力），让向东的人生航船和姐姐一样，在未来的几年中能够一帆风顺。可打字员的意外出现，为本该明朗愉快的规划路线蒙上一层阴影——即便打字员貌如天仙，也不能驾着让人感恩的云团降落在卢家。吴玉霞翻开各市（地区）县领导通讯录，在上面寻找可以托付向东前途的人名。当她翻看到洪阳市的时候，眼睛不由得一亮——樊小惠的爱人金强是洪阳市革委会的副主任呀！合上领导通讯录，她的心里已经有了主意，是该和卢明认真谈一谈向东前程的时候了。这些年他对孩子的事关心得太少，而且说起来也是一副心不在焉的样子，受到批评嘴里还振振有词："我这方面能力太差，你就全权办理吧！"吴玉霞心想，这一次，也该他为孩子出点力了。可等她把向东下乡插队的事情办好，还没来得及郑重其事地数落卢明时，就听见哀乐声起，领袖与世长辞。

那一年，非同寻常。

9月18日，抬着花圈、举着黑白横幅的人群，走进广场参加毛泽东主席追悼大会。卢明远远看见站在主席台上的薛文昌，他显得又瘦又小，像一截短短的细竹。哀乐从广场上空滚过，挤压得人喘不上气来。哭声四起，不远处有人跌倒。据说那天在追悼会上哭昏了许多人。

追悼会过后，向东离家去朝阳市管辖的一个县插队，家里徒然冷清了许多。卢明依然失眠，耳鸣也愈发的厉害。一天他去薛文昌的办公室，说完工作上的事，他特意问了一句："华主席在悼词中讲到'三要三不要'，是不是……"薛文昌立即打断他，还是用谈论工作的语气说："抓紧安排工作，其他事少想。"说罢沉默了一会儿，薛文昌又说出一句话，那声音就像是从一条又黑又深的隧道里传出来的一样："溪云初起日沉阁，山雨欲来风满楼。"

历史总是在关键时刻出现转折。1976年10月，中共中央政治局一举粉碎了"四人帮"。满天乌云被新闻炸弹的冲击波吹散，市区里的鞭炮响得比过年还要密集。街道的宽阔河床里又挤满欢庆胜利的人流。人民广场上终于爆发出人民山呼海啸般的欢呼。街道上的汽车被堵得无法开动，司机们也不着急，反而高兴得狂按喇叭，直到电瓶里的电流耗光殆尽。电台除了值班人员，其他人早就冲进欢腾的海洋中去了。卢明刚走出电台大门，就受到一股巨大力量的吸引，身体已进入势不可挡的历史洪流中。

那天晚上，他拿着一包油炸花生米和两瓶汾酒来到芦承贤家。不要酒杯也不要其他下酒菜，一边嚼着花生米一边和芦承贤碰着瓶子对饮。他像回到青年时代，时而开怀畅饮，时而又指责芦承贤耍赖只抿不喝。一旁的向桐看得嘿嘿直乐。他内心的压抑随同酒气一块喷发出来……芦承贤没有插话，只是静静地听他滔滔不绝地诉说苦闷。卢明手里的一瓶白酒很快见底，芦承贤的酒瓶里还有一多半。已显出几分醉意的卢明起身握住芦承贤的手使劲摇晃几下，动情地说："这些年我没忘你，真的没忘。也想帮你，可是……他妈的！我也是身不由己啊！现在，那个时代结束啦！"

从芦承贤家回来他倒头就睡，不一会儿鼾声大作，推都推不醒。

天亮了，他在床上使劲伸展身体，响亮地打了个呵欠。吴玉霞睡眼惺忪地数落，再高兴也不能把自己喝成个醉鬼啊！他嘴硬地反驳："我根本就没醉，睡得很香，还做梦了，梦见老家的石头狮子嘴里吐出红光啦！"他掀开被子，麻利地穿好衣服，下床走到门前，一把拉开房门，金光扑面。

太阳照常升起。

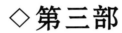

◇第三部

第二十一章

　　雷浩昂首挺胸地走出编辑部大楼。尽管身边有几个一脸严肃的警察，但他的胖脸上还是露出不可一世的傲慢。直到被警察押上警车，他的脸上还挂着轻蔑的冷笑。报社院子里响起噼里啪啦的鞭炮声。警车拉响警笛，呜呜作响地驶出大门。雷浩在"文化大革命"期间的罪行被一一清算，后被法院判处有期徒刑十二年。

　　卢明受上级委派，重回报社执掌帅印。"琢玉成器"的横幅跟着他回到原来的位置上。四个大字还是墨黑如炭，可其他地方的宣纸已染上一层微黄，那种颜色就像贮藏了几十年的老酒，默默地散发着岁月的醇香。办公室里已经焕然一新，崭新的桌椅书柜沙发茶几衣架脸盆架都释放出新生活的气息，就连水磨石地板也像刚研磨出来似的平滑光亮，能照见人影。

　　人们发现他的领导风格比十年前更加老练而且强硬了，办事说话也迸射出一个领导者毫不拖泥带水的果断。上班前十天，除了和班子里的成员开过一次见面会之外，他再没有召集过任何会议。但在他办公室的隔壁房间里，总是有人等通知去与他面谈。报社所有部门的中层干部和业务骨干像是要经历一番决定他们前途的大考，一个出来一个进去地走进他的办公室。出来的人神情不一，有人欢喜有人忧。与圈定的所有下属谈话之后，报社的人都以为人事变动的震荡即将来临，可十天半个月后还无动静。一些人先从心理上败下阵来。王连成主动向报社人事处提交请调报告，要求免去其资料科的科长职务，去报社印刷厂当一名普通工人。报告送进卢明办公室，他只在上面批了这样一句话："待后一并处理。"那些曾在雷浩主政时期风光无限的人坐不住了，他们像烈日下滚烫石头上的小爬虫。有的找编委打探情况，巧舌如簧地申明雷浩在的时候迫于形势不得不上他的贼船；有的整天萎靡不振、长吁短叹；还有几个人干脆写出辞职或请调报告，摆出一副死猪不怕开水烫的样子，躲在家里听凭处治。

一个月后的一天上午，报社办公室紧急通知，所有班子成员和编委当日下午到会议室开会，不许请假，夜班编委也不得缺席。开会前，坐在会议室里人们交头接耳、窃窃私语。当卢明拿着一只文件夹进来时，会议室里顿时安静下来。卢明不做任何解释，用不可抗拒的口气宣布了一个任免中层干部的决定。

人们预期的地震终于来临。多年来受到雷浩压制的、为人正直并确有专业能力的人陆续走上中层领导岗位。紧接着一批规章制度出台，报社管理体制又变得清晰明了。崔凯路遇芦承贤，兴奋地说："老芦啊，春天回来啦！"

尽管芦承贤也有同感，但他也明白——十年，甚至几十年结出的坚冰哪能说化就化呢？就是用猛火去烧，也得假以时日啊！所以，他有种预感，套在自己身上的政治枷锁不会迎刃而解。果不其然，卢明忙完上述的那些大事之后，终于把目光投在他的身上。

卢明来到资料室，自己拉了把凳子坐在芦承贤桌前："最近太忙，也没顾上说说你的事，没生我的气吧？"芦承贤显然已有心理准备，微笑着说："我知道你忙，别绕圈子了，你怎么想的，直说吧！"卢明挠了挠头，低声说："可能……你会有点失望。"这早已在芦承贤的预料之中，他通情达理地说："有些事也不是你能解决的，我现在还是个'戴帽分子'，你就是让我去编采部门，这顶帽子也会压得我寸步难行啊！"卢明叹了口气，一时间心绪复杂得竟无言以对。芦承贤反倒十分坦然："你就好好忙你的事吧，我的事先不急，等以后有机会再说。"卢明郑重地向芦承贤承诺，一旦政策上有松动迹象，他一定会在第一时间打报告，还芦承贤以清白（他说的话果然兑现，不过那已经是两年以后，在那场席卷全国的"实践是检验真理的唯一标准"的浩大东风中，中共中央决定对被错划为"右派分子"的人进行复查，并予以平反。芦承贤是第一批"摘帽"对象）。

单位上的事情顺风顺水，一切都按照卢明的设想有条不紊地向前推进。就在他集中精力率领编辑、记者重塑党报权威形象的时候，没想到自家后院起火了。

起火点是胜利。吴玉霞发现他的爱情观好像有问题。家长眼里自家的男孩都是梧桐树，为有凤凰栖枝头，从胜利调回省城，吴玉霞就在有意无意间给同事好友们放出口风，请他们当红娘，为胜利的婚姻牵线搭桥。用她半开玩笑半认真的话说，这叫作广撒网多敛鱼，择优而取之。吴玉霞先入为主地在自己的大脑中认为胜利的女朋友应该是这样的，身材呢虽说不比样板戏里的喜儿吴清华，相貌嘛也不比故事片里的春苗海霞，但起码得五官端正身材匀称。她对好友说："看着般配就行啦！"同时她还有一个要求："最好是革命家庭出身，不说门当户对，但也得差不多吧！"除去这些之外，她心里还藏着一个标准，就是性格要温婉乖巧，这样才能和胜利的火暴脾气相搭配。好男不愁娶，好女不愁嫁，口风放出去以后，姑娘们手里的绣球接二连三地抛向胜利。让吴玉霞感到奇怪的是他一个都不接，有几个吴玉霞十分满意的女孩子，可她们的照片胜利都懒得看一眼。吴玉霞心存疑惑地给机车厂俞副主任打电话，请他从侧面了解一下，胜利是不是在厂里有对象了。没过多久俞副主任回电话，高喉咙大嗓门地说："据下面反映，你家胜利在这方面就是个木头。有人给我讲啊，我们厂的那个女播音员都说他木讷得像个和尚。"吴玉霞哭笑不得地回了一句："去去去，你家大头儿子才和尚呢！"电话那头爆发出一阵大笑："哈哈哈，我早都当爷爷啦！"俞副主任接下来的话更是让吴玉霞的心往下一坠："你和老卢得给胜利开导开导，他再不积极主动一点，好姑娘都跟别人跑啦！"是呵，男大当婚女大当嫁，错过这个适龄的黄金期，好男儿也会变成豆腐渣。吴玉霞拉开抽屉取出一张黑白照片，一个眼眉长得有点像周璇的年轻姑娘出现在眼前。照片上的女子名叫陈静，是省人民医院儿科的医生。她的父亲是厅长，母亲是一家银行的副行长。吴玉霞第一眼看到照片，就有一种莫名的亲近感。她为此专门去医院，在门诊部儿科诊室，一眼就认出陈静。她身着白大褂，脖子上挂着听诊器，正在给一个小男孩做诊断。脸上始终带着亲切的微笑，口中满是江南女子的柔声细语，那语气像轻轻拂过脸颊的丝绸，撩拨得吴玉霞的心海荡漾出一波又一波欢喜的涟漪。大脑中的画像与陈静完美无缺地契合在一起，天降佳人，她就是理想中的儿媳呀！

吴玉霞拿定主意，绝不允许胜利敷衍了事地一推而过了。星期天胜利工休回家，进门脱下外衣就帮着吴玉霞洗衣服，随后又到厨房一边洗鱼，一边给吴玉霞说起他们分厂修理进口内燃机的事。从一台需要维修的进口机车上，拆下来一个磨损得几乎要报废的重要零件。经堆焊车铣后，车刀铣刀无能为力的地方，他硬是用不同规格的锉刀，一锉一锉地加工，终于使零件达到了设计的要求。那可是一件起死回生的事啊！国内没有备件，如果不能修复，就得从国外订购。要是外国厂家刁难，整台内燃机就会成为一堆无法开动的废铁。内燃机修好试车那天，总厂分厂的领导们全来了。听工友们说，在下令点火的那一瞬间，领导们的眼珠子都快要从眼眶里蹦出来了。点火一次成功，内燃机发出强劲的轰鸣声，外国造的旧机车在中国工人手下又焕发出青春的力量……胜利把洗好的鱼放在案板上，用抹布擦掉手上的水珠，乐滋滋地说："那天俞副主任又是跟我握手又是拍我的肩膀，还说'好你个卢一锉，真是名不虚传哪！你这是为我们厂子扬名，更是为国争光啊！'嘿嘿，他还让宣传科的人写稿子表扬我哩！我一听这话，转身就跑。我才不稀罕那种虚头巴脑的精神鼓励呢！"吴玉霞看他眉飞色舞的样子，解下围裙擦干手说："为国争光，好事呀，我也给你说件重要的事。"

事情的发展与设想背道而驰，胜利接过陈静的相片，只是扫了一眼，脸上已露出不悦的神情，随手把照片还给吴玉霞，提醒道："又是介绍对象的事，我早就给你们说过，我的事情你们别管。"吴玉霞耐着性子，首先强调婚姻大事也该听一听父母的意见，接下来尽量用平和的语气介绍陈静。她简直就是一位完美无缺的白衣天使。而且据介绍人说，陈静也觉得胜利是位很出色的男子汉，愿意与他结识并发展关系。据此推断，只要胜利同意，她就会乘着恋爱的春风款款来到他的身旁。天作之合，机不可失啊！胜利越听越烦，不由得抬高声调说："有完没有啊？本来想回家和你们好好吃顿饭，一点好心情全让你毁了，早知道我就不回来了。"吴玉霞咬住嘴唇沉默了一会儿，心有不甘地说："陈静真是个很不错的姑娘，要不，你和她见一面再说。"胜利像驱赶眼前不快似的使劲一挥手，爆冲冲地吼道："不见不见，她就是个天仙，也跟我没关系。"吴玉霞几乎是在央求："别这样拒绝人家，你还是考虑考虑吧？"胜利的话堵死了所有的可能："不考虑！你也别瞎操心了。"每个人的心理地图上都有一条边界线，吴玉霞自我克制的边界被胜利的固执冲破了，她沉下脸生气地说："你懂不懂事呀？我是你妈妈，为你操心有错吗？这次你得听我的，等我定好日子，你去见陈静。"胜利涨红着脸喊了一声"不见"，一把抓起外衣甩在肩上，怒气冲冲地走了。

中午卢明回家吃饭，空荡荡的客厅里一片冷寂。厨房里冰锅冷灶的像是突然遭人遗弃一般。案板上放着一条洗干净的鱼，那鱼凹陷的眼珠上蒙着一层混沌的白翳，像一粒被丢在沙滩上的小石子，茫然地瞅着这个怪异的世界。卢明皱起眉头又去卧室察看，吴玉霞和衣而卧，暗自垂泪。卢明关心地问她是不是身体不舒服，她更委屈了，嘤嘤地哭了起来。

国事家事天下事，哪里出问题都不是小事。卢明听完吴玉霞的哭诉，思维的触角立刻指向胜利固执的原因。有因才有果，哪有不见任何起因就发生山崩海啸的道理呢？是该和胜利好好谈一谈了。

几天后的一个晚上，他让自己的专车司机李平祥开车送他到机车厂。一路打问找到胜利的宿舍。胜利正和几个年轻工友闹哄哄地打扑克，每个人的面孔上都贴着数量不等的小纸条。胜利贴得最多，小纸条像章鱼的触须一样在他脸上晃荡，看上去既滑稽又可笑。从纸条的缝隙中看见走进来的半拉子人影，胜利扔下手中的扑克牌，一把抹掉脸上的纸条，跳起身来叫了声"爸"，接着就给工友们下令："散了散了，明天再打。"工友们知趣地走了，宿舍里只有他们父子二人。胜利从床头上拿起一包"大前门"，取出一支烟递过来。卢明摇了摇头。胜利把烟卷叨在嘴上，伸手从裤兜里摸出打火机，"咔"的一声打着火，小火苗还没触及烟卷又被打火机的盖子捂灭。他取下烟卷塞回烟盒，连同打火机一块丢在床头上，转脸注视着卢明，眼睛里跳跃着警惕的光芒。"爸，你该不是我妈派来的说客吧？"卢明既不承认也没否认，而是从另一个角度切入了主题："那天你走以后，你妈气得饭都没吃。我也不能只听一方面的话，你这么做必然有你的道理。我今天来就是想听一听，你是怎么想的，说出来也让我也替你分析一下。"胜利低头想了一会儿，终于说出了隐藏在固执表象下的秘密。人不能同时脚踩两只船，他已经有女朋友了。

那女子名叫黄桂兰，是梅山本地人，父母都是梅山一中的老师。她比胜利晚下乡一年，由于表现出色，很快就成为胜利所在班的班长，无论出工学习他们总是在一起。黄桂兰生性活泼开朗，也很会体贴人。由于家在本地，她经常从家里带些腌菜、油泼辣椒之类的调味品分给同伴。也许是胜利郁郁寡欢的神情引起了她的注意，她主动跟胜利结成"一对一"的互帮互助对子，进山劳动也和胜利搭伴而行。尤其是她当班长以后，两人走得更近了。她每次从家里回来都要把好吃的分一半给他，还把她父亲的藏书悄悄给他，让《安娜·卡列尼娜》《茶花女》《静静的顿河》《约翰·克里斯朵夫》《大卫·科波菲尔》等陪他走过单调寂寞的时光。可这一类的书在那个年代里是"毒草"啊！林场的管理人员和民兵在知青们意想不到的时候进行突击检查——胜利撞在了枪口上。民兵们从他的挎包里搜出了一本《复活》。连队紧急集合，胜利成为上百号人眼里的靶子。林场场长王琦手举《复活》给大家训话，他声嘶力竭地喊道："卢胜利胆大包天，天天啃'毒草'。大家看看这是什么东西？"他把书高高举起，"哗啦哗啦"摇晃几下，又接着喊："这是用中国字写的外国毒草，里面全他妈的是资产阶级的小布尔乔亚。卢胜利，你出工都把它背在身上，你想要复活什么？一顿训斥之后，他当众逼着胜利说出《复活》的来历："书是谁给你的，它能从天上掉下来吗？说啊，你哑巴啦？"知青们注视着胜利，四周安静得像黎明前的黑暗。胜利歪着脑袋，懒洋洋地说："我在县城废品收购站买的，你想要批判，那里多的是。"据说林场当天就派人去县城的几家废品收购站调查，还真从废纸堆里找出几本"外国毒草"。王琦本想借此机会展示自己辨别毒草与香花的能力，同时也抓出几个知青里的反面典型，好向上级邀功。可追查的结果却是这样，他像个泄了气的皮球，只是传话让胜利在全连做出深刻检查——《复活》一事再无下文。

事件平息后，黄桂兰说起来脸上还是一副后怕的表情："那天可把我吓死了，手抖得停都停不下来……你脑子转得好快，怎么就想到了废品收购站？"胜利说："瞎猜的。有次路过，我看见收购站的院子里废纸堆得像小山。王琦他们要去翻的话，一个个都得变成土贼。"不知是他话说得有趣，还是想到那个尘土飞扬的场面，黄桂兰手捂在嘴上咯咯咯地笑了。笑声宛若一串摇响的风铃，欢快地撞击着胜利的心扉，他的目光忽然变得热烈起来。黄桂兰的脸色已经绯红。

知青每天就是三件事，劳动、吃饭加睡觉。尽管日子像白开水一样乏味，但青年男女的天性仍在翠绿的林间飞扬。在物质文化贫乏得如同沙漠一般的林场里，从异性身上散发出的那种神秘感会被枯燥生活的透镜放大。一天他们班在苗圃给树苗施肥，忽然眼前一暗，耳畔响起轰隆隆的雷声。抬头看去，黑如墨汁的乌云已经滚过半个天空。狂风乍起，暴雨降临。环顾四周，附近除去几棵大树，再无避雨的地方。知青们拿起工具就往两三公里外的住处跑。没跑出多远，铜钱般大小的雨点噼噼啪啪地掉落下来，砸得地面上开出了密密麻麻的水花。胜利拿过黄桂兰手上的工具，脱下外衣让她撑在头上，两人接着往前跑。乌云中金蛇飞舞，山野间霹雳震耳。仿佛天河决堤，雨水倾泻而下。一道耀眼的白光闪过，不远处的一棵大树被闪电击中，在哗哗的雨声里都能嗅到令人恐慌的焦糊味。黄桂兰脚下一滑摔倒在泥水中，胜利扔掉工具扶起她——两人在暴雨中狂奔。冲过漫天瀑布般的雨水，跑进鱼塘旁边的一个简易小屋。两人气喘吁吁地互相对视，湿透的衣服紧贴在身上，两个青年男女都像是半裸的雕像。女性线条丰盈热辣，男儿身材魁梧健壮。两人的胸部急促地起伏，青春的激情猛烈地冲击着躯壳的束缚。没有对话，两人都从对方的眼睛里看到了火一般炽热的渴望。胜利刚抬起手臂，黄桂兰已扑进他的怀里。两人紧紧相拥……暴雨如注，电闪雷鸣是他们初吻的见证。

屋外有人喊叫，班里的其他知青一个接一个地跑进小屋。胜利正在使劲拧着沾满泥水的外衣，黄桂兰在一旁整理湿漉漉的头发。一个知青抹去脸上的雨水，开玩笑地说："班长，你和卢胜利是不是练过长跑，快得汽车都追不上，也不管我们这些革命战友啦！"黄桂兰反击道："这天气跑得快慢都一样，你看看谁不是落汤鸡？"雨过天晴，湛蓝的天幕上飞起一道彩虹，美丽得像是大山诉说情话的通道。知青们重返苗圃。脚下的路还很泥泞。胜利走在最后，看着黄桂兰和同伴们又说又笑的背影，一丝笑意悄悄地挂上了嘴角……在漫长而苦闷的日夜里，爱情就像是一盏不熄的灯火，给孤独的心灵上洒下一片光明的慰藉。

招工离开林场，胜利所去的梅山县农机修造厂算是分配中最差的单位。听名字是家工厂，可全厂只有三十多个人。再除去领导、财务、行政和采购人员，真正在车间里干活的也就十来个人。这是个什么工厂，在胜利眼中就是个修理铺。命运真会开玩笑，他的情绪又跌至冰点。黄桂兰几乎每个星期都来厂里，看见他总是一副病恹恹的样子，心疼地劝导说："这儿总比林场好吧！你能肯定一辈子就待在这儿？趁着年轻，好好学一门技术，将来有机会调动工作，也不会让人看不起呀！"胜利仔细一想，这话蛮有道理，人总不能浑浑噩噩地活着吧。于是，他便跟着厂里的一位年近花甲的老钳工学起了使用锉刀的技术。那位快退休的老钳工不想让自己一生练就的技术失传，教的时候也是倾囊相授。真没想到锉刀竟有上百种规格，什么扁锉、方锉、圆锉、齐头锉、尖头锉、三角锉、菱形锉、椭圆锉……每种锉刀的使用方法和手法也有差异——技术精湛的钳工都有一双魔术师的手，小小的锉刀就是钢铁零件的整容器，他喜欢上了这一工种。更没想到的是为了打发日子的学习，竟然给后来的"卢一锉"做好了技术储备——

感谢黄桂兰，她是他命运中的福星。就在他进入工厂的那一年，黄桂兰也招工离开林场，成为县百货公司的一名售货员。那年的大年三十，两人在农机修造厂的宿舍里守岁。就在那天夜里，两个相恋的青年男女，把自己的身体毫无保留地给予对方……

卢明终于明白了，那个名叫黄桂兰的女子已经占领了胜利的心——难怪他那么固执。胜利从衣袋里掏出钱夹，抽出一张照片递给卢明。照片上的姑娘梳着两条长辫子，胖乎乎的脸庞，面部挺有特点的是眉毛下那双半月似的眼睛，透露着温柔的笑意。她不漂亮，但看上去却有一种质朴的亲切感。卢明把照片还给胜利，问道："你觉得你们这种关系能保持多久？"

"永远。"

"这么肯定？"

"是的！在我最困难的时候我们有了这种关系，现在我情况好了，就把人家甩掉另找一个，那我还是人吗？"

"随着环境的改变，人可能会有新的想法。"

"放在其他事情上有可能，但在我和桂兰的事上，不可能！"

"她的想法和你一样？"

"她……前些天她来厂里看我，说起这事，她说如果家里反对得厉害，我可以重新考虑。"

"你不会那么做的。"

"爸，你还算了解我。"

"这是啥话，我还能不了解自己的儿子？"

"了解不重要，关键是要理解。"

"我们都努力吧！下次她再来看你，带她来家里和我们见个面。"

"啊！你不怕我妈把我们赶出去？桂兰是个营业员，她爸妈都是普通教师。你再看我妈拿回来的那些漂亮女孩的照片，哪有一个工作差的？父母都是这局长那主任的，最差的也是县处级。"

"这些都是外在因素，关键还要看你们两个人。门当户对，并不一定幸福；寒门结亲，也有美满姻缘。"

"爸，有水平啊！"

"哼，难得听你夸我两句。"

"哈哈哈。"

"这样吧，我先表个态。只要你们真心相爱，我支持你们！"

"真的呀？我先给亲爱的爸爸鞠个躬，再代表桂兰鞠一个。"

"行了行了，再鞠躬，就是催我去见马克思了。说正经的，我回去先和你妈沟通一下，她也是为你好。"

"我估计效果不大，就我妈那脾气，你能说得通？"

"摆事实讲道理嘛！"

"反正我不抱希望。爸，有个伟大的哲人说过一句话，不知道你听说过没有？"

"什么话？"

"跟不讲理的人讲道理，真理也会堕落成谬论。"

"哦，这是哪个哲人说的？"

"哈哈，大领导没听过吧，这是卢格拉底说的。"

"我知道苏格拉底……噢，你个臭小子，是你说的呀！"

"哈哈哈。"

卢明却高兴不起来。离开宿舍，他和胜利一同向厂门口走去。那是一个无风的夜晚，道路两旁的垂柳纹丝不动。他都想不起来上一次夜晚漫步是在什么时候，好像是和吴玉霞谈恋爱时吧。他抬起脸，目光越过树冠，城市的夜空笼罩着一层诡异的橘色，像暧昧的雾气遮住了星辉。不远处的车间里灯火通明，时不时地传出铁器撞击的嘈杂声——钢铁也会吵架吗？身后不知哪个地方响起火车头发出的连续的汽笛声，水波一样从背后漫过来，像是提醒，也像是警示，让他的心情更加沉重。

车子还在办公大楼前的停车场等候。李平祥远远看见卢明，赶快下车拉开后座的车门。"爸，有件事我想还是得提前给你说一下，你也好有个思想准备。"卢明停住脚步，等待胜利说出下文。"是雅楠的事。"胜利说，"她可能有男朋友了。"雅楠已到谈恋爱的年龄，卢明倒不觉得意外，"她给你写信了？"胜利点了点头说："她在信上也没明说，但我觉得像有这事了。如果我没猜错的话，她谈的那个男朋友的父母你可能认识。"卢明不动声色地问："是报社的吗？"胜利回答道："是咱老家的。那个小伙子叫欧阳晨。他的父亲叫欧阳勇强，母亲是芦花花。"

卢明大吃一惊："什么？荒唐！"

李平祥看到卢明没有上车的意思，关上车子后门又回到驾驶座上去了。

胜利哪能知道父亲所言的荒唐里包藏的纠葛，一股脑儿把自己知道的事情全讲了出来。

回老家为芦武奎立碑，事后胜利请芦志坚找人做了几桌流水席，答谢前来帮忙的乡亲。开始还见雅楠忙里忙外地招呼人，后来不见她的影子了。过了好长时间才看见她和欧阳飞回到院子里。胜利叫住欧阳飞，问他和雅楠为何离席？欧阳飞说："她问我大哥在部队的事，一块到我家看我大哥写的信和寄回来的相片，还把大哥的地址抄走啦！"胜利知道欧阳晨参军入伍去了新疆，可雅楠要他的地址干什么？便多了个心眼，趁雅楠忙着洗盘子刷碗，他也去欧阳飞家了解欧阳晨的情况。欧阳飞把他大哥的来信和连队指导员写给欧阳勇强的几封信全翻了出来。那些信把一个青年边防军的形象活生生地展现在眼前。

欧阳晨穿上军装，来到常年冰封的帕米尔高原，成为红旗拉甫边防连的一名边防战士。欧阳晨在信中说：

> 电影《冰山上的来客》，就是在我们这个地方拍的。这儿可是真正的高原，平均海拔都要四五千米高呢！哈哈，黄土高原可就低得多啦！

入伍第二年，他已经是班长了。在一次执行巡逻任务时，一位战士从冰山上跌入冰川。从望远镜里看，他趴在冰面上一动也不动，生死不明。欧阳晨手攀绳索滑降下去，发现他虽然身受重伤，但意识还清醒。救起战士后巡逻队紧急返回，并用无线电台呼叫连队派兵接应。可那是在距驻地很远，海拔五六千米的高寒缺氧的雪山上施救啊！背负枪械给养，单兵行进都很困难，走不了多远就得停下来大口喘气。而且接应人员最快也只能在两天后与巡逻队会合。巡逻队的干部战士轮换背着受伤的战友，在险峻的雪山上缓慢地前进。由于欧阳晨的身体条件好，力气也大，他不是背战友就是拿着两三支枪和武装带。第二天受伤的战士陷入昏迷，生命垂危。巡逻队的战友们也大多体力不支，几乎有一多半的时间都是欧阳晨身背战友前进。他手拄着一支步枪，走出十几步，喘息一阵，再走……他在给家里的来信中写道：

> 雪山，看不到头的雪山。接应的部队怎么还不来啊？背在身上的战友重得要把我压垮了。气喘不上来，眼前的雪地上金星乱跳，我快要死了。可我不能停，不能停！我是班长啊！只要还有一口气，就得往前走。多走一步，战友就离生还的希望近一点。那时候我满脑子里只有一个念头，往前走，往前走！

临近下午，远远看见接应部队，战士们身上的能量终于耗尽，一个一个先后倒在地上，就像布在山脊上的一条散兵线。最后，搀扶着欧阳晨的带队副指导员也倒下了，只有背着伤员的欧阳晨还在一步一步地往前挪。拄在手里的步枪枪托随着脚步的移动，一下又一下地叩击着银装素裹的帕米尔高原——咔——咔——咔——迎上来的官兵们刚接过伤员，他就瘫倒在地上。后来据军医说，如果再晚几个小时，那位受伤的战士就会长眠不醒。红旗拉甫边防连打报告请求上级给欧阳晨记功，副指导员亲自执笔书写报告。军区批复，欧阳晨记三等功一次。

"雅楠给我来信提到过欧阳晨。"胜利说，"上次我给雅楠去信，故意问她知不知道欧阳晨的近况。她说欧阳晨已经在部队提干了。她还说……"卢明暗暗松了口气，同时也庆幸刚才没有在胜利面前表现得过于失态。他打断胜利的话："雅楠在南京上大学，她没有当过兵，也没去过新疆，出于好奇写信了解一下，不算什么事。你是从哪里看出来那个欧阳可能是雅楠的男朋友？"胜利说出话又让他的心里一沉："你还没听我说完，雅楠还说欧阳晨已经被部队推荐上军校了，是新疆军区步兵学校。他俩已经约好，雅楠放假以后去新疆玩。要是一般关系，雅楠值得跑那么远吗？"

不可思议，莫非雅楠真要和芦花花的儿子谈对象？一阵夜风拂过，垂柳的枝条晃荡起来，像一张直立起来的黑色大网。他让胜利回宿舍，自己向仍在等候的小车走去。路灯从身后照过来，一条模糊的人影从脚下向前延伸，越伸越长，影子的前端已钻进无限远的夜空。大脑中蓦地跳出一个念头，这条影子能延伸到芦家营吗——芦花花，难道真有可能和她成为亲家？人生怎会开出这样荒诞的玩笑？李平祥打开车门，卢明觉得他脸上的表情很奇怪，笑得有些阴阳怪气。发动机已经点火，转动的机器躲在引擎盖下嘿嘿嘿地窃笑个不停。

　　一波未平，一波又起。卢明的说服工作一头撞在南墙上。吴玉霞得知胜利已经私订终身，顿时气得柳眉倒竖，眼冒泪花。卢明劝吴玉霞尊重胜利的个人选择，没想到却遭到连珠炮似的迎头痛击。吴玉霞已给介绍人允诺，胜利和陈静处对象是天大的好事，一家人都乐见其成。"言而无信，你们还让不让我出门见人呀？"她实在想不通，一个境况优渥、貌美如花的白衣天使竟然敌不过一个家境平凡的普通女子。"胜利的脑子一定坏掉了，要不然那个黄桂兰就是个狐狸精。"吴玉霞一肚子的苦水倾泻而出，这些年为孩子真是操碎了心。在干校里拼命表现，让男人都刮目相看，为了谁呀？给胜利调动工作，找人托关系，求情下话，容易吗？"我这个妈当的为什么这么难呀？"话锋一转，炮口又对准卢明。这么多年你管过孩子的事吗？只会装好人由着他们的性子任其发展。"在孩子的问题上，你就像个摆设。"她越说火气越大，"胜利敢把那个黄桂兰带回家来，我就敢把他俩全都轰出去！大不了，不要这个儿子了。"一通极度失望的发泄，竟让卢明找不到一丝插话的缝隙。他不由得想起卢格拉底的至理名言，苦笑着向发脾气的女王举手投降。吴玉霞一脸怨气，转身走进卧室，"砰"的一声关上门。胜利的事还不知该如何妥善处置，雅楠又节外生枝地添乱——芦花花，这个忌讳了几十年的名字像鬼魅一样飘进脑海——房间里好闷啊！他苦笑一下，转身出门。

　　在院子里碰见向桐。由于政策规定，拥有城镇户口的独生子女可以不下乡而直接分配工作，向桐已经是一名工人了。"卢伯伯，"向桐礼貌地停住脚步问，"您出去呀？"卢明点了下头，关心地说："听说你工作了，就是单位比较差。别泄气，一步一步来嘛！以后找机会，我也帮你活动活动。"向桐笑了，一脸轻松地说："只要不在家里待业，有事干就行。您工作忙，别为我的事操心了。"卢明被他的情绪感染，心里的烦闷顿时减轻了不少。"工资不多吧，够花吗？不够的话，找你爸要。"向桐的嘴巴笑成了一只弯月，露出一口白玉似的牙齿。"嘿嘿嘿，工资够花了，我爸每个月还给我存一点呢！卢伯伯，我先走了啊！再见！"卢明看着他快乐的背影，不禁感到疑惑：他为何会这么高兴呢？

　　是的，平凡的生活里也有乐趣。向桐因为家庭出身的原因，跨不进国营大厂政审的门槛，被分配到抚湖区汽车修理厂工作。那是一家集体所有制的厂子，公私合营时，把几个私有小厂和修理铺合并到一起，区政府派来的厂长往大门口的门柱上挂了一个白底黑字的木制厂牌。等到向桐他们进厂时，大多数从旧社会过来的工人都年过半百了。那些老工人干起活来像磨损已久的机器，能发出声响却输不出多大的马力，惹得厂长经常为进度太慢而大发脾气。但训斥声也不能让老机器焕发活力，他们还是不紧不慢地运转着，厂长来了就加油干一阵子，厂长一走手里的工具又换成茶缸——干得多了不奖，干得少了不罚，傻瓜都知道喝茶比干活舒服。由于这是个老厂子，四面透风的车间水泥地上沉积着一层油腻，铲都铲不干净。敞开的修理棚下有永远也修不完的旧汽车，空气中总是弥漫着铁锈和油漆混合在一起的味道。在这个老气横秋的厂子里，和向桐一块进厂的七八个青年就成为干活的生力军。手端茶缸的老师傅们多在一旁进行技术指导，什么拆油底壳呀、拆引擎盖呀、卸钢板弹簧呀、拧松底盘上的锈螺丝呀之类的修车入门技术就由这些青年学徒工们上手。每天下来向桐都是满手油污，像老鹰的两只黑爪子，只有用汽油才能洗掉手上那层黏糊糊的黑皮。进厂时发的一套全新的蓝色劳动布工作服，不出一个月就染满了黑色油渍。

　　尽管干的活儿又脏又累，鼻孔里总是有股子铁锈味，可向桐还是挺高兴。汽车修理厂真是个神奇的地方，送来修理的卡车几乎满身伤痕，看上去像个生病的老头。经过师傅们的一番整治，出厂时就变成精力充沛的小伙子，哼唱着悦耳的歌声绝尘而去。更让向桐心情愉快的是可以自食其力啦——这是长大成人的标志。

　　厂里的师傅都喜欢干活勤快、脑袋瓜子聪明的学徒。按厂里的规定，徒工进厂满两个月，就有专人带领他们学习修理技术。开会时厂长问："芦向桐，谁想给他当师傅？"会场里伸起一片手臂的丛林，还有人高举双手，对着厂长使劲摇晃。厂长笑了："高生强，芦向桐就交给你啦！可不许保守啊！把你的本事都教给他。"一个五十多岁、面孔红润的矮胖子站起来，手里的一只扁酒壶冲厂长一晃，大声说："厂长啊，这件事情交给我，你可以回家滚被窝去啦！"会场里响起粗俗的哄笑声。

　　高生强可是业内一个响当当的人物。他虽然只有初小文化，却有个"高大夫"的绰号,专治汽车上的疑难病症。据说省市的国营汽车修理厂都曾向他招过手,但厂长搂着这个宝贝坚决不放,还早早给他评定了八级工。人心换人心,他也就安心地留在厂里。这人有个嗜好,有事没事都喜欢小酌几口,但从没误过事,厂长也懒得管,所以他上班时经常从怀里摸出酒壶咂两口。他的那个包着皮外套的银色扁酒壶是个美国货,是以前一个请他去修车的外国佬送给他的。有一次他取下皮套让向桐开眼界,向桐接过来一看,酒壶瞬间变成火炭,烫得他面红耳赤。扁酒壶上雕刻着一个赤裸的外国女人,搔首弄姿地挑逗着他的神经。"高大夫"对待学徒的态度是严师出高徒,他要求向桐必须把发动机的零部件和整车电路都刻在脑子里,而且要求把每个零件的功能和电线的走向都要熟悉得像手上的掌纹一样。遇到别的师傅处理不了的故障,他总是边修边给向桐讲解。有外单位来求援,他也和向桐一起前往。向桐对他十分尊重,凡是出力气的苦活累活,他一概不让师傅动手,只有碰到技术难题才请师傅出马。这一老一少配合得就像两只完美啮合的齿轮,运转得顺畅而愉快。有一次厂长来到这一对师徒跟前,对向桐说:"好好学,以后争取当'芦八级'。"

一天下午,向桐趴在一辆"大道奇"的翼子板上,用呆扳手和钳子拆卸固定油管和电路的螺丝。高生强在他身旁一边指导一边根据螺帽的大小给他递换扳手。向桐忙得满头大汗,他腾出一只手,用工装袖子抹了把汗,又把手伸向身后。"师傅,麻烦递下棉纱。"一个软绵绵的东西放入手心,很轻很小。"咦,师傅怎么才给这么一点棉纱呀?"他心里嘀咕着抽回手,掌心里躺着一块干净绵软的淡蓝色手绢,空气中突然弥漫着淡淡的茉莉花香。清香钻进鼻孔,沉睡的记忆猛然苏醒。另一只手里的扳手滑脱了,叮当有声地砸在水泥地面上。他双手使劲一撑,身体飞离翼子板,脚未落地身子已经转了过来。

一个身材苗条、面庞俏丽的少女歪着头,双手交叉放在身前的军用挎包上,笑盈盈地瞅着他。脸上的两只小酒窝里溢出了孩子般的淘气,那是一种久违而熟悉的神情。

"萌萌!"他失声叫了起来。

阳光绽放,灿烂的金光里全是茉莉花的芳香。耳畔飘来钣金工"叮叮当当"的敲打声,像是在为两人相逢喝彩。高生强从工装兜里掏出一团雪白的棉纱递给他说:"别像个千斤顶杵着,快去洗脸洗手。"说完他摸出那个宝贝酒壶,拧开盖子吱溜有声地嘬了一口又催促道："快点啊，不要让你的小女朋友等急了。"

金悦萌的脸红了。

高生强到底是过来人，从向桐和金悦萌的表情上已看出他俩的关系非同一般，便去给向桐请了假。金悦萌看到向桐用汽油洗手，随后又抓出洗衣粉在头上搓出大团的泡沫，脸上露出了不可理喻的惊讶。两人离开修理厂，金悦萌走进百货商店，完全不顾向桐的阻止，一下子给他买了半打香皂（全是茉莉花香型的）和两大盒洗头膏。向桐告诉她这些东西花钱多还不好使，都没有汽油的去污能力强。金悦萌嘴一撇："汽油伤皮肤，这你都不知道？"说出的话反而提醒了自己，她又买了凡士林和润肤露。向桐拎着一网兜东西走出商店，无奈地跟金悦萌开玩笑："以后可不敢这么霸道，谁敢找你玩啊！"金悦萌天真无邪地咯咯笑了起来，撒娇似的说："就霸道就霸道，气死你！"

他侧脸看着身旁的这个女孩，几年不见，金悦萌已经出落成一个美丽的少女了。她的个头和向桐的眼睛一般平齐。穿着一套修剪合身的洗得发白的女式军装（那个年代最时髦的衣服），裤腿笔挺，上衣卡腰，完美地显示出窈窕的身材。一头乌黑的秀发很精心地绾在头顶上，几只水晶发卡在阳光照耀下熠熠闪光。白皙秀颀的脖颈上扎着一条精致的红丝巾，引得路人纷纷回头张望……"没见过我呀，还偷偷看。"一句话说得向桐的面孔火辣辣地发烫，他忙掩饰似的问："你回来是不是上高中呀？"金悦萌这才说出她为何来省城。省艺术学校提前进行招生选拔，各专业的老师分赴全省各地挑选有培养前途的艺术幼苗。舞蹈演员出身的俞副校长在洪阳市的几支中学文艺宣传队里一眼看中金悦萌。因担心这个身体条件出众、很有舞蹈天赋的女孩被按部就班的平庸生活淹没，爱才心切的俞校长亲自上门去给她的家长做工作。刚进家门俞校长就惊叫一声，和樊小惠拥抱在一起，原来她俩曾在同一个舞台上用舞蹈语言描述艺术人生。风送帆行，金悦萌十分顺利地成为省艺校的预招学员，提前到校接受培训，等到院校统一招生时再正式办理入学手续。到校整理好宿舍，送走父母，她就去报社打听以前的那些小伙伴们的消息。听人说向东和崔建他们已奔赴广阔天地，只有向桐参加工作了。她找到芦承贤，拿到向桐工作单位的地址，这才发生了他俩相见的那一幕。

"未来的舞蹈家，过两天我请你吃饭。"向桐说。

"咦，为啥今天不？"金悦萌忽闪着水灵灵的眼睛问。

"工资都交给我爸了，我身上只有一块多钱。"向桐老老实实地回答。

"好可怜哦！"金悦萌眼珠一转，撒娇道："我不想吃学校的大食堂，就想吃饭馆的炒菜，你陪我嘛！"

向桐无力抗拒："好吧，听你的。"

一切都自然得像昨天还在一起一样。金悦萌请客，又是鱼又是肉的要了好几个菜，撑得向桐乘金悦萌不注意时偷偷地松了下裤腰带。从饭馆出来，两个人也不坐车，慢悠悠地一边走一边交谈——分别的日子里都有对方不知道的故事。直到距规定的返校时间还差几分钟了，他俩才走到省艺校的大门口。金悦萌从挎包里取出一只信封递给向桐："我去找芦伯伯问你们厂的地址，芦伯伯让我给你的。"

省艺校大铁门上的一扇小门"哐当"一声挡住向桐的视线。他打开信封，里面装着一沓十元面额的钞票。哦，父亲想得很周到，金悦萌，这个鬼丫头！

回到报社时夜色已深，家里的窗户上还亮着灯光。毫无倦意的向桐从网兜里取出洗浴用品，兴奋地给芦承贤讲述金悦萌可爱的任性。芦承贤从他的话语中听出一个男孩的欣喜，当机立断地表示，下个星期天请金悦萌来家里吃饭。她的父母不在身旁，不能让她感到孤单。再说，当年樊小惠也曾帮助过向桐啊！

星期六向桐就开始为第二天做准备。请理发师修剪出一种看上去十分精干的运动员发型，如果不拨开整齐浓密的黑发，一点都看不出头颅两侧的凹痕。从理发店出来他又去浴池洗澡，雪团似的肥皂泡沫彻底清除掉了粘在皮肤上的汽油味。第二天早晨起床，他就忙着生炉子烧烙铁熨烫衣服。把平平展展的衬衣和裤子晾在铁丝上，这才开始烧水做早餐。

当一个身穿雪白衬衣海军蓝裤子的小哥哥走进省艺校大门时，门卫可能是把他当作了艺校的学员，看他一眼便转脸瞅向别处。找到金悦萌的宿舍，学艺术的女生心眼多哦，一位大眼睛女生很警觉地拷问了他一番，就像警察盘问心怀鬼胎的小偷一样，直到弄清他的身世和找金悦萌的事由，这才笑嘻嘻地说金悦萌一大早就去练功了。向桐后来得知，那个问得他心里发虚的大眼睛女孩名叫汪华，比金悦萌大几个月，又住同一个宿舍，因此就像个姐姐一样事事都关心着她。

莫道君行早，更有早行人。从练功房门上的小玻璃窗往里看，空荡荡的房子里只有一个女孩在练习舞蹈动作。她穿着背心短裤，裸露出白玉般修长的四肢，像一个冰雪的精灵，在练功房的木地板上翩翩起舞……向桐的心脏忽然莫名其妙地狂跳起来。窗口冒出的人头把金悦萌吓了一跳，她没看清是谁，拿起把杆上的一条毛巾扔了过来。向桐闪身躲开，前额上已冒出虚汗。"你敢偷看我练功，当心我给芦伯伯告状。"金悦萌穿好衣服出来，佯装生气地说。向桐赶忙辩解："我就看你在不在，不是偷看啊！""就偷看就偷看。"金悦萌的拳头已经擂在向桐的肩膀上。

女孩子梳妆打扮绝对能把人急疯，向桐觉得足够自己洗一百次脸的时间都过了，金悦萌才不紧不慢地出现在眼前。她把头发扎成个简单的马尾辫，穿着白衬衣蓝裙子，打扮得像个朴素的中学生。可就是这身装束，也使崔建吃惊得像是看到了天外飞仙。那天崔建从知青点回家，在报社院子里碰见向桐和金悦萌。他两眼直愣愣地瞅着金悦萌，脸上的表情既困惑又吃惊，尖着嗓子问："你……是萌萌吗？"金悦萌又开始淘气了，学着他的声调问："你……是建建吗？"崔建眯缝起眼睛，装作近视的模样，凑近她上下打量了一下说："哟喂，丑小鸭变白天鹅啦！"金悦萌一把推开他："死崔建，你才丑小鸭……不对不对，你是癞蛤蟆！"

这个嘴巴厉害得像刀子一样的女孩也有安静的时候。吃罢午饭，芦承贤去资料室加班了。金悦萌看到书桌上有几个以前没见过的小镜框，她拿起孟沁瑶的剪影看了一下，念出了那个小纸片上的单词"love"，又拿起覃家欣和苗雨涵的合影端详。向桐讲述起他所知道的事情，上一辈人跌宕起伏的爱情故事从沉睡的岁月中走了出来……金悦萌一会儿看着向桐，一会儿又看看镜框，像一只乖顺的小猫，静静地聆听着。向桐自己都感到惊讶，他竟然把父亲曾经讲过的碎片一样的情节，连缀成轮廓清晰的回忆。孟沁瑶、覃家欣和苗雨涵从历史的烟雨中现出身影，缓缓地走入今天。平凡的人也能书写伟大，老一代人坚贞不渝的爱情，震撼了这个当代女孩的心灵。在向桐送她回艺校的路上，她还沉浸在思考当中。

"向桐哥，"她轻声问，"你说芦伯伯和苗奶奶他们，为什么会把爱情看得那么重呢？"向桐被问住了，他从未思考过这么深刻的问题。"因为，因为……"大脑紧急运转，终于找到一个答案，"爱情和生命一样重要。"金悦萌轻轻点了点头，好像明白了生命与爱情的关系。两个人默默走了一段路，金悦萌又想到了另外一个问题："向桐哥，别人都抢着上大学呢，你不想上呀？"这个问题不用思考，答案就在腹中，向桐肯定地说："想呀，做梦都想！我在厂里好好工作，就是想着以后让厂里的师傅们推荐我去上大学。"金悦萌眼里闪过一道愉快的光芒："嗯，好事，加油！"

"我也给你加油！"向桐笑了。

1977 年 9 月的一天，卢明特意来告诉芦承贤和向桐，根据北京传来的消息，大学招生的方式将要发生重大变化，可能会取消推荐政策而恢复高考。"向桐，中学课本还在吗？"卢明说，"抽空捡起来看看，提前做个准备。"向桐连声应承："好的好的，课本都在呢！"卢明走后，芦承贤把向桐的中学课本全找出来，整整齐齐地码放在书桌上。一转身，向桐已不在屋里。

天气热得要命，地面被太阳晒得滚烫。街道上飘浮着一层热雾，远处的人影都在飘忽的雾气中变得模糊不清了。公交车仿佛变成了烤箱，炽热从四面八方辐射过来，烤得人嗓子都干了……急迫的心情在炎热中变得更加强烈，向桐满脑子只想着尽快赶到省艺校去——金悦萌上艺校也得面临高考的挑战。他不怀疑刚才听到消息是否可靠，因为卢明绝对不会捕风捉影地误导他人。如果卢明所说的消息当真，那可是一件改变几十万人、上百万人，乃至一代人命运的大事啊！

第二十二章

　　1977 年底, 怀揣大学梦想的几百万考生参加高考。"老三届"和"新三届"的毕业生走进同一考场, 十六七岁和三十多岁的考生在同样的试卷上书写自己的答案……渴望把理想变为现实的人实在太多, 但被幸运之神眷顾者实在太少。在卢明所关心的范围内, 虽说不乏喜报, 但也有遗憾的失落感。

　　金悦萌通过中专考试被省艺校录取, 成为一名舞蹈班的学员。

　　崔建考入南京大学历史系。崔凯在饭店包席, 大宴亲朋好友。卢明也收到了大红请柬, 他在报社向崔凯表示祝贺, 却没有出席庆贺的酒宴。

　　就连黄桂兰也考入梅山师范学院。相比之下, 胜利、向东和向桐全部榜上无名。

　　心目中的三匹骏马无一例外马失前蹄, 这有点出乎卢明的意料。事先他曾与吴玉霞一起分析, 胜利受政治运动干扰太多, 几乎没怎么好好上课, 他要能考上大学就是奇迹。向东虽说也参加学工学农学军, 但已经完整地学完中学的所有课程。问题是他下乡以后再没翻过书本, 回来仅仅复习两个月就走上考场, 能否考取仍在两可之间。三人中唯有向桐希望最大。自小就能看出他是块学习的材料, 从小学到中学, 他的学习成绩一直稳居班级前列。吴玉霞的看法反倒很乐观, 她认为三个孩子都很聪明, 因上述原因, 胜利可能有点玄, 向东和向桐会成为一对让他人羡慕的双响炮。没想到满心希望全部沦为泡影, 更让她备受打击的是黄桂兰竟然成为大专生。数枚苦果入口, 她没有一点食欲, 也不想进厨房。一连几天, 卢明只得去报社食堂打饭。

　　向桐为什么会落榜, 难道是自己的分析有误? 卢明专门去问过向桐: "你感觉考得怎么样？”向桐的情绪有些低落，垂着头说：“所有的题我都答上了呀！我也不知道是怎么回事。”卢明感到这里面可能有更深层次的原因。

高考录取工作还未结束，他率几个文教部的记者去省教育厅。记者分头到相关部门采访，他则直接敲开一把手毛厅长办公室的门。毛厅长是多年的老熟人，在“五七”干校时两人又同在一个班，见面自然是无话不说。卢明开门见山，请他查阅芦向桐的高考成绩。由于是同级干部，再加多年知根知底的关系，毛厅长拿起电话要通招生办公室，“给我查一下芦向桐的分数。”不大一会电话回过来了。“嗯，嗯，知道了。”他放下话筒，打开保险柜取出一份《政审不合格考生名单》的花名册交给卢明。翻开花名册，第二页第十四列，芦向桐的名字赫然入目。

卢明选择了保持沉默。

吴玉霞又打起精神为孩子们的理想铺路。高考招录工作刚结束，她就催促卢明派出报社的吉普车，把向东从插队的知青点连人带行李一块拉回来，让他全力以赴地复习功课。这时候，夜校和文化补习班已如雨后春笋般遍布整个城市。其中市教育局开办的夜校名气最大，它租用位于市中心的工人文化宫场地，授课的全是各中学教学经验丰富的老教师。但这所夜校只开八个班，每班限定二十人。在成千上万准备参加第二次高考的人员中，只有极少数的幸运儿才能进入该校。因此有人戏称，工人文化宫夜校是所有夜校和补习班里的“清华”和“北大”。也不知吴玉霞费了多大的工夫，通过什么渠道，竟然一次拿到三个名额。胜利、向东和向桐一块进入高考复习的“清华”“北大”。胜利吃住都在厂里，向东就成为家中特殊照顾的对象。吴玉霞变着花样给他补充营养，而且不让他做任何家务。除去吃饭睡觉，他每天的任务就是学习、学习再学习。吴玉霞忙得充实而快乐，与此同时，在卢明的多次劝说下，她对待胜利的恋爱态度也发生了一百八十度的转变。

孩子的快乐才是父母最大的幸福，吴玉霞也不想一直充当恶人的角色。她让胜利提早联系，在黄桂兰学校五一放假的时候，请她们一家来省城做客。与未来的亲家和儿媳初次见面，自然要有不失身份的仪式感，吴玉霞在南国饭店订了一间装饰豪华的包厢。拉开安装有欧式黄铜长把手的门进入包厢，餐桌上的桌布洁白得如新雪初落。桌子中央摆放着一蓬色泽鲜艳夺目的花盘。早已放置到位的描有金边的餐碟闪烁着高贵的光泽。四围的墙壁上贴有让人感到温暖的浅咖啡色壁纸，休息区里的皮制沙发像刚擦上亮光剂一般闪闪发光。虽然黄桂兰的父母自称这辈子从未涉足过这样的高档场所，但还是表现出了知识分子不卑不亢的从容气度。两家人见面落座，吴玉霞从坤包里拿出给黄桂兰的见面礼，一块上海牌女式手表。那可是一件让人心跳加速的珍贵礼物，黄桂兰慌得连连摆手。吴玉霞说："如果你觉得和胜利的关系还不能确定的话，也可以不接受我们的心意。"黄桂兰看了看胜利，双手接过手表，红着脸说："阿姨，我和胜利早就说好了，一辈子都要在一起。"吴玉霞笑了，眼中像有泪花闪动。这时候，卢明发现她的眼角上已有了几条细线一样的皱纹，像不易察觉的裂缝。唉，孩子大了，父母的身体也裂了。从裂缝里流走了青春年华，留下了衰弱和苍老。两家人商定，等黄桂兰师范毕业就为他们举办婚礼……胜利的终身大事已定，家里的生活重心明显倾斜。吴玉霞的业余时间几乎都在围绕着向东旋转，卢明感到自己都快变成家里的局外人了。

高考的日期一步步逼近。1978年大学招生的时间提前，由冬季招生改为夏季招生。那一年的午夜，无论是在城市的居民区还是在厂矿行政事业单位的家属院，都有亮着灯光的窗口，像落在地上的繁星，彻夜不眠。每一粒星星，都是一个放射着光辉的大学梦想。深夜的报社大院里也有星光闪现，那是向东和向桐在挑灯夜战。在静悄悄的题海里，只有从笔尖下画出的一行又一行的符号和文字，像一条不断伸向黎明的长梯……

这一次卢明不再袖手旁观。六月初的一天，距高考还有一个月的时间，他让李平祥驱车直奔省教育厅。他走进毛厅长的办公室，二话没说先扔过去一个鼓起的文件袋。毛厅长打开一看，是两条香烟。"老卢，你拿糖衣炮弹打我啊，"毛厅长说，"我可是抗腐蚀永不沾的人。说吧，什么事？"卢明拿起毛厅长的茶杯喝了几口，放下茶杯说："少来这套，两条烟能把你个老烟鬼打倒？你给我实话实说，今年招生的政审标准和去年一样不一样？"毛厅长开始大倒苦水。因为去年政审还是参照前些年的标准，一部分超过录取分数线的考生迈不过这一道坎，被挡在大学校门外。不知什么人把这事捅到北京，教育部责令各省教育部门立即整改，放宽政审标准。"我也挨了上头一通批评，"毛厅长说，"薛书记批我故步自封，在当前形势下还像个小脚女人，嗯？"他盯着卢明，眼神忽然变得很扎人，又问："老卢，是不是你在背后奏了我一本啊？"卢明忍住笑说："对你我用得着背后告状嘛，真有事我早就跟你拍桌子啦！说实在的，今年政审能放宽到什么程度？"毛厅长大概说了下他们的整改思路，只要不是顽固的敌对分子、死不悔改的反党反革命分子的亲属，原则上都能通过政审。说完他又感到好奇，卢明为何对这件事如此上心，像这种属于内部掌握的政策不能见报啊！他转念一想，明白似的用手指点着卢明说："好你个老卢，鬼点子不少。你以了解政审为虚，说你家向东为实吧！向东今年是不是也要参加高考啊？想让我在他招录的事情上帮忙，不要请我喝酒啊！你知道，我这人抗腐蚀……"卢明已经站起身，哈哈一笑打断他："送你两条烟就够意思了，还想让我请你喝酒，想都别想。"

李平祥拉开车门等卢明上车，见他面带笑意、情绪很好，便随口问了一句："领导，事儿办成啦？"他一时没回过神，很随意地反问一声："什么事？"李平祥说："向东的事儿啊！"他收敛起笑容，语气已经变得严厉："不要乱猜，开车。"车子启动了，他半躺在后座上，看似在闭目养神，其实他是在想，为何毛厅长和李平祥都以为他是为向东的事情而来的呢？鼻孔里轻轻哼了一声，又想到心里的担忧已经解除——政审放宽，向桐的高考之路已是一马平川。大脑中忽然涌出一种莫名的惬意感，身体像泡进水温适宜的浴缸中。倦意袭来，他在车上睡着了。

"五七"干校，宿舍前停着一辆装满圆鼓鼓麻袋的卡车。有个人站在车上拎着打开的麻袋往出倒东西，倒出来的是报纸，一捆又一捆，像石头落在地上……身后有红光射过来。转回身子，一座高大威猛的石雕雄狮。狮头高昂，像在仰天长啸。狮口里的宝珠亮了，红彤彤地放射着光芒。

他猛然惊醒。车子平稳地行驶着，柔和的发动机声像在轻声吟唱。

狮口红光是吉兆吗？那一段时间他经常回想宝珠又亮的奇异梦境。直到招录工作结束以后，他才彻底放下心来。在向东收到录取通知书前，他已经知道这一结果。毛厅长来电话，语轻气松地开玩笑说："老卢，先喝口水压压惊，别犯心脏病啊！"卢明猜到毛厅长要说的事情可能与向东有关，说："我把速效救心丸拿到手上啦，说吧！"电话那头爆发出一阵大笑，"哈哈哈，你听好喽，向东的档案已经让同济大学提走啦！"

1978 年高考尘埃落定，向东考入同济大学建筑系，向桐被暨南大学新闻系录取。他俩的关系在报社是人尽皆知的秘密（只有兄弟俩不知真相），双胞胎兄弟同时被名牌大学录取，这也成为报社内部的一大新闻。唯一让人感到美中不足的是，他俩没有选择相同的专业。

胜利又一次榜上无名。此后胜利再也没有参加过高考，而是心甘情愿地服从了命运的安排。但他为向东、向桐考上大学而高兴，主动提出由他出钱办一场有两家人出席的庆贺宴。这一提议立即遭到吴玉霞的反对，哥哥为弟弟庆贺，家长反而成配角，于情于理都说不过去——这等大事必须由卢明主持并操办。

卢明欣然允诺。

向东、向桐临行前，还是在南国饭店那间宴请黄桂兰和她父母的豪华包厢里，奢华的圆桌旁坐着卢明一家（这个假期雅楠去新疆未归）和芦承贤父子。在明亮的灯光和精美菜肴的香味里，主座上的卢明起身致祝酒辞，第一杯为向东、向桐饯行，海阔凭鱼跃，天高任鸟飞，希望他们能够成为栋梁之材。第二杯敬吴玉霞，舐犊情深，劳苦功高。第三杯很郑重地敬给芦承贤。卢明手端酒杯，意味深长地说："向桐是个好孩子，你教子有方，我敬你一杯。"席间把酒言欢，举箸品鲜，其乐融融。卢明神态稳重地侃侃而谈，既有对知识重要性的高论，也有对青年学子的殷殷期望，同时还回忆起当年和芦承贤出门求学的艰辛。

芦承贤神情有些恍惚，这样的场面似曾相识。记忆隧道的深处亮光闪现，芦家大院饭堂，他和芦牛儿（哦，就在那天他改名为芦承义）去上中学前夕，也是两家人在一起……

在向桐考上大学的同一年，压在芦承贤头上的那顶帽子终于被摘掉。当卢明在全社职工大会上宣读摘帽决定以后，有几个人失声痛哭。芦承贤坐在凳子上发愣。崔凯捅了他一下，凑到他耳旁说："发什么愣啊？你的春天回来啦！"芦承贤这才回过神来，语意含糊地说："回来了，回不来了。"崔凯又捅了他一下："你是高兴糊涂了吧，什么回来回不来的？走，散会啦！"

会后，卢明与所有获得平反的人谈话，征求意见，并尽力满足他们提出的工作要求。"这些年你也受了不少委屈。"卢明问芦承贤，"你想去哪个部门，我马上就办。"芦承贤说："我去摄影部。"卢明十分惊讶，俗话说人过四十不学艺，芦承贤已近花甲之年，怎么会冒出这么一个不着边际的想法？且不说他得从头学习摄影技术，就是让他背着那一套沉重的相机和镜头四处奔波，身体能否承受得住都是个问题。"你确定，是摄影部？"卢明加重语气又问了一遍。芦承贤神色笃定地说："对，摄影部！"

人们都知道芦承贤和卢明的关系非同一般，他调入摄影部后几乎无人说三道四，但报社的人向他投来的目光里都有着明显的问号。一天他在暗房里调制药水，崔凯敲门进来，拿起装有显影液的瓶子看了看说："你这葫芦里到底装的是啥药啊，放着轻松的文字工作不干，偏要到摄影部来跟这些药水打交道。"芦承贤也不多做解释，只用喜爱摄影一说搪塞了过去。在一片怀疑的目光中，只有向桐理解父亲，他在给芦承贤的来信中说了一句话："我明白，你是为了一个承诺。"

是的，承诺。为了苗雨涵几十年来的坚守，为了覃家欣那双宝石一样明亮的眼睛，必须把承诺的镜头对准今天的世界。

摄影部主任是一位和芦承贤年龄相仿的老摄影记者，姓王名宝山。在报社多年，两人只是泛泛之交。芦承贤到摄影部以后，才知道他以前也曾在国民党办的报纸供过职，那时候还在《中央日报》上读到过芦承贤写的文章。对于芦承贤到摄影部，王宝山也感到纳闷，这个已经五十七八岁的人，为什么突然要学摄影，动机何在？为解开心中的谜团，王宝山与芦承贤长谈了一次。芦承贤心里不再有顾虑：一个用生命见证历史的摄影记者从往昔的烟云中向今天走来；一个痴情的女人在万家灯火的山城面向星空守望；一个年轻的记者在观音桥的小楼里留下一个承诺……王宝山听罢和他紧紧地握了下手，从上锁的大铁皮柜子里取出一大盒胶卷放入他的手里说："老芦，去拍照吧！得多拍！"

"咔嚓咔嚓。"随着相机里的快门像眨眼似的一张一合，现实的瞬间定格在胶片上。芦承贤用镜头扫视着眼前这个生机勃勃的社会。刚开始他完全凭着自己的兴趣、碰到有意思的场景或人物就按下快门。回到报社钻进暗房冲卷扩洗、请王宝山对照片进行点评。两个月过去，用掉几十个胶卷，他才基本掌握了必要的摄影技巧。但拍出来的照片都被王宝山归为练手用的习作，全部打入冷宫。入门容易精深难，这时候，他才意识到用摄影语言完美地诠释一幅有深刻思想内涵的图片是多么的不易——公认的好照片都是灵魂的写照。镜头再次瞄准社会，快门已经不再频繁地闪动了，而是像探索的眼睛，寻找着可以"咔嚓"下来的历史瞬间。

照片的质量有明显的提升。《城市的早晨》，街道上庞大的自行车队伍奔向初升的太阳。虽然用的是逆光手法，但静止的旭日与动态的车流相映生辉，给人一种时代洪流涌向光明的联想。王宝山看到照片，第一次伸出了大拇指。但由于构图不够严谨美观，这张照片依旧被王宝山列为习作。时隔不久，他的第一幅摄影作品终于见报。那一次他跟随省教育厅的工作组去基层巡查，来到严家村一所只有两间茅屋、五个学生和一名教师的山村小学。随行的县教育局的同志介绍，别看这所小学教室简陋学生少，但有一个传统，每天早上都要举行升旗仪式。尽管学生换了很多茬，但这一传统一直未丢。哪怕只有两三个学生，也要向国旗敬礼。他心里一动，便夜宿学校。第二天早晨学生到齐，老师捧着一面国旗来到一根木制旗杆下。拴好国旗，轻轻扯动绳索，撅着嘴巴"嘟嘟嘟嘟"地模仿着小号奏响国歌的旋律。国旗冉冉升起，五个年龄不一、头发凌乱的小学生，行着不标准的少先队礼，稚气的面庞严肃地跟随着国旗缓缓上扬。咔嚓！照片冲洗出来，虽然在画面上看不到五星红旗，但从五个孩子行礼的姿势和专注的神态上，能看出他们是在举行一个庄严而神圣的仪式。他为照片取名为《当国旗升起的时候》。王宝山戴上老花镜，把照片放在手心里审阅了一会儿，右手一拍桌子，喊了声"好"！那张照片刊发在报纸的一版上，但他没有署真名，而是用了一个笔名：覃眺宇。

照片见报的那天，卢明在编前会上拿起报纸指着图片，笑着问王宝山："这张照片是投稿吧？覃眺宇是哪个单位的？"听到回答以后，卢明脸上的笑容骤然消失，神情凝重地"哦"了一声，自言自语道："覃家欣……原来是这样啊！"

作为一名记者，年轻时生怕自己默默无闻，那就意味着业务能力低下，采写不出有影响的新闻作品。随着年龄的增长，从名利二字上散发出的魅力光环会逐渐黯淡，只留下职业的眼睛，冷静地注视着社会上的潮起潮落。但对芦承贤来说，在承诺和自尊双重力量的推动下，反而像一个初进报社的年轻记者，背着沉重的摄影包，一头钻进了生活的海洋。他一边服从王宝山安排的采访活动，拍摄即时性的新闻图片；一边根据自己对景物的理解和思考，进行一些艺术创作。由于"覃眺宇"的图片经常见报，致使报社的很多人都认为，一个以前的知名记者，在临近花甲之年，身上又焕发出职业的青春，那是在证明自己不是平庸之辈，被冷落多年后，他在奋力追回丢失的青春年华。就连崔凯都说："老芦这人啊，就是心太强。"卢明也善意地劝说："别把自己当年轻人，岁月不饶人啊！"芦承贤不为所动，依然我行我素。日月易逝，头生二毛，这时候还浑噩度日，怎能对得起许先生、董庆元、覃家欣……时光深处永远闪动着一双双关注着你的眼睛。

他又给苗雨涵去信，询问她的近况——观音桥的小楼啊，一切可否安好？同时从报纸上裁下几张署名为"覃眺宇"的照片，一同装入信封。他要兑现承诺，覃家欣的眼睛依旧明亮，依旧在注视着我们这个世界。

鸿雁乘风去，不知何时归。寂寞的夜晚，他又想起孟沁瑶。往日太遥远了，远得像一场梦。他打开箱子，拿出精心保存的那些老照片。在摄影师的眼里，时间有不同的颜色。日子沉积得久了，便会泛出一层淡淡的浅黄。一张张发黄的照片排着队从眼前经过。"红珀祥云杯"上的纹理仍清晰得像有流云缭绕。江南水乡的小船上，父亲和母亲不知说起什么，两人相视而笑……视线模糊了，他深深地长叹一声，擦了擦眼睛又看下一张。苏堤上，孟沁瑶挽着他的左臂，他伸直右臂手指远方。孟沁瑶也望着他手指的方向……"真混！"他暗骂自己一声。多少年来，怎么就没想到那天手指的是雷峰塔呀！当年漫步苏堤，移步换景，指哪里不好，为何偏偏要指雷峰塔？白娘子触犯天条被法海镇于塔下——爱情要经历难以承受之重，这是冥冥之中的暗喻吗？心如刀绞，那一夜他一直处在半睡半醒的恍惚中间。早晨起床，头脑昏沉，浑身乏力，挣扎几下才坐起身子。心中一阵悲凉——有生之年，爱情的太阳还能照亮自己生命的天空吗？

书桌上金色的小相框里，孟沁瑶依然笑得自信而含蓄，像一个知道答案的天使。她还在香港吗？还能询问到她和孟宏达的音讯吗？

几个月前，中国共产党第十一届三中全会在北京召开。会议释放出一个重要的信号，改革开放，党和国家的工作重心转向经济建设。面向世界的窗口缓缓开启，已有新鲜的风儿吹了进来。前两天他去资料室查阅资料，惊讶地发现报架上竟然公开摆放着香港《大公报》和《文汇报》。取下来一看，都是近期出版的报纸。

他暗自琢磨，三十年前寄出的那些携带着殷切希望的金鸿可能飞不过封闭的大门，所以才中途折翅，不知流落何方；三十年后的今天，应该再书雁帛，探寻孟沁瑶的倩影。这一次，他把信写给了香港《文汇报》，恳请对方记者帮忙查询孟宏达或孟沁瑶的下落。信寄出以后，他独自坐在办公室里闭目沉思。窗外的树上响起一阵鸟儿悦耳的鸣叫，那鸟儿像是刚飞出牢笼，在辽阔的天空下尽情地为自由歌唱。他睁开眼睛侧耳聆听了一会儿，提笔在方格稿纸上写下这样一首小诗：

　　　　风雨卅年游梦泽，心随骏马过渝关。
　　　　长空万里鸿声去，寄语香江盼锦函。

　　寄往香港的信既包含着期望，也是一种试探。三十年过去了，如果还能得到孟沁瑶的音讯，那简直就是奇迹。但人生就是奇迹的载体，不释放出测量真相的探空气球，怎知明日的天空是阴还是晴。不管有无回音，他已经作出一个决定，退休以后一定要去香港。哪怕找不到孟沁瑶，也要让自己的呼吸亲吻一下她曾经涉足过的土地。等待了这么多年，用日子铸造成的苦恋砖块，已在心灵的土地上筑起一座思念的高塔，就让塔垒得再高一些吧！

　　重庆来信了。芦承贤拆开信读了几行，心不由得开始下沉。

　　　　……承贤哥，看到"覃眺宇"这个名字，我们已经明白了你的良苦用心。大哥！谢谢你！我们为有你这么一个肝胆相照的大哥而骄傲。妈妈也说，她和爸爸没看错，你是一个重情重义的人。
　　　　我们不知道还有什么更好的表达方式，但我和哥哥就是想说：谢谢你！谢谢你！我们的好大哥！
　　　　你问妈妈身体怎么样，本来哥哥不让我给你说，怕你担心。可我想来想去，还是决定把妈妈的真实情况告诉你，因为你是我们的亲人。
　　　　妈妈的情况不太好。你还记得我曾经给你说过的事吗，就是哥哥给爸爸的照片做了个镜框，把妈妈气坏了的那件事。从那以后，我和哥哥都不敢再提把照片装镜框的事。可是去年，妈妈好像把那件事忘了，不知从哪儿买了一个镜框，还是定做的，是木头的本色，没有上漆，正好把爸爸的一张全身照装了进去。哥哥说，那张照片是五寸大小的。

妈妈把镜框摆放在饭桌上，吃饭时也不取下来，就像每天都和爸爸在一起吃饭一样。

我和哥哥也不敢问，可总觉得妈妈的举动有点不大对劲。是哥哥先发现的，妈妈有些丢三落四的。有一天哥哥嫂子和孩子回家来，妈妈挺高兴，提着菜篮子出去买菜。可转了一圈，人回来了，菜篮子却不见了。哥哥问妈妈："你不是去买菜了吗，菜呢？"妈妈说："菜在厨房里，不用买。"嫂子也看出了妈妈有点反常，悄悄扯了下哥的衣服不让他再问。哥哥在电话里给我说了这事，我当时还没怎么在意，心想人老了，偶尔忘记点东西也不算什么大不了的事。哥哥却不这么想，他叮嘱我要注意观察。后来我也发现了，妈妈好像得了健忘症。一天她和我去解放碑，本来说好是去给我女儿买衣服。可是到了解放碑，从公共车上下来，妈妈说的话吓了我一跳。她说："买个盐我们还跑这么远？"

以前妈妈的记忆力可好了。她多年前教的那些学生来家里，她几乎都能叫得出他们的名字。我和哥哥放在家里的东西，只要给她说过，她全都记得放在那里。可现在，她常常忘记自己把东西放哪儿了，反倒要问我和哥。怎么会这样啊？我想想都害怕。就和哥哥商量，带妈妈去医院检查一下。我们原以为妈妈可能不去，得好好做做她的思想工作，甚至还想着骗她去医院。没想到她竟然一口答应了，还说我们的想法和她的想法不谋而合。

妈妈一定是感觉到了什么，否则为什么也想去医院呢？而且，她好像已经打听清楚了，给我和哥哥说，要看病的话就看医院的精神科。天哪，妈妈她……我都不知道该怎么说了。去医院那天，不管是在路上还是在医院里，妈妈表现得都很平静。可我的心里一直有个小兔子，"扑通扑通"地跳个不停。哥哥那天真是个大孝子，寸步不离地陪在妈妈身边。医院的大夫真好，本来给妈妈看病的是个戴眼镜的年轻人，他问了病情之后，出去叫来了两位年长的大夫。三个大夫给妈妈会诊。妈妈很听话，大夫让做化验呀，做检查呀，她都十分配合。这些都做完了，大夫让我们在外面转一转，等待诊断结果。我们就坐在花园边的长凳子上等。妈妈还是很平静。看着她，我的脑子里突然出现了一个比喻，平静安详的妈妈，就像一条深沉的河流。

诊断结果出来了，早期阿尔茨海默病。大夫开了药，叮嘱了一些该注意的事情，我们就离开了医院。在路上我给妈妈和哥哥撒谎，说要去给单位买点东西，让哥哥陪着妈妈回家。我又跑回医院，听大夫说我才知道，这种病分七个阶段，妈妈的症状介于三四阶段之间。到五六阶段，患者的记忆力就会大幅衰减，甚至不能完全回忆起个人往事，生活也需要别人协助。一旦到第七阶段，生活就无法自理，甚至会丧失对话的能力。我问大夫，从三四阶段发展到五六阶段，大概有多长时间。大夫说对于不同的患者来说，因个体原因，症状和病情的发展可能会有较大的差异，有的慢，有的快。听大夫说完，我的脑子都乱了。

老天爷呀，你为什么这么不公平？你难道要让妈妈忘记爸爸吗？她还在等爸爸回家呀！太残酷，太残酷了！

我把大夫说的话告诉哥哥和嫂子。我们在一起商量，要对妈妈保密，不说病的程度。每天轮流回家，监督妈妈按时吃药。我们都希望妈妈能把她身上出现的症状当作常见的老年性疾病，让她和以前一样，等待爸爸回家，那是她的生命支柱呀！

可是，承贤哥，在妈妈面前，我和哥哥都是傻子。

妈妈开始整理家里的东西了。把玉石、古董、银圆……都是以前的老物件，分给了我和哥哥。我们不要，那些东西上有一股家的气味，我们把它拿走了，家的气味就淡了呀！可这一次，妈妈很固执，尽管跟我们说话的语气像哄小孩子，可说出的话里面像有一把刀子，割得我们心里流血呀！她说："这些东西都是你爸爸买的，说不上有多值钱，可它也是个纪念。你们两个都不要，是看不上呢，还是想以后把我和你爸爸都忘了呢？"

妈妈！不是我们不要，是想让那些东西陪着你呀！可听妈妈这么一说，我和哥哥不敢不要了。看到妈妈这样做，我和哥哥都感到不安，莫非妈妈已经知道了自己的病情？

有一天我回妈妈家，住在隔壁的张婆婆拉住我悄悄说了件事。以前夜里我们家只有一楼的灯光永远不灭（多少年来，灯泡不知换了多少，但客厅里的那盏灯，永远亮着，那是妈妈特意留给爸爸回家照明用的）。可最近一段时间，楼上有间房子里的灯也亮了，而且一直亮到深夜。张婆婆还给我指了一下那间房子的窗口。那是爸爸的书房，卧室在另一边呀！妈妈深夜不睡，在爸爸的书房里干什么呢？回到家，趁妈妈在厨房做饭，我轻手轻脚地上到二楼，推开爸爸书房的门，我惊呆了。

承贤哥，你能想到我看见了什么吗？墙壁上的所有照片下面，都贴了一张小纸片，像从一个神秘的地方飞来的白蝴蝶，落满了整个房间。每只蝴蝶的翅膀上都有不同的花纹，那是妈妈亲手写出的清雅秀丽的字迹，清清楚楚地标明每一张照片拍摄于何时何地。看着那些从往日岁月中飞出来的蝴蝶，我明白了，五十多年过去，爸爸书房里的每一张照片，都是飞翔在妈妈生命里的最美丽的蝴蝶！

妈妈，亲爱的妈妈！你是在用这些记忆里的白蝴蝶，与阿尔茨海默病抗争吗？

白蝴蝶又飞出爸爸的书房，落在盛放有爸爸衣服的木箱子上，落在日历牌上，落在爸爸的生日、他们的结婚日和他告别我们出国采访的那个日子上……也落在了我和哥哥的心上。那天哥哥从楼上下来，端起饭碗扒拉了两口米饭，我看见他眼睛一眨，眼泪掉进了饭碗里。他怕妈妈看见，端着碗进了厨房。

我还发现，妈妈从外文书店买回来几册英文书和英汉对照辞典，就放在她卧室的床头上。妈妈是在锻炼记忆力呀！

承贤哥，给你说真话，我和哥哥都很自责。我们怎么会这么粗心，没有早点发现妈妈的病情呢？我们该挨骂，甚至都该挨打，我们对不起爸爸呀！没把妈妈照顾好。我们只有尽力弥补过失，一点一点地做吧！我帮着妈妈查单词，给书里做标记。还跟妈妈用英语对话，有时候我故意说错，让妈妈批评我。哥哥也学会了打麻将，每个星期天我们都请张婆婆过来，拉着妈妈上牌桌……

我从不讲迷信，可这一次，我要去烧香拜佛，希望神灵能听到我和哥哥的祈求：让病魔远离妈妈，让爸爸回来和妈妈相逢。哪怕……哪怕是在梦中也好啊！

可是，神在哪里？

…………

白蝴蝶呵，也从遥远的岁月深处飞来，在芦承贤的记忆原野上飞舞。覃家欣和苗雨涵的面孔在脑海中交替出现，那是一段刻骨铭心的交往啊！他拿着覃岚上一次的来信和这次的来信，走进卢明的办公室。卢明看他神情凝重，猜到他有要事商谈，便叫来在隔壁的报社办公室主任，吩咐有人来访一概挡驾。房间里安静得像是在沉思，只有翻动信纸的声音，像花丛的枝叶被蝴蝶的翅膀扰动，发出窸窣的摩擦声。卢明读完信也动了感情，揉了揉太阳穴，轻声叹口气，抬头注视着芦承贤的眼睛说："覃家欣曾经救过我，他们夫妻俩……值得敬重啊！说吧，我能做点啥？"芦承贤问："你认不认识医院的领导或者是精神科的专家？"此言一出，卢明立即明白了他的来意，抄起电话要通省人民医院的院长，简单寒暄几句后，话锋一转，现在需要治疗早期阿尔茨海默病的药，无论国产还是进口，一定要最好的，请院长马上办理。而且他特意叮嘱，尽量多开一点。电话那头一口答应。卢明写张条子交给芦承贤说："你去医院直接找他取药。买药的费用，过几天我去交。"

取回来的全部是进口药，并附有医嘱，详细说明每种药的服用剂量和次数。那些药是半年的用量。为了避免途中损坏药盒，芦承贤专门请报社的木工师傅用三合板做了个小木箱，里面衬上棉花，给药品穿上了一层保险的外衣。并在木箱上写了"内有药品，请勿碰撞"的字样。抱着木箱回到家里，踌躇再三，他还是提起笔，在信中很隐晦地提醒覃岚，让她问一问苗雨涵还有什么愿望……

包裹寄走了，他也不想外出采访。王宝山看他神情忧郁，以为他身体不舒服，几次催他回去休息。他懒洋洋地走出编辑部大楼，一眼看到侧方花圃中有两只白色精灵飞舞——白蝴蝶，飞翔在姹紫嫣红间。视线渐渐模糊，仿佛置身于幻境中，无数白色精灵在空中舞蹈翩跹。幻化出的线条与光点给这个世界罩上了一层目力无法穿透的神秘叠影，像绵软摇摆的大网，波浪一般飘浮在天空上。

心窝里又一次出现了下坠感。

那是一种令人茫然的不祥预兆，就像总觉得心里有事，却又无法搞清楚究竟是那件事让自己心神不安。一连多天，那种感觉一直压抑着他，怎么都挥之不去。莫非人体中真有第六感官，能准确地预知未来的事件？……香港《文汇报》回信了。当他在办公室里拿到那封写有"芦承贤先生亲启"的信时，就像抓起一块火炭，烫得他浑身哆嗦了一下。心鼓被重锤擂响，满世界都是轰隆隆的雷声。"你在香港还有亲戚呀？"一声问话穿过轰响进入耳孔。扭头一看，目光与王宝山狐疑的眼神相遇。他极力掩饰着内心的激动，做出一副若无其事的样子说："好久没联系了，我是有事请那边的记者帮忙打听一下。"王宝山明白似的"哦"了一声，善意地催促道："那你还不赶快看信。"他把信装入衣兜，"不着急，下班回去再看。"真实他已心生忐忑，不敢贸然拆信。

那封信很薄很轻，像一只疲惫的小纸鸢，飘过三十年的高山深壑，翩然降临在眼前——它送来的是喜是忧？一股沉重的恐惧感填满心房，缺氧的感觉再度袭来，他张口做了几次深呼吸，这才觉得平静了一些。他长出一口气，神色严肃得像接受命运的审判一般，拆开了那封信。

> ……我是《文汇报》记者，曾拜访过孟宏达先生。孟先生栖港数载，绝少参加港方商务或交际活动，亦不发表政治见解，只是托请我等报人代为收集大陆中央及各省报纸，并给予酬劳。
>
> 据闻，有国民党要员游说孟先生去台，无果而终。
>
> 1955年，孟先生与孟小姐离港赴美，与我等再无联系。其近况委实不察，望芦先生见谅！
>
> 又及，孟小姐天生丽质，滞港期间多有豪门公子欲结良缘，均遭婉拒……

沁瑶和孟宏达早已离开香港，虽说信中所述的结局已在预料之中，但他仍感到手脚冰凉，往日里思绪井然的大脑忽然变得十分紊乱，心中那团希望的火光已经黯淡。孟沁瑶在香港或知其下落方存有一线盼望，可她早已去往异国他乡。心中一阵悲鸣，现如今，心有缱绻思花容，却不知，沧海飞鸿雁，何处投书？

目光再次回到香港来信上，两个信息从纸面上跳出来轻轻地叩击着心扉。一是孟宏达曾委托记者收集国内报纸，二是孟沁瑶拒绝了所有的求婚者。据此分析，他们可能在各地出版的报纸上苦苦地搜寻着一个记者的名字——只有这种解释较为合理，否则，他们要那么多报纸做什么？……目光又移到金色相框中，已有稍许褪色的小纸片上，"love"依旧像刀刻一般的清晰。他相信，沁瑶也一定坚守着那个誓言。紊乱的心思又变得条理分明了，他把来信收存进抽屉，提笔给那位香港记者回信，感谢他告知孟氏父女在港期间的情况。去邮局寄信回来，他再看书桌上的小镜框，孟沁瑶的面庞上露出了舒心的微笑。

放寒假向桐回家，拉开抽屉找东西时看到了覃岚的信和香港来信。看完覃岚的信后，出于好奇，他又读了那封来自香港的信，这才发现父亲多年的等待，等来的却是镜花水月——人生能有几个三十年啊？难道这种苦恋真就是一曲悱恻缠绵、没有高潮部分的悲歌吗？为安慰父亲，向桐说："我看那封香港来信了，我们系里有同学毕业后还想出国深造，只要孟妈妈还在美国，到时候让同学帮着咱们打听。你可别泄气啊！"向桐话里的暗含玄机，在妈妈这个词前面冠以姓氏，就排除了与自身的血缘关系。芦承贤没有听出这层意思，他接着向桐的话说："别担心，这点打击我承受得住。"然后他走到书桌旁，拉开桌子边上的小抽屉，取出一个新钱夹递给向桐，又说："给你点零花钱。回来见悦萌没有？她爸妈全都调回来了。"向桐早已知道了这件事，他接过钱包嘿嘿一笑说："我给她打电话了，约好明天见面。"

房间里安静了下来，芦承贤戴上老花镜坐在饭桌旁，边喝茶边翻看着当天的报纸。向桐打开台灯，趴在书桌上看书。芦承贤合住报纸抬头看了一眼，一幅平和的家庭生活的画面映入了这个摄影记者的眼中。可画面的某个细节上有点突兀，像有一个生硬的光点破坏了画面的和谐。他摘掉花镜，眯起眼睛仔细一看，原来向桐的注意力不在摊开的书本上。他双手撑着下巴，目不转睛地瞅着那个围有一圈金光的孟沁瑶的剪影，表情严肃得像个陷入沉思的哲学家。芦承贤误以为他还在盘算怎样才能找到身在异国的孟沁瑶，便没有打扰他，重又戴上眼镜，伸手拿起另一份报纸看了起来。

其实，向桐是在考虑另外一个很重大的问题。看到那封香港来信，他在为父亲伤感的同时，也明确无误地知道了孟沁瑶不是自己的生母。"我是谁？从哪里来？"在他的记忆里，好像只是在孩提时代问过一次。这么多年过去，怕引起父亲伤心，便把这个疑问深深埋在了心底。是香港来信触发了心灵上的某个开关，一个模模糊糊的身影浮出脑海，她……是谁呢？

　　向桐一手托着脑袋，侧过脸看着芦承贤，年老的父亲眼戴花镜，头发已经花白，平滑的额头上已被岁月的刀锋刻出了几条深深的皱纹——苍老已经悄悄侵入父亲的肌体。向桐突然觉得鼻腔发酸，脑海里的那个模糊的人影被汹涌而来的亲情浪潮淹没了。但另一个倩影又浮现上来。他起身去给父亲的茶杯里添满水，商量似的说："爸，明天我和悦萌出去玩，能用用你的相机吗？"

　　约会那天，向桐背着挎包和水壶，在咸庆湖公园的湖畔、草坪和林阴道上，手里的镜头对准金悦萌不停地"咔嚓"。金悦萌装作累了，叫嚷道："我不拍啦，你拿我当模特儿练技术呀！"向桐收起相机，把旋开盖子的水壶递给她。"不是练手，是想让你成为我这里的……"他指了指自己的心口又说，"白蝴蝶。"金悦萌刚喝了一口水，"噗"地一下全喷了出去。她睁大眼睛问："什么白蝴蝶？"向桐讲述了覃岚的来信，金悦萌这才明白，原来他所说的白蝴蝶是生命中不可磨灭的记忆。白蝴蝶的翅膀也撩动了少女的心弦，她忽然变得双颊绯红，娇羞地瞥了向桐一眼，又赶忙躲避似的转过脸去，抿着嘴唇眺望着辽阔的湖面。水光潋滟，远处的点点小船，像是被柔波轻轻托起的蝴蝶……

　　"咔嚓。"

　　再次约会的时候，金悦萌从洗好的照片里挑出一张她站在湖畔的正面照，拿在手里问："我送给你一只蝴蝶，要不要？"向桐赶紧伸出手说："要，要，当然要啦！"他回家以后，精心裁剪，把照片放入钱包那层透明的塑料夹层里。过了几天，两人相约去图书馆。向桐手捂了捂左胸处鼓起的上衣口袋说："我这里有一只蝴蝶。"金悦萌笑靥如花，揉了他一把，让他闭上眼睛张开嘴。一块巧克力滑入口腔。

第二十三章

　　一贯文弱娴静的雅楠竟然引起一场家庭震动。作为最后一届"工农兵大学生"，三年学习期满，她拿到一张专科毕业证书。毕业前夕，她没和家人商量，便自作主张地报名去新疆工作，并提前通过学校与新疆有关方面联系，如愿以偿地收到新疆维吾尔自治区人事厅的欢迎函。当她在家里宣布这一消息时，犹如炸弹爆炸。在那个交通不便、信息闭塞的年代里，绝大部分南方人对新疆的认知几乎全是长绒棉的亮白柔软和葡萄干的可口酸甜……向东瞪大眼睛嚷叫："你疯啦，跑那么远，新疆有啥好的？"雅楠笑而不答。胜利知道答案，他凑到黄桂兰耳边，不知嘀咕了一句什么。黄桂兰推了他一把，小声道："就你知道得多。"

　　事先被蒙在鼓里的吴玉霞自然无法接受这个现实——雅楠彻底毁坏了她设计好的蓝图。二十世纪七十年代末的大学生可是像宝石一样的稀缺资源，那一年省委组织部将在应届大学毕业生中选拔一批年轻干部，这一消息还未走出省委大门，她便近水楼台先得月地把一份雅楠的简历递交给组织部……这一次她很有把握，不用卢明出马，也不用找薛文昌打招呼，就凭雅楠的自身条件，肯定能去一个让同期回来的大学生羡慕不已的好单位。同时，她也框定了几个无论从家庭背景、工作单位，还是个人条件都堪称优秀的男青年。毫无疑问，雅楠毕业后的人生自然是一路鲜花。可是，雅楠的决定让这一切都化作泡影。吴玉霞罕见地冲雅楠发了脾气："这么大的事你也不征求我们的意见，大学分配关系到你一辈子，你就这么轻率地决定啦？告诉你，去什么新疆，我不同意！"雅楠决心已定，她说："我的档案都寄走了，下个月我就去乌鲁木齐报到。"吴玉霞气得浑身发抖："不去！我明天就去找人，联系新疆人事厅，把你的档案要回来。"雅楠针锋相对，说话的声音不大却很有分量："我又不是小孩子，有权利选择自己的路，请你尊重我的决定好吗？"

房间里的空气凝固了。胜利赶忙打圆场："一家人难得团聚，今天咱们出去吃饭吧，我请客。"吴玉霞板着脸，没好气地说："你们爱去就去，我不去，气都吃饱了。"这时候，卢明咳嗽了一声，心平气和地叫雅楠去办公室，他觉得应该了解一下女儿的真实想法——每个重大的决定必然有前提。果不其然，雅楠和新疆有个约定。那是边防军人身上散发出的英武之光，尽管很遥远，但它还是照亮了这个女大学生的心灵。

那年回老家给芦武奎立碑，她看到欧阳晨的立功喜报和来信。拿到他的地址后，两人便有了书信来往。再追根溯源，关山午夜，那个被篝火勾勒出轮廓的男儿身影，已成为她记忆里一尊不可磨灭的雕像。文静的女孩也有热烈的追求，特别是对英雄主义的向往——驻守国门的军人都是和平年代里的英雄。在这种爱慕心理的促使下，她用了四天三夜的时间，乘坐着拥挤的火车穿越半个中国，踏上那片像是远在天边的神秘土地。已经穿上"四个兜"的欧阳晨接到电报，在乌鲁木齐火车站的月台上接她。刚走出车厢，他便迎上来"咔"地立正，行了一个标准的军礼。那一瞬间，站台上所有的喧闹和人影都被风吹走了，只有一位身材魁梧、面庞黝黑的年轻军官，劲松一样挺立在她的面前。

由于尚未明确男女朋友关系，欧阳晨也很有分寸地把她当作一个前来游玩的邻家女孩，只是尽其所能地让她感受新疆浓郁的民俗风情。走进人声熙攘的二道桥大巴扎，头戴花帽、身穿长袍的维吾尔族商人的笑脸和琳琅满目的商品看得她眼花缭乱。一股烤肉的香味飘过来，转眼看去，烤肉摊上的维吾尔族汉子正向她招手："过来尝一哈嘛，羊娃子肉，咬一口就香到心尖尖上嘛！"维吾尔族汉子的叫卖一点不夸张，又香又嫩的烤羊肉真是天下美味呀！大街上，穿着艳丽的维吾尔族女孩也是一道道美丽的风景，她们说笑着从身边走过，仿佛这个城市的空气中都充满了花朵一样的故事。在乌鲁木齐玩了两天，欧阳晨征求她的意见，想不想去红旗拉甫看一看边防军人的生活。想去，当然想去。可那里是军事管理区，不允许游客进入。欧阳晨和她去新疆军区边防管理部门办理相关手续。一位表情严肃的中年军官查看了她的学生证，直截了当地表示，非军人亲属不得进入边境线附近的军事管理区。他问："你和他是什么关系？"雅楠害羞地躲避着他的目光，低头瞅着自己的脚尖，声如细丝般说："朋友关系。"军官追问："是一般朋友还是男女朋友？"稍作停顿，他又强调了这两种关系的不同待遇："如果是一般朋友，就不能去红旗拉甫；如果真是他的女朋友，我就给你开通行证。"雅楠羞得脖子都红了，她侧脸看了下欧阳晨，他也窘得脸色通红，鼻尖上亮晶晶地像冒出了细密的汗珠。她想了想，勇敢地对军官说："我是他的女朋友！"

不到新疆，就不知道中国有多大。乘坐了几天的汽车（而且每天都是坐在车上看日出日落）才到塔什库尔干塔吉克自治县。那是一座远离世间喧嚣的边陲小城，一切都显得悠远而宁静。城外山丘上的一座石头古城，历经千年风雨的剥蚀，只留下城墙、炮台和民居的残迹，像一尊黑色的巨兽，不失威严地睥睨着世间的四季轮回。环绕小城的山顶上常年积雪，远远看去犹如银色巨龙盘踞在苍茫高原上……那天夜宿部队招待所，不知是由于高原反应还是过于疲累，耳朵里总是隆隆作响而无法入睡。她起身来到室外，抬头仰望星空。天哪，犹如黑蓝色天鹅绒般的夜空低得仿佛触手可及，眼前无数的星星像被擦拭过一般，一颗颗都明亮得像璀璨发光的珍珠，整个天穹星光灿烂。耳中的轰响消失了，大脑忽然变得十分清爽，世界一隅也有人世间的光辉，为什么一定要困囿在喧闹嘈杂、尔虞我诈的城市丛林中呢？心海如镜，这种辽远高深的安宁是多么的美妙呀！耳膜轻轻振荡，从夜的深处传来一阵神秘的嗡鸣声，是空中的星辉在放歌，还是地上的夜风在轻语？哦，那是帕米尔高原的呼唤，是心灵与世界的一个约定，她不由得热泪盈眶了。

这时候，一件军衣轻轻披在肩头上，耳畔响起欧阳晨的低语："夜里天凉，回房里去吧。"

运送给养的军车驶进红旗拉甫边防连的驻地。"欧阳排长和他的女朋友来啦！"随着一声呼喊，平静的营区一下子热闹起来。战士们跑出来围住欧阳晨和雅楠，在这些被强烈紫外线晒得黝黑的年轻面庞上，全都闪耀着惊喜好奇的光芒。有个调皮的小战士挤进来，冲着雅楠叫了声"嫂子"。叫得她心如鼓擂，脸色涨红。欧阳晨板起脸，故作生气地训斥道："再胡说当心我揍你。"小战士脖子一缩，躲到战友身后嚷嚷道："排长，你是让我揭发你呀！前些天你收到电报，高兴得又是刮脸又是洗衣服，就差跑到雪地上打滚去啦！"围观的战士们全都笑得露出了一口白牙，有人给小战士帮腔："就是就是，排长高兴得快疯了。"欧阳晨气恼得举起拳头，却不知该揍谁，只好变拳为指，指点着说："你们都等着，看我怎么收拾你们。"这时候，连长和指导员过来了。连长跟雅楠握手说："雅楠同志，红旗拉甫欢迎你！"指导员冲雅楠一笑，转身挥了挥手，对战士们说："解散，解散，让欧阳和雅楠同志休息休息。司务长！"人丛中有人响亮地回应："到！"指导员下令："通知炊事班，今晚多炒几个菜！"营地里一片欢呼。

这是一个英雄的连队。来到雪山下的营地，雅楠才知道，"红旗拉甫"是塔吉克语，意为"血染的通道"。这条高寒缺氧的通道见证了中国边防军人用生命和青春书写的忠诚。曾有官兵在巡逻途中突遇暴风雪，被冻成了手握钢枪的冰雕，一动不动地屹立在冰雪高原上。她也第一次听说，每次执行巡逻任务，这个连队的官兵都要在界碑前，面向北京方向高喊："报告祖国，界碑平安！"矗立在边境线上的每一座雪山，都像丰碑一样记录着边防军人戍边卫国的故事。英雄的高原英雄的兵，她已经暗生敬意。在边防连的一个星期，她成为一名不佩戴领章帽徽的军人。指导员给她找来一套崭新的男式军装（连队里没有女兵），亲自带队把她送到前哨班，并在飘扬着国旗的一号哨位前授予她一支冲锋枪，让她和欧阳晨一块在国门前站了一班岗。连长也特意做出安排，命令欧阳晨带领一个班护送雅楠，去七号界碑执行巡逻任务。战马的蹄声踏破高原的宁静，蹚过雪水河，越过冰达坂，军人们来到七号界碑前。战士们用毛巾擦干净界碑，欧阳晨拿出一支排笔和一小罐红漆交给雅楠，让她给界碑上的字迹和编号描红。从小到大，手下写过无数次中国，可都没有这一次这么庄严而神圣。描完之后，鲜艳的"中国"二字像火一样燃烧，映得她脸上一片火红。巡逻队在界碑前全体立正，面向东方齐声高呼："报告祖国，七号界碑，平——安——"浑厚的雄性嗓音回荡在冰雪高原上，犹如雷声强烈地震撼着雅楠的心灵。祖国，这一书本和图纸上的概念，在这一刻突然变得真切而具体——她是播撒阳光雨露的天空，是哺育和守护人民的大地——我们都是大地之子呵！也就是在那一刻，雅楠萌生了一个想法。

在乌鲁木齐火车站的月台上，临上车前她对欧阳晨说："以后毕业了，我要来新疆。如果有机会，我也想参军。"

从雅楠的叙述中，卢明看到了女儿的心灵轨迹。他望着女儿，目光平静慈祥，心里却波澜起伏。实事求是地说，如果没有父女这层关系，他会毫不犹豫地支持雅楠。这个女大学生身上所表现出的那种热爱祖国、不畏艰险、积极向上的精神，不正是新闻人所倡导的年轻一代所应有的吗？可作为父亲，他又舍不得让女儿去遥远的边疆——口中忽然发苦，一种难以启齿的心理在作祟——芦花花的儿子真有可能成为自己的女婿？千里姻缘一线牵，那位拄杖巾囊的月老不知藏在哪里偷笑哩！他控制住情绪、不动声色地问："你说的那个欧阳晨还在上军校吧？"雅楠说："他明年毕业。"接下来她又问："爸，你是不是和我妈意见一致，反对我去新疆？"卢明言不由衷地说："我……不反对。"

谁都无法阻止年轻人奔赴理想的脚步，吴玉霞又一次领会了儿大不由娘这句俗语中包含的真理。雅楠软硬不吃，发脾气也罢，劝说也罢，都不能让她回心转意。事已至此，家长只得顺从。尽管伤心生气，但吴玉霞开始为女儿准备行装。她做了一套全新的被褥，准备好四季换洗的衣服，还托人从省军区后勤部买回军大衣、棉绒军帽和军用棉鞋。大热天里雅楠看到这些都觉得浑身冒汗，搂住吴玉霞的胳膊说："别忙活了，我又不是去北极。"雅楠哪里知道，儿女的每一次远行，在父母眼里都是去往寒暑未知的天涯海角。吴玉霞依然我行我素，她像是跟时间赛跑一样，又买回来一堆各种颜色的毛线，缠成圆滚滚的毛线团，一有空闲时间就拿起织针，把母亲的担忧织进花花绿绿的毛线中。尽管胜利告诉她，黄桂兰已经给雅楠织了两套毛衣，可她的手还是停不下来，直到雅楠临走前才完工。毛背心、开襟毛衣、V领毛衣、高领毛衣，还有一件图案精美、灿如云锦的毛织短大衣，看上去简直像一件时尚的工艺品。雅楠走的时候，光行李就托运了几大包。在火车站的月台上，吴玉霞拉着雅楠的手叮嘱："气候不适应，工作不顺心，你说一声，妈就想办法调你回来。"雅楠搂抱住她，笑嘻嘻地说："我知道该怎么做，你只管照顾好自己和爸爸就行啦！"

西行的列车远去了。从火车站回来，吴玉霞又开始埋怨卢明，在这个家里就你会当老好人，把胜利和雅楠都惯成了任性的魔王，想干什么干什么，一点都不听话。"年轻人一时冲动，我可以理解。"她说，"你不帮着我说话也就算了，还在背后拆我的台。你以为我看不出来啊，他们跟你又说又笑，我一张口，他们全都装哑巴。"卢明苦笑着解释："孩子大了，得允许他们有自己的思想和追求。这又不是旧社会，父母之命不可违。我们应该理解……"吴玉霞气呼呼地打断他的话："少说这些，要讲大道理我不比你差。我就不信，雅楠去新疆，几年见不着一次，你就不想？"

　　怎么能不想呢？口里的苦味又出现了，雅楠竟然和芦花花的儿子……他没有勇气把这一切讲给吴玉霞。胸腔里像塞进了什么东西，挤压得呼吸都不顺畅了——谁能体谅这种苦闷？在那个炎热的下午，他的脑子里像有无数的乱七八糟的小虫子在蠕动。思绪也很混乱，在真实的往昔和虚幻的未来之间不停地穿梭。该死的芦家营，离开这么久了，它还像梦魇一般纠缠着自己。

　　夜色已深，他躺在床上睁着两眼，毫无睡意。芦花花，从她胳膊的风车里旋出的那只拳头，携带着童年的狼狈和逃避订婚的难堪狠狠地捶打着大脑。胸中的郁闷像火山喷出的滚滚浓烟，不停地翻卷升腾，思维的天空一片黑暗。有谁能知道自己内心的苦恼？身旁的吴玉霞仍在沉睡。有时候，诉说也是缓解焦虑和痛苦的有效方法。可是，该给谁说呢？脑海里浮出一张面孔。唉，这种事也只能说给他了。卢明长出口气，暗自决定，既然难题找上门来，躲避不开，那就正确面对，人生不就是在出现问题与解决问题的过程中走向光明的吗？

　　"承贤，麻烦你到我的办公室来一下。"

　　芦承贤坐在办公桌对面的椅子上，看他眉头紧锁，迷惑地问："啥事把你愁成这样？"

　　"唉！芦花花。"

　　"怎么了，你有她的消息？"

　　"岂止是消息啊！"

　　"不是消息，那是……她来找你了？"

　　"比找来还麻烦。"

　　"到底是怎么回事？"

　　"雅楠可能……我说是可能啊，和她的大儿子处对象了。"

　　"什么？"芦承贤大吃一惊，怀疑自己听错了，追问道，"雅楠和芦花花的儿子谈恋爱啦？"

　　"唉！十有八九是这样。"

　　"这……哈哈哈哈。"芦承贤大笑。

　　"你别幸灾乐祸好不好。"

　　"哈哈哈哈。"

"没想到隔了这么久，还是跟她扯上关系了。"

芦承贤强忍住笑说："该来的事，必然有它来的道理，顺其自然吧。"

"这事我也只能给你说说，心里憋得难受啊！"

"雅楠是个很有主见的孩子。别抹不开脸，孩子的幸福比我们的面子重要。"

卢明苦笑道："我就是觉得这事实在是……"

"哈哈哈哈。"

　　孩子们有他们自己的生活。几个报社子弟因考上不同的大学而各奔东西。放假回来，都想找个机会聚在一起，相互倾谈一番。但全是男生，聚会的色彩太单调，向东和崔建不约而同地想到了金悦萌。人说女大十八变，他们也想看看那个昔日的小女孩现在是不是变成了身披彩羽的凤凰？

　　那天下午，向东、向桐和崔建在报社门口的公共汽车站等金悦萌。崔建穿一身怪异的服装，路人看他的眼神就像在看一个从地下冒出来的怪物。他穿紧身的花格子衬衣，一条赭石色的"喇叭裤"，走起路来宽大的裤腿甩得像两只裙摆一样。也不知他多久没去理发了，一头几乎齐肩的长发散披在脑后，显得放浪而怪异。如果单从背后看，真让人难以分辨出是男还是女。看见他这身打扮，向东一脸不屑地说："看你这不男不女的样子，真是给大学生丢脸。"崔建振振有词地反驳："你这学建筑的根本就不懂，从历史学角度来看，服装的变化也是一种力量，能打破旧思想的牢笼。"向东嗤之以鼻："去去去，别把自己装得像个史学家，你不就好个奇装异服嘛！"崔建嘿嘿一笑，潇洒地甩了下头发说："这你都看不惯，太落后啦！你知不知道，爱好奇服者，古已有之。'余幼好此奇服兮，年既老而不衰。'知道是谁说的吗？屈原同志也。"向东张嘴做出一个呕吐的动作，转脸看向一辆驶来的公交车。崔建扭头问向桐："喂，你这个上'暨大'的，是不是和'同济'的观点一样？"向桐见怪不怪地回了一句新闻术语："不予置评。"

　　一个漂亮的女孩走下公共汽车，从她身上散发出的青春光彩像磁石吸住众人的目光。只见她上穿一件雪白的衬衣，下着一条亮绿色的"喇叭裤"，向几个等她的小伙子招了招手，步履轻盈地款款而来。舞蹈专业的女生是同龄人中的公主，在艺术熏陶和形体训练的双重作用下培养出一种独有的高贵气质，既像粉莲亭亭玉立，又如仙子高雅脱俗。向东目不转睛地瞅着她，脸上写满了惊讶。崔建兴奋地嚷叫了起来："看看，你们看看，萌萌也穿的是喇叭裤呀！"同样款式的服装会被不同的人穿出截然相反的效果，向桐忍不住地评价道："人家穿上像仙女下凡，你穿上就像妖怪出山。"

崔建气恼地推了向桐一把。金悦萌笑得一脸粲然。

这时向东已经回过神来，他彬彬有礼地征求金悦萌的意见，今天是去饭店边吃边聊呢还是一块去看电影？

"看电影呀！"金悦萌一声令下，几个小伙子都变成了乖顺的绵羊。

行走在大街上，崔建和金悦萌那身服装在以黑蓝色为主调的人流中太过招眼，惹得衣着保守的行人纷纷侧目而视。那些包含着厌恶和挑剔的目光像箭矢一样直射过来，刺得金悦萌秀丽的蠕首蛾眉间浮出了一丝愠色。再加上崔建全然不顾旁人的脸色，不识好歹地跟在她身边献殷勤。"萌萌，你穿上'喇叭裤'真好看。咱俩走一块，我衬托得你更美啦！"金悦萌脸上浮起两朵红晕，一把推开他，停住脚步说："死崔建，滚一边去。要是早知道你这身打扮，今天我就不来啦！"崔建拢了下头发，涎皮赖脸地嚷道："哟喂，你还不乐意，你看咱俩走一块多般配呀！"金悦萌生气了，涨红着脸说："再胡说八道，我就不跟你们去了。"说完她背转过身子，绞着双手不理他了。

平地起风波，眼瞅着好端端的聚会有可能泡汤，向东把崔建扯到一旁，手指点着他一通训斥。向桐掏出手绢递给金悦萌，轻声说："别生气了。大热天的，擦擦汗。"茉莉花的芳香冲去心中的气恼，金悦萌娇羞地一笑说："我没生你的气呀！"

惹是生非的崔建被向东隔离在小团体以外，他也知趣地拉开一段距离，像个尾巴似的远远地跟后面。靓丽的金悦萌成为大街上的明星，路人的目光追随着她。有个迎面过来的年轻人边走边看她，差点撞在行道树上。她赶忙转过脸去，装作没有看到那个男子的窘态，直到走过去之后，才捂住嘴咯咯咯地笑出了声。

电影院的售票口上方悬挂着大幅海报，上面画着死气沉沉的城堡，一个神色忧郁的外国王子侧脸望着远方。在海报阴暗的天空上写着电影的名字——《王子复仇记》。电影院真是个微型化的世界。由于不禁烟也不禁止观众吃零食，放映机射出的光柱里烟雾缭绕，黑压压的人头中间闪动着许多香烟一明一暗的光点。周围一片嗑葵花籽的"咔嚓"声，就像有一群老鼠在安全的黑暗中放肆地嚼着美味。而在正前方的银幕上，哈姆莱特正在经受着灵魂的拷问："生存还是毁灭，这是个问题。"……银幕上的人物钻进崔建的脑海，直到从电影院出来，他还沉浸在那个悲惨的故事之中。不知他是假装的还是真实性情的流露，眼神中充满了悲切，脸上的表情也很凄苦。他瞅着金悦萌，模仿起电影里的哈姆莱特："奥菲莉娅……脆弱啊，你的名字是女人！留心，我亲爱的妹妹，不要放纵你的爱情，不要让欲望的利箭……"向东一巴掌拍在他的后脖颈上，哈姆莱特的灵魂飞走了，他尖着嗓子"哎哟"一声，揉着脖子冲金悦萌扮了个鬼脸。

金悦萌看着他，秀眉微蹙，一副若有所思的模样。她像是变了个人，忽然变得举止稳重，像有什么心事一样。

向东倒是情绪高涨，俨然是他们这个聚会小团体中的领袖。看完电影以后，他不再征求别人的意见，自作主张地在一家饭店里要了个包厢，奢侈地点了六个凉菜六个热菜。看着他旁若无人、手拿菜谱指指点点的报菜名的样子，就像是在显示自己的慷慨气派一样。负责点菜的服务员提醒，四个人可能吃不完这么多。他不满地"啪"一下合住菜谱说："哪来这么多事啊？六六大顺，我就愿意图这个吉利。对了，再给我们上一瓶葡萄酒。"

服务员刚走出包厢，金悦萌就快人快语地批评道："哟，芦向东同学，好大的派头哦！"

向东说："哪有什么派头啊！我就是想着取个好数字，祝愿我们一切顺利。"

金悦萌不依不饶，继续批评："我才不信呢！你天天睡在床上，不学习，不努力，光凭嘴上念叨一千遍一万遍六六大顺，就能顺利完成学业？"

"嗨，我就多点了几个菜，还惹出事儿来了？"

"本来嘛，不是菜不菜的事，是你的态度有问题。"

"好好好，你真是个惹不起。我刚才是有点态度不好，等会儿服务员来了，我给她道歉，这总行了吧？"

金悦萌得意地笑了笑说："嗯，知错就改，也算是个好同学。"她看了看向桐，再转脸面朝向东，好像突然想起来似的又说："问你件事哈，考上大学，你怎么选择了建筑学？我还听说，你学的这个专业要读五年才能毕业呢！"

向东一乐，夸耀般地说："这你就不懂了吧，建筑是凝固的音乐。漂亮的建筑可以美化世界，你想想这个专业会有多好。"

金悦萌呶了下嘴，不无揶揄地说："不就是盖楼房嘛，一下子让你说得这么伟大。"

向东认真了，坐正身子说："你这个跳舞的小女生，还真不了解我学的专业。我给你简单说几句，也让你学习学习。'建筑，这是最高的艺术，它达到了柏拉图式的崇高，数学的规律，哲学的思想，由动情的协调产生的和谐之感。这才是建筑的目的。'这话可不是我编造的啊，是被称为现代建筑的旗手，勒·柯布西耶说的。"

"哇，"金悦萌瞪大眼睛，做出很惊讶的样子说："你可真会夸自己学的专业。"

包厢门打开，服务员进来送菜。向东言而有信地起身，向她表达了自己的歉意，关于专业的讨论也就此打住。菜上齐了，酒过几巡，聚会仿佛成为向东的独角戏。也许是上名校的缘故激发了他的优越感，他一边招呼大家吃菜喝酒，一边兴致勃勃地讲述在大学里的各种经历。这时候大家才知道，他不仅在大一的各门考试中成绩全优，而且还阅读了不少的经典著作。"我就是觉得时间不够用。"他说，"读了一些历史、社会学、哲学和美学方面的书，读得越多，需要思考的问题也就越多。涉及历史的、社会的、人生的种种问题，有时候想得人头疼。真的，不骗你们。"

崔建放下筷子，提醒道："研读经典，好事啊！但你可别把自己变成书虫，钻进书里就出不来了。"

向东自负地说："能读进去就能跳出来，我只是给大脑补充营养。"他端起酒杯提议，为在座的各位，努力学习，不负韶华，干杯。放下酒杯，他又说："在学校里，同学们经常谈论，什么理想啊就业啊前途啊，由此引出一个问题，这个问题也困扰着我。"

崔建问："什么问题，说出来让我们也思考思考？"

"我们的一生，是为了生存，还是为了生活？"

犹如狂飙突起，卷走了一切声响，包厢里安静得像阒无人迹的旷野。几分钟过去，性情活泼的金悦萌忍不住了，大声说："哎呀，芦向东，我们都是学生，还没踏入社会呢！你问这问题，谁能答得出来呀？"

看到向东把探询的目光投向自己，向桐轻轻摇了摇头。耳畔，响起崔建的话音："向东，你是不是想转专业，去哲学系？"

向东说："不转，我就喜欢现在学的这个专业。"

走出饭店已是华灯初上，向东意犹未尽地提议，第二天原班人马继续聚会。上午去公园划船，下午到博物馆看展览，晚上在南国饭店要个包厢，大家再好好聊一聊。向桐率先婉拒："我明天要回厂里去看师傅，就不参加了。"向东不在意地一笑，又问金悦萌。得到的回答更为直接，金悦萌说："我来不了，明天我也有事。"一旁的崔建眨了眨眼睛，鹦鹉学舌道："明天，我也有事。"不合作的态度刺伤了向东的自尊，他眼里的光彩黯淡了，赌气似的说："算啦，那就以后再说！"大概是因为旁人都不领情，他的情绪一落千丈，跟金悦萌分手时，敷衍了事地摆了摆手，说了声"拜拜"，便转身拔腿而去。脑后不长眼，他没看见金悦萌悄悄地给向桐做出个打电话的手势。

翌日上午，向桐和金悦萌电话相约，一块去向桐曾经工作过的汽车修理厂。见面时金悦萌又换了一身装束。她肩挎一只洗得发白的军用挎包，身穿一件合体的鹅黄色连衣裙。当她走过来的时候，像一束清爽的阳光从空中照射下来，给夏日的街头增添了一道可爱的妩媚。走到跟前，她把挎包递给向桐。沉甸甸的挎包里发出玻璃器皿相撞的声响，向桐问："挺沉的，装的啥东西？"她笑了，两只深深的酒窝里满是少女的俏皮，"你看看，给你准备的。"挎包里装着手绢、小圆镜、梳子、钱包……两瓶五粮液。向桐抬起脸，傻呆呆地看着金悦萌。"看我干啥，没见过呀？"她说，"我就知道，你没给师傅拿礼物。"向桐不好意思地挠头致谢："谢谢！还是你想得周到。"金悦萌眉头一扬，得意地说："那是当然喽！"

两人一路说说笑笑地来到修理厂，高生强大喜过望。当他接过那两瓶酒时，更是乐得满脸放光。在工友们羡慕的哄闹声中，他把酒锁进工具箱。摸出他的宝贝酒壶嘬了一口，拿起一团新棉纱，钻进一辆刚完成大修的像新车一样的"解放牌"卡车的驾驶室里，把皮质坐垫和靠背擦得纤尘不染，这才叫向桐和金悦萌跟他一块去试车。他驾驶着卡车来到郊外一处有两个足球场大小的空地上，停车问向桐："想不想开两圈？"向桐连声说"想"，身子已经跃跃欲试。三个人调换座位，向桐手握方向盘，高生强居中，金悦萌坐在另一边靠窗的位置上。向桐脚下轻踩油门，车身轻轻抖动，引擎发出悦耳的轰鸣声。可让车子起步却成为一道难题，一连几次刚松开离合器，发动机就毫不留情地熄火了。金悦萌看着他笨手笨脚的模样，忍不住地取笑道："好笨哦，还当过修理工呢。"向桐不服气地说："你来试试，肯定还不如我哩！"金悦萌嫣然一笑，很有礼貌地问高生强："高师傅，我可以试着开一下吗？"高生强乐呵呵地点了点头。她和向桐互换位置，在高生强的指导下，点火，挂挡，轻踩油门，缓缓松开离合器……天哪！笨重的卡车竟然向前移动啦！向桐的两只眼睛瞪得像圆溜溜的车灯一样。高生强一巴掌拍在他腿上，夸奖道："这女孩子比你聪明啊！"空地变成宽大的舞台，金悦萌操纵的钢铁猛兽在舞台上表演着直行转弯，加速减速……轰鸣的引擎声像是在给她喝彩，车轮卷起的尘土旗帜般飘扬在卡车后面。几年后向桐再回厂看望师傅，高生强说那片车轮滚过的空地上已经建起了高楼大厦。

试车回来，高生强不顾向桐劝阻，非要做东，邀请厂长和几位师傅，在修理厂旁边的一家很普通的小饭馆里摆了一桌简单的酒席。饭馆简陋，桌子上摆的都是些家常菜，气氛随和得像亲友聚会一样。向桐是修理厂自建厂以来考走的第一位大学生，是从工棚里飞出来的金凤凰，自然成为工人师傅关注的对象。一位师傅问："上完大学，你还回咱厂不？"高生强"砰"的一掌拍在桌子上，乜斜着眼睛说："就咱这破厂子，高中生都看不上，我徒弟还能再回来？"厂长也接着说："就是嘛，要去就去北京、上海。向桐，我说的对不对？"向桐回答说："不管我以后到哪，你们还是我的师傅。"厂长冲他伸出了大拇指，高生强滋溜有声地喝了一大口酒，其他几个师傅也端起酒杯一饮而尽。唯有金悦萌不知想起了什么，垂头看着自己的掌纹，好像在那些纤细的纹路上有什么命运的奥秘一样。

告别工人师傅，金悦萌一声不吭地和向桐并肩走在人行道上。向桐提议去看电影，她摇了摇头。要不去公园走一走？她还是摇头。向桐疑惑不解地问："身子不舒服吗？要不，我送你回去？"她又摇摇头。向桐的额头上冒出了汗珠，不由自主地轻声叫了起来："到底怎么啦？你平时不这样啊！"金悦萌从挎包里取出手绢塞进他手里，看着他擦了把脸，这才说出了自己的心事。入校两年，她已是舞蹈班里的尖子生。樊小惠和分管教学的俞副校长都希望她艺校毕业以后继续深造，报考北京舞蹈学院——那是每一个青年舞者向往的圣殿啊！樊小惠更是憧憬有舞蹈天赋的女儿，将来能进入国家级的著名歌舞团。"好事啊，"向桐说，"这还用犹豫，樊阿姨辛辛苦苦的，不就是想把你培养成一个舞蹈家嘛！"

"那……你呢？"金悦萌停住脚，盯着他的眼睛问。

"我也希望你成为舞蹈家。"

"哎呀，笨死了！"金悦萌一跺脚，面露责备，"我问的是你将来的打算。"

"我，以后肯定要回来的。"

"你不想去北京、上海呀？"

"嗯！我要是去外地工作，爸爸就太孤独了。"

金悦萌欲言又止。她眼珠一转，抿住嘴唇想了一下，像是已经想出什么阴谋似的嘻嘻一笑，从挎包里取出小镜子照了照，把一缕滑下来的头发用发卡别好。放回小镜子，把挎包往向桐手里一塞，耍赖似的嘟起嘴巴说："你帮我拿包，我背这种包不好看。"向桐已发现她好像有话要说，接过挎包问了一句："刚才你想说啥？"金悦萌眨了几下眼睛说："哟，眼睛挺尖哦！有个事儿……现在不能说。"两人往前走了几步，她又说："等我想好了再告诉你。"说完，俏丽的脸上露出了谜一样的微笑。

向桐被这个顽皮的小魔女迷住了，他也急切地想知道她所说的那件事情，可整整一个假期，几次见面她都把秘密——或者是心事——严严实实地包裹在嘻嘻哈哈的外表中，没让向桐看到一丝外泄的光芒。向桐几次问及此事，都被她以"时机未到"给搪塞了过去。直到向桐临走时，在火车站的月台上，她才像演出前看台下来了多少观众似的把秘密的大幕掀开了一条缝。"一年以后再说哈。"看到向桐露出既无奈又不甘心的神态，她把一大包零食塞进他怀里，推着他到车厢门口，又说了一句："快上车吧，一年很快的。"

可一年有三百六十多天——那个鬼丫头到底要说什么呢？在脑海里盘旋的谜团刺激得头颅上已经平复的凹痕又隐隐发烫，耳朵里又出现了神秘的声响。不过和儿时相比，这一次声音的节奏已发生了很大的变化。嘀——嗒——嘀——嗒——日子也不急着赶路，像是在故意慢悠悠地踱步一样。

寒假回来，她还是口风很紧，像把秘密的灯塔放在了地球的另一端，让向桐看不到一点光亮。"你就不能稍微给我透漏一点点吗？"向桐又一次试探着打开的她的心扉。她像个小顽童般得意地摇晃着脑袋："嘿嘿，就不说就不说，时间还没到呢！"向桐失望地长叹一声。她剥了一块"大白兔"喂进向桐嘴里："叹啥气呀，不就剩半年了嘛！"向桐嚼了几下，嘟囔道："你这奶糖一点都不甜。"金悦萌看着他可怜兮兮的模样，心有不忍地安抚道："开心点哦，到时候我会说的。真的真的，不骗你。"唉，真是拿她没办法，向桐只好无可奈何地忍受着这个小魔女的折磨——急也不行啊，那就再等等吧，反正半年后就能知道答案了。

回到学校，向桐发觉金悦萌已经给他的心里撒了一把小虫子，闹得他心里一直发痒。他觉得自己爱上她了，但又不好意思在信中用一些让自己都感到肉麻的辞藻来表述真情实感，因此还是一如既往地像哥哥一样，在信纸上不温不火地表述着对小妹妹的关注。金悦萌回信笑话他："还是文科生呢，写的信就像白开水。"可她显然已从平淡中品出了关心的滋味，紧接着又写道："不过嘛，凉白开能解渴嘴！"看到这句话，向桐不禁哑然失笑。金悦萌写信也像演出舞剧一样，一段文字在这一幕，另一段文字又跳入下一幕。说了几句报考北京舞蹈学院的事，忽然笔锋一转："你知道不？卢向东他爸升官啦！到省委宣传部当部长去啦！听我妈说，他们家也搬了，搬到泰安湖农场去啦！"思维忽然短路，这是一个关于住所的问题，向东他爸爸已经官至副部级了，这么大的官把家搬到农场去住——不合逻辑呀！

暑假姗姗而来。向桐因参加系里组织的社会调查活动，晚回来了半个月，这才搞清楚泰安湖农场的前世今生。原来泰安湖农场不在农村，而是城市中的一个地名。那地方原有一湾湖水，相传古时候常有美女在湖畔洗濯衣物，人们便将那湖称作浣纱湖。以前湖的周围还有水田菜园，后来，连湖带地被征用，跑马圈地似的筑起一堵砖墙，锁住了浣纱湖的粼粼波光。没过多长时间，墙头上就冒出一幢幢小洋楼的人字形红顶子。据说一位大首长嫌以前的那个地名太阴柔，遂将此地改名为泰安湖农场，说是取国泰民安之意。至于为何称农场，虽无据可考，但一定暗藏缘由。不过，这个特殊的农场不生产稻米果蔬，倒是每天有高级轿车进出……向桐到家的第二天就去找金悦萌，说到泰安湖农场，向桐问："你去过吗？听我爸说那里就是个家属院。"遇上这么个脑子不会拐弯的笨瓜，金悦萌又着气又好笑地捶了他一拳："你傻呀，那里面住的都是省上领导，我没事跑那儿去干啥？"看到他半张着嘴巴，似有所悟的模样，金悦萌又说："卢向东比你回来得早。他给我打电话说，等你和崔建都回来了，一块去他家玩。我给他打个电话吧？"

向桐对这种聚会不感兴趣，他更关心金悦萌一年前放进他心里的那个秘密。

金悦萌表情夸张地瞪大眼睛说："哟，你还没忘啊？"见向桐连连点头，她又说："反正该考的试我都考了，档案也让北舞提走啦！如果能拿到通知书，我再给你说。"看样子不到指定的那个时候，她是不会把向桐心里的小虫子收回去的。向桐一脸懊丧地抨击她："你真是个小妖精。"一串银铃似的笑声飞扬而起。等笑声飞远，她挽住向桐的胳膊说："妖精可是有妖术的哟，等会儿我变冰激凌给你吃好不好？"第一次被女生挽住胳膊，而且还是在人来人往的大街上，向桐慌得连声说："好好好，我吃我吃。咱们好好走行不行？"金悦萌反而双手搂紧他的胳膊，小声而固执地说："就不！"向桐无计可施，只好像个失去反抗能力的俘虏，脸红心跳地被她押进了冷饮店。

　　和她在一起，向桐感到时间过得特别快。走过几条街道，去新华书店买了几本书，已经是傍晚了。人民广场上一座伟人挥手的巨型雕像矗立在晚霞当中，被夕照映红的巨大手臂坚定地指向远方。一群鸽子从巨人胳膊上面飞过，在广场上空盘旋，悠扬的鸽哨像漫天花雨，从天空中轻盈地飘落而下。金悦萌又想起了向东说的事情，她故意装出发愁的样子说："我在电话里都答应卢向东了，总不能说话不算话吧？"向桐看着她可怜巴巴的模样，心甘情愿地说："好吧，听你的。"阴谋得逞，金悦萌摇着他的胳膊说："我都饿啦！你请我吃好吃的。吃饱了，我好给卢向东打电话呀！"

　　电话真是个伟大的发明，几分钟内就把四个人联络在一起。约定好的那天，向桐、崔建和金悦萌在报社大门口会合，等待向东来接他们——泰安湖农场可不是随意出入的。半年不见，崔建的形象又发生了颠覆性的变化。他身穿草绿色裤子、海军衫，两只袖口扯到胳膊肘处，露出半截光溜溜的胳膊。发型也变了，剪了个运动员式的短发。乍一看，确实有了几分男子汉的气概。可有些习惯性的动作是根深蒂固的，比如他擦拭前额上的汗水，总是下意识地用无名指在额头上轻轻一抹，再优雅地转动手腕往旁边一弹——这也是他的经典动作。金悦萌边笑边忍不住地调侃道："你上辈子肯定是个女生，这辈子生错啦！"崔建故作生气地拉下脸，双手叉在腰间说："小姑娘，以后说话注意点，哥哥我可是正儿八经的小伙子。"金悦萌瞪大眼睛，回怼道："别偷着占便宜，想给我当哥哥，没门！"崔建耸了耸肩，目光活泛地在她和向桐的脸上跑了几个来回，鼻孔里"哼"了一声说："你等着，总有一天我要让你好好叫我一声哥哥。"金悦萌说："你猪八戒呀，做梦娶媳妇——想得美。"

　　一辆崭新的北京吉普停在报社门口，打招呼似的响了几声喇叭。他们转脸看去，吉普车前排座位处的车窗玻璃已经落下，向东在驾驶座上一手扶着方向盘，一手示意他们上车。向桐一愣，脸上已露出不悦的神情。向东在车里喊道："萌萌，你坐前边吧！"金悦萌摆了摆手，扭头对崔建说："那是首长座，今天你当首长。"崔建欢呼一声，二话不说拉开车门钻了进去。吉普车沿着街道行驶。天气很热，从打开的车窗跑进来的风里都有一股沥青熔化的气味。向桐和金悦萌坐在后排，他眼望窗外一言不发。金悦萌也像是做了什么错事，低头玩弄着手指。可前排座椅上的两个人情绪高涨，有问有答地说了一路。从他俩的谈话中得知，卢明任部长以后，从报社只带走了一个人，就是那个给他开车的司机李平祥。向东说："我爸说知根知底的人，用起来顺手。我开车就是他教的，怎么样，开得还可以吧？"崔建耸了下肩膀没吱声。车子驶过一个丁字路口，向东抬手指了下前方说："看，到啦！"

　　泰安湖农场的大门十分普通，门两旁四方形的灰色水泥柱子上安装着两扇一人多高的铁栅栏门。车子刚驶进大门，一个年轻门卫一闪而出，用身体挡住车子，表情严肃地做出停车的手势。李平祥从传达室跑出来，跟门卫说了几句话，门卫这才转身让开。向东招呼大家下车，对李平祥说："李师傅，晚饭后来接人，别忘了啊！"李平祥心领神会地应承一声，开车走了。向东又给大家叮咛："我开车的事，你们可得给我保密，别让我家的老革命知道。"

　　大家一同往里走去，这就是在外人眼里罩有一层神秘色彩的农场啊！迎面矗立着一座怪石垒成的人工假山，屏障一般挡住了农场里面的景物。假山前面对称地布置有大型的盆栽棕榈、松树、山毛榉和三角梅，跟假山搭配在一起，显示出一种不凡的气派。顺着绿树成荫的环形车道绕过假山，崔建惊讶地叫嚷起来："哇，别有洞天呀！"一片风景优美的湖泊映入眼帘。湖中不时有鱼儿跳出水来，湖面上荡漾着一圈圈梦幻般的波纹。湖畔砌有水泥栏杆，但有几处刻意留出的平台，看样子是垂钓之地。栏杆后有一条平坦的水泥路，每隔一段就摆放着用作休憩的长条木椅。沿着车道继续前行，眼中映入十几幢三层高、有人字形红顶子的小洋楼。那些既坚固又威严的建筑像是用了同一张设计图纸，远看几乎一模一样。

向东领着大家走进十三号楼的门廊，拉开门说："请进！"宽敞明亮的客厅正在等待客人光临。客厅里的浅灰色棉布沙发、红木茶几，整洁有序，主人精心准备了苹果、荔枝、香蕉、芒果、龙眼和开心果。一位四十多岁的保姆见客人已到，拿起暖瓶准备沏茶。向东说道："陈姨，不是有椰子嘛，给我们一人来一个。"可清凉的椰汁不能解除暑气，向桐还是热得冒汗。金悦萌看到他频频擦汗，转头冲向东说："好热呀，把风扇打开，给我们吹吹凉。"向东两手抱着椰子叫保姆："陈姨，麻烦开下电风扇。"金悦萌撇了撇嘴，话中带刺地说："哟，卢向东，架子不小哦！"

听到客厅里的动静，吴玉霞出现在楼梯上。这位在宣传部门工作多年的女干部，如今已是副局长了。几个小辈赶忙放下椰子起身问好。她关掉收音机，走到崔建跟前："个头又长啦，坐吧。"小辈们站着没动。她拉起金悦萌的手，风趣幽默地说："怪不得早上有喜鹊叫，原来是有小仙女下凡呀！"金悦萌莞尔一笑说："阿姨好！我爸妈让我代他们向您和卢伯伯问好呢！卢伯伯呢？"吴玉霞说："老卢去北京开会了。你回去也代我向你父母问好。"她松开金悦萌的手，转身面朝向桐，眼中忽然放射出异样的光芒，语气柔和得像春日里的风儿："向桐，你爸爸身体好吗？"向桐拘谨地笑着回答："挺好的，谢谢！"

吴玉霞关照大家的天平似乎总是向他这边倾斜，导致他浑身不自在：在客厅里亲手给他剥荔枝削苹果，东问西问的，甚至关心到他的爸爸，是不是该找个老伴了。到餐厅吃饭又频繁地给他夹菜……她是可怜自己没有母亲？还是通过筷头传递父辈同乡的情分？崔建一直笑得很暧昧，目光也总是贼里贼气地从众人脸上溜过，像是在偷窥别人的秘密——这个家伙，就不能表现得磊落大方些吗？

餐桌上的气氛看似平静，大家都彬彬有礼，但各怀心思。像吴玉霞关照向桐一样，向东也让金悦萌感受到主人的偏心。每道菜上来，他都会用筷子给金悦萌面前的餐盘里添菜。金悦萌不好意思地抗拒道："谢谢！我自己来。谢谢谢谢！"可向东依旧热情。金悦萌没等菜上完，就以不能多吃、必须保持体重为由躲到客厅去了。

尽管餐厅角落里的落地式电风扇不停地摇晃着脑袋，嗡嗡作响地送出凉风，可向桐还是感到热。头颅上有凹痕的地方被汗水蜇得生痛，就像抹上了辣椒一般。直到离开农场，头皮上的灼痛感才逐渐消失。回到报社大院，崔建说："你看出来没有，卢向东是醉翁之意不在酒哦，咱俩都是配角。"向桐默不作声。崔建继续说："不过嘛，根据我的观察，卢向东没戏。萌萌那鬼姑娘，别看她表面上嘻嘻哈哈的，心里有谱呢！"向桐一脸正色地提醒道："别乱说，萌萌还小。"崔建拨拉了一下头发，忽然拔高了声调："你……木头啊！"看见向桐还是不为所动，他惋惜地轻叹一声，又说："从今往后，别这么一块吃吃喝喝的了，真没意思。"心有灵犀，向桐微笑着点了点头。

不知是因为在泰安湖农场感受到同龄人之间的命运落差，还是向东表现得太露骨，金悦萌也和崔建一样，明确表示再也不参加这种聚会了。从此后，几个自幼在报社大院一起长大的伙伴，再也没有相邀而聚。后来听金悦萌说，向东打过几次电话约她去玩，都被她借故推掉了。向桐明白，喜欢这个漂亮女孩的可不止他一个人。

又过了十多天，金悦萌期待的大学录取通知书终于翩然而至，她被北京舞蹈学院中国古典舞系录取啦！更让她心花怒放的是和她同一宿舍的好友，那个名叫汪华的大眼睛女孩也收到北舞的录取通知书，专业是中国民族民间舞。天遂人愿，去北京有伴啦！回顾金悦萌的成长道路，她就是个专为舞蹈而生的女孩。现如今，集美貌与天赋于一身的她，像只羽翅渐丰的白天鹅，即将飞向北方。直到这个时候，她才揭开那个秘密的面纱。

"八字还没见一撇呢，我妈都生我爸的气啦！"金悦萌说。

"为什么？"向桐问。

"两人意见不一致呗！妈妈让我要加倍努力，将来争取留在北京。爸爸呢……嘻嘻……他说宁当鸡头不做凤尾。再说家里就我一个宝贝，他一心想让我毕业后回来，气得妈妈都不理他了。"

"呵呵呵。"

"笑，笑，你就会傻笑。"

"呵呵呵。"

"真傻啦？哼！我问你，老老实实说哈，我爸和我妈，你支持谁？"

"我……"

"说呀！"

"我和金叔叔一派。"

"真的？"

"真的！"

"哪……我要是不回来呢？"

向桐欲言又止。

"说话呀！"

"我也想……你以后回来。"

"哈哈哈，得有个说服我的理由哦！"

"你不回来，我会想你的。"

"理由不充分，还有吗？"

"还有……我……喜欢你！"

"哎呀，讨厌！"

"你真不想回来了？"

"嘻嘻，来，咱俩拉钩。金钩银钩，一百年，不许变。好啦！不许变哦！"

"可你还没说……"

"都拉钩了呀，笨死啦！我跟你一样，毕业以后回来！"

"嗨！你怎么不早说，故意折腾我啊？"

"才不是呢！万一我要考不上北舞，不都是瞎说嘛！"

"那好，我先毕业，等你回来。"

"好的，一言为定！哎哟，天好热，我要吃冰激凌，你请我！"

第二十四章

就在向桐和金悦萌拉钩定约的那个火热的季节里，胜利和黄桂兰告别单身，手挽手地迈进了婚姻的殿堂。为避免两地分居的苦恼，在他们喜结秦晋之前，吴玉霞就提早动用关系在省城金融系统给黄桂兰安排工作。因碍于身份，也为避嫌，吴玉霞不便亲自出面。但据跑腿的人说，几大国有银行的行长听说黄桂兰是卢部长未来的儿媳妇，都愿意为她安排工作。

其他同学都分配到各地中小学去了，黄桂兰则来到省城，成为银行的一名干部。这是一次真正把保密工作做到家的运作，因关系到胜利未来的家庭生活是否美满，吴玉霞和他罕见地结为统一战线，从策划、找人、托关系到银行方面表态，完全把卢明蒙在了鼓里。但世上没有不透风的墙，一次会议结束，毛厅长来到卢明身边，两人边说话边向停车场走去。分手时毛厅长随口问了一句："听说胜利的女朋友想去银行工作，没问题吧？"卢明暗自一惊，但脸上依然沉稳，联想到黄桂兰正面临毕业分配的问题，他的心里已经明白了八九分。

回到家里，他没有在吴玉霞和胜利面前点破这件事，只是关心地过问一下："桂兰分配的事怎么样了？手续到人事厅了吗？有没有接收单位啊？"吴玉霞和胜利的口径出奇的一致，大中专毕业生由国家统包统分，黄桂兰还在等省人事厅开具的分配介绍信呢！终于等到云开雾散的那一天，十三号楼客厅里的笑声像一串串绽放的报春花，宣告期待的春天已经来临。黄桂兰去心仪的银行报到，省分行的任行长亲自安排，第一年去市支行的营业点实习锻炼，第二年回省分行机关还是业务部门再定。这样的安排看似合乎情理，可黄桂兰的一句话，又让卢明平静的脑海里泛起了波澜。黄桂兰说："任行长特意叮咛，让我代他向您问好。"

他点了点头，嘴巴里突然出现了苦味。拿起杯子呷了两口茶水，苦味犹存，像喝下了一剂中药。

是哪里出了问题？

按照和黄桂兰父母达成的约定，胜利的恋爱长跑已接近终点。吴玉霞规划的蓝图上有胜利婚房的位置，就在十三号楼的第三层。她的意图十分明显，胜利是三个孩子中吃苦最多的一个，和父母住在一起，舒适的生活条件和家庭的温暖弥补他心灵上的创伤。她打算把整个一层楼都给胜利和黄桂兰，让他们随心所欲地构筑自己的爱巢。楼上向阳的一面可布置成卧室、育婴室、婴儿活动室和书房；背阳的一面可充作衣帽间、保姆房和贮藏室。清洁工定时来打扫，阿姨也会按时把饭菜做好……胜利两口子下班进门就可以端饭碗。饭后想去散步，他们可在风景优美的湖畔林阴道上自由徜徉。回房休息，整个一层楼就是他俩自由的天堂……设想很美好，现实却让人失望，胜利不想把自己的小家安在这里。他在厂家属院申请到两间房子，工友们已经忙着帮他布置新房啦！黄桂兰还没过门，不敢明目张胆地表达自己的意见，只是含蓄地说一切都由胜利做主。还用再问吗？"气死我了，"吴玉霞坐在客厅的沙发上，一脸怨气地说，"这两口子真是天生一对，死脑筋！再好的工厂家属院，能比得上家里呀？"向东口里含了块奶糖，说出的话里都有一股甜腻的味道："我哥想把家安在厂里，肯定有他的道理，你就少操点心吧！"吴玉霞两眼一瞪，没好气地说："去，我愿意操心？"

父母对儿女的操劳是有惯性的，吴玉霞根本停不下来。她又操心起胜利大喜之日的事情，拿出纸笔计算，宴席得准备多少桌，喜帖得送给哪些亲朋挚友……人生四大喜，久旱逢甘霖，他乡遇故知，洞房花烛夜，金榜题名时。可怜的胜利只能四中取一，就让他在洞房花烛夜那天气派地风光一回吧！当她兴致勃勃地说出这一想法时，却被迎头一盆冷水浇得哑口无言了。卢明坚决不同意，作为一名领导干部，大张旗鼓地给儿子举办婚礼，这和旧社会那些达官贵人的奢华做派有什么区别？他说出的话也让吴玉霞意识到了问题的严重性："我才当了几天部长，就为儿子结婚大摆酒宴，你想闹得满城风雨啊？"吴玉霞收起纸笔，沉默好大一会，小声说："我是怕胜利心里委屈，毕竟人一辈子也就这么一回。要不，征求一下胜利的意见吧。"没想到胜利早已和黄桂兰商定，他俩要打破习俗时髦一回——旅行结婚，把名山大川的秀丽风光印在蜜月的美好回忆中。等旅行回来，给厂里的工友们发点喜糖就行啦！

年轻人追求浪漫，卢明则考虑得很实际。男大当婚女大当嫁，这等人生大事应当有必要的仪式感。在不张扬的前提下，也得照顾一下黄桂兰父母的情绪，即便这桩婚姻不是门当户对，也不能让人家产生高攀的自卑感。通过婚礼这种形式，可以体现出两家人相互尊重、不分高低的关系。因此，不能省略婚礼仪式这一过程。征得胜利和黄桂兰同意后，他亲手书写了喜帖，邀请薛文昌、芦承贤等人参加，为胜利和黄桂兰举办了一场规模不大但规格很高的婚宴。

在南国饭店装饰华丽的小宴会厅里，摆放了四张光洁如新的圆桌。娘家人两桌，婆家人一桌，向东、向桐和黄桂兰的亲戚孩子们一桌。桌子上都放有两盘瓜子喜糖，一瓶红葡萄酒和一瓶白酒。喜烟也是婚宴上必不可少的，每张桌子上都有两包在市面上见不着的高档香烟。黄桂兰亲戚家的孩子像发现了稀罕的宝物，又是翻来覆去地观赏，又是放在鼻子前面使劲地吸气。看着这些从小县城来的孩子可笑的模样，向东一脸的嫌弃，找到婚宴总管李平祥，要来几包烟，施舍似的丢给他们每人一包，可把那几个没见过世面的孩子高兴坏了。

婚礼开始，一对新人手挽手走上台，站在两米多高的大红"囍"字背景前，就像站在一团红彤彤的霞光中间。仪式并不繁琐，薛文昌上台证婚，说了一些佳偶天成、琴瑟和鸣、早生贵子之类的贺词。他的话语里没有丝毫的官腔，完全是自家长辈说给两个孩子的祝福和美好的期盼。在这个喜气洋洋的场合里，他赠给新人一幅字"永沐爱河"。胜利和黄桂兰接过卷轴，给薛文昌深深地鞠了一躬。薛文昌落座后卢明致辞，感谢老首长，感谢黄桂兰父母，感谢在座的所有人，大家一同见证了两个孩子的成人礼。从今天开始，他们就要肩负责任，上对父老，下对儿孙，相濡以沫，携手而行……话虽不多却句句中肯，也赢得了一片掌声。最后向东上台，他手拿一份来自遥远边疆的电文——雅楠已经是一名女军官了，在新疆军区喀什军分区政治部服役。由于任务在身，无法赶回来参加哥哥的婚礼，特地发回一封贺电。向东大声念道："哥，嫂，欣闻大婚，喜不自禁。恭喜恭喜！恭喜恭喜！恭喜恭喜！致，军礼！妹，雅楠。"一串从新疆飞来的恭喜逗得几个正在上菜的漂亮女服务员咯咯直乐，也惹得薛文昌仰天大笑，然后拍了拍卢明的胳膊说："听这电报，就像打了胜仗一样啊！不错，你这女儿有点军人的气魄。"

　　仪式结束，酒宴开席。卢明和吴玉霞正准备去给亲家敬酒，宴会厅的门被推开，南国饭店的窦经理带领三个副经理鱼贯而入，其中一个年轻的副经理还抱着一箱茅台酒。窦经理的那双三角眼里闪烁着兴奋的光芒，大声表明来意："薛书记，卢部长，今天这好日子我们饭店也得表示表示心意呀！"说话间几个副经理每人取出一瓶酒，打开瓶盖交给服务员，让她们一人负责一张圆桌，给所有的酒杯里斟酒。卢明猛然站起身，脸上已露出不悦的神情。薛文昌伸手拉住他的手腕，另一只手做出个下压的手势，示意他坐下。吴玉霞也紧张地抿着嘴向他摇了摇头。这时候，窦经理已从服务员手里接过摆放着两只酒盅的小酒碟，开始喧宾夺主地给大家敬酒，"薛书记，您气色真好！借今天这个机会，我给您敬杯酒，祝您身体健康！"两只酒盅碰出一声脆响，薛文昌只是象征性地浅抿一口，算是接受了总经理的敬意。酒碟上的酒盅又被斟满，像一对水汪汪的大眼睛。窦经理捧着闪闪发光的眼睛，弓着腰站在卢明身边说："卢部长，久仰久仰！令郎大婚，我们饭店也是满堂生辉。机会难得，我给您敬一杯！"卢明像没听见似的坐着没动。窦经理脸上的表情凝固了。酒碟不安地晃动起来，晃得两只眼睛都溢出了酒水。吴玉霞赶忙过来化解危机，拿起酒碟里的一只酒盅和总经理碰杯，"老卢不喝酒，我替他喝，谢谢！"窦经理感激地抓起酒盅，仰起脸"吱溜"一声一饮而尽。他真是个久经沙场的演员，竟然没有受到一点情绪上的影响，继续喜笑颜开地进行面面俱到的敬酒表演。服务员再把酒盅斟满，他的眼睛转向下一位。在这一桌挨个敬了一圈，酒碟里的眼睛又盯上另外一桌。

　　也许是对这样献媚的场面早已司空见惯，薛文昌都懒得看窦经理一眼。他拿起一支香烟，向胜利和黄桂兰招招手："新娘子，过来，给我点烟。"黄桂兰忙不迭地擦着火柴。薛文昌童心大发，香烟的一端晃来晃去，调皮地躲闪着火苗。一连用了四五根火柴，还是没把烟卷点着。最后还是胜利耍赖抱住薛文昌的手，这才使黄桂兰渡过难关。接下来该新郎新娘敬酒了，胜利端着一杯酒，和黄桂兰异口同声地说："薛伯伯，请您喝我们的喜酒。"薛文昌摆摆手说："规矩不能乱，去，先给娘家人敬。"看着一对新人走向另一桌的背影，他连吸几口烟，缭绕的烟雾里流露出一丝伤感："卢明啊，孩子们长大了，咱们也老啦！来，喝一杯。"卢明深有同感地说："是啊，时间过得真快。"四目相对，薛文昌的眼眸已经被岁月的风尘侵蚀得有些浑浊了，原本清亮的玻璃体上像染了一层淡淡的薄雾。卢明心里一阵酸楚，双手端起酒杯诚恳地说："敬老首长！"酒杯见底，一团火焰从腹中升腾而起。这种理性的热量像是提醒，该去给亲家敬酒了。

可婚宴上的程序又被意想不到的外来力量打乱。窦经理手里的"眼睛"还在桌上转圈，又一拨闻讯而来的敬酒者进入宴会厅，毛厅长也在其中。眼见薛文昌在座，已经喝得脸膛通红的毛厅长自然不敢借着酒劲胡说八道。他双手执瓶，先给薛文昌面前的酒杯里添入点细线一样的酒，嘴里还念叨着"添福添寿"，然后端起一只满杯，红扑扑的脸上跳动着敬仰的光泽："薛书记，您前几天批转的文件，我们正在加紧传达。您放心，保证百分之二百地落实到位。今天，借老卢……卢部长的酒，感谢您对我们的关心。这杯酒，您随意，我干了！"薛文昌微笑拿起酒杯碰了下嘴唇，站起身说："我跟新娘子父母碰一杯，别让人家有意见。"他刚离开，毛厅长逮住机会发泄不满："老卢，卢部长！今天要不是碰巧，我就喝不上喜酒啦！还老战友呢，太过分啦！"他也不听解释，掏出个厚厚的红包硬塞进卢明裤兜里，满口酒气地端起酒杯："今天我们得连喝三杯。第一杯，祝你高升！喝完喝完，还剩一半，你是看不起我呀？嗯，这还差不多。第二杯，祝贺令嗣成婚，干！咱们说好，孙子出满月或是过百岁儿，你得叫我来喝酒。第三杯嘛，今天不是在省委，也不是开会，我还叫你老卢。多的话不说，一切尽在酒中，干！"

哦，透明的酒液中浸泡着各种含义，小小的酒杯里大有乾坤。

几拨前来敬酒的人离去，婚礼的进程终于回归正常的轨道。卢明和吴玉霞正准备去给娘家人敬酒，黄桂兰的父母已经抢先一步端着酒碟过来了。真是乱套了，女儿出嫁，哪有娘家人迫不及待地去给婆家人敬酒的道理啊？尽管卢明和吴玉霞再三劝阻，薛文昌也说这样不合乎情理，请他们回到原位置去等待婆家人过去表达谢意，但他们固执的劲头像启动的火车一样，拦都拦不住。搞得卢明和吴玉霞也不好意思落座，只得陪着他们先给薛文昌敬酒。两位教师身上的清高气质在书记和部长面前枯萎了，他们像被无形的绳索捆绑住一般，表现得十分拘谨。尤其是在两家人一同互敬碰杯的时候，黄桂兰的父亲虽也口称亲家，言说儿女大喜，同喜同乐，可酒杯暴露出社会地位的差别，他们手执的杯子有意识地低于卢明和吴玉霞手中的杯口。卢明发现了藏这一细小动作中的卑微，碰杯时特地托起亲家的手，让两只杯口基本处于相同的水平线上。这时候，黄桂兰的亲戚们也离桌而来，热情高涨地给他和吴玉霞敬酒。薛文昌见状以不胜酒力为由，先行告辞。卢明和吴玉霞送他上车离去。回到宴会厅，娘家人又把他俩围住，这酒不能不喝啊！娘家的姑舅姨们像商量好似的众口一词，好事成双，每人得碰两杯。黄桂兰的一位舅舅更是海量，要求连碰六杯，六六大顺啊，不碰就是看不起他这个工人。一杯又一杯酒液入口，腹中烈焰熊熊，热浪抑制不住地涌上头来，烧得卢明视觉和听觉都有点模糊了。

围在身边的笑脸像一圈鼓起来的氢气球，摇来晃去地浮在空中。气球上的嘴巴都笑成了向上弯曲的香蕉，显得既滑稽又可笑。乱糟糟的声音拥挤在一起，"卢部长、卢部长"的称呼像嗡嗡叫的蜂群在耳畔飞舞。在眼睛的余光里，背景墙上的那个巨大的大红"囍"字都被吵得软绵绵地波动起来，红艳艳的色团从墙上漫溢而下，淹没了整个大厅。

有个人一直坐着没动。在这喧闹的红火气氛中，唯独他像一尊安静的塑像。

相互敬酒的热闹劲过去了，卢明的目光落在那个像是局外人的身上。他的嘴角微妙地抽动了一下，端着酒碟走了过去："承贤，咱俩喝一杯！"

在那天的婚宴上，向桐也发现父亲一直游离于喧嚷之外，像水花翻卷的河流中一块沉默的石头。不知为什么，他看着父亲，忽然联想起芦家大院门前那尊据说可以口吐红光的石头狮子。伫立几百年的狮子，与世无争，默默无言地遥望关山枯荣，静观日月流转——岁月的路上总会有孤独的身影。

回到家吃罢晚饭，收拾完厨房，他坚持不让芦承贤插手，换掉枕巾床单，包起芦承贤换下未洗的衣服，去报社家属院的水房。衣物洗完，天色已黑。他拿起暖瓶兑了一盆热水，用手测试好温度，硬是把芦承贤拉过来洗脚。脱掉鞋袜，露出一双已经走过将近一个甲子的脚。干硬的皮肤摸上去像是粗糙的砂纸，脚后跟上布满了衰老的裂纹……向桐突然感到鼻孔发酸，这是一双触过人生巅峰踩过命运深谷的脚啊！尽管脚盆里的水洗不掉时光刻下的痕迹，可向桐的手依然很轻柔，像是生怕稍一用力就会搓破皮肤一样。洗完以后，向桐又找来凡士林涂抹在有裂纹的脚后跟上，揉了好大一会，感觉皮肤光滑了许多，这才把拖鞋套在脚上。

父子俩坐在书桌旁，向桐打开台灯，孟沁瑶的照片周围又亮起一圈金色的光芒。向桐问："你再给香港写过信没有？"

芦承贤看了一眼金色相框，平静地说："写过，我请那边的记者再设法打听一下，可记者回信说，他们当时走得很突然，没有人知道他们在美国的地址。"

"你一个人过了这么多年，太孤独了。"

芦承贤笑了，说："不孤独，她天天陪着我。再说，还有你呢！"

"爸爸，我说个事，你别生气。"

"什么事？"

"那天我去向东家，吴阿姨还给我说，你是不是该找个老伴了。"

"这有什么可生气的，下次你再去，她还说这事，你就说我自有主张。"

"我再也不去她家了……那，你一点都没想过这事？"

"嗯，不想。"

"可万一找不到孟妈妈呢？万一……她再也不回来呢？"

"我还是要等她。"

"你过得太苦了。"

"傻孩子，你觉得爸爸苦，可你想过苗奶奶吗？她等的时间比爸爸长啊！"

"对了，苗奶奶的病怎么样了？"

芦承贤脸色凝重，眼角出现了忧虑的鱼尾纹。向桐紧张地问："是不是病情加重了？"芦承贤拉开抽屉，取出一封信递给向桐——重庆来信，信封上还是覃岚的笔迹。向桐抽出信纸，来自山城的诉说像条闪光的小河从远方蜿蜒而来。

　　……承贤哥，你寄的药收到了。我代表妈妈和哥哥（当然也有我），谢谢你！这两年你一直按时寄药，这份情，我们终生不忘！不过，以后不用寄了。随着改革开放，这些进口药在重庆也能买到了。真的，不骗你。

　　我们知道，你惦记着妈妈，希望她病情好转。可我们都得面对现实，医生说了，这种病可以延缓，但不能逆转。

　　妈妈的病情在逐渐加重，最明显的是她比以前更健忘了。做菜的时候，她总是记不住放没放盐，不是咸得发苦，就是淡得没味。去菜市场买菜，要不是给了钱忘了拿菜，就是把菜拿走了却没付钱。好在观音桥的人都知道她，也都知道她得了这种可恶的病。所以，不论她是去买菜，还是买米买油盐酱醋，人家都会主动帮她，从不多收她的钱。我也去菜市场、粮站和她常去的商店问过，妈妈有没有欠账？人家都向我保证，妈妈买东西忘了付钱，或是付钱没拿东西，他们都会追上去，跟妈妈当面点清。不会少收，更不会多收，一分钱都不会。他们说欺骗妈妈，那是作孽，会遭报应的。我相信他们。

妈妈也知道这些事，她也怕对不住别人。每次外出回来，不管买没买东西，她都要反反复复地想。看着她苦思冥想的样子，我和哥哥也难受呀！有时候，良心也是把刀，会把自己的心割得流血。

这样下去不行啊！我和哥哥商量给妈妈请个保姆。隔壁的张婆婆说，她有个家在大足的亲戚，三十来岁，上过小学，人也老实本分。已经说好了，这几天就过来试一试。我们对她只有一个要求，照顾好妈妈。

承贤哥，你以前在来信中让我问，妈妈还有什么心愿。我和哥哥都明白你的意思，是想让妈妈不要留下什么遗憾。我们也知道，有些事情得未雨绸缪，得走在病情的前头。可是，我怕呀！我怕有一天妈妈不再等爸爸，我怕爸爸书房里的白蝴蝶全都飞走，我怕一楼客厅里那盏照亮了无数个夜晚的灯光突然熄灭……我的感觉是，只要问妈妈还有什么心愿，就像是在给她暗示，那个黑暗的日子正向我们逼近……天哪，我怎么能问得出口？

真没想到，妈妈已经写好了遗书。是遗书呀！写到这里，我心如刀绞。

我还是从头说吧。前些天我又和哥哥说起这件事，哥哥说我们必须面对现实。人都有百年之后，应该趁着妈妈还清醒的时候问一问。我让他去问。他说妈妈一直都跟我亲，理应由我去问。我这个哥哥，从小就不好好学习，上班也是得过且过，工作几十年了都没得过一张奖状。妈妈说过他多少回了："胸无大志，恨铁不成钢！"这不，这么大的事他也往我身上推，真想捶他几拳。可我又一想，作为儿子，他也不忍心问啊！

　　承贤哥，明知该问的事又不知该怎样开口，难死我了。有一天，几个退休的女老师来探望妈妈，坐在一块聊天。一个女老师告诉妈妈，和她们一块退休的何校长，因心梗突然去世了。那个老师惋惜地说："何校长还想等小孙子再长大点，和老伴儿一块出去旅游呢，谁能想到……"听她这么一说，我灵机一动，可以换个方式问妈妈呀！她们走后，妈妈坐在藤椅上，看着桌子上爸爸的照片，不知在想什么。我问她："妈妈，你想不想去缅甸，看看爸爸走过的地方？"妈妈摇了摇头。我又问了一句："那你想没想过……去找爸爸？"妈妈看着我，停了好大一会才说："你爸爸每次去外地采访，我都会在家门口给他说，等他回来。他从不失约，每次都回来。我哪儿都不去，就在家里等他。"看来妈妈早已拿定主意，要在观音桥的这幢小楼里等爸爸回家。承贤哥，我真不知道再该问什么了。

　　上个星期天，我打扫爸爸的书房。拉开书桌中间的抽屉，发现里面的东西摆放的次序乱了。以前，爸爸的采访本呀、底片呀、几本书呀，都放得秩序井然，多少年都没变过。我以为是妈妈因病记错了，就准备把里面东西恢复原状。刚拿起一本书，看见下面有一封信，信封上写着：覃伟、覃岚，谨遵母嘱。

　　这封信从未见过呀！我紧张得气都上不来了，赶紧拿起来看。里面是遗书！我的妈妈，她已经安排好自己的后事了。承贤哥，我把它抄录在下面。

　　"覃伟、覃岚，见到此信，妈妈可能已经失忆了。趁现在还记得今生往事，写下这些文字。妈妈不糊涂，你爸爸的身躯早已长眠在异国他乡。可妈妈相信，他的灵魂绝不会在远方流浪。因为，他爱他的妻子和儿女，他怎忍心丢下我们呢？生当复归来，死当长相思。他一定回来过，只是阴阳两隔，我们看不见他。等到有一天，我也能看见另外一个世界，就会和他重逢了。

　　"我知道，病魔已经缠住了我。所以，有几件事得给你们交代一下。当我的病情严重到生活无法自理的时候，你们去找一处距离我们家最近的墓地，买一处双人合葬的墓穴。第二件事，当我的心脏停跳以后，一定要送我从我们家的小楼去墓地。每遇到一个路口，都要撒些纸钱，那是我留在路上的记号。你们的爸爸顺着这条有标记的路，就能找到我。要是没有那些记号，他会迷路的。

"覃伟、覃岚，对不起！这一生爸爸和妈妈没有给你们一个完整的家。等来生吧，爸爸妈妈和你们在一起，我们再也不分开，永远不分开！亲爱的孩子，妈妈爱你们！"

妈妈呀，你和爸爸没有对不起我们啊！没有啊！是我们没有尽到孝心，没有帮你分担痛苦啊！捧着遗书，我想哭，大声大声地哭，我想哭得让这个世界上的人都能听见，我想哭得时光倒流，让我的爸爸再走进家里的这幢小楼，和我的妈妈相拥相吻……尽管我已经泪流满面，但我不敢哭出声，妈妈还在楼下。

我拿着这份遗书去哥哥家了。他看完以后，傻了似的直愣愣地瞅着墙壁。第二天，嫂子给我打电话，昨天傍晚，哥哥说他心里憋得难受，出去走一走。嫂子不放心，远远地跟在他后面。哥哥走到长江边，天已经黑了。嫂子怕他出事，就赶紧往他跟前走。可没走几步，她走不动了。她听见长江边上有个大男人在哭，在放声大哭啊！哭得嗓子都要破了，黑夜里万物俱静，只有他的哭声在长江上回荡。滚滚长江啊，你盛不下我的妈妈和我们兄妹的悲伤。

哥哥做了一件事，都没跟我商量。他去观音桥公墓买了三块紧靠在一起的墓地，左边是他和嫂子的，右边是我和我丈夫的，爸爸和妈妈在我们中间。当他告诉我时，我第一次把他拥抱了一下，这也是我的心愿啊！这一生我们的家不能破镜重圆了，这一世妈妈在等爸爸回家。爸爸先走了，他肯定也在等妈妈。将来，我和哥哥要回到爸爸妈妈的身边，永不分离，永不！我和妈妈一样，相信灵魂不灭。我相信还有一个世界，那是我们的天堂。

哥哥还告诉我，他想好了，以后他要做一件大事，可又不一次性说明白。他能做出什么大事啊？厂里的奖状都挣不来一张。我等着，等他真做出点什么了我再写信告诉你。

……

向桐擦掉挂在脸颊上的泪珠，把信放回抽屉。去厨房的水龙头下面"哗啦哗啦"地冲洗了一通，带着一头湿漉漉的头发回到书桌旁。他一手扶着额头、瞅着桌面上的黑色木纹，思绪显然还在覃岚的来信中徘徊。他说："我想去看看苗奶奶。"芦承贤心有同感，轻声说："等你毕业以后吧，我们一块去看她。"向桐转过脸，神色凄然地说："苗奶奶真是太不容易了。"芦承贤微微点了点头，说出一句从生活阅历中提炼出的人生哲理："人一辈子遇到的事情不少，可细想起来，做不了几件大事，但一件大事就能影响人的一辈子。"向桐起身去倒了两杯白开水，递给芦承贤一杯，拿着自己的杯子回到书桌旁，说出了头脑中的疑惑："事物总是在变化，怎么能判定遇到的是大事还是小事呢？"一丝欣慰的笑意浮上面颊，芦承贤拿起杯子喝了口水，循循善诱地把话题引入更深的层面："所谓大事一般都很明显，譬如生死、婚姻、选择职业、把握机遇，不论谁遇到这样的事都会很慎重。但这种大事不是天天都有，日常生活中所遇到的几乎都是些小事。你说得很对，事物是变化的，小事也有可能发展为大事。所以，大事不糊涂，小事也要尽力做好。这就要说到看待事物的态度和眼光了。你在老家见过那块'明心堂'的匾，我给你说说它的来历吧！"

往事可追，芦承贤把向桐带回到几十年前那个礼送许先生的夜晚。先生教诲言犹在耳，那个深植于芦承贤心灵中的"明"字放射出的光华映亮了向桐的眼眸……杯子里的开水早已冷却，向桐的眼睛却在灼灼放光。一个"明"字，像茫茫夜空的灯塔，使他脑海里那艘迷惘的小船，终于找到方向明确的航道……他想起了金悦萌。

"我们两个拉过钩，这可是件大事。"向桐的语气像木槌敲击铜钟。

"当然是大事呀！怎么啦，你是怕我反悔啊？"金悦萌瞪大了眼睛。

"不是这个意思，我是说人一辈子总要遇到几件大事，咱俩拉钩就是一件。"

金悦萌脑袋一歪，强词夺理地说："你就那意思，怕我说话不算话。"

"不是，真不是！"向桐无可奈何地说，"我信你一言九鼎，行了吧？"

"哼！你敢不信，我拧你耳朵。"

"相信相信！"向桐赶快转移话题，"你比我先走几天，我去火车站送你。"

"别送了，我爸妈和我一块走，要陪我去学校报到呢！"

"哟，待遇高啊！我走的时候，我爸只把我送到火车站。"

"当然啦，你没听说过臭小子、香姑娘？"

"臭小子听过，香……是你说的吧？看把你得意的。就照你说的，我这个臭小子送送你这个香姑娘。"

"那……好吧，给我买点好吃的。多买点，汪华也和我一块走。对啦，别买那些让我长肉的啊！"

既要好吃还得不长肉，金悦萌出了一道不大不小的难题。向桐只好向百货公司和干果店的营业员求教，在他们的参谋下先买了两大罐麦乳精，又买了一堆杏仁、杏干、桃干、山楂干，几种口味的白瓜子、黑瓜子和葵花籽。送金悦萌的那天，他抱着满满一网兜的东西来到绿皮车旁，金悦萌看到这些"好吃的"，刚说了句"你是想让我把嘴皮磨破呀"，便笑弯了腰。站在她旁边的汪华也觉得有趣，手捂住嘴巴暗自发笑。

樊小惠皱起眉头，眼帘下掠过一丝不易察觉的担忧。

也许男人没有女人敏感，金强就没有看出在这些"好吃的"中间隐藏着青春男女的特殊语言。看着女儿高兴，他也面露笑意，站在一旁悠然自得地吸着香烟。金悦萌发现樊小惠的神态有些异样，赶忙收起慧黠活泼的本性，背对着樊小惠，冲向桐吐了下舌头，一下子又转变成个矜持稳重的大姑娘了。"谢谢你来送我。"她接过那一网兜"好吃的"交给汪华，客套地问向桐哪天离家返校，向东和崔建走了没有……这些话都是遮人耳目的烟雾。樊小惠的眉头舒展了，走过来对向桐笑了笑，问起一些报社老同事的情况。

催促旅客上车的电铃声漫过月台，熙攘的人声淡去了。金悦萌跟在父母身后上车。站在脚踏板上，她回转过身子，一手扶着把手，另一只手上的小拇指对向桐做出个勾指头的动作。

向桐笑了，使劲点了点头。

汽笛鸣响，列车缓缓启动。车轮碾压过铁轨的接口处，发出"哐当哐当"的声响。这种节奏感很强的声音，越来越快，越来越响，在向桐耳中逐渐幻化成"大事大事"的呐喊。汽笛已远，绿色长龙携带着两个男女青年的约定，风驰电掣般向着未来急驰而去。

　　大学毕业在哪里就业，也是每个大学生的父母所关注的重大事项。向东还在上大三的时候，吴玉霞问起他毕业后的志向。听到这个问题，他不假思索地回答，当然是去国内顶级的建筑设计研究院呀！未出校门的大学生，多有好高骛远的张狂，再身披名校的金色斗篷，向东心野得像辽阔草原上一骑绝尘的骏马，哪能看得上省市级别的山间洼地？

　　一天下午，吴玉霞与他进行了一次长谈，充分肯定他的雄心壮志，同时也帮他分析留在外地与回来的利弊。其中最关键的是他在外地得单打独斗，说不定还会被分配到无关紧要的部门去——越是等级高的院所就越是人才济济。回来则可能站在一个较高的起点上，好风凭借力，送我上青云。雄鹰展翅翱翔，若不借助风力能飞上云端吗？鞭辟入里的分析像及时雨浇洒在向东发热的头脑上，晚饭后他独自出去，坐在安泰湖畔的长椅上，认真考虑在得与失这一对矛盾中蕴藏的辩证关系。思考一旦上升到哲学的高度就很耗费时间，月亮从泰安湖的边沿入水，慢悠悠地漂过大半个湖面，他才回到十三号楼，郑重其事地说关于毕业去向的问题他一定慎重考虑。

　　时光列车驶入新的一年，转眼间印在新台历上的日子翻过去三个多月了。又是一个星期天，胜利和黄桂兰抱着女儿芦倩倩回泰安湖农场。每个星期的这一天，卢倩倩都要来见爷爷奶奶。已经六个月大的卢倩倩躺在吴玉霞的怀里，牙牙学语的稚嫩叫声像彩虹飞落，映得客厅一片灿然。坐在沙发上的卢明放下手里的《人民日报》，凑过来用手指轻轻触动婴儿胖乎乎的小脸。卢倩倩瞅着他咧开小嘴笑了。卢明摘下老花镜揉揉眼睛，又用手触了下婴儿的脸："叫爷爷，叫爷爷。"卢倩倩像是被吓着了，小嘴一撇哭了起来。吴玉霞责怪道："去去去，看你的报纸去。"卢明尴尬地一笑，戴上老花镜，坐回沙发又拿起了他的报纸。卢倩倩还是哭个不停，直到黄桂兰接过她，轻轻拍打了一会，哭声才平息了下去。

　　"你这女儿脾气不小。"吴玉霞像个预言家似的对胜利说，"你不好好教育，长大了你管不住。"胜利直冲冲地说："你就不能说点好听的，倩倩哭两声你就听出她的脾气？"吴玉霞不与他争辩，话锋一转问起另一件事："听你们厂报的杨总编说，去年你当上省劳模以后，厂里就准备提拔你当车间副主任，你不同意。怎么回事，这么好的机会，也不征求我和你爸的意见？"卢明放下报纸，镜片背后射出疑问的目光。胜利脖子一拧说："当不了！管技术的副主任，芝麻大点的官，还得天天看图纸查质量，我给自己找罪受啊？"吴玉霞责备道："真是没脑子，谁规定当领导就得天天看图纸，工程师和技术员是干什么用的？"胜利满不在乎地说："你别管，这事都过了。工人嘛，干好自己的活就行啦！管那么多事干啥？"吴玉霞叹了口气，用一句话做了总结："不求上进。"

卢明摘掉眼镜，半躺在沙发上像是在闭目养神。

"丁零零"，电话铃声打破沉默。吴玉霞拿起听筒，从上海传来的声音拂去了她脸上的不快。经过大半年的思考，向东终于做出他人生中的一个重大决定：毕业后回来。放下电话，吴玉霞抑制不住内心的欢喜，像宣告喜讯似的给大家报告了这个好消息。卢明躺着没动，依然闭着眼睛说："回来也好，专业对口，去建筑设计院吧！"

第二天上班，吴玉霞去一家下属单位检查工作。下午安排的所有事项结束以后，那家单位的负责人设宴感谢上级领导。从酒店出来，已是华灯初上。乘车回家，愉快的目光飞向车窗外。这是个多么美好的夜晚呵！车水马龙，灯火辉煌，街道两旁的霓虹灯闪闪烁烁地放射出多彩的艺术气息。高悬在半空的路灯洒下柔曼的光辉，马路成为欢乐的橙色河流。布置在行道树上的彩灯闪闪亮亮，像繁星落入人间。街道上已经有爱美的青年女孩换上了裙装，她们像一个个夏天的精灵，急不可待地穿越季节，翩然降临在眼前这片锦绣的灯海之中。吴玉霞又想起了向东，心灵的天空顿时被可爱的城市灯火照亮——他在将来进入社会的时候做出了正确的选择。

第二十五章

两个儿时的玩伴大学毕业后都回到故乡，向桐和崔建先后被分配到报社工作。崔建早一年毕业，向桐报到时，他已经是文教部的助理记者了。当他听说向桐已被报社安排到工交部时，忍不住地发牢骚："这个部我也想去，可是……还是你命好啊！"向桐从他的语气里听出了异样的味道，像揭开盖子的醋缸，咕嘟咕嘟地冒出了酸溜溜的气味。

有几个大学生刚毕业就能一步登上理想的工作平台上呢？向桐原本也没有抱太大的希望，在他的就业规划中，只要能够进入省市一级的新闻单位，事业的小舟就算驶入正常的航道了。可是听芦承贤说在他回来之前，吴玉霞主动打来电话询问他的毕业去向和意愿，他便明白，幸运之光已经照耀在自己身上了。

报社办公室的周主任亲自登门，给他传递一个明确的信息：他来报社工作的所有手续均由报社派人办理，他只需在家等待人事处通知即可。没过多长时间，他就正式成为报社的在编人员，但还不能在拟定的部门上班。报社有规定，所有新来的大学生必须下基层锻炼一年。追根溯源，这还是薛文昌主政报社时定立的规矩，其目的是让刚出校门的大学生不忘劳动人民的本色。这一规定曾被雷浩一伙废除。卢明回到报社以后，这一光荣传统又延续下来了。

去基层锻炼的事宜由报社人事处安排。人事处处长是四十多岁的胡长海，向桐以前从没见过，他自称曾是吴玉霞的部下，一年前才从省委宣传部调入报社。他态度和蔼地给向桐讲，以前新来的大学生下基层锻炼都是去报社印刷厂，拜工人为师，先让铸字车间的铅与火洗涤大学生头脑里不着边际的幻想；而后才能去排字车间，从字库挑拣出正确的铅字，一个字一个字地拼出一篇完整的文章，这也是培养大学生们严肃认真、脚踏实地的工作作风；表现好就可以去印刷车间啦……但是，由于印刷厂正在搞基建，准备安装新设备，工作比较繁乱。经请示报社领导，决定安排向桐去省城外的地市记者站，那也是报社的基层单位，同样可以得到良好的锻炼。介绍完这些，胡长海意味深长地说："吴局长也认为这一安排很妥当。你想去哪个记者站？"

向桐没有顺着胡长海指明的方向走下去，而是取出一张请假条递了过去。"你请半个月的假，"胡长海问，"要去外地吗？"向桐说："我和我爸爸一块去重庆。"胡长海垂下眼帘点着一根烟，深吸几口，在吐出的烟雾中做出了决定："行，你去吧。等你回来，我们再具体谈你去哪个记者站。"

那是半个月后的事啦！现在，向桐要陪着已经退休的父亲完成一次重要的旅行。

听说他们去重庆，卢明让李平祥送来一个包裹和一个牛皮纸信封。包裹里有向东从未见过的滋补品。信封里装着一千元的钞票和一张便笺，上面寥寥数语地写了几句问候保重之类的话。向桐感到惊奇："送这么贵重的东西，卢伯伯和苗奶奶是啥关系呀？"芦承贤看了看包裹说："一面之交。"向桐又坠入云雾之中，就为一面之交而厚礼相赠，老一代人的关系谱真像是古代的河洛图，看似简单却又深奥无比。

他们坐着闷热嘈杂的火车抵达武汉。一人吃了一碗爽口劲道的热干面，匆匆赶到汉口购买船票。芦承贤把记者证和钱送进售票口，女售票员的目光像警察探案一般锐利，边看记者证上的照片边与芦承贤进行比对，直到确信同为一人之后才递出两张二等舱的船票。离开售票处，他们找到邮局，给覃岚发出一份写有船名和抵达时间的电报。

汽笛"嘟嘟"鸣响，飘扬着一面小红旗的船首犁破江水，驶入追寻往事的航道。下面的甲板上听起来很热闹，夹杂着小孩叫喊的乱哄哄的声音像轮船抖落的鳞片，纷纷扬扬地落入螺旋桨搅起的波浪中。上层甲板上的人不多，从衣着上看都是国家干部和军官。轮船起航不久，那些人都被迎面而来的江风吹进舱室去了，只有芦承贤和向桐手扶栏杆伫立在甲板上。芦承贤望着江面上的客轮和货船，一言不发。他的衣襟时不时地被风撩起，像一只从远方飞来的蝴蝶在他身边飞舞栖息。向桐问："爸爸，从上船你就没说过话，想啥呢？"芦承贤的目光转向船尾，看着远去的城郭说："我想起了三娃子。"向桐的脑海浮出一幅发黄的照片，上面是一个骑在战马上奔向战场的小战士回首一瞥的英姿……一艘客轮相向而来，两船拉响汽笛，低沉的声波在晴空下回响。汽笛声远，向桐把目光投向船首，江水浩荡，涛声如歌。

几天后客轮停靠在朝天门码头。向桐凭借自己的感觉，一眼就从人影幢幢的码头上认出了苗雨涵。她面如满月，头发雪白，体态丰腴，衣着整洁，很文静地伫立在喧嚷的尘世中，犹如一尊安详的菩萨。旁边挽着她胳膊的那位戴着眼镜、知识分子模样的中年女子一定是覃岚。她们身后的那位身材高大的男人不用说就是覃伟了。旅客们开始下船。向桐手提旅行包，跟在芦承贤后面走下舷梯，向苗雨涵他们走去。

覃岚看见芦承贤父子，给母亲说了几句什么，便和覃伟迎了过来。她一边挥手一边喊："承贤哥，承贤哥！"欣喜的呼喊像放飞的鸽子，从人们的头顶上掠过……苗雨涵眉头微蹙，瞅着逐渐走近的芦承贤，脸上露出了不敢相认的犹豫。芦承贤快走几步，在她跟前驻足："师娘！"一声穿越几十年风雨的呼叫，舒展了苗雨涵的眉头，她握住芦承贤的手，嗓音已经哽咽："承贤，真的是你。"话音未落，她已泪如泉涌。

在向桐的想象中，观音桥的小楼应该是一幢独立的建筑，像一座岛屿，与世无争地孤悬于纷纷攘攘的红尘之外，但现实中苗雨涵家的小楼已被商业化的浪潮包围。这一带临街的房屋几乎全都改建成商铺和饭馆，南来北往的人和行驶的汽车把街道变成了拥挤狭窄的河流。芦承贤对覃岚说："要不是你们来接，我和向桐就迷路了。"覃岚一手挡在嘴前，小声说了几句，芦承贤明白了似的点了点头。向桐见状不由得感到好奇，靠近父亲问："刚才覃岚阿姨说啥？"芦承贤说："她说这附近的人都知道苗奶奶，只要多问几个人，就能找到她的家。"

小楼近在眼前。本以为精巧洋气的小楼实则是一座极为普通的砖砌建筑，甚至看上去还有点寒碜，像个饱经沧桑的老人，默默地蹲守在街道旁边。芦承贤站在小楼前，上上下下地把小楼看了好一会，这才走进楼里。他的目光从陈旧的家具和摆设上拂过，当转过身的时候，眼中已有泪花闪动。"这儿和以前一样，一点都没变啊！"苗雨涵好像没有听见，她已进入一个自我的世界，拿起桌上的一只镜框，对着照片轻声说："家欣，承贤来看我们了。"空气不再流动，沉重的寂静像湿布捂住了鼻子和嘴巴，向桐已感到透不过气了。覃岚早已适应这种令人伤感的气氛，她手脚麻利地端来一盆水，请芦承贤和向桐过去洗脸。清凉的水扑上面颊，向桐这才感到好受一些。洗去路上的风尘，大家坐在客厅说话。覃岚和覃伟的性格截然不同。覃岚脑子灵光话也多，覃伟则是你不问他便缄默不语。要不是以前读信时留在脑子里的深刻印象，向桐就无法把眼前这个五十多岁的男人与那个曾经教训过郑所长的钢铁大汉联系在一起。苗雨涵的话不多。她看着芦承贤，好像很迷惑，何时把记忆里的毛头小伙子变成了一个鬓角染霜的老者？直到覃岚和覃伟把饭菜端上桌子，她才接受了时光催人老的现实，边吃饭边和芦承贤说起了过去的事情。

　　向桐走进覃家欣的书房，满屋子的照片（大多能看出黏合的痕迹）和翅膀上写有说明文字的白蝴蝶映入眼帘。一位气宇不凡的民国男子，走过蝶影蹁跹的时光长廊来到向桐的面前。在这里，覃家欣已不是父亲讲述中的那个遥远的身影，也不是书信里的文字，而是一个有血有肉的活生生的人。向桐的手轻轻抚摸着一只只的白蝴蝶，那是覃家欣和苗雨涵相爱相恋、结婚生子的见证……覃岚和覃伟是他们的天使……伉俪情深，儿女双全，这本应是一首驷马仰秣的天伦长歌啊！……岁月延伸，歌声继续，却已演化成令人唏嘘不已的凄婉悲音……是幻觉吗？栖息在墙壁上的白蝴蝶活了，大声喧哗着在眼前上下飞动。

　　不知是因为仰慕之情致使感觉迟钝，还是出于尊重而导致判断失误，在向桐看来，苗雨涵一点也不像个病人，她的言行举止都与常人无异。听她和父亲交谈，说起往事来一件件如数家珍……她记得第一次见到父亲的情景，"那时候你还没向桐大呢，聪明机灵，说话尽拣好听的说。"她仍在关心着父亲的人生伴侣，"孟小姐还是没消息吗？多漂亮的一个小姐呀！她为啥还不回来呢？承贤，我记得一首诗：'海畔尖山似剑芒，秋来处处割愁肠。若为化得身千亿，散上峰头望故乡。'故土难离，落叶归根，我想着……孟小姐一定是要回来的。"她甚至没忘仅有一面之交的卢明，"那个在楼上躲了几天的和你一个姓的记者，现在做什么工作呢？"听到父亲回答以后，她先是惊讶地"哦"了一声，又开心地说："我和家欣保护了一个共产党的大干部呀！"覃岚一脸懵懂地问："什么时候的事啊，我怎么一点都不知道？"苗雨涵说："那都是很早以前的事了，是的，是的……很早以前了，我和你爸爸……"话音中断，她看着放在桌子上的那只镜框，思绪已飞向远方……

在重庆的那几天，他们也见到覃伟的儿子覃明远，覃岚的女儿陈紫雪。覃明远已考入四川大学新闻系，这个身材比他爸爸还魁梧的小伙子告诉向桐，他的理想是将来做一名像他爷爷那样的记者。陈紫雪是名高二的学生，长得很秀气，说话细声细气的，一点也不像覃岚。她的理想是当一名精神科医生，给外婆和许许多多像外婆一样的人治病，让她们大脑里的人生风景不要进入冰封的冬季，或让风雪来得晚一点，再晚一点——家庭的影响在无形中引导着孩子们的理想航船，是喜是悲，也许二者兼有。那几天，芦承贤婉拒了覃岚和覃伟外出游览的提议，也没去长江边观赏山城灯火接天的夜景。向桐明白父亲的心思，要在有限的时间内多陪一陪苗雨涵。仅有的两次外出也是去吃火锅（再不去覃岚就要急哭了）和拍摄两家人在一起的合影。直到临走的前一天，芦承贤父子才在覃岚和覃伟的陪同下去了一趟华岩寺。在香火缭绕的大雄宝殿，芦承贤神情肃穆，虔诚地给佛祖献上三炷香。跪在蒲团上，凝神合目，双手合十，长跪不起。向桐知道，父亲一定是在许愿。"当——当——当——"悠长的击磬声宛若一条条光带，从释迦牟尼佛的金身前起飞，飘向广袤的天空——心愿驭风而行。

几天时间一晃而过，向桐和芦承贤给覃岚留下联系的电话号码，登上了返程的客轮。那是一个令人心情惆怅的早晨。灰蒙蒙的天空压在头顶上，江水拍打着岸边，像是在轻声啜泣。汽笛撕心裂肺地吼叫起来，客轮缓缓离岸。告别的目光被逐渐加速的客轮拉扯得越来越长……向桐望着渐渐远去的苗雨涵一家，暗自祈盼，希望苗雨涵安然无恙……船舷下的波浪仿佛听到他的心声，哗哗哗地大声应和起来。

从重庆回来，向桐按时去报社人事处销假。同时，也给胡长海说出自己选择的记者站。胡长海又习惯性地点着香烟，呼出的烟雾里掺杂着善意的困惑："去惵州记者站，不觉得远吗？"向桐温文尔雅地表示，他就是想去惵州。胡长海只好带他去隔壁房间，让同事开具一份去惵州记者站实习的介绍信。当向桐拿着办理好的手续路过他的办公室门口时，无意中听到从虚掩的门缝里传出打电话的声音："吴局长，给您汇报个事，芦向桐要去惵州记者站。"一股冷气灌入领口，向桐不由得打个寒战，快步离开了那个冷飕飕的走廊。

报社记者站设在惵州地委的办公大楼里，和地委宣传部在同一层。向桐在这里受到了异乎寻常的优待。记者站的唐建国站长早就事无巨细地安排好了一切。办公桌靠近窗子，一尘不染的桌面上洒满阳光。台历、台灯、白瓷笔罐和红蓝墨水瓶排列得整齐划一，像在接受检阅。拉开抽屉，订书机、大头针、回形针、信封、便笺、采访本和稿纸，井然有序地安放在里面，像一个小小的文化用品仓库。宿舍也在地委大院里。书桌上和抽屉中的东西，完全是从办公室里复制了一套。单人钢丝床，被褥枕头一应俱全。经验丰富的唐建国考虑到外出采访难免遇到风雨，已给宿舍里备好雨伞、雨衣和雨靴。由于宿舍是平房，厕所在五六十米开外，所以专门在床铺下面备了一只印有大红牡丹花的起夜用的搪瓷痰盂。来到记者站的第二天，向桐跟着唐建国去拜见地委宣传部的杨部长。令他吃惊的是杨部长见到他就像见到自家亲戚一样，握手时都真切地感受到部长传递过来的一股温暖而亲近的力量。"向桐啊，欢迎你来惺州！"杨部长说，"以后啊，不论工作还是生活，遇到什么困难问题啊，记者站不好解决，你就来找我，跟我可不许客气啊！"

一切都像是按照指令安排好的一样，这让他感到很不适应——阳光灿烂的路不一定就是坦途。他要用行动洗去附着在身上的那层魔力。因此，在惺州记者站锻炼期间，他始终保持着普通记者的本色，大多时候都跟随唐建国在各行各业中寻找具有报道价值的新闻。碰到杨部长，也只是礼节性地打个招呼。有一次因一篇稿件需经杨部长审阅，他按照发稿程序把稿件交给唐建国，说什么都不肯越级踏入部长的办公室。唐建国拿着部长签字的稿件回来，笑嘻嘻地说出一句领导的评价："杨部长说你有点傲气。"他一笑了之。

一个夏天过去，向桐已有十多篇与唐建国联合署名的报道见报。当秋风送来凉爽的时候，他才说出来惺州记者站的真正意图："我想去看看大青山农场。"唐建国愣了一下，恍然大悟："噢……听说你爸爸在那儿待过。"向桐说："对，所以我才要去。"

大青山农场在偏远的山区。向桐换乘几次班车，最后被一台颠簸得让人胃疼的手扶拖拉机拉进了场部。当记者的一个好处就是能见识到形形色色的人。农场场长是位转业军人，当过海军潜水艇的艇长，转业回来被组织安排到这个偏远的农场里。用他的话说就是从蓝色大海里浮上来又潜入绿色林海，这一潜不知道哪年哪月才能接到上浮命令。七十年代末才来到农场，在农场的区划图上标注不出以前的三分场二连准确位置。他挠着脑袋想了一会,出去找来一个叫"老李头"的老农工,这才搞清楚当年的三分场二连在老虎沟,是距场部最远的一个连队,后来撤销了。去那里要翻越几座山,单程得走一天。因路途远且崎岖难行,老李头都不愿意当向导。场长大概是第一次听到这么个地名,问老李头:"咱农场还有老虎?"老李头拱肩缩脖地说:"听说几十年前还有,现在早没有啦!"场长一乐,又找来两位农工,板着脸下达了命令:"去!回去准备,明天一大早送芦记者进山。"他指着老李头,又加了一句:"安全进去,平安回来!"

弯弯曲曲的小路像条细绳蜿蜒在山间,有些地方已被杂草树枝覆盖。老李头他们边走边发牢骚,甚至还用很难听的话大骂场长,让他们平白无故地汗洒深山。向桐既感到歉疚又觉得好笑,场长是因他而挨骂呀!中午在一处山泉旁啃干饼子,老李头话中带刺地说:"芦记者,你不在场部跟场长喝酒,跑老虎沟干啥去?"向桐说:"我爸爸在那儿待过几年。"农工们相互对视,陷入沉默。

老虎沟就是父亲信中说的大青山吗?他曾把那里描述得像景色秀美的世外桃源。可当向桐绕过山垭第一眼看见它时,脑袋像遭到重拳猛击般"轰"的一响,急切的心情也像光滑的水晶瓶砸在现实的坚硬岩石上,摔出无数惊愕的碎片……哪里有什么山清水秀,何处有果园飘香?眼前是一处荒凉的山坳,中间有两排简易的茅草房,有些房顶已经塌陷下去,整个山坳像时间老人咧开的豁豁牙牙的嘴巴。有几处房屋明显倾斜,多亏有木头支撑着墙壁,否则它必塌无疑。走进一头大一头小的院子,两边洞开的门窗像无神的眼睛,木然地望着写在对面门窗之间的标语。耳畔响起老李头像是从地下钻出来的话音:"这些房子都是右派分子他们自己修的。"向桐心中一阵刺痛,那场运动已经退出历史舞台,可老李头说出的这些带有侮辱性的字眼,仍在这幽暗的山坳里阴魂不散。

时间临近黄昏,老李头他们找来木头,用随身携带的砍刀咔嚓咔嚓地劈柴,准备在夜里烧火驱寒。向桐则一间屋子一间屋子地察看过去。大多数屋子里都有用木板架起的大通铺,上面还遗留着一些破衣烂衫之类的东西。有的房间地面上,还能看到砸扁的脸盆和饭碗。他无法想象,父亲,哦,许多人的父亲,在这里过的是一种什么样的日子?他问老李头,农场还有没有再利用这些房屋的打算?老李头答复,根本就无人过问,任由其自生自灭。他向老李头借了一把砍刀,走出院子,来到三根支撑着斜墙的木头前,抡起砍刀狠狠地劈了下去。老李头他们循声而来，站在一旁看着他疯狂的举动。"嗵嗵嗵"的劈砍声像一连串炸弹爆炸，震得整个山谷都发出了愤怒的呐喊。砍断一根木头，又砍断一根，茅草屋已经摇摇欲坠。当第三根支撑木一折两段，茅草屋轰然倾倒。又扯动连接在一起的其他房间，轰隆隆地垮塌下来，像一列脱轨的列车，连同上面的标语，一同堕入暮色笼罩的冷峻山谷……

由于年龄的原因，薛文昌卸下省委副书记的千钧重担，一身轻松地改任省顾问委员会副主任。对于这种退居二线的事情，他像是戎马一生的将军，脱下满是征尘的战袍，在含饴弄孙的日子里开始了颐养天年的生活。虽然还没有彻底离休，但他大脑里那根总是绷得很紧的工作之弦已经调低了音调，他豁达大度地对卢明说："在原则性问题上，我还是要发言的。至于其他事情嘛，呵呵，顾问顾问，顾而不问。"他住在泰安湖农场的五号楼，离休之前和卢明在湖畔碰面的机会还没有在省委多。在位的时候不能随便串门打电话，这一点他俩在思想和行动上保持高度一致。现在薛文昌退下来了，又听说他准备去广东疗养，卢明便在十三号楼里举办了一场由薛文昌夫妇和芦承贤参加的小型聚会。

回忆是老人聚会餐桌上的一道永远都不会变凉的佳肴。他们说起过去的事情，都像是变得年轻了许多。吴玉霞和薛文昌的夫人看到他们谈兴高涨，便早早离席，任由他们畅所欲言。

时间悄悄流逝。

他们的话题又回到现实当中。卢明端起酒杯，起身给薛文昌敬酒："老首长，注重当下，多多保重！为身体健康，也为新时代新生活——干杯！"两人碰杯，一饮而尽。薛文昌放下酒杯，关心地问："雅楠在新疆还习惯吗？对象问题解决了没有啊？"卢明放下酒杯，苦笑了一下说："她现在是排职干事。谈了个对象，是边防团的连长。"薛文昌端起茶杯喝了口茶水，关心地说："你就这一个千金，把她放在新疆，舍得吗？要不要我给省军区的赵政委说一声，让他想想办法，把雅楠和她的对象都调回来？"卢明摇了摇头说："我们管得了一时，管不了一生，年轻人的路还是让他们自己走吧！"薛文昌很赞同他的观点，接下来又说起他已经在报纸上读到了向桐的文章。"向桐很出色，都发表几个头条了。"他转脸看着芦承贤，又说，"你也是老编辑了，稿件上发现什么问题，要及时给他指出来。"

没有回应。芦承贤眉头紧锁，双臂交叉抱在胸前，好像在考虑什么重大的事情。"承贤，"卢明叫了他一声，催促道，"薛书记跟你说话呢！"芦承贤猛然回过神来，抱歉地一笑，放下手臂深吸口气，说出一句话。话音不高，却震得卢明脸色大变。

"找个机会，你和向桐父子相认吧！"

话题跳跃的跨度太大，卢明一脸震惊地瞅着芦承贤，像是看着一个朝他猛击一拳的陌生人。"嚓，"火柴响亮地喊叫一声，薛文昌的指尖上跃起一团小火苗。他又点燃一支烟卷，随着淡淡的烟雾从眼前袅袅升起，他也像遇到人生难题似的陷入沉思。

芦承贤继续说："向桐也不小了，我们总不能一直瞒着他吧？"

眨眼之间卢明已经恢复平静，他端起茶杯喝了口水说："这件事还是从长计议吧！"

芦承贤的眼里罩上一层迷惑的阴翳，说："父子相认，天经地义。怎么，你不想认他？"

"茶都凉了。"卢明答非所问。很显然，他不想让这突如其来的提议影响聚会的气氛，转脸对薛文昌说："老首长，我们去客厅坐吧？"

芦承贤又一次开口，话语里暗藏针芒："老卢，我刚才的话可不是请示，你最好给我一个明确的答复。"

"我说过了，从长计议。"卢明说，"你考虑一下向桐的感受，他刚参加工作，我们就扰乱他的心思，他能安心工作吗？听我的，从长计议。"

薛文昌揉灭火烟头，站起来说："我同意卢明的意见，还是慎重一点的好。"

芦承贤也站起身，很不情愿地说："好吧，那就以后再说。"

卢明相信自己的判断能力和决策能力。自从升任部长以来，他感到自信心愈来愈强——周围都是服从和恭敬的笑脸，在他管辖的范围内，无论是听汇报还是开会，自己说出的话大都变成了指示，从未有人提出异议。而且据事后反馈，他所作的指示也都显示出毋庸置疑的正确性。因此，他觉得在是否与向桐相认这件事上，应该说处理得既稳妥又合乎情理。毕竟，老一辈人的生活已经定型，而下一代人的世界正是朝阳初升。芦承贤的提议只是昙花一现，聚会结束以后，卢明便把这件事埋入心里，甚至都没有给吴玉霞透露一丁点。

　　送走客人，他感到有点头晕。当人步入老年时代，生命的速度像失去控制似的猛然加快，这是毫无疑问的。好像一身骨头也嘎嘎巴巴地提醒身体已不可逆转地滑向衰老。自从把家搬进泰安湖农场，高血压也像是鬼魅附身。降压药已成手提包里的必备物品。

　　季节转换也好像加快了速度，又一个炎热的夏季来临。向东大学毕业，被分配到省建筑设计院，报到后即进入设计一所，那可是设计院知名度最高、实力最强的一个所。上了几天班，回到家里，他兴致勃勃地给吴玉霞讲述设计一所的几位著名设计师和他们以前设计的地标性建筑。这时候，电话铃声响了。他抓起电话一听，高声叫道："姐，是你呀！……啥时候到？我去机场接你。"

　　几年未见，身穿军装的雅楠已被严格的部队生活塑造成一个英姿飒爽的女军官了，见到父母就来了个立正敬礼："爸爸妈妈，卢雅楠回家报到！"

　　她带回来一提包的新疆特产，葡萄干、无花果、大杏仁、巴旦木，分成几份，特意强调有一份要送给向桐。拿出两块产自和田的羊脂玉佩，一块给吴玉霞，一块给黄桂兰。小侄女更是她心上的宝贝，送给卢倩倩两套维吾尔族小女孩的花裙子和两顶塔里拜克"朵帕"，还教给她一句"亚克西"。卢倩倩头戴小花帽，身穿色泽艳丽的小花裙，叫喊着"亚克西"，像一股鲜艳的风，快活地从大人们身前跑过。唯独向东对送给他的一件军用绒衣感到不以为然，他拢了下头发说："现在都时兴穿西装啦，谁还穿绒衣呀？"雅楠一把夺回绒衣说："就你时髦，不要拉倒。"她转身问胜利："哥，你要不要？"胜利爽快地说："好啊！我要，谢谢妹子！"

　　平日里安静得像办公室一样的小楼，因雅楠归来，一下子变得温馨而富有活力。吴玉霞看着被太阳晒黑的女儿，心疼得像有把刀子在剜一样。买回来一堆保养皮肤用的水呀油呀霜呀，又找出外汇券，拽着雅楠去外贸商店，挑选了两套高档护肤品，幻想着让女儿的皮肤能像广告画上的摩登女郎一样白嫩光洁。她那种强烈的既芳香又油腻的母爱，强制性地落在雅楠的皮肤上。每天晚上都要在母亲的监督下对着镜子涂涂抹抹，这项艰巨的任务把雅楠折腾得叫苦不迭，经常听见她在楼上的化妆间里大叫："爸爸，爸爸，救命呀！"

　　女儿的婚姻问题是父母的心头大事。雅楠拿出一张照片，是她和欧阳晨在帕米尔高原上的合影。一对年轻的军官手挽手并肩而立——巍峨雪山作证，爱情之花也能在高海拔的雪原上绽放。男军官的另一只手指向远方。女军官看着他手指的方向，俏丽的面庞上露出了会心的微笑。很显然，父母意见的风力太弱，已经无法影响这一对边防军人手指的方向。吴玉霞关心的是雅楠什么时候结婚，能不能回家来举办婚礼？卢明则产生了有口难言的担忧，如果两亲家见面，芦花花携带着当年铁姑娘的余勇走进十三号楼，她又没什么文化，万一开玩笑或是口无遮拦地说起往事，那种尴尬的场面让人情何以堪？谢天谢地，雅楠像知道他心思似的征求意见，她和欧阳晨商定，由于他们都是军人，又同在一个军分区，所以，他们准备在部队上举办婚礼，然后再回来拜见双方父母。"那怎么行啊？结婚这么大的事，父母都不在场，我觉得你们的想法欠考虑。"吴玉霞心直口快地表达出不满。卢明却感到像卸去了沉重的盔甲，显出通情达理的样子说："嗯，军人嘛，自然有军人的特殊性，哪能像老百姓一样有那么多的穷讲究。雅楠，我支持你们！"雅楠笑逐颜开地说："谢谢爸爸！"看到吴玉霞面露愠色，她过去摇着吴玉霞的胳膊，瞬间又变成了家里的娇娇女："别生气啦！我保证，结婚以后先回来给你和爸爸汇报，然后再去欧阳家。"

少数服从多数，吴玉霞狠狠地瞪了卢明一眼。

晚上雅楠穿着真丝睡衣，浑身散发着进口香水的气味，和吴玉霞一同从楼梯上下来坐在卢明身边。雅楠装模作样地拿起茶几上的老花镜戴上，透过凸透镜片看着卢明。她突然想起一件事，摘下眼镜搂住卢明的胳膊说："爸爸，你在延安的时候好厉害呀，把我们刘副司令员都一头顶飞啦！"吴玉霞的眼神扫过来，问道："什么乱七八糟的，又是延安又是副司令的，怎么回事？"雅楠说出一段令人意想不到的奇遇。

新疆军区的刘副司令员亲临南疆检查边防战备工作，听喀什军分区政委说起雅楠的事情。一位出生在高干家庭，在南方生长、南方上大学的女孩子，毕业后自愿来新疆，义无反顾地报名入伍，并要求到喀什军分区服役。据政委说，他给刘副司令员汇报时，特意强调她可不是心血来潮，而是为了一个秘密加入了边防军的行列。什么秘密？她的男朋友在红旗拉甫边防连。

刘副司令员心里清楚，让常年爬冰卧雪的边防军人找个对象比命令他们扛着无后坐力炮爬雪山还要困难。再苦再累，炮身上的瞄准镜里好歹还有个目标。

可身处边防一线的军人眼前的爱情目标，比移动靶更加飘忽不定，有多少出众的未婚女子愿意为支持国防事业而孤守空房呢？这个卢雅楠的勇气和行为令人敬佩，刘副司令员命令随行的新疆军区《解放军报》的记者采访雅楠，而且亲自拟定了这篇人物通讯的标题——《一个女军官的故事》。不但如此，他还决定召见女军官，鼓励她扎根边疆，和男友一起共守国防。

军区首长点名会见一个寸功未立的小干事，真把雅楠吓得不轻。据说这位刘副司令员向来以治军严厉而著称，经常把师团一级的干部批评得手足无措。所以，雅楠在首长门前喊报告的时候，心跳得很厉害。没想到见面之后，刘副司令员很慈祥，问话的语气也很温和。假如他不穿军装，真像个随和的邻家大叔。谈话也像是拉家常一般，笑吟吟地问雅楠，习惯不习惯新疆的饮食啊，适应不适应部队生活啊，哭没哭过啊，父母在什么单位工作啊……听到雅楠说出父亲的名字，他忽然变得沉默了，走到窗前，双手叉腰望着外面。过了几分钟，他转过身子问："你爸爸是不是上过延安'抗大'，还在《新中华报》和《解放日报》当过记者？"得到准确答复后，他的眼睛里流露出欣喜。

"在延安我和你爸爸交过手。"他说，"为抢个篮球，他把我一头顶出了球场。顶得我都岔了气，疼了好几天。真是不打不相识啊！后来他到我们团采访，我还送给他一把手枪哩！"

威风凛凛的刘副司令员竟然是父亲的老朋友，这一奇迹般的遭遇也让雅楠惊喜不已。但她没有张扬，即便是《一个女军官的故事》见报，她也依然保持本色。尽管刘副司令员像关心老朋友的子女一样，让她有事没事都可以去找他，但她几次去军区报送材料，从刘副司令员的办公室门口经过，她都没有驻足喊一声"报告"。

香水味飘入鼻孔，卢明从中嗅出了沁人心脾的独立精神，他轻轻地拍了拍女儿的手背："你说的是刘德亮吧，好多年都没联系啦！"雅楠说："要不你找个机会去趟新疆，和刘副司令员叙叙旧，顺便也把我接见一下？"卢明还没开口，吴玉霞的话音已插了进来："你有没有刘司令员的电话？"雅楠坐直身子纠正道："是副司令员！"吴玉霞对卢明说："多年不见的老战友，就该联系一下。你主动打个电话，别让人家说你架子大。"她的话不无道理。于是，卢明交给雅楠一个任务，休完探亲假返回部队，火速把刘副司令员的电话号码拿到手。雅楠的保密意识很强，毫不隐讳地说："首长的电话号码哪能随便泄露？"父亲当然不能让女儿去犯错误，他说："我给他写封信，写我办公室和家里的电话号码。你怕泄密，就请他给我打电话。"雅楠想了想说："好吧，我领受任务。"

完成任务就必须面见首长，吴玉霞准备了几样礼物。雅楠直呼不可，拿着礼物去见军区首长……人言可畏啊。卢明也觉得那些礼物不仅使女儿感到为难，而且降低了自己的品位。他电话打给省画院的院长，请画院一位在全国书画界都赫赫有名的老书法家赐字。书法家欣然从命，使用上等的徽墨宣纸，精心写出几幅"心照神交"的横幅。从中挑选出一幅，题跋钤印后交给院长。墨宝装裱封盒，院长亲自抱着一只古色古香的檀香木盒来到十三号楼，打开卷轴请卢部长过目。墨香扑鼻的字迹闪闪发光，铁画银钩，大气磅礴，卢明十分满意。送走院长后他转念一想，尽管老书法家的墨宝一字难求，其字其意均可堪称一绝，但那只色泽古朴的檀香木盒则太过显眼。上班后他给省军区宣传部的部长打电话，请设法找一只装军用图纸的圆柱形盒子。放下电话不出一个小时，一位自称是宣传干事的年轻军官就把草绿色的图纸筒送到了秘书的手里。墨宝安放在有背带的军用图纸筒中。雅楠背着它高兴地嚷道："爸爸，还是你想得周到呀！"

女儿在家的日子过得飞快，转眼间雅楠的假期已满，她带着那件特殊的礼物和卢明的亲笔信飞回乌鲁木齐，当晚就把喜讯传回十三号楼里："爸爸，刘副司令员可高兴啦！他说你给他打电话又是长途又得通过军线，一时半会的不一定能达成通联，还是他打给你吧！"卢明也受到女儿情绪的感染，正想表扬她两句，不料接下来听到的话，又让他的口齿间渗出了淡淡的苦味。"爸爸，刘副司令员说，他的夫人是你们的校友，也认识你呢！她叫秦兰花，以前在自治区妇联工作，现在离休啦！"

打完电话，卢明又戴上老花镜看报纸，虽然眼瞅着一行行排列整齐的印刷体，可注意力已经飞出楼房，穿过夜空回到流水淙淙的延河岸边……耳畔仿佛有歌声荡漾，那是《红军东征歌》。这时候，吴玉霞调大电视的声音，荧屏上一个女歌手正在饱含激情地唱着一首很时髦的歌曲："……幸福的热望在青年心头燃烧，甜蜜的喜悦挂在姑娘眉梢……"软绵绵的歌声赶跑萦绕在脑海里的战歌，他走出十三号楼，独自坐在湖边的条椅上，瞅着黑黢黢的湖水陷入沉思。时隔多年，秦兰花像熄灭在记忆深处的一盏灯，突然大放光明。他忽发奇想，如果和秦兰花携手一生，家庭的小船会不会更加顺风顺水呢？可是，这个"如果"早已从手边溜走，变成一块沉入延河的石头。

刘德亮言而有信，雅楠完成任务的第二天晚上，他的电话就打进了十三号楼。多年未见，卢明和他聊了足有一个多小时。其间也与秦兰花互致问候。卢明这才知道，她离休前曾任自治区妇联主任一职。电话里再次传出刘德亮大炮一样的嗓音："我听说啦，你找的老婆很漂亮。你们这些文人啊，一见漂亮女人就缴械啦！"卢明不甘下风，立马反唇相讥："你娶了陕北一枝花，反倒来说我，好意思嘛？"电话里一阵大笑。人与人的关系真是奇怪，有的人抬头不见低头见，却形同陌路；有的人远隔千山万水，加之几十年不见，甚至都不知道对方现在的模样，打起电话来却毫无隔阂。在那一个多小时的电话里，浓缩了两个人离开延安后的经历，也相互询问了下一代人的情况。刘德亮还顺便介绍了欧阳晨，称赞雅楠好眼力，看上了一个各方面都很优秀的军事干部。再次提及雅楠，他说："卢明啊，你培养孩子很有一套嘛！雅楠很优秀，军区司令员和政委都知道她啦，你就自豪吧！"

是的，卢明有理由为几个孩子而骄傲，胜利早就是厂里的技术骨干了，尤其是他成为省劳模以后，不但提前涨了工资，还在厂里新修的家属楼上分到一套两室带厨房和卫生间的楼房。仅凭这一点，就让年龄相仿的工友们羡慕不已。黄桂兰的工作也是一帆风顺，被省分行下派到市支行，管理着一个位于闹市区的分理处。虽然只是个科级干部，但这种安排显然是上级有意而为之，让她的履历中增添一些基层工作的光环，好为将来的进步加分。向东名校毕业，又进入心仪的工作单位。看他上班的劲头，就像开足马力的汽车，朝着他的事业目标疾驰而去。

"芦向桐是个好苗子。我们班子已经达成共识，把他作为重点培养对象。"这是报社总编辑闵子超手拿笔记本，在卢明的办公室汇报到队伍建设这一项时说的一句话。卢明盯着闵子超的眼睛，却没有审视出丝毫阿谀奉承的虚假和慌乱。闵子超显得很有底气，不慌不忙地说："最近他写的一组关于国有企业在改革开放中寻求发展的稿子，产生了较好的反响。像这样有思想懂业务、新闻敏感性又很强的年轻人，正是报社需要的人才。"话音突然刹车，闵子超观察了一下卢明的脸色，笑嘻嘻地又说："卢部长，报社有人说，向东和向桐像一对双子星，他俩都是名校毕业生，一定会在各自的……"卢明打断他的话，语气严厉地说："别扯这些没用的，说你们的工作计划。"闵子超脸色通红，低头瞅着手上的笔记本，规规矩矩地继续汇报。

在下属面前，卢明绝对不会让内心的喜悦轻率地浮上脸颊。但说实在的，听到向东和向桐像双子星闪耀，那种令人欣慰的感觉真是妙不可言。但在日常生活中，他很少夸奖胜利和向东。吴玉霞不止一次地抱怨，别人都把自己的孩子夸得像绿叶丛中的花儿一样，他可倒好，想听他表扬孩子，比从吝啬鬼怀里掏出几张钞票还要难。他也懒得争辩，依然把对孩子的夸奖藏在心里。

说来奇怪，每次见到卢倩倩，他的喜悦之情就会溢于言表，总是会想方设法逗得卢倩倩咯咯咯地笑个不停，也许这就是人们常说的隔代亲吧！爷爷孙女在一起像有说不完的话，以至于每次胜利一家回十三号楼，卢倩倩都像只快乐的小鸟一样抢先飞进门来找爷爷。这个聪明伶俐的小女孩就是他的开心果，稚嫩的童音里仿佛有一种令人心情愉悦的魔力，能赶走身体的疲惫。

又一个星期天，胜利在厂里加班，黄桂兰领着芦倩倩回十三号楼。吃过午饭，吴玉霞和黄桂兰去转商场，让卢明哄着芦倩倩睡午觉。这个小人儿要听着故事才能进入梦乡。卢明给讲她花木兰、刘胡兰、黄继光和董存瑞，她全都不听。"不听不听，不听打仗的。"卖火柴的小女孩，拇指姑娘……她还是不听："妈妈讲过啦，讲个新的嘛！"卢明给她掖了下被子，随口问道："听过女娲造人的故事没有？"芦倩倩眼睛忽闪几下说："没有，就讲这个。"总算找到一个能够催眠的故事，卢明让她闭上眼睛，开始讲了起来。这个故事呢，说的是很久很久以前，女娲娘娘看到大地上空旷寂寞，于是就照着自己的模样用黄土捏出一些小泥人，刚把小泥人放在地上他们就有了生命，一个接一个活蹦乱跳地跑了，这些人呢就成了英雄和伟人。女娲都捏累了，可大地上的人还是少啊！她扯过一根藤条，蘸满泥水往空中一甩，甩出来很多的泥点子，那些泥点子落在地上也变成了人，不过都是些普通人。她甩啊甩啊，甩出来满天下的普通老百姓，从此以后世界上就有了人类。但她亲手捏出来的人少，甩出来泥点子多啊！所以呢，世界上的英雄和伟人少，普通人多得数也数不清啊……芦倩倩闭着眼睛一动也不动，像是睡着了。卢明给她盖好被子，轻手轻脚地起身离开。刚走出几步，听见她睡意朦胧地嘟哝道："爷爷，你不是泥点子，是大官。"

　　尽管那话音轻若羽毛，却像电流通过一样使他心头一颤。他忽然感到头晕，耳朵里也发出金属摩擦的尖啸声——该死的血压又不稳定了。

第二十六章

五年前的拉钩定约，孩童玩的花招演化成两个青年男女的誓言。金悦萌大学毕业后如约而返，顺风顺水地进入省歌舞团，一位舞蹈演员的事业之舟即将起航。实际上她在毕业前有多种选项，北京几个著名的文艺院团向她伸出了橄榄枝，也有机会穿上军装成为一名文艺兵，可她还是义无反顾地回来了。为这事樊小惠把一腔怨气都发泄在省艺校的俞副校长身上，是她陪着那位爱才如命的省歌舞团的周团长去北京动员金悦萌和汪华回来。"你别拉个脸好不好？"俞副校长说，"北京的舞台上人才济济，悦萌得跑几年龙套吧？可在省歌舞团，她就是舞蹈演员里的凤凰。"樊小惠像刺猬发怒，话语中都挺着尖刺："我宁可让萌萌在北京跑龙套，也不想让她在巴掌大的台子上演什么凤凰！"一句话呛得俞副校长尴尬不已。两人保持几十年的情谊出现了巨大的裂缝，以至此后樊小惠听到只要是有俞副校长参加的聚会，她就会果断地拒绝。

女儿回到身边，可是遂了金强的心愿。如果女儿留在北京，那就真的一年都见不到几次。现在父女团聚，这种共享天伦的美满日子是多么的有滋有味啊！已经是省政协秘书长的金强息事宁人地说："顺其自然，是金子在哪里都会发光。"木已成舟，樊小惠盼望女儿一飞冲天的夙愿落空，她一脸幽怨地瞅着女儿，眼窝里已泛出伤心的泪光。金悦萌搂住她撒娇："妈妈，亲爱的妈妈，我最最爱的妈妈，你就忍心让我一个人在北京，无亲无故，生个病都没人管？"说完悄悄扭过头朝金强吐了下舌头。她已不再是五年前那个还有几分孩子气的少女了，现如今的她，身材颀长，美目流盼，黛眉红唇，即便素颜，也是个五官精致、身姿袅娜的大美女了。

但她把拉钩约定的事一直藏在心里，那是她和向桐两个人的秘密，她还不想早早地把这个秘密公之于众。"你可不能出卖我啊！"她对向桐说，"要是让我妈知道，我回来是咱们早就商量好的，那还不把她气出病来呀！"面对这位在交往中一直占据主导地位的公主，向桐习惯性地唯命是从："我保证，一定守口如瓶！"但与此同时，他也感到了一种心有愧疚的不安，因为他已经意识到凭着她的天赋和科班出身，很有可能在首都的舞台上大放异彩。五年前那个具有孩子气的约定会不会变成羁绊，束缚住她跃向事业巅峰的舞步？他坦诚地向金悦萌表示了自己的担忧，如果是因为践约而耽误了她的美好前程，他会自责一辈子的。金悦萌挽着他的胳膊漫步在公园的林阴道上，说出的话像风儿一样拂去了他的担忧。她才不后悔呢——绝不是头脑发热，做出这一人生选择的几个因素像排灯射出的光芒为她照亮了省歌舞团的舞台。在这些因素中，两人当年的约定是其一，和爸爸妈妈生活在一起是其二，其三呢？她眼里秋波微转，故伎重演地说："先不告诉你，到时候你就知道啦！"而且，她还发布命令："不许再问哦！"

"其三"是什么啊？向桐又坠入不能自拔的陷阱中，可感觉却很美妙，像在冬日里被暖阳照耀一般。

这个世界上总有那么一些人，生来就受到幸运女神的眷顾，金悦萌是为数不多的幸运儿之一。她的首次演出是在大众剧院，表演独舞《江月浣纱》。春江月夜，一位穿着素雅罗裙的女子在江畔快乐地洗濯轻纱，玉臂裙裾撩夜色，霓裳吴绢舞蹁跹……月光般的音乐洒向剧场，观众席上风平浪静，微波不兴。人们的目光像追光灯一样射向舞台，舞者的优美舞姿令他们如醉如痴……不知金悦萌是有意而为还是百密一疏，她给芦承贤父子的票和金强夫妇在同一排，只是中间隔了几个座位。向桐想看一下金强夫妇的反应，却发现樊小惠正在暗自抹泪。一曲终了，掌声四起，其间还夹杂着狂热的口哨和叫喊声。大幕落下，向桐兴奋地起身鼓掌。掌声渐渐退潮，他又往金强夫妇那边看去。一道冷冰冰的目光像蛇一样飞蹿过来，四目相触，樊小惠面无表情地点了下头，又转脸目视前方。向桐暗自嘀咕，樊阿姨好像有点不高兴。怎么回事，萌萌的演出很成功呀！晚会结束，芦承贤与金强握手作别时说："你的女儿是个天才。"金强把功劳全部归结到樊小惠的身上："都是她妈妈的遗传。"樊小惠含蓄地笑了笑，眼睛里闪出了让人捉摸不定的光波。

随着演出场次的增多，金悦萌的名气越来越大。只要她出现在文艺晚会的舞台上，不是独舞就是双人舞；即便是在芳华烂漫的群舞中，她也是引人瞩目的领舞者。一颗耀眼的舞台新星正在冉冉升起。妙曼的身姿、轻盈的舞步撩拨得许多男子春心萌动，几乎每天都能收到令人肉麻的求爱信。她全都置之不理，从门房取到信就直接丢进垃圾桶。"好歹拆开看一眼嘛，"向桐开玩笑说，"要是我写的，你也当垃圾给扔了？"一句话提醒了金悦萌，她一把揪住向桐的耳朵："好呀，从我回来你再没给我写过信。老实交代，为啥不写？"向桐说："你都回来了，还用写信啊？"金悦萌手下使劲一拧，威胁似的嚷道："你懒，还找借口。我就问你，写不写，写不写？"耳朵被扯得生疼，向桐龇牙咧嘴地告饶："写写写，快放手，耳朵都让你揪掉啦！"金悦萌这才饶了他，咯咯咯地笑了起来。

可在信上写什么呢？以前她上大学，远隔千里，写信时问东问西的有说不完的话；现在身处同一城市，想要见她，走路过去也花不了一个小时（但金悦萌不许他去省歌舞团，理由是时机未到），面对信纸脑子里空荡荡的像无人的海滩一样。尽管他明白自己早已深深地爱上她了，可在信上写不出情呀爱呀的让人脸红心跳的海誓山盟。嗯，还是直述心意吧！信很简单，里面的文字只有寥寥数语："我有意见。你太霸道，规定一个月只能见一次面，太少啦！我申请一个星期见一次，请批准！"几天后接到回信，撕开封口就嗅到一股淡雅的香水味。信纸上不见一个汉字，而是别出心裁地画着一只玉指纤纤的手，掌心处有一个醒目的"no"。捧着那只不讲道理的"手"，向桐不由得哑然失笑。拒绝申请，却用温情脉脉的方式来抚慰遭受打击的心灵，那个鬼精灵的大脑皮层上一定比常人多长几道皱褶，所以才能想出这种古怪的回信。向桐又想起她曾提及的那个还藏在迷雾中的"其三"，提起笔再次申请："你说过促使你回来的几大因素中的'其三'，怎么还不见庐山真面目啊？行行好，可怜可怜我这个已经得到线索的记者，是否能让我采访一下，一窥'其三'的真相？要不然的话，心里就像有根针，总是在不停地扎我。"散发着香水味的回信又到，信纸上写了几行"哈哈哈"，笑声下面写道："扎得好！就不让你采访！当心哦，别说其三，以后还有其四、其五、其六……非把你的心脏扎成个刺猬不可。"天哪，后面还有啊！向桐不禁倒吸一口凉气，觉得自己的大脑运转速度实在无法跟上她变化多端的心计，遂又给她去信："上一辈子的你一定是个小妖精，专门修炼怎样折磨人的妖术。这辈子可是逮着我了，我承认你厉害行不行？给你说真的呵，见面次数太少，我想你想得心都受伤了，疼！"这次的回信上又不见一个文字，香喷喷的信纸上只有一枚鲜红的唇印，火红的唇上还有细若蛛丝的神秘纹路，像难以破解的密码……向桐的心跳得像奔马叩击大地一样急促，脸颊也烫得犹如火炭一般。可他破译不了唇印上的密码，是安抚？是得意？还是鼓励他继续写信？

等到一个月一次的约会时间，两人并排走在大街上，向桐问她邮寄一个鲜艳的唇印究竟有何含义？话音刚落，金悦萌已是双颊绯红，像股风儿似的闪到他的身后，"嗵嗵嗵"地捶打着他的脊背，羞恼地嚷嚷："笨蛋，笨蛋！你是木头啊？有脑子没？"向桐滑稽地缩着脖子，只是"嘿嘿嘿"傻笑。路人的目光像大网罩了过来。有个小伙子被这街头上的风景逗得龇出了一口白牙，大声喊："打得好，使劲打！"金悦萌收起拳头，拧了他一把，红着脸挽起他快步逃出路人的视线。自始至终，金悦萌都不肯给他揭示那个唇印的内涵："亏你还是个记者呢，自己想去吧！别问我啊，再问我就不理你啦！"向桐又一次败下阵来，只好把这个谜团埋在心里。

不再询问唇印的含义，向桐却一反常态地显示出少有的固执，非要拉着金悦萌去百货大楼。平时他不爱逛商店呀，今天是哪根脑筋搭错了方向？而且他要买的什么奶粉呀，巧克力呀，葡萄糖呀……尽是些补充身体能量的东西。冰雪聪明的金悦萌立即发现情况有异，睁大眼睛问："是给我买还是给你买？"向桐说她每天练功辛苦，买这些是给她的身体输送营养。金悦萌叫道："哎呀，你不安好心，要把我吃成个胖企鹅呀！"她强行把他拽离柜台，看着他一脸无奈的样子，轻轻推了他一把又说："有呢！我爸妈买的都吃不完。心领了哈，高兴点。"不让买营养品，挑选几件好看的衣服总成吧。金悦萌又笑话他审美能力低下，嫌他选中的衣服不是显老气就是款式不好看："嘻嘻，你想把我打扮成个傻大姐？"直到走出百货大楼，向桐都没有找到摸钱包的机会。奇怪的是这种阻挠丝毫没有影响他的情绪，当两人又回到大街上的时候，他又说又笑地讲起在采访中遇到的逸闻趣事，竟看不出有一点受到打击的迹象——怎么回事——这回该轮到金悦萌猜谜了。她感到事有蹊跷，按常理来说给女朋友买东西遭拒应该情绪低落才对呀，他却依旧兴高采烈呢——凡是异常定有蹊跷。金悦萌收敛起笑容，也不说话，只是低头走路，就像是遇到了什么不顺心的事情一样。热恋中的人都很敏感，向桐忙问她是不是走累了，要不要找个地方休息一会？两人面对面地站在人行道的树荫里，金悦萌紧抿着嘴巴，审视的目光像箭一样直射入向桐的眼中。向桐被她盯得心里发虚，赔着笑脸问："刚才还是艳阳高照，怎么突然就阴云密布了？"金悦萌责怪地"哼"了一声，问话的声音像从冰缝中穿出来一样冷："你是不是有事瞒着我？"向桐吃了一惊："啊！你看出来啦？"金悦萌轻声叫喊起来："好呀，芦向桐，你也会耍阴谋诡计啦！老实交代，啥事？"向桐讪笑着从上衣兜里掏出一只小锦囊，憨态可掬地说："过几天是你的生日，我提前给你买了个生日礼物 。本想等到送你回去的时候再给你……这下可好，让你提前发现了。"他打开锦囊取出礼物，手掌中金光四射，像托着一掌心的阳光。金悦萌定睛一看，又嚷叫起来："好你个芦向桐，以前你拉钩把我拉回来，现在又给我买金项链，想用它把我拴住呀？"昨日一幕记忆犹新，明明是她先伸手拉勾，现在反倒成为向桐蓄谋已久的狡计了。微风拂来，头顶的树叶哗哗作响，像是被她逗笑一般。向桐红着脸，慢吞吞地说："你不喜欢，我……"话音被舒心的笑声打断，金悦萌亲昵地揉了他一把："喜欢！行了吧？要不然你的心脏上又要扎针啦，我可不当害人精。"她接过金项链戴在脖颈上，还拉开领口展示了一下。那条项链是爱情的信物，从此后只有在演出时她才把它摘下来，其余时间它都在她那白玉般的脖颈上闪耀着爱情的光芒。约会的时间总是过得飞快，就吃了顿饭看了场电影，已是晚上十一点多了。送她回歌舞团的路上，向桐又问那个"其三"究竟是个什么秘密？金悦萌说："别急嘛，到时候你就知道啦！"遇上这么个花招百出的女孩，向桐也是无计可施，只得无奈地接受她的指挥。走到距歌舞团大门还有两三百米的地方，金悦萌不让他再往前送了，理由是"让团里的人看见多不好意思呀"。他伫立在原地，用目光护送金悦萌归去。她一路上频频回头，也好似恋恋不舍。歌舞团门口灯光明亮，向桐远远看见她停下脚步回转身子，又向他站立的地方看了看。忽然，她高高扬起手臂挥了挥手，快步走到灯光中间，踮起脚尖，风摆杨柳似的舒展身体，做出一连串的旋转动作。手指脚尖划出的优美弧线，撩动得夜风都变成了伴奏的音乐……空旷的街道上只有一个观众。向桐头颅两侧又开始发烫。他明白，这一生，那个美丽的身影将永远在他心灵的舞台上翩翩起舞。

没过多久，罩在"其三"上的迷雾终于散开。崔建去文化厅采访时得到一条消息，省歌舞团经过几年时间的筹备，现在已经开始排演四幕大型古典舞剧《西施》。他一脸兴奋地告诉向桐："萌萌演西施，还是 A 角呢！B 角叫汪华，也是从北京舞蹈学院毕业的。"他用小拇指把滑落到前额的头发拢上去，乜眼瞅着向桐又说："你挺有能耐啊，是不是早就开始运作了，跟歌舞团领导一起把萌萌给骗回来了？"……直到这时候，金悦萌才揭开"其三"的谜底。毕业前夕，省歌舞团的周团长和俞副校长力邀她和汪华回来，谈话时特意说起筹备舞剧《西施》的情况。团里的老演员年龄偏大，分来的艺校毕业生又难以担当大任，凭借她俩的优越条件，极有可能成为西施的扮演者……向桐暗暗为她高兴，表面上却露出责备的神情，抱怨说："这是好事啊！你是不相信我，怕我泄密呀？"金悦萌冲他呶了下鼻子，像个耍赖的小姑娘似的晃了晃肩膀："才不是呢，万一说出来演主角又演不上，多丢人呀！"原来这个在人前总是表现得嘻嘻哈哈的女子，内心却有一座言行一致、心思缜密的堡垒。

　　"其三"水落石出，"其四"又接踵而至。她对向桐说："我提前给你说哈，我们团准备拿这个剧参加全国文艺调演呢！如果得了奖，我就要做件事儿。"她还特别强调："也是一件大事。"向桐被她折磨得没一点脾气了，几乎是在恳求："你能不能行行好，别总是'其几其几'，把一件事拆分成好几段，只让我看见个开头？"金悦萌像打机关枪似的一连说了五六个"就拆"，然后凑到他脸前，吐气如兰地说出一句让他啼笑皆非的话："这样你才能一直想着我哦！"

　　这个鬼精灵。

　　《西施》首次公演，盛况空前。南方大剧院的停车场里停满亮光闪闪的小轿车。剧院高大气派的建筑前面挂满祝贺《西施》首演的条幅。剧院入口处纵列着两排警察，形成一条不足一米宽的通道，观众到这里都得自觉排队，鱼贯而入。开演前五分钟停止检票，警察变换队形拦住入口。一些迟到的人指点着手表，试图能进去。警察手按在武装带上，面无表情，最后那些人只能用嘟囔发泄不满，掉转身子垂头丧气地走了。剧院里早已坐满了黑压压的观众。电铃响过两遍之后，人声渐稀。这时候，卢明和几位领导才离开贵宾接待室，在工作人员的引导下到观众席预留的位置就座。第三次电铃响过，音乐声起，大幕徐徐拉开，舞台上的场景把观众带回到两千多年前的春秋时代。少女浣纱弄水，渔夫满载而归，牧童尽情嬉戏，髯叟捻须而笑……一派国泰民安的景象。欢快的群舞过后，演员们或用手指或向远方招手，把观众们的目光引向舞台的一侧。身着碧衣白裙的西施惊艳出场，随着音乐翩然起舞。盈盈素靥，沉鱼落雁；翾风回雪，迷魂夺魄。路过的县尹被西施的美貌惊得目瞪口呆，浑然不觉扇子已从手中滑落。舞台上的西施犹如凌波仙子，衣袂飘飘，舞姿妙曼，把少女的天真快乐、羞涩娇媚表现得淋漓尽致。台下鸦雀无声，观众们已被舞者引入赏心悦目的艺术世界之中。一曲舞罢，余音飘散，剧场仿佛进入真空状态，听不到一丝声响。几秒钟过后，人们才从痴迷中清醒，响亮地为舞者鼓掌。

有重要领导观看的演出是秩序井然的，不像大众剧场的观众那样又吹口哨又胡喊乱叫。几个面无表情的剧院工作人员拿着一尺多长的手电筒，像会转动的消防栓一样杵在剧场两侧的通道上。一旦有口哨或叫喊声，瞬间就有一束警告的强光像高压水柱直射过去。在闪来闪去的光柱监督下，掌声热烈，秩序井然，像专门训练过一样。

舞台上风云突变，刀光剑影，百姓流离失所。越王勾践伐吴兵败受辱，卧薪尝胆图谋东山再起。纳谋臣文种"伐吴七术"，捐货币以悦吴君臣；贵籴粟囊，以虚其积聚；遣美女，以惑其心志……县尹送西施进宫，习歌舞礼仪。三度寒暑，纯朴的浣纱女蜕变成仪态万方的美人。范蠡出使，献西施以悦吴王。犹如天降仙子，夫差大喜，离开王座揽西施共舞……妖媚娇娘在侧，夫差身陷温柔乡而荒疏朝政……明知是凶险的阴谋漩涡，还必须投身其中——永留史册的佳人画像上往往都有悲剧的色彩。弱女薄肩，承载着故国复仇图强的重任。孤居敌国，强作欢颜，轻舒广袖以悦夫差。唯有宫闱空寂，方可思念故乡。杜鹃啼血，噙泪而舞……已有女观众拿出手帕轻拭眼角。君王博弈，计谋定兴衰，西施只是黑白棋盘上的一枚有美丽花纹的棋子。勾践灭吴，大宴群臣，席间有雅乐歌舞助兴。县尹升官，信口雌黄，指西施妖魔附身，善以魅术蛊惑君王，实为乱国祸水。权臣应和，越国复兴，岂容妖女乱王心智。勾践身披王袍离座巡视，众舞女栗栗危惧，强颜为笑。勾践骄横，王土之上皆为后宫，怎会容忍夫差染指的残花败柳迷惑君臣？遂命备官船，遣刀斧手扮船夫。招西施入宫，赠华服绢帛黄金，乘官船归故里。临行前命其再舞一曲以悦群臣。西施拒华服，请将绢帛黄金散乡亲。碧衣雪裙的西施，自知此去如鱼游釜中，危在旦夕，仍镇定自若，含笑起舞……飞袂飘转，翩若惊鸿……舞女凄怆，县尹阴笑，勾践冷漠，文种赧颜，范蠡悲愤……西施仍然在笑，她笑天道不公，笑因美而获罪……她仍然在舞，在用生命的余晖舞一曲世间绝唱……她走了，宛若衣袂轻飘的仙子。飘出王宫，笑别父老乡亲；飘上高坡，飘向水天一色的世界……

大幕关闭，全场起立，掌声如雷。大幕又开，在一波接一波的掌声中演员依次谢幕。大幕再度开启，领导们登台接见演职人员。卢明与金悦萌握手后夸奖道：“萌萌啊，你把西施演活了。”

《西施》一经面世即获得赞誉无数，原定只演出两场，在观众强烈要求下又加演了两场，仍是一票难求。报纸广播电视一哄而上地进行宣传。崔建采写的通讯《西施归来》见报，他在文中称西施的扮演者是“青年舞蹈家”。在一片赞美声中，金悦萌的名气犹如火箭般一飞冲天。每天演出结束后，送来的鲜花多得从化妆间摆放到走廊上。此前名不见经传的汪华也是星光闪耀，收到不少花篮。再美好的东西一旦泛滥必然成灾，送进后台的鲜花实在太多，周团长下令，所有以个人名义送来的花篮花束全部绕过后台，统统扔进垃圾堆去。各色花卉堆成小山，清洁工一边往垃圾车上装这些枯萎腐烂的爱慕之花一边嚷嚷：“这些人尽玩些花里胡哨的虚招，把好端端的钱都变成垃圾啦！”

舞台上的西施也让向东心荡神迷。《西施》首演的那天，他和吴玉霞坐在卢明身后一排的座位上观看演出。只要西施登台，他的注意力就变成一部定向雷达，分毫不差地锁定在西施身上。以前看过几次金悦萌的演出，虽然也觉得她舞姿出众，但都没有这一次令人印象深刻。更准确地说，应该是震撼。西施——金悦萌，两个不同时期的人物情影在他脑海里时而分离，时而合为一体，牵引着他的意识在两千多年的辽阔时空中来回穿梭，直到中场休息的电铃响起才把他拉回现实。卢明和几位领导离座，在文化厅厅长和周团长等人的陪同下去贵宾厅休息。有工作人员过来，点头哈腰地请吴局长去贵宾厅用茶。吴玉霞微笑着拒绝了工作人员的美意，随手拿起用铜版纸印制的剧情简介翻看了一下，对向东说：“我早就看出来了，萌萌是个百里挑一的人物。”向东凑近吴玉霞，半开玩笑半认真地说：“我把她娶回来，你看怎么样？”吴玉霞靠在椅背上，侧过脸问：“你真有这想法？”向东自负地一笑，模棱两可地说：“走着看吧，萌萌总是要嫁人嘛！”

　　看完演出回到泰安湖十三号楼，吴玉霞迫不及待地把向东的心思说给了卢明，并催问他有什么看法。这种关系到孩子一生是否幸福美满的大事，哪能轻易表态呢？卢明不慌不忙地服下降压药，去楼上卧室换好睡衣，下楼来坐在沙发上，神色平静地说："年轻人的事情让他们自己把握，我们还是静观其变的好，你不要太热衷于此。"吴玉霞面露不悦，一声不发地上楼去了。

　　向东有点自我陶醉了，他甚至认为自己和金悦萌就是才子佳人，天作之合。不论在大学里还是在工作单位上，也曾有漂亮女生向他暗送秋波，可他无动于衷。不知从什么时候起，金悦萌的身影就刻在了他的心里。回想起来，说不清是从孩提时代开始，还是上大学以后暗生情愫……这些都不重要，反正在很早以前就喜欢上她了。现在已经到谈婚论嫁的年龄，不论从哪一方面来看，金悦萌都是最合适的恋爱对象。

　　自金悦萌毕业回来，向东也曾多次与她通电话，虽然在电话里又说又笑，没有任何距离感。一说邀请她来家里玩，或是一块出去吃饭看电影，她都以排练节目太忙为由推脱过去。对此，向东也能理解，一个初出茅庐的青年演员为自己舞出一片新天地不是件容易的事。再说了，女孩子初涉爱河，自然会有点羞怯，这反倒使她显得更加可爱。但事情总不能这样永无休止地拖下去呀！该到打开天窗说亮话的时候了，必须用行动传达一个爱的信号，而且还要准确强烈，要像炸弹一样轰开她的心扉。于是，在《西施》首演的第二天，他去花店预订了一个由九十九朵红玫瑰组成的大花束，要求在第二场开演前，这一捧玫瑰花必须摆放在金悦萌的面前。同时，他还在随花送达的小卡片上写出两行很工整的字迹，一行是"祝贺《西施》演出成功"！另一行是"我爱你"！下面是他龙飞凤舞的签名。

　　烈焰般的红玫瑰花语和小卡片上直白的表露，传递出的信号应该能触动金悦萌的芳心，他信心十足地等待着回音。可《西施》的演出已经落幕，他未收到任何反馈的信息。等了几天，又等了几天，仍未收到金悦萌的只言片语。怎么回事，就是关系一般的朋友收到鲜花，最起码的也该说声"谢谢"吧。在这短短的不到半个月时间里，他觉得满脑子都是金悦萌和西施的叠影。这不是自己应有的状态啊！他当机立断，驾车直奔省歌舞团。

　　事与愿违，粗心的金悦萌竟然没有看到玫瑰花发出的热辣信号。"你也给我送花了？谢谢！"金悦萌坦诚地说，"演出前我好紧张哦！脑子里一片空白，哪有心思看花呀！"向东责备似的哼了一声，指点着金悦萌说："好你个萌萌，我送的花你都不看一眼。演出前没顾上看，演出完了呢？那上面还有我写的卡片呢！"金悦萌回答，首场演出大获成功后，送入化妆间的鲜花让人眼花缭乱……向东又好气又好笑，真是意想不到，红艳艳的浪漫信号被其他乱七八糟的花卉淹没了……那就赶快补救吧！向东请金悦萌吃饭，借美酒佳肴庆贺她演出成功。金悦萌推辞不过，只好点头应允。但她嫌两个人吃饭的场面太冷清，提议再叫几个人，热热闹闹才有喜庆的气氛。向东话中有话地说："其他人跟我有啥关系？我请的是西施！"他从车里取出一瓶洋酒，冲金悦萌晃了晃又说："这是我专门给西施准备的，其他人想喝——对不起，没有！""好吧，西施同意赴宴。"金悦萌的脸笑得像花儿一样，高高兴兴地回宿舍梳妆打扮去了。向东等了足有一个小时，她才身着一袭白裙，风姿绰约地挽着另一位黑裙姑娘姗姗而来。"卢向东同志，我给你介绍一下。"金悦萌故作正经地说，"这位也是西施——汪华。"看着两位"西施"，向东暗骂自己愚蠢，可话已说出覆水难收，表面上还得做出高兴的样子，向汪华道了声"你好"，很绅士地拉开车门请两位西施上车。

　　有汪华在场，准备好的表白之词怎好意思说出口啊？也许是嫌汪华碍事的原因吧，向东对她的印象并不好。尽管她长得也很漂亮，可向东总觉得在她身上缺少点魅力。洋酒倒入高脚杯，碰杯，庆贺两位西施演出成功。在交谈过程中，向东得知汪华出身于普通的工人家庭，她的母亲是个没有工作的家庭妇女。她从一个平民家的女孩奋斗成为舞台上万众瞩目的西施，但向东觉得美丽的外表仍无法完全掩盖住细微的草根气息。就说她拿高脚杯的方式吧，每次碰杯时她都是用手指握着杯肚，全然听不到杯沿触碰时的那一声悠扬悦耳的脆响。而金悦萌则是用大拇指、食指和中指轻轻捏住杯柱，小拇指翘起，整个手型宛若纤指凝香的兰花，看上去十分优雅……两位西施都很自律，每次端杯都是沾唇辄止。向东反倒显得很豪爽，一个人喝掉了大半瓶洋酒。

　　再好的酒喝多了也难受。更让人心堵的是两次精心策划全都无果而终。向东反而愈挫愈勇，男人嘛，哪能黏黏糊糊地像崔建一样。他又在电话上发起新一轮的攻势："萌萌，我爱上你了。"他开门见山地说，"做我的女朋友吧！"金悦萌反应奇快，张口就是一盆冷水："你才睡醒啊？晚啦！本小姐已经名花有主了，你赶快去追别的小姑娘吧！"向东不相信她已有恋人，立即追问："你有男朋友了，那个混蛋是谁？"金悦萌嘻嘻哈哈地布下一个迷宫，她喜欢的那个人是同学，是学哥，是文化战线上的战友……向东越听心里越乱，他打断金悦萌的话，直截了当地表示："我不管你说的那人是谁，我爱上你了，听清楚，是真爱！星期天你在团里等着，我开车去接你。"他挪开话筒喝了口水，半开玩笑半认真地又说："你要是故意躲出去，我就在你们团门口拉一条横幅，上面写'金悦萌，我爱你！'"金悦萌哪肯束手就擒，针锋相对地说："好呀好呀，只有一条横幅？太少啦！你最少也得准备个十来条，挂在我们团的宿舍楼门口呀，食堂门口呀，排练厅门口呀，小剧场门口呀……让大家都看看，卢部长家的公子在我们团制造了一个大新闻。"听到她唇枪舌剑的反击，向东的口气不由得软了下来："嗨，我也就是那么一说，能不尊重你的意见吗？咱们再商量商量，好不好？"金悦萌的回答像大鼓敲响："不！"接着她话锋一转，又扮演起红娘的角色，"我给你透露个秘密，追求汪华的人能从我们团排到大街上去。要不，我给你俩牵个线？"向东冲着话筒挥了下拳头，气鼓鼓地低声吼道："我爱的是你，不是她！"没等金悦萌回复，他便挂断了电话。

出师不利，谁是挡道的情敌？向东不想胡乱猜测，那样太浪费时间。他拿起电话找到崔建："喂，萌萌好像有男朋友了，你知道是谁吗？"崔建在电话那头懒洋洋地说："嗯……是吗？好像是有了……是谁呢？那是人家萌萌的事。怎么啦，你也让西施把魂儿勾走了？卢设计师，你要追求她，怕是不太像你画图纸那么容易吧！依我看哪，你……"向东生气地挂断电话，心想就不该给崔建打电话。向东拉开抽屉取出一包烟，边抽烟边盘算。一支烟没抽完，他又找到新的突破口。拿起电话拨通报社工交部，这一回不再单刀直入，而是采用了迂回战术。

"向桐，问你件事。"

"什么事，你说。"

"萌萌演西施演得很成功嘛！你没去给她祝贺祝贺？"

"祝贺了，我还给她送了一束玫瑰花呢！"

"嗬，动作挺快。啥时候把花送给她的，见到她没有？"

"见了，首场演出后的第二天上午。本来想和她一块吃饭，她说要回去准备晚上的演出。饭没吃成，她抱着花回去了。"

向东皱起眉头，狠狠地吸了口烟。

向桐问："萌萌这次演得真好。你没表示一下？"

向东手里的话筒已从耳边挪开。

"喂，喂，喂？怎么没声了？"

向东好像猜到了，金悦萌说那个人是她的同学，是学哥……对呀，她和向桐上的是同一所小学，向桐比她高几届；她又说是文化战线上的战友，从广义上讲，舞剧团和报社都可以划入文化战线的范畴……还有，金悦萌为什么不留在北京，为什么演出的第二天上午就和向桐见面……这些线索全部指向一个人，十有八九是芦向桐啊！向东眉头紧锁，一根接一根地吸烟。虽然不能百分之百地确定向桐就是金悦萌的心上人，但猜想的结果就像锋利的刀子，划伤了向东那颗高傲自负的心。一包烟抽完，他冒出一个念头，决定对金悦萌的攻势不减，一追到底。怎么追呢？得讲点策略——金悦萌不吃强打猛攻的那一套——润物细无声也许会打动芳心。可是，象征机会的春雨在哪呢？

向东闷闷不乐地回到家里，在饭桌上简单吃了几口便回三楼的卧室去了。吴玉霞发现了他的异常，饭后端着一盘山竹敲响他的房门。推开门，向东半躺在床上抽烟。房间里烟雾弥漫，吴玉霞放下果盘把窗户开大，拿掉向东手里的烟卷揉灭，坐在他身边说："是不是遇到不顺心的事了？别跟自己过不去。有事说出来，没有解决不了的问题。"向东坐起身向母亲求援，可否通过什么关系说服金悦萌的父母，让他们答应两家联姻。吴玉霞笑了，这种好事不必托人找关系，明天她就去找樊小惠，如果樊小惠不亮绿灯，就动员卢明出马去和金强面谈。"金强才是个厅级干部，"吴玉霞说，"你爸说话了，他得好好考虑考虑。"向东依然愁眉不展，吞吞吐吐地说："可是……萌萌好像已经有男朋友了。"吴玉霞说："萌萌那样的女孩子，没人追才奇怪呢！"她剥开山竹放在向东手上，随口问道："萌萌现有的男朋友是谁？做什么工作的？"向东把山竹放回果盘，犹豫了一下说："可能是……向桐。"吴玉霞一愣，脸上的笑容随之消失。沉默了一会，语气干涩地说："这个事情……我得和你爸商量一下。"

形势急转直下，吴玉霞竟然和卢明结为统一战线，口径一致地要求向东立即停止追求行动，不得在金悦萌与向桐的交往中横插一杠。向东不服气地抗辩道："为什么他芦向桐就可以和萌萌谈朋友，我就不行？"吴玉霞和卢明对视一眼。卢明微微颔首，稳坐如钟。吴玉霞几度张口，欲言又止。最后她强打精神，低声说："向东，有件事以前没给你说过，向桐是你的亲弟弟。"

平地惊雷，向东脸上笑意顿失，他不由自主地喊叫起来："什么，向桐是我的亲弟弟？"

吴玉霞又看看卢明，转过头来艰难地说："是的，你们……是双胞胎。"

突然的变故令向东茫然不知所措，他呼呼地喘着粗气，抱怨的目光像无力的风儿，缓缓地从吴玉霞和卢明的脸上扫过。许久，他嗓音嘶哑地问："你们……为什么不早说？"

卢明开口讲话，像是下命令："现在说也不晚。如果金悦萌选择的是向桐，你必须尊重她的选择。"

向东冷静下来，他也想很理智地做出决定，不再追求金悦萌，让向桐顺风顺水地与她喜结连理。可强烈的自尊又像头怪兽，在心中喷吐着烈焰，不让爱情之火轻易熄灭。再说，金悦萌也没有明确表示，向桐就是她选择的终身伴侣呀！于是，向东又心存侥幸地向哥哥和姐姐求援，希望他们说服父母改变态度。拨通雅楠的电话，说明事由，雅楠的话像从高原雪山上刮来的寒风一样让他感到冰冷刺骨。

"你这是单相思。萌萌说她有男朋友了，说明人家心上根本就没有你。放聪明点，趁早收心，不要自找没趣。也别指望我替你说话，我和爸妈的意见一致。"

胜利的话同样锥心："别胡闹啊！你应该帮向桐才对。他和萌萌谈恋爱，天大的好事，我都为他高兴。听爸妈的话，你就别去瞎掺和了。"

家人的意见出奇的一致，再一意孤行，事情将会更糟。夜深人静，向东难以入睡，半躺在床上一根接一根地吸烟。清晨起床，满嘴苦涩，像含了一夜的黄连。

躲藏在迷雾中的"其四"终于显露真容。

《西施》参加全国文艺调演荣膺第一名。这可是全省文艺界一件破天荒的大事。剧团载誉归来，文化厅在竹园宾馆（原省委招待所）大礼堂为全体演职人员庆功。卢明代表省委、省政府致辞，他高度赞扬全体演职人员为打造《西施》这一经典剧目作出的卓越贡献。他指出，《西施》是时代的产物，是文艺界改革开放的成果。他希望，全省各文艺团体应以此为契机，"忽如一夜春风来，千树万树梨花开"。他强调，《西施》获奖表明，文艺界那种万马齐喑、一片萧条的惨状，已经被历史的洪流彻底淹没。共和国已经迎来改革开放、百花盛开的春天。最后他说:"《西施》是全省人民的骄傲! 在这个美好的夜晚,让我们再一次把热烈的掌声送给他们。"那天金悦萌和汪华各表演了一曲独舞。

那些天,《西施》剧组成为各新闻媒体关注的焦点。崔建是随团赴京的记者,从《西施》在京获奖到归来后各种庆祝活动,他采写出一系列报道。其中有一篇人物通讯《西施重生——记青年舞蹈家金悦萌》,使众多读者对这位演员有了更深刻的了解。大众传播的力量使金悦萌的名气扶摇直上。不知多少单身男子被这个美丽的女演员迷得茶饭不香,魂不守舍。经常有手捧鲜花的男青年守在歌舞团的大门口,眼巴巴地期待着一睹她的靓影。据周团长后来说,那段时间他也愁得难以入眠。一些位高权重的领导请他当月老,给他们的儿子、孙子,或是老战友的儿郎牵线搭桥……问题是这些领导哪个都不敢得罪,到底该遵从谁的旨意呢? 更麻烦的是金悦萌像有九龙真气护体,一听介绍对象,她就成了闭目禅定、刀枪不入的菩萨。周团长急得生气上火,嗓子都哑了:"好我的小姑奶奶,这一堆人里就没有一个中意的?"金悦萌一乐,说出的话像有威力巨大的魔法,一下子把周团长变成了双目圆睁的金刚:"有啊,早就有啦!"

办公桌上的电话响了。向桐拿起话筒刚说出"您好请讲",就听到金悦萌病恹恹的声音:"哎哟,哎——哟,我的头好痛,身上没有一点点劲儿……你来我们团接我咯。"向桐奔出编辑部大楼,满头大汗地找到车队队长,请他赶快派辆车。派出的司机也从向桐的神情上看出事情紧急,拿出"新闻采访"的红色牌子竖在挡风玻璃后,打开双闪灯,拉响经公安部门特批的警笛,呜呜呜地鸣叫着朝向桐指定的地方疾驰而去。不知超越多少车辆,也不知闯过几个红灯,随着紧急制动的车胎在地面上摩擦的尖啸声,空气中散发出橡胶发热的焦煳味。向桐跳下车,旋风般从歌舞团的传达室前一闪而过。跑进去他又收住脚步,萌萌的宿舍在哪儿呀? 这时候,从身后传来一声熟悉的呼叫:"我在这儿!"他猛转过身子,金悦萌站在传达室门口,笑模笑样地冲他连连招手……她她她,哪有一点点生病的模样啊?

传达室到宿舍,至多也就有两百米的距离。金悦萌挽着向桐走过以后,从这段路上飞出的信息让所有追求者的热情迅速冷却——美丽的"西施"早就有男朋友啦! 原来金悦萌抛给向桐的那个"其四",就是正式公开他俩的关系。此前他俩步调一致，把保密工作做得像舞台上合拢的幕布一样寸光不露；现在大幕开启，舞台上出现了一对热恋的情侣。当人们获知那个撞到狗屎运的家伙只是个小有名气的新闻记者时，各种议论纷至沓来。少数知情者说他俩青梅竹马、天降良缘，理应携手入青庐；多数局外人则认为，美女爱上文字匠，简直是天仙跌落污泥潭……更有人在旁观，他俩的爱情宛若逆流而上的小舟，能经得起风吹浪打的考验吗？

金强态度暧昧，语重心长地提醒金悦萌，一失足成千古恨，终身大事一定要慎之又慎。樊小惠的反对态度则坚硬得像块铁板，甚至都不许向桐上门拜访。金悦萌恳求、撒娇、装病……凡是能用来攻破母亲防线的武器轮番上阵，可阻挡在面前的铁板依然纹丝不动。最后，金悦萌也生气了，抹着眼泪着收拾好行装，拖着旅行箱离家出走。向桐也备受煎熬——樊阿姨为何把自己当成敌人？一天夜晚，在街旁的小花园里，他看着憔悴的金悦萌，心如刀绞，提议道："要不……我们还是做一般朋友吧？"金悦萌静静地望着他，一声不吭，只有泪水像断线的珍珠项链一样，一颗接一颗地从面颊上滚落。"萌萌，别这样。"向桐掏出手绢为她擦拭眼泪，央求道，"你说话，说话呀，好吗？"金悦萌拨开他的手，摘下金项链扔在他身上，扭头便走。他捡起项链追赶上去，拦住她的去路说："我也不想这样。我是……不想让你因为我受苦啊！"金悦萌眼噙泪水问："你爱不爱我？"向桐拉起她的手，把项链放进她的掌心，轻声说："我爱你，你还在摇篮里哭的时候，我就爱上你了。可现在……"金悦萌扑进他的怀里，用冰冷的唇封住了下面的话语。

恋爱的小舟陷入冰河，也有热心人前往破冰。崔凯自以为曾给樊小惠当过领导，兴许能劝说她改变态度。不承想樊小惠一听他是来当说客的，只一句话便让他觉得颜面无光："你要为这事来那就对不起了，门在那边，慢走不送。"周团长眼见金悦萌整天心事重重，说起此事便眼闪泪花，心有不忍，也专程拜访金强夫妇。樊小惠待人十分客气，话语中却绵里藏针："谢谢你的关心。你也知道，舞蹈演员在台上的黄金期屈指可数。萌萌的事业才刚刚起步，这时候让她分心，你觉得好吗？"俞副校长动员了几位曾和樊小惠在台上共舞的好友，请她们从母爱的角度出发，去软化樊小惠那块固执的铁板。面对老友，樊小惠直言不讳："不行就是不行，这事没得商量。"俞副校长不相信樊小惠是块不通情理的朽木，亲自登门，却结结实实地吃了个闭门羹。

卢明和吴玉霞一直在关注着这件事的进展，还特意把芦承贤接进十三号楼商议。三人一致认为，问题的关键还在两个年轻人身上——若是爱情坚如磐石，何惧天地间冰封雪舞。于是，李平祥开车把向桐和金悦萌送进泰安湖农场。两个苦恋的青年决心已定，一个非她不娶，一个非他不嫁，相依相伴，永不分离。吴玉霞被他俩坚贞不渝的爱情感动，冲动地表示她就是他们的坚强后盾。她拉着金悦萌的手说："婚姻自由早就写进法律了，小樊还要固执己见，你和向桐选日子，结婚的事我给你们操办。"卢明则考虑得更为周全，樊小惠一意孤行必有原因，普天之下，哪有把母爱变成绝情剑的道理？他对向桐和金悦萌说："好事多磨，我试着助你们一臂之力吧！"

小轿车驶入政协家属院。一位政协常委恰好出门，看到卢明和夫人下车，紧走过来与卢部长握手，并热情地引路，一直把他们送到金强住宅的门前。金强见卢明携夫人到访，惊讶之余忙叫樊小惠沏茶。宾主落座，卢明看出樊小惠包藏在客气中的拘谨和戒备，端起茶杯呷了口茶，乐呵呵地说："好久不见了，今天正好路过，就让车子拐进来看看你们。人老啦，喜欢怀旧。老金，小樊啊，咱们今天不谈工作，只是叙旧。"在他的主导下，两家人的思绪穿越时空，回到往昔的报社大院。谈论过去，自然会提到到孩子们。说起小萌萌自幼展现出的舞蹈天赋和给大人们表演的可爱姿态，樊小惠微微下垂的嘴角终于开始上扬。又说起崔建幼年打扮得像个小姑娘，总是花裙花衣裳地混在男孩子堆里，天天回家都脏得像个花猴子……可能是想起那让人忍俊不禁的一幕，樊小惠竟然乐得笑出了声。再谈下去就会涉及向桐，卢明话锋一转，又把目光拉回到大人身上。樊小惠调入报社工会工作，就像报纸的黑白版面上突然出现一幅色彩缤纷的艺术照片，一下子吸引住了报社职工的眼球。"七一""十一"排演节目，各部门都抢着请樊老师啊！是呵，谁都有过难忘的青春年华。樊小惠好像忘记了女儿带来的烦恼，主动说起在报社时的工作花絮……客厅的气氛轻松而愉快，不知不觉间两个小时过去了，卢明抬起手腕看了下表说："一高兴把时间给忘了，该告辞啦！"他站起身，对着已经离开座椅的樊小惠又说："今天我们冒昧来访，没让小樊老师反感吧？"樊小惠说："这是哪里的话呀，平时我们想请部长都请不到呢！"卢明微笑道："早就听说你饭做得不错。我看过工作安排，下个星期天我和老伴都有时间，能不能来品尝品尝你的手艺？这样吧，你和老金做菜，我们拿酒，一起喝两杯。"樊小惠转脸看着金强，像在征求他的意见。金强爽快地说："好，就这么定了。下个星期天，我们恭候部长和夫人大驾光临！"两家人一起来到卢明的座驾跟前，金强握住卢明的手，话中有话地说："卢部长，谢谢你的关心！"

约好的那天，卢明和吴玉霞拿着酒来到金强家。樊小惠精心准备了一桌子菜，卢明的评价是"比竹园的菜好吃"。饭后坐在客厅里喝茶，也许是卢明喝了点酒的缘故，显得十分健谈。先说《西施》获奖，"让我这个宣传部长的脸上都有光彩了"。然后又说金悦萌，《西施》之所以能在全国文艺调演中异军突起，斩获第一，"你家萌萌功不可没"。一通夸奖之后，他很随意地问了一句："萌萌今年多大了？"金强回答："二十三岁。"吴玉霞不失时机地说："孩子不小了，也该谈对象了。"客厅里的空气突然变得沉重起来。这时候，樊小惠说话了："卢部长，吴大姐，你们的来意我和萌萌他爸爸都明白。向桐是个好孩子，我们绝对不是嫌弃他。"她终于敞开心扉吐露实情，这一生，她只有一个愿望，看到金悦萌攀上中国舞蹈界的巅峰。《西施》得奖，也从一个侧面证实，萌萌有这个实力。心有多大，世界就有多大。眼界决定成就的大小。"最近，我也很苦闷，萌萌她……不懂我的心呀！"樊小惠眼含泪水凄然一笑，起身去卫生间了。十多分钟后她才出来，这时心情已归复平静。她说："卢部长，您是我的老领导，向桐的身世我也清楚。萌萌和他的事……请给我一点时间，好吗？"话已至此，再说下去就是画蛇添足了。离开政协家属院，吴玉霞着急地问："你觉得小樊会同意吗？"卢明只回答了五个字："给她点时间。"

半个月后，卢明的电话打进金强家，他要跟樊小惠再谈一次。两家人再度会面，他送给樊小惠一个精神大礼包。省文化厅已经邀请中国歌舞剧院舞剧团的导演、作曲和舞美设计，对《西施》进行精益求精的艺术雕琢。与此同时，省政府也准备派员赴文化部，咨询商谈《西施》进行全国巡演的相关事宜。一俟时机成熟，《西施》亦可承担起文化使者的重任，跨出国门。他说："省里决定，加大扶持《西施》的力度，让她走向全国，走向世界。以此带动我省各行各业改革开放的步伐，一花引得百花开嘛！小樊啊，萌萌眼前的这个舞台不小吧？"不知为何，听到这振奋人心的消息，樊小惠竟然哭了起来。等她擦干眼泪，卢明又说："我认为，真挚的爱情也是推动事业发展的动力。小樊，你说呢？"樊小惠轻轻点了点头。在返回泰安湖农场的车上，吴玉霞罕见地把卢明称呼了一声"卢部长"，钦佩地说："你行啊！从头到尾没说一句向桐和萌萌的事，就把事情给办得差不多了。"卢明一笑，半躺在座椅上，偏过头去望着窗外。天空湛蓝，万里无云。

　　桌子上的电话响起来断掉，又响又断，连续反复几次，向桐才伸手拿起话筒："喂，你好。"听筒里声音震耳："芦向桐，竖起耳朵哈，我妈妈同意咱俩的事啦！"喜讯天降，向桐却沉默不语。电话里声音不断，"喂喂，你昏过去了吗？怎么不说话？喂，喂！要不要叫救护车呀？这人又傻了……真的！我不骗你，我妈妈真同意啦！喂，听见没有啊？"向桐回应道："我一直在听。萌萌，这些天……你受苦了。"话音消失，听筒里寂静得像无边无涯的太空一样。

　　报社的人都是新闻传播的高手，也不知是哪个记者从哪条渠道探知"西施"和向桐的恋爱花车已经驶入平坦笔直的快车道。消息口耳相传，不出一天，报社已经是人尽皆知。年龄不差上下的青年人都冲向桐摇动大拇哥。崔建闯进工交部，尖声尖气地让向桐请客。闵总编走进工交部，敲了敲向桐的办公桌说："听说你和金悦萌的事成了，谁是你俩的红娘啊？"

　　早已私订终身的情侣不需要月老盘桓左右，可得有个人扮演红娘，把这对情侣的家长往一块拉呀！金悦萌和向桐恳请俞副校长出面，穿针引线，以成人之美。俞副校长欣然接受这一使命（樊小惠不计前嫌，总算让她进门了），肩负双方家长的态度和想法，来回奔波几次，两方终于达成一致，芦承贤可以到女方家去，正式为向桐提亲。

　　芦承贤从箱子底翻出以前的西装领带，这才发现笔挺的西服已被时间的虫子咬出了许多小洞。拿出去在太阳底下撑开衣服一看，从无数历史的小眼睛里，漏下来的全是今日的阳光。衣服是穿不成了，好在那条蓝色条纹的丝质领带依然完好无缺，只是有些细小的褶痕。翻过来看它的背面，吻印仍在……他不由得把它贴近嘴边，鼻腔嗅到一股火热的气息……已经退休几年了，怎么还会春心萌动？他自嘲地摇了摇头，轻轻抻了抻领带，把它挂在衣架子上。等他买回新西装，取下领带察看，那些岁月的褶皱像被无形的地心引力吸走了，整条领带光洁平滑得跟新的一样。那时候，穿着西装上街已不会遭人白眼。可一个西装革履、白发苍苍、脊梁挺得跟他身边的那个二十五六岁的年轻人一样直的老头，行走在街道上难免会引起人们的窃窃私语。金强和樊小惠看到他就已经明白，身着正装前来提亲，仅从外表看就足以证明这件事在他心目中的分量。因为都是老熟人，见面自然得寒暄一会。金悦萌悄悄扯了扯向桐的衣袖，耳语道："你爸爸穿上西装，就是个好帅气的大叔哦！"

在俞副校长的提醒下话入正题。芦承贤从手提包里取出一只巴掌大小的文物盒，捧在手上说："婚嫁礼聘，祖训难违。这块古玉在我家已经传了几百年，今天，我把它作为聘礼，请你们收下。"打开盒子，里面是一只可一手把玩的高古黄玉，色泽金黄，细腻温润，有雅美古旧的泌色和包浆，上面还雕刻有如意云纹。金强和樊小惠一眼便看出它价值不菲，以其太贵重为由推托不受。后来俞副校长看不下去了，硬是把黄玉塞进金强手里。虽然当时收下了，但在向桐和金悦萌的婚礼上，金强还是把那块古玉传给了金悦萌。

仲春时节，向桐和金悦萌完婚。那天向桐一身藏蓝色西装，小伙子显得既精神又沉稳。金悦萌身着洁白婚纱，浑身闪烁着华丽典雅的神韵，美得让人无可挑剔。薛文昌因身体不适，特派秘书送来一幅"蓝天比翼"的横幅以示庆贺。卢明和吴玉霞坐在第一桌的上首位置上，旁边有宣传部副部长、文化厅厅长、副厅长和周团长等人。其他圆桌旁坐满报社同仁和金悦萌在省歌舞团的同事。当然，向桐也没忘汽车修理厂的师傅，专门给他们设了一桌。婚礼开始，周团长向两位新人颁发结婚证。闵子超证婚，他巧借范蠡和西施功成名就后逃离君王权臣的迫害、隐居于山水之间的传说，恭喜向桐福比范蠡，与美丽的"西施"姑娘喜结连理，鸾凤和鸣。这种新旧对比既不失风趣又暗含深意，卢明也露出了赞许的微笑。典礼仪式过后，喜宴开席。金悦萌换下西式婚纱，身着大红色的中式旗袍，和向桐一起挨桌给大家敬酒。大厅里的气氛开始升温。与报社那些温文尔雅的编辑记者不同，歌舞团的乐手和演员们表现得更加活泛。在麦克风前又是演奏乐曲，又是以歌助兴……在这场音乐缭绕、喜气洋洋的婚礼中，唯独樊小惠显得有些落寞，被动地跟在金强身后跟来宾们碰杯。当人们向她表示恭贺的时候，她口说谢谢，却笑得有点僵硬。人们还以为女儿出嫁，母亲自然心有不舍，因此也就没有太在意。

音乐又起，是《天仙配》的旋律，一对男女歌唱演员声情并茂地唱道："树上的鸟儿成双对，绿水青山带笑颜……""啪！"一声炸响蹿进大厅，所有灯光应声而灭，大厅顿时暗了下来。一个酒店经理模样的人急匆匆地跑进来连声致歉："对不起，对不起，配电盘出了点问题，马上就好，马上就好！"从不吸烟的卢明拿起支烟放在鼻子底下嗅了嗅又把它扔回烟碟里，脸上已浮起生气的阴云。周团长忙向两位歌手示意救场，继续演唱。可失去音响设备的辅助，演唱的效果大为减弱，歌声像从远处的墙缝里挤进来一样忽高忽低，给人一种怪异的感觉……七八分钟过去，灯光再亮。樊小惠不见了。金强给大家解释："她有点头晕。"直到婚礼结束，来宾们陆续离开的时候，才看见她又出现在金强身边，脸色苍白地站在门外的走廊上向大家表示感谢。

　　年轻人不在乎这小小的断电风波。在婚礼现场，崔建就鼓动青年编辑记者晚上去闹新房。天黑以后，这群身上酒气未散的家伙拥进向桐的新房，又是让一对新人介绍恋爱经过，又是追问到底是谁追的谁。崔建逼着金悦萌交代两人第一次拥抱接吻时的情景，还提出一个苛刻的要求，必须包含新闻五要素，什么时间，什么地点，什么原因……金悦萌羞羞答答地说不出口。崔建拿出一根用报纸卷成的小臂粗细的棒子抽打向桐，口中还起劲地嚷嚷："说不说，说不说？不说我就打新郎！"第一棒下去金悦萌还嘴硬，随着棒子一下接一下地击打在向桐身上，金悦萌终于服软了。她挣开别人的阻拦，护在向桐身前，眼泪汪汪地告饶道："别打别打，我说，我交代还不行吗？"她老老实实地交代第一次接吻的经过。崔建仍不罢休，又逼着她叫哥哥，声音小都不行，必须大声喊。金悦萌柳眉倒竖地瞪着他，双唇紧抿，就是不出声。崔建一声招呼，几个青年动手把向桐拖过去，又站成一列人墙挡在金悦萌面前。她只能看见棒子上下挥舞，"砰砰砰"的响声仿佛空气都在颤抖。金悦萌撑不住了："我叫我叫，哥，哥！崔建哥，亲哥哥！"这伙人一直闹腾到夜里十一点多，崔建拿出最后一个节目，让新郎新娘手放在身后，蒙住眼睛咬一只拴在绳子上晃来荡去的苹果。"这可是伊甸园智慧树上的苹果，"他坏兮兮地笑着说，"两个人得同时咬，配合不到位，你们就往天亮咬。"被蒙住眼睛的新郎新娘在空中找苹果。崔建抽身出来，掏出一台微型卡带式新闻采访机放在床头下，拉出插在机器上的连接线，把一只仅有小拇指一半大小的录音话筒塞进床垫与床头的缝隙里，再把枕头床罩恢复原样。手伸进床下，按下采访机的录音按键，这才过去稳住细绳，让新郎新娘顺利地咬住了那颗苹果。取下眼罩，他拍拍向桐的肩膀说："春宵一刻值千金喔，我们走啦！"等这帮家伙走后，金悦萌整理被他们搞得乱七八糟的新房，这才发现崔建把他的绿格子西装丢在角落里的椅子上了。

第二天中午，闹洞房的原班人马又来到新房。金悦萌还在纳闷："死崔建，为取你的花西装，用得着这么兴师动众吗？"当她从人缝中看到崔建手伸到床下摸出采访机，又从床头取出话筒和连接线，脸唰的一下红得像涂满了戏剧演员用的红油彩，拼命挣扎着要抢回那台小机器。那伙笑得前仰后合的年轻人死死拦住她和向桐。崔建也顾不上他的花西装了，拿着采访机冲出新房。金悦萌脸上的红晕迟迟不退，找出剪刀"咔嚓咔嚓"地把花西装剪了个稀烂。放下剪刀，扑进向桐怀里，手捂住脸不无娇羞地说："这可怎么出门呀？"……傍晚，一个新分配到报社的大学生来到新房，交给向桐一只信封，里面装着一个小磁带盒，说是崔老师让他来取西装，还磁带的。金悦萌的脸又红了，她把那件破西装扔给大学生，怒气冲冲地让他回去告诉崔建："就说是我说的，死崔建他要敢复制，等他结婚的时候我就敢给他放哀乐，还要到他新房里放，不信就走着瞧！"

磁带静静地搁在茶几上，像一枚小小的炸弹，新郎新娘你瞅我、我瞅你，犹豫了好半天，可总得听听里面究竟录了些啥吧。向桐拿出同型号的采访机，放入磁带按下播放键。两人坐在沙发上忐忑不安地盯着采访机，小喇叭发出声波真实地还原了昨夜时光。

"死崔建，把他的衣服都落下了。"话音细弱。

"等我上班了再还给他。"话音也很远。

"他拿那么大个棒子打你，等他结婚时你也打他。"

"那是他吓唬你。纸棒子是空心的，打在身上声音大，不疼。"

"死崔建，满肚子的花花肠子。"

接下来可隐约听到窸窸窣窣的整理房间的声响。

寂静。

寂静。

细弱的声音再现："你买的全是茉莉花味的香皂呀！"

回答的声音很远，听不清楚。

床垫里的弹簧"咯吱"一响，女声突然迫近变大："来，我给你说件事。"

弹簧又响，男声也变得很清晰："什么事？"

"咱们先不要小孩，好不好？"

"这……什么时候要？"

"三年五年，七年八年，到时候我给你生个大胖儿子。"

"你又制造悬念折磨我。"

"人家还要演出嘛！"

"好吧，听你的。"

"我发现呀，结婚这天，最累的是新郎和新娘。"

"幸亏你今天才发现，要是早发现了，新郎还不知道是谁呢！"

弹簧剧烈地响动起来，像是给女声做的混音："让你胡说！让你胡说！还敢不敢胡说啦？"

"不敢不敢，下不为例。"

"向桐哥，我困了。"女声离话筒很近，像是头已经落在枕头上了。

"那……我们睡吧？"

"可我还不想睡。"

"嗯？"

"嗯啥嗯？我累！你给我脱衣服……轻点儿！"

"咔。"播放键自动弹起。

向桐拿起采访机一看，磁带到头了。金悦萌按下弹出键，取出磁带确认了一番，身子一歪靠在向桐身上，爆发出一阵逃出生天的大笑。

结婚后向桐才知道，金悦萌为舞蹈事业付出的努力远超他的想象。她像个不知疲倦的女超人，从不放松对自己的要求。就是在节假日，她也是清晨即起，风雨无阻地坚持跑步。回来还要做诸如压腿、下腰等基本功训练。是呵，缺乏天赋者难以取得傲视群雄的成绩，而有天赋却不努力者同样不能到达成功的彼岸。金悦萌在舞台上的表演日臻完美，《西施》开始走向全国，先后在北京、天津等地演出，均取得巨大成功。结婚一周年过后的一天，《西施》剧组完成在上海的演出任务返回休整。金悦萌下班带回一封请柬，进门就对向桐说："你说卢向东怪不怪，他不把喜帖给你送去，反倒绕个大圈子寄到我们团里。"向桐说："崔建都收到请柬了，我还以为他忙得忘了给咱俩写呢。"金悦萌伸手在他额头上点了一下："你呀，真是个实心眼。"

第二十七章

　　双喜临门。向东升任设计一所的副所长；即将完婚，组建自己的家庭。这时候，向东的心海却泛不起一点喜悦的波澜。他看着十三号楼的三楼上布置得焕然一新的婚房，竟然有一种恍如隔世的感觉。一切都如此陌生，好像与己无关一样。房间里的大红喜字呀，色彩斑斓的拉花呀，崭新的床罩呀，都默默地释放出强烈的压迫感，让人无处可逃。他转身离开新房，无所事事地在楼上转了一圈。客厅、书房、衣帽间、育婴室……像设施齐备的船舱。他走进客厅，从茶几上的烟盒里取出一支烟点着，把自己重重地丢进松软的沙发里，头枕在扶手上，边抽烟边望着雪白的天花板——多像白云浮动的天空，云间有一个舞蹈的身影若隐若现……他闭上眼睛，时光之轮倒转，两年前的一幕幕像帆影似的从脑海里驶过。

　　情敌竟然是自己的亲弟弟，与金悦萌携手步入婚姻殿堂已成一场春秋大梦。欲爱不能，他尝到了失恋的痛苦，头疼、咳嗽、胃酸、食欲不振……各种不适乘虚而入。他把自己关进卧室，一夜能抽掉两三包烟。身体里的无名之火久久不熄，只要一想到向桐或是金悦萌，就感到浑身燥热，恨不得跳进泰安湖里去。一个星期天的下午，他拿上泳裤浴巾直奔保健中心。换好泳裤从更衣室出来，看到泳池里没几个人，便深吸一口气一个猛子扎进水里潜泳。肺里的空气耗尽，他缩回身子，脚下猛蹬池底，身体冲向水面。大脑突然一震，头撞在一个绵软的物体上。他钻出水面抹了把脸，这才意识到刚才撞上的是位年轻的女子。只见她一手护着胸部，边踩水边恼怒地瞪着这个从水底冒出来的鲁莽家伙。他连声道歉。那女子羞恼地咬住嘴唇，转身游到泳池边的扶梯跟前，一位身材健美的女子出水，穿上拖鞋头也不回地进了女更衣室。

　　再次见到她已是几天后的傍晚，她挽着省委包副书记的胳膊，在红顶子楼前的水泥路上散步。这时候向东才看清楚她的容貌，柳眉秀颊，眸清似水，只是脸上的肤色有点黑。向东没敢多看，赶紧把目光移向她身边那个气度不凡的老人身上。包副书记一年前从其他省调来，以前住在竹园，最近听说他的夫人也来了，这才搬进泰安湖农场七号楼。从这对父女身旁走过，那女子神情高傲地望着泰安湖，好像没看见他一样。向东感到好笑，原来自己撞的是包副书记的女儿。走出一段路后他忍不住转身张望，只见那女子也回头看了看他。

　　又一天晚上，向东到家时天已全黑。灯火通明的露天羽毛球场像漂浮在泰安湖农场中的一座敞亮的孤岛。路过球场，透过绿色防护网，看见那女子穿着雪白的短袖短裤，正在教练的指导下进行步伐训练。明亮的灯光把向东完全暴露在那女子的视野里，只见她和教练说了几句，然后冲站在防护网外的向东招了招手。向东进场后，女子问："你叫啥名字，敢不敢和我打场比赛，谁输谁请客？"向东说："本人卢向东。打个比赛有啥不敢的，谁还不会打几下羽毛球？可是，我还不知道您的芳名呢。"女子挥了下手里的球拍，直呼其名地说："卢向东，别酸了，我叫包慧。到底敢不敢和我比？"话音里有明显的挑衅味，向东耿着脖子说："比就比，你等着，我回去换套衣服就来。"刚走出几步远，只听"啪"的一声，羽毛球狠狠地打在脊背上。他吃惊地转过身子。包慧用羽毛球拍指着他说："这是惩罚，谁让你在游泳池里撞我。"比赛一交手便分出高下，三局两负，向东第一局输了，第二局又是大比分落后。眼见取胜无望，他便早早地隔网认输。

　　不就是一顿饭嘛，向东在距泰安湖不远的建国饭店订了一个四人座的雅间。他让服务员把多余的椅子撤掉，只在方桌两端各放一把椅子。包慧进门，向东请她上首入座。也许是向东表现出的绅士风度博取了包慧的好感，她说："男女平等，今天不分主次。"她把放在上首的椅子拉到桌子右侧，又说："男左女右，你坐我对面。"她说话就像在发布命令，但听起来既不生硬刺耳，也不令人反感。向东顺从地把椅子搬到她的对面。在等待上菜的过程中，向东这才知道她是一名海军军官，在南海舰队榆林基地通信站任连长——难怪在她的话语中会有命令的口气，原来是军旅生涯锻造出的习惯呵（为活跃气氛，向东开始称她为首长）！凉菜上齐，服务员给高脚杯里斟入红酒。尽管只是两人聚会，但必要的仪式不能省略。向东端杯起立，郑重其事地给包慧敬酒。第一杯，技不如人，比赛输得心服口服，在下甘愿在球场上俯首称臣。因此，略备薄酒，特设便宴，以示仰慕之心，干杯！包慧也端杯起身说："别文绉绉的好不好？看你态度还算诚恳，干杯！"第二杯，泳池冒犯，实属无意，恳请首长原谅。愿打愿罚，听凭处治。包慧双颊绯红，咬住嘴唇想了想，说："你喝一满杯，那事儿就算过去啦！"向东二话不说，拿过酒瓶给自己的杯子添满，"咕咚咕咚"一口气喝了个底儿朝天，又赶紧喝了几口水，压住往上冲的酒气。稍作休息，他脸色泛红地又举起杯子。第三杯，"首长是正规军，我是老百姓，这一杯是军民联谊酒，干杯！兵民是胜利之本，拥军爱民，光荣传统啊！包书记调来时间不长，首长愿不愿意视察一下省城？我愿意用实际行动拥护中国人民解放军海军，能做什么，首长只管下令，我一定全力以赴"。包慧一笑说："那好，把你的电话给我。"

那段时间，十三号楼和七号楼的电话成为他俩联系的热线。在他的陪同下，包慧走遍了这座城市的繁华街区、公园、博物馆和名胜古迹。还去了免税商店，乘包慧买化妆品的时候，向东也买了一条"555"烟，试穿了一双进口皮鞋。两个人的关系从泳池里的尴尬对视，发展到相互了解的程度。他询问包慧在部队的情况，包慧也好奇作为一名设计师，怎样才能设计出与众不同的建筑。他们毫无隐瞒地介绍了各自的身世、家庭成员。当包慧得知他的姐姐和姐夫也是军人，而且是在遥远的帕米尔高原上守边防时，她盯着向东的眼睛，足足看了有五六秒钟的时间。青年异性对视超过三秒（憎恨的除外），目光里就会释放出成分复杂的热量——军民关系又向前迈进了一步。

由于包慧已经走马观花地看完了这座城市的面貌，向东便驾车陪她去七十多公里外的莲花山风景区游玩。沿着林间石径，一路听着啁啾鸟鸣，攀上莲花山主峰。放眼望去，耸立的群山宛若一朵硕大无比的巨莲，骄傲地开放在天地之间。包慧站在山顶简易的观景台边，手扶栏杆久久地凝望着大自然的杰作。向东感到奇怪，以前和同事来过这里，满头大汗地爬上来，没几个人看出环绕的山峰像莲花呀！大家抽了根烟，在山顶上凉快了一会儿便下山了。可这一次，为什么和以前的感觉不一样呢？莫非亿万年形成的自然风光对人类也有悭恪苛刻的一面——你若无情，山水黯然；你若有意，大地生莲。他凝视着包慧的背影，巨莲衬映中的女子身着浅蓝色的半袖连衣裙，肩头圆润，臂如雪藕，丰臀隐现，薄裙下依稀可见修长双腿的迷人线条……向东只觉心脏一阵狂蹦，耳朵也烫得犹如火烤一般。这时候，她回头一笑，双瞳剪水，顾盼生辉。向东也笑了，脑海中已有闪电划过，一个念头从失恋的苦闷中破壳而出——春城无处不飞花，为什么要死守一厢情愿的枯树呢？

包慧的假期将满，两人相约晚上再打一场羽毛球。她明显手下留情，既不放网前吊后场，也不大力扣杀，而是像教练喂球一样把球送到向东能够顺利击球的范围以内。洁白的羽球像只轻盈的小鸟，在网子上空多次飞来飞去后才肯落地。每一局的比分都很接近，场上大比分一比一。包慧提议中止比赛，等以后有机会再战。向东开玩笑地问："今天不把我当敌人啦？"包慧说："这是安慰赛。好好练，下次探亲我再看你有没有长进。"她从放在球包旁的塑料袋里取出一只印有"古驰"标记的鞋盒给向东："这些天你陪我跑了不少路，送你一双鞋，算是我感谢你的。"向东推三阻四地不肯接受。她又下命令了："收下！我这是拥政爱民的行动！试试吧，看合不合适？"皮鞋上脚，大小正好。向东一脸惊愕："你怎么知道我穿多大码的鞋？"包慧撩了下头发，背上球包说："练出来的。三五行密码，我眼睛扫一遍就能记住。"可平时穿的鞋上哪有密码，向东还是不解。包慧又说："那天在免税商店，我看见营业员拿给你的鞋盒了，上面有号码。"向东恍然大悟。两人走出球场，身后亮如白昼的灯光熄灭了。行走在安谧的夜色中，向东问："你有男朋友吗？"一路沉默，来到七号楼前，包慧让他稍等片刻。她回去放下球包，出来递给向东一张纸条，上面是基地信箱的地址。

回忆被小心翼翼的敲门声打断，保姆轻轻推开门："吴阿姨说给你定做的西装取回来了，让你下楼试一试。"

"知道了，"向东的口气中带着几分不耐烦，"一会就来。"

难道顺水行舟会产生懈怠心理吗？从谈恋爱到订婚再到领取结婚证，一切都顺利得像瓜熟蒂落一样。越是这样，向东反而越是觉得心有遗憾。人生的每一件事都像是在画圆圈，在他婚姻的流畅圆弧上却有一个小小的缺口。所以，举行婚礼的那天，当他从远处看到金悦萌笑得前仰后合时，那感觉真是五味杂陈，如同饮下一杯令人惆怅的苦酒。

就像一种预兆似的，向东两年前初次请包慧吃饭的建国饭店，现在竟成为他们举办婚礼的地方。在吴玉霞的事先规划中，向东与包慧喜结良缘，自然不能大操大办，但也不该随便找一家饭店大厅，闹哄哄地一办了事，而应当在竹园或是南国饭店那样的高档场所为新人举办新婚大典。可这一想法被卢明一口否定："不行，那样影响不好。"吴玉霞早已料到他会持反对意见，便摆出理由试图说服他转变态度："胜利结婚的时候，不是在南国饭店办的吗？为什么到了向东就不行了呢？"卢明不与她争辩，以尊重亲家意见为由，让她去和包副书记的夫人协商。吴玉霞信心十足地操起电话打进七号楼，放下电话已变得黯然神伤："包书记的老婆跟你说的一样，要注意影响。你和包书记商量过啦？"卢明的回复很简单："不谋而合。"

这时候，卢明已经退居二线，成为省顾问委员会的一名副主任，但他对自己和亲属的要求仍然很严格。吴玉霞对他的评价是"老卢人是到二线了，可脑子还放在一线呢"。

婚礼的地点选择在中档饭店，喜宴的规模也不大。包副书记和卢明的下属一个不请，只有双方亲属和手持请柬的挚友方可进入大厅。薛文昌因去北京治病无法出席。欧阳晨由于任务在身不能离开部队。军人以服从命令为天职，雅楠只好带着三岁大的儿子回来参加弟弟的结婚庆典。到家的当天，她在十三号楼与包慧第一次见面。这两位现役女军官有个共同的特征，面部皮肤中的黑色素沉淀明显比其他女性厚重。吴玉霞瞅着她俩，心疼得话音都提升了八度："看看你们，快变成非洲人啦！咱又不是穆桂英花木兰，转业吧！不出半年，你俩又是白雪公主。"这两个女军官不爱红装爱武装，均对她的提议一笑了之。

军人属于国家，包慧刚脱下婚纱就接到基地发来的加急电报，令其火速归队。婚礼仪式过后的第三天，两家人送她返回部队。在火车站的月台上，大家围拢在她的左右，千叮咛万嘱咐，唯有向东一声不吭。两个一身戎装的年轻女军官紧紧拥抱了一下，手拉着手依依惜别。雅楠的话让人热血沸腾："你们海军先上，我们陆军严阵以待。只要有命令，我第一个请战，增援前线！"包慧的话也同样震人耳膜："你们陆军自卫反击战、老山轮战都打出了威风。放心吧，我们海军也不是吃素的，真要开打，保准把他们那些破舰轰到海底去！"卢明和包副书记相互对视，不约而同地露出了会心的微笑。发车铃又响，向东送包慧上车。他把新婚妻子送出几百公里后才中途下车。

说来也是有趣，有一次包慧立了军功，立功喜报寄至泰安湖十三号楼，卢明

第一时间打电话给包副书记："喜事啊,你女儿立功了,二等功!"包副书记一听就来气:"什么,包慧把喜报寄到你家去啦?才出嫁几天啊,就把老爸老妈放在第二位了,真是嫁出去的姑娘泼出去的水。"卢明仰靠在沙发上,一手持话筒,一手抚着凸起的肚子大笑起来。

　　崔建的女朋友也露面了。第一次听他讲述恋爱经过时,差点没把金悦萌笑死。在向东的婚礼上,向桐和金悦萌看见崔建带着一位身材高大、一头短发,看模样像个运动员的女子来给向东贺喜。两人走在一起,一个健硕一个精瘦,让人一瞅就有相声演员胖瘦搭配的艺术效果。虽说时过境迁,但崔建仍怕金悦萌收拾他,确认向桐和金悦萌坐的位置后,便和那女子坐在另外一张圆桌旁,还故意背对着向桐坐的这一桌。

　　金悦萌童心大发,又推又搡地让向桐去把崔建拉过来。在这种场合崔建哪敢嚣张,他讪笑着过来坐在向桐和金悦萌中间,老老实实地承认他已坠入爱河。他的女朋友果然是名运动员,曾获得过全国射箭比赛女子个人赛的冠军,现在是省体工大队女子射箭队的教练。她的名字像个男性,叫谭铁军。这一对男女从身体外貌上看就是女强男弱,他们怎么会成为情侣?"快点交代,"金悦萌拿起筷子比画一下,"你怎么把教练骗到手的,不说我敲你。"还用骗么,崔建得意扬扬地夸耀起来。一次因体育记者有事请假,他被临时抓差去体工大队采访。路过射箭场的时候,谭铁军正在给女运动员做示范。只见她头戴渔夫帽,腰挎皮箭袋,跨步站定举弓拉弦,好似一手托鼎一手揽月,泰山崩于前而色不变,尘鹿行于左而目不瞬。英姿飒爽,简直帅气到了极点……崔建看得腿发软,迈不开步了。他临时改变计划,原定的采访延期,今天的目标就是女子射箭队。采访时他净问些外行话,男女射箭的距离一样不一样啊,男女用的弓一样不一样啊,箭靶大小一样不一样啊……逗得谭铁军嘿嘿笑个不停。崔建请她射几箭,让他见识见识全国冠军的厉害。谭铁军也不谦虚,取弓搭箭,弓如满月,"嗖"的一道完美弧线飞过去,箭中靶心。崔建身子一震,那支箭也射中了他的心。从此后他有事没事就往体工队跑,这使得同在文教部的体育记者都有意见了,在部主任跟前大倒苦水——专跑文教卫生口的记者凭什么抢体育记者的饭碗?不提意见还好,这一说他更来劲了。他以酷爱射箭这项体育运动为由,给部主任又买烟又送酒，请领导"烟酒烟酒"（研究研究），把所有关于女子射箭项目的采访任务都交给他。说不清是因为他对射箭运动的热爱还是烟酒的作用，他终于如愿以偿。也许是性格互补、文武交融的原因吧，接触得多了，女教练和男记者都有相见恨晚的感觉。向桐开玩笑地提醒道："你可别惹人家，就你这身板，教练能把你提起来扔了。"崔建扬起下巴，斜眼瞅着向桐说："懂不懂啊，这叫基因重组。将来孩子取我俩的优点，胖瘦适中，男孩——像潘安，女孩——像萌萌，哎哟！"手背上被筷子狠狠敲了一下，他搓着手背抱怨道："金萌萌，夸你漂亮都不行啊？"向桐问他俩的关系目前已经发展到什么程度了，他看了看手背，大大咧咧地说："上个月她把我一把搂过去，在我脸上美美地'叭叭'了几口，差点把我的脸皮都吸破啦！"那是什么样的力度和情景啊？金悦萌偷瞄了一眼谭教练宽厚的背影，转回脸来越想越可笑，直笑得上气不接下气，眼泪都出来了。向桐也被崔建逗笑了，又问他准备什么时候结婚。崔建说："快啦，打铁趁热，娶亲趁早，'十一'吧！萌萌，我可跟铁军商量好了。"他瞅着金悦萌，怪里怪气地又说："我们一结婚就要孩子。不像有的人，'人家还要演出嘛'。"金悦萌脸一红，拿起筷子又做出要敲他的样子嗔怒道："滚！"……这一幕映入向东眼里，婚礼中途他和包慧过来给大家敬酒，问金悦萌："你们和崔建说什么了，都快乐翻天了？"金悦萌说："崔建给我们表演了一段单口相声，特别精彩呢！"

当时人们以为是在听相声，却不知崔建只是抖出个小包袱，而真正的大包袱就藏在谭铁军的肚子里。更可笑的是制造那个大包袱的两位当事人还浑然不觉。在谈恋爱结婚生孩子这种事情上，崔建绝对是起步就冲刺的健将级运动员。他说完相声仅过了一个多月就突然宣布，他和谭铁军将在"五一"结婚。由于谭铁军平时总穿着宽松的运动服，婚礼上又是一身婚纱，报社的年轻同事都取笑新郎是杵在大雪人旁边的半截子木头电线杆，竟无一人发现在大雪人的肚皮下藏着一个让他们婚期提前的秘密。据崔建事后承认，就在谭教练差点把他脸皮吸破的那天，他也果断地发起了反击，力大无比地把教练摁倒在床上（记者们分析后一致存疑），勇猛地吮吸她肉嘟嘟的嘴唇……干柴烈火，烧得他们激情冲天忘乎所以。冲动的后果结成一粒小小的种子，悄无声息地藏在教练的身体里。那粒种子可不管你大人的什么婚期呀，社会影响呀，只是自顾自地发芽生长。"五一"过后没多久，谭铁军鼓起的小腹暴露了他们仓促成婚的原因。但那粒种子长得也太快了，她的肚子里就像有一只正在充气的皮球，呼呼呼地日渐膨胀。崔建又发布消息，教练肚子里同时长出了两根苗，一粒种子两根苗呀！于是，每天傍晚报社院子里都会出现一道风景。本来就人高马大的教练又挺着个大肚子，活像个气势威武的大将军，在花坛边和编辑部大楼前的小广场上踱步。崔建拎着个木头方凳和一把檀香扇，像个跟班鞍前马后地伺候着。每当教练走累了，坐在及时安放在屁股底下的凳子上小憩时，哗哗作响的折扇就会为她送上阵阵凉风。"双胞胎，"金悦萌对崔建伸出了大拇指，"你本事大呀！"崔健一脸骄傲，摇头晃脑地自夸道："那是！我太太是谁，全国射箭冠军啊！在她的指导下我能没点长进吗？拉弓射箭谁不会呀，一箭双雕才是真本事。"谭铁军不好意思地斥责他："说话注意点。"他吐了下舌头，又忙不迭地摇起了扇子。国庆节是原定的结婚日，他却那天登上了父亲的宝座。两个小生命呱呱坠地，而且还是龙凤胎。眼瞅儿子和儿媳妇只用一胎就完成了孙子孙女双全的任务，当了爷爷的崔凯高兴地连声咳嗽。咳完觉得嘴里多出个东西，吐出来一看是颗门牙。龙凤胎满月，崔建正式公布两个爱情结晶的名字，男婴崔国庆，女婴崔国芳。

　　虽说金悦萌嘴上不饶人，可心里还是惦记着这一对双胞胎。去香港演出时她抽空跑进铜锣湾的商场，买了两套连体婴儿服和两个既能发声又能跑的"哆啦A梦"，回到家就拉着向桐去看双胞胎。那天谭铁军的母亲也在场，比起谭教练来她更胖，像个重量级的举重运动员。她的目光却像警察，一直盯着金悦萌。因从未见过出生才一个多月的婴儿，金悦萌刚到婴儿床边就又惊又喜地嚷叫起来："哇！这么一点点大，像个小猫咪呀！好可爱好可爱，我要亲亲他们。"她小心翼翼地抱起国庆，亲吻他胖嘟嘟的小脸。崔建双手护在婴儿下方，担惊受怕地连声说："小心，小心点，小心点啊！"金悦萌可逮着机会了，揶揄道："怕啥呀，我又不会把他的脸皮吸破。"崔建一脸尴尬。向桐呵呵呵地笑出了声。只有谭铁军不明就里，笑眯眯地看着他们打嘴仗。金悦萌轻轻放下国庆，又抱起国芳亲了一下，用她那银铃般的声音说："国芳，快点长哦，长大了跟阿姨学跳舞。"崔建闻声嘿嘿一乐，擅自做主地说："萌萌，我和向桐是铁哥们，咱两家认干亲吧！"旁边突然"嗵"的响了一声，谭铁军母亲手里的奶瓶掉落在地上。她捡起奶瓶，以给婴儿换尿布为由从金悦萌怀里抱走了国芳。两家认干亲的事再无下文。时间过去了一个月，金悦萌还牵挂着这件事："死崔建说话算不算数啊？"向桐也心存疑惑，便把崔建叫出办公室询问缘由。崔建面露难色地说："铁军她妈说……你家萌萌漂亮得让人害怕，她身上的气场强得晃眼，怕……认干妈还是得找个普通人。"向桐回家告诉金悦萌，认干亲一事今后再勿提及，原因是谭铁军的母亲讲迷信，两家人的八字相克。金悦萌对此付之一笑，只说了声"老糊涂"，此事便石沉大海。

同一年，报社调整中层干部，向桐和崔建经报社推荐、上级考察合格后，均提拔为各自所在部门的副主任。同时，他们也见证了一次生命的循环。国庆、国芳乌黑发亮的眼睛开始跟着发出奇怪声音的"哆啦 A 梦"转动，1949 年后报社的首任总编辑薛文昌却因病永远合上了眼睛。人类的生命就是这样交替往复，生生不息啊！在殡仪馆庄严肃穆的悼念大厅里，那位以前不顾个人安危、敢于揭露国民党腐朽黑幕的英勇斗士，把一腔忠诚献给了党和人民的新闻宣传事业的老人，安睡在鲜花丛中，身上覆盖着一面鲜红的中国共产党党旗。大幅黑白遗像悬挂在大厅的正前方，镜框里的革命家面孔清癯，宛若青铜铸造的雕像。他目光严峻，直视着黑压压的人群——大多是新闻宣传战线上的工作者，像是在告诫，又像是在询问……

悼念仪式结束后，芦承贤婉拒了卢明用专车送他回家的好意，也没上报社接送的大客车，而是独自一人向殡仪馆外走去。向桐和金悦萌远远地跟随着他。殡仪馆修建在城市郊区，一个孤独的身影沿着马路旁的人行道向公交车站走去。金悦萌挽住向桐的胳膊说："你发现没，爸爸老了。"向桐说："我知道。"芦承贤的背已有点驼了，像空气里有无形的重物压在肩上，无论走到哪里都甩不掉。两个年轻人的心情都很沉重。金悦萌又开口道："我妈妈的身体也不好。"说话的语气低落乏力，俏丽的面颊上也浮出了少见的忧愁。向桐建议尽快去医院检查一下。金悦萌说："去了，没查出什么大问题。我不问还好，一问她就说是我把她气得肝疼。"一路上再也无话，目送芦承贤上了公共汽车，他俩才分手各自去单位上班了。

当天晚上向桐和金悦萌买了蛋肉鱼和新鲜蔬菜，轻轻叩响芦承贤居住的房门。此前报社为解决职工住房问题，在距报社一公里外的老家属院修建了三幢六层高的住宅楼，芦承贤分到了一套两室一厅五六十平方米的楼房。客厅的陈设很简单，既无沙发茶几也没有电视，只摆放了一张小圆桌、几把配套的椅子和一个藤制的躺椅。卧室里有一张单人床。床头上方挂着一个镜框，框子边沿的漆色已有少许脱落，里面铺垫的粉红色浪漫也被几十年的时间水流冲洗得淡了许多，只有那一方没有褪色的格子手帕和绣在上面的精美荷花依然固守着以往的美好时光。靠墙的地方立着大衣柜和木制衣架，都被擦拭得纤尘不染。这套楼房里唯有书房堪称豪华。占据整个一面墙的木制书柜中整整齐齐地放满了中外经典著作和一些自改革开放以来引起很大社会反响的书籍。其中有《未来的冲击》《第三次浪潮》《存在和时间》《精神分析引论》《美的历程》……黄铜底座、墨绿色玻璃罩的台灯洒出柔和的光辉，照亮书桌上的几个小镜框。覃家欣一家人的幸福合影，三娃子永远的回头一瞥，文静的孟沁瑶和她旁边的那朵粉色小花——love，誓言不会沉睡，它陪伴着芦承贤在这充满书香的世界里度过了一个又一个漫长的夜晚。

　　把买的东西放入冰箱以后，向桐拿出拖把开始拖地，金悦萌淋湿抹布挨着房间擦拭家具。当她擦到书柜时，突然惊喊起来："爸爸，你啥时候又学画画了？"芦承贤说："没事干，自己随手画一画。"向桐闻声走进书房，看见金悦萌拿着两幅素描像，画的都是孟沁瑶。一幅脸型瘦一点，与照片中的真人对比，有七八分相似。另一幅的人物脸型却变得圆润了，眼角出现了鱼尾纹，前额上有几条细线一样的平直纹，除去鼻头有点下垂之外，眉、眼、嘴巴几乎与第一幅素描一样。为什么同一个人的画像会有差别呢？芦承贤道出其中的原因，以前出现在他梦境中的孟沁瑶，永远是第一幅素描上的长相。可最近一个时期，他数次与孟沁瑶在梦中相逢，她已经变成了第二幅素描上的模样。"哎呀，爸爸，"金悦萌惊喜地叫了起来，"孟阿姨要回来啦！"这怎么可能，劳燕分飞，各居天涯，暂且不说孟沁瑶是否已做他人妇，就算她从大洋彼岸回来，还能找到芦承贤？金悦萌见芦氏父子笑而不语，抿起嘴捶了向桐一拳，很认真地对芦承贤说："你总是梦见孟阿姨，这是心理感应呀！真的，我和向桐就有这种感应。他要是有不顺心的事，我就是在外地也会觉得心里堵堵的。"芦承贤看了看镜框里的孟沁瑶，转脸对金悦萌说："不用安慰我，事隔这么多年了，如果再能见她一面，我也知足了。"金悦萌固执地说："你都梦见她现在的样子了，她真的要回来了呀！"

　　回家的路上，向桐取笑金悦萌是痴人说梦。金悦萌拉住他打赌，没有期限，不管多长时间，反正孟阿姨肯定会回来，赌注嘛……"你背我走两百米。"一言为定，向桐又和她拉钩。金悦萌不走了，非要向桐现在就背她。"你要赖，"向桐说，"打赌还没分出输赢呢。"金悦萌就是不挪步，还撒娇似的报怨，说向桐不孝顺，不希望她赢。向桐被她缠得没了脾气，只好背着她回家。她搂着向桐的脖子，在他耳边小声说："两百米，我可要数呢！两个电线杆之间的距离是十米，你要背我走过二十个电线杆哦！"好在她坚持锻炼、严格控制饮食，体重在一百斤左右，背她走路也没感觉到有多么吃力。夜晚的街道上行人不多，路遇几个小伙子，在他们背后吹了几声口哨。金悦萌手动了几下，一只手放在了向桐的嘴边："张开嘴，快点。"一块奶糖滑入口腔，哦，是童年的味道。

人与人之间真的有心理感应吗？

几个月过后，那是早春的一个下午，向桐正趴在办公桌上审稿。电话铃响了，他随手拿起话筒说了声"您好"。仅过了几秒钟，他就像遭到电击般大叫一声，腾的一下站立起来。只见他脸色通红地一边点头一边"嗯嗯"地回应着，几分钟后他在稿纸上记下一个电话号码，对着话筒大声说："谢谢！谢谢阿姨！"放下电话，在一片惊愕的目光中冲出办公室。同事们纷纷猜测，他一定是得到了重大独家新闻的线索，正飞快地奔走在采访的路上。他确实在飞跑，全然不顾忌大街上那些诧异的眼睛。跑进家属院，三步并作两步冲上楼，见到芦承贤时已经气喘得说话都语不连贯了："爸……覃岚……见……见到孟阿姨啦！"芦承贤赶忙让他坐下喝口水再说。他大口大口地喘息着，一只杯子端到眼前，杯中的水抖动得像鱼鳞一样。

期盼已久的音讯像呼啸的流星划破了沉睡的天空，芦承贤的眼睛里已有星光闪烁。拿着向桐记下的电话号码，要通覃岚的电话，听她复述了与孟沁瑶见面的经过。那天她正在上班，接到保姆打来的电话，说有一位姓孟的阿姨在警察的陪同下走进小楼，询问这里是不是覃家欣的家。保姆不知道覃家欣是谁，便回复这幢小楼的女主人名叫苗雨涵，两个子女一个叫覃伟一个叫覃岚。姓孟的阿姨说找的就是这里呀！她谢过警察后就在家里等着。覃岚放下电话便往家里赶。见到孟沁瑶后把芦承贤的地址给了她，顺口说了句"承贤哥等你等得好苦呀"。孟沁瑶脸上的笑容褪去，她手捂住嘴巴，眼里流出了大颗大颗的泪珠……由于签证即将到期，她已经买好当天返回美国的机票。分手前覃岚想起来向桐和芦承贤曾给她留过一个报社总机的电话号码，可一时半会又找不到。直到孟沁瑶走后的第二天，她才在自己家里的一个小笔记本上找到那个号码。"承贤哥，沁瑶姐还是单身。"覃岚说，"还像以前那么漂亮，气质可好了。她说回美国处理点事情，再来中国，直接去找你。"事后芦承贤才发觉他忽略了一个重要的细节，覃岚自始至终都没有提及苗雨涵。

与覃岚通话的同一天，芦承贤收到一封电报，电文是：

花开时节再逢君！

I love you。

向桐开始忙碌起来，家就得有个家的温馨模样啊！他找来工程队，把芦承贤住的楼房重新装修了一遍。书房里的东西原封不动，客厅和卧室里的旧家具全部卖给几个走街串巷收购旧货的小商贩。装修完全按照他和金悦萌的设计施工，二十多天后工人撤走，芦承贤的家已是旧貌换新颜。黑胡桃实木地板，色彩清爽的壁纸，古香古色的家具，高雅的落地窗帘……使得这套面积不大的楼房里显得既舒适又温馨。为方便联系，还专门安装了一部家用电话。向桐和金悦萌在房子里转了一圈，又出去搬回来一台彩电。拉出天线调试机器，荧屏上出现一位女歌手。转动声音旋钮，一首响彻中国的劲歌冲出窗口飞向天空。

不管过去了多少岁月

祖祖辈辈留下我

留下我一往无际唱着歌

还有身边这条黄河

……

暮春时节，所有花坛鲜花怒放，城市的空气中都闪动着清香的亮光。"花开时节再逢君。"这条电文先是在报社内部引起一阵波澜，随后又扩散至其他新闻媒体。孟沁瑶抵达机场的那天，机场的乘客出口已成为各家新闻媒体关注的焦点。看到一大群手执话筒、照相机和摄像机的记者，一个前来接机的个体户小老板还以为是外国使团来访，可又不见维持秩序的警察和省市的官员，他好奇地问记者："这么大的阵势，你们接谁呀？"记者群里飞出一个回答："接爱情。"那人冷笑一声，鄙视地说："哄鬼呀，那玩意儿还用接，只要有钱有权，一搂一大把。"与这么低俗的人交流真是无趣得很，等待中的记者们转移目光开始研究起今天新闻里的那位男主人公。

他和芦向桐默默地坐在大厅一侧的长椅上。只见他花白的头发梳理得丝毫不乱，看上去显得很儒雅。时间的刀子在他前额和脸颊上刻出了深深的皱纹，又给人一种饱经沧桑的感觉。他穿的西装有些宽松，但那条被他系得端端正正的蓝色条纹领带，却又释放出不凡的气质。那样的西装和搭配的领带，穿出来的效果像是从当代外衣的领口露出了一段往事的痕迹。最让记者们疑惑不解的是他手里只拿了一枝红玫瑰——没钱还是不解风情？他也是位老编辑，怎么会不懂花语？就算他不懂，芦向桐也该知道呀！这时候，大厅另一侧突然喧哗起来。一位把秀发打理成大波浪发型的青年女子，穿着卡其色风衣和长靴，怀抱花束向这边走来。"'西施'来啦！"记者们的注意力转移了，摄影记者们更是围上前去对着她一顿狂拍。

航班准时抵达，芦承贤和向桐、金悦萌来到接机口。记者们已各就各位，急切地等待着那激动人心的一刻。听说一位年近古稀的老人来接与他分别四十年的未婚妻——爱情竟能保鲜这么久，候机的人们都过来围观。落地的乘客们陆陆续续地从镜头前走过，女主人公终于出现在大家的视线中。

她头梳发髻，身着旗袍，肩挎坤包，完全是民国时期的装扮……

她缓缓而行，岁月铺路，步履从容，仿佛在穿越透明的时光……

她神态安详，高山流水，九曲回转，平静地流入深沉的海洋……

一枝红玫瑰献到她面前。

"沁瑶，你回来了。"

"承贤，可找到你了。"

没看清是谁先张开怀抱，他们已经拥抱在一起。这时候，孟沁瑶才控制不住地泪如雨下。她手里的那支红玫瑰，在两个人的头顶上轻轻摇曳。它红得醒目而娇艳，红得蓬勃而热烈，像一朵燃烧的火，点燃了大厅里的气氛……掌声如潮，经久不息。据说那天的掌声，是自机场建成以来最为响亮的一次。等大厅里波平浪息，记者们又看到一位一直站在装有几个大旅行箱的行李车旁满头银发的老人过来与芦承贤握手。经打问才知道，他是孟沁瑶的二哥孟俊琦。

楼房里安静了下来，经过四十年的漫漫风雨，终于走进真正属于男人和女人的二人世界。女人拿起放有她剪影的小镜框，隔着玻璃抚摸着已经发黄的初恋岁月，不由得发出一声轻微的叹息。看到第二张素描，上面的相貌几乎和现在一模一样。女人深感惊讶，远隔大洋，他们确实在梦中相逢，这个男人还真切地记住了她面部悄悄生出的细纹……床头上方的镜框里，她亲手绣出的那朵荷花坚守着它原有的色泽，像春情萌动的精灵，活泼地冲撞着两个来到床前的男女。还需要语言的倾诉吗，火热的波涛已经汹涌而来。

"把灯关掉，好吗？"女人轻声耳语。

"不，我在黑夜里想你，想得太久了。"男人说出的每一个字都像火炭。

女人不再坚持。毫无遮拦的世界呵，男人的手像温暖的风儿，轻柔地拂过女人的身体……

"承贤，是梦吗？"

"不是，不是梦！"

"我梦见过你吻我，抱我。"

"我也是，多少回呵！"

"可一睁眼……我怕又是梦。"

"今天不是梦。"

"真的是你？"

"是的，是我！"

"I love you．"

"一生一世！"

"吻我。抱紧我。"

"沁瑶，我的沁瑶！"

虽然青春不再，男人也不能像当年在荒野草毯上发起热血澎湃的冲锋，但在女人温情脉脉的爱抚与迎合中，他们终于完美地阴阳结合，肌肤相亲的身躯中同时迎来了狂飙突起……

那是一个无眠的夜晚，两人背靠床头，相依相偎，诉说分别后的经历。孟沁瑶和孟宏达在香港苦等无果，无奈之下举家迁往美国洛杉矶，与已在加州理工学院天文学部任教的孟俊琦团聚。他们曾梦想有朝一日中美关系正常化，再回到生兹养兹的故园。但大海上波诡云谲，漂泊的人儿只是一粒渺小的尘埃，无法越过气旋咆哮的大洋。孟宏达眼见回国无望，便和女儿入籍美国，在洛杉矶开了几家中餐馆。在各种肤色之间，唯有智慧和美食不会被贴上歧视的标签。由于那几家中餐馆门面装修得很气派，内部设施卫生干净，再加上菜品精美，很快就有了名气。虽不能日进斗金，但已是生活无忧……梦醒时分，孟沁瑶才发现，若想在美国成为一名救死扶伤的白衣天使，得有西方人的面孔和白皮肤。那时候在洛杉矶的医院里，极少见身穿白大褂、手执听诊器的黄肤色的脸。她放弃成为医生的理想，帮着父亲打理生意。白天，驾车往来于餐馆之间；夜晚，思绪飞回遥远的祖国。"承贤，你在哪呢？可否安好？想不想你的沁瑶啊？"在千万遍的呼唤中，青春已逝……一家人在回不回中国这个问题上意见不一。孟俊琦早年赴美求学，已经结婚生子，自然不想离开美国。但孟宏达初心未改——落叶归根，就是死了，也要埋入孟家的祖坟。孟沁瑶与父同愿。她曾在父亲和二哥面前发誓，将来一定要回中国去，哪怕与芦承贤生不能同床共衾，死亦要同茔而眠。她坚信，芦承贤是个绝不食言、义重如山的男人。父女俩此生最大的愿望——回中国！刚到美国时，孟宏达还去华人社区的佛堂参拜进香，但除去生意尚可之外，其他许愿皆无回音。

尼克松总统乘坐空军一号去中国啦！破冰之旅啊，在电视上看到尼克松和周恩来握手的那天，他却因兴奋过度、血压升高而突发脑梗。多亏抢救及时，命是保住了，可手脚已远不如以往利索。八十年代中期，病情加重，他再也离不开轮椅……改革开放，中国打开国门，孟俊琦倒是以美籍天文学家的身份回来过几次，进行学术交流。孟俊琦知道芦承贤曾是《中央日报》的名记者，他以为名记者必然会供职于名气最大的新闻媒体。所以，他到北京后专门去《人民日报》，理直气壮地叫大门口的警卫："请把芦承贤叫出来，我有事要问他。"这事惊动了报社的保卫部门，可查遍花名册，哪里有什么芦承贤啊？保卫部门的负责同志很外交地通知他，十分抱歉，我们经过认真查找，确实没有您要找的这个人。他多方划找无果。为了不让孟沁瑶失望，他编造出一个善意的谎言，每次去中国，日程安排得都很紧张，他已把芦承贤的情况广而告之……

"二哥也真是的，"孟沁瑶说，"这些事都是上次我从重庆回到洛杉矶后他才告诉我的。"

"上次回来，你去上海没有？老房子还在吗？"

"房子还在，可已经让张庆堂卖掉了。我给你慢慢说。"

她和孟宏达住在洛杉矶一幢临海的别墅里。孟宏达在世的最后几年，只要天气好，就会让人把他推到平台上去，面朝大海久久凝望——他想念彼岸的家，想念大上海……那时中美之间已有航班，孟沁瑶也曾和孟俊琦商议，送他回国，让他再呼吸呼吸黄浦江上熟悉的空气。美国医生坚决反对："你们是要他的命！"那几年，经常可见一个老人坐在轮椅上，女儿守在他身边，父女俩面向大海，倾听波浪低吟浅唱一支思乡曲！孟宏达的生命之火熄灭在美国的西海岸边。遵从他的遗愿，孟沁瑶和孟俊琦把他的骨灰送回苏州老家，安放在祖坟里，永远陪伴先他而去的亲人，并在孟氏宗祠安放牌位，续写族谱。孟俊琦飞回美国。孟沁瑶去上海打探故居的情况，因为她曾在那里留下了一封信。花园洋房早已易主，1953年张庆堂就把它卖给了别人。又几经易手，最后被一家国有公司收购。时隔四十年，花园洋房外观依旧，里面却已改建成办公场所。公司负责人让人找来原始房契和卖房契约，上面赫然写有"张庆堂代售"的字样，旁边是一枚已经发黑的指纹。孟沁瑶凭借记忆，多方打问，在宿迁的一座小镇上找到张庆堂。不义之财使昔日的管家妻离子散，傻女儿也不知去向。小院破败不堪，东西厢房墙倒屋塌。张庆堂蜷缩在正房角落的一张破床上，见有人来，他坐起身，上下打量着眼前这位体态丰腴、气质高雅的女人。孟沁瑶问："张叔，你还认识我吗？"张庆堂嘴巴半张，两只死鱼眼盯着孟沁瑶的脸，忽然爆发出一阵歇斯底里的狂笑："哈哈哈，孟小姐，洋房卖了，你是来要钱吗？"孟沁瑶厌恶地蹙了下眉头，说："我不要钱，我是来问你，我留下的信呢？"张庆堂的脸抽搐几下，躺回床上脸对着墙壁说："撕了，扔了。"孟沁瑶再问："承贤去没去上海找我？"张庆堂翻身爬起来，嘶哑着嗓子吼道："不知道不知道，我又不是你家的看门狗！"孟沁瑶转身出门，走出小院她又折返回去，从包里取出一沓钱，站在门口说："侬服务过爹地，拿去。"她松开手，钞票撒了一地。走出院门她回转过身，只见张庆堂趴在正房门口一张一张地捡钱。她停了一会，希望张庆堂良知回归，再说点什么。可当张庆堂抬起脸时，眼睛里晃动的仍是仇恨的光。她走了，再也没有回头。

　　沉默了一会，芦承贤问："你怎么会想到去重庆找我？"

　　"我就是要找，哪怕是一个省一个省找过去。"唉，痴情的女人啊！芦承贤下床去端来一杯水给她，继续听她讲述……她还记得四十年前的那个电话，他匆匆忙忙地说要去西南采访。在香港等待期间，她又从报纸上看到一支国民党军队由云南撤入缅甸，厉兵秣马，准备反攻——那是从台湾岛传来的梦呓，大陆上早已飘满五星红旗。她猜想，芦承贤肯定不会跟随国民党军去缅甸，张庆堂又没说他去过上海，那他会不会滞留在西南呢？她买来中国地图，用眼睛在上面画出一条追寻爱人的路线。在签证到期之前，先去西南三省。如查找无果，回美国再办签证，下一次来中国将直飞大西北。在她记忆里，还珍藏着他描绘的芦家大院、芦家营、关山和崆峒山的图片。如果还是没有他的音讯，她就要一个省一个省找过去，走访新闻媒体，刊发寻人启事。规划好行程，立即动身飞赴贵州。访遍位于贵阳市内的省市媒体，没有打听出丝毫有价值的信息。她又马不解鞍地乘火车来到昆明，风尘仆仆地走进云南日报社的大门——没有，再去《春城晚报》——仍然没有。风景秀丽的滇池，驰名中外的大观楼……她视而不见。火车太慢，她再乘飞机抵达成都——没有——还是没有啊！眼瞅归期将至，难道就这么一无所获地离开中国？脚下像踩着棉花，铺满地砖的人行道怎么会如此绵软……她生平第一次发觉自己有点力不从心了，不由得悲从心起，泪洒街头。她也想坚强啊，可泪珠却控制不住地流出眼眶。冷静下来后大脑再次高速运转，看来此次已无法探访到芦承贤的下落了，日月长在，下次再找。还有三天时间，去重庆看望一下覃家欣的妻子和那个可爱的小覃岚吧，希望她们还住在观音桥。由于无法确定能否见到苗雨涵，她到重庆后先购买了飞美国的机票。在宾馆住了一宿，然后请出租车司机送她去观音桥。下车后她辨不清方向了，如今的观音桥和四十多年前完全是两重天地啦！眼前商铺林立，行人摩肩接踵，看着这熙熙攘攘的如同沸腾的河流一般的街道，覃家欣家的小楼在哪里呀？来来回回走得脚上都磨出了水泡，她还是不知道自己究竟身处在观音桥的哪个地方。连日奔波劳累，她到处打听覃家欣的家，听到的川音像从同一个模子倒出来的一样："莫得，不晓得。"临走那天是下午的航班，早上她又到观音桥做最后一次努力。一位街头小商铺的老板给她出主意："找人嗏，你问哈警察嘛。"派出所的警察同样不知道覃家欣，却根据她的讲述，提供了一条重要线索，在他们辖区有一位姓苗的小学教师，等参加远征军的丈夫回家，等了一辈子，她的丈夫好像是姓覃。远征军——覃家欣——苗雨涵，混沌的大脑忽然拨云见日。她请警察带路，走进那幢坚守在嘈杂商潮中的宁静小楼，见到了苗雨涵……

东方既白。话题转移，芦承贤问："苗雨涵的身体还好吗？"孟沁瑶摇了摇头，心情沉重地说："依我看，她的日子可能不多了。"

两人都陷入沉默中。感谢苗雨涵，在她坚守的小楼中保存着芦承贤的信息，才使得本已被大洋割裂的爱情终于又花好月圆。可她自己呢？悲欢离合向谁诉说？又有谁会聆听她用生命谱写的凄婉长歌呢？

许久，孟沁瑶说："上次见到苗雨涵，我就在想，男人把生命献给国家，是英雄，要给他们修建纪念碑，为什么不给他们的女人也立碑呢？"她激动了，感慨的话语脱口而出："难道她们就只能默默无闻吗？难道她们的付出，她们所承受的痛苦就可以被时间埋没吗？真该给苗雨涵修塑像。中国有多少像她一样的女人？她们，是中国的爱情女神！是中国的维纳斯！"

第二十八章

　　从美国回来的孟阿姨究竟要给自己和向桐送一件什么东西呢，而且还要举行一个仪式。给向桐制造"其三、其四、其五"的金悦萌，这才发现自己玩的都是些小情侣之间有几分矫情的小把戏，而在老一辈人的身上才蕴藏着令人揪心的悬念。那天在机场，当看到芦承贤和孟沁瑶走过四十年的孤独终于相拥时，金悦萌的心就像被无形的利爪揪住，她忍不住地哭了，泣不成声。

　　孟沁瑶回来的第二天，卢明和吴玉霞前来探望，并带来一只看上去很陈旧的、漆皮已有多处脱落的草绿色木头箱子。临走时，卢明指了下箱子说："以前的锁子都锈死了，我找人锯开换了把新锁。"他交给芦承贤一把钥匙，用抱歉的口吻又说："别怨我，这都是历史造成的。"破箱子里装有历史？金悦萌惊奇地瞪大眼睛。打开箱子，里面装有几百封信，都是寄往香港的。孟俊琦察看了几封信，对芦承贤说他觉得心里闷得慌，去院子里转一转，便下楼去了。因为是老一辈人的书信，金悦萌和向桐也不敢随意翻看，默默地在一旁瞅着孟沁瑶读信。一封又一封，读着读着，孟沁瑶无声地落泪了，豆粒大的泪珠滴在信纸上。金悦萌她悄悄拽起向桐，两人轻手轻脚地走了。"孟阿姨和爸爸多不容易呀！"金悦萌说，"咱们要是能为他们做点啥就好了。"向桐点了点头，等了一会，他也发愁地说："咱俩能做啥呢？"

　　机会来了。芦承贤又与覃岚通电话，详细询问苗雨涵的病情。据医生判断，她已是阿尔茨海默病的重度患者，有连续性失忆的病症。目前生活已经无法自理，出门得坐轮椅。医生嘱咐，一天二十四小时必须有人陪护。芦承贤给孟沁瑶说："怪不得上次打电话，覃岚就没有提及苗雨涵。她来信也总是说她妈妈身体还好，如果不是你说，我还真相信她了。"孟沁瑶学过医，又在苗雨涵身边待了几个小时，据她观察，苗雨涵的病情已经相当严重了。这件事压得芦承贤整日愁眉不展。他想去重庆探望苗雨涵。孟庆瑶劝他慎重行事，毕竟，苗雨涵尚未到全部失忆的程度。这时候突然去看她，让她意识到自己可能去日无多了，只会加速她病情的恶化。孟俊琦也认为妹妹的分析在理，"让一个人知道自己快死了，是件很残忍的事"。芦承贤犹豫不定，内心纠结折磨得他夜不能寐，眼里布满了血丝。这时候，金悦萌想到一个办法："我和向桐去吧，就说我们旅游路过重庆，我没见过苗奶奶，顺路去看看她。"这个主意不错，得到大家一致认可。芦承贤最后决定，就让这一对年轻人代表老一辈去看望苗雨涵。

回到家里，向桐抱起金悦萌在地上转了几圈，亲了她一口说："你这小脑瓜转得挺快呀！"金悦萌得意地晃了晃脑袋，又拍了拍向桐的肩膀，故作老成地说："芦向桐同志，听好了啊，因为我费脑子了，所以呢，订机票收拾衣服装箱子，反正来回路上的体力活，你得全部承包。"

一对年轻人飞抵重庆，在那幢已显破败的二层小楼里，他们见到了苗雨涵一家。苗雨涵望着这个漂亮的姑娘，嘴唇微微地翕动着，脸上露出了笑容。覃岚耳朵贴在她嘴边听了一会，对金悦萌说："妈妈叫你王若彤，是她以前的一个学生，让你要好好学习，考试的时候细心一点。"一股莫名的悲痛袭入心中，金悦萌的眼眶湿了。反应极快地转换身份，轻轻搂住苗雨涵，在她耳畔小声说："苗老师，我是王若彤，现在长大了，都结婚了，你还能认出我，我……"喉头哽咽得她已无法再说下去。苗雨涵嘴唇又在翕动，她说："结婚了……有孩子吗？"金悦萌使劲点点头，又在她耳边说："有了，有了，是个大胖儿子呢！"话音未落，泪水已潸然而下。征得覃岚同意后，金悦萌和向桐走上二楼，推开书房的门，金悦萌被贴满墙壁的纸片惊得目瞪口呆。尽管以前听向桐说过，但身临其境所受到的震撼与听说的绝对不一样——白蝴蝶飞舞的世界，日月在它们的翅膀上闪闪发光。金悦萌走进书房，像个一无所知的小女孩，眨动着水灵灵的大眼睛，追着那些白蝴蝶，跑进了覃家欣和苗雨涵用生命栽种的爱情森林……老照片上的覃家欣和苗雨涵是多么的年轻啊！下楼再看轮椅上的苗雨涵，白发稀疏，皮肤松弛，老态龙钟，几十年的孤寂一点一点地吸走了生命的光辉，她像一盏燃油将尽的油灯上的小火苗，挣扎着发出最后一点虚弱的光芒。金悦萌伸手拉住向桐的手，他的手怎么这么烫啊？哦，原来是自己的手凉得像刚握过冰块一样。

晚上去酒店，一路上金悦萌紧挽着向桐，像是生怕他走失。进房以后，向桐冲完澡半躺在床上，翻看一本杂志。金悦萌脱掉外衣走进浴室，心不在焉地戴好浴帽，过去扳开淋浴器上的喷头开关，把它开到最大。水流如注，"哗哗哗"地浇落下来。她仰起脸，闭上眼睛站在喷头下，任凭大雨般的水柱冲击面庞和身子。突然，她像受到惊吓般打了个寒战，连淋浴都没关，赤身裸体地带着一身水冲出浴室。向桐刚放下杂志欠起身，她已经上前去把他扑倒在床上……金悦萌一动不动地趴在床上喘息。淋浴关闭。一条干爽的毛巾从脖颈、背上轻柔地擦拭过去，一直擦到脚踝。头发被撩到一侧，又换了一条毛巾，擦掉脸颊上的汗水。向桐小声问："萌萌，你今天怎么了，一下子变得这么疯？"她翻身把向桐拉进怀里，带着哭腔说："我好害怕，你可不敢像覃爷爷，出去采访就再也不回来了。"向桐吻她一下，笑着说："傻瓜，不会的，我守着你，守你一辈子。"她拿过向桐手里的毛巾，捂住脸停顿了一会，拿开毛巾眼珠一转又开始撒娇："我累，出汗啦！身上好黏好黏，你给我洗澡。"浴室里又传出"哗啦哗啦"的水响，间或有女子的喊叫和拍打声飞扬而起，就像有调皮的精灵在水瀑中嬉闹。

他们去重庆还肩负一项任务。孟沁瑶在那幢小楼里同覃岚交谈时，获知了覃伟对未来生活的设计。他已经提交辞职申请，并联络几个好友，准备合伙开一家火锅店。引起孟沁瑶注意的是，覃伟此举不仅仅是投身于商海，而是有一个更大的设想。挣到钱以后，联络更多的人去缅甸北方的野人山，寻找覃家欣和其他中国军人的遗骸，把他们接回家。成千上万的英灵已经在异国他乡漂泊半个多世纪了……当时因孟沁瑶即将回美国，身上没有多少钱了，所以这一次她特意让向桐和金悦萌带去五万美元交给覃伟，并嘱托一定告知其两点。第一，这笔钱必须收下，因为她也是中国远征军的一名战士，寻找战友尸骨，让他们回家安睡在祖国的怀抱里，也是她义不容辞的责任。第二，据她在美国对华人商圈的观察和了解，好友合作经商，相当一部分的结局令人唏嘘。亏本时相互指责，恶语相加；盈利时见钱眼开，好友反目。所以，务必独立开店，完全自主经营。如还有资金方面的困难，请及时电告，她可以继续追加。覃伟含泪收下这笔巨款，这位半辈子都在为炼钢炉清理钢渣的魁梧汉子，说出的话能把地砸个坑："话，我听。钱，算我借的。"他不顾向桐和金悦萌劝阻，执意写下一份借条，让他们转交给孟沁瑶。几天后他又专门给孟沁瑶打电话，请孟沁瑶用护照在中国的银行开户，还要将银行户头告知他。否则，他就要把那五万美元退还回来。遇上这么个犟人，孟沁瑶也是无奈。为了谭伟的事业能顺利起步，便去银行开立个人账户，并将账号告诉给谭伟。后来，谭伟果真独身一人闯入商海，用这笔钱和自己的全部积蓄，在解放碑附近开了一家规模挺大的火锅店。在拟定店名的时候，他给向桐打来电话，执意请孟沁瑶为火锅店命名。孟沁瑶又把这项任务交给芦承贤。考虑了几天，在一个朝阳初升的早晨，从睡梦中醒来的孟沁瑶发现芦承贤斜靠在客厅里的沙发上睡着了。茶几上放着一页纸，上面用苍劲规整的毛笔字写着"渝城老店火锅"。

金悦萌和向桐都有工作，在重庆只待了两天。在此期间他们也见到了覃明远和陈紫雪。覃明远已是一家报社的摄影记者。陈紫雪还在重庆医科大学就读。由于年龄上的差距，金悦萌与他们没有进行过多的交流。老实说，虽然苗雨涵用一生等待丈夫归来令她感动，但在重庆真正让她受到心灵震颤的只有两件事。一件是推开书房门的一刹那，再一件就是初次看到覃岚给苗雨涵喂饭的情景。在一天的大多数时间里，苗雨涵都神情恍惚，目光呆滞。可当覃岚把粥碗端到她面前，一口一口地吹凉喂给她时，她的眼眸忽然变得明亮起来。母女俩对视的眼神，慈祥温柔，深情感人……金悦萌不由得想起樊小惠，突然感到心中一阵刺痛。

从重庆返回，金悦萌终于见到孟沁瑶送给她和向桐的那件东西。在饭店的一间豪华包厢里，孟俊琦把一只边角有点磨损的小皮箱交给芦承贤，神情庄重地说："我父亲生前给我说过，你和沁瑶是它的主人。我这次来，一是送沁瑶，二是把它也送回来，完成父亲的一桩心愿。"金悦萌觉得好生奇怪，啥东西呀，还要搞得这么神秘隆重？她看看父母，金强和樊小惠也是正襟危坐，一脸肃然。芦承贤打开小皮箱，从衬棉中取出一个古董盒子。那盒子好像很重，压得芦承贤的手都颤抖了。他洗过手，戴上一副崭新的纯棉薄手套，揭开古董盒的盖子，取出一堆黄绫，最后才双手捧出一只带有托盘的杯子，小心地放在那堆黄绫上。"啊！"刚推门进来的服务员一声惊呼。那只通体透红的杯子上绛霞流动，光芒四射，映得人们的眼睛上也有红光闪烁。向桐请服务员暂时回避，过一会再请她进来。人们的目光又回到那只杯子上，无人注意到门被拉开一条细缝，几个肥皂泡似的眼珠在那条缝隙中上下浮动。芦承贤说："这是明朝万历年间的皇宫藏品，红珀祥云杯。此物，价不可估。"他请金强和樊小惠近前观看，讲解何为红珀及来历，又因何称其为"祥云杯"。红珀祥云杯装进小皮箱，芦承贤把它交给孟沁瑶，然后让金悦萌和向桐过去。孟沁瑶一语不发，把它放轻轻地在金悦萌的双手上。金悦萌这才明白，长辈送给她和向桐的礼物是个大宝贝。此时此刻，什么祝福呀，继承呀，财富呀，都像白开水一样无味——实物会说话，老一辈的心愿已融进杯子上的绚烂祥云中。金悦萌接过小皮箱抱在怀里，一时间不知该说些什么，情急之下一句话脱口而出："我和向桐也把它往下传。"人们全都笑了起来，就连向桐也笑得嘴巴咧到了耳根上。她这才反应过来，下一代人在哪儿呢？刹那间，她的脸红得跟祥云杯一样，窘促得脖子都红了。回到家她把向桐按在床上一顿乱捶："让你装哑巴，让你装哑巴，你还敢跟着大家笑，看我出丑你高兴是吧？"

隔墙有耳，那个从美国来的女人带回一件稀世珍宝，这消息以惊人的速度传播。送走孟俊琦，向桐刚从机场回来，就被崔建拽到编辑大楼前的小广场边上，压低声音，问他那究竟是件什么样的宝贝。向桐告诉他就是一件用琥珀原料做的杯子。琥珀谁没见过呀，那东西有黄的有红的，里面还包裹着栩栩如生的小虫子，商场柜台里一层一层的多得是。用那玩意儿做杯子，打死他都不肯相信。"听说能发红光，耀眼睛，那块琥珀能有这么神奇？"省博物馆也不知通过哪条渠道获知这一消息，一名副馆长专程拜访芦承贤和孟沁瑶，说馆里正在筹备一次民间珍宝展，希望能请出宝物参展。金悦萌在团里也听到了另外一种声音，那是从乐团吹圆号的胖子嘴巴里说出的："难怪你找个普普通通的记者，原来你的美国婆婆是个百万富翁，听说她只带回来一个宝贝就价值连城呀！"卢明向芦承贤和孟沁瑶发出邀请，欢迎他们去泰安湖十三号楼做客，顺便把那件被外人传得纷纷扬扬的东西带去，让他看看到底是件什么宝物。当红珀祥云杯摆放到他面前时，他戴上老花镜和手套，捧在手上仔细欣赏了一番。放下杯子摘掉手套，对芦承贤和孟沁瑶说："我给你们一个建议，不参展，不示人，严加保管。"由于外界不知道宝物已由下一代人接手传承，心怀不轨的贼还盯着芦承贤住的那幢家属楼。一天凌晨四点多钟，正值人们酣睡之时，芦承贤听见书房的窗户上好似有树枝划动玻璃的细微声响。他打开床头灯去书房察看，只见窗口下沿处有个人头一闪而过。他以为是自己眼花，便走近窗口再看。这时候，听见院子里平地响起一串炸雷："谁？干什么的？站住！抓贼呀！"第二天，那个惊醒了整个家属院、凌晨才下班的报社印刷厂的工人逢人便说，昨晚院里进贼啦！那贼身手不凡，爬楼翻墙如履平地。而且，院墙外好像还有同伙接应。崔凯哑着豁豁牙，神神秘秘地对芦承贤说："老芦啊，不怕贼偷，就怕贼惦记。你……小心点啊！"

金悦萌听闻此事后顿感心里发慌。她越想越害怕，不行不行，一定得找个万全之策。她拉着向桐征求双方父母的意见，最后决定把红珀祥云杯存入银行的金库。那可是真正的铜墙铁壁，拿大炮都轰不开。选择哪家银行呢？当然是中国银行。再加上黄桂兰前不久刚被提拔为市分行的副行长，熟人好办事。于是，在两家老人的见证下，黄桂兰出面引导，径行直遂地办理了租用金库保险柜的一切手续。红珀祥云杯放入中国银行的金库，为防万一，再把保险柜的钥匙寄存入工商银行。这下终于可以安心地去演"西施"啦！

没想到揪心的事情又接踵而来，樊小惠近一时期总是感到困乏无力，肝部也时常有胀痛感。她又不愿去医院，金强便在政协的医务室里开了些药，药吃完还不见症状缓解。金悦萌回家得知此事，不由分说和金强一块拉着樊小惠去省人民医院检查。B超结果出来，医生建议再做一下CT。由于省内只有这一台CT机，排队得排到半个多月以后。金强一听脸色都变了，像罩上了一层黑雾。他已是离休干部，找了几个医院的关系，人家都很为难地表示确实帮不上忙。金强一气之下叫来司机，驱车直奔省政协。院方回复，第二天一大早去放射科，请金秘书长（离休前的职务）的夫人第一个上CT机。果然，第二天一上班，放射科主任亲自在CT室门口迎接。厚重的铅门挡住视线，金悦萌满脸焦虑地紧挽着向桐在走廊上等待。门开了，她赶紧过去像搀扶病人一样搀住樊小惠。检查结果出来，金悦萌被吓得魂飞天外——樊小惠的肝脏上有个毛栗子大小的阴影。医生要求立即住院，做进一步检查。樊小惠住院了，可一个星期查下来，医生说的全是怀疑，怀疑有炎症，怀疑是囊肿，怀疑是肿瘤……专家会诊还是怀疑。那块阴影到底是什么呀？金悦萌急得嘴唇上起了泡，她和金强商量，干脆去北京。金强心里清楚，在北京像他这种级别的干部，在长安街上跺一脚能震出来一层。还是得依靠组织联系。这一决定无比正确，经组织出面联系，不到一个星期，已联系好北京一家很著名的医院，请病人尽快飞赴首都。

金悦萌原本打算和向桐一道陪同父母赴京，由于剧团要去南京演出，请假未准。她再次敲开团长办公室的门据理力争。周团长两手一摊，不是他不准假，实在是爱莫能助啊！因为南京那边一听《西施》的主演 A 角因故可能无法赴演，立马像点着了火药桶。在南京演出四场，海报都贴出去啦！A 角不来，全上 B 角，金陵的观众好糊弄是吧？六朝古都的艺术家们的欣赏水平低是吧？你们的 A 角是故意让我们脸上无光是吧？所以，这是牵扯两省文化部门关系的事，真是没有通融的余地。绝顶聪明的 A 角"西施"哪能权衡不出这件事的分量，她回到家默默地为向桐整理好行装，破天荒地下厨房做饭。向桐下班进门，饭菜已经齐备。她又斟满一杯酒，双手端给向桐。《西施》在南京的演出场场爆满，盛况空前。因反响热烈，又加演两场。南京的媒体竞相报道，赞誉有加。唯一让记者们感到遗憾的是出演西施的 A 角演员不接受采访。不仅如此，除去剧院演出之外，她连酒店的门都没出过。整个演出结束，《西施》剧组全体演职人员去紫金山拜谒中山陵，记者们没有看到西施 A 角的身影……其实，第四场演完，金悦萌就登上了飞往北京的航班。

担心仍未消除，在具有国际水准的检测设备下，樊小惠肝脏上的那个阴影就是不肯拉下它神秘的面纱。在各项化验指标中，除去血脂和转氨酶稍显偏高之外，其他均在正常范围以内。甚至用穿刺针直接触及阴影，活检的结果仍无病变。医生建议，回家调养，定期检查，一旦阴影扩大，马上来京复查。

那块阴影究竟是怎么回事呢？芦承贤和孟沁瑶来探望樊小惠，孟沁瑶建议可否请中医调理一下。金强和樊小惠同意。向桐回到报社叫上崔建，两人直奔省中医院。崔建以前跑文教卫生系统，老早就给向桐拍过胸脯："想去哪家医院看病，你咳嗽两声就行，我熟！找个专家要张床位，小菜！"进了医院他不找院长呀科主任呀，直接找到一位鹤发童颜的老中医，他姓唐名逸尘，世代悬壶，是中医界鼎鼎有名的专家。看来崔建还真没吹牛，他和这位唐老先生的关系的确非同一般。唐先生一见他便开起了玩笑："崔记者，要不要我给你开两个方子，长几斤肉？"崔建嘴巴一咧："不用不用，我家谭教练就爱我这身排骨，往她身上一靠，有立体感。哪像胖子，滚来滚去就一个平面。"唐先生哈哈大笑。人熟好办事，前后也就几分钟，便约定樊小惠前来就诊的日期和时间。

现在的中医看病也不单纯依靠望闻诊切了，唐先生看过 CT 照片和各项化验的单据，这才开始给樊小惠诊脉呀，察看眼睑舌苔呀，按压肝区呀……一番诊断下来，原本神情很严肃的唐先生笑了，对樊小惠说："不用担心，没什么大病，主要是肝气郁结，没必要住院。开几个方子，治疗几个疗程，就会有好转的。"听老中医这么一讲，樊小惠的脸上也露出笑容，她转头看了金悦萌一眼。金悦萌心头一凛，她已经意识到自己就是郁结在母亲肝脏中的那块"肝气"。正好在那段时期，剧团也没有赴外地演出的任务，她便经常回母亲家，主动承包煎药和陪同母亲去医院复诊换药方的任务。

　　一天晚上十点钟多她才到自己家。从窗户上看，家里黑灯瞎火的，她还以为向桐加班没回来。进门开灯，向桐神情凝重地坐在沙发上，看样子连饭都没吃。她赶忙问出什么事了，为什么这样闷闷不乐？向桐一声不吭地递过来一封信，噩耗突至。

　　　　承贤哥、沁瑶姐，妈妈走了，她去另一个世界和爸爸团聚了。
　　　　妈妈去世的前几天，突然就不吃不喝了。这一次，我和哥哥都感到妈妈可能真要离我们而去了。前面有过两次，出现这种情况我们就赶快送她去医院，虽然两次都报了病危，但妈妈挺过来了。可这一回，和以前不一样。以前她不吃不喝，就像睡着一样。但这一次，不管是在家里还是在医院，她的眼角都不停地流眼泪。难道是她已经知道自己生命将尽，舍不得离开我们？医生告诉我和哥哥，妈妈身体里的器官衰竭得很严重，如果使用医疗手段，只会给她增添痛苦。所以，建议出院回家，让她平平静静地走完生命的最后一段路。妈妈在遗嘱中说过，当她的心脏停跳以后，一定要送她从我们家的小楼去墓地。妈妈的心愿我们知道，从家里去墓地，那是一条路，好让爸爸沿着那条路找到她。她活着，小楼永远是爸爸的家；她走了，也要让爸爸知道她去了哪儿。
　　　　承贤哥，你和沁瑶姐知道，我们家的楼梯又窄又陡，抬着妈妈上下楼会让她感到不舒服。我们就在一楼的小客厅里支了张床，妈妈从医院回来，我们就服侍她睡在一楼。妈妈躺在床上，真安静啊，安静得像街道都睡着了的夜晚。我和哥哥感到不对劲，这条街上，除了我们家和张婆婆家，几乎都改成了商铺和小饭馆，平时吵吵嚷嚷，没有片刻的安宁。为什么会这么静？声音呢？我和哥哥出去察看，在距我们家两侧有七八十米远的人行道上，背面朝着我家摆放着两个广告牌形状的东西。行人看到那牌子，走过来时都不说话了，还有意识地放轻了脚步。有些人看到广告牌就掉转身子回去，干脆不往我们这边来了。牌子上有什么呢？我和哥哥过去一看，只见牌子上面写着：苗老师病危，请安静！

再看街道对面，也放置着同样的牌子。就是偶尔有路人没注意到牌子，走过去时说话声音大了点，路旁商铺里的人就会向他们招手，指下牌子，再把食指放竖放在嘴前，做出"嘘"的姿势。这个世界上好人多呀！这是他们有意营造的安静呀！哥哥让我回家守着妈妈，他去挨家挨户地感谢那些一多半不认识的好人。他眼睛湿湿地回来了，人家都说不用感谢。他们对哥哥说，他们这些人只是平民百姓，也为妈妈做不了什么，但他们都知道妈妈这一辈子太不容易了。现在，她可能真的要离开观音桥了，他们就给妈妈送上一片宁静，让妈妈安详地离去。我以前怎么就没注意到他们呢？觉得自己上过大学，有文化，甚至还有点看不起他们。我……真想痛骂自己一顿。到现在，我和哥哥都不知道，那四块牌子是谁写好摆放在街上的。我一定要找到他，去给他磕头。

妈妈的呼吸很微弱，就是书里所形容的那种气若游丝吧！可她的心脏还在顽强地跳动着。请来的医生也觉得奇怪，一般出现这种情况，几个小时，或者更短，病人就会辞世。为什么会这样呢？一天一夜呀，是什么支撑着妈妈那脆弱的生命呢？我趴在妈妈的耳边给她说，一切都按照她的想法安排好了，请她放心。妈妈的眼角又滚出了泪珠，她还有意识啊！但她的气息还是那么细微，好像随时都会消失，可又消失不了。又过去了大半天，还是这样。我和哥哥望着几天前就已经不能动的妈妈，心里难受得像刀割，可又不知道该怎么办。难道妈妈在等待什么吗？我想呀想呀，突然，我意识到一件事，过去把装有爸爸照片的那个相框拿过来，放在妈妈手下。轻轻托起她的手，让她用手指抚摸爸爸。哥哥说他看见妈妈笑了，我没看见妈妈笑，我感觉到的是妈妈的手渐渐地凉了……

我们要送妈妈去墓地。这里有规定，在出殡的沿途禁止放鞭炮和撒纸钱。妈妈在遗嘱中说了呀，"每遇到一个路口，都要撒些纸钱，那是我留在路上的记号。你们的爸爸顺着这条有标记的路，就能找到我"。凡是违反规定的事，谁都不该去做，但这是妈妈的遗愿呀！哥哥拿着妈妈的遗书去找江北区环卫局和市容监察大队的领导。本来他们都说坚决不行，可听完哥哥讲述了妈妈的一生，再读了妈妈的遗书，他们都沉默了。后来，在区市容监察大队的队长办公室里（哥哥说那位大队长是军队转业干部，自卫反击战时出国打过仗），大队长指着挂在墙上的重庆市区地图，让哥哥用手指给他画一下出殡的路线。他看到哥哥画的路线全在江北区，便让哥哥在门外等候。过了一会，他把哥哥叫进办公室，说他已经和环卫局的局长商量过了。一致决定，帮助我们完成妈妈的遗愿，出殡时可以在经过的每一个路口撒纸钱。只是有一个要求，灵车必须在天亮前经过所有的路口。

出殡那天来了好多人，好多车。那些人中间有我和哥哥认识的，也有好多以前见都没见过的。天亮前一个小时起灵，灵车走在最前面。我回头看了一眼，车队好长好长，看不到尾。每经过一个路口，我都看到有环卫工人和身穿制服的监察大队的队员伫立在街道两边，就像在给妈妈送行。有的队员可能以前当过兵，还给灵车敬礼呢。每经过一个路口，灵车上都专门有人把纸钱使劲撒向天空。纸钱像鸟群一样高高地飞起来，又飞舞着盘旋着落下。每过一个路口，我都能听见哥哥大声地说："妈妈，你看，这个路口留下记号了。"到了墓地，安葬妈妈的时候，我们在墓穴里放进一套爸爸的西服，一双皮鞋，一架爸爸用过的照相机，几张爸爸和妈妈的合影，还有一张全家福。就要封闭墓穴了，我们给妈妈磕头告别。我又听见哥哥的声音了，他的声音好大好大："妈妈，我要去找爸爸。等找到了，我们把他请回来，安放在你的身边。妈妈，相信我！"

墓穴封闭了。一抔黄土，两个世界。妈妈，亲爱的妈妈，我多想再听你叫我一声岚岚啊！妈妈！这个世界太残酷太残酷，为什么别人家都可以全家团圆，而我们家，父亲与我们整整分离了四十七年！妈妈！平时我都不敢在你跟前哭，怕你难过。可从今往后，我再也见不着你了呀！我要哭，我要大声大声地哭啊！妈妈！我相信，你一定会和爸爸团聚。我只有一个请求，在梦里，你和爸爸一块来看看岚岚……

太阳出来了，在这座城市里，有很多很多人不知道天亮前发生的事。可是，苍天知道！因为它在看！大地知道！坟茔是它的记忆！

妈妈病重以后，我和哥哥整理她的卧室。她床下有个箱子，里面装着她的日记。从她和爸爸相识相恋，一直记到1967年。前面一部分记录着她和爸爸相爱以及婚后的美好日子，包括有了哥哥和我的喜悦，还有在战火中颠沛流离的辛酸。不论情况多么艰难，她和爸爸都像初恋时那样恩爱。但是，一把时间的刀把日记劈割成两个部分。那道分界线，就是1942年1月19日。从那天起，日记变成妈妈写给爸爸的话，就像是写给爸爸的信，有时寥寥数语，有时连写几页。她想爸爸呀！可是能给谁说呢？只有在日记上倾诉。她告诉爸爸，哥哥和我的成长状况。还告诉爸爸，你和沁瑶姐来家里看我们。她给爸爸说在市委书记任白戈的过问下保住了家里的小楼……日记到1967年3月25日就突然中断了，以后再也没有记。我和哥哥回忆了一下，就是那个混蛋郑所长带着造反派闯进我家，打伤妈妈、毁坏书房的那一天。为什么从那以后，妈妈再也不写日记了呢？答案，妈妈已经带去另一个世界了。可我就是想问，为什么呀？妈妈的日记总共有三十二本，几十万字呀！我和哥哥商量，等有一天我们去缅甸，去野人山，把妈妈的日记送去让爸爸看。

妈妈去世前，哥哥的火锅店开张了。生意可好了。店名用的就是"渝城老店火锅"。哥哥把招牌做得很大，宽四米，高六米。竖排的"渝城老店"非常醒目，"火锅"两个字稍小一点。但是，老远就能看见。从墓地回来，哥哥就在他的店里答谢为妈妈送葬的人。可去墓地时那么多人，回来几乎全都走了。最后店里的桌子，还没坐满一半。

承贤哥、沁瑶姐，请原谅我以前没有及时告知妈妈的病情。老实说，上次向桐和悦萌来重庆，我和哥哥就明白了你们的心意。哥哥一定让我在信里表示，谢谢你和沁瑶姐！以后有机会，他会去看你们的。我也去，因为，我们再没有其他的亲人了。

　　…………

　　金悦萌读完信，什么也没说，擦干眼泪去给向桐做了一碗泡面。那一夜，她让向桐搂着她睡。天亮时向桐先醒了，看见金悦萌的眼角上还有泪痕，像个伤心了一夜的孩子。

　　就是从那天开始，向桐发现金悦萌变了，变得会体贴人了。天气渐渐转凉，她买回来三床电褥子。一床自己用，一床给芦承贤和孟沁瑶，还有一床，她回家去铺在樊小惠的身下。又拉着向桐去商场买了两台油汀，分别送给两家的老人。她还把向桐的毛衣毛裤和冬装取出来，在太阳下晒了一天，叠得整整齐齐地放入大衣柜。向桐觉得奇怪，现在才是仲秋时节，怎么就忙着准备冬装了？一问才知道，金悦萌她们团已经接到邀请函，明年元月赴法国、英国和爱尔兰巡回演出。"到时候你记着给自己加衣服，不许感冒。"金悦萌说，"别让我回来看见你把鼻子擤掉了，没办法只好给你安个木头鼻子，像匹诺曹。"

　　那段时间芦承贤和孟沁瑶也没闲着，他们去看了几个正在兴建的商业化的楼盘，最后在位于市中心的一幢高层建筑上选中一套两百多平方米的五室三厅三卫的楼房。孟沁瑶准备把这套楼房买下来，让向桐和金悦萌去住。这一次，金悦萌的态度坚决得令人吃惊："不行不行，绝对不行！小辈住有电梯的大房子，长辈住还得爬楼梯的小房子，世上哪有这样的道理啊？"最后商议的结果是，房子买下来，芦承贤和孟沁瑶搬过去住。向桐和金悦萌住他们现在的这套房。金悦萌万万没想到，孟沁瑶一次性签订购买两套房的合同，原先选中的一套不变，又在同一小区的另一幢楼上买了一套一百八十多平方米的四室两厅两卫的楼房。向桐也被蒙在鼓里，他还专门和金悦萌去建筑工地实地察看了一番，并走进售楼部看了沙盘。这是个名为"盛世豪庭"的小区，总共有三幢高层，孟沁瑶选中的楼房在中间一幢。楼下的环境设计颇具古罗马风格，有雕塑回廊和喷泉，也有草坪树木和林阴道，整体看起来的确是个闹中取静的好住处。而且，小区距公园和医院都不远，晚饭后散个步呀，有个头疼脑热的去医院检查呀，都很方便。金悦萌问房价，售楼经理说由于这几幢楼处在黄金地段中的钻石位置上，所以价格比较高，每平方米售价两千八百元。我的个乖乖，一个"万元户"都买不到个卫生间，金悦萌听得直吐舌头。她问向桐："给覃伟五万美元，买房又得六七十万，孟阿姨哪来这么多钱？"向桐故作玄虚地说："我也挺纳闷的，要不你去问问。"金悦萌在他胳膊上狠狠地拧了一把，说："我才不上你的当呢！让我去问，孟阿姨心里肯定会这么想，'这个跳舞的小媳妇，脑子里长的怎么全是钱眼啊？'"

从售楼部出来，向桐买了水果和滋补品，跟着金悦萌去看望樊小惠。自从结婚到现在，樊小惠对向桐的态度一直像温暾水。向桐每次到岳父岳母家都有一种老鼠见猫的感觉，浑身不自在，只是帮着金悦萌干活，从不敢大声说笑，吃饭都吃不饱。走出政协家属院，向桐不是在路边小摊上加点餐，就是到家后再来一碗泡面。一个大小伙子变得比团里的小姑娘还腼腆，金悦萌心里也不是个滋味。所以，平时她就给向桐放假，让他一个人自由自在地解决吃饭问题，她独自回去给母亲煎药。这一次是因为向桐近一个月没去岳父家了，自己都感到心有歉疚，便主动提出陪金悦萌回家。

一进政协家属院，向桐问候过岳父岳母就一头钻进厨房，成为咕嘟咕嘟作响的药罐子的忠实卫兵。金悦萌可治不了他的岳母恐惧症，她也进入厨房开始忙碌。小两口分工明确，一个煎药一个做饭，再加点小声细语的调料，厨房里的气氛都有一股温馨的味道。金悦萌自幼就帮着母亲操持家务，现在长大了更是成为厨房的女王，锅碗瓢盆都是被她调教好的仆从。她手脚麻利地煮上米饭，又操起菜刀，在咚咚咚的节奏声中，各类食材有序地列队准备下锅。那天，她别出心裁地做出一锅炖菜。一人一碗，偏偏给向桐盛满一汤盆，而且还在开饭前下令："今天菜做多了，都不许剩啊，谁要跟我过不去我就一口一口给他喂。爸爸你别笑，你也一样。咦，向桐，还敢瞪眼睛啦？你吃不完不许走，晚上睡地板。"樊小惠知道这个任性的儿女偏心，微微一笑拿起了筷子。吃饭时金悦萌说起孟沁瑶买房的事情，金强和樊小惠一致认为她的决定很正确。金强还夸了她一句："不错嘛，女儿终于长大啦！"饭后向桐洗碗洗锅，金悦萌擦桌子。一切收拾停当，又服侍着樊小惠喝下中药，两人方才离开。不过，这一顿饭把向桐吃撑了，一路上尽打饱嗝。

服用一个时期的中药，樊小惠感到肝区的不适有所缓解，但复查的结果是肝脏上还有阴影。唐逸尘解释，病来如山倒，病去如抽丝，中医调理是个缓慢的过程。樊小惠认为中医治疗确实有效果，便遵从医嘱坚持了下去。

进入冬季，寒风瑟瑟。枯叶离开树枝在大街上飞舞。爱干净的金悦萌穿上雪白的呢质大衣，脖颈上围着一条红色的长围巾，足蹬一双尖头高跟长筒靴，走起来摇曳生姿，简直成为冬日晦暗大街上的一道亮丽的风景。冬至前两天，阴雨绵绵，气温骤降。下班回家她取下包在头上的围巾，让向桐给她暖耳朵。向桐的手捂在她的耳朵上跟她商量："冬至包饺子吃吧，要不然我还没变成匹诺曹，你倒成哆啦 A 梦了。"金悦萌的眼珠灵活地转动两圈，抱住向桐亲了一口。好主意，按民间说法，冬至吃饺子护耳朵，但不能自私得只管自己呀，长辈们的耳朵更应当保护！小夫妻俩商定，冬至那天在芦承贤家包饺子，请樊小惠和金强过来品尝。金悦萌设想："妈妈看到冬至包饺子给她吃，心情肯定会好的。"于是两人明确分工，向桐是男的嘛就该多干点，承包所有的饺子馅，猪肉的、羊肉的、三鲜的……金悦萌负责和面擀饺子皮儿。晚上两人躺在被窝里，她还在琢磨这件事。"嘿嘿，我想好啦！"她说，"我给大家包一顿彩虹饺子。"彩虹饺子？向桐听都没听过。金悦萌保密："到时候我手一挥，饺子就变成彩虹啦！"

冬至那天，阴云低垂，细雨霏霏，时不时地飘点雪花。芦承贤家里开着油汀，倒也不觉得冷。与事先计划稍有偏差的是，因天气不好，樊小惠不想出门。没关系，不来也成，中午他们在厨房里把水烧开，等着彩虹下锅就行。向桐做好的饺子馅盛在小盆里，在大理石的灶台上一字排开。金悦萌穿着翠绿色高领毛衣，戴上长围裙，把衣袖拉得半高，开始她和面擀饺子皮的表演。她像变魔术似的先摆出一排碗，然后从坤包里取出几个小小的塑料袋，把里面的细粉末分别倒入碗中，再用水化开。向桐眼前一亮，原来她买了六种食用颜料，红橙黄绿蓝紫，再加上面粉的本色，正好是七种颜色。一种颜色一个面团，金悦萌和向桐忙了个不亦乐乎。小两口在厨房里揉面擀皮儿，老两口在客厅里包饺子。一种颜色又一种颜色的圆圆的饺子皮儿被送到客厅，映得孟沁瑶的眼睛都花了。她走进厨房看了一会，满脸疼爱地用手绢为金悦萌擦掉前额上细密的汗珠，回到客厅对芦承贤说："向桐真有福气。"看到金悦萌忙得出汗了，向桐替换她擀皮儿，让她去客厅包饺子。她边包边给饺子摆造型，饺子包完摆好，就像夏日天边的彩虹听从她的召唤，从另一个季节飞来，无声地穿窗而入，飘落在茶几上、案板上、灶台上……映得房间里一片绚烂。孟沁瑶感慨地说："萌萌，你真是个天使，把冬天都打扮漂亮了。"金悦萌得意地瞄了向桐一眼，笑得又露出两个酒窝。

彩虹飞入锅里，热腾腾的彩色饺子端上桌，金悦萌各样吃两个，就往准备好的多层饭盒里装生饺子。为了不让饺子粘连，她还细心地撒上了干面粉。穿好大衣，围上围巾，跟两位老人打声招呼，拎起饭盒准备出门。向桐要陪她去，她不让，吃完饺子还得收拾厨房呀！

雨雪交加，路面湿滑，行驶的公共汽车慢得像蜗牛。再加上雨雪天气人们都想乘车出行，公交车进站也得排队。已经时过中午一点了，金悦萌还在半途上。她满脸焦急，时不时地抬起手腕看表，可公交车还是不紧不慢地向前蜗行。一点半都过了呀！终于远远地看见了马路对面的政协家属院大门。车子缓缓驶进公交站点。车门打开，她挤下车，从两辆公交车的前后缝隙中穿了过去。

有人大叫起来，恐怖的惊喊声像大地涌出的气浪，把一片羽毛似的白色身影托向天空。

省画院的一位画家在马路对面的车站等车，他给调查事故的警察描述他所看到的那一幕……事发很突然，没有听见刹车的声音，就看见从一辆快速行驶的小汽车前面飞起一个身着绿衣白纱、臂挽红飘带的女子，像敦煌壁画里的飞天一样，婀娜轻盈地飞向空中。她身边还有许多五颜六色的鲜花，灵动地旋转着和她一起飞翔……

第二十九章

女人上点年纪都会变得唠唠叨叨、没完没了吗？尽管卢明曾被吴玉霞的喋喋不休气得摔过茶杯，但唠叨这毛病就像魔鬼附身一般难以治愈。卢明是个不轻易发火的人，那一次被气得摔杯子还是在五年前。听说金悦萌出车祸，生死未卜。他和吴玉霞赶到医院，金悦萌已被送入手术室急救。一位参加抢救的副院长亲自向他汇报，金悦萌的情况很不乐观，甚至可以说是命悬一线……回到十三号楼，在二楼的书房兼办公室里，他拿起红机电话，以顾问委员会副主任的身份，先后与省委宣传部的部长、省政府分管文化宣传教育工作的副省长联系，明确指出金悦萌是省内文艺界一名不可多得的人才，请他们给予高度重视，调集医疗资源，不惜一切代价进行抢救。打完电话他觉得口干舌燥，来到客厅坐在沙发上喝茶。吴玉霞又不停地唠叨："要我说，那个从美国回来的女人就是个倒霉鬼。她害得芦承贤打了大半辈子光棍。这不，又害得萌萌出了车祸。这种女人……"话没说完就听见一声怒吼："住口！"紧接着就是茶杯摔在地上的破碎声。

这一次，又让吴玉霞唠叨的起因是有关部门准备对泰安湖农场实施改扩建工程。原先的这些红顶子楼虽然不拆，但要进行加固修葺。再把草坪呀、花园呀、小树林呀、四五个小亭子呀……全部夷为平地，再新修十几幢火柴盒形状的三层楼。最关键的是，改扩建工程结束后，红顶子楼将不再无限期地供某位高级干部使用，而是改为现任省级领导的在职用房，一旦离任，也就失去对红顶子楼的使用权。在一个地方住久了都会产生感情，老干部局的同志体谅这些要搬离原住房的老干部，委婉地提供两种选择方案。如愿意继续留在泰安湖，将来可以搬到新建的楼上去；如果想换个地方，在郊外龙首山下的省老干部休养所的联排别墅为其提供一套面积与红顶子楼相仿的住房。吴玉霞对此颇有意见，卢明从1992年取消顾问委员会正式离休，到现在才退下来两年，就要收房子啊！卢明听得心烦意乱，真想把手里的茶杯给摔了。人的思想境界真是不一样，她也不想一想，五十年代省一级领导也就十来个人，现如今在职的再加上离休的足足翻了好几倍。都要住红顶子楼，那得几个泰安湖啊？但说实在话，退下来以后他明显感觉到干部在职与卸任后的境遇大有不同。以前当部长时，几乎每天都有人上门请示工作。到省顾委以后家里清静了许多，不过时常有联络员来征求意见，还有秘书天天来嘘寒问暖。真正退下来了，也就逢年过节时老干部局的同志来家里慰问一下，平日里门可罗雀。除去家人，来得次数最多的只有两个人，一个是跟他多年的司机李平祥，另一个是芦花花家的老四欧阳飞。

那么，究竟是住新楼呢还是去龙首山干休所？吴玉霞的唠叨不能解决任何问题，卢明叫李平祥开车直驶龙首山。到地方他车都没下，在干休所里转了一圈，就决定不离开泰安湖，干休所的环境再好也是郊区啊！回来的路上心情已经平静，他想起来已有些时日没看市容新貌了，便让李平祥绕道进入市区。

九十年代的城市变成一座大工地，不是在拓宽街道就是在兴建高楼大厦。十多年前还很寂寞的天空，现在被塔吊的长臂装饰成不断变化的图案。在经济大潮的迅猛冲击下，这座城市正以前所未有的速度改变着自己的面貌。五六十年代修建的一些场馆正逐步退出历史舞台，让位于气势恢宏、光亮耀眼的现代建筑。古老的城墙被市区快速膨胀的发展浪潮冲击得七零八落。那些什么城门呀，钟鼓楼呀，早就没影了。这个时候的人们都忙着在经济发展的火热日子里想方设法地让自己的钱包鼓起来。在激情澎湃的"深圳速度"火炬引领下，又过两年，人民广场上建起一座名为新世纪商厦的商城，据说在那里孵化出不少的"万元户"。

看着眼前这座宏伟的大厦，卢明的脸上露出一丝不易察觉的微笑。这座知名度很高的建筑，是向东事业上的一个里程碑。在筹建它的时候，省建筑设计院的几个设计所都想拿到这个项目。院领导决定，每个所拿出方案竞争项目的归属。向东率领的设计团队在竞争中脱颖而出。随后，负责承建商厦的单位和审核部门一致同意，采纳了向东团队的整体设计方案……新世纪商厦落成，朝向广场的一面和临街的一面全部采用玻璃幕墙，看上去既高大气派，又凸显出时尚与实用相结合的现代化风格——它是省城第一座主体外墙面采用整体玻璃幕墙的建筑——向东也由此一举成名。紧接着,他又主持设计了国际商贸大厦、南国大厦、环球商务酒店、金荷花贸易中心等建筑。随着这些颇具现代化气息的高楼大厦先后竣工,向东更是声名鹊起,成为业内一颗引人注目的新星。

车子驶离广场,卢明闭上眼睛,挪动下身子,找了一个更舒服的姿势,让自己半躺在后排座位上。他暗自思忖,响鼓也得重锤敲。下次向东回家,必须严肃地告诫他,人在得意的时候容易迷失自我……困意袭来。唉,人老了,坐着打瞌睡,躺下睡不着。

回到十三号楼,一个坐在客厅沙发上的年轻人赶快站起身,毕恭毕敬地向卢明问好。哦,欧阳飞从老家回来了。这个耳旁长着拴马桩的机灵鬼,出来打工已有四五年时间,刚来时还恳求卢明帮他找活干。可几年下来,他已经是个小包工头啦!当然,他所能承揽的都是些小工程。他知道故乡山水牵动着卢明的心,便讲述一些发生在芦家营的事情。其中有两件与钱财有关的事情,听得卢明眉头紧锁,沉思不语。

第一件事。芦武奎家的小院突然进来几个自称是中国武术家协会的人,一来就帮着芦大娘打扫院子,还拿出照相机,对着破损的、芦武奎生前曾经用过的石锁、石担一顿猛拍。他们声称专程来访的目的是抢救濒临失传的"芦氏霹雳掌"。恭恭敬敬地围住芦大娘询问练功的步骤,怎么打沙袋呀,怎么运气呀……已九十多岁高龄的芦大娘哪里知道这些。他们又不厌其烦地询问,有没有画在小册子上的秘籍?芦武奎会不会把秘籍放进芦家营那个大地主的家财里,也埋在关山的某一个地方?家里是不是有一张他留下的图,上面画着埋藏的地点?要不然的话,关山那么大,万一忘了怎么办?其中一个人情急之下说漏了嘴:"那个大地主傻得只把财宝埋在一个地方?"芦大娘这才明白,原来是芦仁乾埋在关山里的东西,像肥肉一样引来了这几匹人模狗样的狼。她操起笤帚一顿乱打,把那些人赶了出去。回到房里,她就咳嗽个不停。才过了七八天,她老人家就一睡不醒。村里人都说要不是那一伙王八蛋,芦大娘能活过一百岁哩!

第二件事。一天深夜,住在芦家大院附近的芦土娃的孙子芦东亮起夜,竟然听见石头狮子在咬牙。"咔嚓咔嚓咔嚓",那声音像黑夜里冰冷的蛇从后背上爬过,瘆得人浑身起鸡皮疙瘩。芦东亮悄悄摸到院门口,竖起耳朵仔细辨别。天哪，就是石头狮子在咬牙啊！"有鬼，有鬼呀！"芦东亮吓得大叫。石头狮子安静了。村里没人相信他，古往今来有谁听见过石头狮子咬牙？芦东亮被那声音吓破了胆，夜里睡觉都睁着眼睛。几个平静的夜晚过去，石头狮子又开始咬牙了。芦东亮不敢喊叫，怕招鬼进门，拿起放在枕头下面用来避邪的剪刀，使劲往芦家大院门口扔去。石头狮子又安静了。这件事引起老支书芦志坚的警觉，石头狮子为啥会平白无故地咬牙呢？他爬上基座，手掰着两个狮子的嘴巴仔细察看。有一头狮子确实咬牙了，就是那头口含宝珠的公狮子，它咬得宝珠上都出现了像打磨过似的亮光。老支书到底是当过兵的人，他让村里的民兵几人一组，开始给石头狮子站岗。不是直挺挺地傻站在狮子旁边，而是作为潜伏哨，装备有手电筒和木头棒子，天黑以后悄悄进入哨位，埋伏在距狮子不远的地方。自从有人放哨以后，再没听见狮子咬牙。大半个月过去，民兵们人困马乏，要求撤岗。被芦志坚一顿训斥，坚守哨位，必须亲眼看到石头狮子咬牙的情景。又过几天，石狮子牙痒得撑不住了，半夜三更终于响起咬牙的声音。潜伏哨们蹑手蹑脚地摸过去，大吼一声，手电筒的亮光像口白晃晃的大锅猛扣在石狮子身上。一个正在狮头上捣鼓的黑影被吓得跌翻在地，民兵们上前把他捆个结实，押入芦家大院。芦志坚亲自审讯，那个让石狮子咬牙的人倒也不隐瞒身世，自称是石雕大师"神凿张"的第十五代孙，姓张名金贵。他理直气壮地叫嚷，有件事家里世代相传。当年修建芦家大院，他的先人"神凿张"从关山觅得一块红宝石，打造成石头狮子口中的宝珠。芦家只付过工钱，从未给过材料费，所以"神凿张"仍拥有那颗宝珠的所有权。他此来就是要拿回宝珠，继承先祖的遗产。一块大拇指头般的玉石都要卖个千儿八百的，有两个拳头大的宝珠给文物贩子，随便换它个几万块钱。问题是张金贵没能继承"神凿张"的手艺，费九牛二虎之力，把人都惊动了也没把宝珠取出来。张金贵被警察带走，因偷盗未遂，被警察教育后便放其回家。

　　竟然有人惦记上了石狮子嘴巴里的宝珠，这可让芦志坚大费脑筋。这年头人为了钱真是啥事都能干得出来，在号称"道教天下第一山"的崆峒山上，有个唐代灵塔下的隐秘石室。千百年来一直平安无事，没想到两年前竟被窃贼偷盗一空。石狮子口中的宝珠是芦家营村民的共同财产，绝不能让它落入贼人之手。虽说张金贵已留有案底，但天知道会不会还有王金贵李金贵等盯上宝珠？于是，村委会决定，用钢筋焊个大笼子，把口含宝珠的石狮子罩入其中。有一回县长下基层，他说把石头狮子关进铁笼是现代社会的一大奇观。

卢明听得像心里灌了铅。他知道母亲去世，也给村委会写了信寄了钱，感谢他们为母亲料理后事，可他没想到母亲辞世竟会与此有关。他沉思一会，问道："你现在也算是个'万元户'了吧？"欧阳飞口齿伶俐地说："这几年多亏卢叔关照，挣了一点点小钱。"卢明盯着他，语气严厉地说："勤劳致富，我支持。我有言在先，你如果学那些歪门邪道，我可饶不了你。"欧阳飞保证似的说："卢叔，你放心，咱挣得都是汗水钱。"

欧阳飞说的是真话。虽然他从小就依仗着胆子大脑子活，干一点投机倒把的小营生，换些分分钱满足口舌之欲，但真让他去偷鸡摸狗、砸门撬锁，他也没那个胆。芦花花的职务最高升至县革命委员会副主任，她不但不把自己转为城镇户口，而且也不许孩子们进城当工人，都得待在农村里老老实实地学大寨。后来，芦花花到县农技推广站当了一名副站长，虽拿着国家工资，依然是农村户口。她把家也安在芦家营，退休后和老二欧阳军一家同住一个小院。在她的强力主导下，家里的老大欧阳晨和考上农校的老三欧阳民端上拿工资的铁饭碗，老二欧阳军和老四欧阳飞仍旧在农村手捧泥饭碗捞饭吃。欧阳飞天生不是读书的料，初中毕业就回乡务农，但凭借着一副好身板和不务正道（芦花花原话）的聪明劲，跟着村里的匠人学会泥瓦匠和木匠的手艺，也成为芦家营的能人。靠手艺挣钱比种庄稼来得快，他不但给自己建起三间一砖到顶的砖瓦房，还娶回邻村一个名叫王秀兰的女子为妻。

出来打工之前，他最远也就去西安给村里机井的水泵买配件。一进西安城，他浑身的细胞就发出了兴奋的呐喊，城市里的女人咋都长得像挂历上的电影明星一样好看？大街上摇摆的裙裾撩拨得他意乱神迷，满街晃动的白藕似的手臂和羊脂般光润的秀腿都放肆地散发着热度，把他嘴巴里的水分都烤干了。大城市的女人不光好看，身上还有股香味。从她们身边经过，他的鼻子就会不由自主地张大鼻翼，贪婪地多吸几口令人心旌摇曳的香气。买配件只用一个下午，他却用了两天时间在钟楼和解放路上看风景。确切地说，是在看异性这个特殊的风景。回到芦家营，晚上王秀兰要和他亲热。一股汗酸味钻入鼻腔，他第一次产生了抗拒心理，借口太累不愿行夫妻之事。反过头来再看自己挣的那点钞票，辛苦一年，怕是还抵不上大城市女人身上的一件衣服钱。

　　一次西安之行让他的思想转变了，为啥就不能凭着自己的手艺和一身的力气过一过城市人的生活呢？正好县乡政府为使农民尽快走上富裕之路，鼓励村民们外出打工，而且还联系广州、深圳等地的建筑公司，组织农民前去干活挣钱。他琢磨几天，决定不当这股民工潮里的一滴不起眼的水珠。跑到县城给欧阳晨打电话，要到卢明家的地址和电话号码，准备一些土特产，便孤身一人去闯江南。

　　朝廷有人好做官，咱没做官的命，请贵人指条路总行吧。让他喜出望外的是，卢明对芦花花的小儿子竟然视同己出。"小刘啊，划拨给你们搞基建的资金到位了吧？"卢明对着电话说，"有件小事情，一个亲戚的孩子出来打工，你看看有没有什么活可以让他干？就这样，我让他去找你。"一个貌似很普通的电话，竟让欧阳飞承揽到第一个工程。卢明打电话的那个小刘是一家文化企业的总经理，他们单位要修四幢家属楼，经与施工单位协商，把其中一幢楼的地基土方项目交给欧阳飞，并支付几万块钱的预付金。天降机遇啊！欧阳飞欣喜若狂地给芦东亮打电话，叫他赶紧组织几十个人来给楼房挖地基。"有钱，干完活现结。都是力气活，只要男的，不要女人啊！"一群男人肩扛行李铺盖，手拎锅碗瓢盆，直奔钞票而来。大土坑日渐加深，沿着土坡往上运土既费时又费力。欧阳飞从市郊的废品收购站买来两台满是铁锈，但电机还能转的卷扬机，同时也配套钢索和滑轮。安装好以后，运土的车子在坑里把牵引绳往钢索上一挂，只需一个人扶着车把保持方向，一车一车的土就被卷扬机运出来。项目总承包方的老总是个名叫丁庆华的中年人，见到此景后大手一挥，把另外一个已经放好线的基坑也包给欧阳飞了。

　　哈哈，大城市的土里都埋着钱啊！正当欧阳飞沾沾自喜的时候，他发现自己拉来的队伍中出现了不和谐的噪音。有人嫌清汤寡水的大锅饭像猪食，有人抱怨欧阳飞凭啥不和大伙一块出力流汗，更多人盯的是他手里的钱袋子。芦东亮不止一次地问他："这两个地基挖完，丁总到底给咱们多少钱啊？"欧阳飞暗自一惊，这小子怎么知道丁总？难怪有一次丁庆华来工地，拍拍他的肩膀，意味深长地说："欧阳，队伍不好带啊！"莫非……他买了两条烟专程送给丁庆华，求教该怎么对付这群家伙。丁总传授的经验成为他以后组建工程队的座右铭：一是永远不能让大家知道你手里究竟有多少钱，二是钱应该给听话的人。丁总的几句点拨使他如梦方醒，他预感到自己可能干了件蠢事。果不其然，大半年后两个基坑如期交工。欧阳飞又从丁庆华手里接过一些诸如修工地围墙呀、平整场地呀、挖排水沟呀之类的零碎活。所有的活干完，分红的时候大家要求所有账目公开，挣到的钱大家平分。吵吵嚷嚷过后，人们自己都觉得有失公允，毕竟这项目是欧阳飞找来的呀！那就二八分，欧阳飞拿二，多拿点钱继续找项目；其余的钱按人头平均分配。欧阳飞十分平静地接受大家的提议。春节返回村里，已经成为三分之一个"万元户"的人们与去广州打工的同乡比较过纯收入之后，又提着礼物来给欧阳飞拜年，光是点心包就在案板上堆起了一米高。他们还想在欧阳飞的带领下朝着"万元户"的目标狂奔。不料正月十五没过，欧阳飞就没影子了。人们纷纷跑来给芦花花和王秀兰求情下话："看在乡里乡亲的面子上，给欧阳传个话，下次分红三七开、四六开、五五开都行啊！"可是，没有下一次了。

欧阳飞以后招人再没用过乡亲。想挣钱的民工多的是，只要手里有工程，去劳动力市场喊一嗓子，就会有一群人争先恐后地围上来，恳求把他们带走。欧阳飞这才有了包工头的感觉，挑人自己说了算，去留看表现，手脚勤快干得好又听话的留下，敢犟嘴的手底下不出活的滚蛋。还有什么必要找那些沾亲带故的同乡，让他们在自己脖子后面垫砖？

出来闯荡得有靠山，欧阳飞深谙其中的道理。卢明不但是他精神上的靠山，也是他顶在头上的一块金字招牌。丁庆华曾问他和住在泰安湖农场的那个大领导是什么关系，他回答得很巧妙："我们两家是世交，有一段时间他家儿女回老家避难，我家可没少照顾他们。"丁庆华扔给他一支烟，眯缝着眼思考了一下，说出一句话："跟我干吧！"从此后欧阳飞接手的小工程就像长流水不断线。什么砌个墙呀，内部粉刷呀，室外地面硬化呀，给住宅小区的路上铺个地砖呀……尽管这些活儿都是从大的建设项目上掉下的肉渣，可肉渣积累得多了也能变成肉饼。欧阳飞账户上的数字从五位数上升到七位数。与此同时，他也知道了丁庆华是业内名气响当当的人物。他以前是省建筑公司下属的一家分公司的经理，改革开放大潮涌动，他果断辞职下海，注册成立一家名为恒通建业的私营企业，带领一帮人杀入国有企业一统天下的建筑市场。最初他采取借鸡生蛋的手法，在几个大的建设项目上与外省的建筑公司联手共建。同时高薪招徕工程技术人员，飞速壮大自身实力。当丁庆华让欧阳飞跟他干的时候，恒通建业已成为民营企业中的庞然大物，完全可以依靠自己的能力修建大型场馆和高层建筑。更让欧阳飞钦佩的是丁庆华手里似乎有干不完的项目，一个工程接着一个工程，钞票打着滚地往他的公司里跑。有一次他给卢明说起丁庆华，卢明对他的评价是"这个丁庆华是个很有头脑的企业家"。

　　最让欧阳飞眼热的是丁庆华身边的那些女人，有风姿绰约的少妇，也有青春靓丽的女子，她们就像彩蝶一样围绕着丁庆华，起劲地扑闪着色泽鲜艳的翅膀。但在欧阳飞面前，那些女人又变成了高傲的天鹅。欧阳飞曾在丁庆华郊外别墅的院子里碰见过几位，人家都不正眼瞧他。好在他有自知之明。可他是个血气方刚的年轻人啊，又独身一人在外，熬不住的时候也会去小巷子里的洗脚屋和发廊，找个顺眼点的妹子解决生理需求。在外几年，让他没想到的是后院可能起火了，因为没人抓过现行，所以只能说是可能。二哥欧阳军就听到关于王秀兰的闲言碎语。有人说她守不住寂寞，跟娘家村里年轻的村主任有一腿；有人说得更玄乎，曾碰见她和一个小伙子刚从玉米地里出来。芦花花为顾及颜面，多次让王秀兰去和她同住，但王秀兰总是不肯。芦花花生气了，对春节返乡的欧阳飞说："把你女人带走，别在我跟前丢人现眼。"没几个人敢承认自己红杏出墙，王秀兰也不例外。欧阳飞表面上不动声色，心里却已经打好算盘——离婚——各走各的路。这次他给卢明讲石头狮子进铁笼，其实就是回家跟王秀兰离婚去了。谁也不追究谁，好说好散，前提是他给王秀兰五万块钱。一手交钱，一手领离婚证，从此形同陌路。

　　离婚以后，欧阳飞的理想就是找个年轻点的身上带香味的城市老婆，再买一套大房子，美美地享受一下城市人的幸福生活。他曾给几个城里的女人献过殷勤，还和其中的一个上过床，问题是只要他拿出家庭构想的蓝图，那女的飞离的速度比燕子还快。他以为是自己一口土得掉渣的乡音难以打动城市女子的芳心，就说起了普通话，还对着电视纠正发音。再后来他终于发现，不是什么口音、文化程度等方面造成的阻遏，最终原因就是他账户上的那七位数，根本填不平农村户口与城市户口之间的那道鸿沟。知道自己半斤八两后，他也就不再啃着大饼想嫦娥，而是本着少花钱多办事的原则，游走于发廊妹之间。问题是挣钱为了啥呀？不就是吃好点穿好点住个大房子，再娶个美娇娘嘛！娶不上美娇娘，他自然愤愤不平。

尽管理想的生活很遥远，就像太阳远远地照耀着，但他也暗自庆幸，多亏遇上卢明和丁庆华两个大靠山。他也认真想过，丁庆华为何会照顾一个非亲非故的异乡农民？答案是卢明的那块金字招牌给自己带来了好运。所以说文化程度高低和读书多少就像手里有没有一台分析事物的透视镜，既能看到正反两面，又能发现事物深层所隐含的玄机。欧阳飞手头哪有这种功能强大的仪器，因此他也就不知道实力雄厚的大老板都善于做局，他只是局中一枚小小的棋子。

还有些事情他也难以理解，比如芦向桐的媳妇出车祸以后成为植物人，整天睡在康复医院的病床上一动也不动，像个童话里的睡美人。尽管医院里有医生、护士和专门的护理，芦向桐仍五年如一日，天天去给那个睡美人擦洗翻身按摩。即便他当上了《都市新报》的副总编，还是每天都去康复医院。芦向桐上过大学，他读书读傻了吗？娶个媳妇跟没娶一样，如果睡美人一直不醒，就这么伺候她一辈子？不管以前有多恩爱，可现在你就是把她爱到骨头里她也不知道啊！伺候个两三年也就够意思了，总不能让她像个木头人一样一直睡在你以后的日子里吧？再说了，芦向桐在盛世豪庭的楼房从拿到钥匙到现在一直锁着，为啥不装修一下，肯定比报社的那两间小平房住着方便舒服吧？还有芦承贤和那个从美国回来的女人（听说那女人钱多得在盛世豪庭买一栋楼都不成问题）买下的电梯楼房也不装修，还是住在报社家属院的旧楼上，天天爬楼梯。有钱不花不享受，还要钱干啥？这些人脑子里都想的是啥呀？好像自从芦向桐的媳妇出车祸的那天起，他们的日子都停顿了——问题是年龄不停啊！就为一个啥都不知道的睡美人，放着好日子不过，这么熬着究竟是图个啥呢？

再看看人家卢向东，该干啥干啥，日子过得多滋润。不知是巧合还是卢向东确实能干，1992 年他跟老爷子是一上一下。卢明彻底退下来，卢向东被提拔为设计一所的所长，成为省建筑设计院最年轻的中层干部，整天忙得不着家，吴玉霞说他一个礼拜都不一定能回家吃顿饭。芦家营的人都说卢向东和芦向桐是一对双胞胎，而且卢向东还是哥哥。欧阳飞觉得那是个传说，真是双胞胎的话，哥哥总得想些办法，把弟弟从那种苦哈哈的日子里拉出来吧！事实不是这样，两个人各干各的，就像两股道上跑的车，都不互相打一声喇叭问候问候。

丁庆华曾问过欧阳飞，他和卢向东的关系怎么样？欧阳飞说："他是我哥，小时候我俩一块上房掏麻雀，一块偷吃过生产队的向日葵。"丁庆华又扔给他一支烟，再没说什么。

大老板就是能干大事，丁庆华在三环路旁边拿下一块近一千亩的建筑用地，用来修建阳光新城，计划分三期开发。那是三环路上第一座像个小城镇似的大规模的商业住宅区。欧阳飞一方面暗暗窃喜，这下光从项目上掉落的肉渣至少也有几百万吧；另一方面他又感到十分疑惑，干这么大的工程得多少钱呀，丁庆华有那么多钱吗？没想到答案就在奢华宴席的酒杯里。丁庆华到地没过几天，就交给欧阳飞一个任务，邀请卢向东出席一场晚宴，如能顺利请到卢所长，他可以到场作陪。欧阳飞受宠若惊，拿着请柬去设计院。卢向东抽出请柬，把请柬袋扔给欧阳飞："拿着，算是你的辛苦费。"欧阳飞往精美的纸袋里一看，里面装有百元大钞。卢向东看罢请柬，又翻看一下桌上的台历，对欧阳飞说："回去告诉丁总，酒店见！"当他知道欧阳飞也去赴宴时，特意叮嘱："关上耳朵，别乱瞅，低头吃你的菜。"从设计院出来，欧阳飞数了数请柬袋里的钱，整整一千元。

举办宴会那天，丁庆华专门给欧阳飞派了一辆桑塔纳小汽车，他和女秘书则乘坐一辆车标像个方向盘的豪华轿车。桑塔纳的司机说，那车名叫"奔吃"。两辆车驶入一座有回廊、亭台水榭和假山的大院，停在一栋古香古色的中式两层楼前。楼门上方悬挂着一块写有"兰馨园"的牌匾。一位长相清纯的迎宾引导丁庆华和秘书去楼上包厢，欧阳飞在楼下大厅等待卢向东。他看见在大厅一侧的沙发上坐着个身穿休闲西装、年龄四十岁上下的男人，无所事事地翻看着一本杂志。丁庆华进来的时候，他连眼皮都没抬。另有一拨客人进来，他微笑着向其中一位客人点了点头，目光又回到杂志上。丁庆华说宴会六点钟开始，可直到六点半都过了，卢向东的车才停在酒店门口。看见向东走进酒店，沙发上的男人扔下杂志，过来与他握手。"向东，最近忙啥呢，也不过来坐坐？"卢向东说："瞎忙，哪有你当老板自由啊！姜伯伯和伯母身体好吗？"那男子说："还行吧，老爷子是人闲心不闲，还忙着关心国家大事哩！"卢向东接口道："一样的，他们那一辈人把国家的事看得比啥都重。"他顺便向男人介绍欧阳飞："他是从我老家来的弟弟。"等男人和欧阳飞握手之后，他又说："姜哥，今晚是恒通建业的丁总做东，等会过来一块喝两杯。"被称为姜哥的男人一脸不屑地笑了下说："我看见丁庆华了，跟土财主喝酒倒胃口。你哪天过来，我这儿有一瓶三十年的好酒，咱们把它干掉。"

欧阳飞心目中像神一样的丁庆华，却是姜哥看不起的土财主，大城市里的水深得吓人啊！

那天同桌的客人还有姓江的银行行长，什么局的王局长和什么公司的李总，还有一位非常漂亮的女士。江行长旁边坐着一个女子，丁庆华叫她小胡，看上去也就二十来岁，说话嗲声嗲气，动不动就跟江行长撒娇，把那个已经谢顶的半大老头乐得眼睛都眯成了一条缝。丁庆华挨个介绍参加宴会的客人，欧阳飞听到那个漂亮女士的单位和名字，文馨广告公司的董事长，何晓红。当介绍到欧阳飞时，他觉得丁庆华一下子就把自己吹上了天："欧阳飞，西北来的企业家。"欧阳飞学着别人的样子，笑着向大家点头致意。他知道自己笑得很难看。

城里人的酒席跟乡下大不一样，在芦家营吃酒席，那就是一通胡吃海喝，而在兰馨园的餐桌上，大家都表现得彬彬有礼。晚宴开始，丁庆华为客人们敬酒三杯，之后就是大家相互交谈，说到高兴处也是随意碰杯。尽管卢向东叮嘱"关上耳朵"，可别人说话的声音非要往耳朵里钻。"江行长，"丁庆华说，"平时贷个几千万或是个把亿的款，我都不好意思麻烦您这位大财神。可是阳光新城项目资金需求量……还要请您鼎力相助啊！"江行长哈哈一笑，端起酒杯说："丁老板，我们全力支持！"

正在低头剥虾的欧阳飞听见了清脆的碰杯声。

丁庆华又端着酒杯走到卢向东身旁。卢向东端杯起身，两人对话。丁庆华说："卢所长，我已经拜访过贵院的陈院长，谈得很愉快。阳光新城这个项目，我们准备实行设计总包。希望卢所长能亲自出马，带领你的团队，参与竞标。"

卢向东说："院里已经明确，这一次由我们所出具标书，并拿出阳光新城项目的总体设计方案。不瞒丁总，我们的设计思路已经基本定型了。"

丁庆华吃惊地说："这么快呀！卢所长，你真是年轻有为，名不虚传啊！我先敬你一杯。"两人碰杯后，丁庆华又说："这个项目规模很大，卢所长可不可以把你们的设计思路给我透漏一点？"

卢向东说："具体的细节和设计方案的关键部分，涉及商业机密，在定标前我不能说。不过，有一点说出来也无妨。现在的居住小区，大多以安居为主，功能较为单一。阳光新城，要突出一个"新"字。我们要把它设计成多功能的、可满足居住者多种需求的、有现代化风格的乐园。"

"好！"丁庆华欣喜地说，"我很期待啊！来，预祝我们合作愉快，干杯！"

欧阳飞抬起脸，发现何晓红一动不动地凝视着卢向东。她眼中波光流动，眼神复杂，是仰慕、钦佩，还是惊讶？欧阳飞辨别不出来，只是觉得她的目光有温度，很热。转脸又发现卢向东的眼光往这边扫来，欧阳飞赶忙低头瞅菜碟。

丁庆华来到何晓红的座位旁："何董事长，我把阳光新城的宣传和广告可就托付给你了。"

何晓红站起来，很文静地说："丁总放心！我们会拿出全方位的策划方案，请您过目。"

丁庆华回归主位。

何晓红手拿酒杯，绕过半个桌子，径直走到卢向东跟前。"卢所长，久仰大名，今天有幸认识，我敬您一杯。"

已经起身的卢向东笑着说："你的芳名如雷贯耳。我正想去给你敬酒，你先过来了。这杯酒，算作我们互敬吧！干杯！"

欧阳飞抬头看了一眼，又低头继续吃菜。

酒杯相触，发出悦耳的声音。

何晓红再次开口："交换个名片吧，可以吗？"

两张印制精美的名片互换了主人。这时候，欧阳飞正动作笨拙地用刀叉分解澳洲鲍鱼。

晚宴在友好气氛中结束。走出酒店，各自乘车离去。不知是酒力太强还是一肚子海鲜的作用，在等车从停车场过来的时候，看见小胡在江行长身上蹭来蹭去地撒娇，欧阳飞只觉得身上像着了火。

远处的霓虹灯闪闪烁烁，窗口亮着灯的高楼大厦像竖立在半空的巨大筛子，从无数方形的小洞眼里往外喷吐城市人的幸福生活。他忽发奇想，夜晚的城市就是一座钢筋水泥的原始丛林，无数男人女人扒掉各色外衣，纠缠在一起，像原始人一样纵情狂欢。他摸摸耳边的拴马桩，悲哀地轻叹一声，自己只是这座欲望丛林边沿的流浪者。

开着空调的商务套间里气温凉爽宜人。向东半躺在床上，边抽烟边看电视，那是世界杯八分之一决赛，绿茵场上德国战车与比利时红魔鏖战正酣。在所有参加世界杯的队伍中，他最喜欢德国队，那种整体协同的碾压式踢法，看上去真有一种舍我其谁的霸王气势。所以，只要有德国队比赛，他每场必看。

这是个既让人心跳又很快乐的夜晚，德国队三比二战胜比利时。

向东关掉电视，目光环视一圈，不知为何，脑海里突然浮现出包慧的身影。说实在的，不论包慧回来探亲，还是他去三亚与她团聚，都不会有这轻松美妙的感觉。

耳畔仿佛响起包慧最近一次探亲时说过的一句话："向东，也许我们的结合是一场错误。"

心中的欢愉感倏然而逝，就像是听到什么令人沮丧的消息一般。他取出一支香烟点着，深吸一口，慢慢地呼出来。在轻飘而起的烟雾中，他垂下眼帘陷入沉思。

婚后的头两年，由于两地分居，夫妻团聚时确有久别胜新婚的感觉。可那种日子毕竟短暂，随同日月流转，激情渐渐回归平淡。这时候，他才发现两人所关注的事情经常不在一个频道上。包慧说军营生活，说她的通信专业，他觉得枯燥乏味；他谈论自己的设计成果和设计理念，就像轻风过耳，全然引不起包慧的兴趣。分歧不可避免地出现了。有一次，他半开玩笑半认真地说："铁打的营盘流水的兵，你总有脱军装的那一天。转业吧，趁你爸还在职，给你安排个好单位。"可能是这种命令式的口吻让包慧感到不舒服，她一口回绝了他的建议："我爸早就说过，我是军人性格，直来直去，不适合在地方上工作。"一旦分歧的闸门被打开，夫妻间的矛盾便会顺水而来。就连打羽毛球这种小事，也会生气。由于两人的球技完全不在同一水平线上，打一会儿他便觉得趣味索然，边擦汗边要求休息。包慧说："早就给你说过，好好练习，你把我的话全当耳旁风啊！"他隔着球网说："我工作忙，哪有时间练球？我水平太差，干脆给你请个专业陪练。"包慧收拾起球包，不高兴地说："不想陪我打球就直说，别找借口。真要请教练，还用得着你说？"这种看似不起眼的摩擦，却像细小的钢针掉在婚床上，以致夫妻亲热的次数都有所减少。说来也是奇怪，婚后没有采取过什么措施，可一直不见包慧怀孕。她每次回来，吴玉霞都要唠叨，赶快要个孩子，甚至还让小两口去医院检查，听取医生的建议。包慧不是笑而不答，就是说这种事情可遇而不可求。两年前包副书记离休，举家迁往上海颐养天年。包慧探亲先去陪伴父母，回到泰安湖没住几天，就说假期已满她要返回基地。临走前，她若有所思地说出"也许我们的结合是一场错误"的那句话。向东嘴上没说，内心却有同感。为什么会出现这样的局面，是因为两地分居不能天天在跟前关照对方，还是缺乏婚前了解而找不到共同的语言？包慧参军早，上过军校，又有军功在身，已晋升为校官。向东的事业也是蒸蒸日上。两个在同龄人中的佼佼者组建的家庭，怎么就像一只漂泊不定、前程未卜的小船呢？

　　不知不觉，已经连续抽了几根烟。向东揉灭烟头，去卫生间洗漱。再躺到床上，却无法入眠。有心事的夜晚总是很漫长，他又坐起来打开了电视。眼睁着荧屏，脑海里却浮出何晓红的身影。

　　向东知道文馨广告股份有限公司是一家名气颇大的企业，据说它每年的广告业务量令许多广告公司眼红。文馨公司的开路先锋是一群受过专业训练的能说会道的美女业务经理，一人配一辆车，个个打扮得花枝招展，与客户洽谈时又能口吐莲花，见人下菜。几年下来，许多企业和公司的老板都成了她们的客户。而老板何晓红更是个名气很大的人物，她以前曾是省电台一个名不见经传的播音员，直到主持《午夜悄悄话》节目后方才名声大振。那档节目全是两性话题，从恋爱心理到情感问题等均有涉猎，从每天深夜十二点十五分开播到一点钟结束，一个甜润得让人浮想联翩的嗓音就会乘着电波飞入千家万户。别说是情窦初开的青年抵抗不住她那声音的诱惑，就连许多中老年人都成为她的忠实听众，她也由此获得一个"午夜女皇"的绰号。向东在房地产协会举办的迎新春联谊会上见过她，当时曾与她擦肩而过。她是个长相出众的女子，两人还相互看了一眼。让向东惊讶的是他一直以为"午夜女皇"应该是三四十岁，没想到何晓红竟然是个二十多岁的姑娘。《午夜悄悄话》只播出一年多便销声匿迹，后来听说她傍了个香港大老板，辞职下海创办了文馨广告公司，成为广告界的风云人物。今晚再次见到她，向东看出在她身上发生了一些变化。究竟是哪里变了，却又说不出来。只有一点很明显，她比以前更漂亮了。

　　奇怪，怎么会想起她呢？向东自嘲地摇了摇头，关电视熄灯，给自己下令，睡觉。

　　几天后，向东从绘图室出来回到自己的办公室，刚点上一支烟，桌上的电话响了。他拿起话筒："喂，你好！"

　　"您好！是卢所长吗？我是何晓红。"电话里的声音甜美娇慵，好像病卧床榻的美女从纱帐里探出的纤纤素手，撩动得向东心头一震。"我是卢向东，何董事长有什么指示啊？"听筒里再次响起"午夜女皇"的话音，疏懒无力，却又透出羞涩的娇媚，像一只伸过来的闪烁着细瓷般光芒的粉嫩玉臂。"我哪敢指示您呀！给您打了几次电话，都没打通。"向东说："抱歉，我刚进办公室。"电话里再度传来令人愉快的话音："没事的，我猜想您不接电话，一定是在忙工作。"她稍作停顿，又说："卢所长，以前我见过您，是在一次联谊会上。本想过去和您认识一下，又怕您看不起我，所以就远远地偷看了您几眼。那天丁总宴请大家，很荣幸，能够认识您。今天很冒昧地给您打电话，能否给我一个请您喝茶的机会？"向东心里像有电流通过，爽快地说："这样吧，你哪天有空，我来做东，找个地方一块聊聊。"何晓红的声音还是那么慵懒乏力："哪能让您做东呢？是我冒昧求见，理应由我来安排。"

　　那是个细雨霏霏的下午，景色秀丽的畅春园笼罩在一片烟雨之中。屋檐滴水叮咚作响，好似在弹筝拨弦。奇石假山，竹林绿树，飞檐斗拱……都被轻纱般的雨雾遮掩得朦朦胧胧，使这座园子更显得淡雅幽静。在碧水侧畔的听雨轩中，小火炉上的铜壶发出咕嘟咕嘟的声响。何晓红用清水净手，然后坐在摆放着紫砂茶具的茶台后面，熟练地拎起小铜壶温杯。向东坐在对面的藤椅上，若有所思地注视着眼前这位"午夜女皇"。她五官精致，柳叶弯眉，眼似秋水，娇俏琼鼻，朱唇皓齿，简直让人无可挑剔。身子也变得丰姿绰约、愈加可人了。她穿着一套昂贵却不张扬的开领裙装，戴着一条有翡翠吊坠的项链，身子略微前倾着在茶台上泡茶，从微张的领口处能看到丰乳半露。"卢所长，请！"经过放茶、洗茶、冲泡、去沫等一系列操作之后，她双手奉上香茶一盅。看见向东轻啜一口，她又说："这是我专门去武夷山给自己买的古树大红袍，能品尝到我亲手泡的这种茶，除您之外，没有第二个人。"果然，这种汤色橙黄、清澈的茶水入口甘润，醇和爽口，唇齿留香。向东目不转睛地看着她说："能喝到董事长的极品好茶，真是深感荣幸，谢谢！"她没有回避向东的目光，大大方方地问："我是不是比以前漂亮了？"向东说："是有点不一样。"她嫣然一笑，坦诚地说："我整容了。"

何晓红在商海打拼，阅人无数，她知道在向东这种高智商的人面前撒谎，无异于自取其辱。所以，对以往的经历她如实相告。主持《午夜悄悄话》出名后，她确实委身于一个痴迷她的香港富商，其条件是以青春和身体换取投资，成立文馨广告公司。几年时间，文馨公司凭借自身实力而独立门户，不用再看港商眼色行事。她与港商谈判，将其投资转化为公司股份，由她控股并任公司董事长。公司如愿改制，她最后一次与港商入住酒店。从那以后除业务往来之外，与港商再无任何交集。同时她发誓洗心革面，堂堂正正做人。多次去韩国整容，不轻易抛头露面，也不谈恋爱，只是专心忙公司事务。"我说这些，是想表明我的坦诚，我在您面前是透明的。"她告诉向东，当她第一次看到新世纪商厦时，就很仰慕设计者的才华。在联谊会上又为他英俊潇洒的外表和谈吐不凡的气质所折服，当时她虽然已小有名气，但仍感自卑，不敢上前与向东交谈。"卢所长，不怕您笑话，我是不是有暗恋心理？"向东心里一动，实话实说："你……非常有魅力。"

雨声淅沥，有雨点飘荡进来。何晓红过去放下竹帘，又给向东换上一盅热茶："今天请您来，没有其他事，就是想轻轻松松地聊聊天。"

"别用尊称了，听着别扭。"

不再使用尊称，谈话的气氛更加融洽。何晓红说："我发现你身上有一种领导气质，以后会不会从政？"向东浅啜一口茶水，认真地说："没那种想法。我只想把我设计的作品写在大地上。"何晓红冲他伸出了大拇指。接下来两人谈论了一会儿各自的工作，又说起自己的爱好。何晓红每周都坚持游泳、健身；凡是有中外大师演奏的音乐会，她都要去听；有时间也外出旅游，在优美的景色中放飞自己的心绪。但她最喜欢的是在别墅高大的玻璃窗前，沏一杯香茶，坐在舒适的摇椅上，手捧一本书，阅读闪烁着智慧和思想光芒的文字，任由时光在不知不觉中流走。

向东问："你平时都看些什么书？"

"有实用类的，有中外文学名著，有哲学经典。"她看到向东嘿嘿一乐，下意识地抿了下嘴唇，不好意思地问，"你是不是笑话我读书读得太杂了？"

"不是不是，我听你说哲学经典，想起来一件事。"

"什么事，可以告诉我吗？"

"可以。那还是在我上大学的时候，有一年放假回来，和报社的几个发小聚会。我问大家一个问题，我们的一生，是为了生存，还是为了生活。一个发小还问我是不是要改专业去哲学系呢。"

"你上大学时就考虑这个问题啦，我可是近些年来才想这些的。那，找到答案了吗？"

"没有。现在的工作就让我忙得头昏脑涨，你要不说，我还想不起来以前的那件事。虽说没有答案，但还是有点感想的。比如我们经常听有人说为生活而忙碌，实际上这是个伪命题，因为生活的本质是多元化的，而所谓的忙碌是个体性的，二者不对等。不管人们承认还是不承认，个体忙碌的目的性是明确的，就是为了生存。再回到为生存还是为生活这个问题上，我觉得为生存的比重更大。就拿我来说吧，读大学，参加工作，设计作品，都是为了生存。当然了，每个阶段生存的含义也有所不同。上大学找工作，实现经济独立，衣食无忧是生存的必要条件之一。参加工作了，也有一个生存环境。作为一个设计师，拿不出被认可的设计方案，能在单位上生存下去吗？所以，我一直认为自己是在为生存而奋斗。可有的时候，我看到自己设计的作品竣工剪彩，再想到它美化了城市，让观赏它的人产生美感，让使用它的人满意……想到这些，又觉得好像超越了为生存的界限。"向东拿起茶盅一饮而尽，接着又说："为生存还是为生活，我只能这样说，在现阶段，我是处在为生存还是为生活这两个概念外延的相交部分之中。"

何晓红静静地听着，看到他手里的茶盅空了，又送过来一盅热茶。

向东说："我一下子说了这么多，你也说说你的观点。"

"怎么说呢，对这个问题，我的理解可能有点不太一样。"

向东鼓励道："好呀！说出来听听。"

"我说了你可别笑话我啊！"

"不会的，我们是在探讨，各抒己见才有意思嘛！"

"我觉得吧，为生存还是为生活，抛开这二者的社会属性，是一个关于个人认知的问题。"何晓红轻声慢语地讲述起她所见所想的心路里程。她与港商划清界限，文馨广告公司的业务量和利润仍在年年增长，她却发现人们看她的眼神像在看怪物一样。世上没有不透风的墙，"午夜女皇"与港商关系密切，那种传闻像附着在青铜器上的绿锈一样附着在她的身上。就是在那些苦恼的日子里，她大脑里第一次出现了"人活一生，为生存还是为生活"这样的文字。起初，她思来想去，什么赚钱呀住别墅呀开豪车呀……好像都是为了生存。即使去旅游，去听音乐会，去品尝美酒佳肴……也是生存过程中感官上的欢愉，只不过被人为地贴上了所谓高质量的标签。那么，什么是为生活呢？傍晚，她经常在自己居住的小区散步。一天散步时，她看到修路的工人把几块方形地砖随意地扔在人行道旁的草坪上。小草也有生命，她提醒工人，工人信誓旦旦地承诺，一定把方砖搬走。等她再转回来，工人已经离去，但那几块地砖还在原处。她过去搬开地砖，小草已被压得倒伏在地上，扶起来又倒下去。她心头像有什么东西划过，快得让人难以捕捉。她继续散步，经过一座花坛，看到花坛边沿有一支艳丽的花朵。鼻尖凑上前去，嗅一嗅花儿的芳香。脸上的表情凝固了，她看见花瓣上有许多十分细小而难看的皱褶。大脑迅速运转，这些难看的皱褶是真实的存在，假如它有另一种颜色，并能够在花瓣上真切地显现出来——花朵也丑陋。心中又有东西一掠而过。那天晚上，她觉得心里很乱，无心读书看电视，干脆开车出去散心。驱车出城，沿着公路漫无目的地向前方驶去，竟然开到了莲花山风景区。时至半夜，景区早已关门。调转车头返回。驶出不远再度停车，已经很久没看到城外的夜色了。关灯熄火，下车环顾，夜晚很安谧，近处树影幢幢，远山如同墨染。抬头仰望，星河浩瀚……心灵不由得颤动起来，这个世界不属于我，一草一木，一山一水，大地星汉……都有他们的生命。不不，我也是生命的载体啊！大脑中忽然有个声音在呐喊：这个世界也属于我。以我为原点，向无限远的空间扩展，大地，天空，星辰……都围绕着我。而我，就站在宇宙的中心点上。心灵发出轰响，每个人，都是宇宙的中心啊！那天夜里，她不想回去。上车放倒座椅，打开天窗。天空星星闪烁，耳畔夜虫轻唱，她不知不觉地睡着了……睁开眼睛，一轮红日已跃出地平线。晨岚消退，大地清晰。田间小路上人影移动，公路上汽车驶过。东方天宇中，冉冉升起的发光物已变作金轮，挂有露珠的草丛中金粒闪光，排列整齐的水田里金箔浮动。一种前所未有的感觉出现了，湿润的阳光，波动的远山，金色的蛙鸣……昨天从心头划过的那个莫名的东西回转而来，狠狠地撞在心扉上。眼睛会被欺骗，耳膜贴有谎言。人啊，除去感官，还有心灵啊！用心去观察，用心去倾听，用心去辨别，会不会有新的发现？……回到家把身体泡进浴池，闭上眼睛遐想，又想起为生存还是为生活这个问题，脑子里突然跳出一句话。

小铜壶里的水又沸腾起来，她拎起铜壶准备往茶壶里注水。向东坐直身子示意她放下铜壶，像是被她的话吸引住似的性急地问："我可在洗耳恭听呢，是句什么话？"

"为生存是身体的需要，为生活是心灵的觉醒。"

向东点着一根烟，看着被雨水打得湿漉漉的竹帘。雨滴透过帘子的缝隙，一颗追随着一颗轻快地滑下。他转过脸微眯起眼睛注视着何晓红，她不仅有美丽的面孔，还有一个聪明的大脑。他已经忘记了那是经过整容的脸，只觉得眼前这个女人身上有一种摄人心魄的美，像强磁一样吸引着他，竟使他产生了想拥她入怀的冲动。

何晓红转移话题："下个月，中房协在广州举办机遇与挑战的高峰论坛，你去不去？"

向东说："省房协的常会长给我打电话了，我说工作太忙，没时间准备论文。他说不一定非要在大会上发言，让我考虑一下再决定。"

"去听一听也好。这几年房地产发展得很快，听听专家的分析和预测，会有好处的。"

"你去不去？"

"你去我也去。"何晓红的脸突然红了，忙低下头，拿起抹布擦拭茶台上的水渍。

向东连吸几口烟，果断地说："我尽快给常会长回复，一块去广州！"

飞机降落在白云机场。参会人员入住白天鹅宾馆。会议期间，无论听会还是分组座谈，何晓红都显示出一位成熟女士的风采，优雅稳重，谈吐得当。在餐厅就餐，她也表现得沉静寡言，举止得体。她越是显得出众，向东就愈发觉得被她深深吸引。但为了避嫌，两人都很注意，白天从不在一起长谈。晚上电话联系，简单地聊一下对当天开会的感想，然后互道晚安，各自就寝。

会议结束前一天，会务组询问代表们返程订票事宜。

何晓红打来电话："我得晚回去几天。有些业务上的事情要处理，还有几个朋友得去拜访一下。你呢？"

向东说："广州的同学知道我来开会，非得让我多留几天。那帮地主已经给我预订好了酒店，还把中午晚上的聚会全安排满啦！"

"少喝点，注意身体。保持联系。"

"OK！"

酒逢同学千杯少啊！连续两天，向东全在喝酒聚会。第三天他在夜宴上宣布，来日方长，同学聚会到此为止。"我已经醉了两天，你们就饶了我吧，让我清醒着回去好不好？"回到酒店给何晓红打电话，话筒里传来熟悉的声音："又喝多了吧？"向东开玩笑说："听你这口气，我是个酒鬼啊！今天喝得不多，就是有点头晕腿软。"何晓红轻笑一声，温柔地说："我来拯救你。这几天我也跑得很累，明天我们去珠海，好好休息一下。"

那一夜，向东失眠了。

滨海度假村是一座修建在海边的宾馆。何晓红去办理入住手续。向东在外面观望这片位于珠海东郊的建筑，度假村里都是一排排的两层平顶楼。在接待小姐的引导下，他们来到度假村里最靠近海边的一栋楼里。接待小姐依次打开两个相隔有十多米的房门。向东走进自己的那间客房，不由得暗自称奇。这间面朝大海足有一百多平方米的房子里布置得富丽堂皇，所有设施都像来自欧洲皇家宫廷，强烈地释放出奢华的贵族气息。临海一边的墙上除几根方柱之外，全是宽大的落地玻璃窗，就像是一幅幅灵动的海滨实景画。这间房子还有一个特殊之处，在靠近窗子一侧的与另一间房的隔墙上，有一道安装着门锁的实木门。向东拧开锁头轻轻一拉，木门悄无声息地开了。但紧挨着的还有一道门，锁得很紧，推上去纹丝不动。那边的房间里住的是何晓红。

两人从情侣路回来已是傍晚时分。先到何晓红的住房门口，她看着向东的眼睛，没说晚安，她说的是"再见"。

玉兔跃出海平面，皎洁的月光穿透宽大的落地窗，给房间里涂上了一片银辉。这是个诗意的夜晚，拉窗帘开灯会破坏静谧的意境。不知是隔音效果好，还是何晓红已经睡了，隔壁房间里很安静。向东沐浴后穿上睡衣，连抽几根烟，又去浴室漱了口。当他走到那扇木门跟前时，都能听见自己的心跳声。他要去隔壁的房间。他已经暗下决心，如果那边门锁未开，他就敲门。可拉开自己这边的门，轻轻一推，对面的另一扇门没有发出一点声响就顺滑地打开了。

那边的房间里也没有开灯，同样是满地月华。半躺在床上的何晓红起身，伫立在月的清辉中。她身上的丝质睡袍无声地滑落下来，"我在您面前是透明的"。一个月光雕塑的女人，毫无遮掩地出现在眼前……

第三十章

　　金悦萌这一觉，已经睡过去六年。她哪能知道这六年来所发生的一切啊！

　　她不知道。《西施》多次出国，完美地诠释了东方古典美的内涵。虽然没有一句独白，却用优美的肢体语言征服了无数的外国观众。不同国家悬挂的演出海报上选用的还是她的剧照，六年不变。

　　她不知道。省歌舞团又培养出了两代"西施"的 A 角和 B 角。在她入睡半年后，好友汪华与一位在国内投资的华侨结婚。没出半年，汪华应邀"走穴"挣钱，因故半途折返，打开家门却发现在自己的婚床上躺着另外一个女人。汪华一气之下与华侨离婚，满含悲愤地告别故乡，调往深圳，改行成为一名舞蹈教师。后来听歌舞团的人说，她和一位大学老师组建了新的家庭。

　　她不知道。渝城老店火锅已在一些城市开设了分店。有财力保障后，覃伟、覃岚和子女，以及好友十多人共赴缅甸。在野人山林区的一座山顶上，把写有苗雨涵墓葬地址和编号的挽联，还有那三十二本日记，化作青烟去陪伴覃家欣的英灵。覃岚来信说："突然吹来了一股风，那些燃烧过的纸片腾空而起，像一群闪着黑蓝色亮光的蝴蝶，沿着一条它们寻找已久的天路，飞向很远很远的绿色丛林，就像爸爸在那里召唤一样。"覃伟含泪发誓，他还会再来，进入山林深处寻找父亲的遗骸和相机。他相信，父亲在最后时刻一定会把相机抱在怀里，胶卷上也许还存有中国远征军生死跋涉的悲壮场景。如果找到的是其他人的骨骸，只要是中国军人，他就要把他们请回祖国。这两年来，覃伟已经联络起几十个远征军的亲属和志愿者，准备再赴野人山。

　　她不知道。樊小惠肝脏上的那块阴影在中医的调理下神奇地消失了。复查结果出来后，反复对比 CT 照片的西医们均无法说明原因，最后诊断为炎症自愈。樊小惠和金强每天相伴走路锻炼身体，他们说要好好地活着，健康地活着：要照看好睡着的女儿，等待她醒的那一天。

她不知道。昔日的恩恩怨怨已烟消云散，樊小惠对待向桐比亲生儿子还亲。她和金强几次表示，如果向桐有意离婚，他们支持他的决定，让他毫无负担地去选择新的生活。向桐矢志不渝，哪怕萌萌终生不醒，他也要守护她一辈子。

她不知道。这六年来，为了让她苏醒，长辈们想方设法地联系国内外的康复专家。孟沁瑶和芦承贤专程飞往美国，与孟俊琦商议后，拍卖掉部分家藏珍宝，请来美国著名的康复团队。卢明多次给刘德亮打电话，请他动用老战友的关系，诚邀军方最好的康复医生……中外专家想尽办法，可她还是沉睡不醒。

她不知道。露出被单的面庞依旧美艳，不可方物，可被单下躯体的肌肉已经萎缩，往日凝脂般白润光亮的皮肤变得发黄松弛，体重也不到七十斤。向桐每天为她清洁身子，给她翻身给她按摩，还把她轻轻抱起来，让她在自己怀中安睡。六年了，她身上没有一星半点的褥疮。

她不知道。向桐几乎把医院当成家。每天都是把她安顿好以后才去上班，并要求必须等他回来后保姆才能离去。经医院同意，向桐在她身旁又支了一张床。漫漫长夜，一个睡得天荒地老，一个时不时地起身，像照顾婴儿似的给她翻身，轻搓慢揉；更换棉垫，让她的身下保持绵软干燥。轮到向桐在报社上夜班，两家长辈就会轮流来医院陪伴她。

她不知道。歌舞团的战友，省艺校的学友，小学、初中的同学经常来医院探望。床头柜上的鲜花四季不断。崔建和谭铁军也常来。前些天谭铁军还抚摸着她的手，轻声对她说：“快醒吧，你说过教国芳跳舞呢。国芳都上小学了，你不能说话不算话呀！”

她不知道呵……

向桐已是《都市新报》的常务副总编辑。金悦萌出车祸后的第三年，省报社编委会决定创办一份都市报，定名为《都市新报》，指定由时任副总编的胡长海具体负责筹办。胡长海给向桐传达多数编委的意见，由他出任副总编辑，如他同意，可以提出《都市新报》领导班子的人选。但他心系金悦萌，显得十分犹豫。

崔建得知这一情况，主动前来劝说："我知道你心里放不下萌萌，可她能不能苏醒还在两可之间。万一她哪天醒了，见你只为照顾她几乎放弃了自己的事业，她心里能好受吗？"向桐低头不语。崔建有点着急，口无遮拦地又说："再想想看，你要是一事无成，萌萌能嫁给你吗？要不，问问你家长辈，听听他们的意见。"

向桐给两家长辈说及此事，他们的态度十分明确，支持他去《都市新报》工作。考虑几天后，他约出崔建："我决定了去。不过，我希望你也加入，我们一块创办《都市新报》，你同意吗？"

崔建立即表态："同意，我愿意和你同上一条船。业务我没问题，我尽量多干点，给你减轻点压力。你还得照顾萌萌啊！"

听到爽快回答，向桐的心里像有暖流涌动，同时也觉得有点意外，用商量的口吻说："你先考虑，不急着给我答复。再说，最好征求一下谭教练的意见。"

崔建眼睛一瞪说："我可没得气管炎（妻管严）啊！这种大事，我做主！在我们家，历来是大事我做主，小事谭教练说了算。"

"你们家有多少大事？还是问一问的好。"

崔建说："大事嘛……从结婚到现在，我们家好像真还没出过啥大事。"不论算作大事还是小事，第二天他正式答复："决定不变！"

报社编委会下发文件。胡长海兼任《都市新报》总编辑，向桐、崔建以及两位从报社编辑部和广告处抽调的干部任副总编辑，组成《都市新报》的领导班子，并打破旧的用人机制，除《都市新报》社领导层之外，实行全员聘任制，面向社会招聘编辑记者和广告发行人员。

笔试结束，成绩前九十名的人员名单和个人简历摆放在领导班子面前。这些人将参加面试，最终录用六十人。一个笔试成绩排在第十三位的名叫雷小亮的应试者进入向桐的眼中。翻阅个人简历，在直系亲属一栏中，看到两个令人生厌的字——"雷浩"。"取消他的面试资格。"胡长海边说边用钢笔在雷小亮的名字上画个叉。分歧出现，向桐坚持让雷小亮参加面试："不能因为雷浩的原因就把雷小亮一棍子打死，我们应该给他这个机会！"胡长海深感意外地说："你还为他说话，雷浩干的那些事你忘了？"向桐手托住额头思考了一下，抬起头平静地说："记忆不是用来仇恨的。我认为雷小亮不应该受到雷浩的株连，那样的话对他不公平。"胡长海发扬民主作风，要求大家举手表决。"同意雷小亮面试资格的举手。"总共五个人投票，向桐、崔建和另一位副总编投赞成票。少数服从多数，雷小亮进入面试阶段。整个招聘工作结束，他的名字出现在公示名单中。聘用人员上班后，雷小亮特意到向桐的办公室当面致谢。他动情地说："芦总编，谢谢您不计前嫌，让我得到这份工作，我真的……很感谢您！"说完他给向桐深深地鞠了一躬。向桐说："不用感谢我，要说谢，你就感谢我们这个进步和发展的时代吧！小亮，好好工作，大家可都看着你呢！"雷小亮承诺："我一定会为自己争气的！"他果然言而有信，采写出不少颇受好评的新闻报道。

一份四开十六版的日报《都市新报》面世，即引起热烈反响。报纸内容新颖别致，不落俗套，既有老百姓关注的热点问题，也有平民身边发生的社会新闻。报纸版面图文并茂，美观大气，有很强烈的视觉冲击感。加之前三期报纸免费赠阅，每期印数二十万份。市民们争相传阅，交口称赞，这是一份办给老百姓看的报纸啊！创刊第二个月，报纸零售量突破十万，订阅量过八万。广告客户纷纷上门洽谈业务，竟出现了排队刊发广告的局面。《都市新报》又气势不凡地展现出大手笔，报纸扩版，增至三十二个版。创刊半年，报纸如同鲤鱼跃龙门般塑造了一个奇迹。零售量突破十五万份，订阅量达二十万。创刊一年，报纸的零售和订阅总量已经越过五十万的门槛。而同城的另一家历史悠久的晚报，总发行量还不到三十万。同时，市场调查数据显示，《都市新报》的传阅率高达一比四点七。也就是说，每天都有两百多万的城市读者在看同一份报纸。《都市新报》创刊的第二年，经胡长海提议，大报编委会批准，向桐任常务副总编。

这天，他正在办公室审阅稿件，崔建风风火火地闯了进来。又是一个关于治疗和康复的消息。崔建从中医院王院长的口中打听到，外省一所中医学院有一位专攻针灸医学的教授，名叫皇甫宏。在针灸医学方面，此公的名气非常大。崔建咨询，有无可能请皇甫教授前来用针灸术为金悦萌恢复意识。王院长答复，如患者家属同意，他们可以出面与那所中医学院联系，邀请皇甫先生前来一试。毕竟，让植物人苏醒，这可是世界性的难题，哪个医生都不敢保证手到病除。"向桐，试试吧。"崔建说，"只要有一线希望，都要争取呀！"向桐有点犹豫，六年来采用过多少种治疗方案啊，包括针灸，都没能唤醒她，难道这一次偶然听说就能喜从天降？

不承想芦承贤闻讯后竟力主邀请皇甫教授。从姓氏来看，皇甫宏有可能是

"圣手皇"的后代，如果真是的话，凭借他家祖传的针灸术说不定会收到奇效。"我记得很清楚，"芦承贤说，"你爷爷的老寒腿发作得脚不敢挨地，'圣手皇'扎了几天针，他就能下床走路了。"孟沁瑶的态度和崔建一样。樊小惠和金强也同意再试一试。于是，邀请函发出。崔建说，王院长亲自给中医学院的院长打电话，请他力促皇甫宏前来挑战一下世界难题。

皇甫宏是医学院针灸推拿系的教授。正如芦承贤所料，他真是"圣手皇"的嫡孙。当向桐见到皇甫宏时，他已年逾古稀。满头银发，面容清癯，神气清穆，风鉴超然，戴一副金丝眼镜，穿西装打领带，完全是一个现代学者的模样。他带着两位博士生助手来到医院，并未急于施针，而是把此前所有的医疗方案都认真地浏览了一遍。然后才换上白大褂进入病房，闭目凝息为金悦萌把脉。又经过几天准备，才走进病房拿出银针。据他的一位助手讲，在施针前的那几天，皇甫教授除去吃饭，就把自己关在房间里，对着人体经络挂图苦思冥想……治疗期间为保证病房肃静，只留下向桐协助医生，其余家属均在走廊上等候。向桐以前见过大夫为金悦萌扎针，几乎全是扎在头部穴位上。皇甫宏出手不凡，他的第一针竟然轻轻捻入俯卧在病床上的金悦萌的脚心里，第二针同样扎入另一只脚心。然后由下而上，从腿部到脊梁，再到后颈窝处。两位助手也按照施针的顺序，小心地捻动细细的针柄。在整个过程中，向桐只听见皇甫宏说了一句话："先通经络。"

一天治疗一次。二十天过去，教授的银针才进入金悦萌的脑部。又过了二十天，皇甫宏带来一台仪器。接通电源，从仪器上引出几根电线，连接在扎入大脑的银针上。治疗结束，向桐问一位助手，那台仪器是个什么宝贝？助手悄悄说："生物电流控制仪。"

当治疗进行到第三个月的时候，向桐看到金悦萌右手的小拇指突然抖动了一下。他以为又是幻觉，可有位助手已经喜不自禁地轻声叫了起来："教授，她的手指动了！"皇甫宏不为所动，声音不大却很严厉："注意观察。"

六年多了呀，萌萌终于动了一下，向桐转过身去，已是泪流满面。

那一天，芦承贤和金强执意要请皇甫宏和他的两位助手吃饭。盛情难却，他们只好应邀赴宴。孟沁瑶和樊小惠负责点菜，她俩恨不得把酒店里的海鲜全端上桌来。皇甫宏眼看一道道菜肴上桌，赶忙制止，声称再上菜他就要离席而去，这才把后面的几道菜减掉。服务员拿来茅台、五粮液、汾酒、人头马和拉菲请皇甫宏挑选，最后只留下一瓶汾酒。那天皇甫教授第一次说出对治疗效果的预测："有希望。"

太好啦！但愿在希望的曙光照耀下，萌萌能睁开眼睛。

不料就在这个时候节外生枝，报社出事了。

乘坐新闻采访车四处搜寻社会新闻的记者来到市郊的一个小镇上，听说有人把弃婴当垃圾扔了，他们便驱车直奔现场。在一道十来米宽的水渠对岸斜坡上散落着一些垃圾，其中有一只透明的塑料袋里装着一块类似肉体组织的东西，更诡异的是那东西还弯曲着。记者本想近前去仔细辨认，可渠中水流湍急，附近又没有桥。再加上急着赶回报社发稿，记者便对着那东西拍了张照片就心急火燎地乘车返回。

这一次出事也是责任事故。那天原本是向桐上白班。崔建上完夜班在家休息。由于向桐在医院无法脱身，特意给崔建打电话说明情况，请他顶班。崔建一口答应，所有白班稿件由他签发，并参加编前会，让向桐在医院安心照顾金悦萌。他到报社把各采访部门送来的稿件全部审阅后签字发排。编前会上社会新闻部主任拿着一张写有《郊外水渠旁惊现弃婴》标题的发稿单汇报，记者刚回到报社，正在赶写稿子。凑巧的是那天崔建要出席在竹园举行的一场新闻发布会。开完编前会，他心想还有上夜班的副总编审稿，便在发稿单上签字，同意发稿，随后乘车赶往竹园。不料上夜班的那位副总编看到发稿单上的"同意"字样和崔建的签名，误以为该稿件已通过审核，就在校对大样上直接签名付印。

《郊外水渠旁惊现弃婴》见报。这篇配发图片的报道引起了市民的关注。公安局也派出民警实地调查。可当记者和警察到达拍摄照片的地点时，水渠对岸的垃圾已被清理干净，所谓的弃婴也不知去向。

上级部门责令，报社配合相关单位，立即查清事件真相。

警察再次出动，弃婴事件真相大白。原来是一个卖肉的个体户把一块变质的整个猪后腿装入塑料袋，扔在了水渠边上。事实确凿，《郊外水渠旁惊现弃婴》是一篇失实报道。

必须有人为此负责。胡长海传达上级领导的指示：追究责任，严肃查处，形成文件上报省委宣传部。为严格遵守新闻纪律，杜绝类似事件，通报全省各新闻单位，并以此事件为教训，开展自查自纠活动，消除事故隐患。

向桐主动承担责任，向大报编委会汇报时很坦诚地表明自己的态度。崔建只是临时顶班，只需负次要责任。而在稿件采写、审核、发排过程中出现疏漏，导致《郊外水渠旁惊现弃婴》这篇虚假新闻见报，主要责任理应由他这个常务副总编来承担。这次事件，事实清楚，责任分明，请上级给自己处分。谁知崔建擅自作主，剑走偏锋，直接找到大报主要领导，直言不讳地说："这件事跟芦向桐没有一毛钱的关系。稿件没审核就签发，是我的失职。一人做事一人当，该给啥处分，我心甘情愿地接受。"

发稿单上的签名决定了责任的主次，失实报道事件最终处理结果公之于众：《都市新报》常务副总编辑芦向桐负有领导责任，在报社员工大会上做深刻检查；给予事件直接责任人、《都市新报》副总编辑崔建行政记过处分；给予《都市新报》编辑部主任、社会新闻部主任降职处分；《郊外水渠旁惊现弃婴》一文及图片的署名记者调离新闻岗位。

请崔建帮忙，却让他背了个处分，向桐内疚得不知该如何是好。崔建反倒像没事儿似的，背着手蹚进向桐的办公室，坐在他对面，跷起二郎腿说："那事儿过去了，你就不要挖空心思，琢磨着怎么安慰我啊！别以为我不知道，你看我的时候都躲躲闪闪的，就差一见我就开溜啦！我说，咱们该干啥就干啥，行不行啊？"

"你听我说，让你背处分，我……"

"打住打住，到此为止，不许再提啊！"

"好吧，不提就不提。可要是见到你家谭教练，我都不知道该说什么了。"

"切，你愁啥？我家谭教练心胸开阔，她给我说：'祸兮福之所倚，福兮祸之所伏。'处分是给我提个醒，以后工作得认真点。"

"哟，谭教练还读《道德经》啊？"

"你以为我家教练只会射射箭？告诉你，她马上就要拿到体育学院的函授文凭啦！"

"好事啊！到时候我一定请客，给她好好祝贺一下。"

"嗯，这事可以有。"

"又带孩子又读书，你家教练挺辛苦的。这样吧，今天下午的编前会你就不用参加了，早点回去多做几个菜，让教练心里也温暖温暖。”

"今天我没机会表现，她去医院看萌萌啦！"

金悦萌的状况令人惊喜。在皇甫教授的精心治疗下，她的肢体上出现了明显的小动作。不仅仅是手指抽动，有时候脚也会轻微摇摆一下。皇甫教授还无法断定这种现象究竟是针灸和生物电触发神经引起的肌体痉挛，还是她意识清醒的前兆。不过，出现在她四肢上的抽动越来越频繁了。这时候，皇甫宏出人意料地调整治疗间隔时间，两天针灸一次。向桐壮起胆子询问原因。皇甫教授说："天人感应，顺其自然。辅以外力，神贯五行。年轻人，不可操之过急啊！"向桐哪能不急呀，他恨不得萌萌马上就清醒啊！他从家里拖来一只旅行箱，里面装满金悦萌的内衣和外套。皇甫宏发现了那只箱子，严肃的脸上终于露出了意味深长的笑容。

治疗进行到第七个月的时候，汪华带着刚上幼儿园的女儿小叮当回家探望父母。到家的第二天就来医院探视。恰逢皇甫宏正在给金悦萌扎针，她抱起女儿从门上的小玻璃窗口往里看。金悦萌的头上扎着许多银针，小叮当只看一眼就被吓得哇哇大哭。治疗结束后，她趴在金悦萌头边的床沿上问："妈妈，刚才阿姨扎针，疼不疼呀？"汪华蹲在她身边说："你手上扎个小刺，都眼泪汪汪地让我给你往出挑，你想想痛不痛？"小叮当紧抿小嘴点了点头，又问："阿姨疼为啥不哭呢？"汪华语气哽咽地说："阿姨睡着了。"小叮当双手撑着下巴，静静地看着金悦萌，忽然一笑，对汪华说："妈妈，阿姨比我们幼儿园的老师漂亮，我想给她唱个歌，吵不吵她呀？"汪华把咨询的目光投向皇甫宏，得到肯定的答复后给小叮当说："医生爷爷说可以，唱吧。"小叮当后退一步，就像在课堂上给老师唱歌似的把小手背在身后唱了起来。天籁童音，纯净无比。

小燕子　穿花衣

年年岁岁来这里

我问燕子你为啥来

燕子说　这里的春天最美丽

小燕子　告诉你

今年这里更美丽

"妈妈，妈妈，阿姨哭啦！"

金悦萌的眼角挂着两颗晶莹剔透的泪滴。

"好！"皇甫宏的轻声惊叫，犹如阳光洒满病房。

十多天过去，金悦萌睁开了眼睛。二十多天过去，叫她，已经有反应。她的眼眸上虽罩有薄雾，却可以追随着医生的手指转动了。又一个多月过去，樊小惠俯身床前，轻声呼唤："萌萌，萌萌，听见妈妈说话吗？能听见吗？"金悦萌嘴唇翕动，好像在说话。樊小惠的耳朵贴近她的嘴边。听到了，她气息微弱地说：

"妈妈……饺子。"

那天，康复医院里的很多人都听见一个女人在院子里失声痛哭。

三个月后，崔建的长篇通讯《银针唤醒沉睡的"西施"》见报。

皇甫宏收起创造奇迹的银针，准备返回学院。孟沁瑶和芦承贤曾打算送给他一只沉甸甸的密码箱，被他以必须遵循"悬壶济世，以德立身，行医敛财，先祖蒙羞"的家训为由而婉拒。起初他也不许助手收取任何馈赠，后来他实在经受不住患者家人的劝说，方才同意两位助手各自收下一块进口手表。但让他万万没想到的一幕出现在送别晚宴上，向桐推着坐在轮椅上的金悦萌来到他跟前，托着金悦萌那双颤抖的手，捧给他一只文物盒，里面装着一块高古黄玉。他又推辞，人们都站立不坐。芦承贤说："皇甫先生，玉识有缘人。你的爷爷曾为我父驱除病痛，时隔多年，你又让萌萌清醒过来。大恩不言谢，玉缘一线牵，这块我家祖传黄玉，请你务必收下。"包厢里安静得微波不兴。皇甫教授把文物盒放在桌上，背转身去，抽掉领带解开衬衣纽扣，取下一块体温犹存、光洁透亮的玉牌。系好领带转过身来，把玉牌轻轻放入金悦萌手中："这块玉牌是陇上名将吴璘赠予先祖的，如若不嫌，留下做个纪念。"那个晚上，玉牌一直在金悦萌脖颈下熠熠闪光。

医生会诊，他们全面分析金悦萌的状况后认为，她的身体会逐渐康复，但智力最多能恢复到十四五岁的水平，有些事情很可能已从她的记忆中永远丢失了。医生们表情凝重地通报会诊结果，本以为家属很难接受这一残酷的现实，不料却听到向桐说出这样一句话："她永远不会老了。"

金悦萌必须重新学习怎样走路。出院回家，经过一段时间的调养，体重上升到八十多斤。她坐着轮椅，向桐和保姆推着她来到报社编辑部前的小广场上，搀扶着她再次迈出脚步。只要脚尖着地，她就浑身颤抖，就像身上压着一座山一样。又经过一段时间练习，只需向桐一人搀扶，她便可颤颤巍巍地缓慢行走了。她总是害怕，只要向桐的手稍微一松，她就会恐惧得喊叫起来。崔建和谭铁军经常来小广场鼓励她。"萌萌，加油啊！"崔建喊，"扔掉你旁边那个带腿的拐杖，自己走。"金悦萌不敢，身为拐杖的向桐也不放心呀！两个人就这样相依相靠，慢悠悠地在小广场上转圈。谭教练忍不住了，哪个运动员伤后康复，一直得挂在拐杖上？她咨询过体工大队的理疗师后，果断地出手了。这位比金悦萌高出大半个头、大腿比金悦萌的腰还粗的教练挡在向桐两口子前面，就像在训练场上收拾运动员，语气十分严厉："芦向桐，松手，让萌萌自己站一会儿。松手啊，看我干什么？不相信我这个金牌教练吗？"崔建背着手站在一边，歪着脑袋抖动着一条腿，一副小人得志的模样。谭教练又喊："萌萌，自己站，靠自己的力量站！"金悦萌紧咬嘴唇，用意志力控制着身体，终于自己挺直了身子。"好！你真棒！"谭教练趁热打铁，"往前走一步，就一步！别怕，我在前面护着你。"金悦萌刚抬脚便惊叫一声，身子一歪，被向桐手疾眼快地扶住。教练的心好狠啊，只暂停了不到一分钟，就让从头再来。金悦萌站定身子，向前迈出一步，扑进谭教练的怀里。谭铁军搂着她，语气突然柔软得像个老妈妈："萌萌，你走了一步，棒极啦！别怕，再走，往我怀里走。就是跌倒，有我这个厚肉垫子，摔不着你。"再从头开始，金悦萌不敢迈步。谭教练又吼了起来："走啊！你个笨蛋，抬脚都不会吗？"金悦萌被激怒了，身体前倾，一下子跟跄出去两三步。谭教练一把搂住她，笑的声音比个爷们的都大："哈哈哈，太棒啦！哈哈哈哈。"一个试探着一步步往前走，一个伸着双臂一步步后退，谭铁军护着金悦萌练习走路成为小广场上的一景。金悦萌完全依靠自己的力量，从一次三步、五步、七步、十步、二十步，逐渐往上递增，最后终于可以慢慢地行走了。

教练都有个习惯，不许别人干扰自己的训练计划。金牌教练脾气更大，她在训练金悦萌走路的时候，要把向桐和崔建赶走，只许他们远远地看着，不许到跟前来指手画脚。向桐的心拴在金悦萌身上，眼睛总是往小广场上看。崔建说："有点出息好不好，我家教练又不会把你的萌萌拐走。咱俩去一边转转，我给你说点事。"两人来到小广场一侧的花园旁边，向桐问："什么事这么神神秘秘的？"崔建讲文馨广告公司的董事长何晓红有个情人，这并未引起他的关注。但崔建接下来的话却让他暗自一惊。"外面传说那个情人是卢向东。"向桐不相信："道听途说不可信。"

崔建嘲笑道："你真是学新闻的，非要眼见为实才相信啊！"

"真实性是新闻的第一要义。"

"别给我上课啊！我也是新闻人，这一点，我懂！"

"向东的事别乱传，说出去对他不好。"

"你这人啊，真是个书呆子。"

正在这时不远处有人喊："向桐，向桐。"向桐扭头一看，原来是欧阳飞。只见他穿着一套崭新的"金利来"西服，长条形的商标还在袖口处炫耀着。新西装配新衬衣，领口处系着一条金黄色的领带。黑皮鞋也是新的，擦得油光锃亮。他手里拿着一部砖头块般的"大哥大"，腋下夹着个皮包，大摇大摆地过来。他身后跟着个小工头模样的人，一手拎着两只活鸡，另一只手提着个鼓囊囊的塑料袋子。"我看见你媳妇都能自个走路了，恢复得挺快。"欧阳飞伸长脖子往小广场那边看了看，又说，"你和芦叔的房子都装修完了，我让他们这两天就把卫生搞掉。整个完工以后，你和芦叔就可以去……"正说着手里的"大哥大"响了。他一只脚蹬在花园边的花墙上，胳膊肘垫在膝盖上对着"大哥大"说："丁总，是我是我……我明天就过去……好的好的……我干活您放心……对对对，一定一定……"

崔建看了一眼他裤腿下露出的半截白袜子，撇了撇嘴走开了。

金悦萌清醒后，芦承贤、孟沁瑶就和向桐商量，把闲置多年的房子装修出来。欧阳飞来探望金悦萌，听说装修房子的事，便自告奋勇地揽下这个小小的工程。专门请恒通建业的室内装修设计师做了好几套方案，什么欧式风格呀，美式风格呀，中式风格呀，简约风格呀……而且他明确表示，只收材料费，工钱分文不取，并保证绝对不用有异味的低劣建材。最后两套楼房全部选用简约风格，唯一不同的是向桐和金悦萌的那套房子的内部色彩设计得更为鲜亮时尚。只不过孟沁瑶还是要求欧阳飞拿出装修的全额报价，并签订房屋装修合同。为这事欧阳飞还在向桐面前抱怨："从美国回来的阿姨不相信我这个中国人。"他此番前来是想告诉向桐，他得去洪阳一段时间。丁庆华在洪阳承建的一座楼盘主体已经完工，还遗留一些什么铺设草坪呀、栽花种树呀、给景观水池做防水渗漏呀等等的小工程，丁庆华一揽子交给他。"房子装修好了，过几天你们去验收。"欧阳飞说，"有啥问题就给陈虎说，让他马上收拾。"跟他来的那人忙点头哈腰地冲着向桐谄笑。欧阳飞把两只活鸡和一袋小米交给向桐："问芦叔和孟姨好，我走啦，回来见！"向桐谢过他以后，叮嘱一句："把袖子上的商标剪掉，别把自己打扮得像个穿西装的土老帽。"

他走后，崔建对向桐说："你的这个亲戚眼冒贼光，张狂得很，搞不好要出事。"

预言成真，欧阳飞此去洪阳就惹出一桩轰动市井的事件。

积攒六七年的肉渣终于汇成肉饼，而且还是个又大又厚的肉饼——账户上的金额突破三百万。看着那一串数字，欧阳飞高兴得简直想在地上翻跟头。跟着丁庆华获益匪浅啊！跟着巫婆跳大神——不对不对——丁总就是大神。他绞尽脑汁讨好丁庆华，把财神哄开心了，手指头缝里掉下的肉渣都能让人打饱嗝。大老板不稀罕山珍海味，他搜罗了一长串爽口美味的民间小吃店，把财神和女秘书吃得眉开眼笑。还忍着割肉一样的剧痛，咬牙切齿地从走私贩子手里买了两盒正宗的古巴"千里达"雪茄。收下雪茄的丁庆华仿佛突然起了怜悯之心，说："欧阳啊，你挣点钱不容易，心意我领啦！以后别再花这钱了，跟着我好好干吧！"丁庆华的几个项目同时开工，项目叠加，效益倍增。他也组建了几个小工程队，抓大放小，他只需盯着手下的那几个小包工头，时不时地亲临工地检查施工质量和进度即可。

资产过三百万，这是他人生中的里程碑。他给自己买了一部"大哥大"，两套西装，两条金黄色的领带（金色招财），两双新崭崭的皮鞋，外加一块水货"劳力士"（戴上跟真货没啥区别）。好歹也是个管着几个小包工头的二老板，没点像样的行头怎能区别出身份高低？西装穿上身，咦，腰板自己就挺得笔直。难怪丁老板喜欢穿西装，这衣服确实能给人长精神。最明显的是自己的格调也提升了不少！

人生一定要有远大的理想，上学期间一听这话就烦，现在才品出来这话真好。那就给自己定个目标，再艰苦奋斗几年，五百万的时候买个车，一是出门有派头，二是跑个工地也方便。七百万的时候买楼房（丁总说届时以成本价卖给他一套），那房就是梧桐树，资产就是树的根，有树有根就有底气。待到一千万的时候嘛，就是拿钱砸，也得砸个肤白貌美、讲一口吴侬软语的江南妹子回来。为了实现这个让人兴奋的美好目标，现在必须好好地干，加油地干！

　　他亲率百十来个民工和三个小包工头进驻洪阳建筑工地。给包工头划分任务以后，他天天在现场监工督促，以期尽快完成这个楼盘的收尾工程。高压之下出效率，原计划一个半月的工期，只用了半个月任务已经过半。为庆贺这一战绩——士气可鼓不可泄——效率就是哗哗响的钞票呀！他用肥肉油汤稀释民工们的牢骚。再加几箱子红星二锅头，民工们喝得热血沸腾。为表明他和大家同甘共苦，他满嘴流油地跟大家干了几杯。可民工棚里实在太吵，而且味道也不好闻，他借口给大老板汇报工程进展情况，拿起"大哥大"夹着公文包回自己租住的地方。路过皇冠会所，看见门里面站着几个身材苗条、身穿薄翼长裙的女子，顿感香风扑面——近一月没嗅过这种味道了，他不由自主地踏上皇冠会所门前的台阶。

　　包里有一万多块钱的钞票，有钱就有派头。再说他早就想进会所尝鲜，在省城只能眼热却不敢去，万一让卢明知道了那可就糟了。现如今身在洪阳，山高皇帝远，天赐良机为何不亲身感受一番呢？在迷人香水味的引领下他走进卡拉OK包厢，点着一根烟，半躺进沙发，双脚搭在茶几上，眯缝着的眼皮下射出挑剔的光芒——绝不能让人家看出自己是农村出来的包工头。领班一看这位西装先生来头不小，满脸堆笑地问要不要叫小姐陪先生唱歌喝酒。他鼻子里重重地哼一声，做出个进来的手势。领班出门，没过两分钟带来一串胖瘦不一的小姐。他眯缝着眼睛一扫，这些小姐怎么个个长得歪瓜裂枣的，像从芦家营的砂石地里刨出来的洋芋啊！他收拢起双腿，挺直腰板，咄咄逼人地问领班："这就是你们这达的小姐吗，有攒劲的没有？"领班一听这普通话的口音，脸上笑意顿失，瞥他一眼，又换了一串小姐。他来回扫视两遍，觉得这些小姐就是换上了性感服装的发廊妹，怒气冲冲地嚷道："不行不行，有没有漂亮的？没有的话我走啦！"说着揉灭烟头做出要走的架势。领班脸上掠过一丝轻蔑的神情，做出恍然大悟的样子说："对不起，对不起！先生是不是想找我们的头牌小姐玩呀？"他把"大哥大"

和皮包又放回茶几上，肯定地点了下头。领班出去，过了五六分钟，门被轻轻推开，他顿感眼前一亮。一个身穿裸肩长裙、面孔俏丽的女子轻移莲步来到他身边，一股醉人的幽香钻入鼻孔。"先生，我叫史娅莉，听说您叫我，谢谢！"说话间一只玉臂像条蛇从胳膊和肋下穿过，香躯也贴了上来，"先生，请问您贵姓？"他早就知道这些小姐们报出的名字全是假的，自己也不能蠢到报真名啊！他随口说出手下一个小包工头的名字："我叫陈虎。"史娅莉把他的胳膊一搂，粉面桃花地说："听名字先生就是个男子汉，我好喜欢唷！先生点歌吗？"他转头在史莉娅脸上"叭"了一口，急不可待地说："不唱歌，你们这儿有包房吗？"史莉娅嘤咛一声，香肩在他身上蹭了蹭，摸了下他耳边的拴马桩，害羞地说："不急嘛，我们刚认识，我想和先生说说话。楼上有单间，也有豪华间，说说话唱唱歌再上去，有时间的嘛！"他已经被这个娇艳的女子迷得神魂颠倒了，又在她脸上"叭"一口，豪气干云地说："好好，听你的。"

在这美妙的时刻不能干坐着和美女聊天呀！史娅莉说口渴，好，上茶上果盘；史莉娅说要瓶红酒增添点情调，好，上红酒；史娅莉说再喝一瓶红酒给感情加加温，去楼上包房以后更加尽兴。好好好，那就再开一瓶。史娅莉赏给他一个香吻，跟他喝起了交杯酒。他的手不老实了，伸进裙子里，刚摸到光滑的大腿就被史娅莉给按住了。"不要急嘛，过一会去包房。"有这话就行，他抽出手又给自己倒一杯红酒，正要跟史娅莉再交杯，门被推开，领班急匆匆地进来说："娅莉，快快，童老板到了，还有个李老板，叫你去三楼888。"史娅莉得走了，不让走不行啊！强龙不压地头蛇，把那老板惹火了，招来一帮手下，那还不是自己吃亏呀！史娅莉摸摸他耳朵旁边的拴马桩说："陈先生，不好意思，今晚有重要客人。你改天再来，我好好陪你。"史娅莉走后，领班提议另叫小姐。他兴趣全无，一口气喝光杯中酒，叫人买单。一看账单他脸都绿了，五千多块钱呀！和史娅莉才坐了不到半个小时，除"叭叭"了两口再啥也没干就要花这么多钱，他愤怒地摔了酒杯。从门外进来两个彪形大汉，恶狠狠地盯着他。冷静冷静，脑子里有个小人大叫。他点根烟，突然嘿嘿一笑，拉开皮包数出六千块钱放在茶几上，这才安然脱身。

他知道自己落入一个外表香艳、实则暗藏尖牙利齿的城市陷阱中。走出一段路，回身又看了一眼皇冠会所，怒火中烧地骂了一句："史娅莉，你等着！"

　　半个多月后，楼盘的扫尾工程全部结束。小包头带领民工返回省城。他退掉租用房，清理掉所有来过洪阳的痕迹。华灯初上，他拎着一只黑色鳄鱼皮的手提式密码箱又踏进"皇冠会所"。坐在包厢的沙发上，领班刚进门，他张口就要史娅莉。领班和史娅莉早把他给忘了。说了几句话，史娅莉看见他耳边的拴马桩，这才依稀记起这位客人。"不好意思，我一下子想不起您的名字了，再说一遍，好吗？"他笑得很殷切，像是终于见到了盼望已久的心上人，诚恳地说："我叫陈虎，上次见到你以后我就天天想你呀！你咋长得这么美呢？仙女都没有你好看。"史娅莉笑得满脸桃花开。"哎哟，陈先生，您真会哄女孩子开心。"她猛然想这位陈虎先生上次刚见面就要去包房实战，不由得嘻嘻一笑，手摸着他的腿娇滴滴地又说："陈先生，真不凑巧，今晚楼上的包房已经满了。"不承想陈虎先生根本就看不上包房，大手一挥说："我在酒店订好房间啦，总统套房。"看来陈虎这只饿虎今晚一定要吃肉，史娅莉往后闪了下身子说："对不起先生，会所有规定，我们晚上不能跟客人出去。"可陈虎先生是真心实意地想和她共度良宵，在她面前打开了密码箱。哇，里面装有十万块钱。史娅莉眼瞅着张开大嘴的密码箱，愣了半晌，不敢相信似的问："给我的？"陈虎"啪"地合住箱子，很随意地转下拨轮，说："密码888，你试试。"史娅莉拨出888，滑动锁扣，"啪"，密码箱应声而开。陈虎的语气温柔得让铁石心肠的人都得动容："史小姐，我真想你呀！你把我迷死啦！只要跟我去，钱和箱子都是你的。"史娅莉抵挡不住金钱的攻击，让人抱来一台验钞机，哗哗啦啦地把密码箱里的钱整个检验一遍，全是货真价实的人民币。她搂住陈虎的脖子，亲了下他的拴马桩，红唇绽香地耳语道："我跟你去。等一会哈，我去换衣服。"

　　当陈虎再见到史娅莉的时候，她身着深色女式西装衣裤，脚穿黑色高跟鞋，完全是一个身材颀长、玉貌韶颜、神态温婉的职场女子。她拖着一只拉杆箱，挽着陈虎的胳膊，旁若无人地走出"皇冠会所"上了一辆出租车。陈虎从眼角瞟着史娅莉，有点神思恍惚。他又觉得不对劲，"皇冠会所"的头牌小姐真敢独身一人放心大胆地跟客人外出过夜？他侧转身子，透过后车窗观察，果然有一辆开着大灯的小轿车不远不近地跟在出租车后。史娅莉发现他神态异常，扳过他的脸，在他耳旁说："会所派人保护我，只要你不胡来就没事，他们不敢打扰我们。"陈虎的手已经猴急地伸进她的衣服，摸着她柔滑的腰肢保证："不胡来不胡来，我就是想和你睡觉，使劲使劲地睡！"史娅莉咯咯一笑说："把你的名片给我，好跟你联系呀！"他掏出张名片给她，色眯眯地说："今晚睡得好，以后我还来找你。"

清晨，史娅莉醒了。她像条鳗鱼似的滑下床，先去桌子边拨出密码箱上的888，打开箱盖看了看，无声地一笑，锁住箱子拨乱号码。她只想带着钱赶快离开床上那个疯狂的家伙，顾不上洗澡，过去轻手轻脚地把扔了一地的这装那装收拢起来放进拉杆箱。拿起她昨晚离开会所时穿的内裤，刚套上一条腿，陈虎醒了，跳下床一把搂倒她，把她压在地毯上又要春风二度。她边挣扎边轻声喊叫："天都亮了呀！"可陈虎哪管天亮天黑，就是要再展雄风。两人纠缠了一阵子，她又娇又嗔地狠狠打了陈虎一巴掌，推开他进了卫生间。打开淋浴，把身子淋湿，刚拿起沐浴液他就跟了进来。他把剩下的药扔在洗脸台上，挤到花洒下面，嬉皮笑脸地嚷嚷："洗香香的啊，洗好再来。我也洗洗。"史娅莉真是碰上了魔鬼，等一会药性起效会是什么后果啊！她胡乱洗了两把，抓起浴巾跑了出去。卫生间里的魔鬼还在嚷叫："等我啊，就好啦，就好啦！打个肥皂水，洗香一点……"那可能是史娅莉这辈子穿衣服最利索的一次，等湿漉漉的魔鬼从卫生间出来，她已经拎着密码箱，拖着拉杆箱逃出卧室。在追赶的喊声中，她冲过会客厅拉开房门，一溜烟地跑向电梯间。

厚厚的窗帘掀开一条缝，后面躲藏着一双鬼鬼祟祟的贼眼。看见史娅莉上了一辆黑色小轿车离去，那双眼睛才一闪而过。

一楼电梯的门滑开，欧阳飞闪身出来，腋下夹着他的公文包，一手里拿着他的"大哥大"，另一只手提着一个和史娅莉拿走的那个一模一样的黑色鳄鱼皮密码箱，快步到前台办理退房手续。一边催促前台一边不住地看大厅门口，办完手续急匆匆地跑出酒店，拦住辆出租车直奔长途汽车站。挤到售票口前，买了一张即将开往省城的长途客车票。客车驶离洪阳市区，他才长出一口气，抱着密码箱，往靠背上一躺，闭上眼睛回想起得意的一幕……史娅莉刚进卫生间，他手伸进床下拉出个密码箱，替换掉桌子上的那一个，再把换下的密码箱塞入床底。从枕头底下取出药板，剥出一粒丢进床头柜的抽屉里。拿起药板，又把桌子上的密码箱摆放得跟没动过一样，喊叫着跨进了水声哗哗的卫生间……

汽车平稳地向前行驶。他拿起"大哥大"按下了关机键。

一条消息在洪阳市井中飞速传播，皇冠会所的头牌小姐叫人给骗啦！那人给她的钱是冥币，密码箱是冒牌货，酒店登记的名字是假的，名片上的单位地址也是假的。被气得半死的头牌小姐已经放出话来，谁要是能抓住那个三十多岁的、耳朵边有根拴马桩的家伙，剁一条胳膊两万，砍一条腿三万。最好能活着绑进皇冠会所，她立马给有功者五万。一时间，洪阳市里耳朵边上长有拴马桩的男人，上街都得不停地左顾右盼。万一被那个黑道杀手认错了，一刀劈在胳膊或大腿上，那可真成了无处申冤的替死鬼。

这个世界上总有不少人在得意中用聪明毁掉了自己的前程。欧阳飞没高兴几天就陷入惶恐之中。他去丁庆华的办公室，女秘书一见他就捂住嘴一个劲地乐，好像他脸上有什么好笑的东西一样。他摸着脸疑疑惑惑地推开门，丁庆华也笑得很诡秘："欧阳，你是不是在洪阳干了件大事？"他脸色一阵红一阵白，承认也不是，不承认也不是，低声下气地问："丁总，你说的是啥事？"丁庆华扔给他一支烟说："有人拿一箱子烧给死人的钱睡了皇冠会所的头牌小姐。现在洪阳的黑白两道都在找一个耳朵边上长个拴马桩的人……我看你有点像那人，出门小心点。"

拴马桩太扎眼。从恒通建业出来他直奔医院，借口老婆不喜欢耳朵边上的这个小肉柱，请求医生一定要割了那祸根。离开医院，腮边用胶条粘了块创可贴大小的纱布，像个难看的白色大蜘蛛。管他难看不难看，心里先踏实着再说。反正也当不了播音员，夹杂着地方口音的醋溜普通话也不说啦，正宗的乡音自己听着都暖和。领带勒得脖子难受，揉成一团扔在出租屋里。西装也不穿啦，本来就是当猪的命，还是老老实实地拱食吃吧，别装模作样地给鼻子里插葱——装象。"大哥大"销号，卖给二手市场一个面相看着还诚实的贩子。顺道拐进电信大楼，买一部"诺基亚"。再买个"蛤蟆镜"，管他天阴天晴，出门就架耳朵上。这一切都做完，嘿嘿，除非她史娅莉当面揪住衣领，否则的话，就是从福尔摩斯眼前走过，他也无法确定这个说一口土话的包工头，就是把那个貌美如花的头牌小姐整得差点疯掉的人。

回到出租屋给手机充满电，新的电话号码得告诉卢向东啊！卢向东说："你小子干啥去了，电话也打不通。老爷子找你呢，赶快去！"听到这话心脏开始噗通噗通乱跳，身子也像栽进了冰窟，脊背上嗖嗖地往外冒冷气。

是福不是祸，是祸躲不过。在泰安湖农场二十一号楼的客厅里，欧阳飞遭到卢明一顿痛骂。卢明去老干部活动中心观看书画展，遇到早已离休的毛厅长。两人闲聊，毛厅长说他去洪阳探望老战友时听到一件可笑的事："一个据说是你们大西北的小伙子，用冥币骗得'皇冠会所'的头牌小姐跟他睡了一夜。"卢明越听心里越不是个滋味，脸色冷峻得像结了一层冰。早已根除的娼妓死灰复燃，旧社会只在梨园和青楼招徕客人的"头牌"，现在竟然像神气活现的孔雀在闹市的华灯下开屏争艳。毛厅长看他脸色不好便知趣地换了话题，但他已从毛厅长的讲述中得出一个判断，那个所谓的西北小伙子很有可能是欧阳飞。回到家给欧阳飞拨电话，全是令人烦躁的忙音。当欧阳飞惴惴不安地来到泰安湖农场，他脸腮上的那个白蜘蛛就已经坦白了一切。"我有言在先，你要是敢走歪门邪道，我饶不了你。"卢明给他下了最后通牒："马上把你那些什么工程了结了，滚回去！你敢不走，公安厅有我的老部下，我让他拿铐子把你铐回去，滚！"

完了完了，欧阳飞失魂落魄地离开泰安湖，这才知道一夜疯狂的代价是如此沉重。卢明的话不敢不听，虽说那老头退休了，可凭他的关系，别说是收拾个小包工头，就是想找大老板的麻烦也有的是办法。唉！不就六千来块钱吗，为啥要和史娅莉过不去呢？这下可好，远大的理想啊，五百万的车子，七百万的楼房，一千万的江南美女……拜拜喽！

好在他所承包的那些工程全在丁庆华的管辖之下，能结算的现结，不能结算的由公司出面转手，最后算下来，连同他账户里的钱，总共有三百七十多万。那段时间他心灰意冷。有几天他躺在出租屋里连门都不想出，饿了嚼两包方便面了事。

毕竟在这座城市待了些年，临行前按照礼数得与亲友们告别。芦向桐和芦承贤已准备乔迁新居。那个姓孟的女人严格按合同办事，一次性付给他近五十万的装修款。芦氏父子请他在盛世豪庭附近的一家毛氏菜馆吃了一顿湘菜。卢向东也在一家五星级的酒店特设酒宴为他送行。

临别前最后一次去丁庆华的办公室，丁庆华对他的离去甚感惋惜，希望他能重新考虑，但事情已不可逆转。"欧阳，这些年你跟着我也学了点东西。听我的，回去以后就干房地产。"丁庆华拉开抽屉，取出两条烟给他，郑重地告诫："还有一点别忘了，不管哪里的头牌小姐，都不是给你玩的。"

第三十一章

桌子上的电话铃响了，向东拿起话筒。电话那头是兰馨园的老板姜涛："向东，听说你名气大了架子也大啦，一般人还请不动你。"向东连忙说："姜哥，你也埋汰我？有啥指示，小弟我洗耳恭听。"姜涛说："下班后有没有事，没有的话来我这儿坐坐，上次给你说的酒我还没开瓶呢！"这个电话向东不得不重视，姜涛的父亲曾是泰安湖农场一号楼的主人，虽然早已离休，但他当年培养提拔的一大批干部依然在岗，现任省委组织部的部长就是他早年的秘书。还没等到下班，向东已驱车直奔兰馨园。

那是他第一次见到王婷珊。她是姜涛的表妹，以前是省医院口腔科的医生。就因为她曾从事的职业，相互介绍以后姜涛开玩笑说："向东，你可别招惹珊珊啊！当心她发起火来，拿钳子把你的牙给拔喽！"王婷珊对向东一笑，转脸对姜涛说："就你嘴快，要拔也先拔你的牙。"姜涛双手抱在胸前，含笑道："珊珊，我帮你说话，你怎么向着他啊？"王婷珊脸一红，羞恼地说："你正经点好不好？赶快上菜，把你的好酒拿出来。要只为喝茶，我才不到你这儿来呢！"姜涛对这位表妹言听计从，立刻吩咐服务员上菜，开启酒瓶。

存放了三十多年的陈年干邑芬芳浓郁，像一群群琥珀色的小精灵深情地拥抱着味蕾，给人一种舒畅欢愉的感觉。在回味悠长的酒香中，向东对王婷珊有了更进一步的了解。八十年代中期，她辞职进入建筑业市场，是南亿建设集团有限公司的创始人之一，现任南亿的副董事长兼财务总监。向东知道在本省的建筑行业中，南亿也是一家很有实力的企业，但在知名度和自身规模上逊于丁庆华的恒通建业。他不由得心生疑问，今天姜涛设宴，只是为了品酒吗？碰了几次杯，姜涛说向东和王婷珊岁数相近，一论年龄，两人都不由得感到惊奇，竟然是同年同月同日生。这可真是太巧了，两人为此又碰了一杯。王婷珊长得不算漂亮，但相貌端庄，气质也很好，加上保养得当，皮肤显得白嫩细腻，是个温文尔雅的少妇。按理说像她这种人应该无忧无虑才对，可向东发现她的眉宇间似乎总是有一丝淡淡的忧伤，像影子一样时隐时现。

因有其他应酬，姜涛暂时离席。王婷珊说："你没来之前，姜涛夸你是天才设计师，前途无量。"向东谦虚了几句，说出心中的疑问："姜哥叫我来，是不是有事啊？"

王婷珊说："是我问他认识不认识你，他说不但认识还挺熟，我就让他请你过来，我们也认识一下。"

"哦，原来是王董事长找我啊！有什么事，请指教。"

"哪敢说指教，我是想问一下，我们公司这次承建的东升门写字楼项目，省设计院参与竞标的是设计五所，你们一所怎么没投标呢？"

向东笑了，坦率地说："具体由哪个所去竞标，是院领导们开会研究决定的。其实五所的实力也很强，他们也设计出了不少的好作品。"

"我听说，一所是最强的。你是一所的所长，一所名气这么大，你这个所长功不可没。"

"哪里哪里，都是团队的力量。"

"哟，你还挺谦虚呀！"

"我是实话实说。"

"希望以后我们有机会合作。"

"如果有项目，院里同意由我们所去竞标，我会全力以赴的。"向东端起酒杯，又说，"为我们将来的合作，干杯！"

王婷珊接了一句："也为同年同月同日生，干杯！"

眉宇间的忧郁使她显得更楚楚动人。一连几天，向东的脑海里经常浮现出王婷珊的身影。她为什么忧伤呢？同年同月同日生，这种难以解释的契机中似乎隐藏着一个秘密。向东拿起电话拨通了王婷珊的手机。

在青龙潭古雅的茶艺室里，他俩临窗而坐，一边品茗一边小声交谈。这时候向东才知道她忧伤的原因。她的丈夫也是省医院的一名医生，后赴美国攻读博士学位，完成学业后申请到"绿卡"，看样子是不打算回国了。已有风言风语传入她的耳中，拿到"绿卡"的博士已经和一个女美籍华人同居。"当年我不顾家里反对，和他走到了一起。现在可好，自己打自己的耳光。"王婷珊凄然一笑，收住话头。茶室里乐曲轻扬，古琴吟猱，如泣如诉。王婷珊手抚茶杯，看着向东说："听姜涛说，你们夫妻也是离多聚少。"向东微微颔首："一年也就见个一两次。今年她说有任务不休探亲假，干脆没回来。"王婷珊转脸望着窗外。向东顺着她的目光看去，绿池中几只蜻蜓点水，水面上泛出一圈圈细小而伤感的波纹……

两人分手后，向东想起因为工作忙，近半个月没回家了，便驱车驶向泰安湖。回到家，他才得知芦承贤和向桐已乔迁新居。卢明问他去没去过盛世豪庭。向东答复因工作太忙，还未顾上去给他们贺喜。卢明不高兴地放下手中茶杯，不容分辩地说："星期天我和你妈去看他们，你一块去。"

那天，长辈们在一起相谈甚欢，向东和向桐倒是很少交流，即便交谈也说的是一些各自工作中的事。"你们就不能说点别的吗？"金悦萌说，"张口就是单位，把你们卖给单位算啦！"两人看了看金悦萌，转头相视一笑。在金牌教练的严格督促和康复医生科学指导的双重作用下，金悦萌的身体恢复得很快。除去反应稍显慢一点之外，从身体外观上看，几乎与车祸前毫无二致了。搬入新居以后，她坚持每天去公园走路，下雨天也要打伞出去转几圈。虽然没有正式上班，但她每周一、周三和周五都去歌舞团，在练功房进行一些恢复性的训练。听说这些，向东也真心替她高兴："萌萌，你就是个奇迹。"金悦萌想了一会，开心地笑了，搂住向桐的胳膊夸耀道："那当然，我有个世界上最最好的护理师。"

正当人们都猜想金悦萌是为重返舞台而锻炼身体的时候，她却做出了一个令人瞠目结舌的决定。

时间的车轮驶入 1999 年，一场关于公元纪年的争论也进入白热化状态。科学家和舆论界围绕着"2000 年"这个时代标志争论不休。忠实于奇数纪年法的一派指出它是 20 世纪的最后一年，而急于冲到世纪前面去的另一派则兴高采烈地宣布，"2000 年"将披着 21 世纪的曙光降临在我们脚下这颗伟大的星球上。那场争论据说意义重大，影响深远，因此两派之争难分高下。外国人怎么争，中国人管不着。可在中国谁说了算呢？一座标志性建筑说了算！据报载，正在兴建的中华世纪坛上的指针明确指出 2000 年是 21 世纪的起始年。一针定乾坤，具有蜂群思维的人们，一致把目光投向那根矗立在世界第一大的日晷上的巨型时空探针。争论销声匿迹，人们满怀喜悦地期待着 2000 年带来的 21 世纪的第一缕晨光。世纪之交，那将是一个多么伟大的时刻啊！许多年轻夫妇掐算着日子同房，为的是让他们的爱情结晶披上一件亮光闪闪的"世纪婴儿"的斗篷。

世纪交替对于平常人来说，只是又迎来新的一年罢了。在这个时候，向桐最关心的是金悦萌的身体和记忆的恢复。金悦萌沉睡的那些年，她的大脑就像一本书，很多页面都被时间的雨雾黏在一起了。向桐用她从小到大的照片、跳舞的剧照、录像……凡是一切能想到的办法，一点一点地帮她揭开大脑里粘连的书页。她也断断续续地回忆起过去的一些事情。奇怪的是有些长大以后的事她觉得模糊遥远，可孩提时代的记忆一经提示，却会清晰地浮现在脑海中。譬如在报社大院里跟着大孩子疯跑呀，给大人跳舞呀，上学路上拽着向桐的衣襟呀，趴在他背上给他唱歌喂糖果呀……回忆起这些的时候，她还哼起了《小燕子》的旋律。第一次看到在电视上放出的《西施》录像，她不相信似的问向桐："演西施的是我吗？真的是我吗？"向桐按下录像机上的暂停键，又拿出她的剧照，让她仔细对比，她这才相信舞台上的西施就是她本人，说："向桐哥，你看过我演西施吗？我还能跳得这么好呀！"……也有些记忆已经永远地丢失了。一次闲聊，樊小惠感慨地说："那时候我真是犯糊涂，还反对你和向桐在一起。"金悦萌惊奇地瞪大眼睛："没有啊，我小的时候你就让我和向桐哥在一起呀！你让向桐哥来咱家吃饭，还让他和我一块去上学。"樊小惠肝脏上的那个阴影也从她记忆中消失了。樊小惠感叹岁月催人老，身体一天不如一天。她说樊小惠从未生过病，身体好的能活一百岁，不，一百五十岁。还有一些记忆是暂时性休眠。随同身体和大脑机能的逐渐康复，一些往事也从沉睡中苏醒了。

经过前期的康复性训练，她已经行动自如，无须旁人陪伴便可独自去公园跑步，去歌舞团训练，也和向桐有正常的夫妻生活了。在这一方面，向桐一直很谨慎。只有在她身体、情绪都处于良好状态时，他们才会在情深意浓中一尽鱼水之欢。每一次向桐都会采取措施，以免给她的身体带来负担。一天夜里，向桐在睡得迷迷糊糊中突然听见她咯咯咯地笑了。向桐被她吓了一跳，赶忙拧亮床头灯，看她是不是魇住了。灯光下的她毫无睡意，两眼闪着俏皮的光芒，说她想起了以前故意制造悬念"折磨"他时，他那种又着急又无奈的模样，不由得笑出了声。向桐疼爱地刮了下她的鼻子说："你就是个长不大的小魔女。"天亮时向桐醒了，见她仍睁着眼睛望着天花板，好像一夜未眠。向桐问："你没睡啊？"她看着向桐，说出一个考虑了一夜的重大决定："向桐哥，我要给你生个大胖儿子！"

"啊！"向桐吓了一跳。

经过考虑，向桐对金悦萌说："我们先不要孩子，等以后再说，好不好？"金悦萌眼睛直直地盯着他，响亮地说："不！结婚时我说过的，七年八年以后我要给你生个大胖儿子。"没想到她记忆中的这个节点还是如此的清晰。向桐不愿意为了延续香火而让她去冒险，再次劝阻道："有没有孩子不重要，我们这个家里有你，有我，已经很完美了。"金悦固执己见，任性地说："你说得不对，有个孩子才完美！我要说话算话，就是要生个大胖儿子，让他叫你爸爸，叫我妈妈。"

劝说无效，向桐又向双方家长求援，希望通过他们为金悦萌讲明利害关系，好使她回心转意。不料此举竟然适得其反，金悦萌被向桐气哭了："我们两个人的事情，你为什么要给大人说呀？你不让我生孩子，就是不爱我。你都不爱我了，我还跟你在一起干啥呢？"天哪，这都是什么逻辑呀？她接下来的举动更让向桐束手无策，边哭边收拾衣物要离家出走。"呜呜，我回团里去，住宿舍，再也不要见你。"向桐一把搂住她，脸贴在她的面颊上问："萌萌，你真的要走？你不爱我了吗？"金悦萌抱住他的脖子，伤心得像个儿童，哭道："我爱你，呜呜，也爱我们的孩子呀！"

看来想要打消她生孩子的念头真是比上天入地还难。两家老人经过磋商之后拿出一个温和的建议——相信科学，能不能生孩子，什么时候生，还是听听医生的意见吧！这一回金悦萌不再执拗，乖乖地去了医院——科学——理性——最有说服力。医生们都听说过她的遭遇，也把这事当作一个新的课题，调集各相关科室的专家对她进行全面的体检和心理测验。研究分析后给出最终答复：金悦萌的身体状况支持妊娠，但必须严格控制胎儿体重。

哈哈，医生都说可以生孩子了。拿着医院的诊断报告回家，金悦萌一路上笑得格外灿烂。

在科学的支持下，她成为家里至高无上的女王，一连串权威性的禁令管教得向桐必须处处小心，就是天上落下片树叶也得提防着头。什么不许嗅到烟味啊，一定要做到滴酒不沾啊，每天保证七个小时的睡眠啊，伏案工作一个小时就要起身活动十分钟啊，在家里不许提意见、不许生气、不许叹气、不许感冒、不许拉肚子啊……女王发布的命令实在太多，拥堵在大脑里让人阵阵发晕，向桐赔着笑脸抗议："你想把我变成个小脚老太婆啊？""啊"字刚说出口就遭到女王的训斥："你敢不听话？你等着，孩子长大以后我要给他说，你爸爸处处跟妈妈作对，就是想让妈妈生个傻儿子。"哎呀呀，风马牛不相及的事，在女王脑子里转一圈出来都会和未来的孩子扯上关系。向桐赶快认输服软："好好好，你的话比指示还高，我无条件服从，这总行了吧？"女王骄傲地扬起下巴，乐不可支地说："这还差不多。"

行房的时候女王也有严格的规定。不知她从哪儿听到这么个备孕秘诀，亮灯怀儿子，黑屋生女儿。她让向桐把卧室里的灯全部换上暖色调的灯泡，温馨柔和的光线使得夜晚的卧室成为一座孕育新生命的金色圣殿。

她怀孕了。

听到消息，谭铁军抱着鲜花，崔建拎着两袋水果，乐哈哈地来到盛世豪庭。谭教练先传授了孕期注意事项，之后又高喉咙大嗓门地说："萌萌，你最好生个女儿，将来给我家国庆当媳妇儿。"崔建一听，咂了下嘴说："你别做梦了，要是个女孩儿，将来肯定又是个舞蹈家，就咱家那傻小子……你还是给他找个运动员吧！"气得谭教练差点把他的耳朵给揪下来。歌舞团的俊男美女们也送来祝福，吵吵嚷嚷地描绘着胎儿的未来：是男孩的话将来又是一个巴里什尼科夫，女孩的话就是加琳娜·乌兰诺娃。不对不对，是咱中国的西施，像她美丽的妈妈一样！樊小惠可不管你什么夫什么娃的，女儿和胎儿的安全才是头等大事。她对那些俊男美女们说："谢谢你们来看望萌萌，不过，别让她太激动了。"姑娘小伙们的话音顿时变成了和风细雨……樊小惠把女儿接回娘家去了，直到三个月后，才让她回自己的家。

那是备受煎熬的三个月啊！她的妊娠反应十分严重，不管吃什么东西都会恶心呕吐。胎儿发育需要营养，她每次吐完，休息一会，又泪水涟涟地强迫自己吃水果、喝粥。吃了再吐，吐了再吃，向桐看着她难受的模样，心都要碎了。每天下班他就用最快的速度赶回到她的身旁。樊小惠变着法子给她做各种口味清淡的美食，哪怕她只吃几口，当妈的心里也会好受一点。孟沁瑶和芦承贤每隔两三天就来看她，每次都带来一些水果和可以生吃的新鲜蔬菜。她变成了贪嘴的小兔子，最喜欢吃水嫩的黄瓜和翠绿的莴笋。吴玉霞和卢明也送来燕窝和多种维生素……三个月后妊娠反应消失，她回到自己家里，趴在向桐怀里"呜呜呜"地哭了一场。擦干眼泪，可怜兮兮地说："我饿。"

　　遵照妇产科医生的嘱咐，她定期去医院检查。每次去医生都要提醒，一定要注意饮食，科学地控制胎儿的体重，并给她提供了一份营养食谱。怀孕四个月了，小腹已经出现隆起。她一直都严格地听从医生的指导，用水果和毅力抵挡着饥饿的进攻。同时，她十分关注胎儿的性别。每次做 B 超她都要问医生："宝宝是男孩还是女孩？"医院有规定，不许透漏胎儿的性别。所以，医生的回复总是千篇一律："宝宝发育良好，很健康。"到怀孕第五个月的时候，可能是这位美丽准妈妈的遭遇引起了医生的恻隐之心。当她又问及胎儿性别时，那位做 B 超的女医生罕见地反问："你希望是儿子还是女儿？"她央求道："我想要个儿子。"女医生扭头看看门口，给她做出个"OK"的手势，小声说："恭喜你，如愿以偿。"

　　她突然放弃自我克制，把自己变成个一天到晚都感到饥饿的大胃王。每天早晨都像是饿醒的一样，一顿早餐要吃下去三四个鸡蛋，七八片面包，再加两大杯牛奶；或者是一大碗粥，两屉小笼包子。没到中午又饿了，需要补充零食才能挨到午饭上桌。午饭要吃一大碗米饭，一条鱼，几碟子炒菜也会让她吃得丁点不剩。午睡起来，空荡荡的胃里好像有只饥饿的手在不停地乱抠乱挠。晚饭好遥远啊，她只好吃下一堆水果暂时充饥……身体像充气般胖了起来，一米六七的个头，体重竟然直线上升至一百六十多斤。体检时医生一再告诫，控制饮食，控制饮食，可她就是管不住嘴，甚至半夜里都要起来加餐。医生真生气了，关起门来把向桐好一顿批评："胎儿太大太重，分娩时有危险，你这个做丈夫的负不负责任啊？"向桐有苦难言，他的话金悦萌根本就不听。樊小惠也管不住这个贪吃的女儿。向桐曾把零食全部收走，可整个房间都是金悦萌的仓库。明明桌子上茶几上什么都没有，可她又不知从哪儿摸出来一包饼干，"咔嚓咔嚓"地嚼了起来……谭铁军看她面如满月、走起路来像个笨拙的企鹅，也不禁替她担心："你别学我呀，我这身膘减都减不掉。你将来还要跳舞呢，总不能像个皮球在舞台滚来滚去吧！"长胖了的金悦萌笑起来眼睛都眯成了一条缝，开心地说："胖了好呀，胖人有福气。"

1999 年 12 月 31 日晚，她和向桐在家里看电视直播中华世纪坛开坛仪式。世纪坛前彩旗飞舞，人潮涌动。两万五千多人汇聚成欢乐的海洋。人们载歌载舞，等候着新旧交替的时刻。她突然感到腹痛，距预产期还有十多天呢，孩子已经提前进入产道了。医院妇产科同样热闹得像过节，准爸爸妈妈们围住医生交涉，都希望自己的孩子能够成为午夜十二点过后的第一个"世纪婴儿"。看到金悦萌被送进产房，有人高声抗议，"凭什么她一来就要进产房呀！"两家老人闻讯赶到医院。向桐紧张得浑身发抖，守在产房门口侧耳聆听里面的响动。金悦萌的叫喊声从门缝传出来，那金属般的声音温度太高，烤得向桐的前额上冒出了豆粒般的汗珠。

午夜迈着嘀嗒嘀嗒的步伐从宇宙深处走来。医生们根据金悦萌和胎儿的情况，决定为她实施剖腹产手术。向桐在手术单上签字时手抖得把纸都戳破了。这时候，国家领导人从中华世纪坛发出的声音响彻了中华大地："一千年来，人类文明取得的一切成就，都是在推陈出新的社会变革和科技进步中实现的。"为金悦萌做手术的医生进入产房。走廊里有个男子冲着挺个大肚子的女人吼叫："你怎么还不生啊？你看呀，快到十二点啦！"更多的人涌进医生办公室，吵吵嚷嚷地要求实施剖腹产。那个声音在中国上空回荡："……后来由于生产力发展的迟缓和社会政治的腐败，中国落后了，以至于近代陷入了遭受列强欺凌的半殖民地半封建社会的悲惨境地。"又有几个孕妇被推进产房，其中一个临进门前高举起手臂，向她的丈夫和家人做出"V"字形的手势。这边也伸出几条手臂，前端都顶着一个"V"。空中的那个声音震耳欲聋："中华民族将在完成祖国统一和建立富强民主文明的社会主义现代化的基础上实现伟大的复兴。"

万众高呼："十、九、八、七、六、五、四、三、二、一。"历史的时针、世纪的分针和当代的秒针重叠在一起，一个崭新的世纪翩然而至。色彩缤纷的礼花腾空而起，午夜沸腾了。喧闹的海洋中飞出一声婴儿的啼哭。随后，又有更多新生婴儿的啼哭加入进来，像是在举办一场午夜大合唱。毫无疑问，那天的剖腹产手术肯定创造了历史纪录。据《都市新报》披露，2000 年 1 月 1 日凌晨，我市共有一百一十六名"世纪婴儿"降生。因为这些孩子诞生于几十家医院，至少有十来个医生在午夜零时零分用手术刀精准地在孕妇的肚皮上打开一条生命通道，因此无法断定谁是第一个出生的"世纪婴儿"。但有一点毋庸置疑，在这一百一十六名"世纪婴儿"中，金悦萌生的孩子最重，体重达四公斤。

从产房出来，金悦萌的脸色发白，有气无力地对向桐说："向桐哥，我说话算数吧？"

向桐眼含泪花，俯身下去搂住她，在她胖乎乎的面颊上吻了一下，轻声说："你是个伟大的妈妈！"

婴儿的阿普加评分为十分。这个健康的小家伙好像知道妈妈孕育他的不易，很少哭闹。晚上临睡前只要吃饱母乳，他就能一觉睡到天亮。白天喂完奶，把他放进婴儿床里，他眼中那两颗黑宝石般的眼珠，安静地瞅着悬挂在婴儿床上方五颜六色的小玩具，不一会便安然入睡。金悦萌让向桐给孩子起名字。向桐说他早就想好了，叫芦中玮。金悦萌抱着孩子，不解地问："玮字是什么意思呀？"向桐解释道："玮是一种玉石，非常珍贵。"金悦萌想了想，亲了下儿子的脸，温柔地说："中玮，你比世界上最珍贵的玉石还要珍贵！"

孩子百天。芦承贤和金强两家共同在酒店为孩子举办百岁宴，并邀请卢明一家参加。胜利和黄桂兰带来的礼物是几套四季童装，向东准备的是高档童车，就连远在新疆的雅楠也特地寄来一块温润如凝脂的和田玉牌。他们来到怀抱中玮的金悦萌身边，吴玉霞拿出一把金光灿灿的长命锁，戴在中玮的脖子上。金悦萌笑吟吟地对卢明和吴玉霞说："我代表中玮，谢谢爷爷和奶奶！"卢明伸出双臂，金悦萌会意地把孩子轻轻放进他的怀里。不知是孩子认生，还是他抱得不舒服，中玮哇哇地哭了。他赶忙把孩子还给金悦萌，略显尴尬地笑道："呵呵，这小子不认我这个爷爷啊！"

芦承贤看着他们，面露微笑，一副胸有成竹的模样。

宴席开始，酒过三巡。金悦萌把孩子交给孟沁瑶，拉着向桐给大家敬酒，敬完长辈敬平辈。来到向东身边，金悦萌突然想起件事。"向东，那一年你给我们说的问题，现在有答案了吗？"

向东疑惑地问："什么问题？"

"就是那个为生存还是为生活的问题呀！"

向东故意逗她，重重地叹口气说："没有答案。有时候想起这个问题，挺苦恼的。"

金悦萌眉毛一扬，骄傲地说："我有答案啦！不过，我才不想什么生存呀生活呀，我就想我以后为什么。"

向东饶有兴趣地问："是什么答案？"

金悦萌咯咯一笑说："我以后啊，就是为了跳舞，为了未来。"

"为了未来，我有点不明白。"

"你好笨哦，芦中玮就是未来呀！"

向东恍然大悟，冲着金悦萌伸出了大拇指。

同一天晚上，在向桐家的书房里，芦承贤和向桐相对而坐。"有件事我考虑很久了。"芦承贤说，"以前总想着时机未到，所以就一直瞒着你。现在你有家也有孩子了，我和你孟阿姨商量了一下，我们认为还是应该给你说清楚的好。"

向桐注视着父亲，神色平静。

芦承贤继续说："这件事你小的时候问过我，长大以后再也没有说过。我知道，你是体贴我，怕让我为难。可这事总不能瞒你一辈子吧！再说，你也有权利知道真相。"

"爸爸，不用这么委婉，你是不是要说我的身世？"

"是的。说真的，我有点担心，你接受不了。"

向桐一笑，语气平和地说："不会的，这个事对我来说，已经不重要了，你就直说吧！"

"我是你的养父，卢明和吴玉霞是你的亲生父母。你和向东是双胞胎，你是弟弟，他是哥哥。"

房间里安静得像凝固的黑夜。向桐低着头，用一只手的手指，轻轻搓揉着另一只手的掌心，好像在那些掌纹中藏有该如何选择的答案一样。许久，芦承贤又开口说话了，似乎说得很艰难，话音都变得沙哑了。

"如果你同意，我想找个时间，让你们父子相认。"

"不！"向桐抬起头说，"其实我早就猜到了，只是没有、也不想确认罢了。我的态度是保持现状，你也不要给他们说我已经知道自己的身世了，好吗？"

"这是人生中的一件大事，你还是再考虑一下。"

向桐的话掷地有声："我早就考虑好了，你是我永远的唯一的父亲！"

那天夜里，向桐躺在床上却毫无睡意。他怕辗转反侧影响金悦萌休息，悄悄起身，拿起放在床头柜上的手机来到客厅，站在落地窗前向外看去。城市的夜晚灯光流淌，楼房道路树木都显得那么虚幻。有云层低垂吗？看不见星星，暗橙色的夜空让人感到压抑……手机突然震动，接通电话，传来的竟然是一声霹雳，《都市新报》一名记者遇害。

遇害的记者是雷小亮。

他下夜班回家，经过尚民路食品一条街。夜深人静，灯光昏暗得像谎言一样，他多次遇见一辆小型厢式货车给店家送桶装食用油。一次两次可能是店家补货，三次五次在深夜进行交易必然隐藏着不可告人的猫腻。记者的新闻敏感性促使他一探究竟。

一辆桑塔纳轿车——报社用来采访的车辆，像只警惕的猫潜伏在尚民路口。关闭大灯的小货车送完货之后，轻松地从采访车前经过，拐上主路才开亮大灯。采访车远远尾随着神秘的小货车穿过市区驶向郊外。沿着省道开出去三十多公里，小货车拐入一条乡间公路。等到那辆车的尾灯消失，采访车才离开省道继续跟踪追击。驶过静悄悄的田野和村庄，车头前方出现一个三岔路口。晨光跃出地平线，天色已经蒙蒙亮。他和司机下车寻找小货车驶过的痕迹——风儿指明方向，鼻孔嗅到一股臭味。远处一座还亮着许多灯的村落像一只背上渗出点点白汁的癞蛤蟆，阴沉沉地趴在淡青色的天幕下。

清晨进村可能会引起怀疑，他决定暂时撤退。中午时分采访车卷土重来，停在水洼村前的一个水塘边上。空气中塞满了令人作呕的臭味。司机手捂鼻子嚷嚷："臭死啦！快去快回啊！"走进村子，他几乎不敢相信自己的眼睛。在朗朗晴空下，竟然会有这么个臭气熏天的龌龊之地。村里的路边上摆放着许多写有"油料批发"的广告牌。几乎每个院落里都搭建有作坊式的小工棚，里面简易土台上的大铁锅中沸腾的红汤绿水"噗噗"作响，成群结队的苍蝇在臭气中嗡嗡。已有人满脸堆笑地迎上前来，点头哈腰地问："老板，要油吗？"

鑫发油脂化工厂的院子里停放着四辆小货车，其中就有他们追踪的那一辆。一个四十多岁的矮胖子嘴角叼着纸烟，热情地给假扮成酒店后厨采购员的雷小亮推销"鑫发牌再生油"："我这油的亮色和透明度跟名牌正品油完全一样，还比它便宜一半多，炒菜炸油条，要是能吃出一点异味我把头给你。"又从抽屉里取出一沓小学生用的数学本，递过来继续吹嘘："你看看，看看，市里的这些地方都用我的油。"本子上写满小饭馆的店名,有几页纸上记录着往尚民路食品街和送往其他夜市的日期以及数量。雷小亮问:"一天能销出去多少?"矮胖子吐掉烟卷,又点上一根说:"不多不多,也就是个八九吨吧!"雷小亮暗自心惊,借口先买十斤回去试用,如无不良反应就长期定购。趁矮胖子取油的工夫,他从本子上撕下几页纸装入衣兜。拎着一塑料桶的"再生油"往外走,目光扫过工棚下那些喷发着恶臭的大铁锅,问了一句:"你们不觉得臭吗?"矮胖子厚颜无耻地笑道:"臭是臭点,可钱是香的呀!"

"再生油"送入食品药品检验所。检测数据表明,送检产品中黄曲霉素、苯并芘等强烈致癌物,含量超高;砷、铅含量也严重超标,而且还含有大量细菌、真菌等有害微生物。检验报告、几页记录"再生油"流向的纸张和一篇题为《警惕!"再生油"入侵餐桌》的调查报告送到向桐的案头上。他读完之后拍案而起,叫来崔建和其他两位副总编,开会商议后决定即日刊发。

从饭店收集的泔水和地沟里的油污中析出的所谓"再生油",竟然变成食物上那一层诱人的油光,堂而皇之地进入人们的口中。市民们愤怒了,一伙情绪冲动的年轻人把十几个花圈送到市场监督管理局的大门口,怒气冲天的电话潮水般涌进食品和药品质量监督部门……早餐摊点无人光顾,食品一条街上门可罗雀,夜市里面空空荡荡的可以骑着赛车畅行无阻。饭馆老板和小吃摊的摊主急了,不约而同地把著名食用油的油桶摆放在醒目的位置上招徕顾客。每天清晨都能听见早点摊上的喊声在街头飘荡:"正品油哦,正品油哦!无毒无害,放心吃哦!"

公安、卫生、市场监管和工商税务部门组成的联合调查组进驻水洼村。一夜之间,村里那些"油料批发"的广告牌消失得无影无踪。"鑫发油脂化工厂"各类手续齐备,矮胖子老板向调查人员展示了与国有化工厂签订的提供粗炼油脂的合同。从泔水和油污进村,倒进大铁锅里熬制成粗炼油,再送入正规化工厂,环环相扣,无懈可击。整天在臭气中勤劳致富的村民们蒙受了天大的委屈,面红耳赤地围住调查人员讨要公道:"谁说粗炼油能吃啊?你们去找啊,看看能不能从我们的伙房里找出来一滴?"乡村两级干部也为水洼村鸣冤叫屈,变废为宝,化腐臭为清亮亮的油,农民从中只挣点辛苦钱啊!

谎言让人心情愉悦,真相使人如坐针毡。联合调查组一身轻松地无功而返,水洼村一如既往地释放臭气迷惑日月。直到几年后中央电视台记者暗访“地沟油”作坊，将其真实面目曝光于天下，国家强力部门严查“地沟油”，才使得水洼村的上空又恢复了大自然原本的气息。而在当时，联合调查组离开不久，村子里又冒出几家“鑫鑫油脂化工厂”“鑫强日用化工厂”“鑫光肥皂厂”……

联合调查组发文，经查，水洼村的“粗炼油”没有流入食用油市场，市民食用油完全符合国家标准。与此同时，一些良知未泯的店家发出联合倡议，营造绿色餐饮空间，坚决抵制“再生油”。市民们被搞糊涂了。

雷小亮继续调查，从国有化工厂原料入库单中发掘出新的线索，水洼村送来的“粗炼油”平均每天不到三吨。那么，其余的“再生油”被送往何处？经过暗访，他又发现了相关证据，慢性毒药般的“再生油”已从省城流向邻近的市县……就在这时，一把冰冷的尖刀不偏不倚地捅进他的心脏……案件至今未破。究竟是谁，在他的血泊中狞笑？

相信邪恶无法撕裂正义的人们啊，你们太善良了。在雷小亮的追悼会上，向桐致悼词。“……小亮，我们的好同事，对不起！真的对不起啊，我们没能保护好你。”他已泣不成声。

那天，在悼念大厅旁边的亲属休息室里，雷浩鼻涕一把眼泪一把地哭号：“怎么会这样啊？”遗体告别时，他在王连成的搀扶下颤颤巍巍地站立在灵柩一侧。卢明和芦承贤从他面前走过，看都不看他一眼。所有认识或是知道他的人，没有一个在他跟前停留，劝其节哀。

走出悼念厅，崔建的神情异常凝重，从不吸烟的他向同事讨要了一支香烟，点着后嘬了几口说出一句话：“在那把杀害小亮的刀柄上，也有雷浩和那些造反派的指纹。”

第三十二章

卢明看似坐在沙发里闭目养神，脑子里却像微风吹拂下的泰安湖一般涟漪轻泛。

人生的脚步即将迈过朝杖之年的门槛，家人都在筹划着给他过一个具有纪念意义的生日。雅楠也专门打来电话："这个生日一定要过，还要过得隆重。到时候我们一家都回来。"是的，没有理由让那个人生巅峰式的重要日子悄无声息地滑门而过。这些年来子女们也是诸事顺遂，他们意气风发的脸上总是闪现着舒心的光彩。对一位高龄老人来说，还有什么能比得上看到子女平安快乐而感到欣慰的事呢？孩子是父母的骄傲，他们的身影一个接一个地浮现在脑海里。

虽然胜利曾经历过下岗的苦闷。颁发给"卢一锉"的奖状和省级劳模的证书在企业改制中都沦为废纸，他不得不坐进待岗的冷板凳里。可卢家的孩子身上没有乞哀告怜的遗传基因，他们的骨头弹上去会铮铮作响。"南亿建设集团有限公司"旗下的钢门钢窗厂面向社会招聘技术副厂长，他从众多应聘者中脱颖而出，修火车的技术骨干摇身一变成为制造钢门铝窗的专家，收入也比他在机车厂时翻了几番。黄桂兰调回省分行任信贷管理部主任，找贷款的企业领导和老板们简直把她奉为掌管金库的女王，据说每年经她签发的贷款都高达几百个亿。卢倩倩继承了卢家人身上的新闻血脉，从北京广播学院新闻学专业毕业，回来直接进入省电视台，成为本省新闻联播节目的主持人。

有一年雅楠和欧阳晨回泰安湖探亲，卢明问外孙欧阳志强一个问题："将来长大想干什么？"欧阳志强响亮地回答："我要当将军！"

向东的事业可谓一帆风顺。两年前他已升任设计院的副院长。虽说他的事业前景看好，但也有一点遗憾，他和包慧一直没有孩子。

向桐就像他沉稳的性格一样，做事一步一个脚印，尽管缺乏向东那种活力四射的精神，但其人品和业务能力已在报社树立起良好的口碑。自担任《都市新报》总编辑以来，在他的主持下，报纸扩为五十六个版，内容更加丰富多彩，深受广大读者的喜爱。金悦萌简直就是个奇迹，生完孩子仅用一年多时间，她的身材就基本恢复到怀孕前的状态。她正在刻苦训练，准备重返舞台。他们的孩子芦中玮是个聪明伶俐的小家伙。

这一对双胞胎在做事风格上为什么会有那么大的差异呢？卢明口中渗出一丝淡淡的苦味。他站起身走到窗前，红顶子楼挡住视线，像一道屏障挡在他与社会之间。凡是人为的障碍都会引起心中的不快，他转身回到沙发中，戴上老花镜，又拿起茶几上的《人民日报》阅读起来。

距那个喜庆的日子愈来愈近。雅楠一家回来了。欧阳飞也带着他二十多岁的温州媳妇小谢来给卢明祝寿。他现在可是陇山县响当当的人物。那年回去正好碰到县建筑工程队破产解散，他立即注册一家名为"关山建业"的建筑公司，像收购废钢铁一样买下工程队的所有设备，同时象征性地花钱将破产企业的建筑资质转入自己名下。随后参与旧城改造，兴建居民住宅小区，让上千户平民百姓用上了暖气和抽水马桶。又在城外新开发区买下几百亩地……手头的项目多得五年八年都干不完。一天他在县城的街道上碰见一个眉清目秀、皮肤白皙的南方姑娘，像是发现一只从关山飞出来的凤凰，一路跟踪着凤凰到她降落的地方。经打探，凤凰的父亲是个来自浙江温州的木匠，因凤凰在读大学，他靠做家具挣钱供凤凰完成学业。欧阳飞将木匠招至自己麾下，任命他为水电木工队的队长，并为其修建了一座水电暖齐备的三层楼房，然后直言所做的这一切都是因为他看上了凤凰。木匠和凤凰权衡利弊，婚姻的天平最终倒向陇山县最大的房地产商。欧阳飞眉飞色舞地对向东说："原来我定的一千万的目标，实际花了不到一百万就实现啦！哈哈。"在卢明面前他可不敢嚣张，而是像个做错事的学生，如实汇报他回到陇山县遵纪守法搞建设的情况。有件事引起卢明的兴趣，一年前欧阳飞从县旅游局得到消息，县里准备推出关山旅游项目。他闻风而动，将芦家大院列入旅游线路图。并与县乡两级政府签订协议，由他出资修缮芦家大院，同时拥有芦家大院旅游资源的经营权。"我请的是古建筑施工队，把芦家大院从里到外整个修了一遍，我娘说跟她小时候看到的一模一样。"他恭恭敬敬邀请："卢叔，我娘说您一走就是几十年。现在除了芦家大院、石头狮子和村口的那棵大槐树没变，其他的都变样了，我们都想请您回去看看。"卢明仰靠在沙发上，自言自语道："是呵，是该回去看看了。"欧阳飞这才活跃起来，兴奋地说："到时候让向东给我打电话，我到机场接您。现在都是柏油路，半天时间就到县城啦！"卢明问："那个石头狮子还关在铁笼里吗？"欧阳飞咧嘴一笑说："我把它解放啦！"

金秋时节，天高云淡。格里森大酒店的宴会厅里嘉宾云集，喜气洋洋。

寿宴由向东一手操办。大厅加包厢，总共设置五十八张用餐的圆桌。八层高的生日蛋糕，像小型金字塔摆放在司仪台前方一侧。金字塔最上面顶着一个"80"的数字。司仪台的背景墙上有一个巨大的屏幕，两侧分别悬挂着四只大红灯笼。八只大红灯笼放射出的光波，给整个大厅镀上一层火热的红晕。每位来宾都收到一只精美的小礼盒，里面是八块心形的巧克力。就连事先预定的美食佳肴也有讲究，八种小点心，八个凉菜，八个热菜……

来到身边祝寿的全都是笑脸。老寿星已经记不清和多少笑脸握过手了，但有两张本不可或缺的面孔却没有出现。包慧没来，向东说她有任务不能请假。蹊跷的是离休后在上海养老的包慧的父亲也没有任何表示，甚至连个电话都没打，难道是他身体有恙，或是人老健忘？再一个是向桐，他去北京参加中宣部举办的总编辑理论短训班，尚未结业。在这个重要的日子里，双胞胎兄弟的天空缺少了半边，怎能不让人感到遗憾？这时候，一个不到三岁的小人儿来到身边，仰起小脸对卢明说："卢爷爷，妈妈让我代表爸爸，祝您生日快乐！"卢明轻轻抚摸了下芦中玮的小脸蛋，取出一个红包放入他的小手里。

时针指向十一时五十八分，大厅里的人声像潮水般退去。卢倩倩身着红色长裙、手持麦克风出现在司仪台上，优美的声音像阳光洒进喜庆的大厅："尊敬的来宾，上午好！我的爷爷，原省委常委、省委宣传部部长卢明先生的八十诞辰庆典，现在开始！"掌声四起。待声音回落，卢倩倩饱含深情地朗诵道："八十年风雨如磐，八十年砥砺前行，八十年辉煌篇章，八十年奋进的音符汇成一曲人生最美的长歌……历史的回声犹在耳畔，亲爱的来宾，请跟随我们的镜头，一同回溯我爷爷的革命征程。"音乐声起。投影机喷射出一道光芒，巨大的屏幕上，流云飞渡、群山迤逦。卢倩倩旁白："关山，又称陇山，红军曾在这里播下革命的火种。"镜头掠过风景秀丽的田野小河，摇向绿树衬映的村庄。旁白："芦家营，我爷爷就出生在这座古老的小村庄里。"镜头推向村中一座古朴庄重的院落。"芦家大院，一个热血少年从这里踏上探求真理的漫漫长路"（卢明事后才知道，为了这个视频，向东请电视台的编导和卢倩倩一起做了大量的剪辑，还让欧阳飞请老家电视台的记者拍摄了不少家乡的画面）。镜头继续前推，屏幕上出现两尊外形威猛的石雕狮子。特写：硕大的狮头，狮嘴中的宝珠清晰可见。卢明不由得转回头去看在同桌就座的芦承贤，听见坐在芦承贤腿上的芦中玮脆声脆气地问："爷爷，狮子嘴里为啥有个圆石头呀？"芦承贤在他耳旁低语了几句。孩子眼中闪出惊奇的光芒，又问："真的吗，还会亮呀？"卢明心里一动，又把目光投向屏幕。在卢倩倩的旁白中，屏幕上出现了小学里那个铁锈斑驳的古钟，景色绮丽的崆峒山和"黄帝问道处"的石碑。"古有黄帝登临崆峒，问道于广成子。而在水深火热的旧中国，一个有志青年，也在黑暗中寻找革命的曙光。"重庆朝天门。滚滚长江浩荡东去，声声汽笛低沉揪心。延安宝塔山，那座著名的宝塔犹如长剑直指苍穹。"我的爷爷摆脱国民党特务的追捕，来到革命圣地延安，从此走上他梦寐以求的革命道路。"日军缴械，太阳旗落地……军号嘹亮，百万雄师过大江……报社编辑部里，卢明、薛文昌和编辑们在讨论版面……省委办公大楼前，五星红旗高高飘扬。全省新闻宣传工作会议，卢明正在主席台上讲话："我代表省委、省政府，对我省新闻宣传工作做出如下安排。"……泰安湖中波光粼粼，湖畔垂柳依依。镜头上摇，夕阳染红天际……

八十年呵，弹指一挥间。卢明的脑海里出奇地平静——这是长途跋涉后的安宁，是攀上人生巅峰后的舒畅。视频结束，掌声响彻大厅。屏幕上出现一个红色的心形图案，中间是四个金光闪闪的大字：生日快乐！胜利一家、雅楠一家和向东上台，排成一列向来宾致谢。胜利和向东西装革履，雅楠和欧阳晨的军装肩上金星闪耀。看着他们，卢明想起了芦武奎，如果他老人家灵魂有知，一定会含笑九泉。目光再转向芦承贤，他正在与孟沁瑶低声交谈。卢明只知道他与芦承贤同岁，却不知芦承贤的生日是哪一天。本想等生日庆典结束后问一问，不承想前来敬酒祝寿的人太多，便把这件事给忘了个一干二净。

半个月后，是芦承贤八十岁的生日。他本不想声张，只打算一家三代在酒店里订个包厢简单过一下了事。但一家人全都反对，就连芦中玮也尖声尖气地叫嚷："那个卢爷爷都过生日啦，我的爷爷也要过！"更让他意想不到的是在他生日前的一个星期，覃伟和覃岚携带家人突然出现在"盛世豪庭"的楼下。原来在一年前，他们就和向桐秘密达成一致，共同给他庆贺八十寿辰。

时光如梭，覃伟都已年近古稀。前些年，为履行在母亲坟前许下的诺言，他带人三进野人山。曾在密林中找到一些中国远征军的遗物，锈蚀的刺刀、枪膛枪栓，残破的枪身……那些曾经发出过怒吼的武器都已经永远缄口，散落在无人问津的深山野壑中。在一道石坎下发现一口有个大窟窿的行军锅。那口锅上肯定有炊烟的记忆，但上一次生火做饭的亮光，映红的是几十年前的某个清晨、中午，还是黄昏？他们在一具残缺不全的人体骨殖中清理出一支钢笔，笔身上刻有"勿忘我"三个汉字。也不知它最后一次书写，是写给生死与共的战友，还是写给远在中国的妻儿老小……那些已经无法考证了，只有一点可以肯定，它的主人用它，蘸着生命中的最后一抹光辉，书写出的是中国文字。三进野人山，只发现十多具中国军人的遗骸。难道其他几万中国军人的血肉之躯全都被时光的汪洋大海淹没得无影无踪了吗？第三次去的时候，带了几台金属探测器。原本想在几万军人长眠的地方，只要打开机器，滴滴滴的蜂鸣音就会响彻沉睡的山林。可是，机器沉默，山野无声，难道那些曾为祖国而战的钢铁军械，也被一层层沉淀下来的阳光深深地掩埋了吗？找到的遗物遗骸全部运回祖国。可随军采访的父亲呢？他手中藏有历史画面的相机呢？覃伟衰老的身体已无法支撑他再去翻山越岭，他便把铭刻着诺言的接力棒交给儿子覃明远，自己则把主要精力投入到"渝城老店火锅"的经营中，为下一代人去野人山迎回中国军人的英灵提供财力保障。与此同时，他还筹划成立基金会；选择适当地点，修建陵园、纪念馆……

渝城老店火锅已在全国开设了七十多家分店。覃伟注册成立"重庆君诚餐饮发展有限公司"，聘请上市顾问，招收专业人才，紧锣密鼓地准备将企业发展为上市公司。这些年来，他每年都会把经营纯利润的百分之二十存入孟沁瑶的个人银行账户（孟沁瑶把在银行开户的事都忘了啊）。年年如此，雷打不动。而且，这个账户中的资金只进不出。经专业机构评估，"重庆君诚餐饮发展有限公司"的总资产为一亿多元，其中孟沁瑶账户中的资金约占总资产的百分之十。覃伟将这笔巨款纳入注册资本，既是对孟沁瑶当年投资渝城老店火锅的回报，也是要让她在"重庆君诚餐饮发展有限公司"拥有价值不菲的原始股本。不仅如此，覃伟这次来还说服孟沁瑶，请她加入公司董事会，担任副董事长，共同参与公司的经营和决策。

当年的义举换来的竟然是这么一个铺满朝霞的喜讯，孟沁瑶深受感动，她答应加入覃伟的团队。同时决定，如果"重庆君诚餐饮发展有限公司"能够顺利上市，她绝不套现。还要拿出每年分红的百分之七十的资金，投入覃伟所说的基金会。"让我也尽一点力，"孟沁瑶说，"希望能找到覃先生和他的照相机。"

镜头不瞑目。芦承贤把那台覃家欣曾经用过的德国"蔡司"照相机又交还给覃明远："你奶奶说过，照相机是你爷爷的眼睛。你也是摄影记者，拿着它，让你爷爷看看今天。"

听到这句话，覃岚禁不住热泪盈眶。她也退休了，却没有赋闲在家，而是在覃伟的公司里任人事部主管。"在用人上我替哥哥把把关。"她说，"好让他腾出精力，把公司做大做强。"她的女儿陈紫雪医学博士毕业后成为一名医生，曾跟随覃伟进入野人山。她对芦承贤说："下一次明远哥他们去缅甸，我还去。有我这个医生在，他们就会有安全感。"

有朋自远方来，不亦乐乎？可在芦承贤和孟沁瑶为覃伟他们举办的洗尘宴上，人们却高兴不起来，因为所谈的话题绕不开覃家欣和苗雨涵，也绕不开那些苦涩的往事。大人们谈论的不是童话，小孩子自然听不懂。芦中玮拽了拽金悦萌的衣袖，小声问："妈妈，爷爷他们说的是啥呀？"金悦萌在他耳边说："他们说的是历史。"芦中玮迷惑地看了看桌子上的菜肴，问出一句让大人们都难以解答的话。

"历史香吗？"

餐桌上一片沉静。向桐赶忙端起酒杯敬酒，这才使大家的目光又回到现实中间。

芦承贤过生日就像是一场家庭聚会，如果不是覃伟定制的那只大蛋糕，几乎就看不出是一场庆贺八十岁生日的寿宴。报社的同事一个没请，两个圆桌都没坐满。金强善意地埋怨道："老芦，你这八十大寿过得太简单了吧！"芦承贤说："不用太讲究，过日子比过生日重要。"面对这样一位生性淡泊的老人，大家也不好再说什么。

小孩子好动，芦中玮从座椅上滑下来，围着圆桌转了一圈，问芦承贤："爷爷，那个姓卢的爷爷为啥不来呀？"芦承贤笑了笑，俯下身子说："他回老家去看石头狮子了。"

崭新的红地毯像从芦家大院射出的一道红光，铺洒在院门前面的土地上。卢明和吴玉霞下车，踩着红地毯走到那对石头狮子中间。正午的阳光洒在石头狮子的身上，像是给它镀了一层金子。卢明停住脚步，久久地凝视着口含宝珠的雄狮……记忆中的那头狮子是多么高大威猛啊……可现在看起来，它的外形也是稀松平常毫无惊人之处。狮嘴里的宝珠虽然擦得光滑明亮，不过也就是个暗红色的圆石头罢了。旁边的吴玉霞不耐烦地催促："走吧，石头狮子有啥好看的？"卢明这才收回目光抬脚迈步。红地毯覆盖在石台阶上，一直铺进广梁大门，从地面上喷发而起的红光就像迎接他衣锦还乡的气氛一样热烈。

两天前，欧阳飞开着一辆崭新的宝马轿车在机场接机，他的年轻媳妇还给卢明和吴玉霞送上欢迎的鲜花。车子行驶在平坦的柏油马路上，像坐在游船上那样平稳舒适。到县城入住陇山宾馆，吴玉霞看到豪华套间里各种设施齐备，脸上这才露出笑容。当晚，欧阳飞在宾馆的豪华包厢里设宴欢迎卢明荣归故里，他竟然能请来县委书记、县长作陪。那个戴着眼镜的书记频频敬酒，说的话也让人倍感舒服："卢部长，您是从咱们陇山县走出去的最大的领导，欢迎您回来检查指导我们的工作。如果时间允许，还想请您给我们一班人讲讲课，传授一些发达地区经济快速发展的宝贵经验。"

芦花花也在场。时间稀释了过去的恩怨，在这种场合，她分寸把握得很好，表现得稳重而体面。卢明早就知道欧阳勇强已于八十年代病殁，也就跟她说了一些无关痛痒的家常话。原本打算第二天就去芦家营，可县委书记听卢明说想去祭拜董元庆和许先生，还想故地重游，再聆听一下上小学时的那口古钟的声音。他一个电话，就将卢明的设想转化为公务活动。

在欧阳飞和县委办公室主任等人的陪同下，卢明和吴玉霞来到烈士陵园。董元庆墓前，花圈早已摆放妥当。卢明缓步上前整理花圈上的挽联，向董元庆的坟茔三鞠躬。望着董元庆的墓碑，他的眼眶红了，耳畔响起董元庆在课堂上发出的振聋发聩的怒吼，"一个没有血性的民族，必然会遭受欺凌！"脑海中浮现出董元庆在囚车里那清澈明亮的眼神……烈士眼中的光彩已越过高大的墓碑和苍松翠柏，溶化在共和国晴朗的天空里。相比之下，许先生的坟茔就显得很普通了，只是一个荒草萋萋的土堆，坟前立着一块不大的墓碑。卢明给先生敬香三炷。不顾地上的尘土，执意跪下身子焚烧纸钱，然后对着许先生的坟三叩头。欧阳飞和办公室主任扶起他，忙不迭地替他拍打裤腿上的灰尘。他问许先生的后人："先生的那根教鞭还在吗？"许先生的几个后代表情木讷，傻呆呆地杵在一旁，只有一个年轻小伙子茫然地摇了摇头。卢明的心中一阵酸楚，他们怎么没有继承许先生的满腹经纶和睿智呢？他拿出一千块钱交给那个小伙子，让他们用这些钱修整坟地和祭祀。走出一段路他回过头，却看见那几个人正在分钱。

小学生们列队欢迎卢爷爷莅临学校视察，天真烂漫的笑脸，"欢迎，欢迎"的呼喊，感染得卢明脸上容光焕发。学生代表给卢明和吴玉霞送上鲜花，又为他们系上鲜艳的红领巾。在县委办公室主任、县教育局局长和校长一行人的陪同下，卢明缓步参观校园。当年破破烂烂的土坯教室早已不见，取而代之的是一栋宽敞明亮的教学楼。董元庆当年宿舍的位置现在是操场的跑道，小学生们在董先生曾经备课的地方欢笑着相互追逐。校长办公室的墙壁上挂着大幅的世界地图和中国地图。卢明戴上老花镜，又一次在中国地图上找到陕北。当年吴校长用红蓝铅笔戳出的几个小红点，那时候还得偷偷摸摸地在地图上找。谁承想，它早已星火燎原……学校里的一切都变样了，唯有那口古钟悬挂在原处。学校改用电铃，古钟沉寂在岁月的河流中。卢明问校长，可否再让他听一听钟声？"当……当……当……当……当……"他闭上眼睛侧耳聆听，满世界都是激昂的嗡鸣，像历史的回声，像大河浩荡。

晚上县委书记设宴。县里四大班子的领导轮番敬酒，吃的是家乡菜，喝的是崆峒酒。乡音乡情故乡酒，卢明多喝了几杯，失眠了，大脑里像演电影般全是往日的画面……

红地毯一直铺到照壁跟前。再往里走，熟悉的第二道门，熟悉的院落，眼前的一切是如此的真实而又虚幻。明明脚踏实地，却宛如在梦中一般……芦家大院呵，曾被你的厚门高墙禁锢住自由的"泥点子"回来了……听到的是亲切的乡音，眼中却全是陌生的面孔。就连私塾同窗芦启智，也变成个腰身伛偻、脸上布满蛛网般皱纹的小老头。芦满囤、芦土娃都已经作古。欧阳飞说："卢叔，您脸上光堂得像镜子，又有官体，看着比芦启智要年轻二三十岁哩！"

回到故乡必须为先人上坟。芦氏坟场中，芦武奎夫妇的坟墓周围有一圈砖砌的矮墙，墙外四个角上苍松傲立。坟前一人多高的石碑，默默地彰显出不凡的庄重与肃穆。不远处芦仁乾的家族墓地已经荒芜，有的坟头塌陷，有的墓碑都断成两截……目光回到芦武奎的石碑上，上面雕刻的文字显示三代人有两个姓。但卢明却在孙子的名字中发现了芦向桐三个字。吴玉霞也感到惊讶："咦，向桐早就知道他和向东是双胞胎吗？"卢明沉思不语。

正如欧阳飞所言，芦家营变样了。卢明离开时满村的土坯茅草屋，现在全都变成砖瓦房。由于人口增加，村庄也比以前大了许多。芦家营改变的是外貌，芦家大院改变的是内涵。欧阳飞把中院和后院全部改成了饭堂和民宿，又把偏院的柴草房改造成厨房，只有芦仁乾的客厅和"明心堂"一切如旧，原封未动。卢明一眼看出"明心堂"的那块牌匾有问题，像是经过做旧处理的新匾。许先生那绵里裹铁的颜体书法，看上去却有一种绵软轻飘的感觉。他不动声色地问："以前的那块老匾哪去了？"欧阳飞面色涨红，心虚地小声道："裂了，不好修复。我看都是紫檀木，就用它做了个茶桌。"他偷眼瞄着卢明，赶快转换了话题："卢叔，今晚您和吴姨住后院上房吧？您知道，以前那是芦家大奶奶的卧房。前两天我就教人把炕都烧暖和了。"吴玉霞觉得后院有股子说不出的阴森气，更闻不惯辛辣的炕烟味，一口回绝了欧阳飞的安排，晚上还是返回县城宾馆就寝。

那几天，欧阳飞想方设法取悦卢明夫妇。陪他们游览崆峒山，吴玉霞在山顶云雾缭绕的皇城中抽到一支上上签。人高兴了在凡间也能看到仙境，她评价崆峒山既有黄山之险，也有峨眉之秀；山中佛寺有高僧，山顶道观有百岁道长；而且儒释道三教汇聚，真是一座令人流连忘返的宝山。心情好胃口也好，下山后她竟然吃了一大碗羊肉泡馍。卢明不吃羊肉，那一年吃下羊肉吐了之后，他只要一嗅到羊肉味就恶心。吴玉霞饭后上车，卢明嗅出一股刺鼻的记忆，肚子里一阵翻腾，他赶忙拿起保温杯喝了几口酽茶。

六盘山主峰。卢明仁立在山巅上，面向东方极目远眺，层峦叠嶂，锦绣山川，一览无余。他不由得豪情四溢，背诵起毛泽东的著名诗篇：天高云淡，望断南飞雁。不到长城非好汉，曲指行程二万。在那座飘满诗意的山峰上，欧阳飞不失时机地恭维道："卢叔，您就是个好汉。"卢明眼望远方，脸上浮起了舒心的微笑。

　　回到故乡怎能不去关山呢？欧阳飞借来两辆越野车，一辆载人，一辆拉着野炊用具和厨师，沿着一条简易公路驶向关山。深秋时节，层林尽染，啁啾鸟语中都闪烁着宝石般的光芒。阳光照耀下的红桦林中，从树干上绽裂出的薄如纸张的树皮和满树红叶像火焰在燃烧，拂过山野的风儿都染上一层梦幻般的嫣红。刀劈斧砍的悬崖绝壁上，生长着枝干刚毅的苍松，龙爪似的虬根攫得岩石都裂开一条条的缝隙。抬眼远望，山峦起伏，大地的褶皱如同多彩的浪潮在时光的背景中汹涌奔流。山有山的豪迈，花有花的骄傲，大自然的天平上永远不称贵贱。车轮蹚过唱歌的小河，越过险峻的山口，进入关山腹地。那天中午，他们在仙女湖畔野餐。车载冰箱里有山鸡野鸽野兔和鹿肉，从湖里钓出几条花背鲫，再到林子里采鲜蘑菇……厨师又是炖又是烤，只是撒了一点盐，大自然的味道已经奇美无比。有谁能品尝到这辽阔餐厅的惬意滋味呢？大地是桌，苍穹为盖，太阳当灯，白云添趣……在摆放有折叠桌椅的宽畅的野营帐篷里，卢明和吴玉霞罕见地边尝鲜边碰杯，不知不觉间，两人都有些微醺浅醉。

　　游览关山，尽兴而归。欧阳飞夫妇又在当年芦仁乾一家专用的饭堂里摆设盛宴。圆桌上全是山珍，琳琅满目，香气扑鼻。除去欧阳军夫妻俩有点拘谨之外，其他人都情绪高涨，谈笑风生。芦花花手持筷子不停地给吴玉霞添菜，她俩的话题全在儿孙身上，两人的眼睛里都闪耀着骄傲的光彩。卢明和欧阳飞的交谈则与事业有关，什么县里的房地产市场啊，旅游前景啊，芦家大院怎么招徕旅客啊……那些全是欧阳飞如意算盘里的珠子，随着他设想的方案上下滑动。在卢明眼神的鼓励下，他有点得意忘形了："卢叔，听人说您小的时候看见过石狮子嘴里的宝珠发光了，是真的吗？"卢明"嗯"了一声，肯定地点了下头。"卢叔，我给您看个宝贝。"欧阳飞说完跑了出去。

　　过了一会，他捧着一个盒子回来，从盒里取出一个东西放在桌子上。卢明脸上的笑容凝固了。眼前是一个暗红色的石头圆球，看上去和石狮子嘴里的宝珠一模一样。欧阳飞说："咱这儿方圆几十里的人都知道，'宝珠亮，显吉兆。'可那东西猴年马月才能亮一回呀？如果咱能控制它，来个大老板呀，大领导呀，咱就让它亮，吉兆啊！老板领导一高兴，说不定就能给咱投资给项目。"说着，他从盒子里取出个遥控器按了一下。

圆石头亮了，像只红彤彤的火球。

卢明拿起石球，他的眼中有火苗跳跃。

欧阳飞继续说："我专门让人去南方做了几个。本来想着您一到大院门口就能看见宝珠亮，没想到原来的那个不好往出取，我找了个老石匠，就这几天……"

"住口！"一声怒吼惊得众人脸色大变。卢明气得浑身颤抖，站起来将石球狠狠地掼在地上。"砰，"假宝珠被摔得四分五裂，里面的小电池小灯泡和元器件飞散一地。"啊！"欧阳飞的小媳妇惊叫着双手捂住脸。卢明脸色通红，两眼冒火，冲着欧阳飞骂道："混蛋！你……你……为了钱，把石头都能做成假的，你还有什么事情干不出来啊？"

吴玉霞赶忙过来劝说："别生气别生气，当心血压。"

芦花花也怒斥欧阳飞，让他滚出去。

"等一下，"卢明叫住欧阳飞，"还有吗？都拿出来，全部砸掉！"

"砰，砰"，又有几个假石球被摔得粉身碎骨。

酒宴不欢而散。

从老家回来卢明依然怒气未消，他想不通，芦家营那么纯朴的水土怎么会养育出欧阳飞这种人？"来个大老板呀，大领导呀，咱就让它亮，吉兆啊！"卢明不禁感到担忧，按民间说法，石狮子口中的宝珠不仅能驱除妖邪，还可增添祥瑞，它承载着梦想与希冀，和石狮子一起守护着皇宫民宅。如果宝珠为了金钱、为了某些人的利益而频频发光，老百姓眼中的石狮子会是一种什么形象？

可能是心情欠佳的原因吧，卢明的血压居高不下，总感到头重脚轻，胸口堵得像塞着一团湿棉花，耳朵里也有金属的尖啸声。保健中心的医生给他测量血压，被血压计上那根亮晶晶的水银柱吓了一跳，赶忙把他送进医院，在高干病房住了一个星期血压才恢复正常。没想到刚回家就有烦心事上门，血压又不稳定了。

"我把钢门钢窗厂的工作辞了。"胜利瓮声瓮气地说。

吴玉霞一脸疑惑地问："你的副厂长当得好好的，为什么要辞啊？"

胜利像是遭受到奇耻大辱一般，眼中掠过一道倔强的寒光："我宁可回厂里看大门，也不愿意在'南亿'让人家戳脊梁。"

为何会出这样的事呢？吴玉霞坐在泰安湖边的长椅上，用手机询问黄桂兰，胜利那头犟牛又是哪根筋出了问题？黄桂兰说："我只听见他和向东在电话里吵架，究竟为什么，我也不知道。"吴玉霞又拨通向东的电话，向东的回答像是雾里看花："我哥就是个技术工人，当领导、处理协调各方面的关系还是有些问题。"兄弟吵架就像牙齿不小心咬到舌头，算不上什么大事。但当年的省级劳模整天无所事事，没准还得在家里看老婆的脸色，这后果可就令人揪心了。

后来胜利回厂上班。事情虽过，余波未了，家里那种子女团聚的快乐气氛也像卢明的年龄一样变得苍老、失去了原有的活力。胜利一家仍是每个星期天都来泰安湖，凡是他来的时候，向东就在单位加班。兄弟俩偶尔碰面也是一个不理一个，就像遇见仇人一样。兄弟关系成为吴玉霞的心病，她把两人数落了一通，甚至还发了脾气，可收效甚微，兄弟俩还是各行其是，形同陌路。吴玉霞还在为这事发愁，又一件事情不期而至。

门铃响了。身穿海军军官服的包慧微笑着出现在卢明和吴玉霞面前。儿媳回来探家，老两口都乐得喜上眉梢。可没说几句话，客厅里的空气就结了冰。保姆看到情况不妙，给包慧沏了杯茶便躲了出去。包慧和向东的婚姻之树缺乏感情的阳光和雨露的滋润，已经看不到生命的绿叶了，她这次来只为一件事——办理离婚手续。卢明和吴玉霞很是吃惊，好端端的一桩婚姻为何会梦断泰安湖？在此之前又为何没看出一点蛛丝马迹？包慧住在外面的宾馆，和向东办完手续后才来泰安湖与两位老人道别。她没有说一句向东的不是，而是将一切都归咎于感情不和。茶杯里的水纹丝未动，她坐了十来分钟便起身告辞："卢伯伯，伯母，多保重！再见！"她一个立正，向卢明和吴玉霞行了个标准的军礼。

包慧像一股风，来也无声，去也无踪，只携来一片乌云笼罩了客厅。两个老人心情沉重，脑子里都有个巨大的问号。

问雅楠，她大吃一惊。包慧从未给她说过离婚的只言片语。

问向东，他和包慧口径一致，感情不和。

问胜利，他嗤之以鼻，冷冷地说："他配不上包慧。"

卢明只觉得头晕气短。该死的血压像嚣张的鬼魅，怎么就拿它没办法呢？

解除婚姻的枷锁，向东感到一身轻快。和包慧办完离婚手续的那天，从民政局出来，他提议去酒店的西餐厅坐一坐——共进最后的晚餐。包慧轻蔑地扫他一眼，调转身子头都不回地走了。

他回到设计院把离婚证扔进抽屉里。下班后驾车去何晓红的别墅。那一天真是令人愉快，何晓红亲手给他烧鱼，味道好得让他乐不思蜀。晚上进入卧室，他觉得自己像帝王君临天下，一切皆在掌握之中。何晓红柔若无骨的娇躯是水，他是一条摆脱大网的鱼，在迎合而来的水流中恣意遨游……

为什么要给自己的人生道路上设立羁绊呢？他没有再婚的打算，也没有给任何人透漏已经离婚的消息。把未来的婚姻装入宝瓶埋在时间的花园里，等到鲜花遍地时再取出宝瓶。

又一个星期天来临，他想起来有些天数没回泰安湖了。自从和包慧离婚，卢明就没给过好脸色。可不管怎么说，也得回去看看吧！走进家门才知道卢明又住院了。原来他和包慧的父亲通过一次电话，放下话筒他就面色充血地瘫倒在沙发上。救护车一路大叫着开进泰安湖……"你差点要了你爸的老命。"吴玉霞面露愠色，不知她是迁怒于包慧的父亲还是在斥责向东，"包慧她爸说，你在外面有其他女人。"

高干病房里很安静。没有声响的空间里却弥漫着沉重紧张的气氛。

卢明开口说话，虚弱的话音中含有怒气："听说你在外面……有其他的女人，这是怎么回事？"

向东显然已有心理准备，不慌不忙地说："没有的事。你放心好了，什么事该做，什么事不该做，我心里有数。"

卢明轻咳一声："包慧的父亲在这里工作过，难道他的话是空穴来风？"

向东问："他说我外面有人，那人是谁，有证据吗？"

卢明闭上眼，好像在思考。

向东把凳子往病床跟前挪了一下，诉苦似的说："老爸，你不知道我的工作压力有多大。现在市场竞争这么激烈，但凡有上规模的大项目，就有外省的设计院来参与竞标，我在院里又分管……"

卢明打断他的话："我没和你谈工作。"

"爸！"向东抱屈似的轻喊一声，继续诉说，"你让我把话说完好不好？开拓市场，洽谈项目，得和外面的人打交道吧？有些公司，还有项目合作单位的领导是女同志，可能是和她们接触得多了一点，就有人捕风捉影地给我找事。"

卢明的眼角射出一道审视的光芒。向东神色坦然。卢明深吸口气，亮明自己的态度："正常的工作交往，我不反对。但是，超出这个范围，做出不轨之事，我是不会徇私情的。你给我小心点，胆敢违法乱纪，我就给组织部门建议，撤职查办。"

向东赶紧说："不会的，你放心好啦！我知道自己是谁的儿子，还敢不顾忌你老人家的脸面？"

卢明疲乏地闭上眼睛，告诫道："古人云：'傲不可长，欲不可从，志不可满，乐不可极。'向东，你也是领导干部了，不要自毁前程啊！"

向东一笑，话语已经变得轻松了："老爸，还生气呢？我和包慧，真是没啥感情了。这两年，我和她在一起，感觉无话可说。说句你不爱听的话，一个家庭的冷暖，只有这个家里的人才会有亲身的感受。"

"你出去吧，"卢明依然闭着眼睛，无力地说，"我要睡一会儿。"

病房外面的会客厅里，吴玉霞和孟沁瑶小声说话，胜利和向桐也在低声交谈，他们的话音像长着翅膀的小精灵，轻轻地在病床周围飞旋。卢明半躺在摇起来的病床上，两只无神的眼睛望着雪白的墙壁，好像那是一张银幕，正在放映着别人看不到的往事画面。芦承贤坐在病床旁，神色平静地注视着通过输液管的药液一颗一颗缓慢地落入滴壶中。

"唉，"卢明一声轻叹，懊悔地说，"那时候就不该让他去设计院。他要是在大学教书，或是在行政单位，从基层做起，接触的人不那么复杂，他和包慧也不至于离婚。"

"别想太多，安心养病。"芦承贤说。

卢明吃力地挪动下身子，转过脸说："我是在想，这些年来我是不是对他们关心得太少了？"

芦承贤没吭声，病房里又是一片沉寂。挂在支架上的药瓶空了。芦承贤压动墙上的按钮，护士进来更换了药瓶，调整好滴速，无声地走了。

"你上次回老家，感觉怎么样？"芦承贤转换话题。

"变化很大。"卢明说，"县城和芦家营，今非昔比啊！"

"是呵，六十多年了，一晃咱俩都老了。"

"那时候，你还是芦少爷。"卢明脸上浮出一丝笑意。

"啥意思，你是想让我说当年逃跑的芦牛儿，后来当部长啦？"

"芦少爷，别损人好不好？"

"芦牛儿，是你先挑起事端的。"

两个老头都笑了起来。

卢明说："你该回去看看了，芦家大院没怎么变。"

芦承贤说："我也想回去一趟。你不知道，我还欠沁瑶一个婚礼呢！"

卢明看着他身后，抬高嗓音说："听见了吧，芦少爷还有件大事没办呢！"

不知什么时候，吴玉霞和孟沁瑶已经来到病房里，悄无声息地站在芦承贤的身后。吴玉霞看到卢明精神好转，挂在脸上的担忧一扫而空，对孟沁瑶说："看来你得当一回新娘子了。"

孟沁瑶眼中泪光闪动。

卢明把胜利叫进病房，又使出领导的口吻："给欧阳飞打电话，就说是我说的，他芦叔和沁瑶阿姨回到芦家营，他要尽全力，好好操办一场婚礼。"想了想，他又加了一句："告诉欧阳飞，这是一场跨越了两个世纪的婚礼！"

听到卢明的话，向桐的心被一股自责的疼痛紧紧攥住。这些年来，两位老人为帮自己照顾金悦萌和中玮，把他们的约定深藏在心里，而本该属于他们的时间呢？向桐决定，和芦承贤一同回老家。当金悦萌得知他的打算时，高兴得叫嚷起来："我也去，我也去，我还没去过你的老家呢！"她口哼乐曲，踏出几个舞步，停在向桐面前又问："爸爸和孟阿姨结婚了，我是不是就可以把孟阿姨叫妈妈了？"正如医生预测的那样，她的智力水平定格在了少女时代。看着永远不会变老的妻子，向桐说："是的，咱俩一块改口，都叫她妈妈。"

欧阳飞回电，告知回去的时间，他提前把一切都布置妥当，让芦家大院喜气洋洋地迎接芦承贤和孟沁瑶。

就在这时，一场恐慌突然降临。芦承贤返乡的计划被迫推迟。

"非典"的魔影四处叫嚣，仿佛只是一夜之间，整座城市就飘满消毒水的气味。"板蓝根"脱销，口罩脱销，消毒液脱销……谣言四起，只有事实的利剑才能划破谣言的迷雾，历史又一次把新闻记者推到台前。报社紧急召开会议，选派记者进驻市肺科医院，进行实地采访，将疫情真相公之于众。

记者的申请书和请战书铺满会议桌，其中还有几份血书。报社领导们又在开会，商议选派谁去冲锋陷阵。这时候，崔建敲门进来，要求派他去采访。他说："我去吧，报社记者里只有我儿女双全。还有，我写的报道获得过全国好新闻一等奖，你们不怀疑我的水平吧？"

报社的几辆汽车驶进肺科医院，几个身穿全套防护服的医生在隔离带内等候。猩红色的隔离带被风吹得抖动不已，那是一条横在生死线上的绳索啊！崔建脸上还是那副该死的满不在乎的神情，向谭铁军摆了摆手，一步三晃地过来，大咧咧地和向桐拥抱了一下，挤眉弄眼地说："等着我啊，采访回来你得请我喝酒。"向桐鼻子一酸，捅他一拳："小心点，出来我请你喝茅台。"崔建又和其他几位送行者一一握手，然后独自一人背着采访包走向隔离带。"站住！"谭铁军大喊一声，追上去一把搂住他。崔建没影了，只有谭铁军高大的身躯和一只滑落在她脚旁的采访包。又听见崔建喊："哎哟，你轻点，我的脸要破啦！"一位个头不高，好像是位女医生用防护手套捂住了自己的口罩。崔建钻进隔离带，在医生的陪同下走向住院部，到门口他转过身向大家挥手。

"崔建，"谭铁军哭喊，"你要敢染上'非典'，回来我拿箭杆抽你！"

向桐的视线已经模糊。

崔建在肺科医院整整工作了十天，对治疗一线进行了全面的报道。省报和系列报全部刊发了他采写的报道，市一级的报纸也都转载了他的文章。疫情可控，接诊的患者绝大多数转危为安，逐步进入康复期……谣言不攻自破，崔建星光耀眼。当他完成隔离走出医院，怀抱鲜花的谭铁军看见他，扔掉花束扑了上去，搂住他放声大哭。

身披"非典"外衣的魔鬼在白衣战士面前败下阵去，社会又恢复了安宁。

疫情前省报社已向省委递交报告，申请在报社原址上兴建新闻大厦和家属楼。现在接到省委批复，同意报社自筹资金，完成基建项目。向东亲自出马，来报社实地考察，并与报社领导座谈。事后，他特意到《都市新报》，面见向桐。

"我还没来过你们报社，今天正好顺路，过来看看。"

"欢迎。你想看什么？"

"看什么不重要，主要是想给你说点事。"

"什么事？"

"是这样的，这些年我结识了一些朋友，其中也有在要害部门工作的。你有没有什么规划或设想，没准我还能给你帮点忙。"

"我没什么规划，一切顺其自然。"向桐盯着向东的眼睛，随后说出的话像石头落地："不过，对你我倒是有一句话。"

"你我是兄弟嘛，但说无妨。"

"四个字，好自为之。"

向东自负地一笑。"谢谢提醒！"他突然想起来似的问，"听我妈说，你们准备回老家，什么时候动身？"

"快了。"

芦承贤一家五口踏上回老家的旅程。卢明拄着手杖和吴玉霞来机场送行。他拿出一把锯断的生满绿锈的铜锁交给芦承贤："这把锁子，锁过你寄往香港的信。不知为啥，我一直没扔。承贤啊，原谅我！"

芦承贤说："那些事都过去了，我也没怨过你。"

卢明伤感地说："以前，咱俩一起离开芦家营。可惜呀，这次不能一块儿回去了。"

芦承贤安慰道："安心养病，以后还有机会。"

卢明摇了摇头，虚弱地说："有些事，走出来就回不去了。"

芦承贤笑了笑，让孟沁瑶看了下铜锁，把它放在芦中玮的小手上，指了指垃圾箱："帮爷爷一下好吗，把它扔掉。"

锈锁丢进垃圾箱。

飞机轰鸣着直上云霄。

机场出口，小谢手举纸牌，上面写着"芦家营"。上前一问才知道，欧阳飞因洽谈项目无法脱身，特意委派她前来接机。一辆"依维柯"轻型客车奔驰在回乡的公路上。芦中玮像只快活的小麻雀，嘴巴不停地问："到哪啦？这个山叫什么名字呀？那条河是什么河呀？"向桐给他编了一路的地名，"这座山上有花，花儿可香了，所以这座山叫香山。那条河闪着金光，叫金水河。又一座山呀，你看有好多果树，它叫花果山。"金悦萌看着这父子俩，明亮的眼眸上闪动着幸福的光芒。

芦承贤和孟沁瑶手臂相挽坐在前排座椅上,偶尔相视一笑。

距陇山县城大约还有一百多公里,小谢说晚上安排芦承贤一家人住在陇山宾馆,明天再回村里去。芦承贤说:"麻烦你和师傅,直接把我们送回芦家营。"小谢赶忙拿出手机给欧阳飞打电话:"你快点去芦家营,芦叔他们不住宾馆啦!是的是的,赶快烧炕准备饭。"

时近黄昏,"依维柯"的车轮终于亲吻在芦家营的土地上。芦家大院的广梁大门一如儿时,静静地伫立在岁月的天空下。汽车前行,已经可以清楚地看见,两只石头狮子的脖颈上各围着一条鲜红的锦带。芦承贤的呼吸变得急促了。孟沁瑶拉起他的手,轻轻地抚摸着。

欧阳飞正指挥着几个人往广梁大门上挂大红灯笼,看到汽车驶近,他赶忙叫人把红地毯铺开。车子停在大院门前。芦承贤和孟沁瑶下车,芦中玮跟着跳下车来。他抬头一看,夕阳晚照中响了小男孩的欢叫。

"爷爷,你看你看呀,狮子嘴里的宝珠亮啦!"

雄狮高昂头颅,口中含着一枚太阳。